KB178746

전북대 개인기록 총서 16

한 주물 기술자의 일과 삶

인천일기 2

이정덕 · 소순열 · 남춘호 · 임경택 · 문만용 · 진명숙
정승현 · 이성호 · 손현주 · 김희숙 · 유승환 편저

지식과교양

이 책은 2014년도 정부(교육부)의 재원으로 한국연구재단의 지원을 받아 연구되었음(NRF-2014S1A3A2044461).

서

문

『인천일기』는 주물 기술자 박기석(朴基錫, 가명임, 1926-2002)의 일기 기록이다. 그는 일제 강점기 말 일본에 건너가 주물공장에서 기술을 배우고, 해방이 되자 국내로 들어와 서울의 '대동공업'과 인천의 '이천전기'에서 주물 기술자로 일한 현장 노동자이다. 그는 충북 옥천에서 태어난 시골 청년으로, 이 일기는 그의 도시 경험에 관한 기록이다.

우리 연구팀은 지난 6년 동안 현대일기를 발굴하여 탈초, 해제, 출판하면서, 이를 자료로 삼아 일상 생활사를 통해 동아시아의 현대사를 재구성하는 작업을 진행해왔다. 그 동안 전라북도와 경상북도의 농민일기를 발굴하여 출간하였고, 지난해와 올해에는 충청북도의 교사일기를 출간하는데 힘을 기울였다. 『인천일기』는 우리 연구팀의 네 번째 작업이자, 처음으로 접하게 되는 대도시 노동자의 기록이다.

우리 연구팀이 다양한 분야와 영역의 개인기록을 발굴해서 자료화하는 것은, 그 속에 담긴 일상과 일상 속의 사건들을 해석하고 재배치함으로써 한국 현대사, 나아가서는 동아시아의 현대사를 재구성할 수 있다고 믿기 때문이다. 개인기록, 특히 일기는 일상에서 발생하는 사건들, 그리고 자신의 의지와 관계없이 그 사건 속에 놓인 자신을 발견하게 되는 개인이 자신의 생각과 행동을 현장과 가장 가까운 시공간에서 기록한 것이라는 점에서 그 가치를 지닌다는 우리 연구팀의 생각은 연구를 처음 시작하던 6년 전과 다르지 않다.

그동안 우리의 작업이 자본주의 상품경제의 확산과 국가 폭력이 농촌사회에서 만들어낸 변화와 그 속에서의 농민의 삶을 조명하는 데 집중되었다면, 지난해부터는 교사의 일기를 통해서 지식인의 눈에 비친 한국 현대사를 재해석하는 데 노력을 기울였다. 우리는 식민지 경험과

해방, 전쟁, 4·19혁명과 5·16군사쿠데타, 새마을운동과 1980년에 벌어진 일련의 격동 등 한국 현대사 전환점을 겪으면서, 그때마다 흔들리던 학교와 교사의 위상, 그럼에도 지식인으로서의 사회적 위치를 지키고 살아온 한 교사의 삶의 궤적에 관심을 집중하고 있었다.

『인천일기』는 거의 같은 시기를 전혀 다른 공간에서 경험한 한 노동자의 일기이다. 일본의 자본과 권력 아래에서 주물 기술을 배운 한 청년이 전쟁과 전후의 복구 과정에 참여하고, 1960년대 경제개발계획이라는 거대담론 속에서 쇳물과 싸우면서 견뎌온 삶의 기록이다. 특히 1960년대 서구 기술과 기계가 물밀 듯 들어오고, 대학에서 서구 기술을 습득한 젊은 기술 인력들이 공장으로 대거 들어오면서, 자신이 지닌 기술이 한순간 '낡은 것'이 되어가고, 자신을 지탱해주던 기술자로서의 자긍심이 무너져 내리는 것을 견뎌야 했던 한 기술 노동자의 상실감과 위기감을 일기 속에서 읽어낼 수 있다. 이렇게 『인천일기』는 '한강의 기적', '동양 최대', '유례없는 빠른 성장' 등으로 미화되는 한국 경제개발사의 이면에서 명예도 이름도 남기지 못한 채 성장의 밑거름으로 묻힌 노동자들의 현장 생활과 다사다난한 가족사를 보여주고 있다. (우리 연구팀은 가족과 상의해서, 저자와 가족들의 이름을 가명으로 처리하기로 했다. 결국 저자는 자신의 일기에서조차 이름을 남기지 못하게 된 셈이다. 어쩔 수 없는 일이었다 하더라도, 이 결정이 저자의 뜻과 같은 것이기를 바라는 마음으로, 저자와 가족께 죄송하다는 말씀을 드린다.)

우리는 약 2년 전, 1956년부터 1973년까지 전부 9권의 일기장을 저자의 사위인 서강대학교 정승현 선생으로부터 건네받았다. 지난 2년 동안 연구팀의 한없이 밀린 작업들 사이에 끼여 일기장이 묵혀있기도 했지만, 고어가 섞인 한글과 도무지 알아 볼 수 없는 한자들, 간간이 끼어드는 주물관련 일본식 용어와 알파벳들이, 야간작업이 일상인 주물 작업장 노동자의 노곤함이 배인 글씨체 속에 섞여 있어서, 우리의 작업을 한껏 더디게 했다. 정승현 선생과 저자의 큰따님은 우리의 작업을 위해 직접 전북대학교를 방문하여, 저자의 일생과 고향, 가족에 관한 이야기와 기억들을 소상히 전해주셨다. 또 정승현 선생께서는 저자의 일생에 관한 해제를 직접 써서 보내주셨다. 이 자리를 빌어서 부친의 일기를 출판하는데 동의해주고, 도움을 마다하지 않으신 가족들께 연구팀 모두의 마음을 모아 감사 인사를 드린다. 모든 개인기록이 그렇듯이, 일기란 글쓴이의 소소한 행적과 내밀한 생각들을 숨김없이 드러낸 글이다. 그래서 선뜻 공개를 결심하기가 쉽지 않다. 그런데 우리 연구팀의 작업은 이것들을 어떻게든 발굴해서 공개해야만 하는 일이어서, 새로운 일기 자료를 접할 때마다 윤리적인 갈등과 마주하게 된다. 그때마다 우리는 개인 자료가 연구를 위한 목적 이외의 용도로 사용되지 않도록 하고, 연구과정에서도 오독, 오용되지 않도록 해야 한다는 무거운 책임감을 가지게 된다. 이번에도 저자의 가족들께 이

책임감을 내려놓지 않겠다는 약속을 드린다.

이 일기의 초벌 입력을 맡아준 전북대학교 고고문화인류학과 김희숙 박사께 감사드린다. 김 박사는 우리 연구팀의 첫 작업이었던 『창평일기』에서부터 일기 해독 작업을 함께 했다. 그의 숙련이 이번 『인천일기』를 출간하는데 큰 자산이 되었다. 여러 차례 진행된 윤독과 교정 과정 에서, 우리가 도저히 식별할 수 없는 한자들을 같이 읽어준 전주대학교 고전번역원 채현경 박 사, 전북대학교 이재연구소 이선아 박사께 깊이 감사드린다. 두 분 덕분에 『인천일기』가 한층 완성도 높은 책으로 나올 수 있게 되었다. 고전 해독을 전문으로 하는 두 분 선생께서는 『인천 일기』 원문을 보고, 현대일기 작업도 고전 번역 못지않게 힘든 작업이더라고 했다.

사회과학을 공부하는 우리 연구팀에게 익숙하지 않은 주물관련 용어와 명칭들이 우리를 끝 까지 괴롭혔다. 그것들 중 적지 않은 용어들이 현재에는 사용되지 않는 것들이어서, 주물 용어 사전이나 기계부품 용어집들로부터 큰 도움을 받을 수 없었다. 그러나 끝내 읽어내지 못한 일 부 내용들에 대한 책임은 전적으로 우리 연구팀에 있다.

마지막으로 어려운 사정 속에서도 『인천일기』의 출판을 맡아주신 도서출판 「지식과교양」의 윤석원 사장님과 관계자들께도 감사의 마음을 전한다.

2017년 4월
연구팀을 대표하여 이성호 씀

목
차

인천일기 2

인천일기 1

제1부 해제

한 주물 기술자의 기록과 생애

제2부

인천일기

1956년

1959년

1964년

일
러
두
기

1. 원문의 한글 표기는 교정하지 않는 것을 원칙으로 하였다.

2. 뜻풀이가 필요한 방언 등은 [   ], 빠진 글자는   안에 표준어나 글자를 채워 넣되, 첫 출현지점에서 1회만 교정하였다.

3. 틀린 한자와 영문은, 첫 출현 지점에서 1회에 한해서 [   ] 속에 바른 글자를 넣었다.

4. 설명이 필요한 용어나 사건, 문장에는 각주를 달아 설명하였다.

5. 해독이 불가능한 글자는 □ 표시, 일기장이 잘려나가거나 찢어져서 훼손된 글자는 ■ 표시를 하였다.

6. 일기를 쓴 날짜, 날씨, 기온 등은 모두 〈 〉 안에 입력하되, 원문에 음력 날짜가 기입되어 있는 경우에는 〈 〉 밖에 입력하였다.

7. 날짜 표기 이외의 원문의 〈 〉 표시, 그리고 ( )는 모두 원문에 있는 것으로 그대로 입력하였다.

8. 저자와 저자의 가족 및 친족의 인명은 인권 보호를 위하여 가명으로 처리하였다.

9. 원문에 거명된 사람에 관련된 정보는 학술적 목적 이외의 용도로 사용할 수 없다.

인천일기

1966~1970, 1973년

1966년

〈내지 1〉
1965. 12. 2. 日 長安文具店
朴基錫

〈내지 2〉[1]
1월 2일 일요일 明倫洞 忠信洞 訪問
1월 9일 일요일 會社 出勤
1월 15일 토요일 徐정무 件 解決
1월 16일 일요일 영선 母에게 1,200
1월 21일 금요일 白米 壹叺 入庫
1월 22일 토요일 상여금 7,200 貞順 母에게
1월 23일 일요일 西小門 金仁鎬 宅 訪問

3월 15일 화요일 白米 壹叺

4월 6일 수요일 白米 參叺
4월 10일 일요일 始釣 德津 水路
4월 11일 월요일 白南錫 金永德 不
4월 24일 일요일 白米 壹叺

5월 19일 목요일 白米 壹叺 보리 1.5斗
5월 29일 일요일 梧錠[梧亭] 水路

6월 5일 일요일 梧錠 水路
6월 12일 일요일 梧錠 水路
6월 16일 목요일 白米 壹叺
6월 17일 금요일 보리 壹斗
6월 19일 일요일 梧柳 水路
6월 20일 월요일 給料에서 4,200(宅)

---

1) 이하는 일기장 내지의 월별 일정표에 기록되어 있는
　내용이다. 원본에서는 한 지면 당 2개월분이 세로로
　나뉘어 일자와 요일이 인쇄되어 있다. 여기에서는
　편의상 내용이 기재되어 있는 행만을 추려 일자와
　요일별로 내용을 입력하였다.

〈1966년 1월 1일 토요일 晴 0.8-0.1〉
내 나이 41세. 한 살 더할수록 生計가 쪼달니
기만 하니 앞으로의 生計가 더 답〃하다. 어

저개 月給을 탓근만 內子는 生計를 어터캐 꾸려나가는지 벌써 하로 사이에 돈니 떠러젓 다니 참 기막힐 노릇시다. 俗談에 소긔에 경 일기[소귀에 경 읽기]란 말이 있지만 집에 에 편내 갓치 답"하랴. 내가 몸이 極度로 쉬약 하여 것늘는 理由도 바로 예편내 탓이다. 다 음부터는 좀 다르갯지 두고 보자 참는 것도 한두 번니면 모른데 給料가 늦을 때나 제 띠 줄 때나 그 타령.

〈1966년 1월 2일 일요일 晴 0.6~0.1〉
朝飯니 늦저서 午前 九時 30分 한진 뽀쓰로 直上京 本社에 들려 택시로 明倫洞 訪問.
金仁鎬 氏가 第一次 來客. 新年人事를 드리 고 나서 會長 하는 말이 工場長 總務部長 李 道烈 兄 다 하는 일이 머람 가라치워야 되 갯다는 不滿니 大端하다. 內容인즉 十二月 三一日 午後에는 作業을 中斷햇다는 理由. 第一陣에 工場 第二陣에 本社 이러한 順位로 來訪을 끝낸 後 섯다판니 버러젓다. 午後 四 時頃엔 忠信洞 妹氏 宅을 訪問 저역을 나누 고 八時 30分 차로 (한진) 車內에서 경신호 를 만나 下仁하다.

〈1966년 1월 3일 월요일 晴 3~0.9〉
慶信浩 宅에서 점심을 먹고 체연 宅을 訪問 엿 100원어치를 사가지고 최연 딸 미애는 완 구 같치 생겼으며 제법 재롱을 떤다.
3人니 東邦극장 비치-바티[비치 파티(beach party)][2]을 求景하다.

李圭熙 病問安 第一病棟에서 第2病棟으로 移動 加病中.

〈1966년 1월 4일 화요일 晴 3~0.6〉
1966年度의 첫 就業. 아침 九時 工場 內는 온 통 煙氣로 눈을 뜰 수 없다.
煖房 焚火 作業의 約 30分간 끝나고 나니 세 해의 첫 造型 스탐프 소리가 힘 있개 始作햇 다.
金榮得 君니 31日 밤 忘年會 酒宴에서 朴元 錫 崔益星 3人니 法斗 關係로 出勤치 못하고 永宗島 本家로 가서 아즉 도라오질 못햇다 하니. 文益模에개 230 金仁鎬 宅 訪問 酒代를 支拂하다.

〈1966년 1월 5일 수요일 晴 3~0.7〉
800㎏ 下胴體 1個 電機爐 鎔解 鑄込하다. 償 與金[賞與金] 7.5%로 線으로 確定을 보다.
金基正 氏로부터 Calendar 1個을 었다.
今日부터 全員 午後 九時까지 殘業 實施.
정순니 책갑을 成昌模 氏에개 상업銀行 納付 를 付託(1,200). 1/6.

〈1966년 1월 6일 목요일 晴 3~0.7〉
各 係長들로부터 償與金(特別) 支給 % 關係 上 말이 만타.
鑄造 尹 係長은 25,000 즉은 額을 탓다. 理由 를 모룰 일이다.
部下가 많은 係長에개 좀 %을 높였다는 工場 長 이야기가 可當하다.

---

2) 1963년에 제작된 William Asher 감독의 영화로, Annette Funicello, Frankie Avalon이 주연을 맡았다.

밤 金公熙가 할 이야기가 있다 하여 花水식당에서 만나다.

〈1966년 1월 7일 금요일 晴 0.8~0.3〉
세해 初 吹き[3] 塊炭 事情 惡化로 出錫 遲延.
明浩 營養劑로 어린이 원기소 1병과 몰트 해모구론 237g. cc 入. 경信浩로부터 購入.
韓國의 年 65年 生産高가 28億弗.
美國의 〃 〃 〃 7,000億弗.
韓國의 約 280培가 美國이고 보면 한심뿐니[한숨밖에] 안 난다. 美國 제내랄 모도스[제너럴 모터스] 年 販買高[販賣高] 2億 弗.
俗談에 美國 경제가 제체기를 하면 유럽 경제는 감기가 들고 日本 경제는 몸살을 한다는 말을 좋은 表現니다.
後進國에 태여남은 不幸한 일.

〈1966년 1월 8일 토요일 0.9 0.2〉
特別 償與金 支給 關係로 現場 班長 級에서 말이 만타는 情報가 있다니 사실인지 그러치 않으며는 누가 流言을 펴뜨렸는지. 심지어는 같은 係長 級에서도 支給率 關係로 말이 만타나.
勞組에서는 보나스 130%을 내걸고 目的 達成을 爲하여 殘業 拒否 態度란 情報.

〈1966년 1월 9일 일요일 晴 04~3〉
250KVA 봇싱켈 Cu 12個 鑄造 關係로 午前 11時 30分 臨出[臨時出勤]함.
仁永劇場 午後 六時 入場(柳寬順).

―――――――――――――――――
3) ふき. 금속 용해를 뜻한다.

同一 映寫을 새 변체나[세 번째나] 보나 이번 것은 總 天然色이나 內容은 別다른 興味가 업다.
스토리는 大略 前번 것과 別 差位[差異]가 업으나 웬일인지 시들하다.
林(田澤二 粉[扮])으로 나오는 옛 배우이 모습이 웬닐인지 처량하고나?
臨出者 7名 濁酒代 500 指示.

〈1966년 1월 10일 월요일 비에 비, 우박 4℃〉
때 아닌 冬節에 비가 오다니. 出勤 時에 길바닥이 온통 어름판나라 자칫 잘못 것다가는 나가 떠러기가가[떨어지기가] 十常八九다. 제법 봄비 같은 기분니다. 날씨도 零上 4℃라니 來日은 살을 에울 겨울 날씨가 탁처오갯지.
벌써 冬至가 지난 지 10餘 日. 退勤時間 五時頃이면 西쪽 하날에 제법 햇쌀이 남어도니 새월은 빠르구나?
집에 도라오니 永登浦 妹氏 明珍 母가 와서 있다. 金錢 關係로 婦夫[夫婦] 間에 트라볼[트러블]이었는 상십다.

〈1966년 1월 11일 화요일 晴 0.3~2〉
午前 一○時 車로 永登浦 木型 工場을 訪問.
500粍 펌프 下胴體가 完了 狀態이고 上胴은 아즉 未着.
鄭凡榮 氏로부터 晝食을 對接 밧고 十一時 工場으로 나려오다.
金正植 外 1名 600粍 IMPELLER Coar[core]로 徹夜 指示.

〈1966년 1월 12일 수요일 晴〉

兄弟 時計店에다 中古 時計 修繕 依賴. 700.

850瓩 出回 木型 着手.

永登浦 明珍 母 도라가다.

겨울 날씨치고는 너무도 따스한 편.

3日前에 나린 겨울비는 관상데 통개에 依하
여 34년 마니라니.

〈1966년 1월 13일 목요일 晴 0.6~2〉

요즘 工場 內 雰圍氣가 매우 뒤숭〃하다. 年
末 Bonas[bonus] 支給 %를 會社 側에서
75% 線으로 發表하여 勞組 側에서는 3年 前
에도 75%을 支給하고 現在의 物價指數나
또한 會社 發表 狀況 等을 烈擧[列擧]하여
130% 線을 들고 나와 끝까지 貫徹되지 않
는 經遇[境遇]에는 殘業 拒否를 始點으로 하
여 實力 行事도 不事[不辭]하겟다는 强力한
態度로 나오자 工場長의 緊急 抱拾[收拾] 方
案으로 90% 線을 提示 一段 終末을 지었다.
90% 線의 支給 方案으로서 第一 有力한 方
法으로 副係長級 以上 100%을 下部를 割當
하여 執行 方法.

〈1966년 1월 14일 금요일 흐림, 눈 0.6~0.1〉

永登浦 木型 工場에서 500瓩 下胴體 木型 納
品 午前 10時頃 LEVE 配置로 約 2時間 現場
에서 施工을 마치고.

昨今의 몸 活動의 極히 不順調롭다. 消化不
良 食事 後 가슴의 답〃하고 쓰리니 每年 봄
철만 닥처오면 으려 가슴의 아푸고 消化가
않 데는 개 常例이나 今年 들어 웬일인지 그
증세가 일즉 탁처오니 부득히 또 藥을 服用

하여야만 되겟군. 밤 고구마를 貞任니가 사
오다.

〈1966년 1월 15일 토요일 晴 3〉

徐延武 私債 淸算 件.

洋服 時計 4500 5,500 × 60% = 6,000.

私債 現金	河	陸	朴	
	2,000	2,670	2,400 =	78%
會社 赤字分	2,475			100%

貞順 母가 몸의 極度로 수약하다.

아마도 좀 보신약을 쓰야겟다.

浴湯에서 현기증을 너꺼[느껴] 그데로 도라
왔다니 요즘 한 달 동안에 눈에 보일 정도로
얼골이 창백하다.

〈1966년 1월 16일 일요일 晴 7℃〉

朝飯을 아침 九時 四分頃에 들고 보니 日曜
日이라 하여 너무도 늦잠을 잣다. 十一時 二
○分 日前에 막여 놓은 時計을 찾으려 兄弟
時計店(베다리)에 들여 돌아오는 路上에서
崔 氏(木型係)을 맛나 文化劇場 砂漠의 盜賊
을 觀覽 다시 飮食店에 들여서 만두국을 먹
고 市內을 一周하여 崔 氏 同伴 下에 自宅까
지 來同하다.

벌써 슬[설] 準備. 집에서 흰떡 1斗을 했다.
겨울날치고는 아주 포근한 봄철 갓다. 오알
[오늘] 氣候가 零上 7度라니.

〈1966년 1월 17일 월요일 晴 0.7〉

鑄鍛課 13名 參席裡에 平壤 精肉店에서 新年
會을 하다.

資金은 永登浦 大木商 朴鐘相이가 1,800을

新年 祝賀 條로 支給하다.
정순니 정화가 시골서 도라오다.
아버지는 永同驛에개지 나오셨다니 昌錫니
는 멋하는지.

〈1966년 1월 18일 화요일 晴 0.13〉
永登浦 妹氏 來訪. 밤 九時頃.
舍宅 購入 資金의 約 20,000 부족하여 돈을
돌니로 왔다.
요좀 몸의 極度로 惡化. 胃가 쓰리고 아푸니
지금으로부터 約 3個年 前과 같은 증세. 술이
라고는 마시지 않는데 理由을 알 수 없다.

〈1966년 1월 19일 수요일 0.13〉
날씨가 치다[차다]. 大寒 추이을[추위를] 할
작정.
點心을 먹지 않코 하로를 지낫스나 저역밥은
역시 平常時나 갓타.
永登浦 明珍내가 집을 삿다나.
홍설수설하는 동생 말을 밋기기 힘들다.

〈1966년 1월 20일 목요일 0.17〉
小寒 추이는 않고 오날의 大寒이라 증말 춥
다. 零下 17℃라니.
今日도 晝食 한 끼를 굼꼬 지냇다.
목젓이 나려 않젓는지 웬쪽 목구멍이 아푸
다.

〈1966년 1월 21일 금요일 晴 0.17〉
陽曆 설보다 陰曆 설이 더 춥다.
오날은 슷달 금음날 주겟다는 給料의 80%
상여금을 탓타(12,000×80%).

黃 係長의 상여금 中에서 가불금 控除 件으
로 화가 나서 總務에 나가 다투다.
밤 이발 목육[목욕]을 햇다.
永登浦 妹氏 內外가 來訪. 없는 形便에 明浩
의 옷을 사가지고 오다.
상여금을 못 탄 사람에개 1,000式 가불.

〈1966년 1월 22일 토요일 晴 0.12〉
午前에 金春植 姜德순 劉勳烈 張鐘然 金永德
朴秀雄 來訪.
하로 終日 집에서 지내다.
朴元錫이가 시골에 나려갓다(21日).
몸의 불편하다. 아래 배가 답〃하고 뱃창사
가 꼿〃하며 헛배가 부르다.

〈1966년 1월 23일 일요일 晴 0.13〉
아침부터 매섭게 춥다.
東仁川驛에서 申正植 氏을 기다리다.
午前 十一時 서울행 뽀쓰로서 永등포 정 氏
宅에 到着하니 정 氏는 기다리다 못해 驛으
로 나갓다는 夫人니 말.
永登浦서 西小門洞으로 直行. 택시 料金의
約 500 나온다.
機範이 집에서 간다니[간단히] 한 잔式 하고
섯다 노리를 하다.
五○○원을 때우다. 밤 八時 집에 도라오니
서울 四寸 妹弟가 와 있다.

〈1966년 1월 24일 월요일 晴 0.13, 0.6〉
아침에 세수을 마치고 會社에 出勤할려 하니
웬닐인지 가기 실타. 出勤한즉 無慮 24名의
缺勤者가 있으니 아침 一○時 半까지도 工場

內가 웬통 연기 투성이다. 경信浩가 一○時 35分에 出勤히고 十二時頃에는 黃永淵니가 出勤을 햇다. 점심을 먹으로 雲海樓에 갓다가 舊正이라 休業. 花水食堂에 들어 술에 떡 對接을 밧고 一時 30分에 會社로 더러갓다.
추위가 너무 오라[오래] 개속된다. 벌써 一週日이 개속되니 강추이가 이데로 개속되다가는 海가 얼라.

〈1966년 1월 25일 화요일 흐림, 눈 0.13〉
간밤에 소리 없이 눈니 나렷다. 今年 들어 둘제 번체[둘째 번째]. 例年과 比해서 올해는 눈니 즉은 편. 대한니 지나도록 자옥눈 정도도 나려본 적은 없다.
개속되는 추위로 행길마다 水道 파이프가 어러 터저서 골목마다 어름판을 이르고 있다.
간밤에 奉子가 시골 갓다 도라오고 오날 저역에는 원석이가 시골서 올라왔다.
西海에서 魚獲[漁獲] 中인 우리 魚船[漁船] 吉龍號가 21日 午後 4時頃에 中共 武裝船에 襲擊되어 끌려가 朝野을 莫論하고 與論[輿論]니 拂騰[沸騰]하고 있다. 그곳은 公海上으로 日本 魚船 等은 完全 武裝한 警備船의 保護 下에 作業을 하는 곳이다.

〈1966년 1월 26일 수요일 흐림 0.10~0.13〉
경신호 부친 위독으로 서울 本家에서 도라오지 않음. 아마도 이번은 일을 當할 염여가 다분니 만타.
張炳贊 氏 來訪. 班長 以上 幹部들과 食當[食堂]에서 簡素한 저역을 나누며 간담회를 개취[개최]. 各 課別로 不平을 말하라는 참에

資材에 對한 不滿니 가장 크다. 特히 동 入庫 지연으로 約 18日間니 工程에 차질이 生겻다니 塊炭은 5TS 中 1.5TS만 쓸 수 있는 形便니다.

〈1966년 1월 27일 목요일 0.13〉
아침 八時 四○分頃 崔연 課長으로부터 慶信浩 父親 別世 連絡이 取해졌다.
밤 六時 30分 鑄物係 八名 鑄造 四名이 서울 종암洞 喪家宅을 問喪. 뼈쓰에서 나려 본 結果 李永喆 氏가 行方不明. 하로밧[하룻밤]을 喪家宅에서 떤눈[뜬눈]으로 새우고 서울驛에서 李永喆 氏을 相面하다.
헬쑥한 얼굴에 간밤에 돈 하[한] 푼 없이 麻浦까지 걸어서 親家宅에서 자고 나온다는 이야기.

〈1966년 1월 28일 금요일 눈 0.11〉
아침 工場에 到着하니 춥고 몸살이 날 지경.
文益모 尹弼文과 식당에서 쓰래기국[시래깃국]에 개란 한 알씩을 타서 마시고 나니 추위가 좀 풀닌다.
午後 四時 결국 고단함을 이기지 못하고 집으로 도라오다. 막상 잠은 約 1時間 程度을 잣을가.
밤 八時 現在 別로 잠이 오질 않는다.
눈니 나려 길거리가 온통 어름판.

〈1966년 1월 29일 토요일 0.12〉
金仁鎬 徐동이 3人니 永登浦 木型에 450×300 CMS 木型 方案 相議 次 出張하다. 午後 五時 30分 汽車 利用.

金仁鎬는 어젓한 二等 客室의 빼쓰[pass]로
通햇다.
기로[귀로] 鄭 氏로부터 交通費 條로 500원
을 밧엇다.

〈1966년 1월 30일 일요일 0.11〉
會社에 臨時 出業함.
新入 工員 3名 實技試驗.
趙壁鎬 來訪. 中國料亭에서 酒宴. 市內 仁商
校 옆 태포집에서 趙 氏는 崔 某을 만나 다시
슬상[술상]을 배풀다.
今年 들어 처음으로 밤거리를 해매다. 250.

〈1966년 1월 31일 월요일 晴 0.6〉
이 달도 오날이 마즈막이다. 別로 하는 일 없
이 한 달이 자낫구나[지났구나]. 웨 이다지도
나라는 사람이 너무도 개울러젓는지?
아침에 이러나서 제데로 새수도 하지 않고
밥상을 데하고 이블도 개지 않고 밥을 먹는
등 만 등 하고 보면 會社 出勤時니 바뿌다. 午
後 五時가 지나 七時頃이 대면 다시 집으로
도라갈 준비로 간단히 더운 물에 세수을 하
고 나면 목덜미이 떼가 지어진들 만들 驛前
合乘 타기가 바뿌다.
집을 林材洞 변두리에 사고 보니 아침 저역
出退勤니 몹시 귀롭다. 步行으로 工場까지
부지런니 걸으면 25分 늦잡아 35分니 걸니
니 海風이 모라치는 冬嚴[嚴冬]]에는 괫데기
[귀]가 쓰리며 손끝치 아리다. 驛에서 仁川
各地로 먼저 나아가는 合乘 중에 博文橋 行
合乘은 말이 아니다. 기다리다 지처서 거러
가는 손님이 만타. 요행이 운니 좋은 날이면

차기 기다리는 떼도 있다. 집에 도라오면 그
데로 잠자리에 드니 웨 이다지도 내가 태만
해진는지.

〈1966년 2월 1일 화요일 晴 3~8〉
벌써 2月 달이다. 한박눈 한 번 포근히 내리
지 않고 이번 겨울이 가는지 날씨는 異常 乾
燥로 農作物에 被害가 만겟다. 매우 변득서
런 날씨에 어느듯 立春니 來日 모레다. 날씨
야 변덕을 부리든 말든 계절은 에누리 없다.
어름장 밋에서 朔風 그늘에서 조용이 겨울은
세봄에개 교대의 손길을 내밀기 始作하고 있
다. 앞으로 20餘 日만 지나면 庚午年[4] 生이
아버지 回甲이다. 各地[客地]에 長子로 아무
런 基盤도 잡지 못한 체 무슨 낫으로 古鄕[故
鄕]에 가야 할지 걱정이 만타. 新年 들어 츠
음으로 타는 月給은 제 날짜 주지을 안는다.

〈1966년 2월 2일 수요일 晴 6~8 "안게"〉
개속되는 추위도 어제 오날 풀리기 시작하여
오날은 마치 봄 날씨 기분니다. 아침은 제법
쌀 〃 한 날씨더니 저역 무렵에는 아주 낙씨
철이다.
設計에서 圖面 管理 適任者로 鄭敬祿 君을
다리고 가겟다고 金仁鎬 氏가 아침에 鑄物
事務室에까지 와서 조루고 있다.
도데체 設計에서는 자기내 일만 생각하지 現
場은 무시하는 뱃심.

---

4) 저자의 착각으로 보인다. 1966년은 병오(丙午)년이
   다.

〈1966년 2월 3일 목요일 晴 0.1~8〉

日課을 마치고 宅에 도라와 보니 崔益星 君과 시골에서 "정수" 君니 와 있다. 崔 君은 무슨 영문인지는 모르나 시골서 닭[닭]을 一匹 가지고 왔스니 밧기도 않 밧기도 困難하다. 정수 君은 서울 東洋工業專門學校 入試을 마치고 仁川에 들었다. 合格者 發表는 2月 5日이라나. 仁川 市內 各 高等學校는 모다들 定員 未達인 셈. 理由인즉 今年 入學 年齡니 꼭 六.二五 生이라나. 그러고 보면 事變통에 피난으로 因한 生産이 줄어들었든 關係라니 그럴 듯한 理由다.

〈1966년 2월 4일 금요일 晴 0.9〉

魯相男 試驗 件으로 工場長과 直接 面談. 나이가 만타는 평게로 決裁 도장까지 찍고 나서 마음이 변한 샘. 慶信浩 課長의 똑〃치 못한 탓이지 웨 쓰겠다고 承諾을 해놓코 責任을 못 지는지. 魯相男에게 對해서 未安한 맘을 무었으로 表現할 수 없내. 점심까지 사 미기고[먹이고] 未安하다고 面談 謝過을 햇쓰니.

날씨가 갑작이 춥다.

저역에 엿 215어치를 사가지고 볼음[보름]을 떼우다.

〈1966년 2월 5일 토요일 晴 0.11〉

昌錫니가 올라왔다.

아버지 回甲 2.6日字 相議之件으로.

大略 案은 새워 본즉 來客 制限해서 約 150名 程度에 請牒狀을 八○枚로 決定햇다.

李永喆 金正植 宋金洪 3名의 作業 中에 是非

을 햇다.

저역 退勤 後 平壤精肉店에서 謝過시키는 意味에서 태포을 먹다.

〈1966년 2월 6일 일요일 晴 0.11〉

朝 一○時頃에 會社에 들어가 보니 約 參 程度 人員니 就業햇다.

말만으로 사람을 다룰 수 없으며 特히 日曜 稼動에 隨伴한 報酬 問제가 큰 原因니다. 前에는 特勤으로 1.5培를 주었는데 基準法에는 그러한 法이 없다나.

〈1966년 2월 7일 월요일 晴 0.9〉

밤 六時頃 退勤 後 請牒狀(父親 回甲) 印刷 次 市內를 도라다였으나 허사. 明日로 미루었다.

昌錫 동생과 奉子가 서울 妹氏 宅에 가다. 父親 回甲으로 因한 膳物 分配 擔當 相議 次.

〈1966년 2월 8일 화요일 흐림 0.7-3〉

서울서 동생들이 午前 一○時頃에 나려온다기에 會社에서 午後 一時 집으로 도라왔으나 아무도 오지 않었다.

午後 三時頃 서울 妹氏 內外가 來訪 아버지 回甲 件에 對하여 相議하다. 釜山 어머니 두루마기 外 自由.

서울 아버지 어머니 一切 아버지 두루마기 永登浦 어머니 새-타 及 속바지 毛糸[毛絲]. 닥을 잡아서 저역을 먹다.

請[牒]狀 100枚 300에 附託[付託]햇다.

〈1966년 2월 9일 수요일 날시 晴 3〉

會社에서 300 借用.

請牒狀   100枚   300
封鬪[封套]   100枚   40

給料가 너무 늦다. 1日부터 滯拂이니 한심만
하다.

〈1966년 2월 10일 목요일 雨 晴 비온 후 춥다〉
給料 滯拂로 因한 殘業 拒否.
鑄物만은 鎔解日임으로 例外로 取扱.
간밤에 철없시 비가 나렷다. 아침에 우산을
밧고 會社 出勤을 햇다.

〈1966년 2월 11일 금요일 晴 0.10〉
昌錫이가 下鄕하다. 9,000을 于先 장보기로
가주감[가져감].
正洙와 正洙 母가 來仁함. 學校 入學金 關係
로.
날씨가 춥다. 어저개는 여름 오날은 겨울. 변
덕스런 날씨.

〈1966년 2월 12일 토요일 晴 0.14〉
변득스러운 異常 乾燥氣候로 오날 아침 最下
氣溫니 零下 14 라니 매우 추운 날씨다.
木型係 內 雰圍氣 險惡하여 作業의 不振 狀
態가 持續되어 요즘 月給 支拂 遲延으로 因
하여 殘業 拒否 밋 日曜 稼動을 全面 拒否하
는 故로 明 日曜 稼動을 目的으로 八味房에
서 7,300어치 木型係 全員과 鑄物 李永喆 慶
信浩 黃永淵 參席裡에 酒宴을 배풀다.

〈1966년 2월 13일 일요일 晴 0.4〉
봄을 독촉하는 날씨인데 不注意로 因한 감기

가 걸려서 기침이 심하다.
하로 종일 집에서 바갓[바깥] 출입을 금하고
하로를 보낸다.
正洙 母親니 아침 六時 車로 下鄕햇다.
점심을 먹고 나니 午後 二時 30分니다.
정순 어머니는 끼니조차 時間을 지키지 못하
니 길르기가 이만저만니 이나다[아니다].

〈1966년 2월 14일 월요일 晴 3〉
아침 안개로 因하여 方向을 가릴 수 업을 程
度다. 원테기 고개에서는 車가 10餘 台[臺]
가 連줄로 衝突事故를 냇다는 消息이다.
鎔解 作業을 正時[定時]에 中止하느야 延長
하느야의 問題로 是非 끝해 鑄 代議員들 決
議로 殘業 施行.

〈1966년 2월 15일 화요일 晴 10〉
勞組 代議員 會議에서 2月 18日까지 常任委
員 責任 下에 給料 支給을 約束하고 다시 殘
業을 實施하기로 함. 長期的으로 殘業 拒否
을 하지 못할 바에야 일치검치 빌어서 먹는
기 上策.
정순니 어머니 外套 베니스 洋장점에서
5,500에 마치다.
洪京子 紹介로.

〈1966년 2월 16일 수요일 아침 비 10〉
봄비가 가날푸개 나리고 있다. 雨傘을 밧고
아침 집을 나갓다. 겨우내 어럿든 땅바닥이
녹아서 끈적그려 길 것기가 장해된다. 水道
국의 고개길은 온통 논 살머 놓은 듯 끌덕지
다.

852粍 下胴體 木型의 大體로 完了.
쌀이 떠러젓다. 벌써 參呟체 外商.
쌀을 먹어야 되니 참말 먹기조차 바뿌다.

〈1966년 2월 17일 목요일〉
釜山 姑母任 宅에 請牒狀을 發送.
大新洞 李在忠 宅에는 住所 未備로 請牒 中斷.
二月 六日은 刻〃 닥처오고 金錢은 解決되지 못하여 마음 조린다.

〈1966년 2월 18일 금요일 晴 6〉
一月分 給料 支給.
貞順 母 오-바 백은라사[백운라사]에서 8,500에 맛침.
白米代 7,050에서 5,000 支給.

〈1966년 2월 19일 토요일 晴 8〉
300×450 CMS 木型 入荷. 鄭凡龍 郭在根 送別宴 和信면옥에서 午後 七時 開催.
第二次로 온양집에서 尹弼文 申인수 張大翼 文益模 李道烈 參加.
시골서 電話가 (青山) 왔으나 알아들을 수가 없어서 中斷.

〈1966년 2월 20일 일요일 晴〉
貞順 母 오-바 現金 5,000
月拂 外上 6,500
白雲羅紗에서 찻다.
오늘 出發 豫定인데 이을[이를] (齒科) 完全니 해 박지 못하여 밤 十一時頃에나 끗나 明日 出發 準備에 바뿌다.

〈1966년 2월 21일 월요일 晴〉
權 書房 (和信)의 男便니 親家 就職 附毛[付託] 件으로 22日부터 出勤하라는 通知를 하기 爲하여 들럿드니 亨求 아저씨 上仁하였다는 이야기를 듯고 밤 珉求 아저씨 宅을 訪問.

〈1966년 2월 22일 화요일 눈 零下 12℃〉
貞順 母 아버지 回甲 準備 次 下鄕. 아침 七時 車로.
밤에 어물상에 들여서
16種 5,700에 購入.
會社에서 祝金 5,000
경信浩 500
借用金 5,000

〈1966년 2월 23일 수요일 晴 0.2〉
仁川에서 7時 40分 車로 서울서 妹弟들과 만나 갓치 나려가기로 約束을 햇으나 永登浦에서 時間 關係로 二等 列車에 타고 永同에 到着.
午後 二時 四○分 釜山 姑母任과 李在忠 內外를 相面 갓치 青山에 가다.
밤 四時까지 놀다 잠.
서울 妹夫들 뽀쓰로 部落 앞까지 오다.

〈1966년 2월 24일 목요일 晴 4〉
明日의 準備로 家內가 모다 多忘[多忙].
部落 아주먼내들이 온등 바뿌다.
上禮客 金永學을 아침 七時부터 다려다 床 차리기에 분주. 밤 十二時 30分頃에나 完了.
釜山 妹氏를 시켜 永同까지 가서 아버지 洋靴와 其他 바진[빠진] 物見[物件]을 사오다.

〈1966년 2월 25일 금요일 晴〉回甲

날씨가 유창한 봄.

午前 十一時 잔 올리기 禮式을 마치고 손님 접테에 분주.

來宅 約 300名.

밤 午前 三時까지 놀이를 하다.

〈1966년 2월 26일 토요일 晴〉

來宅 重要 名單.

釜山 姑母 龍山 姑母 오정里 누님 제말 고무[고모] 돌자시 外淑[外叔]와 10名.

세말 고모부 父子.

밤 닭잡의[닭잡이] 집에 닥 2匹.

술이 모자라 도갓술 2통.

〈1966년 2월 27일 일요일 晴〉

釜山 妹氏가 먼저 出發.

昨夜의 트라불로 氣分니 나쁘게 먼저 떠낫다.

밤 當淑[堂叔]들을 모시고 十二時 40分까지 놀이를 하다.

닭[닭] 5匹 개란 2줄

물고기 3거릇

말堤 當至[堂姪] 淑父 고배가 當淑 생기 당숙 큰宅.

〈1966년 2월 28일 월요일〉

午前 一○時 30分 뽀쓰로 서울 永登浦 一行의 出發.

永同驛에서 一時 9分 차로 서울로 오다.

뽀쓰賃 8名 서을 妹氏 負擔.

汽車賃 7名 내가 負擔.

〈메모〉

아버지 回甲 所要 경비

宅에서	도야지	7,750	
	白米 30叺	10,000	
	酒독아[술도가]	1,440	2斗
	床	5,700	

술쌀	壹叺 2말
	밥쌀 8말
	국수 5포
	도야지 150斤
	床 10種

서울	옷가지	20,000
永登浦	〃	7,500
釜山	〃	5,000
仁川	□□	21,000
昌錫	〃	13,000

서울   두루막 바지저고리 치마저고리 저고리 2

양말 7, 버선 5, 배비복 1, 마고자, 덧저고리

釜山   바지저고리, 치마, 두루막(뽀뿌링) 양말 3

永登浦 바지저고리, 세-타[스웨터](아버지)

세타(미옥이)

(구두 仁川 奉子)

〈1966년 3월 1일 화요일 흐림 8〉

봄비가 가날푸개 나리는 거리에는 흐린 하늘 아래이근만 제법 봄철 기분니 흐른다. 고달푼 몸을 푹 쉬고 나서 午後 三時 市內로 나가

貞順니 學用品 523어치를 사가지고 돌아왔
다. 李鳳榮 氏가 來訪 簡單히 會社 이야기를
나누었다.
回甲 잔치 記念 필름 3卷을 驛前 印畫商에 마
꼈다.
來日頃에는 會社 親知들을 招待하여 簡素히
막걸니라도 나누어야갯는데, 도무지, 極情이
된다.

〈1966년 3월 2일 수요일 비 10〉
가날프개 나리는 봄비가 오날도 개속된다.
겨우내 꽁〃 얼어 붓텃든 땅의 포근한 봄 날
씨에 힘엷이 녹와나서 仁川 市內 등교 골목
길은 마치 五月 달에 모심기 때에 논 살머노
흔 광경과 다름이 없다.
回甲 紀念寫眞 필림 3卷 中 第一 重要하리라
고 이겨지는[여겨지는] No.2가 모다 못 쓰개
되였으니 理由인즉 필림이 끈어져서[끊어져
서] 제데로 돌아가지 못한 데 있다.
필림 先金 200.

〈1966년 3월 3일 목요일 비 10〉
貞洙 母親 上仁. 貞洙 君니 入學식 參加 及 貰
房 주선 關係로.
靑山에서 이야기는 30,000 程度로 전세방을
었어서 元錫니와 같이 自炊生活을 하도록 하
여 주갯다고 굿개 다짐하고 나서 貞洙를 下
宿시키갯다니 도무지 모를 일이다.

〈1966년 3월 4일 금요일 비 12〉
봄비가 너무도 지루하다.
아침 저역 出退勤니 마치 논길을 것는 것과

흡사하다.
元錫니가 방을 었기 위해서 조태까지 하였으
나 適當한 房이 없어 結局 貞洙는 下宿을 시
키는 기 좋으리라는 生覺을 하고 있다.
850. 下胴 1個 鑄込.

〈1966년 3월 5일 토요일 비〉
낙씨會에서 新年總會 開催.
作業 事情의 極 多忘[多忙]. 納期 內 工程 道
行의 極難하다.
먹은 것치 취해서[체해서] 아랫배가 쌀〃하
며 도무지 食慾의 없다.
동생 종석니가 休暇 車 집에 오다.

〈1966년 3월 6일 일요일 비, 눈〉
아버지 回甲 紀念寫眞 總
명함板　28枚
中板　　52枚
大板　　4枚　　　　946
집에서 簡素히 태포을 나누다.
會社 鑄物係 各 班長 밋 50歲 以上 高騎者[高
齡者]에 限함.
總 12名 招待.
경費 2,000.

〈1966년 3월 7일 월요일 비 0.3〉
제법 봄 날씨가 지속되드니 어제 오날은 겨
울철과 다름없의 진눈개비가 쏫아저서 길가
는 온통 물바다기 지였다.
밤에 長靴 한 켤레를 사가지고 왔다.
종석니 집으로 나려가다.
會社에서 300 借用하여 寫{眞} 條代 80 中 50

으로 決定하고 명함板 7枚를 다 차저오다.

〈1966년 3월 8일 화요일 흐림 0.3〉
시골서부터 아랫배가 쌀〃 아푸기 시작하드니 어제 오날은 몹씨 거북스럽다.
食慾은 완전히 끝어지고 몸은 형편 없이 야윈다.
건설부 納分 350×400粍 下胴體 (金鉉) 담당 鑄込 關係로 밤 十二時에나 집에 돌아왔다.

〈1966년 3월 9일 수요일 晴 0.4〉
오랜만에 활작 개인 날씨다.
요즘은 會社 職務가 바뻐서 도무지 餘暇가 없다. 日氣가 좋아서 作業에는 好季節이다. 冬期에 밀렸든 作業量을 春節에 完全히 만해하여야 될 形便니다.
貞任니가 今日 책가방을 매고 學校로 갓다.
벌써 3名의 學父.

〈1966년 3월 10일 목요일 晴〉
午後 一時頃에 會社에 나갓다.
앞 運動場에서는 윷노리 배구 경기 等으로 열중. 事務室에서는 노래자랑이 한참이다.
四時頃부터는 술 취한 各 係員들의 亂斗[亂鬪?]가 벌어젓다.
鑄物에 李斗星이가 伸隊班 젊은니에게 웬쪽 새기손가락을 물렷으며 金寬道는 李鎭元 멱살을 잡었다.

〈1966년 3월 11일 금요일 晴 7〉
李濟勳니가 土聯 納分 各種 揚水機 作業 工程 監督官으로 會社에 오다. 雲海樓에서 簡

單히 술을 나누었다. 四○歲 나이에 옛날 모습 그데로 다 변하다.
李鎭元 金寬道 李斗星 昨日 술주정꾼은 모다들 缺勤.
仁川 市內 某처를 訪問. 36歲.

〈1966년 3월 12일 토요일 晴 7〉
明浩 君니 한쪽(오른쪽) 다리가 좀 가느려 보인다. 基督病院에서 診察 結果 좀 가늘기는 하나 別 無支障하다는 擔當醫의 말.
건넌房 林 氏가 移舍를 한다고.
60,000짜리 전세방을 었엇다나.

〈1966년 3월 13일 일요일 晴〉
釜山 피난길에서 野富 芮春浩 宅에서 만난 申點得 氏를 合乘 停留場에서 만나 利川電機 會社에 가 見學을 시켜주고 雲海樓로 가서 술을 나누었다. (550)
午後 二時頃에 會社를 나와 鑄造 尹 係長과 기내마[키네마] (危氣[危機] 突破를) 觀覽햇다.

〈1966년 3월 14일 월요일 晴〉
大興 鑄物工場 吳錫根을 電話로 불러내여 花水食堂에서 金守昌 同伴 下에 利川電機을 招娉[招聘] 交涉을 햇다. 520.
貞順 母 서울 永登浦 明鉉니 집애 갓다.

〈1966년 3월 15일 화요일 비〉
白米 壹叺 購入.
午後 六時 30分 태근. 집에 도라오니 정순 어머니가 도라오질 않었다. 필경 무슨 事故가

나지나 않었나 걱정이다.

건넌방 새색시가 말하기를 오늘 오겟다고 어제 떠날 제 말하드라고.

밤 七時 30分 貞順 母 도라오다.

〈1966년 3월 16일 수요일 晴〉

永登浦 昌淑이는 집을 삿다고.

그진말까지 하여 金 壹萬 원을 借用하여 가드니 貞順 母가 다니오고 나서 이야긴즉 멀정한 그진말을 해서 돈을 꾸어갓다니 갯심하다. 도무니 兄弟間에 있다위 그짓을 해가며 돈을 빌여가다니. 시골에서 鐘錫니가 마음이 맛지 않어 아옹다옹 햇다는 理由가 여기에 있스리라 思料됨.

건는房에서 18日頃 移舍을 한다니 借用金 10,000 무速히 返제하여 주어야갯는데 걱정이다.

〈1966년 3월 17일 목요일 晴〉

永登浦 各 鑄物工場에 鑄工 採用 次 出張.

1,000 會社에서 借用하여 600 接待費.

吳敬寬과 東辰에 朴鐘五를 相面.

貞順니 엄마 서울 連玉이한태로 急錢 10,000 을 돌리로 갓다가 섭〃히 도라왔다. 에당초 가지럴 말개 할 것을.

〈1966년 3월 18일 금요일 비〉

아침 九時 30分 出勤함.

李永喆을 서울 龍山 方面으로 보냄. 鑄工 採用 次.

1,000 中 200은 李永喆에게 태포代로 주다.

1,000 借用金 整理.

朴昌錫 800

李永喆 200

〈1966년 3월 19일 토요일 비 0.5〉

간밤에 급작스러운 비로 길가는 온통 흙투성이다.

바뿐 작업 공정에 오날도 몸이 피곤하다.

350×400粍 펌프 工程 關係로 오날은 참으로 무리한 작업을 일군들에개 제촉햇다.

午後 五時頃에 永登浦에서 鄭鳳龍 氏가 木型을 1100粍 RPJ 가지고 왔다. 저역을 사갯다는 鄭 氏의 好意를 무시할 수 없어서 工場 앞 雲海樓에서 저역 대접을 밧엇다.

作業을 마치고 나니 밤 十一時다. 바람은 힘차개 불어 마치 초겨울 추위로 안고 오는 날씨다.

〈1966년 3월 20일 일요일 (겨울철) 晴 0.4〉

아침 길바닥이 꾸덕꾸덕 얼어서 마치 겨울철 날씨다. 午前 一〇時 會社에 들였다가 黃永淵니 宅에서 점심을 먹고 집으로 도라와서 한심 푹 쉬고 나니 저여밥을 먹을 시간니다.

어젯밤에 큰어머니가 아주머니하고 上仁하셨다는 말을 듯고도 몸이 고단해서 차저빕지를 못햇다.

낫 十二時頃에 큰어머니하고 아주머니가 오셨다가 오현니 三 男妹까지 來訪하여 점심을 먹고 도라갓다는 안식구이 전언.

〈1966년 3월 21일 월요일 晴 0.2〉

오날이 벌서 春分니다. 낫과 밤의 平等.

날씨는 유창한 봄 햇볏이 내리쪼이나 바람의

강하개 부는 편니면 아침 氣候가 0.2℃라니 봄철치고는 차가운 날씨다.

工場에서 배가 아파 하로 종일토록 설사와 복통을 느꼈다. 村에서부터 아랫뱃창사가 끗 〃하고 딱〃 하여 변비증을 병행해서 日前에는 설사로 온밤을 새가나니 좀 낳은 듯하였드니 요즘 다시 아랫배가 딱〃하고도 別 藥을 써도 듯지 않는다.

花水食堂에서 李성태 李永喆 採用 件으로 440.

〈1966년 3월 22일 화요일 晴〉

作業 人員을 즉어도 五名 程度는 補充하여야만 工程에 차질이 생기질 않캣는데 月曜日부터 오갯다든 서울 소식은 없다. 市機에서 오갯다든 玄 氏는 말뿐니였고 李성테도 아무래도 좀 마음의 느끼질 않는 심정이고 보니 五名은 고사하고 단 二 三名을 求하기가 어려울 형편니고 보니 답〃만 하고나. 鑄物工 하면 모다가 四○歲 以上者여야만 마음 놓고 作業을 시킬 수 있는 개 現實이다. 아즉 四○代을 이어밧을 30代가 몃〃이나 있을지.

(賃金 引上率 22% 線으로 決定되였다는 工場長)

〈1966년 3월 23일 수요일 晴 2〉

給料 引上案 着성. 밤 十二時 四○分까지. 今年度 引上 %는 22%로 策定.

李濟勳 午後 5時 雲海樓에서 600어치 술 대접을 했다. 역시 변할 즐 모르는 떠버리 습관은 고치질 못하는 승품[성품].

交通費 條 200을 주었다.

桂大明 黃永淵을 통해서 米價 控除 依賴 거절.

會社에서 500 借用 200 李濟勳.

〈1966년 3월 24일 목요일 晴 2 밤에 비〉

鐘錫니가 시골서 休暇를 마치고 올러왔다. 昌錫니가 그데로 農事를 짓갯다는 말을 하드라니 多幸한 일이다.

鑄造 尹彌文 스캔달 件으로 경신호와 3名의 雲海樓에서 저역을 나눔.

工場長으로부터 억울한 이야기를 들었다고 눈물까지 흘렸스니 오즉이나 섭〃햇으면 사내가 눈물을 흘였스라.

賃金 査定 完了(工場長의 否決 再查定安[再査定案]).

〈1966년 3월 25일 금요일 晴〉

給料 2月分을 支給.

종석니가 시골서 올라오다.

契돈 宋金洪 落札	1,020
鑄友會 1,000及 140 利子	1,140
藥代 경신호	300
白雲羅紗 오보[오바]대	2,200
給料 支拂 300 100 500	900
白米代 2月分 壹叺代	5,750
計	11,310

〈1966년 3월 26일 토요일 晴 0~9〉

給料 査定案 完了.

22% 線으로 內定되였으나 實 內容은 20% 程度로

最上 金額 340

最高 引上額 70　41%
종석니 고구마 壹叺을 시골서 붓첫음.
長安낙씨 江華 內加池로 釣會.

〈1966년 3월 27일 일요일 晴 0~10〉
큰어먼任 宅을 訪問. 白髮의 영역한[역력한]
70旬 高齡에 孫子의 망내의 食事 關係로 上
仁하여 고독한 生活을 지나고 개시는 큰어머
任 모습의 어느 모로 보아 가엽기만 하다.
750粍 揚水機 下胴體 1個가 밋으로 샛물이
세여서 못 쓰개 됏다.
午後 八時 일을 마치고 水文통 창순옥에서 9
名의 술을 마셨다. 1,400.

〈1966년 3월 28일 월요일 晴〉
八時부터 工場 옆 硫酵工場 사무실에서 春畵
을 觀覽햇다.
九時 30分 長安낙씨店에 들렸다.
內河池[內加池]에서 3/27日 낙씨 성적의 좋
치 못햇다는 消息. 돈 100을 借用하여 잠시
市內를 求景햇다.
요즘 몸의 극도로 수약해서 도무지 소하가
되질 않은데다가 변비마저 겸처서 약을 써도
別無效果 상태니 極情이다.

〈1966년 3월 29일 화요일 晴〉
따스한 봄 날씨에 제법 버들닢히 파랏파랏하
는 초록빗을 나타내기 시작햇다.
三月 三日이면 江南 제비 도라온다는 말과
는 달니 今年은 아즉 제비가 나타나지 않으
니 윤달이 들어서 철후[절후]가 늦은 것마는
털님 없는 모양. 작년 같으면 봄 낙씨도 제법

제미를 보았는데 今年은 아즉 제미 보앗다는
이야기를 듯지 못하였으니 다음 四月 달부터
는 좀 나아지갯지. 4日 三日을 始釣을 해볼가
하는데.
李奎鎬 母親 밤 七時 三〇分 來訪(餠).

〈1966년 3월 30일 수요일 晴〉[5]
요즈음 경신호의 행동이 좀 異常하다.
勿論 내가 生覺하는 方策과 다르갯지만 일꾼
들에 對한 마음이 생각하는 견해에 따라 다
르다. 上司에 對한 理由 없는 복종도 좋갯으
나 때애 따러서는 自己 主觀으로 억울타고
판달할[판단할] 때는 일꾼들의 福利를 爲한
두쟁[투쟁]이 가장 重要한 下部에 對한 信任
度다. 今月부터 工員들을 賃金의 오르고 試
備工은 뒷거름을 하는 格이니 마땅히 臨時工
에 對한 收入을 工員들과 對等할 수 있도록
과감하개 會社에 對한 태도를 定함이 마땅하
갯는데 오날 試備工(永登浦 通勤者) 全員니
殘業을 拒否하고 定時에 退勤한 理由인즉 本
工들은 賃金의 大幅 引上되고 試備工은 으붓
자식 待遇를 免치 못할 立場은 미리 先見한
까닥.
나의 意見으로는 于先 作業의 바뿌니가 月個
[個月] 約 3,000의 差額을 延長手當으로 充
當하여 줌는 方法과 試備 日當을 引上시켜
주든지 第三은 本工으로 昇格시키는 方案.
경신호는 六個月이 되여야만 本工으로 內申

---

5) 이 날의 일기는 31일자의 일기장 지면에까지 이어져
　있다. 31일자 지면에는 날씨가 '晴'이라고 수기로 기
　록되어 있기는 하나 내용은 30일자에서 이어지고 있
　으므로 따로 입력하지 않았다.

할 수 있다는 斷言으로 좀 참우면[참으면](2個月) 本工의 될 수 있을 탠데 무엇이 그리 바뿌야는 格이니 웃사람치고는 너무도 뱃장이 업다.

나에 方案으로서는 于先 明日 會社에 對한 解決策으로

① 20餘 名의 冬節에 苦生을 하여 工程을 마추었다.

② 鑄工의 그리 求하기 십지 않타.

③ 全員 實力 行事로 殘業을 거부하면 아무턴 나로서는 冬節에 苦生한 同志들을 헌신짝 차버리듯 무관할 수는 업다.

〈1966년 4월 1일 금요일 晴〉

金鎭國이가 不快감의 폭팔하여 鑄 事務室에서 경信浩에개 陣上[眞想]을 報告하는 場面에 내가 들어갓다. 鎭國이가 나에 妹弟가 된더는[된다는] 立場에서 볼 때 나의 마음도 무척 不快햇다. 경信浩에 말인즉 鎭國이개 좀 反省하라는 要旨의 訓戒나 黃영연이도 나에 對한 氣分은 좋치 못하갯지만 鎭國 性格으로 보아서 일을 사보타추 하그나 시키는 데로 뀌[꾀]를 부리는 爲人도 못 된다. 그럿타면 鎭國이 自尊心이기 때문일가?

〈1966년 4월 2일 토요일 晴 13〉

今年度 賃金 引上 發表가 있었다.

午後 五時가 지나서 最終 通知表을 가지고 왔다. 경信浩 今般 引上에 對한 全般的인 피판[비판]에 陸驥永에 對한 差位[差異]가 10원니나 不平이 잇다는 率直한 意思 表示에 나에 理思[意思]을 表示할까 하다가 간단히

기술면으로 보아 白南錫이하고는 差位가 生겨도 別 거 아니라고 가볍개 應受[應手]하고 말엇다. 李喆秀 君니 昇格狀을 찟고 李吉洙가 李仁淳와 比해서 무엇이 부족하야고 따지는 데는 나로서는 할 말이 업다.

〈1966년 4월 3일 일요일 晴 13〉

四月 더러 첫 休日. 유창한 봄 날씨다.

始釣을 하여 볼가 햇으나 워낙 어제 밤에 늦개 退勤하여 가고 싶은 마음은 간절햇스나 꾹 참었다. 午後에 와롱池가 나가 보았스나 누구 한 사람 낚씨를 당근[담근] 사람은 업다.

伯母 來訪.

金炳烈 就業(신한 BarRing[Bearing] 人事 次. 韓光錫 鑄工一 君은 就職 依賴.

〈1966년 4월 4일 월요일 나리 晴 15〉

극작스럽개[갑작스럽게] 풀니는 날씨에 감기가 왔다.

식욕을 이른 지 三, 五日 前이다. 봄철이면 으래 밥을 먹지 못하는 게 나이 生理이고 보면 요즘 돈 한 푼 없는 살님을 꾸려나가는 안식구의 안타카운 태도가 역〃 하나 없다 치여노코 밥상에 김치 하나로 지속하는 요즘 이란[이런] 밥상을 데할 때마다 역정만 난다. 몸은 쉬약할 데로 말려가며 배는 고푸나 도무지 먹지를 못하니 시금치나 市場에 나온 지 몇칠 전이였다. 仁川 市內 사람치고 시금치를 求景 못한 사람이 몇치나 될까.

〈1966년 4월 5일 화요일 晴 15〉

崔宗祿 君니(鑄鋼係 기중기공) 갑작이 工場을 고만두겟다고. 內容인즉 今般 職業 轉向을 하겟다고. 百年 기증기에 않저 보았자 신퉁한 게 없서서 장사 方面으로 직업을 바꾸겟다니 急作스러운 태도에는 좀 이상한 생각도 든다. 賃金 引上에 對한 不滿니 아닌지. 하기야 이번 引上에 宗祿이 만치 오른 사람이 70(210-280)으로 됫으니 사람 욕심이란 한니 없다.

〈1966년 4월 6일 수요일 晴 15〉

作業場에 濟勳 君니 土聯 寫진班員을 同伴하고 鑄物 作業 實情을 映寫로 撮影하나.

500粍 LE 胴體 鑄込 作業 中 助場[調整] 핸들 故障으로 失敗하다.

塊炭 事情 惡化로 作業 一時 中斷.

昌錫 同生으로부터 無事히 部隊에 到着하였다고 消息의 傳해지다.

白米 壹叺 購入. 外上.

〈1966년 4월 7일 목요일 晴 14〉

三月分 給料을 지금까지 못 타고 보니 子女들 納付金은 제처노코 家內에 단 돈 한 푼이 있을 니 없더[없다]. 그야말로 無錢 生活이다.

朝夕으로 對하는 밥床에는 떼 지난 김치와 짠지국. 그야말로 活動을 爲하여 조금式 밥을 억지로 터 넣는 實情이고 보니 너무도 쪼달닌 生活의 지루하기 개속되는구나.

崔宗祿 君니 번이[번의]하여 다시 明日부터 就業을 約束햇다.

〈1966년 4월 8일 금요일 晴 14〉

會社에서 金 1,000을 借用함.

850粍 펌프 附屬 부라캣드 카바 巢로 因한 原因 究明에 生型 陸 班長에 對한 言行의 너무도 경솔햇다.

좀 더 화가 나드라도 참어야지 사람의 나의 四○歲에 채신니 없시 대엿으나 참을 수 없을 程度로 일을 그럿치는 {데} 對하여는 도무치 참을 수 없는 개 나의 心情이고 보면 生型 사람들이 그야말로 통〃 막킨 사람들뿐니라고.

〈1966년 4월 9일 토요일 晴 18〉

鐘錫니에게 片紙를 쓰다.

鑄造 內 낙시 同志들의 鑄物 全員에 對한 明日의 偉島 釣會에 會費을 저보고 入贊하라는 付託을 밧고 八方으로 努力햇으나 虛事다.

各者[各自] 모다 無錢 生活을 하는 形便니니 給料 未拂로 從業員 個〃人니 히생이로다.

今年 들어 氣溫니 最高로 높다.

生産管理課 朴경연니와 다두었다[다투었다]. 學校면 나오면 무었이든 다 뒤는 줄로 生覺하는 풋병아리 갓튼 냄세를 풍기는 親구들이다.

〈1966년 4월 10일 일요일 晴 15〉

아침 七時 뽀쓰로 大明里 方面 덕포 水路로 今年 첫 낚시를 갓다.

昨年度에 한발로 因함인지 성적의 極히 불량하다. 내가 붕어 4匹 南錫 氏가 1匹 永德 3匹.

午後 二時 30分 歸家햇다. 몸이 좀 열이 나서

앞 약국에서 감기약 三봉은 사다 먹고 구역질과 구토가 나서 밤새 귀로왔다.

〈1966년 4월 11일 월요일 晴 15〉

아침에 會社에 나아가겟다고 차비를 햇스나 도무지 몸의 무거워서 그데로 주저앉저서 다시 藥은 服用하여 치료를 밧었다. 空服[空腹]에 조금도 먹은 것이 없어나 웬닐인지 토하고 가슴의 쓰리다. 食慾의 끝어저서 웬몸의 솜 같히 피로하다.

午後 漢藥房에 가서 針을 맞고 漢약 두 첩을 다려 먹었스나 조곰도 差度가 없다. 좀 먹으면 가슴의 빠개지는 것 같은 기분니다.

〈1966년 4월 12일 화요일 晴 15〉

會社에 出勤햇으나 가슴의 쓰리고 온몸의 쑤시여서 花洞醫院에서 簡單의 治療을 밧엇스나 앞히 앗찔해서 新林洞 自宅까지 가기가 무척 귀로윗다. 10日 아침부터 全然 밥을 못 먹었다. 좀 먹으며는 가슴의 답〃하다.

今般 몸의 아품은 나의 40歲에 처음 격는 귀로운 病勢다. 통 內容을 알 수 없는 病이다. 가슴의 쓰리고 답〃하다.

來日은 會社에 나아가야 할 텐대?

〈1966년 4월 13일 수요일 晴 17〉

出勤하여 午前 中에는 三성 倉庫 待期室[待機室]에서 아푼 몸을 안정시키다.

正時에 곳장 집으로 도라오다.

서울 仁川 地方에 개나리가 滿開花햇다. 鎭海에는 벗꽂이 한참이라는 花信니 紙面에 報道.

〈1966년 4월 14일 목요일 晴 19〉

점심 時間에 韓炯植과 雲海樓에서 點心을 마치다. 近 3日間 밥을 못 먹다가 오날 點心에 조[좀] 과식을 한 샘이다.

몸은 조금 나아지는 것 같으나 아즉 뚜렷한 무순 차도가 나타나지는 않는다. 가슴의 쓰리고 아프고 에욱질[구역질]이 나는 理由인즉 감기약에다 處方을 잘 못한 탓이라고. 창인 藥房이 갯심하긴 하지마는 別 도리 없다.

〈1966년 4월 15일 금요일 晴 18〉

愛館 뒷골목 순두부집에 八時 三〇分에 到着하고 보니 金仁鎬 李道烈 韓炯植 三名의 막 이러스랴고 하든 찰나였다.

酒席은 다시 개속 九時 四五分에 대포집을 나왔다. 李道烈 氏 왈 朴경연니를 아주 變壓器로 보내라고 권유하였다고 金仁鎬 앞해서 서슴치 않고 이야기한다.

試備工 及 雜工 給料 支給. 3月分.

〈1966년 4월 16일 토요일 晴 14〉

비바람의 세차개 분다. 태풍이다.

비는 멈추었다. 明日의 날씨가 궁굼하다. 장안에 노 씨로부터 方農場 行에 對한 參加 可否 동지[통지]를 제족[재촉] 밧다.

給料 체불로 殘業 拒否.

노조 상님위원 全員니 工場長室에서 농성투쟁.

〈1966년 4월 17일 일요일 晴 14〉

今年 들어 第二回 낙씨.

아침 九時 車로 古棧 水路에 到着.

말쑥히 꾸며진 동차에 타고 보니 기분니 상
쾌하다. 차창에서 보이는 논에는 滿水. 昨年
에 旱魃로 今年에는 논마다 물은 찰랑~ 갓어
두었다. 못자리가 간혹 始作하는 初期.
水路에는 앉즐 자리조차 없다. 高俊錫이와
鄭東浩가 잉어 各 1마리식 낙꾸고 他人은 형
편 없는 흥운.
5時 30分에 기로. (水路 上 다리 밋에서 15
首.)

〈1966년 4월 18일 월요일 晴 14〉

낮 2時경에 이발을 햇다. 作業 時間에 未安한
마음이 있으나 웬닐인지 요즘의 마음의 틍테
[동태]가 데려면 데라 못 데 보았자 어트캐
하갯느냐는 뱃심.
잇을 떼까지는 충실이 직분을 이행해야지,
나이 마음을 달레고 反省도 하자.
가슴의 쓰리고 아푸다. 무슨 약을 써야만 나
을는지 궁굼하고 불행이 지속이 너무도 길
다.

〈1966년 4월 19일 화요일 晴〉

四一九 六周年. 한간에서는 四一九 精神는
完全니 사라젓다 누구나가 말하고 있다.
四一九 精神니란 부패와 부정을 일소한다는
理念을 사라지고 요즘의 社會相을 말할 수
없시 썩어젓다.
課長 代理 職責으로 昇格됫다는 消息을 들었
다. 滿足한 昇格은 않니다. 代理 程度야 當然
히 늦은 감이 드는 昇格이고 보니 金仁鎬가
말 좀 하갯다든 언질은 말뿐니 호언인지 然
니며는 張 會長의 反對햇는지는 모루데 不滿

니 크다. 驛前 茶房에서 申 氏와 對話.

〈1966년 4월 20일 수요일 晴〉

張 會長 來社. 今般 引上에 對한 未拾[未洽]
한 點을 지적하고 渡日 人事 次 平壤麵屋에
서 福 係長 以上 參席 下에 宴會를 開催함.
作業 事情으로 宴會 中 반기에 參加함.
鑄鍛課 一同 第二次로 八味亭에서 自祝 파-
티를 함.
李永喆과 같히 태포집에서 골라[콜라] 二병
을 마시고 十一時 四○分에 해여짐.
給料 支給(3月分).

〈1966년 4월 21일 목요일 晴〉

驛前 茶房에서 경信浩와의 對話.
이런 말을 않 할려다가 웨 이리 더 으심스러
워서 한다는 內容의 서두로 始作한 理事會
다음 날 工場長이 하는 말아 朴 係長 申 係長
과 경 課長 시이[사이]에 무슨 알력이 있는
기 않니야고 質問인지 然니면 그러한 이야기
를 崔 課長 金東相 尹 次長 三者 中에 1人니
工場長에개 이야기햇다는 說이고 보면 터무
니없는 억설이다.

〈1966년 4월 22일 금요일 晴〉[6]

古參 係長으로서는 朴基錫니가 第一인 젓이
다.
무려 七個年 同一職이고 보면 部下도 第一

---

6) 이 날의 일기는 31일자의 일기장 지면에까지 이어져
있다. 31일자 지면에는 날씨가 '晴'이라고 수기로 기
록되어 있기는 하나 내용은 30일자에서 이어지고 있
으므로 따로 입력하지 않았다.

만타지만 다른 것이라고는 全無 狀態다.

要는 주는 데로 밧고 그개[거기] 마추어서 일할 方針. 뱃장.

이번 昇格에 不滿니 크다.

〈1966년 4월 23일 토요일 晴 24〉

朴경연과의 트라블.

내가 먼데 건방지개 지랄이야.

나이로 보아서도 그러할 수 있다.

電話로서 對話. 기분니 상해서 早退함. 黃 係長 辭表 提出.

〈1966년 4월 24일 일요일 晴 24〉

江華 三山島 낙씨 行.

아침 五時 五分에 仁川 發 八時 20分 三山島 낙씨터 到着. 例年과 比해서 물이 너무 만아 아침 九時 30分가지 不過 1時間 동안은 썩 잘 되였으나 午後에는 한 마리도 못 잡은 사람의 태반니다.

아침 점심을 먹지 않코 초코랫으로 끄니[끼니]를 떼웠다.

〈1966년 4월 25일 월요일 晴 24〉

朴경연니가 아침 일찌감치 주물工場에 왔다. 未安하다는 이야기를 하기 爲함인지 然니며는 해명을 하기 爲해서다.

내가 말하기를 앞으로 있는 동안니나 서로가 마음 변치 않코 지냅시다에 答변니 없다.

粉鐵 搬出 開始. 2車.

李규호 君니 常綠樹에서 來電. 內容인즉 氣分니 나지 않어 作業이 않 덴다는 率直한 心情의 吐露.

〈1966년 4월 26일 화요일 雨〉

기다리든 단비가 보슬보슬 나리기 시작햇다. 간밤부터 全國的으로 봄비가 나렷다는 아침 신문에 보도되고 보니 쌀갑에 좀 변동(나린다)이 있으리라 生覺된다.

공무課에서 AC CASTENg[casting] 完成으로 상금 20,000을 탓다고 육호집에서 한 잔식 사다.

慶信浩 課長 宅 訪問. 다리곤 5日分을 가저왔다.

〈1966년 4월 27일 수요일 흐림〉

1966年度 昇格 發表.

제가 2級 三號棒[號俸]을 밧다.

1966	本俸	14,500		
	職手	3,000	}	19,250
	特手	1,750		
1965	{本俸}	12,000		
	{職手}	1,500	}	15,500
	{特手}	2,000		

胃病 治療 次 針을 맞기 始作.

〈1966년 4월 28일 목요일 흐림〉

韓國機械工場 앞 板子집村에 約 六旬五歲 가량 되는 老母가 침술을 배워 胃가 쓰리고 아픈 데 針으로 치료을 밧기 始作 第二日째.

朴鳳樹 昭介[紹介]로 外上 治療을 밧기 始作햇다.

가슴이 쓰리고 아푸고 따겁다.

壓迫感을 준다.

〈1966년 4월 29일 금요일 晴 19〉

Si Ag에서 고른 粉鐵 出荷.

5,000/TS 文 係長 評價.

鑄友會에 20,000 밧음.

경信浩 立會 下에.

(永登浦 申 氏로부터.)

오날은 침은 맛지 않음.

별 소암[효험]이 없어서 中止.

〈1966년 4월 30일 토요일 晴 23〉

金正燁이를 통하여 鑄友會費에서 1,000을 借用(無利子).

白南錫과 같히 낙씨會에 들님.

낙씨 干 2間 半 黑干 1100

　　　　바침臺 60

外上 購入.

〈1966년 5월 1일 일요일 晴〉

午前 三時 二五粉 起床 簡소한 입맛이지마는 밥을 살머서 먹는 둥 만 둥 하고 四時에 집을 나서니 거리는 조용히다.

四時 三〇分 正刻에 仁川을 出發. (인성[안성]) 쁘스 貸切. 人員 40名 古三貯水池[7]로 달리기 始作 꼭 3時 걸여서 8時 30分. 우리가 第一 늦개 到着한 셈이다.

지난 週에는 곳잘 나왓다든데 오늘은 도모지 들 않 나오니 水深의 約 1m나 주럿다니 口動.

大魚 24.5m/m.

───────────

7) 경기도 안성군 고삼면 월향리 소재 저수지를 가리키는 것으로 보인다.

〈1966년 5월 2일 월요일 비〉

朝 七時 一五分 막 會社 出勤을 서두르듯 찰나에 張鐘然 君니 來訪햇다.

江原 炭鑛 就職 一個月 後에 經過를 알니기 爲한 또는 家族을 다리고 仁川을 떠나 江原道로 간다고.

午後 六時 三五分부터 花信麵屋에서 黃永潤 送別 酒宴니 배풀어젓다. 慶信浩와 黃永淵 3名의 二次 酒宴을 會햇으나 '경상도집'에 들려서 데포 한 잔式을 마시고 해여젓다.

〈1966년 5월 3일 화요일 晴 17〉

文益模 노조 委員長과 밤 七時頃 愛館劇場(鷄龍山) 映畵 觀覽을 하다.

밤 十一時 집에 도라오니 아버지와 外淑父[外叔父]가 來仁하셨다.

工員級까지 四月分 給料 支給.

〈1966년 5월 4일 수요일 晴 18〉

胃病의 甚하여 基督病院에서 診斷을 밧다.

午後 六時 아버지와 外三寸니 工場 求景을 오셨다.

來日 가시갯다고 外三寸과 아버지가 밤 九時頃에 生鮮을 사시갯다고 市場엘 나가시다.

돈니 떠러저서 제데로 待接도 못하여 드려서 未安하기만 하다.

〈1966년 5월 5일 목요일 晴 23〉

요즘 같히 살님에 쪼달니다기는 츰이다. 올해 一학년인 정임니가 逍風을 못 갓쓰니 마리다. 理由로서는 첫제 옷시(제철에 맛는) 없다. 둘제는 父母들의 따러가여야만 하는데

역시 나드리옷이 없어 가지를 못햇으니 따지
고 보면 母가 가지 못할 事情으로 자식마저
못 간 셈. 1학년 들어 첫 소풍을 못 갓다니 마
음에 걸닌다.

黃永淵 係長 送別會을 桂大明 집에서 開催.

〈1966년 5월 6일 금요일 晴 23〉

웬쪽 볼에 뽀드라치가 나서 몹시 거북스럽
다. 리발 후에 었은[얻은] 病이고 보면 面刀
時에 균니 드러간 模樣. 約 一週日이 지낫근
만 破종도 않고 오날은 좀 무리하개 쑤시는
기분니고 보니 멀지 않어 터질 모양.

낙씨 用 이자[의자]를 工場에서 만들어 왔다.

〈1966년 5월 7일 토요일 雨〉

六時에 이러나 보니 봄세[밤새] 소리 없이 단
비가 나렸다. 강우량은 많치 못하겠으나 農
村을 爲한 甘雨다.

〈1966년 5월 8일 일요일 晴〉

아침 四時 기상.

四時 三〇分 仁川 出發 方農場.

仁川 시흥 간 55分.

안양서 뽀쓰 뺑크.

수언[수원]서 約 一時間 華城郡 山길을 달리
여 方農場에 到着.

붕어가 너무나 잘다.

〈1966년 5월 9일 일요일 晴〉

昨日이 遠행 낙씨로 全身니 귀롭다.

會社에서 十二時頃이며는 졸닙다.

웬닐인지 요즘은 하기가 실다.

양심에 뉘우침도 모른다.

〈1966년 5월 10일 화요일 晴〉

시골서 어머니가 오셧다.

19日[8]에 오시겟다고 아버지가 말슴하시기
에 아이들이 어젓개 제물포역에까지 나아가
보았근만 허탕.

결국 어머니 혼자 驛에서 차저 드러오셧다.

姜덕순 宅 弔喪.

〈1966년 5월 11일 수요일 晴〉

奉子 떼문에 온통 집안니 법석.

어머니는 몹시 귀로운 心情이다.

나이가 차서 고집만 부리는 奉子가 밉다.

〈1966년 5월 12일 목요일 晴〉

四{月} 給料을 밧었다.

13,750 半取.

總額은 20,800 院除[控除]하고 나니 실상 더
러오는 건 없다.

〈1966년 5월 13일 금요일 晴 24〉

어머니 基督病院에 가시다. X線 撮影 結果 炎
症의 發生햇다는 診斷.

一週에 一回式 內院 治療을 밧으라고.

李奎鎬 郡 아침에 來訪. 其間 缺勤하기 된 理
由인즉 無籍 關係로 約 100,000을 들려 免除
證[9]을 發給 밧엇다니 世上은 돈니면 다네.

---

8) 이 날의 음력 날짜가 3월 20일이니, 본문 중에서의
   19일은 음력 19일, 즉 전날을 의미한다.
9) 병역 관련 면제 서류를 의미하는 것으로 보인다.

〈1966년 5월 14일 토요일 흐림 비 27〉
날씨가 마침 여름이나 다름 없는 程度로 27℃나 올나갔으니 온몸에 땀이 날 程度. 鎔解 作業을 하는 工具들의 온몸에서 물방울 같은 땀의 개속 흐른다. 鑄物工이 가장 作業하기 힘든 여럼철이 닥처오는 샘이다. 요즘 心情은 도무지 일하기가 실타. 아침에 就業하여 午後 五時까지 시간니 무척 지루하고 보니 其 理由로서는 여러 가지 있갯으나 첫제 條件으로서는 제데로 제 밥그릇은 못 차저먹으니 자연 心事가 반발이 생기는 개 人間 本能이다.

〈1966년 5월 15일 일요일 晴〉
아침 六時 窓門여 걸처않저 仁川 市內를 바라보니 어저에[어제의] 비로 활작 개이고 바람까저 고요하고 보니 기분니 상캐하고 마음이 좋타.
나무잎은 다 자랏다. 그 색칼만은 더 鮮綠하기 나타낼 뿐니다.
今年 들어 츠음으로 永宗섬으로 낙씨질을 갓다. 白南錫과 朴憲弘의 同行하였으며 別다른 滋味를 못 보앗다.

〈1966년 5월 16일 월요일〉
양성工 조규히 君니 父親과 人事를 나누었다.
庶務에 金基正 경信浩 參加裡에 아래 육호집에서.

〈1966년 5월 17일 화요일 晴〉
黃永淵니 來社.

木型 係員 一同의 送別會를 開催함.

〈1966년 5월 18일 수요일 晴〉
盧吉愚 君니 負傷. 韓外科 入院.
마새크炭[10] 試驗 結果 失敗.
노길우 負傷 交通費 條로 公金 200 가지고 갓다.

〈1966년 5월 19일 목요일 晴〉
永登浦 木型 鄭 社長으로부터 鑄造課 野遊會費에 보데 쓰라고 一金 壹萬 원을 喜捨함.
工場에서 祭事[祭祀] 用 잔데[잔대] 4個을 가지고 왔다(유기).

〈1966년 5월 20일 금요일 晴〉
어머니 基督病院에 갓다 오셨다.
술잔 7個 쟁반 3個.

〈1966년 5월 21일 토요일 晴〉
理髮所에서 金 氏와 明日 날씨에 關해서 오날 저역에 "도마리"[11]를 가자고 제이[제의]하여 왔다. 좋키는 하나 來日에 스캐줄의 다 마련데여 있으니가.
日本 視察을 마치고 도라온 金炳烈 工場長과 朴京緒 製作部 次長으로부터 膳物 條로 넥타이 1個式을 바었다[받았다]. 夜間에 申正植 木型係長과 金正燁 同伴하여 中央市場 帽子店에서 25日 製造課 野遊會에 쓸 帽子 107個

---

10) 조개탄
11) とまり. 숙박이라는 뜻의 일본어로, 여기에서는 1박2일의 낚시를 뜻한다.

豫約.

〈1966년 5월 22일 일요일 晴〉
새벽 3時 20分에 잠이 개여 보니 주이는 고요하고 西쪽을 나려다 보니 仁川重工業 굴둑에서 나오는 구름 같은 연기가 비행운처럼 一즉線으로 南족으로 구부러젓스나 바람이 세다. 새벽 4時 現在 劇場 앞해서 郭永國 白南錫 3名의 택시로 港洞 낙씨터로 달였다. 4時 7分에 出發하여 五時 15分 前에 目的地에 到着. 벌써 15名 以上이 낙씨터에 모였다.
今年 들어 좀 滋味를 보았으나 35首.

〈1966년 5월 23일 월요일 晴〉
仁城旅客 事務室에서 曺 氏와 같히 25日 利用할 뽀쓰 2臺 豫約金 條로 5,000원을 주고 臺當 5,500원으로 貳 臺로 決定하였다.
10時 30分 뽀쓰로 大明里 행. 港洞에서 下車. 바람의 새차기 부는 탓으로 낙씻데가 날려날 程度. 約 二時{間} 동안에 30首을 떡으로 낙갔다.
公金 5,000 뽀쓰 豫約.
200 交通費 及 接待費.

〈1966년 5월 24일 화요일 晴〉
明日의 準備 次 바쁘다.
帽子를 찻고 e[each, 개당]. 42 107個.
그릇세를 내고.
眞露 100個 4,200
골라 60個 1,080
도야지 120斤 e. 65

〈1966년 5월 25일 수요일 晴〉
鑄造課 全員 章陵으로 野遊會을 가젓다. 總경비 5,300 도야지 120斤 술 진로 1人當 2合 外 탁주 5斗.
人員 100名.
뽀쓰 2臺 傳貰 11,000
金公히 裵萬德 金浦 경찰서에 拘束되였다.

〈1966년 5월 26일 목요일 晴〉
金浦 署에 아침 一〇時 25分 到着. 無事히 解決되여 歸仁. 金公히의 無禮한 태도.

〈1966년 5월 27일 금요일 晴〉
金公熙 李今烈 李泰植 裵萬德 仁川과 서울 사이에 意見니 差位로 因한 트라불을 조종하의 술을 나누다.

〈1966년 5월 28일 토요일 晴 후림 비〉
永登浦 妹氏 來訪.

〈1966년 5월 29일 일요일 晴〉
港洞으로 낚씨을 갓다. 큰 貯水池에 붕어 열두서는[열두세] 마리를 잡아가지고 저수지에서 約 一〇分 南쪽으로 가서 웅덩이가 있다기에 나려갓드니 가물로 因해서 물을 타 푸었다. 아침부터 논에다 푸어 넛다니. 約 八時間 만에 뿜어 세개[새끼?]들은 갈 곤 없시 전렬됫다[전멸됐다].
約 一八當을 주섯다.

〈1966년 5월 30일 월요일〉
비가 오지 않어 걱情이다.

벌써들 조그만한 저수지에는 물이 말럿다. 이 상태로 가다가는 작년짝이 날란이다[날량이다].

〈1966년 5월 31일 화요일 晴〉
원뱀이 아저씨 작은 아버지 두 분니 來仁. 工場을 求景시켜 드리고 雲海樓에서 저역을 對接햇다.

〈1966년 6월 1일 수요일 晴〉
申正植 氏가 鄭鳳龍 氏로부터 밧은 돈 2,000으로 平壤 精肉店에서 簡素히 태포을 나누고 申正植과 둘이서 밤거리을 돌다.
기로[귀로] 菓子 200어치를 驛前에서 사주드라.

〈1966년 6월 2일 목요일 晴〉
黃永淵 午後 四時頃 來社.
崔武弼 氏와 趙喜永 氏 間에 同業하든 이후 밧데리 工場 設置 內容에 對한 黃에 依한 陣上을 들으니 崔武弼 氏가 조히영 氏에개 배신을 당햇다니.
平壤 精肉店에서 610.
경信浩 黃永淵 申正植 4名.

〈1966년 6월 3일 금요일 晴〉
永登浦 木型 工場에 出張을 간다는 條件으로 230 會社에서 交通費을 탓으나 事情으로 中止.
六時에 驛前 東仁茶房에서 金仁鎬 氏와 相面. 요즘의 金炳烈 氏가 日本에서 도라온 後 金仁鎬 氏에 對한 비방이 데단하며 앞으로의

金仁鎬 氏의 態度을 물어 보앗다. 서울집에서 韓炯植 申正植 朴京緒 李道烈 五名의 앞으로의 作業에 對한 相議을 햇다. 二次로 朴次長의 한 잔 더 삿다. 十二時 二〇分前 韓炯植과 다시 200짜리 求景을 햇다.

〈1966년 6월 4일 토요일 비〉
기다리든 비가 나리기 始作햇다. 出勤길에 비를 만나 뽀쓰에 오르니 손님을 터[더] 기다리는 뽀쓰가 出發을 않는다. 五分 後 비는 머저 다시 뽀쓰에서 나려서 것기를 始作햇다.
七時에 李永喆 氏와 디리[다리] 건너 昌信屋에서 藥酒 한 대를 놓코 이런 이야기 저러 여기[이야기]을 나누엇다. 特히 金炳烈 工場長에 對한 요즘의 態度에 對한 이야기가 주제.
일꾼들에개 주어야 할 상금을 슬적 햇다니 말이 아니다.

〈1966년 6월 5일 일요일 비〉
기다리든 단비가 나리다.
아침 十一時 30分頃에 날이 들기 始作하여 午後에 五鐘 水路 上流로 낙씨를 갓다.
素砂에서 뽀쓰로 約 二粧 가서 步道[徒步]로 約 三〇分 水路에 到着하여 보니 한 분도 同行인언 없다.
國防道路을 건너 金浦 쪽으로 가서 約 20首을 햇다.
기로 낙씨 뽀쓰와 合乘햇다.

〈1966년 6월 6일 월요일 晴〉
아침에 貞花가 國旗을 꽂것다.
무심고 今日의 顯忠日인 줄을 알엇다.

會社로 가는 길에 各宅을 두루 살피여 보았으나 國旗을 달은 집은 學校나 支署 外는 보지을 못해엿다. 좀 더 當國에서 愛國班을 通한 啓몽이 必要하다고 느껴젓다.

〈1966년 6월 7일 화요일 晴〉

이침[아침] 五時頃 집을 나왔다. 素砂에서 뽀쓰 時間을 보았다. 五分니 늦어서 비행장 가는 뽀쓰를 놋첫다.

할 수 없이 約 八粁을 步行햇다.

日曜日 나앉젓든[나앉았던] 바로 그 자리에서 二〇首 程度박캐는 못 잡었다.

어머니을 하로 속히 나려가시도록 하여야 하것는데 12日날이 할머니 祭事날.

張 會長 東芝[도시바] 社長 土芝과 來社.

〈1966년 6월 8일 수요일 晴〉

申正植 氏와 工場 앞 육호집에서 탁주를 마섯다. 內容인즉 申正植 家內職으로 한 ACE Buracht[bracket] 木型 代金으로 한 잔 사갯다는 內意다.

驛前 맥주집에서 各 一병式 마시고 도라갓다.

來日까지는 어머니를 나려 보내시야갯는데.

作業 中 工場 三TS 爐 煙突에서 發火. 約 二〇分에 鎭火.

〈1966년 6월 9일 목요일 晴〉

어머니가 下鄕하셔야 되갯는데 旅費조차 없으니 極情니다.

안食口에개 빗을 얻어서 旅費을 하여 드리라고 附託[付託].

〈1966년 6월 10일 금요일〉

張炳贊 氏 生誕. 工場 食堂에서 豚 250斤자리을 잡아 會食을 햇다.

沈哲元니에개서 1,000 借用.

〈1966년 6월 11일 토요일〉

밤 七時 해성옥에서 李今烈 韓炯植 鄭河奎 경信浩 술을 마시다.

〈1966년 6월 12일 일요일〉

白南錫 郭榮洙 王홍植 4名이 朝 四時 20分 玳切[貸切]로 五宗 水路가 가다.

永同浦 全正鎬 君니 就職 件으로 妹氏 來訪.

〈1966년 6월 13일 월요일 晴〉

午後 一時頃 永登浦 木型 出張.

350×2 MS 揚水機 木型 中間 作業 相議 次.

麥酒 두 병을 鄭鳳龍 氏 宅에서 마시고 五時에 집에 도라오니 서을 妹氏가 차저와 있다.

光口 件으로 앞으로 仁川에다 마까갯다는[맡기겠다는] 附託[付託].

〈1966년 6월 14일 화요일 晴〉

가뭄이 지속으로 極情스럽다.

工場어서 200 借用. 合乘費 條로.

〈1966년 6월 15일 수요일 晴〉

午後에 工場長室에서 電話가 왔다. 朴基錫니 좀 오라는 內容.

무순 영문닌지 궁굼히 여기며 올라간즉 경信浩와 시이[사이]가 좋치 못하다는 이야기가 들여온다는 이야기.

어이가 없어 누구인지 데라고 호통.
金仁鎬가 그라드라고. 터무니 없는 모락.

〈1966년 6월 16일 목요일 晴〉
서울집에서 金仁鎬 氏 同伴 下에 경信浩와
三人니 酒席을 갓히 하다.
內容인즉 경信浩와 나와 사이에 暗斗[暗鬪]
비슷한 분니기가 있다는데서 金仁鎬 氏 말인
즉 경신호가 좀 더 잘 하라는 內容.
張 會長 來訪. 機械課에서 計劃品 生産에 關
한 訓示.

〈1966년 6월 17일 금요일 晴〉
退勤 後 경信浩와 둘이서 花水식당에서 태포
을 나누다.
어제 술의 過한 탓으로 속이 쓰리고 못 컨디
개 궤로움을 억지로 참고 복 찌개 국물을 마
시고 속을 풀엇네.

〈1966년 6월 18일 토요일 晴 後 비〉
午後 七時 비다리든[기다리던] 비가 나린다.
밤 九時 一五分 現在 비는 개속한다.
金正鎬 君니 履歷書 一通을 쓰다.

6/20 支給 五月 給料
          17,633
가불   2,000
白米代(9,525 中) 6,525 殘 3,000
藥代 260
契돈 五月 1,175
부주[부조] 460
負口 320

利子 194
公金 500

〈1966년 6월 19일 일요일 비〉
혼자서 아침 五時에 梧柳 鑛山 貯水池을 찾
어갓다.
信仰村 入口을 지날 데 담배을 임[입]에 물고
무심코 자나가니[지나가니] 案內所에서 막
잠이 깨인 靑年 한 사람이 失禮합니다 여기
서부터 불 좀 꺼주시오 하고 공손니 말을 건
다. 나도 모루개 그럽시다 對答을 하고 案內
線을 넘었다.
쏫아지는 비로 因해서 午後 二時 돌아오다.

〈1966년 6월 20일 월요일 晴〉
給料 支給. 五月分 係長級 以上.
金正鎬 君니 就職 件에 對한 李道烈 次長의
事實上 엉터리 없는 對答인즉 無條件 사람을
다리고 오라고 하든 떼는 언제이며 좀 더 기
다려 달라는 理由로는 알승달승한 變化가 있
는 양상이다.
午後에 張 會長 來社하시다.

〈1966년 6월 21일 화요일 晴〉
永登浦 妹夫 來訪.
章陵 노리[놀이] 떼 뽀쓰 補修費 500 支給.
崔淵 氏 낙씨 代金 1,200 完拂.

〈1966년 6월 22일 수요일 晴〉
벌써 夏至다.
農事에는 夏至 前 모내기라는데 요즘 같은
가뭄에는 農民들 心情 안타캄키만[안타깝기

만] 할 개다.

비가 나리기른 마치 봄비 程度고 보니 移植한 논에 물을 維持할 程度다.

⟨1966년 6월 23일 목요일 晴⟩

벌써[벌써] 오날이 端午 날이다. 우리 거는 단오절어 祭事을 모시는 습관니 있으나 서울 仁川 地方에서는 보지 못햇으니 地方마다 다르다.

端午 明節[名節]이라 하여 正時에 退勤.

⟨1966년 6월 24일 금요일 晴 비⟩

저역 태군[퇴근] 시 아매도 비가 올 듯함을 보며 工場 各처의 門트막을 높혀 노았다.

⟨1966년 6월 25일 토요일 비⟩

例年보다 約 10日이 빠르개 작으만 洪水가 이러낫다. 淸平 水門니 滿水 狀데[상태]라는 뉴-스.

尹彌文 어린이 돏[돌]을 祝賀하기 爲하여 반지 二돈중을 膳物로 하다.

國際 권투 경기에서 伊太利의 最強 國際 쟘삐온 밴베누티[12)]가 韓國 東洋 쟘삐온 金基洙가 判定勝으로 60年來 츠음으로 世界 一의 권투선수가 탄생한 셈.

⟨1966년 6월 26일 일요일 비. 午後 개임⟩

이침 五時 15分 비 나리는 거리를 해치며 富

---

12) Nino Benvenuti. 이탈리아 출신 권투선수로 WBA 주니어미들급 세계챔피언이었으나, 김기수와의 타이틀전에서 패했다.

平 主催 낚씨大會에는 늦어서 參加을 못하고 金浦 行 뽀쓰를 타고 굴제에서 下車. 古川 水路 中流에 앉저 보앗으나 장마로 因한 물 색이 싯뻘거서 되지를 않는다.

비행장 뒤 小水路에서 約 20首을 낙꼬 령개 마을을 거처 비행장으로 도라 기가함.

⟨1966년 6월 27일 월요일 晴⟩

李道烈 氏에게 한 사람 付託한 就職 件은 꼭 〃 먹은 消息이다. 다리고 오라고 할 떼는 원제고 아무 말도 엂으니.

金正鎬가 지루할 개다.

⟨1966년 6월 28일 화요일 晴⟩

김공히 군니 나의[나이] 30에 軍에 가개 되엿다니 떠나는 사람의 情을 나누기 爲하여 燒型班에서 送別會을 한대나.

⟨1966년 6월 29일 수요일 晴⟩

서울 市청 600粍 임페라 3個가 巢로 因하여 再鑄캐 되엿다.

Buraul의 發生 原因은 놋그릇을 써는 개 外는 없다.

⟨1966년 6월 30일 목요일 晴⟩

今日은 벌서 六月이 마즈막.

鑄物工場 便所 밋 更衣室 沐浴湯 등은 今日로 外觀만 完了한 셈.

五年 만에 宿願을 이룬 셈.

⟨1966년 7월 1일 금요일 晴⟩

金 工場長의 償金 39,000을 私用으로 쓴다는

自白을 햇다니 世上에 밋을 사람이라고는 없다. 일꾼들 勞賃을 띠어 먹을라고 하다 고만 文益模에개 호통을 當한 샘.

〈1966년 7월 2일 토요일 晴〉
金炳烈 工場長의 저역을 갓치 하갯다는 通告를 밧고 香花村으로 午後 七時에 到着하여 보니 總務部에서도 모다덜 와서 넜다[있다]. 二次로 朴 次長 外 五名의 경信浩 집에서 술갑을 2,000 求해가지고 麥酒을 마섯다. 그러서[걸어서] 집에가지 빗트그리며[비틀거리며] 갓다.

〈1966년 7월 3일 일요일 晴〉
5/25 鑄造課 野遊會日과 作業 事情으로 代勤키리 되여 있음.
어저개 술이 경장히[굉장히] 취한다. 아침 五時 一〇分 前에 驛으로 나가 江華 行 뽀쓰를 탓다. 飛行場 引山路에서 約 20首 程度 낙엇다.
長安집에서 빅크 1個 230 外上.

〈1966년 7월 4일 월요일 晴〉
박종석니에개서 片紙가 왔다.
요즘 金錢니 2,300 必要하니 急送해 달라는 內容.
金正燁을 통해서 鑄友會費 2,700을 借用 金順女을 심부름시켜 郵체국에서 등기 우송햇다.

〈1966년 7월 5일 화요일 비〉
永登浦 妹氏 婦夫[夫婦] 來訪.

살님을 어터캐 하였는지 전세 돈마저 드러먹고 갈 데 올 데 없어 차저온 模樣이다.

〈1966년 7월 6일 수요일 晴〉
給料 支給日의 하로 경과한 今日 노조에서는 本社로 올라가서 농성을 하겟다는 말까지 오가고 보니 좀 더 적극적으로 노조 운동을 전개할 方針.

〈1966년 7월 7일 목요일 흐림〉
벌서 올해도 더위가 닥처오구나.
저역으로 모기가 잠자리를 귀롭힌다.

〈1966년 7월 8일 금요일 흐림〉
장미철[장마철]이 탁처오니 水害 조심을 하라는 신문의 주의.
모내기는 全國的으로 100%가 完了됫다니 今年도 틀님없는 豊年니갯다.
쌀갑은 3,700 대에서 부동자세.

〈1966년 7월 9일 토요일 흐림〉
奉子가 仙니와 싸우고 울고 있다.
츠음으로 月給 봉투를 오반[오빠]에개 보인다.
시골로 나려갈 테니 五阡 원 契돈(먼저 타다 매긴 돈)을 내노라는 바람에 화가 낫다. 갯심한 연니다.

〈1966년 7월 10일 일요일 흐림〉
아침 四時 三〇分 동이 트기 전이다.
구름이 약간 낀 하늘.
문을 두드리는 白南錫. 時間을 正確히 지켯

다. 五時 三○分 웨포리 가는 뽀쓰를 타고 古川 水路로 갓다.
二週째 닥거 보는 같은 場所.
뜻박캐도 잘 문다.

〈1966년 7월 11일 월요일 비〉
張 會長 來訪하엿다.
食堂 밥이 나뿌다는 소리를 들었는지 午前에 到着하여 자기 손수 식당에 가서 平食으로 取食을 하는 모양을 보니 그 정신마는 좋다.
노조에서 잔엽 거부.
최연 경신호 안정준 四人니 택시로 退勤. 料金 各者 부담.

〈1966년 7월 12일 화요일 흐림〉
給料 未拂로 殘業 拒否. 다 늣개 本社까지 가서 勞組 常(任)委員들의 농성까지 하고 성果을 얻지 못하여 殘業을 拒否하갯다니 유치한 테도이다.

〈1966년 7월 13일 수요일 비〉
요즘은 日程에 따라 每日 밧뿐 便니나 웬날인지[웬일인지] 모루나 마음이 심란하다.
650CE 木型의 다 듸여 가는데 그거에 對한 段取 作業 金枠의 하기가 실타.

〈1966년 7월 14일 목요일 비〉
本格的인 장미철로 들어섰다.
요즘 같은 변덕스러운 날씨에 氣象臺에 豫報는 단 한 분[번]니 맞지를 않는 샘.
黃永淵니 付託을 밧은 경信鎬 試片을 맛들었다[만들었다].

돈을 얼마나 밧었는지 저역을 삿다.

〈1966년 7월 15일 금요일 비〉
아침부터 비가 나리기 始作햇다.
出勤을 앞두고 비는 그치지 않는다.
合乘캂시[合乘값이] 엾서 건너房 學生에개서 100을 借用햇다.
鑄物 試片 2回 作. 黃永淵니 付託으로 경信浩가 만들어 주엇다.

〈1966년 7월 16일 토요일 暴雨〉
鄭鳳龍 氏로부터 一金 八阡 원을 밧음.
장마철로 잠아든[접어든] 어제 오날 날씨는 햇빗을 보기 힘들다. 午後 三時頃 暴雨로 因해서 工場 內 下水口[下水溝]에 물이 넘처 生型場 一帶는 물난리가 낫다.
밤 申正植과 工場 앞 아래 육호집에서 380어치에 술을 마시다. 2次로 철다리 앞 麥酒홀을 거처 三次로 松月洞 술집에서 藥酒 壹斗을 마셨다.

〈1966년 7월 17일 일요일 비〉
아침 四時에 눈을 떳다.
南錫 氏가 40分에 到着햇다. 約束데로다. 덜〃 걸어서 검問所에서 五時 三○分 온수리 가는 뽀쓰을 닷다[탔다]. 約束데로 郭이 타고 있엇다. 富平까지 개속 나리는 비는 온통 車內가 몰투성이다[물투성이다].
예정을 바꾸어 金浦로 갓다. 비는 것칠 줄을 모룬다. 午前 十一時 낙씨을 거두고 金浦 市內에서 대포을 마시고 도라왔다. 12時 頃이다.

〈1966년 7월 18일 월요일 흐림〉

金守昌 氏를 事務室로 불려더려 좀 더 誠意 끝 일하여 달라는 忠告를 햇다.

지나친 自尊心을 거슬리개 햇다면 내 잘못시나 事實上 作業에 不足한 點은 만타. 火曜日에 갓다가 준 임페라[임펠러(impeller)](350×m) 型가 金曜日과 土曜日에 鑄造토록 指示햇는데도 枠이 업다는 理由로 하지 않코 있서 내 스스로 枠을 찾저 作業을 始作햇스나 中子班에서 徹夜 作業에 들어갓는데도 殘業 中 단 1個도 못 드러갓으니 더 以上 멸시을 當하기 실어 辭表를 낸다고.

〈1966년 7월 19일 화요일〉

勿論 辭表는 自由意思에 마끼니 알어서 하라는 말로서 結論니 낫다. 辭表를 든저[던저] 주고 오래 동안 신새를 젓다는 內容의 말 한 마디로 나가 버렷다.

해여지기는 쉬우나 만나기는 힘든 사람이고 보면 한편 언짠키{도} 하고 해여지기는 실타. 그러나 本人니 願한다며는 할 수 없는 일이다.

夜間에 경信浩 來訪햇다.[13]

오늘은 明浩 君니 둘재 돌이라 고기국 한 그럿을 못 끄리 주고 돈 1,000을 借用하여 옷 한 벌式을 사다 주었다.

---

[13] 이상까지는 7월 18일 자 일기를 다음 날 지면에까지 이어 적은 것으로 보인다. 위의 내용과 구분하기 위해서인 듯 지면에서 한 줄을 떼고 기록한 아래 내용이 19일 자의 일기로 보인다.

〈1966년 7월 20일 수요일〉

오늘이 初伏 더위라고 해서 食堂에서 고기국을 끄렷다. 오래간만에 食卓에 안저 食堂밥을 기다리고 보니 막상 먹고 나니 말뿐닌 고기국이지 국물조차 속담 그데로 나이롱 국물이고 보니 요즘 社內 食堂 밥을 먹는 사람의 줄어드는 理由를 알 수 있다.

〈1966년 7월 21일 목요일〉

金守昌 送別會을 約 20餘 名 參加裡에 水門 통[수문통] 태포집에서 배푼 模樣.

事業을 하갯느야는 質問에

돈니 있소. 無條件 氣分니 나빠서 손을 떼는 거지. 앞으로 세월이 가야만 咸情[感情]의 있저질[잊힐] 개 아니야는 等 매우 흥분댄 자세다.

〈1966년 7월 22일 금요일 흐림〉

給料 支給을 밧음(6月分).

白米代 六月分에서 2,000 殘.

木型 崔漢龍 氏 父親 死亡으로 正刻에 退勤하여 弔喪을 햇다. 弔慰金 300.

〈1966년 7월 23일 토요일 비〉

古棧 農場 안에서 約 5時間은 벗티엿스나 別다른 재미를 보지 못함.

舊 古棧으로 가서 비를 흠박 맞으며 다시 始作 午後 五時 車로 기가햇다.

〈1966년 7월 24일 일요일 비〉

장마 속에서 여름이 가다. 漢江 水位가 또 다시 危險水位을 肉迫한다고들 래디오에서 洪

水流域에 警戒를 하라고.

아침 九時 택시로 南仁川驛에 到着 막 떠나려는 水原 行 기동차에 몸을 싣고 1시간 後에 古棧驛에 到着하여 보니 農場 안 貯水池에서 一信낙씨 主催로 大會가 한참.

낙씨에 滋味가 무었인지 쏟다지는 暴雨에도 如前니 낙씨데를 담가 놓고 끼[찌]가 움지기만 기다린다. 舊 古棧 水路 上流에서 좀 滋味를 보았다.

〈1966년 7월 25일 월요일 비〉

뽀나스 殘額 49,000에서 特別賞金 條로 주갯다든 돈니 오날에야 各自 앞으로 分配되었다. 鑄物에 7名의 各 1,000式 타기 되었다. 오날도 午後부터는 줄기차기 비가 쏟아지는데 4 CS BED 1個가 急하다고 해서 萬和鑄物로 午後 二時 四〇分에 木型을 車에 실고 갓다. 作業의 이미 끝날 무렵이라 오날 鑄造하기나 참 未安하나 않 덴다고. 出發 前 工場에서 電話로 連絡 結果 부어 주갯다고 하여 놓고 지금에 와서 않 덴다며는 참으로 困難한데 태포간은[대포값은] 냇 태니 附託합니다.

〈1966년 7월 26일 화요일 비〉

張 會長과 오레간만에 마주첫다.

會長任 工場長의 現在의 處事을 如前히 生覺하심니가 質問에 좀 주저하드니 工場長은 내쏫츠며는 當場 내가 工場에 나와야 하는데 네가[내가] 時間니 있나. 한 사람 求할 데까지는 참고 지나야지. 그러나 覺悟는 이미 서 있으니 그리 알으라는 內容.

〈1966년 7월 27일 수요일 흐림〉

金炳烈 工場長 從業員에게 支給할 金額 40,000을 橫資하여 말성이 심한 요즘 金俊植 副社長으로부터 現場 後面 뜰에서 여러 가지로 現在 工場 분의기를 質問 當햇다.

內容은 마땅히 벌을 밧는 개 當然하다는 反論나나 時期를 잘 利用하라는 訓示.

〈1966년 7월 28일 목요일 晴 28℃〉

六時 30分 正刻에 文益模 金仁鎬 李永喆 3名의 흙茶室[흙茶室]에서 만나기로. 會議 內容은 工場長 不正 件에 對하여 文益模 氏 證言을 듯갯다는 金仁鎬로부터의 約束 施行을 나보고 連絡해 달라는 內容. 서울집에서 술 3,000어치를 마시다.

〈1966년 7월 29일 금요일 晴 32C 〉

저역에 집에 돌아와서 貞任니 夏期 放學 공부 책을 잠간 드러다 보고 한심[한숨]이 난다.

제법 學校에서 試驗紙에는 成績이 좋은 줄로만 알었는데 막상 따지고 보니 둔하기 짝이 없다. 딸 三 兄弟를 中2 國5 國1로 就學 中이나 한심하개도 모다들 저능아들뿐니고 보니 한심이 나오는 것도 無理는 아니다.

尹弼文니 낚씨 代金 640 支拂 完.

〈1966년 7월 30일 토요일 비〉

來日을 爲한 準備에 바빳다.

밤늦개가지 낙씨 道具에 손질을 하고 나니 벌서 12時가 가까왔다.

아침 四時에 白南錫 氏가 大門을 두디리고.

원제나 낚씨에는 나보다 먼저 이러나지.

〈1966년 7월 31일 일요일 비〉
工場 經理 丁鉉心 係長이 낚씨데를 빌러 가지고 金浦 方面 水路로 낚씨에 同行햇다.
家族을 同伴한 젊은[젊은] 사람이 家族 雰圍氣가 부러웟다.

〈1966년 8월 1일 월요일 흐림〉

어저개이[어저께의] 피로를 무릅쓰고 會社에 나아가 보니 도무지 午後에는 졸니여서 견디기 힘들다.
폭〃 쬐는 무더위에 밥 먹기도 힘들다. 午後 六時頃 沐浴을 햇근만 덩어리[등허리]에서 땀은 흐른다.

〈1966년 8월 2일 화요일 晴〉
변덕스러운 날씨가 지속.
볏이 쨍〃하다가도 별안간에 소낙비가 호대개 쏟아지고 또 찌는 듯 무덥다. 松島 海水浴場은 단〃히 제철을 맞엇다.
저역으로 退勤 後에도 몃〃 工場 同僚들이 나아가서 즐기는 模樣.
조갯골 술맛도 좃왓다고[좋았다고].

〈1966년 8월 3일 수요일 비〉
長安낚씨會에서 8. 7日 字 會員 親睦 낚씨大會를 開催한다고 늦어도 明 木曜日까지는 參加 可否을 알려달라는 通告을 밧으나 막상 알고 보며는 家族 同伴니라는 點에 다황햇다[당황했다].

나 혼자만 參加하기 未安하고 가기 전에는 적어도 會社에서 4, 5名은 같히 행동을 하여야 할란 것인데.

〈1966년 8월 4일 목요일 晴〉
永登浦에 金基春 氏가 來社햇다.
工場 全景을 두루 求景시켜 주고 나니 오래간만에 만났으니 술이라도 한 잔 하자고 五時 正刻에 李永喆 白南錫 李선테 等 다리 건너 酒店에서 藥酒를 마셨다. 第一次로 基春 氏가 무궁화 식당에서 맥주 1,000어치를 삿다.

〈1966년 8월 5일 금요일 비 32〉
오날이 月給日인데도 볼고하고[불구하고] 아무런 消息이 없다.
午後 四時頃에 노조에서 殘業 拒否 通告가 왔다.
木型 揚水機 650 鑄型 關係로 철야. 六名을 수배햇다.
부득히한 事情이다. 나도 손수 버서 제치고 밤은 갓치 세윗다.
아침 7時 30分 집으로 나왔다.
朴종석 休暇 오다.

〈1966년 8월 6일 토요일 비, 흐림 32〉
이침 九時 車로 古棧 水路로 떠낫다.
무더운 날씨에 水路 두서느 군데에 낙씨군니 앉저 있었다.
前 주와 물 事情이 마니 비끼웨 젓다.
후리그물이 登場하여 턴벙데는 소란으로 기분니 나지 않는다.

二時 車로 소래못해서[소래못에서] 좀 단거[담궈] 보았으나 신통치 못햇다.

간밤에 二時間바개 자지를 못햇근만 別로 고단하지 않은 편.

〈1966년 8월 7일 일요일 비 32C 〉
종석니를 보내고 나서 아침 七時 四〇分頃에 혼자서 낙씨 바구니를 매고서 市內로 나아갓다. 강화 方面으로 가는 車를 타고 金浦市에 到着하여 뽀쓰에서 나려 보니 소낙비가 줄기차개 나린다. 오날은 마침 金浦 장날이라 市場에 들어서 보니 광목으로 만든 天幕이 마치 바다가 감빵[캠핑]幕을 연상캐 햇다.

下流浦 水路에 안저서 별 滋味를 보지 못함.

〈1966년 8월 8일 월요일 32℃〉
今日이 벌써 立秋고 보니 세월은 빠르다. 李奎鎬 君니 農繁期을 맞지하여 果實 處理 等으로 因해서 約 15日間을 休業코저 한다고 미리 상통이 있었다. 경信浩와 만나서 解決을 하는 게 나로서 立場이 서갯다고 일러 주었드니 退勤 時에 常綠樹 茶房에서 경信浩와 만나 이야기햇다는 消息.

〈1966년 8월 9일 화요일 32℃〉
더위도 오날이 체고 발악이다.
수웅이 아버지 장예비[장례비]를 좀 도와주갯다는 이사[의사]가 상통되자 해람[회람]을 돌였다.
얼마나 거칠질을[거칠지를] 모르나 위선 5,000을 張大贊 氏로부터 借用하여 朴秀雄 母親에개 傳해 주었다.

이남용이가 부고를 걸엇다. 約 40枚.

〈1966년 8월 10일 수요일 晴 32C 〉
박수웅 군 부친 발인式의 午前 八時 自宅 앞 길에서 簡素하개 擧行되었다.
영구차에 오루자 나이런[나어린] 秀雄 君은 엄마 〃을 연발하고 있으니 너무도 어리고 철이 없고나.
간밤의 盜難을 當햇다.
時計 外 여름옷 一切을 모다 들고 다라낫내.

나어린〈1966년 8월 11일 목요일 晴 비〉
張 會長 來訪하셧다. 웬닐인지 現場 사무실에까지 들어와서 무순 隘路라도 없소 하고 再次 反問하시기에 給料가 늦어서 困難하다고 이야기햇다.
未安하다 今週 아니면 來週 初에는 틀님없이 나려 보내 주갯다고.
工場長에개 잘 協助하시오. 나에개 會社를 爲해서 헌신하갯다고 覺書까지 썻소. 미소지운 表情으로 두 번나나 분부하는데 나도 미소를 지우며 그러케 하갯다고.

〈1966년 8월 12일 금요일 晴〉
權寧憲 基督病院에서 死亡 來電.
밤 八時頃에 本家에 들여 弔慰를 表하고 보니 나이 마는 先親 두 분니 가엽기만 햇다.
밤 十一時 三〇分頃까지 基督病院 死體室에서 會社 사람들과 밤새 움근할 豫定이였으나 모다들 도라갓다.

〈1966년 8월 13일 토요일 晴〉

權寧憲 氏 靷引式[發靷式의] 午前 一○時 病院에서 추력에 실려 떠나다.
午前 十一時 배편으로 草芝로 낙씨를 나가갯다고 丁鐘心가 約束까지 하고 나루더[나루터]에 갓으나 丁鐘心은 오지 않엇다.
화가 머리끝까지 난 나는 長安낙씨에서 一金 六百 원을 借用 十二時 뽀쓰로 大明을 경由 午後 四時에 草芝 江南池에 到着.

〈1966년 8월 14일 일요일 晴〉
江南池에서 밤세 낙씨을 하다.
잔〃한 물결 위에 찰란한 燈불이 四方에서 마치 不夜城을 이루고 고요히 밤은 기퍼만 가는데 졸리는 눈을 달레가며 二間 半에 달여 있는 夜光뛰가 솟아오르기만 기다리내.
밤 6寸 程度 約 20首.

〈1966년 8월 15일 월요일 晴 32〉
아침 해가 東쪽에서 불캐 떠오를 時間 하나 둘 날씨꾼니 臺에 오루기 始作. 좁은[좁은] 臺 위에서 한밤을 세고 보니 온몸의 한엾시 고달푸다. 어느 한 펜니 얄궂개도 이제부터 保健體操 始作이야, 즉 낙씨질이 始作된다는 뜻이갯다. 모다들 웃서 제친다.
午前 九時 밥을 먹고 짐꾼 한 사람을 사서 草芝 나루터로 나오다.

〈1966년 8월 16일 화요일 晴 32C 〉
連休로 因함인지 모다들 힘이 엾다.
내부터도 도무지 몸이 천 근만 데는 기분니고 보니 무더운 날씨에 하로의 日課를 제데로 마치기로는 꿰 힘든 作業이렸다. 경信浩 宅으로 黃永淵 外 金春道가 갓다. 무슨 理由일까.
맛숨[맞춤] 샤쓰 800에 美一에서 찾어오다.
會社에서 남방 샤쓰 900 一着 購入.

〈1966년 8월 17일 수요일 흐림 비 32〉
오날은 아침부터 비가 나리여 날이 든 것보다는 좋타. 무더위에 鎔解 作業이란 증말 힘든 일이다. 多幸이도 비가 오고 날이 흐리여 더운 줄을 모루고 하로를 보냇다.
650P 鑄造 作業에 電氣爐에서 若干니 失手가 있어 一端 끝낫든 兩生爐를 다시 送風하여 午後 七時 20分頃에 갓〃으로[가까스로] 650P 約 4TS 鑄造은 마치고 오랜만에 步行으로 집으로 돌아왔내. 合乘費마저 엾다.

〈1966년 8월 18일 목요일 28℃〉
慶信浩 休暇. 今日부터 3日間.
給料 滯拂로 作業 不振.
朴鐘錫 休暇을 마치고 上仁.
보리 壹叺니를 부처 왔다. 小麥 壹袋.
시골서 마주고기를 조려서 가저왔다.

〈1966년 8월 19일 금요일 흐림〉
날씨가 제법 선〃하기 시작햇다.
무더운 여름철이 殘暑가 아즉 그 위력을 떨칠 날이 멀지가 않을 테니 벌서 여름이 마즈막, 給料가 今週도 어려운 狀態다. 或 工員들 中에는 일만 시키지 돈은 않니 밧어 주느야는 反問에는 할 말이 엾다.

〈1966년 8월 20일 토요일 비 흐림 28℃〉

工場 金庫에 殘高가 1,000,000 있으리라고
밋고서 于先 各課別로 假拂을 줄 수 업느야
고 提意[提議]한 結果 鑄造課에 50,000니 配
當되였다.
100餘 名이 쪽에고 나지[쪼개고 나니] 불가
기百 원式 차레 간다.
白米價가 壹叺當 5,000을 오르고 보니 給料
滯拂로 壹[叺]當 約 1,500을 손해 본 샘.

〈1966년 8월 21일 일요일 흐림 28℃〉
郭永奎 君과 아침 六時 四○分 뽀쓰로 千葉
農場에를 갓다.
잔 붕어 約 100餘 首을 잡었다.
기로 뽀쓰를 노치고 約 八粁를 걸어서 금단
사거리에서 市內뽀쓰를 다고[타고] 돌아왔
다.
서을 正鉉 母 來仁.

〈1966년 8월 22일 월요일 28℃〉
金正鎬 下鄕. 祖父 生誕日로.
給料 關係로 말썽이 생기개 되엿다.
밤에 白南錫 氏와 秀洞 水路로 밤낚씨를 갓
다.
結果 아주 않뎃다.

〈1966년 8월 23일 화요일 晴〉
白南錫 氏와 밤 六時 뽀쓰로 香洞 水路로 밤
낚씨를 나아갓다.
남에 말에 혼려서[홀려서] 밤세 한잠도 자지
않코 기대려 보았근만 붕어는 않 나왔다.
새벽에 約 二時間 露宿을 햇다.

〈1966년 8월 24일 수요일 晴〉
졸니는 눈을 비벼가며 금단[검단] 四거리까
지 約 三○分을 걸어서 아침 해가 東쪽에서
떠오른 무렵 엇저역에 먹다 남은 빵조각을
씹어가며 뽀쓰 始發點까지 왔다.
고단해서 하로를 공첫다.

〈1966년 8월 25일 목요일 晴〉
오날이 벌써 二個月체 되는 月給 마감날. 그
러나 오눌 준다든 七月 給料는 오날도 가망
없다.
二六日은 틀님없시 주겟다고 食堂에다 公示
을 햇다나.
그것도 두고 바아야지 알 끼 머야.

〈1966년 8월 26일 금요일 32℃〉
給料가 한 달 만에 나왔다.
그나마도 午後 늦개 到着하여 밤 八時부터
支給이 되였다.
도{대}체가 쿠새[14]가 나뿌다. 한 달 만에 주는
月給을 밝은 떼 주지 않고 밤에 주다니.

〈1966년 8월 27일 토요일〉
給料 殘額으로 洋服代 2,000을 支給.

〈1966년 8월 28일 일요일 32℃〉
江華 汕島 水路 行.
會費 380. 白 丁 崔 3人 同伴. 작은 붕어가 무
한니 나온다. 너무도 즉다. 낚씨보다 큰 것이
없다.

---

14) 〈섯. 버릇, 습관.

〈1966년 8월 29일 월요일 32℃〉休暇

아침 七時 바다에 나아갓다.

今年 들어 츠음으로 나아가는 바다 낙씨다.

물떼가 좋치 못한 탓인지 合船할 同伴者가 없다. 時計를 마끼고 四○○원에 배를 사서 독배로 나아갓다.

장어 14匹을 잡아 밥[밤] 七時 해가 지고 어두을 무럽에 月尾島로 돌라 朴 老人을 同伴하고 下仁川驛 內 不法 侵入으로 公安係員과 승강이 끝에 시비를 햇다.

朴宗遠 氏에개서 300을 借用 時計를 찻다.

〈1966년 8월 30일 화요일 32℃〉休暇

하루 終日토록 집에서 쉬였으나 도리여 몸만 더 고달푸고 마음마저 우울하다. 마루에 두러누었으려니 바람 한 점 없는 午後 2時에서 四時 사이에 더위란 너무도 덥다.

밤에 理髮所에 갓으나 더워서 하기 실은 理발을 햇다.

〈1966년 8월 31일 수요일 晴 29℃〉

李仁敦 死亡. 當年 43歲의 壯年으로서 死原因은 高血壓.

돈니 없어 죽었다. 弔文 次 가보았드니 어린 子息들이 목매여 우는데 가슴이 아푸고 눈물이 저절로 핑 돈다.

工場에서 一金 參阡 원을 준다니 會社 生活 20餘 年에 너무도 즉은 액수다.

〈1966년 9월 1일 목요일 晴 28℃〉

購買 金昌植이와 果川 鑄砂 現場에 出張.

#30   3,200

#40   3,000

荒砂 いづう 一車 1,350 砂代.

〈1966년 9월 2일 금요일 晴 14~24℃〉

갑자기 날씨가 선〃해짓다. 마치 가을 날씨와 짐배[진배] 없이 노-타이 샤쓰가 한 철 지나간 감이 돌며 새-타가 일시나마 나돌기 始作햇다. 밤벌레 소리도 여럼[여름]을 다 보냇다(는) 듯 한층 더 선명하개 들니온다.

貞任니가 開學 初日 先生任에개서 웜마[엄마]보고 來日은 신발 사 달레서 신꼬 오라고 付託을 밧었다니 부모로서 부끄러운 일이다.

〈1966년 9월 3일 토요일 晴 18~24℃〉

아침에 合乘費조차 떠러저서 步行햇다. 요즘은 날씨가 선〃하여 제법 걸을 맛이 있다. 집을 나아가기는 合乘을 탈 時間과 거이 비슷하개 7.20分 頃이다. 도리여 걸어가도 10分 前(8時)에 到着하니 앞으로는 개속 걸어다녀야 되갯다.

金正燁이로부터 500 借用.

白南錫에개 200 빌여줌.

長靴 300에 購入.

〈1966년 9월 4일 일요일 晴 後 雨〉

白南錫 郭永奎 同伴 下에 物旺里 貯水池로 낚씨를 갓다. 別 滋味 못 보고 午後 三時 비가 너무 甚해서 도라옴.

〈1966년 9월 5일 월요일 비〉

必要 없는 비가 너무 많니 나린다.

工場 內 數 個 處에 浸水됫다.

8月分 給料가 오랜만에 제 날자에 支給되였다.

午後 七時부터 支給함.

花水食堂에서 申正植 慶信浩 金正燁 4名의 簡單한 저역 對接을 밧엇다. 內容은 夜食 等 鑄造課에서 술을 팔어 주었다는 答禮다.

8月分 手取[受取] 16,701.

〈1966년 9월 6일 화요일 장마〉

夜 7時頃에 總勞에서 工場長을 만나 설농탕이라도 같이 하자는 要請을 밧고 八味房으로 七名가 갓다. 간단한 복국과 장어 料理로 저역을 나누었다.

味一羅紗에 샤쓰 代金 800은 支給햇다.

〈1966년 9월 7일 수요일 장마〉

떼 아닌 가울 장마가 너무도 지루하다.

春川 華川 兩 뜀[댐] 水門을 여러 낫다는 아침신문니 報道햇다. 漢江 水位가 점차 높하저서 危險警報까지 나렷다.

李 氏 米店에 合乘費 條로 借用한 200을 返濟햇다.

요즘 消化不良 狀態다.

도무지 食慾이 안 당긴다.

〈1966년 9월 8일 목요일〉

오날이 벌써 白露다. 늦장마가 개속되는 요즘 必要 없는 汸수가 너무도 만타.

建設部에 納品한 300×3S 펌프가 現在 試驗에 여러 가지 隘路가 있다는 消息의 들닌다. 네[내] 生覺으로서는 關係者들이 좀 달라는 것 意外는 아무런 缺함이 없다고 生覺된다.

도데치[도대체] 世上이 다 그런데 우리 會社만은 단돈 한 푼 순갑[술값]은 안 쓸 뱃장.

〈1966년 9월 9일 금요일 비〉

요즘 家庭生活 狀態가 도데체 어느 程度로 貧困 狀態에 처햇는지 도무지 나 자신니 너무도 無力하다.

울타리가 모다 썩어 너머지는데 속수무첵.

방바닥은 군데군데 해여저서 마침 촌집 사랑방에 멍석바닥과 같다. 窓戶紙는 갈″히 찌저저서 마치 죵이가 三分 一 程[度]로 붓터 있다.

올해보다 明年에는 더 困難하갯지.

〈1966년 9월 10일 토요일 비〉

종석니가 本隊로 돌아간 지가 벌써 한 달이 다 되였근만 片紙 한 장 없다. 前 같으면 休暇을 마치고 本隊로 돌아가면 安否 程度의 片紙가 오갓는데 제데로 兄 구실을 못해서 자기는 몹시도 섭″히 生覺햇나.

〈1966년 9월 11일 일요일 晴 後 비〉

아침 四時 낙씨 바구니를 매고 市內로 나섯다. 성당에 鐘소리가 四時 30分을 고요히 알닌다. 골목마다 부르릉데는 시발車 소리와 손님을 쫓는 햇드랄트[헤드라이트] 빗만니 東西를 비친다.

40分間은 步行으로 水仁驛에 到着. 驛舍는 낙씨꾼들로 超滿員니다.

其中에도 망동이 낚시꾼니 約 200餘 名 될 것만 갓다. 古棧 아랫 水路.

〈1966년 9월 12일 월요일 晴〉
오랫도록 持續되든 비가 오날에야 게우[겨우] 개인 든[개인 듯] 아침 햇빗이 제법 따스하다.
어젓개만 해도 우통을 벗고 作業을 햇는데 제법[제법] 선 〃해서 上衣을 걸치는 버릇이 생겻다. 每日 │ 든[씻던] 발을 요사이는 하로 걸르기도 하니 학실히 節氣가 變하는 증조다. 아니 내 서 〃로가[스스로가] 개으른 증거다.

〈1966년 9월 13일 화요일 晴〉
650m/m 木型으로 700m/m 37℃로 改正해서 鑄型 着手.
650m/m로 700m/m로 改正 結果 會社 利益은
木型代 350,000까지 木型 30,00[30,000] 其他 設計 及 納期 短縮은 考慮해서 볼 데 즉으도[적어도] 300,000은 利益.
現在로서는 나 아니면 할 수 없는 일.

〈1966년 9월 14일 수요일 晴〉
消化不良이다. 便痛가 겹처서 도모지 萬事가 귀찬키만 하다.
열이 若干 生기며 온몸의 솜 같이 노군하다. 참따못해 午後에 집으로 도라와서 쉬었다.

〈1966년 9월 15일 목요일 晴〉
아침 作業에 熱中하고 있는데 金正燁이가 會長任 오셧서요 두 번제 이야기할 제 이러서 보니 會長이 事務室 뒤에 와서 서 게시다. 다황[당황] 中에 人事을 하고 이러서 〃 會長이

하는 이야기를 들은즉 別 事故 없느야고 質問에, 네. 경 군은 않 나왔느야고 反問에 서울에 갓다고 對答.
서 감사에 對한 利川電機 入社 여부를 망서리는 理由.

〈1966년 9월 16일 금요일 晴〉
경信浩가 電氣爐에 李寬用 代身 한 사람을 부처 주어야 하갯는데 金寬道가 適當하나 春道 兄 밋히라서 自問自答 나의 意見을 떠보갯다는 心事일 개다. 그러나 두고 보아라. 경信浩 심사가 이제사 더러나는 판국이다. 제멋데로 데나 두고 보자. 나도 화가 나면 어터케 할 테야.

〈1966년 9월 17일 토요일 晴〉
멋칠내 계속되든 이래적인 날씨가 물러가고 곳 정상적인 가을 날씨가 개속되리라든 昨今의 日氣豫報는 제돼로 맛었다. 오늘이야말로 하늘이 높고 말은 가을철이다. 찌부득한 이상日氣가 말끔이 가시고 맑고[맑고] 말은 가을 하날을 데하니 마음이 상쾌하고 즐거운 가을철 낙씨가 연상된다. 그러나 조석으로 제법 쌀 〃한 날씨에는 무엇인가 겨울살이를 極情캐 하는가 하면 한편 스글푸기만 하다. 밤에 伯母任 宅을 訪問 煙[草] 一箱子을 갓다 드럿다.

〈1966년 9월 18일 일요일 晴〉
元錫 君니 結婚式을 郭在根 宅에서 올렷다.
參加者는 簡單히 工場 親友 5名과 伯母 永登浦 福洙 母 奎錫 나 妻. 新婦 側에서는 兩親

外 親舊들은 찾어볼 수 업다. 新郎 側 膳物로서는 목걸이 時計 반지엿으며 新婦 側에서는 男子 用 손목시개. 午前 十一時부터 始作한 酒宴은 午後 二時頃에나 마첫다.
家宅 修理 次 아침 일즉이 材木店에서 130어치 다루기[15]를 사다 板子壁을 補修햇다.
밤에 映畵을 觀覽. 約 2個月 만니다.

〈1966년 9월 19일 월요일 晴〉

便秘痛의 시작한 지가 벌써 10餘 日이 지낫다. 症狀으로는 멘츠음에는 아랫배가 딱˝한 마치 장에 便니 그데로 뭉처 있서 답˝하기 始作햇다. 便秘藥을 써 보앗스나 설사가 甚햇지 지금까지도 아랫배에 변니 뭉처 있다. 朝夕으로 힌죽을 服食한 지가 오늘이 꼭 一週日쩨다.
三星 財閥이 密輸 상가링[사카린] 件. 國民의 輿論니 물 끌 듯 한다. 마땅히 혼을 내주어야지. 그러나 政府나 關係 機關에서 하는 일이란 모다가 투명치 않크 보니 밋을 수 업다.

〈1966년 9월 20일 화요일 晴〉

家族의 食 增으로 因한 食生活費가 暫增함에 따라 恒常 主穀 配入에 쪼달리는 現實이다.
시골서 精麥 壹叺 外 小麥粉 壹袋가 九月 달의 食糧에 많은 보탬이 되엿다.
대여 먹든 가개에서 九月 한 달만니라도 좀 견뎌보갯다고 버티고 있으나 앞으로 五日을 참어야 할 텐데 쌀은 完연니 떠러젓어니 버리쌀맣으로[보리쌀만으로] 主食을 할 판. 秋

夕을 約 一週日 앞두고 아이들 옷가지도 무척 極情이다.

〈1966년 9월 21일 수요일 晴 18, 24℃〉

慶信浩과 劉動烈 兩人니 建設部 350m/m pump 漏水 關係로 鎔接 施工 次 現地 出張을 떠낫다. 鑄物筆 商人니 來社 約 1,200本니 筆을 註文[注文]햇다. 五 六年間을 개속 파라 줏다는 謝禮 條로 츠음 金 1,000을 謝禮 條로 내노았다.
그것도 모루는 사[이}에 옆 호주머니다 넛코 갓으니 商術이란 가지各色이다.
鐘錫 母親 來訪. 샤쓰 3枚을 사왓다.
金 參阡 원을 내노앗다니 未安개 生覺.

〈1966년 9월 22일 목요일 晴 18-26°〉

例年과 比해서 今年에 가을철은 빠른 편니다. 벌써 朝夕으로는 선˝한 기후가 됏다. 노-타이는 더러가고 잠바가 出場햇다. 秋夕은 닥가오고 집 修理을 해야 돼갯는데 도모지 기울러저서[게을러져서] 始作하기가 실타.

〈1966년 9월 23일 금요일 晴 18-26°〉

午後 무己[早起]을 햇다. 理由는 낚씨을 가고 싶허 二 三日間을 억제하는 中 今日은 견되여내기가 힘든 程度다. 會社 門을 나선 즉시부터 웬닐인지 良心의 가쳑을 밧어 빠른 거럼으로 집으로 달려와 안방을 방바닥과 天井을 모다 버겨냇다.
새맨드 50kg入 330 外 구들장 세맨 3枚 石板 3枚 砂 壹叺을 購入.

---

15) たるき, 서까래.

當日로 壁 一部는 修理하고 방바닥도 끝마첫다.

〈1966년 9월 24일 토요일 晴 18, 24°〉

午後에 집으로 도라온 直時로 天井에 쥐구멍을 鐵板으로 막었다.

木板子을 뜯고 드러오는 쥐구멍은 부데기 板으로 막고 나니 그레도 마음의 노이지가 않는다. 부득히하지만 못으로 틈바구니을 얼어노앗다.

〈1966년 9월 25일 일요일 晴 26〉

아침에 出勤을 하는 者는 나 하나뿐닌 거 갓튼 氣分. 秋夕에 4日을 놀기 위해서 오날 代勤을 햇다.

벽 도배을 마침.

〈1966년 9월 26일 월요일 晴 24°〉

興電社에서 外商으로 電氣器具 485원어치를 桂히주를 通해서 購入해서 밤 十二時가지 配線을 마첫다.

〈1966년 9월 27일 화요일 晴 22°〉

今日쭘은 떡갑을 주리라고 生覺하였는데 들렷[틀린] 모양이지. 줄 바에는 멋 푼 데지 않는 돈니라도 좀 일즉이 주어야 돼갯는데 도데체가 주고도 욕먹는 줄은 모루는 게 會社.

〈1966년 9월 28일 수요일 晴 1〉

張 會長 來社. 渡美 前에 簡單한 人事와 附託을 햇다.

餠代 1人當

工具	1,280
準社員	1,500
社員	2,000
係長	2,500
代理	2,750
課長	3,000

〈1966년 9월 29일 목요일 晴 26°〉

아침 九時 朝飯을 먹고 나니 도모지 할 일이 없다.

午前 九時 20分 뽀쓰로 金浦 所在 枯陽[高陽][16) 水路로 낙씨을 갓다.

기路 뽀쓰 3臺를 놓첫다. 원체 滿員니 되여 테우주질 않는다.

結果는 좋은[좋은] 편(닉씨[낚시]).

〈1966년 9월 30일 금요일 晴 18~22°〉

午前 六時 四〇分 뽀쓰을 利用 가야里[고양리] 水路에 到着하여 工場 機械課에 勤務하는 郭永奎가 벌써 四, 五首을 잡고 있드라.

昨日 하든 場所에서 또 道具을 풀었다. 結果는 良好.

午後 六時 뽀쓰를 기다리다 八時에나 뽀쓰 三臺을 보내고 나서 갓가스로 타고 돌아왔다.

〈1966년 10월 1일 토요일 晴 12~22°〉

白南錫 同伴 下에 가양里 水路(金浦)로 낚씨를 갓다. 結果가 約 四拾 首.

다마가 좋타.

---

16) 김포시 월곶면 소재.

기路 朴村에서 태포을 마시다.

黃永淵니가 連 2日式이나 來訪햇다나.

〈1966년 10월 2일 일요일 晴 22°〉

連日間을 개속 같은 場所로 낙씨를 갓다. 今日도 結果는 종왔다[좋았다].

郭榮奎는 午後 一時頃 불가 1時間 사이에 잉魚 3首을 낙었다.

기路 金浦 邑內로 들어가서 태포 한 잔式을 나누고 돌아왔다.

〈1966년 10월 3일 월요일 晴 22°〉

집 修理 關係로 休務.

안 부억 건넌방 부억 건넌방 방바닥 및 벼[벽]을 修理.

밤 경信浩 來訪 黃永淵니가 金正植을 다리고 유가리 契約은 明 四日 마친다는 것.

그러고 보면 黃이 連 3日이나 來訪한 理由을 알갯다.

밤 李善弼이가 술 一升와 닭 一首을 村에서 가지고 왔다.

〈1966년 10월 4일 화요일 晴 12-21°〉

金正鎬 村에서 아침 車로 올라오다.

工場에서 節具 一式을 沈哲元 손을 빌려 만들어 왔다.

감기가 든 지 벌써 一週日이 자낫근만[지났건만] 곳물[콧물]이 그데로 흘르고 낫지을 않는다.

郭在根니가 崔武弼 氏와 갓치 來社하여 郭在根 就業 問題을 周旋햇다나.

〈1966년 10월 5일 수요일 晴〉

木型 工場에서 버려지는 대패밥을 無料로 갓다가 떼라는 허락을 밧고도 오날까지 가지고 오질 못햇다. 벌써 딴 사람의 제빨리 다 실어가고 불과 남은 것은 썩어빠진 것뿐니 若干 남아있다.

매사는 그 당시 生覺 나는 데로 즉시 해치워야 되는 것이 좋큰만 내일 내일 미루다가 그만 남에개 다 빼아기고 만 셈이니 내가 개으른 탓일가.

〈1966년 10월 6일 목요일 晴〉

工員給[工員級] 給料 支給. 9月分.

五日 날이 給料日인데 하로가 늦엇지마는 近來에 보지 못할 빠른 支給이다. 3,000,000으로 于先 工員級만 支給하고 準社員 以上은 아즉 支給되질 않었다.

〈1966년 10월 7일 금요일 晴〉

夜間 萬和鑄物 朱 社長과 面談 有情에서 술을 나누었다. 慶信浩 立會. 밤 九時 30分까지 合席햇다. 슬座席[술座席]은 이번 츠음이다.

朱홍연 氏는 역시 庶民的인 캐활한 鑄工 出身님은 역 〃히 나타냇엇다.

솔직한 性格의 所有所[所有者]이다. 鑄物 外注[外注] 件을 이논헤[의논해] 본 結果 요즘 밧바서 別로 흥미가 없는 表情.

〈1966년 10월 8일 토요일 晴 12-18〉

鑄物 製品 外注 依賴 件.

三星鑄物工場 金漢福 氏

東丘鑄物 〃 朴社長 來社.

見積 依賴.
三星 kg/50
東丘 kg/65
給料 受領 170,000[17]
契金 30,000 受領.

〈1966년 10월 9일 일요일 午後에 비〉
天高馬肥의 仲秋佳節이란 말 그데로 하날 높고 맑은 날씨에 낙시 시-즌으로서는 가장 絶好의 季節이다. 아참[아침] 七時 뽀쓰에서 宋昌成 同好人과 만낫다. 가가운 金浦 新築 水路로 떠낫다. 벌써 幅 10米 기리[길이] 約 1粞의 水路 兩側에는 빈틈없이 낙시꾼들의 않저 있다. 다리 右側에는 自家用 乘用車가 2臺. 어터캐 알엇는지 서울 낙시인들이 독무대가 되였다.

〈1966년 10월 10일 월요일 晴〉
요즘 집안니 좀 깨끗하여젓다. 귀가 앞으로록 집을 깨끗치 하라고 잔소리를 한 탓이갯지. 이러한 상태가 永遠니 개속 되었으며는 얼마나 좋으련만 그대로 지천을 하지 않으며는 一週日도 못 가서 마루 구석구석에 너저분하개 걸레는 너려질 것이다.
于先 네[내] 스스로가 아침 六時 30分에는 틀님 없기 起床을 해야 되갯다.
서울 鄭鳳龍 氏 宅 訪問. 빠에서 酒 對接을 밧다.

〈1966년 10월 11일 화요일 晴〉

정순니가 修學旅行을 떠낫다. 아침 六時에 이러난 정순니 몹시도 유쾌한 기분. 七時에 下仁川에서 차를 탄다는 애가 六時에 집을 가갓다[나갔다]. 나는 아즉 이불 속에서 갓 눈을 떳는데 아버지 다여오갯어요 人事를 한다. 매우 기뿐 表情이다.
行先地는 忠北 俗離山을 거처 溫陽溫泉을 다여온다나.
旅行費는 1,300. 土曜日에 도라온다고.

〈1966년 10월 12일 수요일 晴〉
아침 九時 三〇分 慶信浩 化學試驗室로 나를 불러 辭意를 表明.
가는 곳은 京仁製鐵工場이라나. 約 三個月 前부터 曹免植 氏를 통해서 절충을 햇고 火曜日에 決心을 햇다고.
于先 張 會長의 西歐에 旅行 中이나 工場長이 무어라고 解決策이 없다는 이야기.
夜間 趙免植 宅을 訪問 慶信浩 待遇 內容을 質問.

〈1966년 10월 13일 목요일 晴〉
工場長개서 慶信浩 辭意 번이케 좀 해달라는 要請을 밧은 나와 崔淵 개다[18](단위)가 털리니[틀리니] 않 데갯다고 報告.
京仁製鐵에서 報酬 規定.
約 四萬 원 月收에 舍宅 提供 條로.
當初에는 25,000 線으로 절충댓다는 消息도

---

17) 17,000을 잘못 쓴 것으로 보인다.

18) けた(桁). 숫자의 자릿수를 뜻하는 말로, 뒷 문장으로 미루어보아 보수의 액수가 크게 차이가 난다는 의미로 여겨진다.

있다.

〈1966년 10월 14일 금요일 晴〉

경信浩와 어젓개 밤에 술을 마셧다.
육호집 아랫집에서 812. 公金에서 于先
1,000을 썻다.
第二次로 경상도집에서 앞으로 約 八〇名의
鑄工은 어덧개 採用할 것인가를 論議. 利川
電機에서는 生覺하지 않었다고.

〈1966년 10월 15일 토요일 흐림〉

慶信浩 氏의 高價한 報酬에 對한 利川電機
自體에 對外的인 對面니 問題化 된다.
앞흐로 第二 第三의 慶 氏와 같은 사람이 續
出할 텐대 이에 對한 對備策을 어떠캐 새우
는가가 問題點이고 보면 明年부터는 他社와
對等한 待遇 問題가 論議되리라는 推側[推
測].

〈1966년 10월 16일 일요일 비〉

加陽里 新水路에서 約 一四〇 名의 參加裡에
第二回 仁川 낚씨 大會가 열렸다.
선 〃한 가을 날씨에 아침부터 나리는 비가
午正 떼는 제법 여름철과 같은 쏘나기로 變
햇다.
그러나 모다들 비를 무릅쓰고 자기 솜씨을
나타내기 爲해서 全力을 다햇다.
郭榮洙가 大魚 一等으로(토란제스타[트랜지
스터]).

〈1966년 10월 17일 월요일 晴〉

特殊製紙 耐酸鑄物

Ni-Resist type 1
Ni 13.5-17.5%
Ni kg當 1,000에서 1,400으로 騰.

〈1966년 10월 18일 화요일 晴〉

古鐵粉 出荷 始作.
黃永淵 來訪. 서울 地方 同生 件.

〈1966년 10월 19일 수요일 晴〉

三星鑄物 外註 件 1臺分 750 SV 請求書 接手
함.
金문기 鑄鋼 事業으로 助力을 要請.
無궁花에서 저역 對接을 받음.

〈1966년 10월 20일 목요일〉

越冬을 앞두고 겨울 준비에 極情의 만타. 今
年에는 生活에 쪼달니는 탓으로 지금꿋 煉炭
壹個을 準備 못햇스며 톱밥도 마련하지를 못
햇다.

〈1966년 10월 21일 금요일〉

慶信浩에개 래든 圖面을 傳해 주느라고 아침
七時 四〇分에 自宅으로 訪問햇다. 아즉 이
불은 치우지 안고 조반을 하고 있었다. 포도
酒가 나와 二 三잔 마셨드니 若干 오른다.
會社에 들여 鑄物 外註品 引受 關係로 朴昌
植에개 問議 結果 無責任한 本社의 所行에
奮격[憤激] 會社를 디처나왔다[뛰쳐나왔다].

〈1966년 10월 22일 토요일 晴〉

金浦 新水路로 낚씨를 갓다.
水溫 탄[탓]인지 別로 신퉁치 안타.

理髮所 主人 金 氏가 아침 일즉이 나와서 낚시를 단그고 있다.

〈1966년 10월 23일 일요일 晴〉
아침 九時頃에 바다로 갓다.
짝패가 엾이 망스리든 中에 大成木材 앞해서 나아가는 1人을 만나 同乘.
작역도[작약도] 앞해다 대여 놓고 午後 三時頃까지 約 二八 程度을 나꾸엇다.

〈1966년 10월 24일 월요일 晴〉
工場에 쑥스러운 氣分으로 들어갓다.
吳 次長으로부터 아침부터 電話가 걸려왔다.
內容은 안 나온지 알고 極情을 햇다나.
徐 社長 來社.
代理 次長 以上 參席裡에 簡單한 茶菓를 논코 會社 當面 문제에 對한 問議.

〈1966년 10월 25일 화요일 晴〉
金 工場長에 對한 問題가 一部 끝낫 줄로만 아럿드니 또다시 물결을 이루기 始作햇다.
金仁鎬 李永喆 文益模 4名의 서울집에서 酒宴을 배풀다.
돈 1,000을 었어서[얻어서] 밤거리 求景.

〈1966년 10월 26일 수요일 비〉
날씨가 벼란간에 추워졌다.
觀象臺 發表에 依하면 壹個月이나 빠른 추의라나.
김장 極情 燃料 極情.

〈1966년 10월 27일 목요일 비〉

날씨가 추워지는 바람에 完全히 冬服 차림을 햇다.
韓炯植과 假收金 壹萬 원을 冬服 一着式을 마추자고 白雲羅紗까지 갓으나 천을 決定 못하고 明日로 미루었다.

〈1966년 10월 28일 금요일 晴〉
아침에 집을 나아가면 저역에는 어두워야 집으로 도라가는 겨을철 時間니 닥처왔다. 이렇게 해도 법 먹기가 힘드니 살어갈수록 힘이 든다. 月에 不過 17,000 手取로 生活을 이여가아가기란[이어나가기란] 物價指數가 오르매 따라 斷的[端的]인 赤字生活이다.

〈1966년 10월 29일 토요일 晴 零下〉
朴忠諸 氏 長男 天主敎會堂에서 結婚式을 擧行.
朴昌植 母親 回甲 잔치.
大東工業에서 仁川으로 親舊 一〇餘 名 中에서 朴昌植마치 호화로운 生活을 하는 사람은 단 한 사람 金仁錫일 개다.
여러 가지 飮食도 잘 차렷스나 집에 家具가 모다 갑 나가는 物見뿐니다.
한 사람이라도 잘 데야지 購入課란 結고[결코] 돈버리에는 나뿐 자리는 아니다.

〈1966년 10월 30일 일요일 晴〉
下仁川驛에서 第三回 九二八 修復 國際 마라돈 大會에 街頭에 너러슨[늘어선] 群衆은 國際的인 鐵脚의 選手 에치오피아애 아배배이[아베베의] 모습을 보기 爲함이갯지.
12時 正刻 一제히 參加 選手가 出發햇다. 綠

色 유니폼에 까만 色갈 이 얼굴얼골 곱쓰머리 33歲로서는 東洋 사람과 比해 좀 적은 편니로[작은 편으로] 마른 體質의 눈니 빈나는 아배배이는 듸에서 달니고 있다.

〈1966년 10월 31일 월요일 晴 12-19℃〉
찌부리고 차든 날씨가 오날은 좀 누거러젓다.
勞組 年次大會에서 金炳烈 工場長 人事 問題가 無事히 너머갓다. 金仁鎬 部長으로부터 釜山 代理店 揚水機 鑄(造) 促進에 付託 條로 一金 萬 원을 밧다. 兼해서 東西建設 600粍 揚水機 2臺를 模型 45 로 變造하라는 이야기도 있었다. 멋 時에 나가갯느야고 뭇는 말에 7時頃이라고 이야(기)햇다. 그럼 만나서 이야기나 하지고[하자고] 合乘햇으나 他人니 만아서 그데로 해여젓다.
쫀슨 來韓[19].

11月부터 月 生活費을

쌀갑	5,000		
찬갑	1,500		
燃料	1,500		
新聞代	150		
淸掃	150	策定	
電氣	200	11,000	
貞順	500		
貞花	300		
貞任	200		
雜費	1,500		

---

19) 미국의 36대 대통령 존슨(Lyndon B. Johnson)의 내한 사실을 가리킨다.

〈1966년 11월 1일 화요일〉
서울 鐵砲工場을 訪問 徐東起와 둘이서 制水瓶 購入 仕樣 調查 次.
KS 規格을 따고 있으나 아즉 700粍까자 만들기도 고작. 기로 정봉영 氏 댁을 방문 저역 데접을 밧었다.
美國 大統領 존슨 氏 來韓으로 仁川에서 永登浦까지 汽車가 午後 7時부터 運行되었다.
서울 동생이 庚鉉니한테서 片紙가 왔다고 집에까지 다여갓다.

〈1966년 11월 2일 수요일 晴〉
作業의 每日 바빠진다. 요즘은 一人二役을 해야만 델 판니고 보니 재법 바뿌다.
現場 일은 一切 李永喆 氏에게 마껴야만 될 판니다.
웬닐인지 혼자서 돌보개 되니 마음이 좀 긴장되여야 되갯는데도 如前니 다름없이 담〃한 心情이고 보니 工場에 對한 不平이 크다고나 할까.

〈1966년 11월 3일 목요일 晴〉
아침 八時 仁川 出發 午後 3時 40分頃 江原道 陽口 땅에 발을 듸덧다.
강원도라 말만 들었지 직접 눈으로 보니 山니 만타. 昭揚江[昭陽江] 개곡을 急行 뽀쓰로 누비 드러가기를 約 4時間. 前方 四粍 地點에까지 到着되여 京鉉니를 만나고 보니 감개무량하다.
동생도 웬닐이야고 놀라는 表情이다.
小隊長 姜 小尉[少尉]의 宿所에서 하로밤을 지나고 아침 七時에 部隊 參謀을 만나 보았다.

〈1966년 11월 4일 금요일 晴〉

침을 만드는 것도 좋은 療法이나 내가 心經[神經] 專攻이나 너무 念慮 마라달라는 付託이였다.

副官 李 中尉는 相當히 同調的인 態度로 中隊長에개 庚鉉 君니 顔面 心經 麻비[麻痺]를 極情해 주었다. 結果的으로 現今 部隊 事情의 公式 休暇을 보낼 수가 없으니 좀 두고 바자는[보자는] 데 기결햇다.

경鉉니에개 都[合] 4,500을 주고 午後 四時 서울에 到着햇다.

〈1966년 11월 5일 토요일 晴〉

給料 支給. 제 날字에 給料을 밧고 보니 즐겁다. 黃陽善 君니 大邱 領南鑄物 幹部 社員으로 就社한 지가 約 壹 個月 前니라고 仁川에 들였다가 弊社을 訪問.

崔東洙 父親 回甲 잔치에 參加한 後 韓炯植과 驛前에서 밤바람을 쏘엿다.

〈1966년 11월 6일 일요일 비〉

바다에 나가갯다고 約束까지 햇으나 아침 하늘이 깨운치 못하다. 八時부터 비가 나리기 始作햇다. 우울한 마음 억제하며 午前 十一時頃 文在 仁映극장을 觀覽햇다.

興電社 485 支拂.

〈1966년 11월 7일 월요일 晴〉

職務에 게울음을 떠더 고처야 하갯는데 말뿐니고 조금도 마음의 태새가 달라지지가 않는다. 오날도 하로 終日 別로 할 일 없시 하로 해를 보냇다. 내 태생이 元來는 決斷心의 弱한 사람은 아니였근만 도모지 마음으로마 해야 할 텐대 하여야 한다고 웨치지마는 하는 일이라고는 조금도 없다. 養成工 選拔. 鑄物工場 內에서 推薦者 15名 中에서 5名을 決定 나머지 五名은 庶務에 一任햇다.

50,000 契 落札式. 19名의 시작햇다.

總額 57,000에서 金奉高 氏가 利子 12,500으로 落札.

〈1966년 11월 8일 화요일 晴〉

立冬 하며는 겨울을 말함이다. 앞으로 날시는 차지는데 아이들의 內衣 걱정 김장 걱정 김장 경정[걱정] 이런 걱정 저런 걱정 하다가 어느듯이 해도 저무는 개 우리 집의 生活版圖인 것.

退勤 後 金弘爕 氏을 만나 오날 저역에 갓치 만낫스니 태포 한 잔 사는 개 어떳소 솔직히 말을 건넛드니 多少 주저하는 빗이 있엇스나 마지못해 압 육호집에서 李永喆 나 金弘爕 三名의 태포를 나누었다. 사기 된 理由는 丈人 工場에 쓰이는 揚水機 製作 工程을 短縮시켜 준 데 있다.

〈1966년 11월 9일 수요일 晴 6~16℃〉

周慶炭座에 納品할 700×600P Bulowor[blower] impeller 材質의 시루민으로 되여 있어서 金屬 시리곤을 申請하여야 될 판니다. 從前 테-타[데이터]를 뒤저 보았으나 하나도 記載物이 없다. 文憲에 依해 調査 結果가 Si 10~13% na 0.15% Fe 2%〉Cu 1% 程度.

引張力을 20kg/㎠로 되여 있으며 伸 4% impeller 單重을 (70kg AL)로 보면 Si의 所量

이 13%이 경우 100. 13 : 70. X

70/100×13=9.1kg 所要.

〈1966년 11월 10일 목요일 晴〉

三星鑄物工場에 李 工場長과 主食을 갓치 햇다. 750粍 Sulsivalve 素材 外註 件으로 前에 나갓 700m/m Sulsevalve는 鑄造 完了되였으나 500m/m Cukvalve는 아지[아직] 附屬 外는 시작을 못햇드라.

三星에 外註 依賴 品目

700粍 Sulsevalve 油壓式 3臺

750粍　　″　　Handl 式 2臺

500m/m Chukvalve 4臺

〈1966년 11월 11일 금요일 晴〉

술이 근아하개 취한 警備室長 張大贊 氏가 술을 사갯다고 精肉店 집으로 끌려 들어갓다. 午後 七時 조곰 못 댄 時間이나 場內는 초만원을 이루고 있다.

시장하든 내 뱃속에서는 무엇인가 먹고 싶허 하며 場內에 감도는 고기 냄세는 그럴 수 읍시 마음에 든다.

牛肉 半斤에다 三학 2슴을 놋코 이런 이야기 저런 이야기로 時間을 約 九時까지 끌었다.

結論的으로는 文益模 氏와 自己와 나 三人을 좀 더 相互間에 會社 發展을 爲해서 말을 해 보자는 데 그첫다.

〈1966년 11월 12일 토요일 晴〉

밤 八時 조곰 지나서 金東俊니가 사고[사과] 한 상자와 牛肉 半斤을 사들고 찾어왓다.

앞으로는 一旦 會社에 들어가며는 絶對로 忠實히 일하갯다는 覺悟의 表現을 열″히 하고 있다. 꼭 會社에 들어와서 잘 할 覺悟가 되여 있으며는 入社 後 다시는 고만두지 않캣다는 覺書을 한 장 밧어야 될 태니 그리 아러라고 訓戒햇다.

李奎鎬 君니 풋고추을 가지고 왔다. 다 시들어서 쓸모가 없고나.

〈1966년 11월 13일 일요일 비〉

새벽 四時 三○分부터 비가 나린다. 지난 日曜日에도 비가 오드니 오날도 또 비다.

가을철 소풍客이나 登山客 낙씨꾼에개는 섭″한 氣候다. 나도 오날로 今年의 마즈막 낙시를 할까 햇는데 每事가 다 틀여서 하로 終日 宅에서 낮잠만 잣타.

石油 람프의 略圖을 하나 그렷다.

비가 그치며는 날씨는 本格的으로 겨울철이 되갯지. 김장 걱정 연탄 걱저[걱정] 겨울사리가 걱정이다.

〈1966년 11월 14일 월요일 晴 0.18℃〉

지개車 運轉手와 花水食堂에서 태포을 나누었다. 運轉手가 하는 말은 솔직해서 좋왓다. 나도 담배갑을 좀 벌어야 될 개 아님니가 時間은 一時쯤 보아달라는 에원. 그러나 事實은 억일[어길] 수는 없다.

自己가 사갯다고 욱여데는 태포갑을 내가 갑고 나니 마음이 후련햇다.

他 工場에서는 時間은 바주고 태포갑을 나누어 먹는다는 솔직한 이야기을 햇다.

여보시오 팔짜을 고치갯다며는 몰라도 기百원 가지고 當身니나 잘 먹고 살시오.

〈1966년 11월 15일 화요일 晴 0.3℃〉

개천에 어름이 번저기는[번져가는] 아침. 금년 들어 가장 추은 날씨. 아침 出勤 길에 오-바가 철을 만난 초격을 날씨다.

塊炭 購入 選別로 龍山 炭場까지 出場.

도라오는 길에 永登浦 居昌 木型 工場에서 黃永淵니을 만나 新設工場인 永登浦 鐵路 南方 約 一粁 地點을 求景햇다.

現場에서 郭在根과 合流하여 永和鑄物工場에까지 갓다 왔다. 기로 東仁川 驛前에서 저역 食事를 갓치 나누고 茶房에서 黃 氏와 中小企業 融資 件에 關해서 이야기를 햇다.

〈1966년 11월 16일 수요일 午後에 비〉

落葉을 적시던 늦가을 비가 지나간 뒤 零下로 내린 요즘 氣候는 오날도 零下로 나려갓다.

午後에는 눈이 나릴 줄로 아라드니 비기[비가] 개속. 늦개사 날씨는 개였다.

退勤 길에 市內는 발이 빠진다. 집에 돌아오니 반찬니 大端하다. 牛尾을 고와 낫다. 츰음 아내한테서 밧어 보는 반찬니다. 요즘 같아서는 도무지 精力이 全然 없다. 웬만하면 補藥을 좀 써야 할 처지나 되지을 않는다.

奉子가 다여갓다고.

〈1966년 11월 17일 목요일 晴〉

三星鑄物工場에서 金漢福 現場 責任者가 여고[예고] 없이 來訪햇다. 內容인즉 어젯밤 비바람으로 인해서 BLoua MOTR[blower motor]가 타서 作業의 中止 狀態이니 모-타 壹臺(304-4P)을 빌려달라는 要請. 三星주물工場에 鑄物 外註을 依賴햇으니 늦드라도 할 수 없다는 여고 通告인지는 알 수 없어도 너무 지나친 要求로바개는 생각이 안 든다.

管品 委員會가 3時부터 開催. 內容인즉 誤作 過多로 因한 責任 所在와 技術的인 對策 等이나 너무도 싱거운 命. 責任을 추궁하는 개 當然.

〈1966년 11월 18일 금요일 晴〉

Sulmin AL~Si 合金 製造.

AL 74% Si 26%로 製造햇다.

午前 十一時頃 本 사무室에 申得鎬 韓國機械 鍛煉課長 來訪으로 相面 차 나아갓드니 國稅廳에서 9名의 稅務 管理[官吏]가 事務室 各 설합을 이 잡드시 뒤지고 擔當 職員들은 넉을 일은는지 멍한 表情으로 옆에 서서 손만 모으고 있다. 내종에 알고 본즉 本社에도 急襲한 稅員들로 벼락을 만는 分이기[분위기 (雰圍氣)]를 만들었다고. 장부 一切을 캐비넷트에 넛고 封印을 햇으니 앞으로 結果가 窮禁.

〈1966년 11월 19일 토요일 晴〉

요즘 工場 꼴이 말이 않니다. 各種 誤作 람발로 因해서 資金 事情이 형편 없이 곤경에 빠지있다는 이야기다. 變壓器 關係의 誤作率은 17件 中에 13件니라나. 關係 擔當 責任者들의 너무도 뻔〃한 태도다. 한 마디로 말해서 技術者가 없다는 데 그치고 만다.

稅務監査에 걸려서 장부 一切을 封押 當햇다니 갈수록 태산니다.

〈1966년 11월 20일 일요일 눈 初雪〉

아침부터 찌부디 하든 날씨가 九時 前부터 흰눈니 조용히 나리기 始作햇다. 今年 들어 천눈니고 보니 너무나 떼가 이른 감이 든다. 아즉 김장을 끝낸 사람은 全然 없을 程度일 탠대 이 상태로 개속하다가는 개속 氣候가 零下로 나려가서 김장기리[김장꺼리]가 모다 얼어붓틀 念慮가 크다.

낚씨철도 가고 보니 공일날 할 일 없서 너무도 無意味한 기분니다.

낚씨 道具나 손질해서 싸두어야갯다.

〈1966년 11월 21일 월요일 零下 8℃〉

急冷하는 氣候에 바람마저 세차개 불어 아침 八時 20分頃 工場에 더러가 보니 보이라를 웨 안 되윗느야고들 야단이다.

鑄物工場에는 장장의 하나도 없다.

材料 事情으로 正刻에 全員 退勤.

花水食堂에서 會食, 班長級 以上. 3,660.

〈1966년 11월 22일 화요일 零下 10℃〉

金玟기로부터 連絡員니 왔다. 鑄鋼製品의 中間 工程을 파악코저 또는 좀 더 效果的인 作業能率에 對해서 問議가 있었다.

初收入金이라고 해서 金壹封[金一封]을 주었다. 退勤 後에 李永喆와 태포을 나누었다.

座席에서 여러 가지로 話題가 만었으나 가장 역설은 木型의 外註 件에 對한 件.

一例로서 까치집과 같은 木型은 안 덴다.

〈1966년 11월 23일 수요일 晴 0.3℃〉

밤 七時頃에 文益模 金寧元과 仁映茶房에서 茶을 나누었다.

金寧元이는 會社 生活보다는 오리여 낫타는[낫다는] 表情이다. 첫제 몸의 좋와것다. 代理店 中에는 가장 金寧元니가 잘하는 모양이다.

無窮花食堂에서 (金 氏 黃 氏) 花水 부두의 매립 關係로 金 文에개 저역을 사고 內容을 호소하고 여론化을 要望햇다.

〈1966년 11월 24일 목요일 晴〉

날씨는 急變하는데 김장은 까마득하다.

會社 月收로서는 제떼 김장을 하기란 어렵다. 每年 제데로 제 시기에 김장을 못하는 形便니고 보니 今年에는 더 한 늦을 것만 갓다.

12月分 給料을 타야만 댈 형편니고 보니 너무도 가난한 生活을 極情한다.

〈1966년 11월 25일 금요일 晴〉

退勤 時에 平口商會 社長을 合乘 內에서 만낫다. 驛前에서 茶 對接을 밧음.

오날이 第42回 生日이라 아침에 간단한 고기국을 끄려 먹었다.

正時에 일즉 집으로 도라오다.

〈1966년 11월 26일 토요일 晴〉

2,3 4個月間에 使用한 酒 代金 20,000을 受領햇다.

本社 決濟 內容을 보며는 表彰金으로 되여 있다.

支給 明細

花水食堂 28,30[2,830]

平壤(精)肉店 4,200

李永喆 3,200
李鐘珍 3,200
朴永達 1,000
李鎭元 1,000

〈1966년 11월 27일 일요일 흐림〉

하로 종일 아침을 먹고서는 낮잠이다.

計算 {內譯 口品

우리 집 근처는 모다들 김장은 끝낫다.

시골서 今年에는 양염도 안 올라온 形便 갓다. 벌써 누가 오시든지 하여야 될 形便나 消息조차 없다.

땔 연료도 今年에는 培가 든다. 거년房을 다쓰기 댓으니 房 3個을 어터캐 뜨시개 할련지 걱정이다.

〈1966년 11월 28일 월요일 비 4 〉

어머니 來訪.[20]

朴春求 아저씨 長女 結婚式에 參加 祝金 500. 오랜만에 各 親知들을 두루 만낫다.

式이 끝난 다음 各 "들 뺄 "히 캐-크[케이크] 1個式을 엇어가지고 돌아갓다.

鐘求 溢求 아재을 선두로 某 食堂에 들여서 鐘求 아제 主管으로 晝食을 들고 해여젓다.

밤 九時頃에 仁川에 到着.

〈1966년 11월 29일 화요일 막음[맑음]〉

어제밤 十二時가 거반 되서 어머任의 고초가루와 파늘[마늘] 등 김장거리를 가지시고 올

라오셨다.

차가 연착하는 바람에 자정이 가까와서 간신니 찾저 오셨다는 이야기다.

申正植 氏로부터 김장 代金 條로 一金 10,000을 밧다.

文益模 氏로부터 勞組 會費 5,000 借用. 3,000을 李봉영 氏에게 貸付.

〈1966년 11월 30일 수요일 흐림 0.8℃〉

오후부터 날씨가 급작스럽게 차젓다.

김장을 아즉 하지 못하고 본니 급작스러운 날씨에 속으로 極情이 된다.

會社에서 3,000을 김장 代金 條로 借用햇다.

雜工 林寬赫 君 父親 死亡으로 鄕里로 도라갓다.

鑄友會費에서 1,000을 賻儀金 條로 支給햇다.

〈1966년 12월 1일 목요일 晴 0.12℃〉

今年 들어 가장 추은 날씨다. 아침 出勤 時에 오-바를 걸치고 合乘을 기다리기나 너무도 찹다.

慶信浩 氏의 長女 生日을 祝하기 爲하여 밤 六時 四〇分頃 申正植 李永喆 金春道 等 4名의 에기 內衣 털실 1個 4anz[oz(ounce)]을 1,370에 사다 주었다.

〈1966년 12월 2일 금요일 晴 0.10℃〉

모다들 김장을 다 햇는데 아즉끝 우리 집은 김장을 못햇으니 每年 똑갓든 김장節의 고달푼 경제적인 餘件. 이래서야 살아갈 으욕이 안 생긴다.

---

20) 이 내용은 지면 왼쪽 여백에 빨간 색연필로 기재되어 있다.

올해보다 明年에는 먹는 입이 늘어나니 또 더하겟지. 고달푼 신세다. 아이들 속내의 한 벌을 못 사주니 참으로 힘에 겨운 살님사리 다.

〈1966년 12월 3일 토요일 晴〉
張 {會長} 來國함. 西歐 旅行 마치고.
김장을 하기 爲하여 會社에서 3,000을 借用.
배추 2접 4,000에 삿다.

〈1966년 12월 4일 일요일 晴〉
아침 경信浩 氏 宅에 들여 보았드니 드른 그 데로 이시[이사] 준비에 분주햇다.
金春道와 강덕순니가 아침부터 일즉이 짐을 꾸리는 데 餘念이 없섰다.
간단히 富平 警察{署} 앞 文化住宅 位置를 글려[그려] 주며 집드리을 와달라는 付託.
九時 20分 會社에 들어가 보니 좀 심상치 않는 분이기에 모다들 일손을 놋고서 作業服도 재데로 가라잉지 않고 저마다 나아갈라는 태세.
그데로 억누려서 鎔解을 햇다.

〈1966년 12월 5일 월요일 晴〉
김장을 햇다.
어제개 샤보타츄을 한 生型班 양성공 七名을 訓示 條로 증개[징계]에 2名을 해부햇다[회부햇다].
紡織工場 女工 十一名과 만나기로 約束을 햇다고. 일을 못 나왓다는 理由?

〈1966년 12월 6일 화요일〉

班長會議에서
生型班 金大浹 李히인 2名을 증개하기로 決議.

〈1966년 12월 7일 수요일 晴 0.3℃〉
張 會長 來社. 西歐 旅行을 마치고.
從業員 全員을 모아 놋고 當面 問제을 解明.
爭議 件에 對해서 비굴하지 안갯다는 所信을 말함.
앞으로는 여러 幹部 諸氏가 좀 더 積極的인 善意의 斗爭[鬪爭]을 要望.

〈1966년 12월 8일 목요일 晴 -5℃〉
黃永淵 氏 長男 돌잔치에 李永喆 尹弼文 申正植 金春道 五名의 參加 外家宅에서 祝宴會을 열었다. 서울서 崔武弼 徐等龍 郭在根 諸氏가 參加.
紀念品으로 장미票 털실 1,270.
鑄友會에서 1500 借用.

〈1966년 12월 9일 금요일 晴 -6℃〉
徐 감사 參席 下에 會社 幹部會 主催하다.
서 감사 말하기를 現在 利川電機가 一大 危氣[危機]에 처해 있으니 幹部 諸氏가 一大 勇斷을 나릴 수 있는 모-멘트을 加할 동기를 만들어야 된다고.
工場 責任을 本社에 미루고 本社에서는 工場에다 미루니 工場長의 좀 더 뱃장 있는 態度을 要望된다고.

〈1966년 12월 10일 토요일 晴〉
李今烈 李奎鎬 裵萬德 3名니 入社 一周年[一

週年]이라고 無窮花 食堂에서 저여[저녁]을
갓치 햇다.
규호가 집에서 담었다는 "포도주" 2瓶을 마
셧다.

〈1966년 12월 11일 일요일 晴〉
온 終日 집에서 하로 해를 보내다.
釜山 姑從 妹 상선니가 다여갓다.

〈1966년 12월 12일 화요일 비 눈〉
三星鑄物 外註 件 550CV BODER가 鑄造 失
敗로 作業 工程에 蹉跌이 생겻다.

〈1966년 12월 13일 수요일 晴〉
三星 工場長 來社. 550CV Balve Boder 工程
지연으로 因한 作業 차질 件에 對하여 사과.
철야 作業으로 만해하갯다고.
物價手當 條로 工員 基準 23% 引上 約束.

〈1966년 12월 14일 목요일 晴〉
경신호 사의 건에 간해서 本社에서는 절데로
고만두개 할 수 없다는 태도. 장기 휴직원을
내라는 會長이 태도인 것 갓다.
돈니 必要하며는 돈을 주갯다고.
그러나 辭表는 수리할 수 없다는 內容이고
보면.
그러나 경신호가 어떠한 태도로 나올지?

〈1966년 12월 15일 금요일 晴〉
요즘 工場 自體 內의 人力 監査로 바뿌다.
結果가 鑄物 人員 170名 對 機械 100名 程度
로 大中 機械 人員보다 鑄物 人員니 만어야

된다는 結論니고 보니 其間 개속 主張하는
나의 主張의 그리 엉터리는 아니라는 개 化
學的인 分析으로 나타난 샘.

〈1966년 12월 16일 토요일 晴〉
明茶房에서 三星 工場長과 安 常務를 만나
저역을 갓치 햇다. 其間의 作業 事情으로 제
데로 約束을 못 지켜서 未安하다는 謝過 밋
앞으로 좀 더 잘 하갯으니 한 번 더 試驗 條로
受註[受注]을 依賴.
手票 韓國金屬 62,700.

〈1966년 12월 17일 일요일 晴〉
李 氏 米穀商에 手票 支拂을 要請.
奉子가 샤쓰 一枚을 사왓다.
崔益星 結婚 祝金 300.
鑄友會費에서 1,000 借用. 富平 訪問 條.

〈1966년 12월 18일 일요일 晴〉
陸驥永 李永喆과 富平 慶信浩 氏 宅 移舍 後
訪問.

술	350	
성양[성냥]	200	640
초	90	

〈1966년 12월 19일 월요일〉
昨日의 경 課長 宅 訪問 後 들은 이야기는 別
로 신통치도 못한 대우를 밧는다는 內容.
집 200,000 全賣[專賣] 하나뿐.

〈1966년 12월 20일 화요일〉

金仁鎬 部長에개 不幸한 일이나 좋치 못한 會長이 評이라는 文益模 氏의 密言.
그러나 最大로 出世한 게 바로 그 사람일 거다.

〈1966년 12월 21일 수요일〉
明年度 作業 計劃을 어터캐 세워야만 대는지 궁굼.
채산 면으로 보아서 아마도 1800TS은 해야 될 판.

〈1966년 12월 22일 목요일〉
오날이 冬至. 이 해도 다 갓다.
또 나이를 하나 더 먹웃스니 늘어만 간다.
多事多難한 今年도 저무러 간다.

〈1966년 12월 23일 금요일〉
年末을 앞두고 作業이 바뿌다.
마주막[마지막] 핏찌[pitch]를 올니야만 대갯다.
今年에 最大 能力을 1000TS으로 推算하고 作業 中.

〈1966년 12월 24일 토요일〉
날씨가 午後부터 갑자기 쌀″하다. 例年에 比해서 하이트 그리스마스라고 하나 두고 보아야 할 일.

〈1966년 12월 25일 일요일 0.14℃〉
하로 종일 집에서 하로를 자낼라고[지내려고] 했으나 黃永연니가 鑄物工場 點火式을 한다는 통고을 밧고 永登浦에 가다. 金東道

과 同伴 作業 中 火傷을 當함. 不眠.

〈1966년 12월 26일 월요일〉
鑄鋼 關係로 李 氏가 來訪. 새맨트 工場用 圓板 10個 木型 外註 依賴.
만돌 2對 督促.

〈1966년 12월 27일 화요일〉
張 會長 送年 訓示.
가랜다[달력(Calendar)]를 各 一通式 配付.
徐 감사가 和信면옥에서 그리스마스 酒宴을 배풀어 주엇다.
徐 감사의 老련한 체구에 比하여 쾌할한 性格.

〈1966년 12월 28일 수요일〉
今年에는 比較的 가랜다가 즉은 샘이다. 購賣[購買] 朴昌植이가 서울 本社로부터 가랜다 10枚을 가지고 왔다.
大陽機械 鑄鋼品 完了.

〈1966년 12월 29일 목요일〉
鑄物 班長 以上 送年酒을 나눔. 花水고개 있는 肉호店에서 10名의 고기 十二斤을 먹엇다. 3,100.

〈1966년 12월 30일 금요일 晴〉
副係長 以上 送年會을 和信면옥에서 열엇다.
四○餘 名으로 推算하는 부개장급 이상이 불과 25名만 參加헷다. 최연 課長과 中間에서 냉면을 한 그럿식 먹고 먼저 도라갓다.

〈1966년 12월 31일 토요일 눈〉

섯달 금음날 쇳물을 끄려 붓기란 드문 일. 作
業을 하며서 整理도 햇다.

給料는 5,000니 가불로 그첫다.

鄭봉영 氏가 배 한 궤짝 사과 한 궤짝을 가지
고 왔다.

三星으로부터 寸志 5,000 封鬪[封套]를 밧엇
다.

釜山市 釜山鎭區 楊亭洞 73 下馬亭 合乘 停
留所 앞
李憲洙
서울 特別市 城東區 金湖洞 2가 1186番地
三統 一五房 李洪根

1967년

丁未 新年에는 할 일이 만타. 나이가 四二歲. 三〇歲 前니 어제 아래 갓트나 또 한 살을 더 먹고 보니 每事가 조급하기만 하다. 널어나는 家計費에 固定된 收入. 하늘이 낫다 하고 띠여 오르는 物價高. 節約하고 아꺼[아껴] 쓰도 給料 탄 지 열흘이 체 못 지나서 호주머니가 통〃 비는 1966年니 고달푼 생활이 今年에는 別다른 새로운 計劃 아래 좀 더 달라지어야 하갯는데.

첫제 나이 한 살 더 먹기 前에 조그만한 세로운 生活 方法을 마련해야 될 기 않느냐는 自問自答이다.

生活 打開策으로 가장 可能性이 큰 것이 企業의 自己仕 문제다. 會社 봉급 生活에도 한게가 있지 않느야. 권태와 저주 원망 等은 한낫 그럿덴[그릇된] 나의 상습的인 도피행이에 지나질 안타.

남에게 依持[依支]할 生覺은 추호도 갓지 않코 사라가는 나이 信念과 信條 그데로의 生活 方法 혹자는 현실에 맛지 않는 方式이라 비우슬지 모르나 즉어도 依持한다는 말 해석에 따라서는 여러 가지로 해석이 된다고 나는 학신한다. 즉 職場에서도 政治을 잘 하는 사람 아부를 잘 하는 사람 처놓고 제데로 뱃장 있개 自己 職務를 完邃하는 者란 극소수일 개다. 나이도 벌써 四二歲이고 보면 마땅히 現職에서 물러나는 개 현명한 方策일 개다. 내가 바라는 사람 즉 내가 기다리는 사람 나의 生活 打開의 恩人니 될 수도 있고 나로 인해서 서로가 도음을 었을 수 있는 사람은 어디에 있을가. 今年에는 꼭 나타나주기를 빈다.

事業 方法의 첫제 要寺[要旨]인 돈을 될[댈] 수 있는 사람을 나는 丁未年에 꼭 나타나리라고 빌며 있다.

資金+사람 技術=?

〈1967년 1월 1일 일요일 0.8~0.12℃〉

新正 기분니 추호가 않 난다.
平常時와 꼭 같은 食事.[1]

新正을 맞는 1月 1日 氣分은 웬닐인지 每年
갓다. 좀 더 잘 살아보갯다는 굿은 決心은 昨
年에도 또 來年에다 맛항가질[마찬가지일]
개다. 그러나 사람마다 慾望과 행여나 今年
에는 머가 달라지는 개 있갯지 하는 마음은
매한가질 개다. 나의 경우도 역시 거러햇다.
즉 속고 속아가며 사는 개 우리 人生의 全部
일지도 모른다. 아니다. 속는 게 아니라 能力
부족이다. 삶에 對한 맹렬한 싸움은 二四時
間 개속되며 이 피나는 싸움에서 저는[지는]
者가 말하는 속는다 속고 사는 게 幸福일 개
다라는 自己 변명을 한다. 나도 그려하엿다.
그러나 丁未年은 좀 더 努力과 지에을 짜자!!
오후에 市內로 나갓다. 바람은 매우 치다[차
다]. 손등이 짜릿짜릿할 程度다. 기네마[키
네마]의 고리라 世界와 동방이[동방의] 롬밸
[롬멜] 將軍[2]을 관람햇다.

〈1967년 1월 2일 월요일〉
張 會長 宅 新年 歲拜 次 工場 幹部 上京.

아침 一〇時 正刻에 平和茶房에서 李道烈 次
長과 만낫다. 제법 時間을 지키는군 하며 날

로 옆해서 나머지 사람을 기다렷다. 申正植
李永喆 韓明夫 李相弼 氏 等 六名의 다 모엿
다. 茶을 든 우리들은 三和 Bus로 出發하여
十二時 正刻에 明倫洞 會長 宅에 到着햇다.
벌써들 많은 사람들이 와 개셧다.
세해人事를 나누고 섯다 판니 버려젓다.
淸酒가 조금 한 잔으로 오고 가드니 제법 酒
기 가득하다. 얼골이 다라오루고 목구멍이
화꾼하다. 술은 나 호자[혼자] 먹은 것 갓튼
기분이다. 午後 六時頃 땅거름이 재피자 三
和 뽀쓰로 下仁햇다.
밤 七時頃에 仁川에 到着.

〈1967년 1월 3일 화요일 0.12℃〉
文益模와 相逢 曺永烈 君 宅 訪問.

아침에 어머니가 齒科 醫師에게 가신다고 일
치감치 집을 나가셧다. 어머니의 요즘 마음
은 한없이 스러우시다[서러우시다]. 다름 안
닌 昌淑 동생의 生活 문제 떼문니다. 초하루
날 밤 七時頃에 떠러진 바지에다 알다란 세-
타 그리고 꽁〃 어른 명진니를 등에다 엎고
오래비 宅인 나애게 찾저왔다. 그간 어터개
지낫느야고 묻고 난 後 나도 모르는 사이에
눈시울이 떠거워젓다.
어머니에 마음은 이루 말로서 表現치 못할
程度로 가슴이 아푸신 모양이다. 제가 잘못
해서 생고생을 하는구나 가얄푼 여식의 몸으
로 冬至 섯달 엄동에 장사길이 웬닐이야.
밥상을 對한 昌淑이는 밥도 제데로 들지을
못한다. 먹은 등 만 등 밥상을 물니고 난 後
"명진"니를 등에다 엎고 오날 밤에 집으로 가

---

1) 1967년 일기에서 저자는 당일 일기장의 윗부분에 그
   날의 주요 내용을 간단히 요약하고, 아래에 일기 내
   용을 적었다. 그래서 주요 내용을 입력하고, 한 칸을
   떼어 일기 내용을 입력하였다.
2) 중일전쟁 당시 국민당군 소장이었던 손입인(孫立
   人)의 별명이 '동방의 롬멜'이었다. 그와 관련된 영화
   가 아닐까 추정된다.

야 한다는 理由를 된다. 내일이나 모레쯤 또 나오갯다고. 奉子을 딸여 보냇다. 집이리도[집이라도] 알고 오라고.

조 부장 닥[댁]에서 約 三時間 程度 會社이야기를 햇다.

〈1967년 1월 4일 Wed[3] 晴 0.14~0.4℃〉
利川電機 金 常務 代身해서 3,000을 밧음.
1967年 始務式.

三日間니 休暇를 마치고 아침 出勤 時間을 앞둔 氣分은 그다지 좋치 못햇다. 朝飯 後 허둥지둥 合乘 時間을 마추기 爲하여 다음박질을 햇다. 마침 앞달려가는 合乘을 손짓 해서 갓가스로 時間에 늦지 않엇다.

現場에 들려 보니 工場 內가 온통 연기투성이다. 가마니로 被服하여 놓은 鑄物砂가 꽁〃얼었다. 아침 햇볏이 좀 나기 始作하니가 若干 場內 氣溫니 오루는 氣分이다. 正常 作業은 不可能하다.

十二時 前後 해서 工場長室에서 新年에 對한 作業 計劃의 訓示되었으며 떼 마침 工場長室에 張 會長의 나타나섯다. 今年에는 좀 더 工夫를 해야 될 것이라는 要旨의 訓示와 쓰빼살[스페셜] BoNaSe[bonus]를 明 5日에 주갯다고 約束햇다. 現場에 나오신 會張[會長] 앞해서 金 理事 말이 "이 사람 나른[나름] 말함이 會長任개 할 말이 만탐니다[많답니

다]." 말투럴 먼저 열었다. 張 會長 말 內容은 말마다 實踐은 두고 바자는[보자는] 式이다?

〈1967년 1월 5일 Thu 晴 0.9℃〉
1965年度分과 對等하다.
Spasal Bonas[special bonus] 40,000 支給 밧음.

工場長室에서 緊急 工程 打合會가 있으니 속이 오라는 電話 連絡을 밧고 달여가 보니 工場長 테-불 위에는 돈 봉투가 나란니 놓여저 있다. 直感的으로 特別 Bonase을 오늘이야 支給하는구나 알엇다. 한참 뒤지고 나서 빈 돈 봉투를 하나 끄내여 나애가[나에게] 주었다. 假拂 關係로다 띠였군 혼자말로 工場長이 이야기한다. {"}가볼을[가불은] 今年에 한 푼도 없는데요." 나이 答辯. 뜻고 보니 保手[保證手票]로 二枚가 들어 있었다. 合金 四萬원니다. 昨年度와 꼭 같은 額面니다. 特別 有功者에 對해서는 상여금으로 補償하갯다는 金 理事이 말이 도무지 밋어지지가 않트려니 밧고 나니 섭〃한 마음이 앞선다. 내 따네는 좀 더 期待을 햇는데.

崔正弼이나 十一時頃에 來社햇다. 술이 좀 취해 있는 崔 氏가 中食을 사갯다고 工場 앞 平壤精肉店까지 끌리여 갓다. 牛肉 一斤 半에다 三鶴 二合디리 하나를 마시고 보니 벌써 時間은 十二時 正刻.
作業 中 多忙하다는 理由로 座席을 일어낫다.

〈1967년 1월 6일 Fri 晴 0.5℃~1°[℃]〉

---

3) 이 해의 일기에서 저자는 이전까지 한자로 쓰던 요일을 영어로 기록하였다. 저자의 의도를 그대로 살린다는 취지에서 원문에 적힌 그대로 이를 표기하였음을 밝힌다.

小寒.
金正植 給料 假拂 7000 支給.
賃金 引上案 23% 策定 提出.

오늘이 小寒. 속담에 大寒 추위보다는 小寒
추위가 더 춥다는 말이 있으나 올해의 小寒
추위는 개속하든 추위가 활짤 풀리는 온화
한 날씨. 아침에는 체 몰랏스나 햇볏이 쪼
이기 始作한 正午頃에는 얼어붓텃든 땅이 녹
기 시작 양지쪽에는 마른 땅에 물을 뿌린 것
같히 가볍개 녹아난다. 어서 빨니 봄이 오기
를 몹시도 기다려진다. 作業 事情으로 보아
鑄物 工場은 鑄物砂가 凍結되여 바뿐 工程에
도모지 진첩[진척]이 없다. 그러나 날이 춥둔
흙이 얼든 이러한 事情은 아이여[아예] 모른
다는 格. 適期에 鑄物 素材가 못 넘어가며는
온갖 소리를 다 듯개 된다. 제량이 모지라나
현황[현황] 파악을 못하니 성이가 부족하다
느니 等 고달푼 신세다. 工場 內에 煖房施設
이 있으나 鑄(物)工場하고는 인연이 멀다. 機
械 工場까지는 Stim[steam]이 들어오나 막상
더러와야 할 鑄物工場은 冬節에는 달 〃 떨며
서 일을 해야 하니 來年쯤에는 鑄物工場에도
Stim 該決[解決]을 밧을는지?

〈1967년 1월 7일 Sat 晴 0.7°~0.2°〉
1967年 初吹.
李 氏 米店에서 500 借用.
張容주 李永喆 李成泰 平壤 精肉店 酒代 條
로.

똑닥똑딱 쉬지 않고 도라가는 사발시개 소리

만 조용이 들니내. 作業 改善에 對한 表彰 內
申 說明 文書을 作成하느라고 時間 가는 줄
도 모루고 熱中을 한 탓인지 사발시개의 초
針은 午前 三時 一五分을 막 달리고 있내. 겨
울철 밤하늘에 바람의 샛차개 불어 정제문을
마양 흔들고 있내. 웅 〃 차치찬[차디찬] 바람
소리. 來日은 무한니 춥겟구나. 잘 시간을 늦
처 노았으니 잠이 들기가 매우 어려울 개지.
明浩란 놈은 3살배기가 제법 어른 코고는 소
리를 흉내 낸다. 드르릉 드르릉 하다가고 또
그치내. 정순 어머니는 몸이 슈약해서 極情
[걱정]이다. 자미서 식은 땀을 이마에서부터
눈 아레에 이루기까지 흘니고 새상 모루내.
이제 고만 잠을 청해 볼가. 눈은 제법 감길 건
만 같으나 제데로 잠이 오느야가 걱정이다.

〈1967년 1월 8일 Sun 晴 0.12~0.7〉
서울 妹氏 內外 來訪.
어먼任 義齒 代金 條로 2,000.

간밤의 不眠症으로 아침 九時 四○分 朝飯
床이 드러오는 줄도 모루고 잠에 취해 있엇
다. 十時 30分頃에 朝飯을 뜨고 나니 黃永淵
君니 來訪햇다. 추운 날씨에 갑작스러운 來
訪 理由가 뚜렷치는 않다.
亞南鑄物工場에 內粉[內紛]니 있다는 內容
과 아울려 他 生覺을 하고 있는 눈치. 나로서
는 利川電機 內에서 外註[外注] 일을 좀 웃으
려고[얻으려고] 온 줄 알엇스나 具體的 일에
對해서는 別다른 이사[의사] 표시가 없다. 朴
課長이라고 自己내 편 사람 하나가 購入 材
料에 不正이 發見되여 負責[譴責] 當햇다는

이야기는 내 生覺으로서는 벌써 자리다툼보다도 利權다툼이 벌어지는 모양이고 보니 同業이란 어려운 일이다.

서울 妹氏 內外가 夕飯까지 나누고 七時 直前에 서울로 올라갓다.

〈1967년 1월 9일 Mon 晴 0.12~0.6〉
서울 出場 三永商會 maltn Hammar 見積 件.

作業 改善. 700糎~350糎 Sata가 側 0 木型으로 450 製品을 만드는 方法 着案[着眼]에 關해서 木型 代金 1,350,000 節約에 따르는 價値評價 依賴書 提出. 金仁鎬 앞.
molding Hammar 購入 次 서울 出張.
서울市 淸溪川 三가 三永商會까지 다여오다. 見積 18,000.
어머니가 너무도 오래 서울에 개시니까 시골에서 궁금히 여기여 片紙가 왓다. 어머니가 義齒을 하시느라고 約 40餘 日이 지가갓다[지나갓다]. 三日 前에 齒型은 떳으니가 도라오는 日曜日에는 完成 된다는 말씀을 들었다. 어머니도 갓튼 子息 집이나 村에서 洞內 할머니들과 긴긴 밤에 떠거운 아랜목에서 밤가는 줄 모루시고 재마나는[재미나는] 이야기로 消日하시는 개 역시 좋으신 눈치다. 그리고 역시 집(村)의 일이 모다 걱정이 되신다니 當然한 말씀이기도 하다.

〈1967년 1월 10일 TUE 晴 0.12~0.2〉
(100,000 假拂 申請)
中共 反毛派에서 反動 內亂化 記事.

保手 40,000 現金으로 會社 經理에서 交換햇다. 退勤 時間니 지나도록 朴孃이 待期하고 있엇다. 交換金 引渡 次. 吳在夏 朴京緖 두 사람과 別館에서 茶을 나누엇다. 두 분에개 今年度 工場 全體 作業 面에서 鑄物 外註가 約 20TS/月 程度나 나가개 될 테니 朴基錫니가 맛타서 버러 먹을 수 없느야고 質問해 보았다. 두 분은 대답하기를 會社와의 勤務 關係을 물었다. 나는 對答하기를 8個年間 勤務햇으나 現在까지 係長 職位이니 더 以上 會社에 머무르는 기 쑥스럽다고 對答햇다. 두 분언 答辯을 못햇다.
無窮花에서 吳在夏가 저역을 삿다. 세 사람은 다시 당구장에 갓다. 처음으로 탕구를 처 보았다.

〈1967년 1월 11일 WED 晴 0.8~0.3〉
金鐘太 來訪. 就職 次.
新年度 人事 移動 發表.

新年度 人事 機構 改編니 發表됫다.
製作部長을 工場長의 責任.
李道烈이가 機械 第一 課長 任命.
韓炳植이가 機械 第二 課長 ".
朴京緖 氏가 回轉機 諍止器 ".
其他는 變動 無함.
午後 六時頃에 工場長室로 急히 오라는 電話을 밧고 띄여갓다. 工場長 말인즉 나의 職位 問제에 關해서 無限니 에를 썻으나 보람이 없개 되였으니 未安하다는 內容의 말.
나는 말하기를 하로 速히 後任을 한 사람 求해 주고 나는 나대로의 生活 方策을 生覺하

갯금 해달라고 要請을 햇다. 結果的으로 張
炳贊니가 나하고의 감정의 問제된다고 生覺
된다.

〈1967년 1월 12일 THU 晴〉
1966년 12月分 給料 支給.
金仁鎬와 화신면옥에서 酒宴.

金仁鎬 氏와 나의 問제에 關해서 이야기를
햇다. 첫제 나의 會社에 對한 値價[價値] 判
斷을 몰었다[물었다]. 나의[나이] 42이고 보
니 每事에 조급하다. 一大 기로에 섯다는 內
容 程度는 내가 이야기 않트라도 더 잘 알고
있었다. 金仁鎬 氏는 方法은 딴 하나 直接 張
會長을 만나서 이야기를 해보라고 대체로 自
己가 먼저 만나서 이야기를 해보갯다는 內
容.
張 會長을 만나고서 할 이야기의 줄거리는
第一로 나의에 比해서 초초하다[초조하다].
　〃 나의 後任을 物色해 줄 것.
　〃 경신호와의 關係.
　〃 나에 對한 率直한 시비 反判.

〈1967년 1월 13일 Fri 晴 0.7~0.2〉
給料 引上 23% 線 完全니 調整 完.

요즘 每日 아침 九時 30分부터 朝會가 있다.
朝會席上에서 었어만는[언어맞는] 개 鑄物
係이다.
따지고 보며는 비단 鑄物에서 素材가 重要하
나 도무지 責任감을 느끼질 못하니 나의 心
情의 變化를 어터캐 가주올 것인지가 問제

다.
昨日의 金仁鎬 氏가 會長을 만가[만난] 結果
이야기.
경신호를 내쫓은 사람은 朴基錫니다.
더 이상 이야기를 하지 말자(나에 데한).
會社에서 한 분 만나 이야기하갯다.
노조와이 關係된 이야기.

〈1967년 1월 14일 Sat 晴〉
톱밥 一車 購入.
中共 文化革命 점차 毛派가 得勢.

더 以上 會社에 對한 미련을 갖지 말자.
내 나의 벌써 四二세이다. 차리리 二年 前에
말이 낫을 떼(會社을 고만두갯다고) 깨끗치
물러섯스야 좀 더 어젓햇을 것이다. 每日갓
치 會議 떼 엇어만는 게 鑄物 素材이나 벌로
내 스스로가 흥미가 업으며 責任을 느껴보지
못하는 心情이고 보니 나이 心的 모순니야
그럿치 않으며는 또 나의 그럿된 처사인지
나로서도 내 마음을 달랠 길이 없다.
家族이 또 한 사람 늘엇다(金鏡泰 君) 11人
니란 大食口를 어터캐 끌고 가느야 참으로
첵임이 크다. 차라리 추위라도 좀 가고 봄철
에 올라왔드라며는 좀 더 나을 건데.
한 달에 쌀 2叺니 以上이 있어야 되니.

〈1967년 1월 15일 Sun 晴 0.15〉
鐘錫 除隊 歸家.
번선니 外祖母 訃告.
炭 50個 入. 825.
강추위 來襲.

폴렷든 날씨가 다시 추워저 오날 서울 地方 최저기온니 0.15 라고 한다. 간밤에 室內에 물그럿이 꽁 〃 어러붓텃다.

日曜日이라 하로 終日 이불 속에서 취위를 잊으려고 두러누엇으나 아이들이 떠들어데서 도무지 귀롭기만 하다.

煉炭 50장을 購入. 1,650.

今年에는 煉炭도 제데로 사지 못하고 오날 갓치 추운 날씨에 煉炭을 사드리니 과이 今年 生活 상태를 말할 수 있다.

지금 時間 午後 二時. 日誌을 記錄하는 바른 손니 차운 방안에 氣候 간게로 손니 시리며 뽈[볼]이 찹다. 방안 기온니 이 程度로 추우니 바갓 날씨는 더 以上 말할 수 없시 치다[차다].

今年 들어서는 제일 춥다.

〈1967년 1월 16일 Mon 晴 酷寒 0.18~0.9〉

旅客船 韓日號 沈沒(號外). 70餘 名 死亡.

今年 들어 가장 추운 날씨다. 새벽 四時 軍服務을 마치고 除隊한 동생 鐘錫니가 除隊 手續을 마치기 위하여 忠北 定平[曾坪]까지 오날 午後 五時까지 가야 된다고 除隊服 바람이 샛차면 그데로 몸에 스며드는 國防色 廣木服을 着服하고 손에는 실장갑을 찌고서 서 들고 있다. 몸은 別로 여위지 않었스나 얼골 바른 편 눈 옆으로 夜間勤務 時에 敵의 發射한 信號彈에 스첫다고 그무스래한 흉터가 아즉도 남아있다. 그만하기를 天運이 돟은[도운] 일이라 自慰햇다.

새벽 四時 四〇分 제물포驛으로 나갓다. 어

머니 齒芽[齒牙]가 오날로서 일단 끗치 낫다. 義齒를 끼시고 나니 몹시도 갑 〃 한 모양이시다. {"}돈 내버리고 苦生만 한다.”고 말씀을 하시니 갑 〃 하고 불편하시가 이만저만니 아니신 모양이다.

〈1967년 1월 17일 TUE 晴 0.14〉

木型 申 沈 洪 來訪. 24,000 入金 件.

金仁鎬 氏로부터 電話가 걸려왔다.

時間은 退勤時間 午後 五時 10分 前. 內容인즉 오날 멋 시에 退勤하느야고. 別로 바뿐 일이 없다고 對答. 그러며는 退勤 時 나한테 좀 다여가시요 當身한태 할 이야기가 있으니. 內容이 몹시 궁금하다.

六時 15分 會社 앞 合乘 停留場에서 金仁鎬 氏를 만낫으나 눈치가 吳 崔 두 사람과 갓치여서 다음날로 미루었다.

밤 七時 四〇分頃에 申正植 沈喆元 洪 氏 3人니 來訪. 집 앞 中國料理店 二층에서 간단한 酒席을 갓치햇다. 차저온 理由는 600粍 木型 代金을 125,000의 手票로 밧어 바꾸엇다는 것. 그데서 申 20,000 李永喆 12,000 朴基錫 12,000式을 分配.

〈1967년 1월 18일 WED 晴 0.12〉

금문기 新年 들어 철[첫] 來訪. 金 10,000 謝禮.

개속되든 酷寒니 오날에사 풀니기 始作햇다. 工場 內 鑄砂가 녹아 作業의 좀 되는 것 갓다. 其間에는 꽁 〃 어러부튼 鑄砂로 因해서 非正

常的인 作業을 3日間나나 하였다.

金文기가 來社. 新年人事 車 金一封을 濁酒 代金 條로 내노앗다.

三星鑄物工場 訪問 600粍 Sulsenal 鑄物素材 督促 次.

李永喆과 退勤 後 花平洞 파출소 앞 肉店에 서 되지고기 1斤 소고기 1斤을 불고기 해서 酒을 마셧다.

李永喆 心情. 내가 고만두며는 자기도 고만 두갯다고 心情에 있는 뜻 있는 意味.

李永喆 氏에게 金 1,200 支給. 木 代金 條.

〈1967년 1월 19일 Thu 晴 봄 氣候〉

金鐘泰 君 養成工 入試.

봄철 갓히 따뜻한 날씨다.

오래만에 鑄物 作業의 제되로 됫다.

現在 總 人員 120名의 大食口이고 보니 여러 가지 施設이 아십다.

金鐘泰 君니 養成工 入試에 應試. 高等學校 을 마친 金 君으로서는 學課 試驗은 百點 萬 點 程度는 될 것이라는 자랑.

結果는 두고 보아야 할 일.

에숙이 동생(젓먹이) 패렴으로 基督病院에 서 入院 치료를 밧고 今日 退勤햇다고.

〈1967년 1월 20일 FRH[FRI] 晴 3 〉

理由가 무었일가?

時計는 午前 一時 고요한 겨울밤 자정이 자 낫다[지났다]. 잠이 오지 않는다. 웬일일가. 자리에 누어서 곰〃히 生覺하는 무엇이 있

기에 무순 공상을 골몰히 하기 떼문니다. 모 든 것을 나의 無能 無知 無力의 탓이다. 모다 이저라 채염하여타[체념하였다]. 잠을 이루 어야지. 來日의 活動을 爲해서 그러나 역시 망상인지는 모루나 世上의 너무나 원망 저 주 블만뿐이니 이게 다 나의 조분 自己 주관 닌 그릇덴 生覺일 개다. 누운 자세를 바꾸어 안해에게 말을 건넷다. 잠이 않 오니 술이 있 느냐고 물엇다. 다시 블을 키여 놓코 鐘泰 君 니 사온 "오아시스" 소주 2合 병을 뜻었다. 日 誌帳에 펜을 들고 다라오르는 酒氣을 生覺한 다. 술이란 便利한 게다?

理由는 八年 係長의 不滿 表示의 代價.

金炳烈의 원한 件으로 朴京緒가 말함.

〈1967년 1월 21일 Sat 晴 3℃〉

洋服 14,000에 맞춤. 月賦.

밤 七時 조금 前에 會社 門을 나왔다.

맞춤 文益模 尹弼文 等과 갓이 나오개 되여 工場 앞 平壤精肉店에서 도야지 고{기} 2斤 半을 구어 놓코 술을 마셧다. 尹弼文니가 말 햇다. 朴 係長은 벌서 課長으로 昇進햇써야 할 텐데 150名의 部下를 가진 사람의 會社에 서 單 한 군데 鑄造뿐니 아니야고 反問도 햇 다. 그러나 어데까지나 眞實한 意味이다. 結 果的으로 今般에 昇進의 첫제 장해는 金 工 場長과의 人間的인 惡事情이다.

밤 九時 30分頃에 선광羅紗에서 冬服을 마추 었다. 羅紗店 主人니 茶을 삿다(명茶房에서).

〈1967년 1월 22일 Sun 晴 3℃〉

臨時 就業者 小型 全員 中型 全員 MS 全員.

새벽 六時頃에 시골 光鎬 君니 올라왔다. 農事을 지여 놓코 돈버리을 웨 못하느냐는 집안 어런들이 꾸지람으로 浦項 近처이 鑛山 生活을 해 본 結果 신통치 못해서 다시 집에 들였드니 三寸니 家族을 全部 다라고[데리고] 와서 지여 놓은 農事을 그데로 송두리체 드러먹코 있어 화가 나서 집을 티여 나왔다는 이야기.
철 모르는 어린 나이에 가련하기만 하다. 모든 罪는 너의 母에개 있다.
웬종일 아론목[아랫목]에서 잠을 잣다.

〈1967년 1월 23일 Mon 晴 0.4℃〉
어머니 시골로 나려가시다.

어머니와 伯母任의 시골로 나려가셨다.
上仁하신 지 近 2個月間을 머물러 개시다가 나려가셨다. 其間 진작 나려가셨을 것인데 義齒을 하시기 爲해서 오날까지 머물러 개셨다.
鐘泰 君니 永登浦까지 어머니를 案內해 드렷다.
亞南鑄物工場의 門을 다럿다는 소문니 들린다.

〈1967년 1월 24일 Tue 晴 0.3℃〉
鑄友會費 決算 告示(班長會議).

退勤 時 尹弼文 氏가 태포를 한 잔 갖치 하지고[하자고] 提議하여 왔다. 李道烈 韓炳植 朴경연 等 5人니 新浦洞 복 料理店에 갓다. 츠음 가는 料理店이였다.
손님이 많니 있었으며 5名의 正宗 壹甁 찌개 7人分 밥 7人分 合해서 720. 꽤 싼 價格이다.
음식맛도 꽤 좋왓다. 食事 한 그릇을 다 먹었으니.
鐘泰 君 入社 書類 差備 件.

〈1967년 1월 25일 WET[WED] 晴 1℃〉
祿培 妻男 來訪(共和黨 訓練 次)
봄철 갓다.

요즘 氣候가 마치 봄 갓다. 아침 츨근 時間에 合乘을 타가 가려면 앙개가 자옥히 끼여서 잘 보이질 않을 程度다.
賃金 引上 %가 大體로 判明되었다.
次長級의 37,000 課長級의 32,000 代理級의 28,000 線으로 決定된 模樣이다.
金仁鎬가 하는 이야기는 會 張 會長과 만낫다는 이야기 웨에 朴基錫니를 미워하지는 않트라고 귀띰을 하나 나로서는 석연치 못한 대가 있다.
理由을 理解할 수 없다. 도무지 無力해슬가.
거럿치 않으며는?

〈1967년 1월 26일 Thu 晴〉
봄철.
金鐘泰 就業日.

三星鑄物 具 社長께서 來訪.
現場 事務室에 나타난 具 社長. "구 시[씨]시든가요." 反問을 해서 未安햇다.
저 具滋會올씨다. 五三歲라는 中年 紳士다.

아 내, 罪悚합니다 몰라보아서. 더러 비옵기[는] 햇으나 첫 對面니라서. 對話를 마치고 나서 具 社長 曰 工場長의 事情에 依해서 고만두었으니 適任者를 한 분 求해 달라는 이야기. 그리고 보니 나보고 좀 도와달라는 심중한 內容이다.

今年에 나이가 五三歲이올시다. 가부간 今年에는 勝敗의 決定을 해야갯음니다. 제발 좀 도와주시요 等 은근한 나의 意見을 떠보는 態度다. 좀 生覺해 보자?

〈1967년 1월 27일 FRi 저역 비〉

金俊植 副社長 金炳烈 工場 立會 下에 辭意 表明.

오날 午後 正式으로 口頭 辭意을 表明햇다. 理由는 나이가 今年에 40歲가 넘고 보니 每事가 초조하고 會社가 擴張되엿으니 機械 及 回電機課[回轉機課] 等에는 世代 交替가 이루어젓는데 鑄物만은 구테이연 本人니 힘으로서는 더以上 流活의 어럽다는 點을 이야기하고 나도 今年에는 좀 더 세로운 生活方式을 모색하기 爲함이니 會社 立場을 生覺해도 내가 고만두는 게 좋으며 나도 나이가 있으니 今年에는 좀 살 수 있는 方法을 강구하여야 되갯으니 하로 속히 후임者를 物色하여 달라고 要請햇다. 金仁鎬 氏가 말씀하시기를 其間 一〇餘 日이 지나도록 아무런 解決을 못하여 주었으며 未安하다고 망스렷든 솔직한 마음을 다 털어 놓코 보니 마음의 후련하다. 後任을 任命 其間을 期限付[期限附]로 提意[提議]하는 것이 좀 異常스럽개 生覺되기

에 이 달만은 나오갯다고 表明햇다. 金仁鎬 氏는 골탕 먹이는 方法은 좀 삼가 달라고 말햇다. 그리고 當身의 고만두며는 色다른 揚水機는 受註[受注]할 수 없다고?

〈1967년 1월 28일 Sat 晴〉[4]

金仁鎬 氏와 나의 個人 問題 論理(去 8/2 件).

내가 仁川으로 職場을 따라 移舍한 지도 어언간에 8個 年니 지낫다. 도리켜 보며는 지금으로부터 8年 前 눈보라 치는 嚴冬 허 〃 벌반 다 쓰러진 海邊의 삐데[뼈대]만 앙상하개 서 있는 鐵筋製 700坪의 東芝浦 仁川 工場 鑄物場이었다. 永登浦에 있든 大東工業 株式會社가 좀 더 飛躍的인 發展을 企하기 爲한 즉 大東工業 建物의 너무도 협소하여 大東芝浦 仁川 工場과 合作을 가저온 것이었다. 지금 記憶으로서는 當時 徐相錄 氏와 合作 當時 여러 가지의 難관니 맞엇든 것으로 回想된다. 拂下 當時의 徐 氏와 張 氏가 猛烈한 內斗[內鬪]가 있었으며 甚至於 徐 氏 側에서 暴力輩까지 動員되여 立札[入札]을 妨害햇다는 이야기가 지금도 會社 內의 옛 이야기로 남어 있다.

其後 張 氏가 徐 氏와 合作 條件에 合意하여 1959. 11. 8日 字 第一 次로 朴基錫니를 先頭로 하여 鑄物工 李永喆 李四乭 李弼容 白南錫 鄭周永 李鳳榮 陸驥永 崔文龍 鄭浣珍 等 九名의 先發隊로 나려왔다. 勿論 大東工業

---

4) 이 날의 일기는 전부 6쪽에 걸쳐 기록되어 있다.

當時의 解體 時 退職金은 한 푼도 밧지 않코 깨끗치 빈 손으로 나려왓섯지. 나려온 우리들은 무엇보다도 建設에 바벗다[바빴다]. 지금 工場의 第一棟을 1/4에 該當하는 部分은 天幕으로 싸기 始作햇다. 큐포라는 2基가 있었으나 모다 다 썩어빠저서 當時 使用 材料 等을 참작해서 하등의 使用 가치가 없었다. 爲先 熔銑爐을 1.5TS 容量은 1基. 當時 基金 1,800,000에 만들엇다. 資金의 制限을 밧엇튼 탓으로 別로 신통한 施設은 갓추지를 못하고 嚴冬이라 손발은 얼어붓틀 程度로 다들 손발에 어름이 바켯다. 作業의 本格的으로 始作하기 되자 張 社長 方針의 韓國機械 程度의 技術을 따라가갯다고 말슴이 있엇다. 나로서는 別로 韓國機械 程度가 問題視 않데였으나 其 當時 朝鮮機械가 그리도 東仁川 地方에서는 鑄物로 좀 앞섯든 모양이다.

當時 재미있는 몃 가지를 좀 더 回顧하여 보자.

張 會張[會長] 말이 文益模 成昌模 吳在夏 3人을 自己 사람들이니 잘 들 協助하여 일을 하라고 이야기햇다. 徐派 張派가 對立되여 있기는 表面으로도 뚜렷하였다. 徐 파에개 朴基錫니는 많은 미음도 밧었다. 심지어는 주먹다짐까지 當한 禮도 잇엇다. 지금 生覺하여 보면 너무도 허무한 과거이며 젊은 기분니갯지. 當時 나의 주관은 어터캐 하면 좀 더 會社가 잘 될 수 있으야에 全力을 햇다. 勿論 徐 파 사람들의 파귀的인 파라먹기 式의 가장 납엇다. 鐵窓까지 파라먹었으니 더 以上 記錄할 必要는 없다. 本社인 小公洞 빌팅에서 종 〃 張 社長의 會社에 자주 나려왓다.

當時 즉 1962年까지만 하드라도 나의 말을 꽤 밋어 주었으며 나도 張 會長의 수족이 되다시피 全力을 다 햇다. 즉 못할 말이 없시 다 이야기할 수 있는 처지엿지.

現場에서 나려오신 社長은 나에개 진달레 담배를 엇어 피운 적도 있섯다. 勿論 社長의 담배가 없어서 달라고 하는 건 아니다. 즉 이 程度의 親密性을 가젓다는 表示다. 現場 事務室에는 大東工業 時節에 가저온 各種의 鑄造 日誌 等 책상도 現在 쓰고 있는 나이 것은 大東工業 日本人 山本가 쓰든 것이다. 鑄物 工具도 一切 大東工業에서 가저온 것이다. 심지어 鐵製 쓰기 棒 혹 다지기 하나하나까지 財産으로 다 表示 評價 밧엇다. 揚精棒 1個의 原價는 단돈 拾 원도 않 데였다. 當時 機物 評價에 對해서 徐 氏 파에서는 불만니 많엇다. 쓰지 못할 古鐵을 웨 評價하느야는 等 말이 많은 것도 지금 生覺하며는 無理는 아니다. 1961년 銀行 資金으로서 鑄物工場을 擴張하기 始作햇다. 天幕은 비껴지고 말쑥하개 고처지기 始作 施工式에 도야지 대가리가 나왓다. 張 社長의 柳성춘 氏와 갓치 와서 施工祭을 지냇다.

그 해 四月頃에 朝機[朝鮮機械]에서 裵昌國이와 慶信浩가 金屬科 出身으로 會社에 들어왓다. 施設 擴張 等에 電氣爐[鎔解器] 工事가 第一 컷다. 再生爐도 3TS을 新築하기로 햇다. 朝機 3TS爐의 熱風管을 裵昌國의가 鐵筆로 태충 그림을 그려주는 式으로 나에게 提示햇다. 대처로 윤각을 알고 난 후 朝機 物을 見學하고 내 손수 作圖햇다. 乾燥爐도 고처지고 起重機도 2臺가 다 修理되였다.

裵昌國이는 每日 책만 디다 보고 있지 무엇 하나 제데로 못햇다. 鎔銑爐 設置도 慶信浩 가 朝機 熱처리室에 있을 데 가서러 스캣치 햇다. 勿論 내 손으로 스터르나[서투르나] 作 圖되여 完成되엇다. 從業員니 20名에서 40名 60名 점차 늘기 始作햇다. 경信浩는 아주 에 송이였다. 배창국이도 圖面을 내여주고 重量 計算을 시켯스나 簡單한 重量 計算을 하지 못햇다.

물론 간단한 公文 한 장도 제도로[제대로] 못 썻다. 그러나 그 後 學校에서 배은[배운] 미 천니 있어 發展이 빨랏다. 1964년 경信浩가 美國에 AID資金으로 留學을 갓다. 六個月 기 간은 짤벗다. 美國에서 도라온 경信浩는 一 약 課長 職位로 올라갓다. 그러나 別다르개 作業 改善니 댄 것은 열 가지 中 한 가지도 제 데로 나타난 것은 없다. 會社에서 生覺하기 에는 모다 경신호의 힘이라 生覺할 개다. 경 信浩가 課長이 되고 그 밋에 내가 係長이다. 係長 밋데 있든 係니 課長이 되고 나니 나 로서는 좀 쓱스러웟다. 그러나 어데까지나 合力을 아끼지 않엇다.

한 번은 경信浩가 朴基錫니하고 트라블이 있 다고 高位層에까지 말이 있엇든 模樣이다. 全然 근거 없는 이야기애 혹시 경信浩라는 사람을 내가 잘못 본 것은 아닐 개다.

〈1967년 2월 2일 Thu 晴〉
張炳贊 會長과 單獨 會談. 鑄(物) 事務室에서. 10餘 前[年] 前 氣分으로 도라가다.

今年 들어 臨時 昇給이 있엇다. 오늘 通告

와 表을 밧었다. 課長 31,500 代理가 27,750 3,250 差位가 생겻다.[5] 每年 差位가 더 커진 다. 當然한 일이라 生覺된다. 그러나 나이 立 場으로 보아서는 떠러지는 판국이니 섭〃햇 다. 물론 課長 中에도 自己 職責 上 그만큼 밧 을 만한 사람도 있다. 그러나 내가 보기에는 너무도 會社에서 旣成人은 無視한다.

當然之事일 개다. 나이 한 살 더 들기 前에 보 다리를 싸자. 나중에 후해를 말자. 앞으로 더 以上 있어 보아서 무엇이러냐. 잠이 않 온다. 午前 2時 20分 사발시개 소리가 뚜렷치 들여 온다.

〈1967년 2월 3일 Fri 晴〉
治安局 趙石峯 경이 訪日 旅程을 마치고 歸 國.
人事 次 來社(鑄物 教本 一卷 謹呈)

나이가 42歲. 초조하다.
會社 鑄工場 人員니 130餘 名.
1人 3役을 햇다.
木型 申正植과 개다[6]가 틀닌다.
在椽의 變하며는 어려울 것이다.
試片니 하나 제데로 됫나 鑄物砂 試驗具는
회울 뿐니다. 鑄鋼 單價는 너무 싸다.
鑄 原價 28 55
直接費의 30% 價格의 18%
施設 關係 나이 힘이다.

---

5) 실제 금액 차이는 3,750이다. 어느 한 쪽 금액의 오 기이거나 계산 착오로 보인다.
6) けた(桁). (숫자의) 자릿수. 급료 차이가 크다는 의미 로 여겨진다.

木型 價格의 調整 件.
450 木型의 代價.
鑄鋼 鑄物을 한 사람에게.

〈1967년 2월 4일 Sat 晴〉
冬服 1着 14,000 月拂分 찾저오다(선명라사).
立春 金鎭國 辭表 提出.

봄철 같은 따스한 날씨.
도라오는 길에 선명라사에서 冬服을 차저왔다. 生覺하면 洋服 一着을 마치기가 꽤 힘든다. 철 지난 冬服을 마처 차저오다니 生覺하면 좀 異常한 처사이다. 三年 만에 마치는 옷이고 보니 나 같으며는 平生 單벌 紳士 노릇 바개는 못할 처사이다.
저역에 정순니가 박문여고 高等課에 入試 結果를 先生任에개 물어 보았더니 不合格의 通知를 밧었다고 가슴 조리고 있다.
설마 박문校쯤이야 無難니 入學될 줄로 別다른 極情을 하지 않은 개 結果的으로 정순니에 實力 問제.

〈1967년 2월 5일 Sun 눈〉
博文女校 合格者 發表. 정순니 不合格.

立春니 자나고[지나고] 보니 벌써 봄 기분니 나돈다.
앞으로 취위는 雨水 驚蟄이 남어 있으나 別로 대서럽지는 않을 개다. 아침 九時에 朝飯을 먹고 博文校에 高等 入學者 發表가 있어 貞順 어머니가 갓다 왔다. 엇저역에 말데로

合格者 名單에 정순니 이름이 엽으니 털님엽는 낙제다. 울고 불고 보체는 정순니 꼴이 보기 않 댓다.
午後 一時에 정순니가 조르는 바람에 學校 庶務課에 나가 보았으나 先生들은 이미 돌라들 가고 係員만니 남어 있다.
午後 朴宗遠 米店으로부터
白米 1斗
찹쌀 1斗을 보내 왔다.

〈1967년 2월 6일 Mon 晴〉
떡 하는 날. 쌀 1斗.

博文校 吳寧煥 氏을 相面고 朴貞順에 對한 救濟 方策을 相議하다. 席次 別로 따저 보며는 정순니가 別로 성적이 나뿐 便은 아니기 때문에 登錄金 納入 마감日인 2月 15日 以後에 가야만 可否을 알 수 있다는 이야기다.
단님 先生 金仁叔 女子을 만나 보앗으나 父兄으로서 別로 子女 敎育에 對해서 성이가 엽었음을 솔직히 말하고 난 後 先生의 의견을 물어 보았다.
밤 七時 四〇分 되엿으나 정순니 어머니는 떡방아간에서 도라오질 안는다.

〈1967년 2월 7일 TUE 비 눈〉
大東고무 鑄鋼品 620,000 出荷.
三星鑄物工場으로부터 45,000 借用.
진눈개비가 하로 終日 기칠 줄을 모른다.
길은 온통 어름판.
午後 2時頃 三星鑄物工場으로부터 900粍 BLachET[bracket] 芯의 잘 모르갯다고 連絡

을 밧고 달여갓다.

安 常務로부터 45,000니 金額을 밧었다.

밤 九時頃에 그라운드 近처의 肉店에서 도야기 고기 1斤 半을 혼자서 구어 먹고 某처를 訪問. 술의 취하여 그데로 도라왓다.

〈1967년 2월 8일 WEd. 晴〉

(14500×1 20/100)×46% 減.

償與金[賞與金] 9,030 밧음. 缺勤 8 休가 2 조데[조퇴] 2 지각 3.

BONASE 支給 9,030. 기분 나쁘다.

給料는 5,000원 未滿者를 全額 支給하고 나머지는 2/18日 字 支給을 約束.

金漢福 氏에게 金 7,000을 支給.

집에 도라오니까 정순니 어머니가 너무도 답 ″햇다. 明日 舊正을 앞두고 하다 못해 빈데 떡이라도 부처 놀 즐 알었으나 몰라서 못하는 모양. 사사껀껀 이런 데까지 사내가 간습 [간섭]을 해야 되는지 안타갑다.

正鎬 奉子가 밤車로 歸省.

〈1967년 2월 9일 Thu 晴 0.8℃〉舊正

陰曆 슬날[설날].

陰曆 슬을 마지해서 아침 떡국을 끄려서 나이 한 살을 더 먹은 샘.

舊正이라 해서 工場은 2日間 休務.

원만햇으며는 舊正에 하로쯤을 놀리여 주위도 좋캣으나 2/12日과 2/26日 日曜日을 代勤하기로 되여 있다.

우리 鑄造課에서는 去年 12月 4日 休日에 日曜 稼動을 한 탓으로 9, 10, 11 3日을 連休하

기로 햇다.

舊正 선물로서　　李永喆 豚足 하나

　　　　　　　　　　朴宗遠 菓子 1B/S[box]

　　　　　　　　　　金公熙 果 1B/S 사고

　　　　　　　　　　　　 藥酒 1瓶

　　　　　　　　　　李鳳榮 豚肉 2斤

　　　　　　　　　　　　 鷄卵 2줄

李鎭元 內外分 牛肉 5斤 菓子.

〈1967년 2월 10일 Fri 晴 0.10℃〉

來客 李鎭元 內外分 金漢福 李光義 李龍雲

朝飯 後 忠仁商會 아저씨 宅에 新年人事 次 들였다. 初 2日인데 벌서 商店 門을 여러 놓고 開店 狀態다.

컨[큰] 아저씨는 시골로 나려갓다.

서을 明求 아제가 來仁 權 書房과 갓치 午後 3時頃 自宅 招待 저역을 나누었다.

明日의 班長 招待 費用 內譯

藥酒	7瓶	350	牛肉	200
곱브[잔]	7個	140	豚肉	240
웨간장		60	떡 인절미	5升
두부		60	떡국	
나무		60		
시금치		130		
굴		100		
댐부라		100		
가루		150		
개란		110		
其他		50		
		1,330[7]		

---

7) 기록되어 있는 금액을 모두 합산하면 이와 같은 총

〈1967년 2월 11일 Sat 晴 0.12℃〉
會社 班長 以上 10名 招待 酒宴

아침 十時부터 李永喆 內外 來訪으로 始作한 來客은 다음과 갓다. 金明求 李鳳榮 金春道 姜대순 李鎭元 金公熙 金奉高 李鐘琴 白南錫 朴宗遠 約 10餘 名의 參加 간소한 酒宴을 배풀다.
十二時 40分부터 始作한 酒席을 午後 3時 20分頃에 一次 마치고 섯다 노리를 햇다. 午後 六時 30分頃 全員 解散햇다.
費用 約 1,800.

〈1967년 2월 12일 Sun 晴 0.12℃〉
慶信浩 밤 七時 來訪. 나의 거처 問제 問議.

午前 中에 工場 內 鑄物砂가 어저부터서[어제부터] 作業의 不振 狀態다. 生型場에는 表土가 꽁꽁 어러부터서 흙 녹이기에 하로 終日 時間을 보냇다. 밤 七時頃 慶信浩 課長 來訪 여러 가지 會社에 對한 이야기를 햇다. 간단히 요약해서 내가 會社에서 손을 뗄 티니가[테니까] 慶信浩가 와서 하는 게 어떠야는 式으로 第三者를 통해서 이야기한 데 對한 나의 反應을 듯기 爲함이갯지. 崔연 氏를 통해서 工場長께서 경신호를 다리고 오도록

계가 나오지 않는다. 왼쪽 열의 금액을 합산할 경우 1,310이 되고 오른쪽 열의 우유과 돈육, 인절미, 떡국을 합하면 총 금액은 기록된 것보다 더 멀어지게 된다. 처음 왼쪽 열의 금액 합계를 낸 후 오른쪽 열의 항목을 추가한 것일 가능성이 크지만 어떤 경우라도 기록된 금액과는 차이가 있어 기록된 내용 그대로는 계산착오로 볼 수밖에 없다.

要請까지 한 模樣이니 경信浩라는 사람도 은근니 利川電機에 對해서 若干니 아니 全的인 復職을 希求하고 있을 개다. 明日의 慶信浩 父親 一周忌日[一週忌日]임으로 崔연 氏 宅에 그럿을 빌니로 왔다는 이야기. 勿論 나의 意思을 좀 들러볼 겸 왔갯지. 그러나 더 以上 솔직히 이야기할 거리가 없다.

〈1967년 2월 13일 mon 晴 0.11℃〉
慶信浩 父親 一周忌祭.

밤 七時 30分 會社을 出發 爲平 所在 경信浩 宅 問喪.
李永喆 同伴. 賻儀 1,000.
金文기에개서 밧은 濁酒 代金에서 12,000 代 使用함.

〈1967년 2월 14일 TUE 晴 0.10℃〉
郭在根 宅 訪問.

夜間에 文益模 尹弼文 3人니 郭在根 宅을 訪問.
會社로 다시 도라오라는 要請.
事業에 失敗하여 오가지 못할 身世라고. 亞南鑄物工場의 失敗로 因함.

〈1967년 2월 15일 WEd 晴 0.10℃〉
東春 食代 1,940. 領收證 受.

강원産業 Co에서 鑄工 採用으로 利川電機 內 젊은[젊은] 에들이 動요.
밤 七時 미담 茶房에서 鄭樂元 李元燮 朴相

喆 金公희 金圭鎭 金大泳 金宗國 等 參席 下에 說教를 햇다. 강원産業에서 月收 13,000 程度의 報酬을 約束햇다고 하나 터무니 없는 거진말일 게다.

東春食堂에서 9名의 食事을 나누고 結局 좀 더 利川電機에서 忠實하갯다는 다짐은 밧었으나 鄭樂元니 態度가 알송달송하다.

李熙仁니는 來日 떠난다고. 기어코 떠날려며는 나를 한 번 보고 가라고 당부햇다.

食代 1,940.

〈1967년 2월 16일 목요일 晴〉

三星 社長 具滋五 氏 相面.

江原産業 鑄工場으로 鑄工 2名을 빼앗긴다. 鄭樂元니란 者가 끗내 배신을 햇다. 어저개만 하드로도 조금도 動搖되지 않엇스나 오날들어 마음의 變햇는지 꼭 가갯다고.

李熙仁란 놈은 契金 48,000을 물어야 되는데 方法이 없어서 不得已 金富周가 保證書을 提出햇다.

三星鑄物 具滋五 氏 病 門患[問安].

病席에서 여러 모로 付託이 만타.

自己 나의가 53歲인데 좀 더 今年에는 能力的으로 事業을 推進할 覺悟가 되여 있으니 좀 協助해 달라는 호소.

〈1967년 2월 17일 금요일 晴〉

朴貞順니 博文女高 合格 通告.

서을 宗親會에서 第七次 宗親會 開催 通告를 밧다.

昌信洞 651의 23 朴尙鉉 氏 宅에서 開催. 每日 第三 日曜日인 2/19일 午前 12時부터라고.

入學金 條로 8,900 納入.

〈1967년 2월 18일 토요일 晴〉

八味房 박庚연 參加 鑄班長 會員 黃 氏 환영會 4,060.

黃永淵郭在根 2名 復職 次 來訪.

黃永淵니가 事業에 失敗하고 다시 利川電機로 복직을 하다.

夜間 鑄物 班長 四名과 金正燁 韓桂東 工程 朴庚연 參加裡에 八味房에서 酒宴을 열다.

환영會라는 것보다는 오이려 옛 親舊들이 만난 기쁨으로 맥주 한 잔을 놓는다는 氣分으로 살자는 要旨의 人事을 했다.

〈1967년 2월 19일 일요일〉

昌信東 朴尙鉉 氏에서 宗親會.

하로 종일토록 집에서 낮잠을 자느니보다는 市內 바람도 쐬일 겸 午前 十一時에 이발을 마치고 서울 行 뽀쓰을 탓다.

다름 아니 三永商會에 가서 濁酒代라도 좀 웃을려고 햇으나 三 日曜日이리라 가개 門니 굿개 닷처 있었다.

경仙 母 서울 갓다.

〈1967년 2월 20일 월요일〉

金漢福이가 三星주물공장에서 자리를 떠서 仁川주물工場으로 갓다고 700粍 斜流 펌프 本體을 60/kg 當 外註을 달라고 하기에 試驗

삼아 내주었으나 期日 內에 納品이 딜지 두고 보아야 할 일.

〈1967년 2월 21일 화요일〉
貞順 어머니 子宮 진찰 東山病院.

안식구가 3個月 조금 지낫슬가. 나도 모르는 사이에 잉태해서 市內 東山病院에서 낙태 手術을 밧고 몹시도 귀로운 表情이다.
목이 꽉 쟁기고 목에서 피가 너머온다니 걱정이다.
하로 속히 랜트갱[뢴트겐]을 찍어보라고 호통을 첫다.

〈1967년 2월 22일 수요일 비 10℃〉
鄭鳳龍 和信면옥에서 鑄班長 招待宴.

겨울도 어느새 멀니 갓다.
대보름을 하로 압둔 仁川 거리는 몹씨도 질쩍거린다. 봄비 치고는 제법 지나친 감이 든다.
간밤에 비로 因해서 마당에 온통 믈바다가 돼였다.
하수구가 꽁〃 얼어붓튼데다가 비가 내리여 믈 빠질 틈이 없다.
貞順 어머니 病院에서 子宮 진찰을 밧다.

〈1967년 2월 23일 목요일 晴〉
三星주물 安 상무 利川電機 工場長 金仁鎬 3人니 酒宴.

金炳烈 利川電機 工場長

金仁鎬　〃　設計部長
三星鑄物 安 常무 等 3名의 參席 下에 안성집에서 酒宴.
三星鑄物에서 鑄 外註 件으로 人事 次 한 잔 내는 샘.
貞順 어머니 랜트갱 寫眞을 찍다.

〈1967년 2월 24일 금요일〉
貞順 어머니 랜트갱 結果 良.
걱정하엿든 안식구에 가슴이 깨끗하다는 랜트갱 結果를 알고 나니 마음이 후련하다.
650粍 SV 1臺 入庫 外註
450 〃 1臺 入庫 〃
三星주몰공장으로부터 제법 納期을 지키는 샘.

〈1967년 2월 25일 토요일〉
봄바람이 불어오기 始作한다.
오날 신민[신문] 文化面에는 반가운 봄소식이 실려 있다. 서울에 낚시팬니 무려 10萬 명이나 되며 성급하개 來日 日曜日 날 4個 크럽에서 始釣會을 간다니 너무도 빠르다.
겨우내 묵꺼 두엇든 낙씨대를 손질하는 기분도 한층 더 봄 기분을 돗아준다.

〈1967년 2월 26일 일요일〉
舊正과 代勤.

今日은 舊正에 놀았다는 理由로 工場 全體가 代勤햇다.
勞동法 자체가 舊正에는 놀지 못하개 되여 있다 한들 工場에서 하로쯤 놀려달려고 要請

만 햇드라면 企業主가 그다지 인색하지는 않
었을리라고 生覺되는데 하로쯤 舊正에는 쉬
개 해달라고 要請할 만한 사람이 없다.

〈1967년 2월 27일 월요일〉
鑄 外註 件으로 本社로부터 한심하다고.

鑄物 外註 件에 關해서 土聯 納期 督促 上 不
得已하다고 思料된다고 但書를 달아 認定한
개 鄭永錫 營業部長인대 何탄之事.
期必 連絡 要, 라고 張 會長이 쓰인 公文을 朴
昌植 氏가 나에개 보냈다.
勿論 可能하다며는 自家 內 施工의 絶對的인
原[願]니나 作業 事情 上 今般의 土聯 納分에
對하여서는 他 方法이 없었다.
現在까지 10日부터 五個月間에 鑄 外註 總量
의 約 35TS 程度이고 부며는[보며는] 月間에
約 7TS 程度가 自家 內 能力 不足으로바개는
判斷키 어려울 개다.

〈1967년 2월 28일 화요일〉
양산 2個 2,000 外上 購入.
曺 總務部長과 트라불.

기중기工 宋 氏 件으로 총무부장과 一大 言
爭이 벌어젓다.
內容인즉 정지기課에 勤務하는 宋 氏(기중
기工)을 鑄物工場으로 部署 變更 件에 對해
서 어저개는 工場長 承認만 되며는 鑄物로
가도 좋타는 曺永烈 총무부장의 自己가 아즉
도장을 찍지 않었으니 本社에서 T/O 承認니
날 떼까지는 出勤시킬 수 없다는 데서 내 분

통은 터지크[터지고] 말었다. 이 사람이 나하
고 싸을 장작이야고[작정이냐고] 하는 말이
싸우지 못할 것은 머야. 새 살 난 아이들 갓튼
수작을 말어 하로 사이에 마음의 變해서 어
적개는 좋타고 하고 오날은 안 덴다니.

〈1967년 3월 1일 수요일〉
47回 3.1節[8].

午後 十二時 一〇分頃 三星鑄物工場에 가서
具 社長을 만낫다.
脚을 折骨 當햇다고 기뿌쓰[깁스]를 핸 체 이
블 위에 누어있든 具 社長은 나에개 하는 말
이 재발 좀 잘 보아달라는 말만 디푸리하고
[되풀이하고] 있다. 제가 무순 힘이 있음니가
社長 소신데로 新年에는 한 번 活氣 있개 해
보새요.
午後 安重玉 常務하고 市內로 나와서 점심
을 먹었다. 舊 식도원 자리에서 肉食을 햇다.
BunHer[Ben-Her] 茶房에서 茶을 나누고 안
성집에서 술을 마셨다. 正宗 3瓶쯤을 마셨다.
安重玉 氏도 꽤 활양[한량?]이다.

〈1967년 3월 2일 목요일〉
西獨 大統領 뤼프케 來韓.

700粍 曲管 入庫. 金漢福이가 仁川주물工場
에서.
三星주물工場에서 700SV 外 900 附屬 入庫.

---

8) 1967년의 삼일절은 48주기가 되는 해였다. 저자의
   착오로 보인다.

〈1967년 3월 3일 금요일〉

鑄物 價格의 仁川보다는 서울이 좀 싸다. 朴
昌植 購賣係長[購買係長]의 傳言에 爲[依]
하며는 本社 鄭永錫 部長의 外註 鑄物 發話
에 對하여 永登浦 金星鑄物 Co로부터 鑄物
kg/50 45에 見積書을 밧어 吳 次長에게 매모
로 傳햇다고. 그러나 仁川鑄物 價格보다 10
程度가 싸니 그리로 한 번 試驗하여 보는 것
도 좋갯다.

서을 永登浦의 朴히룡이가 펌프 鑄物 ㅁㅁ
價格의 本體 65 以上 附屬 47 線으로 去來하
고 있다는 事實을 居昌 木型工場 潘相勳니을
통해서 이야기 들엇다.

〈1967년 3월 4일 토요일 0.5℃〉

晝食 時間에 洞子洞[東子洞] 代理店 宋 社長
과 金寧元 氏가 會社 앞 肉호집에서 점심을
삿다. 各 課에 課長級 以上을 招待햇다.

夜間作業 交替 時間까지 工場에 남어서 現況
을 目擊햇다.

夜間班니 좀 더 努力과 제치 있는 作業의 順
位 等 좀 더 쩸세[짜임새] 있는 組織의 必要
하다.

〈1967년 3월 5일 일요일 0.5℃〉

臨時 就業.

午前 五時 30分 會社에 出勤.

湖南 肥料 Ring 4個 出荷.

午後 3時 30分 退勤햇다.

文化劇場 0時의 지브랄탈[9] 觀覽.

밤에 永同 梧鐘里 吉子 男便 來訪.

金鎭國 來訪하여 自己 잘못을 누위치였으니
다시 會社에 復職해 달라는 口書[頭緖] 없는
이야기.

晝間에 金玟翼가 注文한 鑄鋼品 引受 次 來
社한 李明午가 점심을 삿다.

〈1967년 3월 6일 월요일〉

賃金 未拂로 殘業 拒否.

2月 給料가 제데로 나오지 않어서 노조에서
殘業을 거부하고 나니 能率의 저하. 바쁜 鑄
物工場에서는 부득기 再生爐 作業 關係 上
殘業을 개속햇다.

〈1967년 3월 7일 화요일〉

오날부터는 좀 봄 날씨 기분니 난다.

어제까지만 해도 다시 어러붓텃든 땅이 녹기
始作하고 보니 멀지 않어 낙씨철이다. 서울
에서는 始釣을 햇다는 뉴-스도 있다.

三星鑄物에서 鑄物 代金 約 600,000萬[60
萬] 원을 못 밧어나고 있다.

利川電機가 잘못이다. 中小業體을 너무도 무
참히 짓밟는 처사다.

約 1個月 前부터 約 60餘 萬 원니란 金額을
投入한 下請工場은 앞으로 50餘 日 後여 手
票을 밧고서야 말이 않 덴다.

---

9) 프랑스 영화감독 피에르 가스파르-위(Pierre
  Gaspard-Huit) 감독의 1964년 작(원제 〈Gibraltar〉)
  으로, 1967년 당시 〈零時의 지브랄탈〉이라는 제목으
  로 국내에 개봉되었다.

〈1967년 3월 8일 수요일〉

仁川鑄物 700m/m 斜流 曲管 入庫.

申點得 大元工業 社長 BC제 件으로 午後 五時가 지나서 一金 拾萬 원을 가지고 來社.

노조 총무에개 人事 소개를 하고 價格은 卜[10] 當 300으로 決定. 會社 拂入金 200을 빼며는 勞組에서 100/當을 經費로 쓸 수 있다는 計算니다.

前에 去來햇다가 40을 더 비싸개 밧고 賣渡하는 故로 何等 나에 對해서는 노조에서 別다르게 生覺은 못할 개다.

前 去來者와의 內容的으로 무순 밀약 갓튼 개 있었든 模樣.

〈1967년 3월 9일 목요일〉

長期 假拂 70,000에서 50,000 受領.

BC灰 申點得에개 卜當 300 賣渡.

本社 張 會長으로부터 鑄物 外註에 關하여 梧 次長에개 電話로 욕찌그리를 하드라고. 內容인즉 바뻐서 外註을 햇는데 무엇 대문에 아즉 物見[物件]니 다 드러오지 않엇느야고 야단을 치드라고. 理由는 서을 鑄物 價格의 仁川보다 約 50 程度 kg當 싸개 見積이 더러 갓다는 데서 혹이나 仁川에서 비싸기 外註을 내고 돈나 엇어먹지 않나 하는 疑問일 개다.

約 壹個月 前에 承認된 假拂金 70,000 中

50,000을 오날 "신주[11]똥"란데서 受領햇다.

신주똥 約 900卜 e. 300.

〈1967년 3월 10일 금요일〉

申點得이로부터 金 30,000을 밧다.

노동절.

아침 九時 50分頃 서을 大元商會 申 社長으로부터 一金 30,000을 引受함. 신주제 900卜에서 남은 代金 殘額을 勞組에 넛치 않고 黃永淵니 10,000 金正燁 5,000 낙씨 用으로 바-카 코트 2,300 購入.

博文女高 吳 先生 선물 와이샤쓰 一枚 넥탕[넥타이] 一枚 1,200 物品卷[物品券]으로 購入하다.

〈1967년 3월 11일 토요일〉

昨日에 未清算한 勞組와의 신주똥 未收金 件에 對하여 노조 文益模로부터 좋치 않는 말을 듯다.

內容인즉 自己내들의 現在까지 卜 當 260式박에 밧지 못하든 것을 내가 들어 300式에 팔어 주엇는데 當初 約束은 鑄友會에도 若干니 돈을 내놓갯다고 햇는데 지금에 와서는 도리여 좋치 못한 인상을 가지니 너나 없이 마음의 엉큼.

그럿타며는 전에 신주똥 金額에서 노조에보다 自己내들이 더 私益을 보앗다는 뚜렷한

---

10) 한 짐에 해당하는 양의 단위.

11) しんちゅう. 놋쇠. 황동. 구리와 아연의 합금이다. 여기에서 '신주똥'이란 황동을 만들면서 나온 찌꺼기를 뜻하는 것으로 보인다.

무엇이 있셔졋다.

〈1967년 3월 12일 일요일〉
三榮商會로부터 1,000.

아침에 會社에 出勤햇다.
午後 二時頃에 三和쁘쓰로 서울 三永商會 訪問. 茶 對接을 밧고 忠信洞 妹氏 宅 訪問.
仁川에 九時 20分 到着.

〈1967년 3월 13일 월요일 晴〉
정순 엄마 시골가지 준비.

金正燁이로부터 노동절에 雜費 5,000 支拂 中에서 4,000 返還하여 왓다.
정순 임마[엄마]가 시골 아버지 生誕日에 맞추어 나러가기 爲하여

明浩	上下衣	1,600
貞惠	〃	1,600
시골 애기	〃	1,200
明浩	帽子	100
貞惠	신	140
〃	양말	60

鐘錫니 給料 2100 全額을 정순 母에 마기다.

〈1967년 3월 14일 화요일〉
정순 母 貞惠 明浩 다리고 시골 가다.

2月分 給料 滯拂로 殘業 拒否 十餘 日의 개속 된다.
鑄物이 他 課와 比해서 殘業을 하고 있다는

非難을 노조에서 듯고 있다.

〈1967년 3월 15일 수요일〉
外泊. 서을 申點得과.

午後 六時 仁川 배다리 豊富商會에서 서울 大東工業社 社長 申氏와 約束 時間에 만낫다. 茶房에서 茶을 나누며 勞組에 스덴 食器 5個 와 大 다라이 2個을 膳物하라고 권햇다. 申氏는 直각 同意햇다. 文益模 宅을 밤 九時에 차저갓다. 婦人에게 간단니 膳物 內容을 說明햇다. 오래간만에 나의 自宅가지 왓다가 다시 仁川 市內로 나아갓다. 빅도리 빠에서 麥酒을 마시고 보니니 時間니 12時. 빠−껄을 다리고 旅館을 갓다.
權 某 孃을 노치고 他女을 다리고 밤을 새윗다.
아침 直行 會社로.

〈1967년 3월 16일 목요일 晴 10℃〉
아버님 生日.
正時[定時] 作業. 全員. (鎔解)

鑄物工場 生기고 나서 츠음으로 正時에 終業 을 햇다. 理由는 殘業 拒否.
따뜻한 봄 날씨다. 오날은 아번님의 62回 生 日이다. 마땅이 제가 나려가서 밤[밥] 한 그 럿이라도 따뜻하개 하여드림이 子息의 道理 이나 내가 못 나려가고 안식구만 나려갓다.

〈1967년 3월 17일 금요일 晴〉
에슥이 할머니가 시골서 올라오셧다. 밤 八

時 四〇分頃 鎭國이와 둘이서 집에가지 차저 오섯다. 여러 모로 신세를 많니 저서 未安하다는 眞實性 있는 말투인지는 알 수 없으나 원레가 내 子息(鎭國)이지마는 性質이 좋히 못해서 괴로움을 많니 끼처 주어서 未安하다고. 內容인즉 鎭國 君니 再復職을 依賴할러는 此에 鎭國의 生覺에는 아즉까지 自己의 의치[위치]를 잘 모루는 바보 같은 사나이 精神 異常者다. 에슥이 엄마가 밥을 않 준다니 여자들기리 말이 많다드니 시골을 갈라고 햇다가 永登浦에서 鄭 氏을 만나서 뒤도라 왓다니 等 횡설수설 불상한 사나이다. 結局에는 모르갯다고 決斷을 냇다. 에숙이 할머니 섭〃한 模樣.

〈1967년 3월 18일 토요일〉
2月分 給料 支給.

三重工場(東芝 日本) 金泰日茂가 利川電機에 10餘日間 기술지도 차 채류 중에 現在의 施設 中 若干니 施設을 증가함으로서
小型 300%
中 〃 300%
大型 200%
를 낼 수 잇다고. 잘 본 것인지 과장한 이야기인지는 모르나 주물에 對해서는 專門家의 診斷을 밧으라고. 素材가 갱장히 단단하과[단단하고] 表面니 거칠다고.
鑄友會 借金
黃永淵 돌 件　　1,500 ⎫
朴昌植 回甲 件　　500 ⎭ 通過

〈1967년 3월 19일 일요일 晴 13 〉
1967 始釣. 古棧 水路. 8首 3치 程度.

아침 九時 기동차가 約 1時 20分이나 연착되여 10. 20分에 仁川을 떠낫다. 目的地 古棧에 11時 30分에 到着햇다. 本 水路에서는 八公社 主催로 始釣會가 있어 水路 양쪽에는 昨年에 본 낙씨 親友들이 짝 느려섯다. 나는 水路 맨 위에까지 올라가서 조용히 혼자서 間 半과 二間 데를 츠음으로 담갓다. 아즉 물이 차서 입질이 까다럽다.
八 수를 잡엇다. 가장 큰 놈의 3치 程度이고 보니 너무도 잘다. 今年의 첫 개시로서는 좀 섭〃하다.

〈1967년 3월 20일 월요일 晴〉
오날부터 係長 以上 高級 社員들도 自己 部署에 殘業이 있을 時에는 꼭 밤 八時가지 남아서 일을 보아달라는 附託.

〈1967년 3월 21일 화요일 晴〉
手票 50,000. 3/29日 字.

밤 七時 20分 알파茶房에서 三星鑄物의 安常무을 맛낫다.
其間 鑄 外註 件으로 감사하다는 人事을 밧었다.
태포집에서 약주 2升을 나누어 먹었다. 나는 꽤 취햇다.
시골 갓든 안식구가 무슨 변니라도 생겻는지 오날도 오지 않으니 궁굼하다.

〈1967년 3월 22일 수요일 흐림 0.下〉
경신호 來訪.
鑄友會 500 借用.

봄철치고는 매우 찬 날씨가 닥처왔다. 바람
이 샛차개 불어온다.
집 볼 사람이 없서 정순니가 學校에서 조테
을 하기로 햇는데 마침 奉子가 와서 집을 지
키다.
오날도 九時가 지낫든데 정순 어머니는 오지
않는다.
極情스럽다.
경신호 저역 對接을 하기 爲해 앞 精肉店에
서 800. 500 現札.

〈1967년 3월 23일 목요일 0.4℃〉
겨을 날씨다.

날씨가 벼란간에 겨을철로 변햇다. 마치 변
덕스러운 겨을철 갓치 어제 아래는 여럼철
[여름철] 같은 따숫한 零上 15℃를 가르치다
가 오날은 영하 0.4 度라니 더러갓든[들어갔
던] 冬服을 다시 찾어야 될 形便.
정순니 엄마는 웬닐인지 窮禁하다.

〈1967년 3월 24일 금요일 晴〉
鑄友會費 2,000 借用.
京善니 母 上仁하다. 시골서.

元錫이한테 밤 夜間 作業 時 靑山에다 1電話
로 連絡을 해서 明浩 엄마가 無事히 잘 到着
햇는지 알어보라고 付託을 햇다.

鑄友會費에서 2,000을 借用.
鐘錫니 보고 저역 차로 故鄕에 나러가 보라
고 당부햇다.
밤 八時頃 鐘錫니가 막 떠날려고 할 제 대문
에서 明浩 엄마 소리가 낫다.
시골 八龍이가 올라왔다.

〈1967년 3월 25일 토요일 晴〉
貞順니 追加 登錄金 1,1000.

요즘 鑄 工程이 늦어서 恒常 말썽이 만다. 웬
닐인지 내가 이다지도 개울려것는지 모르갯
내.
좀 더 相細[詳細]하게 工程을 디려다 보면 될
것데 全體을 파악 못하고도 디려다보기가 실
타. 나의 탓일가 會社에 對한 볼만닐가[불만
일까].
不得已 黃永淵 係長에개 工程을 一切 막것
다.
황도 좀 더 일할 맛이 있갯지.
하기야 前에는 나 혼자 다 해 나아갓는데 머
안 댈 것 없갯지.

〈1967년 3월 26일 일요일 비 15℃〉
經費 280.
古棧 水路 비로 因해서 中止.

九時 기동차로 古棧 水路에 갓다. 비가 나려
서 忠南屋에서 설타령[술타령]을 하고 도라
오다.

夜間에 文化劇場에서 映畫 攻擊[12]을 관람.

〈1967년 3월 27일 월요일 흐림 14℃〉
張 會長에개 꾸지람을 밧다.

重役室에서 부른다는 連絡을 밧고 約 五分 後에 띠여 올라갓다.
張 會長 金俊植 徐大均 金炳烈 鄭永錫 朴庚연 等 여러 분이 목〃히[묵묵히] 않저 있으니 흠학한[험악한] 분니기다.
그기 않즈시요 말을 마친 張 會長개서 웨 鑄物이 늦어서 그려야 木型이야 等 따진다.
목〃히 無答.
농담이 아니라고 호통을 치는 張 會長.
밤 尹弼文 蔡承龍 等과 육호집(화평洞) 도야지 고기를 먹고 냉면(해성관)을 먹엇다.

〈1967년 3월 28일 화요일 晴〉
花仙狀에서
金炳烈 工場(長)과 文益模 勞組委員長 和解.

午後 七時頃 尹弼文 郭在根 나 3人니 金炳烈 工場長과 4名의 花仙狀에서 술을 나누었다.
金炳烈 氏가 매우 좋은 기분니다.
文益模도 츠음에는 和解하기를 무척 끄렷으나[꺼렸으나] 結局 尹弼文 권고로 和親을 수락햇다.
밤 十一時까지 모다 취하도록 마셧다.
勞組에서 10,000 借用.

郭在根에게 3,500 貸付.

〈1967년 3월 29일 수요일〉[13]
昨夜의 술이 아즉도 깨지 않는 기분니다. 4名의 集團 外遊을 햇다. 仁川 숭이洞 밤거리. 이 거리는 約 五年 前에 公창거리로 아다하개[아담하게] 이층으로 진 집들이다.
한 방에 4名의 集團 投宿을 會團햇으나 結局 分散햇다.
花代 條로 2,900
麥酒代 850
아침 해장代 240

〈1967년 4월 1일 토요일 晴〉
만우절. 現金 50,000 入金.

李 氏 米店에 부탁해서 三星 安 氏로부터 밧은 手票 3/29日 字 分 一金 五萬 원을 白米商 李 氏을 通해서 現札로 交換햇다.
總 金額 350,000.
李成泰 辭退. 玉 氏 宅 370.

〈1967년 4월 2일 일요일 16℃〉
300. 낙씨費.
第三의 釣日. 滋味을 볼 것인지?

아침 七時發 江華 行 배로 郭榮奎 君과 둘이서 초기 윗 貯水池로 갓다. 到着 時間은 9時

---

12) 로버드 알드리치(Robert Aldrich) 감독의 1956년 작(원제 〈Attack!〉) 미국영화이다.

13) 원문에서는 이 날 일기의 날짜가 적혀 있지 않다. 내용에 "昨夜"라고 기록되어 있으므로 다음 날의 일기로 보고 전 날의 일기와 구분하여 날짜를 기입하였다.

20分. 昨年 가을철에 와 보고 今年 들어 츠음 온 강화 땅이다. 시골 아낙내들이 삼 심기에 한참이다. 처녀, 부인들은 머리에다 삼씨를 여고 다니는 모습과 흡사하개 15名 20名式 띠을 지어 다스한 봄날에 산책하는 기분들이 다.

좀 이를러니 生覺했든 씨슨은 벌써 지낫다. 約 二週 前부터 제법 滋味들을 본 모양[모양] 이다.

서울서는 西大門 낙씨會에서 한 페가 와 있 엇다.

午後 三時에 終釣함. 14匹.

〈1967년 4월 3일 월요일〉

朴宗直니가 正燁 君 結婚에 보테 쓰라고 一 金 六阡 원을 喜捨.

보테 가지고 膳物을 하나 해주기로 約束을 함.

〈1967년 4월 4일 화요일〉

貞任니가 밤에 一○時頃 자다가 이러나서 칭 얼그리기에 얼골을 보았드니 얼골 전체가 통 〃 부어 있다. 놀란 마음으로 直時 안식구가 기독病院까지 갓다 왔다.

結果는 來日이면 안다고 診斷을 햇다.

入院하라는 말을 하드라고.

제발 감기에서 온 병이라며는 오즉이나 좋을 가.

〈1967년 4월 5일 수요일 零下 1℃〉

아침 七時 20分에 張 會長과 徐 監査가 일지 감치 暗行御使 格으로 現場을 도라다였다.

鑄物工場에 두 분니 8時 5分에 到着.

부지런니들 한다고 칭찬.

崔寬成 氏 弟女 結婚式에 不參.

〈1967년 4월 6일 목요일 16℃〉

三榮商會 5,000 入金.

鑄 게랭 發注 次 서울 文化洞 文化工作所 李 連洙 氏 宅까지 出張.

三和뽀쓰	100
淸溪川에서 文化洞 택시	100
文化洞에서 금호동	15
금호동에서 창충동[장충동]	15
장충당[장충단] 體育館 入場券	60
장충당에서 技路[歸路?]	15
國都劇場 素服	85
晝食代	20
밤 文化劇場 마르코 포로[마르코 폴로]	60
밤거리 기.C	200

〈1967년 4월 7일 금요일〉

文益模 郭在根 尹彌文 黃永淵 나 5名의 (꼬 리곰탕집)에서 820 夕食을 함.

3月分 給料 工員級까지 支給.

崔武弼 氏 來社. 其間 事業에 失敗하여 利川 電機에 技術顧問 職位로 再入社한 後 처음 맛낫다. 꽤 多情스러운 語調로 "이거 진작 한 번 만나 보을 것을 너무 늦어서." 천만에 말 씀을 弟가 먼저 차저비워야 禮儀인데 미처 餘暇가 나지을 않았읍니다는 式으로 으물부 려 버럿다. 사실이 그랫다. 옆자리에는 吳在 夏와 朴京緖 氏가 同席 下에 무순 밀담을 하

고 있엇다. 자 여기 앉즈시요 우리 4人은 서로 밋은니가 털어 놓코 이야기 합시다.
徐社長의 今般에 來社해서 (日本서) 張會長에개 運營 方法의 "미쓰"로 因한 私債가 늘어 낫다는 點을 痛烈의 攻擊햇다고. 앞으로 원제인가 張 徐 兩株主가 一大 시비을 겨울 것이라고.

〈1967년 4월 8일 토요일 雨〉

係長級 以上 17名 和信麵屋에서 불고기 會食.
金正燁 君 結婚 膳物에 對해서
祝賀金

朴基錫	洋靴	2,200
朴京遠	現金	6,000
三星鑄物	〃	2,900
耐火煉瓦	〃	1,000
塊炭	〃	1,000
자개상	上級	2,800
케-피[커피] 샛트	上級	2,200
石油 콘로	日製	3,800

〈1967년 4월 9일 일요일 雨之晴〉

(도난)
金正燁 君 結婚日.

아침부터 비가 나리는 吉日이라니 하필이면 吉日이라고 澤[擇]한 날이 이 모양이람.
仁川 市內 各 禮式場은 아침부터 온통 법석이고 있다.
工場 內에서만 하여도 鑄物에서만 2件니다.

오날 請牒을 밧고 꼭 參席하여야 할 時間 割當

新 〃禮式場	번善내	10時 30分
〃	林永鎬	11時 30分
원앙 〃	洪貞子	12 000[12:00]
〃	金正燁	13 000[13:00]
〃	藥局집	11時 30

〈1967년 4월 10일 월요일〉

엇저역에 도족을 맛고 보니 누구에개 부끄러워서 이야기 못할 심정.
벌써부터 담을 고친다는 게 못 고치고 보니 요즘은 마음 놋고 잠을 이룰 수 없는 心情.
盜難品

洋服	1着
Radeo[radio]	1個

〈1967년 4월 11일 화요일〉

制水瓶 水壓 試驗 不合格 件 三星鑄物에 連絡.
金仁鎬 氏가 電話로 호통을 첫다.
當身 三星주물과 同業을 하는 거요. 웨 物見을 納品햇으면 와 보라면 즉시 올 것이지 돈은 다 찾어갓으니 인제는 그만나라는 식으로 나온다면 좋타고 거레을 끈갯다면 끝으라고 等의 욕설 석인 어조.

〈1967년 4월 12일 수요일 晴〉

張會長 參席裡에 班長 以上 불고기 파-티.
화신면옥에서 約 五○餘 名의 參加한 가운데 불고기을 굽고 술을 마시기 始作.
張會長의 간단한 人事가 끗나지[끝나자] 工

場長 다음에는 文 노조委員長 차래로 한 마디신[한 마디씩] 햇다.

張 會長 말씀에는 徐 社長과 사이가 좋치 않타는 요즘 心情을 터로 노았다.

〈1967년 4월 13일 목요일〉

大一木材 朴氏로부터 就職 件.

낙씨 親舊로 삭인[사귄] 木材會社 朴氏. 이름은 잘 모룬다.

城場에까지 차저와서 退勤 時間까지 지루하개 기다리다 花水食堂에 가서 간단히 食事을 햇다. 內容을 알고 보니 사람 하나 就業을 부탁.

〈1967년 4월 14일 금요일〉

밤 七時 30分頃 市內 明茶房에서 三星 工場長 安重玉 氏을 맛낫다. 約束時間 七時 30分 茶房 門을 열고 들어스니 바로 압자리에서 손님 한 분과 손을 들으며 반가와 햇다.

來日 꼭 工場에 一次 들어와서 水壓에 골치를 알고 있는 SV 胴體를 보고 가라고 附託햇다.

二次로 대포집에서 술을 나누엇다.

붓 장사가 왔다 갓다.

돈 500원을 담배나 사 피우라고.

〈1967년 4월 15일 토요일 비〉

明日 江華 內可池로 낙씨을 가기로 햇다.

새벽에 일쯕 이러나기 爲해 술을 한 잔 마섯다.

밤거리를 구경햇다. 300.

〈1967년 4월 16일 일요일 晴〉

內可池 낙씨會.

세벽[새벽] 4時에 집을 나와 컴 〃한[컴컴한] 市內를 혼자서 걸어갓다.

아무도 거리에는 사람이 없다.

일쯕이 나도는 시발차마니 오란하개[요란하게] 달닌다.

성동 나루터에 到着한 뽀쓰가 約 一○分 渡船 關係로 무멀었다가[머물었다가] 다시 질주헤서 5時 正刻에 仁川을 出發한 뻐쓰는 8時에 內可에 到着햇다.

너무도 붕어가 잘다.

〈1967년 4월 17일 월요일〉

요즘 月준[정임(貞任)]니가 몸이 아파서 家內 치료를 밧고 있다. 신장이 나쁘다고 해서 市內 기독病院에서 치료를 밧고 있으나 보기에는 아무러치도 않으나 約 1個月間 休學을 하라는 醫士[醫師]의 분부.

食事는 絶對로 반찬을 먹지 말고 맨밤[맨밥]만 먹데 가만니 드러누어서 活動을 하지 마라는 治療을 밧엇으나 조곰도 누워 있지 않코 돌아다니기만 하니.

〈1967년 4월 18일 화요일〉

班長 以上 金君 結婚後 먹걸니 對接.

벗꽃치 피기 시작햇다.

工場 앞해 한 구루 벗꽃니 활짝 피였다.

꽃치 원제 피엿다가 어느세 지는지조차 알 수 없는 身世이다.

〈1967년 4월 19일 수요일 雨〉
大統領 선거 유세가 大都市인 大田 大邱 等
地에서 꿰들 활발하다.
金正燁 君에게 豊富상회에 가서 서을 申點得
이가 주는 膳物을 차저가라고 당부햇다.

〈1967년 4월 20일 목요일〉
本人니 진주 진一鑄物工場에 出張을 가라는
本社 指示가 있다고.
고마운 일이다.
"慰料[慰勞] 出張이라니."

〈1967년 4월 21일 금요일〉
(出張 기로[귀로])

趙樂媛니라는 에는 제법 愛교 잇고 教養이
있어 보엿다.
살결이 좋고 나이도 30이며는 제법 사람으로
서는 댓다.
새벽에 일즉이 仁川으로 出發을 이야기햇드
니 自己도 永宗까지 가니 갓치 가자고. 그라
나 웬닐인지 혼자서 나오고 말엇다.
(1,000 代花[花代])

〈1967년 4월 22일 토요일 晴〉
漳津土組 海東 揚水場 現地 出張.
500粍 CV 胴體가 破壞되엿다는 連絡을 밧고
午後 二時 2,000의 旅費를 타가지고 仁川을
出發 現地 三八線에 約 四粁 더 들어가서 金
谷地區에 到着. 現地 案內者의 引導를 밧고
揚水場에 들어가 보니 果然 元原因은 素材가
不良햇다.

서울 到着 10時 30分. 鐘[鐘路] 三거리에 갓
다.

〈1967년 4월 23일 일요일〉
아침 六時 四〇分 發 仁川 첫 三和쁘쓰로 七
時 五〇分에 집에 到着햇다.
昨夜의 피로함을 잇즌 체 午前 一〇時 連熹
洞[連喜洞] 池로 낙씨를 갓다.
別다른 滋味를 못 보고 午後 五時頃에 돌아
왔다.

〈1967년 4월 24일 월요일〉
勞組 金貞吉 總務로부터 金 5,000을 밧엇다.
內容은 砲金炭 賣却代金 中에서 前보다 高價
로 處分해 주엇다고 謝禮를 밧은 샘이다.

〈1967년 4월 25일 화요일 晴〉
서울서 張 會長 相面.

掘型 作業 始作.
저역 七時 30分에 文益模 郭在根 尹弼文과
나 모다 3名의 商工會議所 地下室 茶房에서
張炳贊氏을 만나 저역 食事를 갓히 햇다.
밤 一〇時 20分에 仁川 行 車를 노치고 旅舘
에서 자고서 아침 京仁 合乘으로 下仁하다.

〈1967년 4월 26일 수요일 晴〉
築臺 工事가 第2回째.

뒷[뒷] 築臺 工事 請負業者에개 工賃 下請을
주엇다.
남아도는 흙은 全部 撤去하여 주는 條件 下

에 5,000에 施工.

〈1967년 4월 27일 목요일 비〉
築臺 工事가 雨期로 中止.
韓國 호세크[Foseco]商社로부터 利川電機
納品 第一回 收金햇다고 점심갑 1,500을 내
놋코 갓다.

〈1967년 4월 28일 금요일〉
基礎工事 完了.

明日부터는 브록크 作業 開始.

〈1967년 4월 29일 토요일〉
부록크 工事 始作.
1枚當 工賃 5.

〈1967년 4월 30일 일요일 雨〉
新民 共和 兩黨 仁川서 最終 對決.

아침부터 부록크 工事가 始作되엿으나 별안
간애 쏫아지는 暴風雨로 10時頃에 中斷.
共和黨은 仁川 公設運動場에서 新民黨은 濟
物浦 高等學校에 各 〃 大統領 政見 發表 遊
說가 있엇다.
쉴 세 없이 쏫아지는 비에도 마이크 소리가
간혹 들여온다.

〈1967년 5월 1일 월요일 晴〉
브록크 工事가 中斷 狀態.
常備 日當者 2名 稼動.
會社에서 李仁濟 外 雜工 2名.

午後부터 브록크 工事에 助力.
便所 完了.

록칸	18個	外上
〃	3個	現金
스레一토	2枚	660
브록크 가사	15	現札
쎄맨트 3袋	(外上)	

〈1967년 5월 2일 화요일 晴〉
브록크 作業. 壁을 大體로 完了.
大門 柱 完了.
日當 600
日當 300   各 1名式
브록크 150枚
柱 鐵具 4個 280 外上
건언房[건넌방] 도배紙   壁紙 4卷
                        天井紙 2卷

〈1967년 5월 3일 수요일〉
六代 大統領 選擧日字.
午前 勤務(半日 出勤)
午後 1時頃에 東山中學校 投票場에서 朴正
義[朴正熙]을 찍엇다.

〈1967년 5월 4일 목요일〉
아침에 오것다든 人夫가 時間니 넘어도 오지
않어서 화김에 下請者한태 쫏처가서 시비를
햇다.
오날도 工事가 中止.
會社을 쉬다.
유순 아버지 점심 데접.

〈1967년 5월 5일 금요일〉

미쟁이와 목수를 댓다.

앞집에 유순 아버지가 우리 일에 데해서 퍽이나 노고가 만타.

求하기 힘든 목소와 미쟁이를 자기가 쫓차다니며까지 求해서 일을 햇다.

〈1967년 5월 6일 토요일 晴〉

집 修理. 大門 完了.

집 修理하기란 참 힘든 닐이다.

오늘이 벌써 12日째 난다. 그르나 아즉 來日까지 해야만 完了될가.

元錫니 婚禮式이 明日로 닥어와 村에서 작은 아버지와 생꼴 아저씨 靑山 兄嫂 다음에 아버지가 올라오셧다.

築臺 工事費 5,000 支給.

아버지개서 午後 九時頃에 仁川에 오시다.

〈1967년 5월 7일 일요일 雲〉

朴元錫 結婚日.

元錫 君니 結婚을 市內 新″禮式場에서 前 仁川 市場 吳 先生 主禮 下에 擧行햇다.

午後 一時에 式의 始作해서 約 30分間에 完了햇다.

李永喆 氏와 李今烈 君니 請牒人니 되엿으나 別다른 準備가 未備해서 膳物用 雪糖代 支給에 창피를 當햇다.

完拂되연 줄로만 아럿든 캐-크 代金의 한 푼도 支拂되여 있지가 않타.

3,300니 不足해서 親友들의 日曜 雜費을 한

사람式 털어서 支給햇으며 來客 中 一部 上客 外 8名의 내 집으로 따라왔으나 막상 집에 와보니 接待用 飮食 準備가 하나도 되여 있지가 않타.

約 2時間을 기다려서 午後 三時 30分頃에 술 한 잔式을 나누었다(中國飮食).

結婚 祝賀金

서울	金永山	2,000
倭館	朴賢錫	3,500+600
영등포	朴敬錫	2,000
	朴明浩	3,000+600
	朴鐘求	1,000
	朴珉求	500

〈1967년 5월 8일 월요일 午後 비〉

領南[嶺南] 地區 工場 見學 次 出張 準備.

가방	1個	400
넥탕[넥타이]	1″	200
다이삔[타이핀]	1″	80

〈1967년 5월 9일 화요일〉

領南 地方 出張.

서울 釜山	700
食事	200
신발	20
車中 食事 크림 牛乳	70
釜山鎭 - 忠武洞	20
釜山 - 馬山	130
食事	200
釜山 旅人宿	700

빠고다 3匣   105
午後 2時 猛虎號[14]로 釜山에 2時 40分 到着.
9時 正刻 釜山 出發 10. 50 馬山 到着.

〈1967년 5월 10일 수요일〉
馬山市 留宿(釜山 下宿屋)

宿泊費   200+500=   700
夕食   120
朝飯   120
市內 合乘   60
빗 구두주걱 各 1個式   70
茶代   120
馬山 - 晉州   60

午前 9時 前에 進一機械製作所 鑄物工場 建
物 約 150坪 程度의 아담한 工場으로서 製品
의 깨끗하다.
晝食 接待을 밧음.
午後 2時 30分 韓國鐵鋼 馬山 工場 訪問. 市
內 顧問 案內를 밧음.
午後 4時 興安鑄工所 安次甲 社長 食事 접데
를 밧음.
밤 7時 29分 진주로 出發.

〈1967년 5월 11일 목요일〉
晉州 驛前 下宿屋에 留宿함.

---

14) 1966년 7월 21일 운행을 개시하여 1970년까지 11
월까지 운행되었던 서울-부산 간 특급열차 이름이
다. 양 지점을 운행하는 데 총 5시간 45분이 소요되
었는데, 당시로선 대한민국 열차 운행 역사상 가장
빠른 속도였다고 한다. 1970년 12월 1일 통일호로
통합되면서 폐지되었다.
(https://ko.wikipedia.org 참조)

오날은 엇저역에 밤 九時에 도착하여 晉州
驛前 下宿집에서 쉬였다.
밤 一○時 4四○分 一金 300을 주고 某人을
招待햇다. 芳年 나이가 21세의 地方 아가시
제법 親切하다. 異性에 對한 接待도 제법 적
극的이다.
피로한 하로밤을 지세우고 아침 晉州 市內을
合乘으로 一周햇다. 市內가 제법 깨끗하다.
都市 計劃도 잘 댓다. 이는 六-二五 事變 떼
都市가 타버린 탓이갯지.
大東工業에서 崔萬洙 技工을 맛나 工場 求景
을 햇다.
午後 12時 35分 釜山 行 車로 馬山 到着 釜山
[馬山]에서 2時 急行뽀쓰로 釜山에 到着.
姑母任 訪問.

〈1967년 5월 12일 금요일〉
釜山 金星社 東國製鋼 Co 韓國鑄鐵管.

金星에 아침 일직이 택시로 갓다.
李在忠 君을 同伴하고.
黃 係長의 적의[적어] 준 招介狀[紹介狀]에
있는 姜 氏가 在無하다.
되도라서 〃[뒤돌아서서] 釜山 代理店 梁學
一 社長을 뵙고 여기서 購買係 吳學善 氏와
合流 東國製鋼에 갓다.
金鎭東 氏을 맛나 晝食 接待를 밧음.
엔진 부룩크 100TS 引受 件.
釜山市 南浦洞 所在 松美莊에서 留宿함.

〈1967년 5월 13일 토요일〉
造船公社 見學.

아침 일즉이 造船公社을 訪問햇다.

李丙英 技工을 통해서 鑄物工場을 求景햇다.

보잘 것 없다.

韓星奎 金仁遠을 만나 晝食을 갓치 나누엇다.

金仁遠 同伴 下에 芮 氏 宅을 訪問햇으나 모다 不在中이다.

春香旅館 留宿.

〈1967년 5월 14일 일요일〉

서울로 出發. 비행기 利用. 料金 2,880.

吳 氏와 갓치 서울行 비행기로 九時 20分에 떠날려 햇든 豫定의 突風 事情으로 10時 40分에 出發.

淸明한 날씨에 上空에서 나려다 보는 韓國 땅은 너무도 벌거벗엇다.

산 산 뿐니다. 約 1時間 後 서울에 到着햇다.

〈1967년 5월 15일 월요일 晴〉

李斗星 氏 負傷.

아침에 正刻에 出勤햇다.

工場長은 現場에서 비옵고[뵈옵고] 其間 간단한 報告書을 썻다.

〈1967년 5월 16일 화요일 晴〉

쓰레기 高示ㅁㅁ 申 氏가 約束.

이 사람은 사기性의 농후한 者로서 今般까지 3번을 속는 샘.

〈1967년 5월 17일 수요일 晴〉

또 속앗다. 申니라는 者 오갯다는 7時에 나타난지 않음.

〈1967년 5월 18일 목요일 晴〉

大韓重機 京仁製鐵 見學.

大韓重機 朱鐘錫과 晝食을 갓치 함.

乾燥爐 別로 色다른 거 無.

京仁製鐵 見學.

古物商 張 氏을 訪問.

BC 盜難 情報 청치[청취].

內容.

材料가 1TS에 600kg박개는 못 쓴다는 이야기를 듯고 盜難을 當하니가 거럿타고 이야기 햇다고.

〈1967년 5월 19일 금요일 晴〉

申 氏로부터 30,000 條 手票 引受.

BC 토난[도난] 件으로 曺永烈 氏에개 抗議.

出張 前에 吳 次長으로부터 요즘 工場 內에서 砲金 材料가 많니 盜難 當한다는 情報가 張 氏 古物商으로부터 흘러나왔다는 이야기를 듯고 대서럽제 않캐 生覺햇으나 內容을 알고 본즉 1TS 當 300kg 程度가 도난을 當하고 모지라는 數次는 切削層에서 保充[補充] 한다는 터무니없는 情報라고 보니 不快하다.

曺永烈 氏에게 어떠한 일이 있드라도 徹底히 究明토록 抗議.

工場長에개는 調査委員을 構成하라고 要求.

〈1967년 5월 20일 토요일 晴〉

野遊會(松島에서 工場 會員).

작연에는 읎섯든 工場 노리를 금연에는 송도에서 가지개 됫다.

아침 九時에 쁘쓰 五臺가 交替로 工場에서 송도까지 사람을 퍼워 날럿다.

식순에 따라 午前 中에 먹을 것을 주지 않어서 田順女을 工場에 보내 鑄友會에서 3,600을 장고 피리代 500 술갑으로 3,100을 썻다.

朴鐘錫니가 술이 취해서 脫선을 해서 派出所에 연행 吳在夏 次長의 身元保證書을 써놓고 다리고 나왓다.

〈1967년 5월 21일 일요일 晴〉

古棧 花郎 農場 낙씨.

아침 四時 30分에 잠이 깻다.

마련댄 준비도 읎이 낙씨 바구니를 매고 수인역으로 갓다.

5時 10分發 水原行 列車에는 태반니 낙씨꾼들.

農場 안에 들어가 보니 좋코 나뿌고 간에 낙시 당글 곳이 읎다.

午後 2時 20分 기동치[기동차] 편으로 일즉 도라와 보니 田順女가 鐘錫니하고 아랫방에서 무슨 이야기를 주고밧는다.

〈1967년 5월 22일 월요일 晴〉

가뭄이 繼續.

요즘 가뭄의 너무 심하다.

벌써 모 낼 시기가 닥처왔으나 물이 없어 모를 몬 내는 實情이고 보면 올해도 이 상태로 나가다가는 필연고 한발을 면치 못할 지경이다.

姜萬元 氏로부터 石炭石 件으로 因해서인지 설합 속에다 一金 1,500을 담배나 사 피우라는 內容의 매모와 同封.

朴鐘錫니 仁川 警察署에 出頭. 昨日 松島 노리터에서 술주정을 햇다는 理由.

〈1967년 5월 23일 화요일 부들비〉

朴鐘錫 火傷. 바른 발등.

退勤 後 徐益龍 氏가 來社.

尹弼文 郭在根 4名의 驛前 미담 茶房에서 茶을 나누다.

乾燥爐 設計 基礎圖 完了.

大門 위에 鐵條網을 鍛造 尹 係長에개 付託햇다.

〈1967년 5월 28일 일요일 晴〉

千葉 農場에 釣會.

羅(設計)
丁鐘心 } 4名
郭榮圭

택시 料金 800

其他 벤도 200

1人當 700

不良함.

〈1967년 5월 30일 화요일〉

1966年度 年次 月次 手當 支給.

支給 金額

月次　　　641

年次　　　7,469
計　　　　8,110
稅金　　　1,338
　　　　　6,772

會社 앞 精肉店 180 支拂.
酒代 320
죠리 男子用 1
　〃 女子用 1　　　300

〈1967년 5월 31일 수요일〉
BC 盜難 事件으로 東仁川 署員 來社.

砲金 材料 盜難 情報 提供者가 犯人을 대주
갯다고 하드니 時日만 끌고 대지를 않어 警
察에 提訴.

〈1967년 6월 1일 목요일〉
仁川市民의 날.

仁川 市內 民議院 選擧戰니 치열할 데로 격
化햇다.
今般에 立候補는
共和黨 柳承源
新民 〃 金正烈
民主 〃 金在坤
이 새 (사람의 모다 이름난 人事들이다.

〈1967년 6월 2일 금요일〉
가뭄이 너무 심하고나.
이 상태로 가다가는 5年 前의 旱害 짝이 되기
가 십다.

벌써 政府에서는 旱害 對策用으로 各 道別로
揚水機 配定을 新聞에 公示햇느니.

〈1967년 6월 3일 토요일 晴〉
信仰村 金炳烈 工場長 宅 問病.

五時 15分 李道烈 郭在根 韓炳植 黃永淵 朴
基錫 申完順 六名의 工場長 病 問安을 갓다.
八時 좀 넘어서 仁川에 到着하여 新浦洞 福
국 집에서 福국에 저역을 나누었다.
仁川市 地下道 起工式.

〈1967년 6월 4일 일요일 晴〉
全 仁川 地區 同好人 大會 古棧 花郎 農場 於.

조반을 먹지 않고 아침 五時 15分 前 집을 나
왔다.
食事로서는 빵 1個 가스데라 3個 菓子 50. 낙
시 나가는 날은 굼는 개 요즘 실태이다.
웬닐인지 밧맛[밥맛]이라고는 3기[세끼]을
굴머도 먹고 실지가[싶지가] 않다.
白南錫 氏가 重量 二等에 入賞.

〈1967년 6월 5일 월요일〉
給料 支給日.
前例를 깨트리고 今日 全員에 給料 支給.
張 會長 仁川 오림프스[올림포스]
HOTAL[HOTEL]에서 留宿.
夜間 九時頃 張 會長 直接 工場을 巡視 結果
殘業 狀況의 납뺏다.
鑄物工場 九時 25分頃에 알몸으로 洗面을 하
다 발각.

〈1967년 6월 6일 화요일〉
顯忠日.

컨슬社[건설사]는 顯忠日이라서 休務인 故
로 아침 合乘의 한가하다.
工場에서 있을 理事會에서 殘業 問제가 크게
論理됏다 한다.

〈1967년 6월 7일 수요일〉
明日로 박두한 6.8 선거일 하로 전 與野가 치
열한 열전니 結果가 果然 어터케 나타날지
궁금하다.
仁川에서는 柳 金 候補가 모다 伯仲戰을 展
開.

〈1967년 6월 8일 목요일〉
選擧日.

半勤을 하고 午後에는 投票을 햇다. 金宗周
父親 別世로 鑄友會費 8,000을 傳達햇다.
午後 3時 10分 오종 水路에 到着 白南錫 氏
와 붕어 3마리.
旅費 富平 － 水路 200
　〃 富平 － 仁川 200

〈1967년 6월 9일 금요일〉
기다리든 비가 나리기 사작[시작].
그러나 가랑비 程度로서는 갈증을 면치 못한
다.
어번[이번] 地域區 선거에서 都市는 特히 서
을에서는 野黨 一色 釜山에서 野黨 優勢이나
地方에서는 共和黨 獨舞臺다.

不正選擧을 新聞에 大書.
이러고 보면 3.15가 回상.

〈1967년 6월 10일 토요일 흐림〉
張炳贊 會長의 生誕日을 맛지하여 工場 副係
長級 以上 參加裡에 仁川市 新浦洞에 있는
香花村 和食店에서 祝賀 酒宴會가 있엇다.
第二次로 木型 申正植 鑄物 李永喆 工務 申
麟秀 四名의 金谷洞 市場 入口 태포집에서
밤 一○時 30分까지 술을 마섯다. 나는 웬일
인지 申正植 권고로 參加햇으나 단 술 한 잔
을 들지 않었다.
李永喆을 시켜서 洋酒 4合찌리 一병을 가지
고 갓다.

〈1967년 6월 11일 일요일 흐림〉
白南錫 郭榮奎 3人니 悟鐘 水路.

아침 五時 正刻에 白南錫 氏 가 낙시 道具을
매고 約束 時間 正刻에 집에가지 찾저왔다.
昨夜에 마신 술 기운니 아즉 가시지 않는 기
분니다. 朝飯도 먹지 못하고 鷄卵 2個로 아침
을 代食하고 檢問所에 나아가니 郭榮奎도 約
束時間에 와서 물그머니 기다리고 있다. 富
平에서 코로나 車로 水路까지 約 15分에 到
着하고 보니 六時 10分. 벌써 水路 兩 뚝에는
낙씨대를 담구고 "빅크"[15]까지 거러 놓았다.
아마도 富平 地區 사람일 개다.
우리들 3人은 精米所 밋 東側 재방에 않젓다.
아침 一○時頃까지 재법 살찐 붕어가 낙기여

---

15) びく(魚籠). 잡은 물고기를 넣어두는 통.

나왔다. 今年 들어 最高의 收확이다. 約 28首.

〈1967년 6월 12일 월요일 흐림〉
工場에서 大門 위에 장치할 鐵具 持參.

殘業 當番니라 밤 九時 30分까지 工場 內에
서 있엇다.
鑄工場 39名은 모다 熱心히들 作業을 해 주
엇다.
그러나 가장 귀찮는 존제가 李鎭元니다. 整
正班 責任者라 치고 단 한 번도 殘業을 하질
않으니 오날도 李鎭元니 身上에 關한 이야기
가 나왔다. 結果的으로 가라야 되갯다는 結
論니다.
田順女와 金明求 間니 좋히 못한 이야기가
나왔다.
밋지 못할 內容이나 여러 사람들의 意見은
틀님없는 사이라나.
너나 할 것 없이 女息을 가진 자는 注意을 하
여야 할 판.

〈1967년 6월 13일 화요일 晴〉
6.8 地域區 選擧 不正으로 政界 混濁.

6.8 선거로 野黨의 當選者들의 데모가 6.12
日 하오에 있는 뒤를 이어 13日에는 市內 各
大學生들의 데모가 있어 事態가 매우 심상치
않타. 與黨에서는 멋〃 地區의 立候[補]者들
의 過熱로 因한 脫線니 있으나 野黨의 規定
하는 全般的인 不正選擧는 아니라고 하면서
不正이 있는 地區에는 司直의 發動과 함개
조처한다고들 한다.

여기에 한 가지 注目할 것은 共和黨의 멋〃
地區 不正을 認定하며서 司直의 審判에 따를
方針을 새우고 좀 더 두고 보자는 方策을 새
우고 있으나 野黨에서는 當初에 主張하든 不
正 區域 兩 選擧의 主張을 뒤엎고 登錄 否拒
[拒否] 等의 强硬策으로 一直行하는 理由는
一部 學生들의 데모에 爲[依]한 魚夫之利[漁
父之利]의 對策이다.

〈1967년 6월 14일 수요일 晴〉
工場에서 뻬인트 1G/u 持出 評可分.
金炳烈 工場長 辭意 表明 次 來社.

昨日의 重役會議에서 金 工場長의 辭意 表明
이 있섯나는 說의 工場에서 지자[자자]. 今日
드디여 金炳烈 氏가 工場室에 나타나 辭意을
表明햇다. 사람의 한 변 맛치 失手를 하며는
도리킬 수 없는 허망한 신세가 된다. 사소한
共金[公金] 幾萬 원을 着服하고 이러한 신세
가 될 줄이야 미처 몰랏갯지. 人事 次 工場室
에 올라가 보니 창백한 表情으로 其間 여러
해 동안 同居 苦難을 갓치 격거준 여러분에
개 감사한다는 口頭부터 나왔다. 앞으로 九
月頃에나 學校에 나아가갯다고. 그간 金 工
場長을 좋아하지 않었든 나지만 막상 오날의
金炳烈 氏의 창백한 모습은 너무도 가련하다
고나 할가. 同情이 간다.

〈1967년 6월 15일 목요일〉
選擧 不正으로 各 大學 대모 中止策 休校.

오날도 各 거리에는 大學生들의 선거 不正

규탄 대모가 始作햇다.
심지어 高等學生가지 動員.

〈1967년 6월 16일 금요일〉
昇給 考課表 作成 始作.

1967年度 正期[定期] 昇給 考課表 作成에 바쁜 時間을 짜개 됏다.
于先 內容은 1966年 12月 26日 字 昇給한 者와 1967年 4月 26日付로 本工 發令을 밧은 者를 一旦 公正히 調整한 後에 昇給額을 決定 算出키로.

〈1967년 6월 17일 토요일 晴〉
낚시用 雨衣 1,700 長安에서 購入.

坟島 낙시터에 가기 爲해서 午前 一〇時 四〇分 급기야 시발택시로 長安 낚씨가지 갓다. 時間니 없어서 長安 韓昌洙에게 一金 五伯[五百] 원을 주고 于先 各種 必要한 物見을 싸달라고 付宅[付託]. 집에 到着해 보니 十一時 四〇分까지 선창에 나아갈 時間니 없어서 中止햇다.
一金 35,000 國民銀行에 入金.
保手[保證手票] 30,000을 바꾸어 달라고 國民銀行에 豫置[預置].

〈1967년 6월 18일 일요일 晴〉
富平낙씨 主催로 第五回 全 仁川地區大會.

會費 300.
參加 人員 220名.

場所 悟鐘 水路.
永登浦 九老낙씨에서 40名 參加 條件. 물이 흘러서 全體的으로 成績 不良. 仁川 一信 八公 等의 不平을 表示. 웨 물을 흘리지 않토록 事前 連絡을 못햇느야. 結局 派會되고 말엇다.

〈1967년 6월 19일 월요일 아침 비〉
새벽에 비.

가뭄이 개속된 지가 約 一個月이 가까워젓다. 이 상태가 더 개속돼다가는 今年 農事는 대 凶作을 모면키 어려울 것이다.
새벽역[새벽녘]에 비가 나리기 始作햇다. 잠결에 듣기에도 비 오는 소리가 매우 통케하다. 천지을 진동하는 천둥소리와 번겟불이 창가에 비친다.
새벽에 일어나 보니 제법 비가 나린 셈. 工場 內가 온통 물바다.
서울 면진 엄마 來訪.

〈1967년 6월 20일 화요일〉
停電. (制限 送電)

給料 引上 % 順位을 着成햇다.
요즘 工場長의 缺席 中이라서 每事에 金仁鎬 氏가 代行하느라고 에쓰고 있다.
後任 決定 問題에 對해서 구″한 억측과 상″들을 해 본다.
첫제 崔武弼
둣제 金仁鎬
이 두 사람 中에서 崔보다는 金이 나을 것이

다.

水道 設置 件으로 市 水道局에 가갯다든 吳
在夏는 말뿐닌 遵守.

〈1967년 6월 23일 금요일〉

電力 事情으로 休務함.

아침 7時 좀 전에 白南錫 氏와 향동 저수지로
낙시를 갓다.

別로 제미를 보지 못함.

〈1967년 6월 24일 토요일〉

極甚한 動力 事情으로 工場 全體가 이데로
가다가는 休業하기 삽상팔구[십상팔구]다.

〈1967년 6월 25일 일요일〉

休務. 動力 事情.

지난 6月 23日과 代勤하기로 되엿으나 오닐
도 全體 電力 100WH·日 박캐 안 준다는 사
전 연락을 밧고 아침에 出勤한 全員니 모다
休무.

一〇時 뽀쓰로 古川 水路가 갓다. 붕어 한 마
리를 낙구었을 뿐.

金浦 地區로 돌아왔다.

花水食堂에서 200 借用.

〈1967년 6월 26일 월요일〉

賃金 規定

養成工	男女	110
	通勤手當	10
	晝食手當	20
見習工	男	160
	女	140
工員	男	180
	女	160

〈1967년 6월 27일 화요일〉

金炳烈 工場長의 送別會가 香花村에서 6/25
日애 열엿다.

〈1967년 6월 28일 수요일〉

新任 工場長에 崔武弼 氏가 有望하다는 이야
기.

外部에서 登用치 않은 바에는 工場 內에서는
崔 氏가 가장 有力하다.

〈1967년 7월 1일 토요일 비〉

1,000 가블[가불]. 바다낙씨 條.

黃永연에개 500 대부. 1,000 중에서.

第六代 大統領 就任式.

아침부터 가랑비가 나리기 시작.

오날은 第六代 大統領 就任式의 거행되는 날
이다.

신민당에서는 3.20 선거 규탄大會은 감행하
갯다고 벼르드니 國家의 體面을 生覺한 탓인
지 26時間의 斷食 농성 鬪爭을 하갯다고.

기다리든 비가 온다.

姜周東 母親 生誕日에 招待.

整正班 8名 管理部 4名.

正宗 1병 약주 한 병.

〈1967년 7월 2일 일요일 비〉

첫 바다에 나아가다.
바다낙씨 500

황 개장 이발소 主人 金진혁 氏 3人니 바다낙
씨를 갓다.
바람이 새차개 불어서 아침 六時 50分에 工
場 앞 이발소 앞해서 3人니 모다 모엿다.
이발소 主人은 日氣가 좋치 못하여 나가기를
끄려했다.
八時 30分頃에 낙시배 삭을 1,000에 작정하
고 "밤염" 쪽으로 노을 젓다 때마침 東西風이
강하개 불어서 다 떠러진 돗이나 재법 빨니
물을 해치고 나갓다.
中間에서 "쏙" 200{에} 84首을 사가지고 하로
종일 장어 2마리와 땅도미 한 마리. 3사람이
각 한 마리식박에 잡지를 못했다.

〈1967년 7월 4일 화요일 晴〉
崔武弼 氏와 白湖亭에서 저역.

文益模 곽제근 윤필문 황영연 박기석 여섯
명이 白호정에서 최무필 씨와 저역을 나누었
다.
앞으로 전 工場 金炳烈 氏을 代身해서 최무
필 씨가 工場長으로 就任하기 댓다는 理事會
決定에 아즉 日本에 있는 徐相錄 社長으로부
터 承認 통고가 오지를 않어서 正式 就任의
늦어진다는 이야기.

〈1967년 7월 5일 수요일 晴〉
給料 到着.
방가C油[벙커C유] 바나[burner] 件으로 富

平地區 見學.

집 앞헤 李 氏 宅 居住者 鄭聖淳이가 前職 船
員니 바나를 考案 製作 販賣하고 있다는 李
氏의 말을 듯고 富平에 있는 간장 工場에 설
치되여 있는 火力을 直接 가 보았다.
증기壓 5kg/m^2
火力 弱下
京仁제철 訪問.

최 주간 왜상 대금[16)]
1,420 中에서
700 支給.
殘 720.
낙씨代金 500 支給.

〈1967년 7월 토요일 晴〉
신주똥 매도. 3次 申點得
변압기 1,500KVA 落下 事故 元原 究明.

변압기 공장에서 完성한 1,500KVA 한 데를
기중기로 다리잉기다가[들어옮기다가] 와이
야가 끈어저서 事故가 낫다.
가증기[기중기] 운전공이 부주이와 상식 부
족 신호수 와이야를 걸어 준 사람의 상식 부
족 책임자 田 課長 代理의 경홈[경험] 보족
[부족] 등을 지적.
결과적으로 운전수와 신호수가 희생을 면치

---

16) 이하는 7월 5일과 8일 자 일기 사이의 빈 지면에 기
록되어 있는 내용이다. 날짜가 적혀 있지 않아 언제
인지는 알 수 없다.

못하개 댓다.
소속장은 시말써.
박경연니와 트라불.
工務係員 件.

〈1967년 7월 9일 일요일 晴 30℃〉
章陵池에 갓다.
전 日曜日에는 滋味를 보앗다는데 오날은 신통치가 않타.
雜魚 主로 피래미가 많니 달라들어서 성가시다.
約 二○首大 5寸.

〈1967년 7월 10일 월요일 晴 32℃〉
올헤 들어 제일 더운 날씨다.
午後 2時頃에는 더운 바람이 工場 內에가지 습며든다.
合乘費 100.

〈1967년 7월 12일 수요일 비〉
崔武弼 氏 工場長 就任.
新任 崔 工場長 就任人事가 工場 소금倉庫 內에서 거행됏다.
本社에서 金俊植 徐 감사 李 상무 等의 參加.
內容은 추임[취임] 後에 여러분과 兄弟之義을 지키갯다고.
뼈잇는 말씀.

〈1967년 7월 13일 목요일 비〉
장마철이 닥아왔다.
가뭄이 개속한 지 3個月. 어제나 오날이나 기다리든 단비가 이제사 나리기 始作하고 보니

장마가 지긋지긋하도록 개속될 판니다.
花水食堂에서 320.

〈1967년 7월 14일 금요일 비〉
鑄造課長 發令 밧음.
人事 發令 內容
田元坤
金會載
變 代理 本社
朴基錫　　　　　4名 課長 昇格

〈1967년 7월 15일 토요일 비〉
7月 給料에서 一金 1,000 借用.
當直 關係로 밤 九時 20分에 退勤하고 보니 明日의 낚씨 約束을 하지 못햇다.
黃 係長 慶信浩와 奉信鑄工所 電機爐 設置 件 推進.

〈1967년 7월 16일 일요일 흐림〉
"밤낚씨".
초지행.

午後 九時 30分 會社에서 作業 指示을 完了하고 (代勤 動力事情) 10時 40分 大明里 行 뽀쓰을 利用 午後 三時頃에 草芝 필남池에 낚시를 가다.
저수지에서 別로 제미가 업서 午後 七時 四○分에 農夫 한 명을 100에 사서 九里浦까지 案內을 시켯다. 午後 八時가 지나서 九里浦 防築 中間 水路에서 자리를 잡고 혼자서 밤셈을 햇다. 밤 一○時가 지나지[지나자] 서서히 붕어가 물리기 시작. 씨아리가 좋타. 最高

八寸 찌리[짜리]가 1首 나오기 始作 아침 一
〇時까지 그대로 한 자리스 개속.

〈1967년 7월 17일 월요일 흐림〉
113首. 最高의 豊釣.
九里浦 방죽에서 約〈釣〉4卜.

아침 東이 트기 始作하자 떡밥보다는 지렁이
가 빨리 문다. 지렁이을 二間帶 2本으로 개속
넛키가 무섭게 五寸 六寸가 끗칠 세 업시 낙
기여젓다. 밤세 大魚 八, 七, 六寸 程度 約 10
餘 首을 올리고 보니 八年 낚씨 추미[취미]에
最大의 幸運을 오늘에 누리다.
一〇時 기路 바구니가 꼭 차서 변도와 간데
라[칸델라] 等 一切 박개다 부처가지고 돌아
왓다.
草芝 停留場까지 100에 農夫을 사서 고지[고
기] 보구니[바구니]를 運搬햇다.
午後 二時 20分 仁川 到着.

〈1967년 7월 18일 화요일 晴〉
朴明浩의 셋돌마지.

明浩 君니 셋돌마지에 떡을 햇다.
조와하는 자전거를 하나 사줄라고 벌였는데
마음데로 되지가 않타.
水道 施設 認可 낫타.

〈1967년 7월 21일 금요일〉
7/23日 日曜日.
日曜 出業 中 Air tank 爆發로 負傷者.
電工 朴相珏 韓外科 入院.

警察 問題化.
理由 tank 鐵板 厚 3 /8t 알다[얇다].
最少 3 /8 以上.

〈1967년 7월 22일 토요일〉
九里浦 밤낙씨.

午後 4時에 早退. 理由는 三星 鑄物工場에 外
註 製品 連絡 關係와 BC 鎔解工 求하기 爲하
여 좀 일쯕 나아간다고 핑개를 햇다.
밤 八時에 現場에 到着. 지난 週와 比해서 水
深의 約 150粍 程度 줄어들었다.
結果도 別로 좋히 못한 편.
아침 七時에 낙씨를 끝내고 도라오다.

〈1967년 7월 23일 일요일 晴〉
아침 七時에 九里浦를 出發 草芝에서 나룻배
를 約 二時間 기다렷다.
九時 30分 뽀쓰로 도라옴.
하로 終日 집에서 잠을 잣다.
밤에 유수 아버니 앞집 李 氏와 劇場 求景을
갓다.

〈1967년 7월 24일 월요일〉
방가씨油 바나 試驗 結果 끄름이 많니 끼고
不燃 狀態다.
李 氏가 自己 私財을 틀엇서 만들었으니 좀
잘 보아달라는 要請을 하나 이는 내 個人니
쓰는 게 아니고 會社 일이니 바줄 주 업다고
斷定.

〈1967년 7월 25일 화요일〉

새로운 崔 工場長의 機械工場의 能力 向上을 爲해서 別다른 努力을 總 集中하고 있다.
첫재 아즘[아침]에 約 三〇分은 工場長 솔선해서 먼저 나와서 現場을 배해하고 있다. 整理도 잘 뎃다 다임 스다-치을 實施한다 等 結果的으로 電力을 機械工場에다 集中하고 보니 잘 데는 판.

〈1967년 7월 26일 수요일〉
鑄造課長의 重責을 밧고도 別로 마음의 變化을 느끼지 못함. 기왕에도 責任은 맛타 왓서나 앞으로는 좀 더 잘 하여야 되갯다는 게 基本方針이나 웬일인지 別다른 實감을 느끼지 못하니 理由는 무었일가.
自己 태만?
能力의 한도.

〈1967년 7월 27일 목요일〉
노조의 金正吉 總務가 저역을 삿다. 理由는 雜工 採用 件.
市場 入口의 개장국 전문집에서 夕食을 나누고 時間니 좀 남어서 키내마의 과일江이 다리[콰이강의 다리]을 求景.

〈1967년 7월7월 28일 금요일 晴 34℃〉
暴炎이 개속된다.
日氣 더워서 요즘 鑄造 作業이란 하로 終日 온몸에서 땀이 나리기가 마치 물에 빠진 程度다.

〈1967년 7월 29일 토요일 晴〉
밤 八時 章陵池로 밤낙씨.

郭永圭 外 1名.
結果 良好.
Oil Banar[burner] 件 不良.

〈1967년 7월 30일 일요일 晴〉
하로 終日 낮잠.
昨夜의 徹夜 낙시로 몸이 피곤하여 하로를 밤을로 알고 잣다.
水道工事 關係 認可 남.
1尺 當 1,450.

〈1967년 8월 13일 일요일〉
長峰 바다낙씨.

〈1967년 8월 16일 수요일〉
連 3日을 쇠고 就業하니 몸이 무겁다. 缺勤者가 平常時보다 만타.
殘業을 統制하고 나니 每日 60餘 名의 殘業者가 不可 20名 內外로 短축됫다.

〈1967년 8월 20일 일요일〉
晝食代 450.
特勤.

慶信浩가 來訪.
奉信鐵工所 永登浦 工場에 電機爐 新設工事 關係 서울 金寧元(洞子洞 代理店) 氏가 設計費 230,000에 경신浩에게 막긴다는 說.
알고 보니 會社 圖面으 그데로 靑寫[淸寫]할 心算니든.

〈1967년 8월 21일 월요일〉

서울 申點得 來訪.

申點得이가 술갑 5,000.
BC灰을 4個月이나 계속 가지고 간 謝禮 條.
1回에 約 3TS e. 80,000=240,000에 對한 2%.
장사치들은 너무도 인색하다.

〈1967년 8월 22일 화요일 晴〉
貞惠니 生日.

淑父[叔父] 來仁.
어머니 서울서 仁川으로 오시다.
빠흐[puff]工 一名 採用.
貞惠니 生日이나 아츰에 고기 한 근 사지 않코서 미역국만 끄려서 먹다.
앞집 "청무"내가 빗이 만어 꾸어준 도[돈] 15,000을 잘리는 판국.

〈1967년 8월 23일 수요일 晴〉
黃永淵 } 利川電氣 電氣爐 圖面 奉信에다
慶信浩 } 팔아먹다.

慶信浩 來訪.
鑄物 技術 指導?
合成砂의   實用 단게
새맨트砂의   〃
55MS 임페라의 改正 方案.

〈1967년 8월 24일 목요일 晴〉
松島호텔에서 工場 幹部 宴會.

張 會長 來社.
鑄物 950 SV 胴體가 肉가 두껍다고 야단.
700粍 임페라 羽根에 若干니 湯境가 있서 이래 가지고는 밥을 못 먹는다고 야단.
도데처 理由를 알지 못할 수수꺼끼 같은 이야기.

〈1967년 8월 30일 수요일〉
어머니 齒芽[齒牙] 件 50,000.

〈1967년 8월 31일 목요일〉
서울의 妹氏가 來訪. 正鎬 君니 會社를 고만두고 딴 데로 간다는 소문과 本人니 工場에 나오지 않어서 極情들.

〈1967년 9월 1일 금요일 晴〉
벌써 가을철이다.
멀지 않어 秋夕節. 이아들[아이들]의 옷가지를 장만하여야 될 時期이며 겨울살이 준비를 연탄 밋 他 여러 가지로 분비할 떼다.
서울에 妹弟가 明鎭 君을 다리고 왔다.
요즘 失職 상태 갓튼 태토을 엿볼 수 있으나 本人은 끝까지 그럿치 않타는 自己 해명.

〈1967년 9월 2일 토요일 비〉
水道 配管 工事(바갓트로 配管).
가울 넛장마[늦장마] 기분.

여름내 장마를 모르고 자랏드니 요즘 늦장미[늦장마]가 들 샘인지 오날은 하로 종일 소낙비가 쏫아저서 工場 안니 온통 물바다다.
領南[嶺南] 밋 湖南 地方에는 몃 拾 年 만에

츠음 보는 루발로 아우성들이라니 이러고 보면 조그만 땅덩어리에서 고루지 못한 게 季節이며 天地 災害다.

〈1967년 9월 3일 일요일 비〉
京畿道 和成郡[華城郡] 朝巖池(長安池) 行.

아침 三時 20分 起床햇다.
長安池까지 約 2時間 40分 大魚 越尺. 절은 [젊은] 학생이 잡엇다.
數年來에 츠음 大魚가 나왓다.
기로 6時 出發 9時 20分 仁川 到着. 會費 480.
어머니 義齒 完成.
서울 漢根(이모任)이에개서 一金 貳萬 원을 보아 달라고 片紙가 二次나 왔다.
金正鎬 君니 件(會社 고만 두엇나)).

〈1967년 9월 5일 화요일 비〉
給料 滯拂.

늦장마가 질 증조다. 호남 地方은 가뭄에 논밧에 농장물이라고는 하나도 남지 앟고 다 타버럿다는 消息. 40餘 年니나 나려오는 큰 貯水池가 모다 말라 버럿다니.
속담에 박正熙 태통령 票가 맣니 나온 地方에는 비가 오지 않는다고 야유하는 野黨 人士들이 이야기가 있다.

〈1967년 9월 6일 수요일〉
李今烈 君에게 25,000 貸付.
(舍宅 500,000 購入 不足金)

勞組로부터 一金 (30,000을 借用 9/2). 今日까지 約束을(返濟) 햇음으로 返納햇다.

〈1967년 9월 7일 목요일〉
九峰山 地[下} 125M에서 金昌善 사라나다.[17]
어머니가 나려가시다.

이웃에 있는 (청무) 아명에게 빌려준 돈 13,000을 모조리 잘리우고 겨우 3,900을 찻것다. 새상에 남을 속의는 자가 잘 살 니 없다. 많지도 않는 돈 300,000 程度에 집까지 팔어도 私債가 淸算니 않 되여 結局은 청모宅의 빗잔치를 햇다나.
일금 萬 원에 3,000式. 그리고 보니 1,000,000을 300,000만 갑고서 700,000을 번 셈.

〈1967년 9월 8일 금요일〉
物價가 하늘 높이 오르기 시작한다. 八月 추석을 앞두고 여름도 가고 가을의 되니 속담에 天高馬肥의 佳節이라나.
닥처오는 겨울살이를 生覺하는 서민들은 좋은 게절이 와도 앞을 極情하기 되니.

〈1967년 9월 9일 토요일〉
工員에 準社員까지 8月分 給料 支給.
몸의 수약할 데로 약하진데다가 血壓마저 103~70이니 한심하다.
醫사의 말인즉 便 檢査를 해보라는 付託.

---

17) 김창선은 충남 청양의 구봉광산 매몰사건 당시 지하에 갇혀 있다가, 16일 만인 1967년 9월 6일 밤 9시 15분에 극적으로 구조되었다.

會社에서 600 借用.
낙씨費用 條로.

⟨1967년 9월 10일 일요일⟩
종석니와 둘이서 개수리 저수지로 해서 포리
水路 일데을 두루 도라다니며 낙씨질을 햇으
나 붕어는 잡지 못했다.
날씨가 비가 올 든하나 그레도 하로 해을 용
케 잘 참어 주었다. 개수리 저수지는 꼭 4年
만에 간 샘이다. 2日 前에 장마로 온통 흙탕
물이라 지랭이을 입밥으로 썻스나 부동자새
다.
午後 1時 前에 포리 水路로 나려갔다. 것고
보니 約 8km는 넘은 듯.

⟨1967년 9월 11일 월요일 晴⟩
日氣가 2, 3日 內로 急變햇다.
제법 朝夕으로는 氣候가 선선해저서 사람만
큼 간사한 동물도 없다.
반소매 노-타이는 그 철어[철을] 이미 다 보
낸 셈. 벌써 上衣을 걸치고 가울철 太陽을 쪼
이게 댓단 말이니 앞으로 秋夕 名節도 불가
一週日박개 남질 않었다.
忠肥[忠州肥料] 임페라가 他 工場으로 發註
[發注]됏다.
永登浦 李素永 君니 忠肥 임페라 4個를 鑄造
失敗해서 問議 次 來社햇다.

⟨1967년 9월 12일 화요일 晴⟩
黃永淵니가 2日을 缺勤하고 今日 비로서 出
勤햇다. 제법 서먹서먹한 어색한 기분니다.
요즘 奉信鑄作所의 電氣爐 設計로 제법 미첫

다. 設計라느니보다는 오이려 利川電氣의 電
氣爐 圖面을 훔처다 파라먹는 格이다. 명색
은 設計라고 하지마는 實인즉 利川電氣(부라
운 보-벨) 圖面을 全部 다 훔처냇다.
退勤길어[退勤길에] 明茶室에서 黃 係長과 茶
을 나누며 앞흐로 自己가 利川電機을 떠나겟
다고 意思 表示. 마음데로 하라고 답변햇다.
고만두개 된 동기는 무엇이야. 勿論 電氣爐
件니다.

⟨1967년 9월 13일 수요일 晴⟩
船舶用 Impeller 製作 問議 件.

朝夕으로 쌀″한 氣候가 닥처오니 自然히 秋
夕 名節에 對한 家口主로서 아이들 衣服이니
또는 近 四年 동안을 秋夕에 가보지 못한 古
鄉[故鄕] 生覺의 머리에 떠오른다.
그라는 每事가 다 生活에 쪼달리는 理由로
말미암아 이러나는 마음 한구석의 걱정이고
보니 今年에도 歸鄕을 못할 것만은 뻔한 事
實이다. 物價는 호디게 띠여오르나 밧는 收
入金은 고작해야 3萬餘 원에서(32,500) 稅金
밋 外上 代金을 控除하고 남은 돈은 2萬餘 원
程度이고 보니 8人 家族의 生活 程度란 말할
수 없는 季節 아니면 지탱하기가 하로도 힘
이 들며 外上 쌀값은 늘어말 갈 것이다.

⟨1967년 9월 14일 목요일 晴⟩
8月分 給料 支給 係長級 以上者.

요즘 건장[건강] 狀態가 아주 좋치 못하여 日
前에 會社 從業員 全體 身體檢査 結果 血壓

아침 歸路에 族叔 漢斌 氏 宅 들러 서울 成榮
子婚 人事 祝儀 봉투 부탁했고.
2時間 걸려 어항 물갈이 後 1농장 가서 3시간
勞動. 들깨 많이 倒伏됐고. ☉

〈1992년 9월 26일 토요일 晴〉(9. 1.) (13°, 22°)
淸友會 月例會合에 參席하여 10月 行事도 協
議. 厚生社 영부페에서 會食. 午後 5시 半엔
在淸同窓會 있어 參席. 井母는 농장 가서 고구
마 1자루(15kg) 캐오고. ○

〈1992년 9월 27일 일요일 晴〉(9. 2.) (10°, 22°)
10時에 室內體育館 會合에 잠간 들러 11時 半
부터 있는 任鴻淳 子婚에 人事 後 '사철집 할
멈' 回甲宴 招待에 李斌, 俊兄과 함께 「現代부
페」가서 厚待받은 것.
井母는 1농장 가서 고구마 캐왔고. 今日로 고
구마는 다 캔 것. 約 1가마 實한 셈. ☉

〈1992년 9월 28일 월요일 曇, 雨〉(9. 3.) (11°,
21°)
故鄕 밭둑(2농장) 밤나무 1株 털어서 알밤 댓
되 收穫에 夫婦 6시간 努力했고. ○

〈1992년 9월 29일 화요일 雨, 晴〉(9. 4.) (14°,
21°)
엊저녁부터 내리던 비 今朝엔 10時頃까지 나
우 내리고.
10時부터 있는 鳳鳴2, 松亭洞事務所 廳舍 新
築 竣工式에 招請 있어 다녀오고.
午後에 1농장 가서 3시간 勞力했고~뽑은 콩
대 세우기, 대추따기. ☉

〈1992년 9월 30일 수요일 晴〉(9. 5.) (13°, 23°)
夫婦 농장 가서 3時間 勞力했고~동부 따기,
雜草 뽑기 等. ☉

〈1992년 10월 1일 목요일 晴〉(9. 6.) (12°, 25°)
夫婦 2농장 가서 밤 털고 팥 따온 것. 淸州人
具 氏로부터 토란줄기 나우 얻었기도. ○

〈1992년 10월 2일 금요일 晴〉(9. 7.) (12°, 24°)
洞事務所 가서 老人 乘車券 夫婦 3個月(10,
11, 12月)치 72枚 받아왔고. 一枚 210원 價.
1농장 가서 대추 골라 따고. 고들빼기란 씀바
귀 캐고. 풀 뜯기에 3시간 勞力한 것.
甥姪女 朴明玉 結婚式 連絡 家族 全體에 연락
完了했고~서울, 大田, 기타. ○

〈1992년 10월 3일 토요일 曇, 雨〉(9. 8.) (14°,
19°)
「第2回 '體育靑少年部 長官'旗 國民生活體育
全國배드민턴大會」에 參席~進行委員. 忠北
男長壽部 c級 選手로 出戰. 1次 不戰勝, 2次
仁川팀을 敗하여 12팀 中 4强에 올은 것. 甥姪
女 朴明玉 結婚式 있어 서울서 長男, 長女 다
녀가고. ☉

〈1992년 10월 4일 일요일 曇, 가끔 비〉(9. 9.)
(15°, 18°)
어제에 이어 大會第2日째~江原팀을 가볍게
눌러 決勝에 올랐으나 仁川팀에 慣敗하여 準
優勝되어 銀메달 獲得[86]했지만 年條로 보아
장하다고 느꼈고. ☉

---

86) 원문에는 붉은색 색연필로 밑줄이 그어져 있다.

되엿으며 特別 警告文까지 써 부첫다.

鑄造課에서는 먼 地方에만 限해서 休暇을 承認햇다.

申東柱가 닭 二匹을 가주 옴.

〈1967년 9월 17일 일요일〉

仲秋節 하로 前에 낙씨을 감.

鐘錫니와 둘이서 아침 七時 집을 나와서 永宗 배을 8時 20分에 탓다. 目的地는 永宗島 西一里다. 明日의 佳節을 하로 앞둔 탓인지 똑닥선은 滿員니다. 約 25分 만에 섬에 到着햇다. 待期하고 있는 뽀쓰을 누가 만저 타느야 滿員된 뽀쓰 內는 마치 짐짝을 싸놋듯 말[발] 되딜 곳이 없다. 그것도 마침 민첩한 행동으로 탓으니 말이나 잘 못하다가는 타지 못할 번햇다. 西一里 옛날 銘山地 못해는 벌써 엇저역에서부터 밤낙씨을 한 親舊들이 5, 6名 있다. 잔 붕어는 무한니 나옷다. 그러나 피래미 새끼들의 구찬타. 기로 4. 30分 뽀쓰를 놋첫타. 아니 놓첫다는 거보다 4時에 早發햇다. 알고 본즉 손님이 많어서 無制限 運行을 한다고.

裵萬德 君 사고[사과] 1箱子.

〈1967년 9월 18일 월요일 晴〉

秋夕.

每年 가장 좋은 名節의 바로 秋夕이다. 서울의 명진내 食口가 3名의 다 나려왔다.

아침 四寸 元錫니 內外도 집에서 같이 아침 밥을 나누었다.

시골을 갓셔야 말이나 仁川에서 秋夕을 보내자니 할 일이 없다.

아침 九時頃에 낚씨 바구니를 매고 松島 東春洞 水路에 나갓다. 누럭캐 익어가는 배[벼] 이삭을 바라블 때 古鄉에 平野가 가슴에 떠오른다. 내 古鄉에도 이렇케 豊年니 들엇갯지. 지금 이 시각가지도 祭事[祭祀]을 모시느라고 客宅[각택]으로 順番을 찾어서 祭事客들의 돌아다니갯지. 그리고 山으로 밤을 따로 가갯지. 대추도 따고.

〈1967년 9월 19일 화요일 晴〉

SPEa Banase[special bonus] 40,000.

아침 人員 把握을 하여 본 結果 約 37名의 缺勤.

140名에서 約 28%가 缺勤니다.

秋夕날 바로 前에 工場長개서 特別히 缺勤하지 말도록 指示까지 있섯으며 심지어는 休暇을 最少限度로 制限햇다.

그러나 一年에 단 한 번 客地에서 古鄉에 나려가는 사람을 그 어찌 박절하게 막을 수여 없지 않은가. 못 막는 게 當然하지. 工場長은 自己데로히 九月 生産高 關係로 애타갯지마는 그럿타고 每年 秋夕 前後 해서 缺勤者가 어느 떼보다 많은데 올해라고 줄어들 닐이야 없지 않는가.

〈1967년 9월 20일 수요일 晴〉

午後 한떼 소낙비.

서울에 명진니 內外가 밤 7時 조금 지나서 本

家로 올라갓다.

순산 달을 당해서 만삭이 된 몸을 갓가스로 다루며 행동조차 부자유스러운데다가 집에 돌아가 보았자 別로 신통한 처지가 못 데니 한편 불상하고 가엾으나 에들이 아즉 철이 않 든 꼬락사니가 몹시 마음에 좋치 못하다.

김 서방은 직장에을 나아간다고 하나 그짐말만 하고 있다. 웨 좀 人間니 誠實하며 솔직하지을 않을가.

아무튼 家族이 또 하나 늘고 보면 철이 나겟지.

왔다가 기분 어두운 표정으로 도라가니 난들 어터케 하라는 겨야.

〈1967년 9월 21일 목요일 晴〉

鑄工場 西側 뽀뿌라 切斷.

慶信浩 氏 來訪. 精肉店 590.

慶信浩 氏 來社. 午後 4時頃.

退勤 時 崔淵 課長과 3名의 工場 앞 精肉店에서 牛肉 1斤 豚肉 半 斤을 지저 놓코 술을 마시다.

경신호 氏는 스패샬 포나스을 20,000 탓다고 자랑.

黃 係長은 오날도 나오지 않음.

몸의 불편하다는 평게인지 사실이 그런지 알고도 모를 일.

工場 作業 事情上 鑄造課에서 6名을 권고辭職 시켯다.

臨時工 2名 鄭周永 沈원善 工具 兪相培 裵大成 全濟夏 韓平國(代身 養成工 1名).

〈1967년 9월 22일 금요일 晴〉

요즘 受註[受注] 상태가 좋치 못하여 工場 全體가 別로 한가한 便니다.

特히 機械와 鑄物을 除하고넌 殘業 人員니 全然 없고 보니 工員들의 겨울살의 準備와 김장 걱정을 더하개 될 판.

工員들의 心理과 데게가 自己 몸의 좀 고데 들아로[고되더라도] 殘業을 해서 한 푼니라도 좀 더 벌어서 家事에 보테갯다는 心理인데 너무도 일이 없다.

〈1967년 9월 23일 토요일 晴〉

서울 명진 엄마 次男 出産.

消伏[消化] 不良 밋 血壓 저하 便秘 等 ″ 健康 狀態가 아주 좋치 못한 요즘에 난생 츠음으로 人蔘을 服藥햇다. 씁 ″ 할 맛이 나는 닭국물 맛은 別다로 먹기 힘등 편은 아니다.

밤 一○時 正刻에 서울 명진 아버지가 왔다. 곤경한 家庭 環境에 梨大附屬病院에서 順産을 햇다니 기름 1병 간장 2병 명진니 用으로 사고 12個 돈 4,000을 보냇다.

밤 10時 20分에 다시 서울로 올라가다.

〈1967년 9월 24일 월요일 晴〉

망동이잡이.

아침 八時 二○分頃에 板硝子 工場 앞 선창에서 80餘 名의 낙씨군을 실은 木船 2219의 낙씨터에 到着하기는 8時 20分부터 約 1時間 30分이나 자나서다. 龍流島[龍遊島] 앞 갯블[갯벌]에다 베를 데고 午前 十二時부터 午後

린 셈. 國民生活館에서. 綜合成績 淸州 1위. 「淸原祠」笏記 150枚 複寫했고…祭官들에 分配 豫定. ⊙

〈1992년 10월 25일 일요일 비 조금〉(9. 30.) (8°, 13°)
夫婦 농장 가서 결명자 따고, 고들빼기와 糖根 캐어 온 것.
祝文 三通 淨書에 精誠드린 셈(文成公~29代祖, 眞靜公~26代祖…傍. 蓮潭公~22代祖). ○

〈1992년 10월 26일 월요일 晴〉(10. 1.) (6°, 14°)
昨日 정성드려 淨書한 祝文 110枚 複寫했고~陰 10월 3日에 祭官들에 分配 豫定.
엊저녁부터 感氣끼 있더니 오늘은 더 甚한 편. 午後에 南一面 지북里에 있는 淸原郡 保健所 가서 行政係 李 係長 만나 263번지 診療所 侵犯된 件 이야기 또 한 것. ○

〈1992년 10월 27일 화요일 晴〉(10. 2.) (4°, 16°)
道 三樂會 定期總會에 參席~10時 30分~14時. 機械工高 構內에 있는 學生會館. 井母는 밭에 다녀왔고. ※ 엊저녁엔 3째 夫婦 다녀갔기도. ○

〈1992년 10월 28일 수요일 晴〉(10. 3.) (6°, 19°)
上黨山 淸原祠 祭享에 가서 唱笏(集禮)[92]했고. 近日 精誠 모색 完成하니 모두 讚辭. ⊙

〈1992년 10월 29일 목요일 晴, 雨〉(10. 4.) (5°, 17°)

---

92) 원문에는 붉은색 색연필로 밑줄이 그어져 있다.

在淸同窓會 逍風에 夫婦 다녀온 것~幸州山城 (행주대첩 탑, 덕양정, 碑, 忠莊祠…권률 將軍 영정, 기념관), 統一전망대. 7時 半~19時 半. ⊙

〈1992년 10월 30일 금요일 晴〉(10. 5.) (6°, 15°)
16代祖 時享에 參席하여 大祝. 아침결엔 '김기선 內科' 가서 感氣 진찰,
玉山 가선 孫子(英信) 身元증명서 서울速達로 발송. ⊙

〈1992년 10월 31일 토요일 晴〉(10. 6.) (7°, 17°)
15代, 14代祖 時享에 參席(間谷, 內洞). 複台洞 時榮 氏 만나 不飮하느라 시달렸던 것. ⊙

〈1992년 11월 1일 일요일 晴〉(10. 7.) (7°, 14°)
金溪 가서 13代祖 時享을 家庭에서 지낸 것~俊兄 집 大廳. 參席者…郭浩榮, 郭漢斌, 郭尙榮, 郭時榮. 殷鐘 氏는 健康 不順으로 지켜보기만. 祭物 運搬 難으로 家內 行事로 執行. 祭享 後 漢斌 氏 同伴하여 墻東里 曲水 뒷山의 四派 宗山 가서 13代祖考 定陵參奉公 墓所까지 가서 省墓했고. 밤엔 서울 成榮한테 電話도. ⊙

〈1992년 11월 2일 월요일 晴〉(10. 8.) (4°, 15°)
12代祖 奉事公, 11代祖 五衛護軍, 10代祖 訓練僉正府君 時享 지냈고~淸州서 漢斌 氏와 同行, 從兄, 佑榮, 松榮, 來榮 參禮. 午後 3時까지 마치고 入淸. ⊙

〈1992년 11월 3일 화요일 가랑비, 구름〉(10. 9.) (9°, 13°)

故鄉行 豫定 날씨로 中止. '미진社' 가서 구두
修繕 委託. 感氣 아직 안 났고. ○

〈1992년 11월 4일 수요일 晴〉(10. 10.) (6°, 17°)
夫婦 함께 1농장 가서 勞力~결명자 打作. 고
들빼기 캐고, 도라지도 캐고. 큰집 감 나우 얻
고. ○

〈1992년 11월 5일 목요일 曇〉(10. 11.) (5°, 15°)
夫婦 2농장 가서 들깨짚 노여 約 2되 收穫하
니 개운했고. ⊙

〈1992년 11월 6일 금요일 晴, 曇〉(10. 12.) (5°,
15°)
夫婦 2농장 가서 마늘播種 자리 손질에 流汗
勞力~삽으로 3두둑 파고. 토양 藥, 다듬기 等.
큰집 감 나우 얻어오기도. 任老人 만나 情談
나누기도. ⊙

〈1992년 11월 7일 토요일 晴, 曇〉(10. 13.) (6°,
16°)
井母와 함께 3時間 勞力하여 2農場 西便 3두
둑에 마늘 2접(1,280쪽) 播種했고. ⊙

〈1992년 11월 8일 일요일 曇, 가랑비〉(10. 14.)
(8°, 12°)
玉山 弟子 朴相龍 回甲이라서 낮 버스로 虎竹
다녀온 것. 玉山서 虎竹까진 金海 金氏란 某
青年技士의 고마움으로 乘用車 잘 타고 온 것.
入淸해선 李斌模와 모처럼 一盃. ⊙

〈1992년 11월 9일 월요일 雨, 曇〉(10. 15.) (6°,
9°)

族譜 發刊案, 全 要領과 經費案, 記入例 等 各
10部씩 複寫.
最終 時享에 參席活躍 - 9, 8, 7代祖 魯旭집, 6,
5代祖 從兄 집에서 雨天故와 時況關聯에 在家
享事한 것. 四從叔 漢昇 氏 父子, 漢斌 氏, 周榮
(烏山) 參席. ⊙

〈1992년 11월 10일 화요일 가랑비〉(10. 16.) (3°,
6°)
再從兄嫂(魯旭 母親) 生辰에 夫婦 가서 朝食.
正宗(清酒) 큰 병 待接했기도.
延 老人 要請에 잠간 들러 그님 孫 婚 關聯 이
야기 便宜 봐주었기도. ⊙

〈1992년 11월 11일 수요일 晴, 曇〉(10. 17.) (5°,
12°)
清友會 5人 모여 黃元濟 교장 間病~三盆아파
트 101棟 1103호. 央心 後 1농장 가서 골파 播
種하고 도라지 좀 캔 것. 前佐山 가선 9位 墓
所 立石 日字와 坐向 確認했고. ⊙

〈1992년 11월 12일 목요일 晴〉(10. 18.) (6°, 9°)
今日부터 14日까진 過飮은 아니었으나 每日
繼續되는 飮酒로 精神統一이 안된 편을 反省.
永樂會 있어 夫婦 參席한 것~12시. 영부페.
⊙

〈1992년 11월 15일 일요일 晴〉(10. 21.) (5°, 10°)
井母 生日이어서 서울 아이들 나우 어제 入淸
하여 待接 준비한 듯.
今日 飮食 나우 먹었을 것. ⊙

〈1992년 11월 18일 수요일 晴〉(10. 24.) (5°, 8°)

李今烈 君 夜間에 來訪.
빌여갓다. 元金 25,000
利子 1,500 返濟

黃永淵 李永喆 3名의 夕食을 갓치햇다. 鑄鋼 發註業者[發注業者]로부터 1,000을 밧음.

〈1967년 10월 8일 일요일 晴〉
망동이 낙씨 "불근山 앞"

八時 20分 베로 블근山 앞 듯제 겟골로 망동이 낙씨를 갓다.
工場에서 金公히 金東春 林永鎬 李泰福 宋仁受 等 여러 젊은니들도 왓다.
船客의 約 100名. 船價는 1人當 50式. 無理하게 실린 손님의 安全을 考慮해서인지 가자운[가까운] 거리에다 데고 햇기 대문에 別로 滋味를 못 봄.

〈1967년 10월 9일 월요일 晴〉
서울 文化洞 개쟁 件 出張.
三榮商會 콜키함마 5個 見積.
1個 12,000 1米 노미付.
夜間 門下劇場 브로커 線戰 관람.
鑄 從業員 特殊診斷(全員).

〈1967년 10월 10일 화요일 晴〉
勞組委員長 選擧戰 치열.

文益模 現 委員長의 幹部 出戰니라서 別로 人기가 없다. 可能한 한 여러 가지 政策的인 面을 生覺해 보면 張炳贊 會長과 徐相錄

社長의 利害關係로 멀지 않어서 투라불이 잇을이라 예측뎀으로 이 시비를 張炳贊 會長에게 有利하게 이끄는 사람의 바로 現 勞組委員長 文益模일 게다.

〈1967년 10월 11일 수요일〉
서울 妹氏로부터 電報(産母 위독).

노조 데의원 선거전에 수조과에서는 차한순 金明求 洪순국 田土秀 金德永 梁承龍 外 2名의 당선뎃다.
노조위원장 선거가 간접선거로 決定을 보고나니 代議員 포습[포섭] 작전을 맹열히 벌니고 있다. 仁川工高 出身者가 出馬햇다는 설이 事實이다. 仁工高 出身者가 무려 六○餘名이나 되고 보니 지난 週日에는 團體 野外노리을 갓고 이 상테로 가다가는 無視 못할 존제이다.

〈1967년 10월 12일 목요일〉
金順泰로부터 10,000 引受.

古鐵 破碎業者 金순테 사 논 사람으로부터 1金 10,000을 驛前 茶房에서 밧엇다. 謝禮金 條로 그리고 낙시테[낚싯대] 프라스틱 3間짜리 1個를(13,500) 사달라고 햇드니 케히 승락햇다.
古鐵 交換 條件.
100TS 切斷 整理하여 주고 10TS을 선벌해서 壓正材 1:1로 交換.
나머지는 壓正材 1:1.3로 交換.
工場長 決체.

〈1967년 10월 13일 금요일 비〉
慶信浩에게 月 10,000式 支拂한다는 崔 工場
長의 이야기.
내가 보기에는 아무런 한 닐 없시 月收
10,000의 代金을 利川電機로부터 밧어먹는
다는 것은 참말 우서운 이야기다.
한다는 게 나로부터 듯고 난 이야기를 그데
로 報告할 程度.
自己도 良心이 있으면 부끄러을 테다.
저역 데접 萬石精肉店 10,000.
경신호 황영연 이영철.

〈1967년 10월 14일 토요일 晴〉
退勤 後 工場長이 電話로 1,000을 쓰라고 "경
리에서 찻저어" 하기에 鑄造課 幹部들이 4名
無窮花에서 저역을 먹었다.
古鐵 1추럭 出荷.

〈1967년 10월 15일 일요일〉
長安낙씨 主催 낙시大會. 게앙[계양] 水路.

今年 들어 제일 쌀〃한 가을다.
아침 五時 四五分 三和 特急뽀스 4臺가 桂陽
水路(金浦 所在)로 달여갓다. 到着 時間은 正
刻 六時 20分.
推첨[抽籤] 番號가 60番다. 벌써 기후 관
게인지 날씨가 쌀〃한 탓으로 입질이 까다랍
다.
오후 二時에 ㅁㅁ 기로[귀로].

〈1967년 10월 16일 월요일 晴〉
勞組委員長 선거 件으로 밤 七時 會食.

參加者 文益模 金正吉 李永喆 宋永淳 王洪植
尹弼文 郭在根 黃永淵 申仁秀.
場所 꼬리곰탕집.
代委員[代議員] 37名 中 自己 側에 有利한
者을 選定해 본 結果 A級의 20名.
鑄造課에서는 8名 中 4名은 어렵다는 決論.
田土秀, 金宗周, 車漢春, 洪淳國.
以上 4名의 反文益模派.

〈1967년 10월 17일 화요일 晴〉
鑄工場 排球場 完成.
係員 120餘 名의 晝食 休息 時間을 利用해서
雜草가 우거진 工場 앞 休遊地[遊休地]을 運
動場으로 만들엇다.

〈1967년 10월 18일 수요일 晴〉
第一回 工場 競技大會 決勝戰에서 排球는 機
械課 對 電動機課가 백중전을 展開한 끗데
機械課가 勝利.
밤에 香花村 和食집에서 張 會長의 저역을
삿다. 代理級 以上 參加裡에.

〈1967년 10월 19일 목요일 晴〉
勞組委員長 選擧戰에서 文益模 再選.

勞組 代議員 37名 中에서
文益模 22票
金興錫 15票
副委員長 宋영순 19票
黃연夏　　　　18票

〈1967년 10월 20일 금요일 晴〉

〈1992년 12월 4일 금요일 晴〉(11. 11.) (-2°, 10°)
대추밭에 牛糞 堆肥 8자루 搬入. 深夜까지 收
單記錄…金城 집안 것. ○

〈1992년 12월 5일 토요일 晴, 曇〉(11. 12.) (0°, 11°)
四從叔 漢斌 氏 要請으로 淸原郡廳 地積係가
서 金成垈地(宗地) 分割測量 手續했고. 午後
엔 1농장 가서 堆肥作業하기에 流汗 努力…대
추밭. ⊙

〈1992년 12월 6일 일요일 가랑비〉(11. 13.) (9°, 11°)
終日토록 가랑비 오락가락하여 농장行 不能.
收單 作成에 努力했고. ○

〈1992년 12월 7일 월요일 가랑비〉(11. 14.) (10°, 11°)
今日도 終日 비~가랑비, 부슬비. 收單 記錄에
暮日. 主로 伯曾祖父孫. 今日 '大雪'인데 날씨
終日 포근했고. 日暮頃 時間에 住宅銀行 12月
分 賦金. 이제 79回分 拂入. ⊙

〈1992년 12월 8일 화요일 晴〉(11. 15.) (9°, 11°)
井母와 함께 1농장 가서 대추밭 施肥에 努力~
牛糞 堆肥 운반하여 뿌린 것. ○

〈1992년 12월 9일 수요일 曇, 가랑비 조금〉(11. 16.) (2°, 8°)
대추밭에 쇠똥 堆肥 7푸대 搬入하여 나무 밑
에 편 것. 收單用 宗中 호적謄本 4家號분 떼
고. ○

〈1992년 12월 10일 목요일 가랑비〉(11. 17.) (8°, 6°)
날씨 關係로 金溪行 中斷. 同窓會 總務 李斌
模 入院했대서 몇 사람이 道醫療院 갔었으나
忠北大 病院으로 갔대서 虛行했고. 快癒를 빌
뿐. 深夜까지 收單. ⊙

〈1992년 12월 11일 금요일 晴〉(11. 18.) (-5°, 0°)
體育館서 歸路에 道醫療院(608號室) 들러 李
斌模 問病했고.
낮엔 四從叔 漢斌 氏와 함께 金城 가서 宗土
垈地 賣渡分 分割測量[103] 한다기에 終日 떨면
서 參與한 것. 從兄과 再堂姪 魯旭도 왔었고.
⊙

〈1992년 12월 12일 토요일 曇, 晴〉(11. 19.) (-2°, 5°)
永樂會 있어 夫婦 參席하여 '영부페'에서 夬心
會食.
서울 居住 三從弟 弼榮 來訪에 族譜 收單 資料
蒐集에 도움됐기도. ⊙

〈1992년 12월 13일 일요일 가랑비 눈 若干, 曇〉(11. 20.) (-3°, 1°)
終日 바람 차서 추었고. 12時에 勳鐘 氏 子婚
主禮. 15時 半엔 李敏雨(佳左 因緣) 結婚式에
도 主禮[104] 본 것. 낮엔 三從姪 魯福 回甲宴에
도 다녀왔고 - 三處人事로 바빴던것. ⊙

〈1992년 12월 14일 월요일 晴〉(11. 21.) (-6°,

---

103) 원문에는 붉은색 색연필로 점선이 그어져 있다.
104) 원문에는 붉은색 색연필로 밑줄이 그어져 있다.

-2°)

날씨는 終日 맑았으나 終日 氣溫 零下圈. 11時부터 있는 清原郡 三樂會 92年度 監事會 있어 12時 半까지 監査했고. 13時에는 林社長 招請으로 會食에 參席~其의 丈人 義榮 氏 葬禮時 手苦 많았다는 謝禮條. 14時부터는 市廳 會議室에서 있는 投票區 委員長 會議에 參席했고. 日暮頃엔 山南洞 버스 賣票所 가서 徐秉圭 만나 李斌模 入院 中인 消息 알렸고. 歸路에 道醫療院 들러 問病(3次). 밤엔 큰 애비와 電話하여 明日 行事 相議 잘 되고. ⊙

〈1992년 12월 15일 화요일 晴〉(11. 22.) (-7°, 3°)
從兄과 함께 上京하여 東서울서 큰 애비 車로 九老 지나 '파랑새 예식장' 가서 13時에 施行하는 從弟 夢榮의 女息(堂姪女) 結婚式에 主禮 선 것. 行事 잘 마치고 歸清하니 17時 半. 큰 딸도 參席했고. 애비 無事 歸家 確認 電話 큰 애비, 큰 女息한테서 왔고. ⊙

〈1992년 12월 16일 수요일 비, 눈 若干〉(11. 23.) (-2°, 3°)
11時부터 있는 清原郡 三樂會 理事會 있어 參席. 우측 어깨 痛症 있어 沐浴해 봤고.
今夜(19時 40分)도 朴찬종 候補 演說 20分間 感銘깊게 聽取한 것. ⊙

〈1992년 12월 17일 목요일 晴〉(11. 24.) (-2°, 3°)
體育場 歸에 延 老人, 李斌模 問病. 낮엔 清州矯導所 가서 金鍾達 面會~614番. 크럽 同好人.
14時엔 鳳鳴洞事務所 가서 明日 大統領選擧 投票用紙 加印 業務에 日暮頃까지 일 본 것.

今夜도 몇 분의 候補者 演說 聽取했고. ○

〈1992년 12월 18일 금요일 晴〉(11. 25.) (-2°, 4°)
第14代 大統領選擧[105]에 鳳鳴洞 第3投票區 選擧管理委員會 委員長으로서 終日(6時~19時)까지 奉仕 勞力한 것. 投票所는 YWCA. ⊙

〈1992년 12월 19일 토요일 晴〉(11. 26.) (0°, 5°)
새벽 5時 現在 金泳三 候補가 大統領 當選 可能票 數發表~TV報道. 9時 確定[106].
清友會員 一同 리라病院 가서 尹成熙 교장 子弟(2男 기선) 入院 中임이기에 慰安 問病. ○

〈1992년 12월 20일 일요일 曇〉(11. 27.) (2°, 6°)
今朝도 歸路에 醫療院 들러 李斌模 問病. 모처럼 在應스님(次女 姬)한테서 書信 왔기에 答書 發送. 忠南 瑞山郡 海美面 청화寺.
宗孫 澈信(魯錫 子) 서울大 工大 入試次 出發에 '壯元' 엿 사주었고.
16時부터 있는 清友會(親睦會)에 參席하여 決算 報告하고 부페 會食. ⊙

〈1992년 12월 21일 월요일 비 若干〉(11. 28.) (5°, 6°)
'비바헬스타' 廣告 보고 勇敢히 購入~一時金 17萬 원. 洪社長. 地積公社 옆 大林빌딩.
玉山 가서 魯殷 집 除籍謄本 等 4通 떼어 오고 ~譜書 收單用.
밤엔 三從姪 魯殷 오래서 系譜 이야기 2時間 程度 解說했기도. 早朝엔 孫女 惠信에 壯元

---

105) 원문에는 붉은색 색연필로 밑줄이 그어져 있다.
106) 원문에는 붉은색 색연필로 밑줄이 그어져 있다.

다고 웨 한 번 놀려오지 않느냐는 농을 걸어 올 제 移舍한 지 3個月이 넘도록 한 번 訪問 치 않은 게 未安하기만 햇다.

그러나 왯사람 宅을 訪問하지 않는 게 나이 [나의] 타고나 性格이고 보니.

〈1967년 10월 31일 화요일 흐림〉[19]

文益模 黃永淵과 工場 앞 萬石 精肉店에서 고기를 먹엇다. 750.

八時頃 工場[長] 宅을 3人니 訪問.

츠음 가보는 工場長 舍宅은 아담한 半 양옥 집이다. 工場長(崔武弼)은 아즉 들어오지 않 코 나이 五○歲 가량 되여 보이는 婦人 食母 가 案內를 하였다.

안방에 文 氏가 서숩니[서슴지] 않고 더러가 는 품이 여러 번 온 모양이다. 宅內는 机上 하 나 단스 하나 모다 요즘 사들인 會社 所有의 備品들. 아른목[아랫목]에는 主人을 기다리 는 밥 식기에 담요가 텁혀 잇섯다.

장기를 너덧 판 띠고 나니 그제서야 工場長 이 들어왔다.

밤 十一時 四○分까지 이야기를 하다 돌아왓 다.

〈1967년 11월 1일 수요일 흐림〉

故 金福男 鑄工 葬禮式.

스산한 바람 속에 잎이 지고 밟히는 落葉 소 리와 함개 오늘은 벌서 11월 가을이 풍요을 거두어 드리기에 바쁜 농촌니 추수도 막바지 에 들어서고 김장 걱정과 연탄 준비로 가난 한 주부들이 어깨가 무거워지는 달이다.

8日이 立冬으로 겨울이 한 거름 다가스고 23 일 小雪에는 첫눈니 오갯다는 觀象臺의 여보 [예보]이고 보니 올해도 벌써 저무는 기분.

서울 妹氏가 急錢 50,000을 保手로 찾아갓 다. 제법 돈버리를 하는 줄 알엇는데 무엇인 지 제데로 데질을 않는 모양.

車 交通事故 發生으로 急錢니 必要하다니.

〈1967년 11월 5일 일요일 비─晴〉

古棧 水路 釣.

떼 늦게 비가 나리는 아침에 古棧 水路로 낙 시를 갔다. 豫定은 達月 水路이였는데 同行 을 만나 場所를 變更햇다.

늦는 가을 낙씨치고는 제법 잡었다.

밤 八時 집에 돌라와 보니 서울 朴吉鉉 동서 가 妹夫 同伴 下에 기다리고 잇섯다.

올해 漢江工高을 卒業하는 長男 영건 君니 就職 依賴 件.

〈1967년 11월 6일 월요일 흐림〉

古鐵 1.8 : 1의 比로 鑄鐵 交換 件.

會社 資金 事情 上 在庫 古鐵 1.8TS에 機械 鑄鐵 1TS의 比로 交換.

契約 (金順泰 古鐵商).

---

19) 이 내용은 〈7월 30일〉 일기의 다음 장에 〈10월 31 일〉 날짜로 적혀 있다. 적힌 일기 내용 위로 크게 × 표시가 되어 있는데, 삭제 표시로 보인다. 내용으로 보아 〈10월 31일〉의 일기가 맞다고 판단되어 여기 에 입력하였다.

〈1967년 11월 7일 화요일 晴〉

李永喆 氏 長男 結婚 件 假拂 70,000 承認 通告.

〈1967년 11월 8일 수요일 비 0.1℃〉

立冬.

오늘이 벌서 立冬. 겨울철이 잡아다는[접어드는] 첫거름.

날시가 비가 나리니 철 일은 격이다.

밤에 零下로 氣候가 나려감.

德積島로 모리[모래] 購入 次 出張 取消.

氣候 關係.

〈1967년 11월 9일 목요일〉

첫 추이. 零下 3℃.

砂利商 鄭明山 氏와 이작도 行.

午前 九時 一五分 仁川發 西浦里 行 定期船

니 昨日 缺航을 하고 今日은 定時에 떠낫다.

船主은 마치 날씨가 추운 관게도 있지만 婦女子들이 둘어너서 발 디디 놀 틈이 없다.

4時 10分이 걸여서 이작島라는 섬에 到着햇다.

約 50餘 戶 되는 半漁村. 日前에 (섬마을 先生任)이란 映畵를 로캐햇다는 섬.

반찬니 형편없이 입에 맞지 않는다.

鄭 氏의 仲兄 宅에 遊.

〈1967년 11월 10일 금요일 晴〉

이작島에서 도라옴. 最低氣溫 零下 3℃.

바람이 좀 잣다.

배는 一〇時 一〇分 前에 떠낫다.

이 섬에서 가장 많니 나는 魚物은 요즘 굴이 한창이다.

베에 실니우는 굴의 約 30餘 缶(초롱)이나 된다.

船費는 仁川까지 95.

主人宅에 400니 담배을 사주고 바다 낙씨 道具 一式은 膳物.

밧은 것은 도야기[돼지] 다리 1個 卽 5斤

굴 2되

〈1967년 11월 11일 토요일 晴〉

이작島 出張費 1,130 申請.

〈1967년 11월 12일 일요일 晴〉

태풍경보 주이로 하로 종일 집에서 今年 들어 츠음으로 낙시를 못 가고 消日햇다.

〈1967년 11월 13일 월요일〉

塊炭 事情 惡化로 作業 不振.

塊炭 5TS 1車의 計斤 結果 使用 可能 塊炭 2,300kg.

價格

TS 當에 6,500니고 보면 實 塊炭 1TS에 13,000.

炭商 古鐵商은 商道德을 忘却.

〈1967년 11월 14일 화요일 晴 0.3℃〉

火木 一手車 개비 數로 170介.

장장[장작] 一坪에 5,300.

1介에 30꼴.

1993년

금계일기 5

〈앞표지〉

檀紀 4326年 癸酉年

佛紀 2537年 孔夫子 2544年

〈1993년 1월 1일 금요일 晴〉(12. 9.) (-4°, 7°)

어제 왔던 魯弼 家族 가고, 大田 絃 家族도 다녀가고, 陽歷의 93새해. 서울 家族을 비롯 온 家族들 平安을 祈願. 今日 나우 마신 듯. ⊙

〈1993년 1월 4일 월요일 晴〉(12. 12.) (-3°, 6°)

그저께도 어제도 나우 마셨을 것. 日沒頃에 井母 만류에도 1차례 또 마신 것. ⊙

〈1993년 1월 5일 화요일 晴〉(12. 13.) (-5°, 5°)

결국 終日 臥病呻吟. 죽을 것만 같았고. ○

〈1993년 1월 6일 수요일 曇〉(12. 14.) (-3°, 4°)

어제와 同一. 故鄕 四派契에 出席 못해 不安¹⁾했던 것. 夕食에 짠지죽 1공기.

새벽 2시에 牛岩상가APT 붕괴-大事故 났고²⁾.
○

〈1993년 1월 7일 목요일 曇〉(12. 15.) (-2°, 3°)

낮부터 조금 몸 풀리는 듯. 点心에 누룽국 갈랑 한 그릇 겨우 긁어 넣었고. ○

〈1993년 1월 8일 금요일 晴〉(12. 16.) (-3°, 5°)

比較的 요새 日氣 포근한 셈. 点心 약간 뜬 後 当姪 魯錫 집 거쳐 郡農協 들른 後 鳳鳴洞 베드로病院 가서 金영진 院長의 診察 받고 注射 1대 맡고 4日 間 內服藥 지어 받은 것. 切酒(斷酒) 方式의 說話 듣고 기뻐하고 覺悟³⁾하며 歸家했던 것.

모처럼 着手한 譜書 收單記錄에 3從弟 弼榮 家庭 것 記錄 作成에 새벽까지 애먹은 것. ○

〈1993년 1월 9일 토요일 晴〉(12. 17.) (1°, 5°)

食事 正常化. 農協 거쳐 住宅銀行 가서 賦金. 삼미食堂서 宗親 同甲契⁴⁾ 있어 參席 後 福臺洞 가서 族長 秉鐘(大母) 問病했고. 歸路에 李斌模 事務室 잠간 들렀기도. ⊙

〈1993년 1월 10일 일요일 曇〉(12. 18.) (0°, 4°)

새해 들어 모처럼 아침行事 7가지 施行한 것. 沐浴과 理髮까지 하니 새해 새로운 身心된 듯. 크럽 延 老人 집 잠간 다녀와선 族譜 收單 作

---

1) 원문에는 붉은색 색연필로 밑줄이 그어져 있다.
2) 원문에는 붉은색 색연필로 밑줄이 그어져 있다.
3) 원문에는 붉은색 색연필로 밑줄이 그어져 있다.
4) 원문에는 붉은색 색연필로 밑줄이 그어져 있다.

成에 子正이 넘도록 記錄했고.
낮엔 큰 사위(趙泰彙) 성의있게 다녀갔기도.
○

〈1993년 1월 11일 월요일 晴〉(12. 19.) (-3°, 3°)
農村 道路 編入된 宗土祝 關聯 있어서 稅務署,
郡廳의 4個課 들러 要請하는 各種 書類 作成
具備書 提出까지에 거의 終日 걸린 것. ○

〈1993년 1월 12일 화요일 晴〉(12. 20.) (-5°, 3°)
投資信託 가서 俊兄 만나 宗親 辛酉會 通帳 정
리된 것 引受받은 것 現高 435,000 程度. 12時
半부터 있는 永樂會에 夫婦 參席~淸女高 앞
'청록소고기부페'서 一同 會食한 것.
今夜도 如前 徹夜 執務~城村派 族譜 收單 記
錄으로. ○

〈1993년 1월 13일 수요일 晴〉(12. 21.) (-3°, 2°)
간밤에 이어 終日 收單 記錄에 몰두한 것. 日
暮頃에 大橋 건너까지 다녀왔고.
20時頃에 經營學博士 學位 認定論文集 갖고
族弟 宜榮 來訪에 祝賀말 했고. 今夜도 子正
넘도록 記錄과 新聞 通讀. ○

〈1993년 1월 14일 목요일 曇, 가랑눈〉(12. 22.)
(0°, 1°)
16日에 있을 新溪派 宗契 時 說明할 資料 作
成에 終日 노력한 것~淸州 郭氏 世代表. 族譜
用 收單 記錄法 等으로 거의 徹夜. ○

〈1993년 1월 15일 금요일 曇〉(12. 23.) (-2°, -1°)
早朝 歸路에 族叔 漢奎 氏 宅 들러 問病했고,
終日 零下圈. 明日 일 準備로 바빴고. 18日 城

村派 宗契 行事 準備로 今夜도 徹夜 程度 일
본 것. ○

〈1993년 1월 16일 토요일 晴〉(12. 24.) (-7°, -2°)
族叔 漢虹 氏 要請에 依하여 新溪派 宗契에 參
席하여 郭氏 世代와 族譜 發刊史를 밝혀주고
第七刊 大同譜 發刊의 收單 記錄 方法을 說明
하였던 것. 場所는 玉山휴게소 郭魯均 食堂.
○

〈1993년 1월 17일 일요일 曇, 雪〉(12. 25.) (-4°,
3°)
12時 半부터 있는 族弟 辺榮 子婚에 人事~木
花예식장.
오후엔 셋째 夫婦 와서 族譜常識 묻기에 多幸
스러워서 1시간余 일러주었기도.
明日 있을 派宗契 準備 等으로 거의 徹夜 執務
한 터. ※큰 딸 夫婦는 東南亞 旅行 간다고 소
식[5]. ⊙

〈1993년 1월 18일 월요일 가끔눈〉(12. 26.) (-4°,
1°)
漢斌 氏와 함께 故鄕 金溪 가서 城村派 宗契에
參席[6]하여 雜事項 거의 解決된 셈. 宗土 補
償金 內譯, 仝 手續 雜費, 族譜 收單條 等. 有司
佑榮 집에서.
새벽엔 까스렌지 過熱로 주전자 뚜껑 타서 危
險할 地境 면했고…가슴 떨렸고. ⊙

〈1993년 1월 19일 화요일 晴〉(12. 27.) (-8°, -1°)

---

5) 원문에는 붉은색 색연필로 점선이 그어져 있다.
6) 원문에는 붉은색 색연필로 밑줄이 그어져 있다.

젊은 아낙내가 다라이에다 붕어을 담어 놓코
흥정을 하는 손님들의 시달님을 밧고 있다.
300니며는 싼 價格. 고기 一斤값. 낙씨길에
붕어를 사기는 츠음.

〈1967년 11월 27일 월요일 晴〉
今年 들어 감기가 든 지 二週日이 지낫다. 毒
감의 威力은 매우 크다.
나이가 더할수록 몸의 弱해진다. 昨年에만
하여도 감기로 會社를 못 나간 직[적]이 두
번니나 잇고 보면 今年에는 더할 것이다.

〈1967년 11월 28일 화요일 비〉
金在烈 氏 父親 死亡.
夜間에 問喪.
黃永淵 李永喆 3人니 無窮花에서 저역을 나
눔.
宋文煥 氏가 夜食代로 내노은 돈 3,000에서
800 現場에
나머지 700 夕食.

〈1967년 11월 29일 수요일〉
宋文煥 氏로부터 김장 手當 條로 一金 五阡
[五仟] 원을 밧음.

〈1967년 11월 30일 목요일〉
inget case 100TS 入庫.
1TS 當 18,800.
訓貨 700.

〈1967년 12월 1일 금요일〉
三榮으로부터 10,000 入金.

朴貞花 南仁川 女子 應試.
貞順니가 다리고 試驗場에 갓다.
午前 九時부터.
서울 三榮商會에서 Sant Ranmar 밋 Chumpin
Hammar 見積 밧음.

〈1967년 12월 2일 토요일〉
감기로 因해서 하로 休務함.

감기가 심해서 하로 쉬다.
기침이 너무나 심히 나서 도무지 남이 보기
가 미안할 정도.
하로 終日 누워서 지냇다.

〈1967년 12월 3일 일요일 晴〉
하로 終日토록 건넌房에서 몸을 녹였다. 감
기치고 이 번 가치 지독하기는 보기 드물다.
물론 나이가 한 살 한 살 더할사록 신체에서
오는 病에 對한 저항력 관게도 있을 것이다.
午後에 李光義 內外가 訪問.

〈1967년 12월 4일 월요일 晴〉
貞花 南仁川 女子 不合格.
張 會長 日本서 도라옴.

連 3日을 푹 쉬었끈만 아즉도 몸이 완케하지
못하다. 아츰에 택시로 通勤을 하고 몸이 불
편하여 午後에 宋文煥 氏로부터 점심 데접을
밧고 집에 돌아오니 貞花가 南仁川 試驗 結
果 不合格의 통지를 밧고 시무룩해하고 있
다.
집에서 떡을 해서 먹다.

〈1967년 12월 5일 화요일 흐림〉
오늘도 고장[공장]에 들어가든 길로 알약방
에서 노바낑[노바킹][20] 한 병(10錠 入 50)을
사가지고 出勤햇다. 사무실에 들어스니 뻬인
드 냄세가 코를 찌른다. 內部에 페인트칠을
해달라고 총무에 부탁한 지가 二個月 지난
일요일부터 着手해서 오날로서 끗을 맛첫다.
날시가 겨울철치고는 제법 포근한 편니다.
비가 오고 눈이 나리는 고루지 못한 기후다.

〈1967년 12월 6일 수요일〉
張 會長 外國에서 도라온 工場에 나려오자
全員에 기압.
鑄物에서는 現在의 10培은 할 것. 그럿치 않
으면 밥을 못 먹는다나.
全體的으로 꾸지람을 들은 理由는 韓電 納品
變壓器 誤作 件.

〈1967년 12월 7일 목요일〉
요즘 집에서 私藥을 만들어 먹고 있다. 藥의
內容은
피굴 껍질 1자루를 곱게 빠서 수수엿하고 갓
치 타서 먹는다.

〈1967년 12월 8일 금요일〉
2TS爐 操業 失敗.

塊炭을 너무 큰 놈을 쓰니 밋불이 꺼져서 作
業을 失敗햇다.

〈1967년 12월 9일 토요일 晴 零下 14℃.〉
金順泰로부터 30,000 밧음.

日氣가 急히 나려가자 鑄物砂가 얼어붓터서
作業의 不振.

〈1967년 12월 10일 일요일 晴 零下 11℃.〉
하로 終日 집에서 잠을 자다.
午後 四時頃 沈哲元 君니 來訪. 現在 舍宅을
350,000에 팔고 550,000짜리 집을 사기로 契
約을 햇으나 돈이 모지리니 좀 會社에서 假
拂이 않 되느냐고 問議.
밤 八時 直前 盜賊 侵入.
自轉車를 들고 가다가 정순니가 감[고함]을
지르는 바람에 놓코 다라나다.

〈1967년 12월 11일 월요일〉
私藥으로 수수 조총[조청]에다 굴 껍질을 粉
末로 混合 服用 中이다.
설시[설사]가 나서 一旦 服用을 中止.

〈1967년 12월 12일 화요일〉
李光義 君을 現場에서 事務室로 끄려옵니다.
工程係員으로.
金正燁과 韓桂東이와이 仁和[人和] 關係가
極情이 된다.
理由로서는 光義 君니 日 賃給이 좀 놁기[높
기] 떼문니다.
日給 300.

---

20) 당시의 감기약 이름이다.

했고.

今日도 深夜까지 收單 記錄에 時間 가는 줄 몰랐던 것.

※ 主事 堂叔 入祭日이라나. ○

〈1993년 2월 13일 토요일 晴, 曇, 晴〉(正. 22.) (-1°, 7°)

朴壹換 法律事務所 거쳐 淸原郡廳 다녀왔고~土地 特別措置法 內容 把握코저. 豫測보다 難望. 完全 子正까지 收單 記錄. 이제 큰 불은 끈 셈인데 아직 아직 泰山이 가리운 느낌. ○

〈1993년 2월 14일 일요일 晴〉(正. 23.) (-3°, 11°)

봄날 같이 포근했고. 俊兄과 함께 金城 가서 族孫 文在 回甲 잔치 待接받은 것. 歸路에 兩밭 살펴 봤으나 異常 없어 多幸이었고. 큰집도 들렸더니 어제가 從兄 生辰이었다나…그만 깜박.

今夜도 子正이 넘도록 收單 記錄. ○

〈1993년 2월 15일 월요일 晴〉(正. 24.) (-2°, 9°)

아침體育館 歸路에 永雲洞 尹氏 移舍간 집 들러 人事 後 朝食 待接받기도.

낮엔 四從叔 漢斌 氏 집 가서 收單 記錄 內容 說明하고 協調를 當付했고.

海美 있던 在應스님 왔고~朴吉順 와서 深夜토록 情談하는 것. ○

〈1993년 2월 16일 화요일 가끔비〉(正. 25.) (2°, 7°)

10時頃에 가랑비. 点心 後부턴 부슬비 거의 終日 내리는 셈, 解凍 비 잘 오는 비.

국밥 먹으면서 反省 또 反省[12]…生活 反省 또 反省. ○

〈1993년 2월 17일 수요일 雨, 曇〉(正. 26.) (2°, 7°)

族叔 漢虹 氏 要請으로 玉山 다녀온 것~새 里長 魯樽. 部落 자랑 看板 글 相議가 主點. 收單 記錄法, 其他 數個 事項. 今夜도 子正 넘어 1時間余 收單 記錄. ○

〈1993년 2월 18일 목요일 晴〉(正. 27.) (2°, 8°)

今年 最初로 農場 가서 일한 것[13]~대추나무 強剪定…報恩 柳氏의 說明에 依해서.

서울 큰 애 文井洞 아파트 賣渡 關聯 松 名義로 나온 '양도소득세 告知' 件으로 속 썩였고. 在應스님 天安 向發. 모레쯤 上京한다나. ○

〈1993년 2월 19일 금요일 晴〉(正. 28.) (0°, 8°)

서울 文井洞 APT 賣渡 後 讓渡所得稅 關聯으로 稅務署 갔으나 엄청난 稅額 推算設에 경악 失望한 뒤 鳳鳴洞 事務所 들러 松의 住民登錄 事實上과 處地를 全 主事한테 이야기한 結果 手續 節次에 依하여 큰 負擔 없이 완화方法論 듣고 놀란 가슴 가라앉았던 것.

下午 3時 車로 대추밭 가서 어제에 이어 剪枝作業했고~今日은 40株 程度.

서울서 큰 애비 와서 양도所得稅 關聯 解決方法 論하는 것 듣기도. ○

〈1993년 2월 20일 토요일 晴, 가랑비〉(正. 29.) (0°, 9°)

---

12) 원문에는 붉은색 색연필로 밑줄이 그어져 있다.
13) 원문에는 붉은색 색연필로 밑줄이 그어져 있다.

男便니 몸이 불편하며는 구보다도 먼저 에편
내가 먼저 알고서 손을 써야 될 즐로 안다. 그
러나 정순니 어머니는 木石이나 갓다.

〈1967년 12월 19일 화요일 晴〉
날씨가 따스하다.
봄철 갓치 따스한 날씨에 김치가 쉴가 걱정
이다.
몸이 쉬약해서 오날도 工場을 쉬였다.
감기가 나가지 않으니 몸이 쉬약한 탓이겟
지.

〈1967년 12월 20일 수요일 晴〉
夜間 無窮花 食堂에서 吳在夏 次長
　　　　　　　　　　　 權 次長　　}食事
　　　　　　　　　　　 黃 係長

黃 係長 黃永淵니가 어저게 權 次長하고 말
타틈을 햇다고들 떠들석한 아침 出勤時間에
金充河로부터 이야기를 들엇다. 內容인즉 진
난 14日 날 中央情報學校에 黃 係長이 勞組
와 同行핸 事實을 내가 張 會長에게 속이지
않코 그데로 報告을 햇드니 張 會長의 역정
을 햇다나.
요즘 幹部 社員니 견責이 設計 崔淵과 鐵板
裴梁國 2名의 公示됏다.
崔淵은 變壓器 仕樣 不見得으로 因한 損害을
끼첫다는 理由이고 裴梁國은 無斷缺勤을 햇
다나.
權 次長의 黃 係長보고 缺勤 理由 전말서를
내라고 햇다나. 그리하여 黃은 辭表을 내고.

〈1967년 12월 21일 목요일〉
BC灰을 서울 申點得 가지가다. 卜/300.

서울 大元工業 申點得이가 저역에 태포를 삿
다.
오날만은 좀 次元을 높히여서 龍洞 高級 酒
店으로 갈려 햇으나 申點得 타산니 빨라서
고기집에 가서 태포를 햇다.
태포 後 黃永淵 申點得 3名의 수인洞 밤거리
엘 갓다.
AFRAN 기침 알약 복용 시직[시작] 2일쩨.

〈1967년 12월 22일 금요일〉
감기기침藥을 초겨울부터 게속 服用하고 있
으나 아즉도 감기가 나가질 안엇다.
감기기침을 完治하기를 기다리다 못해 부득
히 요즘 新藥 AFRAN을 썻다.
저역에 2錠은 먹꼬 나면 밤세 잠이 오질 않으
니 습관性이 문제다.

〈1967년 12월 23일 토요일〉
申點得 入學金 條로 10,000을 집에 食口에게
傳햇다니 감사하다.

〈1967년 12월 24일 일요일 晴〉
舊正에 놀기 爲해 代勤.

舊正에 놀기 爲해서 工場 全體가 代勤을 햇다.
날씨가 차저서 주물공장에는 鑄砂가 凍結되
여 作業에 支障이 만다.
오날은 딴날과 달라서 殘業은 하지 않고 全
員 正時[定時]에 일손은 놓앗다.

〈1967년 12월 25일 월요일 晴 0.8℃〉

성탄절에는 눈니 날려야 좋타드니 25日 아침부터 나린 눈니 제법 싸여서 말 그데로 white X-mas다.

오날도 하로 終日 건너방에서 뜨뜻한 온돌 위에서 잠을 잣다.

다 늣게 英語 공부를 좀 하겟다고 中學校 一學年用 敎材를 디치기도 하고 金屬學을 工夫하기 爲해서 鑄鐵의 發展 經路을 일엇다[읽었다].

1. 19世紀 佛蘭西의 Cort[22] 氏의 Puddling furnase[furnace]

Bessemer Process

Simen의 平爐.

〈1967년 12월 26일 화요일 晴 0.8℃〉

아침 出勤時間니 요즘 每日 늦어진다. 오날도 아침 8時 10分에 집을 나와 택시로 出勤을 햇다.

工場 內가 零下 4.5℃로 나려간 氣候이라 作業이 잘 않 덴다.

鑄物工이 冬期를 지나기란 몹시도 고통스럽다. 利川電機 Co만 하드라도 鑄物工場을 除하고는 모다 煖房 施設의 되여 있근만 鑄物工場은 別天地다. 따지고 보면 反對로 鑄物工場이 먼저 煖房施設이 되여야 할 판.

〈1967년 12월 27일 수요일 晴 0.8℃〉

李今烈 火傷.

金順道 鎔接工 富平서 結婚.

오날 아침에도 택시로 通勤을 햇내.

내가 기을른지 에편내가 기을러서 조반을 늦게 짓는지 아무레도 에편내가 時間 관염이 없서서다.

저역에 또 싸웟다. 여편내가 도무지 말을 듯지을 않으니 말이다.

貞惠니가 기침을 멋지 못하고 가엽기만 한데 에편내가 모른 체하며 잠만 자니 답〃하고 고질적인 여편내의 태도가 내 신세를 망친다.

〈1967년 12월 28일 목요일 0.12℃〉

경신호 씨가 왔다.

六時 30分 會社을 나온 우리 새 사람은 (경신호 황영연) 경신호가 오랜만에 맛낫으니 送年會나 하지과[하자고] 제의 萬石 고기집으로 들어갓다.

추운 날씨에 무연탄 화로 옆해 자리를 잡고 소고기 三斤을 "시오야기"[23]로 해서 술 四合을 마셧다.

이 얘기 저 얘기를 하다 황영연니가 옆해 있는 친구와 시국담에 의견 대립을 가저와 뜻하지 않는 언젱이 버러젓다.

相對方 젊은니는 보기에 情報 캐동[계통] 사람 갓다.

요즘 말도 조심해야지.

---

22) 연철로(puddling furnace)를 발명한 헨리 코트(Henry Cort)는 영국 출신으로, 저자의 착오로 보인다.

---

23) しおやき. 소금구이

〈1967년 12월 29일 금요일 0.16℃〉
올해 들어 가장 추운 날씨다.
아침에 合乘을 타고 출근길에 바리[발이] 짜
리찌리할 程度로 날씨가 차다.
工場 안에는 온통 흙이 얼어서 鑄型 作業의
도무지 않덴다.
明年度 CaREnDAR[calendar] 産業銀行 것을
하나 會社에서 밧엇다.

〈1967년 12월 30일 토요일〉
鑄 班長級 以上 送年會. 다리 건녀집.[24]
會費 4,650. 班長 全員 班員 全員 黃 係長 李
係長 金正燁 陸驥永(芯取) 李鎭元 整正 李봉

영(鎔解) 金公히(中型) 朴宗遠(小型) 李鐘琴
大型 金春道(電氣爐) 오봉수(鐵鋼) 白南錫
宋金洪.

〈1967년 12월 31일 일요일〉
1967年니 마지말[마지막] 날 日曜日이에도
不拘하고 全員 就業. 舊正라서 休次.
기대리든 年末 給料와 償與金[賞與金]이 한
푼도 나오지 않코 給料 假拂 最高 7,000.
노조에서 給料 受領을 거부.
文益模 申麟秀 李永喆 黃永淵 等이 工場 앞
데포집에서 술을 마셧다.
酒代 800.

---

24) 밑줄은 원문에 표시된 대로이다.

1968년

〈신년소감〉

나이가 40세가 넘으며는 세월의 흐름이 웬일인지 더 빠르기만 하다. 40歲가 어저 아레만 갓튼데 벌서 43歲가 되고 보니 1967년은 빠르기만 햇다.

1968년에는 貞花가 中學校에 진학을 하고 同生 鐘錫니의 結婚을 서두르는 해다. 그리고 나의 건강에 特別히 留意하여 쉬약한 몸을 回復해야 하갯다. 몸의 건강 유지를 위해서는 斷酒을 해야 돼갯다. 그리고 恒常 服用하는 藥을 개으럼 없이 먹어야 돼겟다.

〈1968년 1월 1일 월요일 晴 -12℃〉

鐘錫 同生 맛선 봄.

슬날[설날]이라고 해서 工場의 3日間 休務를 한다. 그러나 웬일인지 슬 기분니 나지를 않는다. 그 理由 신정을 세는 사람이 없기 떼문에. 여느 날과 다름없는 食事에다 아침 九時가 조금 지나서 세수도 않고 조반을 마첫다. 조반 식찬은 平常時와 조금도 다름없이 김치 찌게 한 가지. 날씨는 맑은데 바람결은 차다. 간밤에 나린 눈니 마당에 발자즉을 세겨줄 程度로 깔여 있고 어러서 破斷된 水道꼭찌가 修理을 햇는데도 不完全하다.

웬일인지 氣分니 나지 않는 슬날이다.

하로 종일 건넌방에서 낫잠을 잣다. 요즘 건넌방을 내가 쓰고 안방을 아이들이 쓰고 있다. 理由는 건넌방이 더 따시기 떼문니다.

〈1968년 1월 2일 화요일 晴 0.8℃〉

아침 一〇時 三〇分 서울 行 列車로 厚巖洞 金俊植 副社長 宅을 訪問햇다. 工場 代理級 二下 文益模 尹弼文 金鐘大 申正植 李永喆 崔東洙 裵梁國 金鐘培 秋 敎授 等 課長級으로서는 나 하나뿐. 一人當 200式 醵出해서 金俊植 宅에 800 케-크 一箱子을 삿다. 午後 二時 明倫洞 張 會長 宅에 到着. 하로 終日 接見

한 세배客의 百 名이 넘는다고. 張 會長이 제법 피곤한 기색. 午後 六時 경信浩 李永喆 申正植 4名의 택시로 한진뻐쓰 停留場에 直行 下仁 文化劇場에서 Jungle cat.

〈1968년 1월 3일 수요일 晴 0.4℃〉
집에서 떡(인절미)을 햇다.

아침 一〇時 40分頃 崔武弼 工場{長} 宅에 모이기로 되여 있서 느즈만치 가보니가 벌써 섯다판니 버러젓다.
班長級 以上의 모기기로[모이기로] 되여 있다.
鑄物班長들은 한 사람도 不參햇다.
섯다를 해서 1,000餘 원을 일엇다.
韓明夫 係長의 술에 녹어 떠러젓다.
日誌帳 購入 350에.
{ 커-리 購入 350에.
{ 金福男 未亡人한데 購入.

〈1968년 1월 4일 목요일 晴 0.4~4℃〉
新年 始業日.

3日간니 신정 休暇를 마치고 今日부터 다시 1968年니 첫 作業의 始作햇다.
아침 八時 五分에 工場에 到着.
現場을 돌라보니 各處의 暖房은 제데로 잘 대여 있다.
缺勤者가 不가 2名뿐니고 보면 130名 從業員 (鑄造課) 中 出勤 成績은 最良好함.
鄭周永 氏 停年退職 紀念品 金指環 4돈 12,000.

金正燁이 보고 傳達 指示.
新年 作業 計劃書 作成.

〈1968년 1월 5일 금요일 晴 0.4, 5℃〉
따스한 봄 날씨 갓다.
1968 初吹 3TS cupola.

세해 들어 첫 鎔解 作業.
서을 三永商會에 Air Hammar 다가내 購入 示方 提示 次 出張을 갓다가 中央劇場 (25H)을 求景햇다.
觀覽料 150.
映畵 內容의 1936年 루마니아의 어{느} 農夫가 戰爭으로 因해서 8年間니란 긴 歲月을 온갖 苦초를 당하고 도라와 보니 아해는 戰時에 本意 아닌 第三의 子息을 하나 나았다.
戰時에 유테人니 학테을 當하는 場面과 핫터러[히틀러]의 전성時代의 모습을 역〃히 엿보인다.

〈1968년 1월 6일 토요일 晴 零上 8℃.〉
小寒
散彈銃[霰彈銃] 購入. 16,500.

小寒치고 36年 만에 가장 따스한 氣候라고 觀象臺의 말.
얼어붓엇든 땅이 녹아시[녹아서] 마치 解冬하는 날씨다.
全國的으로 零上 8°라니 이데로 겨울이 갓으면야 얼마나 좋을지.
銳和 散彈銃 購入.
10個月 支拂 條件.

16,500에 白南錫 氏도 갓치 삿다.
利川電機 內에서 13정을 팔엇다니 낙씨펜보
다 銃쟁이가 만은 셈.

〈1968년 1월 7일 일요일 晴 0.4℃〉
山세[산새] 15首.
白石 地區로 "세잡이". 會費 400.

아침 九時 四○分 기다리든 合乘車가 오질
않어 택시을 탓다. 黃 係長 郭永奎 白南錫 4
사람의 白石까지 (350 meter 標示) 500. 郭
永奎가 支給. 태포집에서 한 잔식 마시고 安
東浦 地區 뒷山을 더터서 禁斷[黔丹]에서 국
밥에 태포을 점심으로 먹고 다시 金浦 地區
로 산디짐을 햇다. 잡은 세는 모다 15首. 白
氏는 3首 黃 係長과 郭榮奎는 토기를 各〃 한
마리식 잡엇다.
여니떼 같으면 冬期 休日에는 집에서 하로
終日 낫잠을 잣는데 추운 날씨에도 山 타기
를 하니가 장댕이에 땀이 흐른다.
鐘錫니 結婚 件으로 妻男 되는 사람이 다여
갓다. 新婦 便에서 좋타는 意 表示.

〈1968년 1월 8일 월요일 晴 0.6℃〉
貞花 博文女中에 合格.

同生 結婚 件으로 夜間에 트라블.
內容인즉 約婚 및 費用 關係로.
同生은 좀 富裕하게 計劃이고 나는 나데로
좀 簡素하게 現實에 맛도록 하자고 主張햇
다.
鐘錫 君는 結婚 費用을 總 150,000을 主張하

고 있다.
나의 環境에서는 좀 無理하다.

〈1968년 1월 9일 화요일 晴 0.8℃〉
서울 八寸(兄弟) 乙鉉 君 結婚.
乙鉉니 結婚에 집에 食口와 四寸 元錫 弟가
上京. 아침 九時.
밤 一○時가 넘어서 나려오다.
明浩 君니 혼자서 終日토록 잘 놀다가 저 엄
마가 오기 前에 잠들어 자다.
仁誠女中 入學金 返還을 交涉을 金之河 및
勞組 金正吉 總務에에 依賴햇으나 잘 되는지
疑問.

〈1968년 1월 10일 수요일 晴 0.6℃〉
어머니 속치마 1,460에 購入.
-
요즘 계속해서 補藥을 服用하는 셈이다. 시
골서 어머니가 가지고 오신 꿀 8合을 人蔘에
담어서 먹꼬 또 닭[닭] 한 마리를 삼에다 과
서 먹었다. 그리고 요즘에는 날삼을 그데로
白水에다 고아서 먹고 보니 別다른 效果는
업으나 多少 몸이 좀 부드러워지고 기분니
나아지는 것 같은 감각을 느낀다.
其他 탄[다른] 藥으로는 기침藥 "아후란".
丸藥 성모환은 長期 服用 中.

〈1968년 1월 11일 목요일 晴 0.4℃〉
金鐘敏 君을 鑄板係로부터 新設되는 Smiche
gear[Switch Gear]班으로 部署을 옴기고서
鍛造 尹弼文 代理와 直接 當擔者[擔當者]인
郭在根 代理가 鑄板係 崔東洙 代理에게 이야

기를 햇으나 거절을 當햇다고 電話로 連絡을 해 왔다. 退勤 時 直接 崔東洙을 맛나 이야기를 해본 結果 에매한 對答이나 스궁하는[수긍하는] 눈치.

退勤 길에 文 郭 尹 四名의 工場 앞 肉호집에서 테포을[대포를] 나눔.

〈1968년 1월 12일 금요일 晴〉

朴洞求 氏 來社.

青山 고배기 宗親 朴洞求가 빼-파 販賣 次 來社.

李濟勳 紹介狀을 持參.

晝食 接待 條로 600.

MS班 作業 人員 4名 採用 承認 밧음.

〈1968년 1월 13일 토요일 晴〉

朴貞花 博文女中 入學金 納入 10,700.

永登浦 代理店 朴鐘相이가 점심을 삿다. 食卓에 안자서 朴 工程課長이 츰음 接待를 밧는다고 若干니 야유를 햇다. 內容인즉 기왕 對接[待接]을 맛을 바에는 麥酒를 사라고. 最終에 고기찌게에 더운 밥 거기다가 麥酒을 淸[請]하기 되면 좀 어색햇다. 結局 眞露 燒酒 2合에 끗쳣지마는 朴鐘相이가 좀 깍쟁이 格인 對人 關係로 야유를 햇다고 보는 게 좋을 게다.

朴鐘相 落木 四 車 入庫 保管.

落木 整備賃 條로 1,000을 밧어 李永喆 係長에게 班長들과 저역이나 하라고 주엇다.

〈1968년 1월 14일 일요일 눈보라〉

세 잡이 禁斷 地區 參加者

白南錫 崔武弼 工場(長) 文益模 金正吉 郭在根 黃永淵 郭榮奎

아침 九時 눈 나리는 거리를 고로나[코로나]로 달리기 始作. 仁川橋을 조금 지나지[지나자] spling[spring]이 부러저서 途中 下車. 눈 나리는 大路를 四名이 마치 動亂 時에 흔니 보는 落伍兵처럼 散彈銃을 매고 禁斷 地方으로 行進. 多幸의 市內뽀스가 와서 어른 손을 부비며 車에 올르고 보니 온몸의 눈으로 白雪로 變햇다. 白石에서 4名 郭, 正吉, 白 四名은 安東浦 方面으로 산을 타기 始作. 눈보라가 甚해서 앞히 보이지 않고 입김에 압이마을 듭은[덮은] 눈니 녹아 눈섭에 고드름이 얼어서 視野을 妨害한다.

마치 雪戰을 방불케 햇다. 눈보가가 히모라오는 山과 벌판을 해매서 3時間 만에 禁斷 四街里에 到着. 食事 厚 찝車(工場長 用)가 와서 禁斷里로 들어가 닭을 잡아 食事을 하고 午後 各者[各自] 해여저서 도라옴. "세 한 마리를 잡음."

〈1968년 1월 15일 월요일 晴 零下 15℃〉

今年 들어 두 번제 추운 날씨다.

아침 이불 속에서 이러나기 실은 몸을 갓가스로 이러나 會社 出勤 길이 바뿌다. 세수도 하지 않고 조반을 먹은 듯 맛[만] 듯 合乘 길로 달려가 보니 어젯밤에 나린 눈으로 길이 미끄럽다. 工場에 드러가 보니 鑄物砂가 凍結되여 作業의 不振하다.

散彈銃이 故障이 생겨서 銃砲舍에 갓다가 마 껏다[맡겼다].

〈1968년 1월 16일 화요일 晴〉

1967年 12月分 工員級 給料 支給. 社員까지 는 미처 다 못 줌.

어머니가 시골로 도라 나려가시다.

妻 조가[조카] 金鐘泰와 金鐘敏 君니 古鄕 [故鄕]에 할머니 回甲日의 明日이라고 시골 로 나려가는 길에 어머니가 갓치 同行을 하 셧다.

세벽 四時 三○分頃에 食事를 마치고 慶仙 니도 外家에 간다고 갓치 따라가아갓다.

안식구가 시골 친정에 숙모 回甲에 內衣 一 着을 사보내고 慶仙니 外祖母에게는 上衣 一 着과 下衣 바자마 一着을 사보냇다.

〈1968년 1월 17일 수요일 晴 0.6℃〉

5ton cupora[cupola] 坂川式 構造를 日本에 問議.

日本 坂川式 熱風 cupora 設計를 工務課로부 터 移牒 밧은 後 아무리 生覺하고 略圖을 復 記[復碁]하여 보아도 뚜렷한 爐 合體의 構造 가 머리에 떠오르지 않는다.

不得已 좀 더 相細[詳細]한 內容을 알기 爲하 여 現在 東京 芝浦電氣株式會社 三重工場에 派遣되여 있는 安定濬 氏에게 略圖을 그려서 問議.

釜山浦에 納品한 揚水機 300×350 CMS casing 上部에 漏水되여 劉勳烈이가 夜間 列 車 便으로 急 釜山行.

〈1968년 1월 18일 목요일 晴 0.10℃〉

집에 쌀이 떠러젓다. 안食口는 會社에 十二 月分 給料가 어저개 나온다드니 오날도 틀럿 느야고 反問을 햇다.

해사[회사]가 자금으로 相當히 곤경을 격고 있는 요즘 舊年末 Bonase[bonus] 問제도 極 情이다.

釜山市에 納品한 400×450 CMS 2S Pump가 漏水되여 또다시 말썽이 낫타.

劉勳烈 君니 어제밤에 急히 나려갓는데 뗄 수 있을지.

鎔接.

〈1968년 1월 19일 금요일 晴〉

지난번 추위에 수도물이 얼어터젓다.

施工業者의 소올한[소홀한] 工事로 딱[땅] 속에 못은[묻은] pipe 끝이 어러터진 模樣이 다.

앞마당이 온통 으름판으로 변해서 明浩 꼬마 가 제법 썰매노리을 줄기근[즐기는] 것가지 는 좋으나 추은 날씨라 집에 들어스기만 하 여도 춥다. 올 겨울에는 昨年보다는 그리 추 운 날씨는 아니였다. 내일 모레 大寒 추위만 가면 겨울도 다 간 셈.

暖房用 煉炭 價格의 昨年만 하드라도 경장이 [굉장히] 오른 시기나 今年에는 왜려 나리는 實情이기에 하로 방 三게에 8個~9個式을 使 用하는 탄 갑을 당한 셈이다.

〈1968년 1월 20일 토요일 晴〉

花水食堂에서 590. 夕食代.
韓炯植 文益模 尹弼文 申正植 나 5名의 參席
下에 老壯 貯蓄契의 第一起 草案 着成을 함.

〈1968년 1월 21일 일요일 晴〉
禁斷 地方으로 세 잡이.
아침 따스할 날시다. 겨울치고 더우기 大寒
닌데도 날씨는 차지 않타. 고로나 택시로 白
石까지 갓다.
山세나 들세들의 하도 散彈銃에 단련을 밧어
서 총은 겨누기 무섭에[무섭게] 날라버린다.
웬일인지 오늘은 곤디숀니[컨디션이] 좋치
못하다.
향동까지 午後 3時에 만나기로 햇으나 배가
고파서 어찌할 줄을 모른다.
기침이 다시 나기 始作.
同行者 黃永淵 郭榮奎 白南錫 今週쩨 3번 나
갓다.

〈1968년 1월 22일 월요일 晴〉
서울에 武裝 遊擊隊 31名 出現햇다는 消息을
工場에 出勤하고도 晝食時間에야 알엇다.[1]
報導[報道]된 바에 依하면 모다들 나이가 25
26歲의 靑年들. 以北에서 特殊訓練을 밧고
靑瓦臺을 襲擊하로 나려왓다니 한 民族과 한
겨레의 立場에서 볼 데 限心[寒心]스럽다.
더우기나 31名 中 1名을 生捕 5名은 射殺 當
햇다니 나머지 25名도 時間 問제지 붓잡히는
것마는 털님업는 事實일 게다.

〈1968년 1월 23일 화요일 晴〉
鐘路 警察署長의 暴徒들에게 射殺 當햇다니
놀랄 일이다.
金鮮朝[金新朝]라는 生捕된 者가 記者와이
인터뷰 內容을 들어보면 아애 살가갈[살아
갈] 길은 없으리라고 斷念은 햇겟지만 아무
런 후해를 하지 안겟다고.
더우기 南下 理由를 朴正熙 목아지를 따로
왓다고.

〈1968년 1월 24일 수요일 晴 0.9-1〉
美國艦 프에블로 元山에서 拉芝[拉致] 當
함.[2]

南浸[南侵]한 武裝間諜 31名 中 20名의 모다
붓잡혓다. 其中 一名 金鮮朝는 生捕되여 新
聞記者와 인타뷰까지 햇고 나머지 19名은 모
다 射殺 當햇다는 新聞니 報導다.
生覺할사록 크다란 祖國의 悲劇이다. 한 나
란[나라] 한 民族끼리 무엇시 못마땅해서 서
로 죽이고 흘뜻어야만 되는지 三八線니 나는
[나눈] 悲運니다.
오날 新聞에 보면 暴徒 一名의 民家에 밥을
엇어먹으로 드려갓다가 包圍되여 暴死를 햇
다니 共産思想이 얼마나 무서운지 自己 목음
[목숨]을 초게와 갓치 버리다니.

〈1968년 1월 25일 목요일 晴 0.9~1〉
元山 앞바다의 危氣[危機].

---

1) 1968년 1월 21일 31명의 북한 무장공비가 세검정 고
개까지 침투했던 사건("김신조무장공비사건").

2) 1968년 1월 23일 미국의 군함 푸에블로호가 북한 영
해 인근에서 북한군에 나포된 사건.

朴宗遠 宅에서 사과 一箱子와 찹쌀 대드[대두] 한 말을 가져왔다. 每年 밧는 선물이나 朴 氏로부터 밧는 선물은 너무도 부담이 크다.

給料 支給이 늦저지고 보니 每日 아침에 合乘費을 타가지고 가기가 未安하다.

〈1968년 1월 26일 금요일 晴 0.7~0〉

南下 遊擊隊員 31名 中 23名 射殺 1名 生捕 殘 7名은 明日까지면 完全 掃湯[掃蕩]하갯다는 新聞니 報導.

舊正을 앞두고 집에서 떡을 햇다.

떨쌀[떡쌀] 대두 한 말.

떡 만드는 價格 270.

〈1968년 1월 27일 토요일 晴〉

宋文煥 本社 鑄鋼部長으로부터 金 10,000.

係長級 以上 十二月分 給料을 支給.

老壯契 第二次 發起大會 花水食堂에서 開催.

Radeo Shaip 代金 4,500 支拂.

給料에서 20,000 안식구에게 내여 놋타.

〈1968년 1월 28일 일요일 晴〉

1967年度 賞與金 支給.

Bonase 總 支給額

42,300

稅 5,600

殘 36,700

長期 仮拂 控除 21,000

殘金額 15,700

沈哲元니로부터 學費 假拂金 貸與金 10,000

回收함.

夜間에 서을 大元工業 代表 申點得 氏 牛肉 5斤 膳物로 가지고 옴.

鐘錫니가 10,000 ⎫ 25,000 結婚費 條로 貞

내가 15,000 ⎭ 順 母에 마김[맡김].

〈1968년 1월 29일 월요일 午前 눈 흐림〉

서울 妹氏가 120,000 가지갓다.

午後 二時에 白石 地方으로 散彈銃을 들고 나아갓다.

쌀〃한 날씨에 午後에는 활작 게인 하늘. 아침에 나린 눈발이 음달[응달] 지방에마[에만] 녹지 않코 남어있다.

산세을 좇다 보니 約 3時間을 繼속 步行햇으니가 즉으도 約 12km는 산길을 걸엇갯지.

온몸을 여름철과 같히 땀이 흐른다.

山세 12바리를 잡앗다.

裴吉德 朴其生 들이서[둘이서] 닭 二首을 가지고 왔다.

金德永 牛肉 二斤 술 1병 白花

李斗星 게란 5줄

朴甲誠 Orion 菓子 One Box 게란 8줄

안식구가 밤 二時까지 만두을 비젓다.

〈1968년 1월 30일 화요일〉

舊正.

아침 여느떠나[여느 때나] 다름없시 休日임으로 늦게 늦게 일어낫다. 세수를 하고 마당도 쓰럿다. 슬날이라 해서 무슨 別다른 스캐-줄은 없다. 四寸 從弟 宅에서 10時頃에나 왓다.

모처럼 親척끼리 故鄕에서는 祭事[祭祀]을
모시느라고 各宅에서 한참 바쁠 텐데 仁川에
있는 우리 從兄間에 한자리에서 밥이나 나누
자는 것이다.
날씨는 좀 쌀〃한 편니다. 例年에는 따뜻한
게 음역[음력] 슬인데 今年에는 몹씨도 차다.
午後 一時頃에 仁映에서 春香을 관람햇다.
出演料 1,000,000니 붓토[붙은] 新人 春香 役
의 세미나[홍세미]는 코가 학실이 언쳉이.

⟨1968년 2월 1일 목요일 晴 零下 12℃⟩
白南錫 黃永淵 3名의 金浦 地方으로 세 잡이
를 갓다. 바람이 쌀〃해서 산을 탈 데는 벌로
[별로] 추운 줄을 몸에 느끼질 않는데 平地을
걸을 시는 몹시도 차다. 금단 사거리을 거처
약곡 체 못 간 香洞에서 조금 못 간 村길로 들
어가서 金浦 長陵 地方으로 돌아 午後 五時
江華에서 오는 뽀쓰을 타고 仁川에 到着.
날씨가 午後 五時부터 무척 찹다. 바람도 세
차게 일어난다.
沈哲元 君니 來訪(곳감 한 접).

⟨1968년 2월 2일 금요일 晴 零下 12℃⟩
舊正 休務 四日을 마치고 今日부터 始業하
다.
1/30日字 理事會議에서 鑄造課 人員(人力
監査) 關係를 朴基錫 鑄造課長 直接 參席하
여 說明하라고 決定.
2/6日字 會議에 參加 說明할 수 있는 準備을
서두러야 될 판.
永登浦 代理店長 朴鐘相 氏로부터 貞花 入學
金 扶助費 條로 10,000니 手票을 밧음.

옛 情理을 生覺해서 나를 同情하여 주는 朴
氏가 사람됨이 좀 달러것다.
朴 氏 結婚式에 男子 들로리[들러리]가 바라
나섯지.

⟨1968년 2월 3일 토요일 晴⟩
舊正을 쉬고 나서 날씨가 더 쌀〃하다.
감기가 다시 들럿는지 콧물이 흐르고 기침이
나기 시작하니 今年에는 좀 나아젓다고만 생
각햇든 마른기침의 아직도 如前니 난다.
工場 內에 얼어붓튼 鑄砂가 今日 불일(吹)로
좀 푸러진다.
鑄工場 內의 冬期 最低氣溫니 零下 6~4 로
나려가니 能율은 저하데고 作業人의 손퉁이
온통 터서 그치려진다[거칠어진다].

⟨1968년 2월 4일 일요일 晴⟩
舊正 代勤 鑄會員 就業.

오날의 休一이근만 鑄物係 全員과 木型係員
全體가 代勤을 햇다.
現場을 別로 殘業이 걸리지 않코 正時[定時]
에들 退勤햇으나 管理部만은 2/6 理事會
에 對한 準備次 各種의 對比 統計表 作成에
餘念이 없다. 밤 九時頃에나 갓갓스로 對比
表가 完成.
花水食堂에 들려서 태포를 나누엇다.

⟨1968년 2월 5일 월요일 晴⟩
1月分 給料 支給 遲延.

理事會 準備 書類 作成에 餘念이 없는 昨日.

오날도 發註[發注]된 現 作業量 調查表 作成에 하로 終日토록 工程係員 2名과 記錄工 一名 等 모다 五名의 바쁜 손을 뭄추지 못햇다. 全體的인 完成 書類의 檢討을 밤세 집에서 調整햇다.

66年度 人員 108名 ⎫ 1120TS
67 〃 〃 134名 ⎬ 1479TS
68 〃 〃 128名 ⎭ 1200TS □ 稱

〈1968년 2월 6일 화요일 晴〉

午前 九時부터 本社 理事會 參席.

午前 九時 10分 本社 到着.
벌씨[벌써] 理事會가 始作됏다.
午前 十一時 五〇分 會場에 參席한 나는 若干 가슴이 슬내이며[설레이며] 긴장된 탓으로 證言이 제데로 데지를 않는다.
全體 理事陣으로부터 鑄物이 나쁘다는 攻擊을 밧고 나니 나로서는 더 以上 勇氣가 나지를 않어 完全니 失望햇다.
慶信(浩) 課長에 對한 웨 오질 않느냐는 反問에 경신호가 무엇 하나 善導햇 것이 없다고 反問한즉 對答이 없다.
作業 人員 關係는 250TS/2個月 作業量을 認定 밧고 鑄 100名에 1人 1TS으로 못을 박엇다.
기로[귀로(歸路)] 永登浦 韓一 永登浦 支店에서 金 10,000을 受領함.

〈1968년 2월 7일 수요일 晴 零下 7℃〉

1. 21日 共産軍 31名 南浸[南侵] 事件과 美國의 情報艦(푸에불로 號)가 元山海 附近에서 情報 活動 中 共産軍에게 拉北 等 國際 情勢가 惡化一路에 빠지는 此際에 또다시 배드남[베트남]에서는 배드공들의 舊正 休戰을 爲判[違反]하고 一大 攻擊을 取하여 越南의 各 主重 都市가 九個나 共産軍에게 占領 當햇다니 近間에 國內 情勢도 極히 못한 立場에 처하여것다. 金價가 暴騰하고 民心의 騷亂하다. 板門店에서 美國과 北傀가 直接 會談을 開催하고 있어 國內 與論은 더 惡化. 美國은 南侵한 共産軍니 問제보다도 自己 나라의 81名의 船員니 더 重要하다니 美國을 이데로 밋다가는 큰일 나갯다.

〈1968년 2월 8일 목요일 晴 零下 7℃〉

利川電機 Co에서 40歲~50歲 未滿니 老壯들이 老後 生活對策을 마련하기 爲한 10個年間니 長期 貯蓄契를 組織하기 爲한 契則을 12條로 나누어 着成햇다.

〈1968년 2월 9일 금요일 晴 零下 9℃〉

今年 工場 事業計劃書을 두틈하기[두툼하게] 冊子로 만들어서 이것도 工程課에서 만들기 위해서 경장한[굉장한] 時間을 들려서 공들려 만들었는데 本社로 올니간 事業計劃書가 너무나도 값싸게 評價를 밧엇다.
너무도 苦難햇든 工場長 崔武弼 氏의 人氣가 땅 아레로 떠러지고 말엇다. 그 理由는 마치 方法論 없는 너절한 計劃이라는 評을 밧은 理由는 實踐보다는 말뿐니[말뿐인] 死文書라 酷評을 밧엇다.

〈1968년 2월 10일 토요일 晴 零下 7℃〉

고사떡을 해먹다.
張 會場 來訪. 香花村에서 新年 初 酒宴.

利川電機 工場 課長 以上 參加裡에 香花村에
서 簡素한 酒宴을 배풀엇다. 新年 들어서는
第一回의 酒宴이다. 日本의 解放 前에 利川
電機 (東芝浦)에 在職햇다든 山下라는 사람
과 日比라는 사람의 酒席에 同席햇다. 마치
國境을 넘은 國際 酒席인지 日本人에게 對한
歡迎 酒席으로 마치 解放 前니 日本 天下의
酒席 氣分. 會場을 비롯한 各者[各自]가 모다
日本 노래을 브르는 데는 놀랏다. 張 會場으
로부터 指名 노레을 當한 나는 韓國 노래을
햇다.
酒席에서 이러나 張 會場은 日人 2名과 接待
婦 2名을 車에 실고 오림쁘쓰 호텔로 떠낫다
(日人에 對한 美人計).

〈1968년 2월 11일 일요일 晴 0.9℃〉
日本 川端重工業 來客 關係로 會社에 出勤.

아침 一〇時頃에 工場에 들어서니 工場長 以
下 各 課長들이 모다들 나와 있엇다. 昨夜 水
道꼭찌를 그데로 털어놋고 모다들 退勤한 關
係로 鑄物工場 小型場의 온통 물바다로 변햇
다. 日本 손님들의 工場을 돌아본다기에 臨
出者 八名을 急히 動員시켜서 한쪽으로 얼어
붓튼 어름을 꺼가면서[깨가면서] 물을 푸어
내고 또 한편으로는 마른 흙을 연신 날라다
덥었다.
多幸의 순해[순회] 도중 손님들이 눈에 띠지
는 않었다.

午後 三時 仁映에서 五代 福德房 劇場映畵을
求景햇다.

〈1968년 2월 12일 월요일 晴 0.9℃〉
밤에 땅꽁과 果일을 사다가 家族기리 먹다.

요즘 工場 內 全體에 作業 事情의 惡化一路.
간단한 말로.
일꺼리는 만은데 殘業을 一切 制限하고 鑄造
課로부터 감원 문제가 나돌아 공장장하고 옥
신각신하다가 아침철에 시비까지 버러젓다.
경유가 없어서 비칠[비철] 용혜가 불가하다
고 보고한즉 답〃한 이 양반(공장장)이 말이
위선 급한 공정이 무엇이야고 반문. 내 말이
화김에 꼭 알어야 사주겟느야고 고함을 지르
고 전화를 끈엇다.
온종일 기분니 상햇다. 그레도 工場長이 딱
해서 미안하게 폭언을 햇다고 사과를 햇다.

〈1968년 2월 13일 화요일 晴 0.7℃〉
오늘이 바로 正月 데볼음날[대보름날].
히모라치든 冬將軍도 이제는 그 위력을 느추
기 시작. 오날은 제법 포근하다.
다 늦게 집에 水道 파이프가 얼어서 물이 나
오질 않는다.
시공업자가 엉터리로 파이프를 얏게 뭇은 탓
이갯지.
갯심하기 짝이 없는 施工業者. 도데체가 우
리 한국 業者들치고 제 良心을 가진 者가 그
몇치나 될지.

〈1968년 2월 14일 수요일 晴 0.6℃〉

日本의 (인터날 갸스팅) 鑄物工場의 社長이
라고 하는 長谷川라는 사람(나이가 約 四〇
歲 前後)이 大寒重機 Co의 招請으로 來韓햇
다가 張 會場의 부탁으로 우리 工場의 주물
工場을 見學 次 來社. 大韓重機 Co의 製鋼部
長 朴基善 氏가 제법 鑄物 對한 식견니 널다.
자기 生覺보다는 놀아울[놀라울] 程度로 韓
國에서는 제일 낫다는 우리 鑄物의 評을 햇
다.
朴昌錫 同生의 2/11日 沃川 三성병원에서 능
막염 수술을 밧엇다고 片紙가 왔다.
걱정이다. 하로 속히 完治해야 할 텐데.

〈1968년 2월 15일 목요일 晴〉
沃川 三성病院 同生 病問安.

午後 五時 正刻 釜山行 青龍號로 大田에 7時
到着.
沃川에 8時 20分 到着.
맹장 手術을 無事히 마치고 제법 몸의 回復
된 昌錫니의 모습을 보고 나는 安心을 햇다.
病院에서 어머니와 셋이서 一泊.

〈1968년 2월 16일 금요일 晴〉
石山里 訪問.

沃川 三聖病院에 入院費 10,000 支給.
午前 一〇시 30分 시발택시로 青山 禮谷里까
지 直 退院.
택시費 1,800.
집에서 午後 2時 青山으로 나와 報恩에서 택
시 21,000에 午後 五時 30分頃 石山里 着.

사과 一箱子
파이내풀 3箱子 ⎫ 680
菓子 2個 ⎭
石山里 一泊.

〈1968년 2월 17일 토요일 晴〉
午後 二時 뻐쓰로 尙州로 나왔다.
尙州에서 青龍號로 서울에 到着.
一〇時 30分 永登浦에서 仁川으로.
집에 到着 11時 40分頃.
七個年 만에 妻家宅에 들렷으나 단 하로밤을
세우고 다시 서을로 올라왔다. 떠나올 제 장
母개서 下身마비 病으로 因해 기동이 부자유
하여 울고 게섯다.
祿培가 馬山으로 就職의 되여 떠나간다나.
家財을 一切 整理해가지고 떠나올 제 만나지
도 못하고 馬山에 한 번 나려가갯다고 妻男
宅에게 말만 남겨두고.

〈1968년 2월 18일 일요일 雪〉
午後에 눈니 나리는데 散彈銃을 들고 白石
地方으로 나갓다.
하로 終日 눈니 그치질 않어서 그데로 돌아
왔다.

〈1968년 2월 19일 월요일 晴 0.12〉
요즘 감기 차례가 도라와서 기침이 심히 난
다.
오날의 雨水인데 0.12℃라는 추운 날씨가 되
였다.
李今烈 君니 辭意 表明.
永登浦 삼부주물로 간다고.

鑄 補助 材料 商人
文 氏을 通해서 저역 對接[待接]을 밧음.
劉 氏
李 係長 黃 係長 金종순 係長 參加.
무궁화.

〈1968년 2월 20일 화요일 晴 0.12℃〉
molding Box 木型代 5,000 支給.

本社 理事會에 參加기 爲해서 午前 八時 20
分 韓進 뻐쓰로 出發. 本社 着 午前 九時 30
分.
理事會가 會場[會長] 獨무데다.
工場長은 恒常 뜨디리 맛기만[두들겨 맛기
만] 하니 더욱기 말 한 마디를 못하고 있으니
工場長 崔武弼 氏 能力을 疑問?
cupola의 炭比을 17%로 나리고 鎔解 速度을
3TS/H으로 하기 爲하여
馬山 興安鐵工所에 見學을 가라는 會長 指
示.
도무니[도무지] 理解를 시킬 수가 없다.

〈1968년 2월 21일 수요일 晴〉
夜間 列車로 馬山行.

夜間 15 列車로 釜山 經由 馬山 興安工業 Co
에 炭比 節減 見學 次 出張을 떠낫다.
밤 急行列車가 서울에서 10時 10分. 釜山 到
着이 아침 7時 20分.
交通費 2等 1,520.
午前에 工場長에게 報告을 하고 出張費
20,000을 탓다.

〈1968년 2월 22일 목요일 晴〉
馬山 到着.

午前 七時 20分 釜山 着.
8時 急行 Bus로 馬山. (200)
8時에서 9時 50分 馬山 着.
東亞旅館에서 休息. 500.
安次甲, 安熙聖을 맛남.
午後 5時 釜山으로 도라옴.
釜山 거저[거쳐] 旅館에 留宿함.

〈1968년 2월 23일 금요일 晴〉
本社로 連絡. 午前 8時 40分 鎔解貯가 늦어저
서 좀 늦겟다고.
서을 電話가 불가 2分 만에 通話가 됨.
大新洞 妹氏 宅 訪問. 300.
馬揚洞 姑母 宅 訪問.
相仙니 결혼식 2/27日.
扶助 1,500.
釜山 代理店에서 仁川 工場 金仁鎬 部長과
通話 結果 一次 上仁 後 再次 出張가도록.

〈1968년 2월 24일 토요일〉
午前 7時 20分 서울驛前 着.
工場 到着 10時 10分 前.
旱害 對策用 小型 揚水機 3　CS型 4,000臺
製作.
工程 作成.

〈1968년 2월 25일 일요일 晴〉
富平 地區 揚水場에 納品한 上水道用 250×
3002 CMS Pump 漏水 件으로 現地 出張.

劉勳烈 同伴. 午前 一〇時 20分 現場 到着.
長綾[章陵] 地區 경유 금단[검단] 地方으로
사양[사냥]. 산세 10마리를 잡았다.
허리가 아프다. 웬닐일가.
도무니 끔지그리기가[꿈쩍거리기가] 실타.
金寬道가 아침에 訪問. 지난 일이 잘못을 謝
罪.

〈1968년 2월 26일 월요일 晴〉
第二次 出張. 釜山으로 出發. 午後 10時 10分
發.

요즘 工場에 資金 事情의 惡化로 一月分 給
料가 滯拂되여 오날이 꼭 2月分가 합해서 2
個月 給料가 未拂되였다.
밤 十時 一〇分 發 釜山行 15列車 二等으로
釜山에 나려가다.
二等 旅費 1520.
金泉서 갓가스로 座席을 잡엇다.
에초 三等票을 사가지고 二等 車에 탓다. 車
장에게 付託해서 갓가스로 二等 座席을 金泉
에서 엇엇다.

〈1968년 2월 27일 화요일 晴〉
釜山 姑母任 宅 相仙 妹 結婚式.

아침 七時 二〇分 釜山鎭에 到着.
밤차에 시달니서 驛前 下宿집에서 十一時까
지 잡[잠]을 잣다.
하숙집 새약시가 慰料[慰勞]을 해주엇다.
午前 十一時 45分 東元 禮式場에 到着. 꿰 만
은 內賓들이 분비는 가운데 十二時 40分에

式을 마첫다.
新郎 韓台淳 君은 樂喜化學[럭키화학] 東萊
工場에 勤務하는 디자이너로서 꿰 着實해 보
엿다.
姑母任 宅에서 簡單히 술을 한 잔式 나누고
밤 7時頃에 馬山에 到着햇다.
馬山 中央地區 파초旅館에 짐을 플타[풀다].

〈1968년 2월 28일 수요일 晴〉
馬山 興安工業株式會社 訪問.
興安工業 安熙聖 常務와 連絡해서 于先 鎔解
日字을 問議한 結果 3/2이나 되겟다고.
工場에 訪問해서 油 中子이 Data를 알려 주
엇다.
副職長 金時啓 氏에게.
進一機械工業 朴成夏 課長과 맛나 鑄物 對한
이야기를 햇다.
接待費 2,650.

〈1968년 2월 29일 목요일〉
興安工業社 鎔解日誌 寫本을 만들어 밧음.
Cupola가 3TS가 아니고 5TS으로 判定됨.
Cupola 內巠[內徑] 850
內張[內裝]을 께끗치한 데는 놀랏다.
接待費 3,850
煙草 500
理髮 沐浴
旅館집 아가시가 旅毒을 풀어주다. 1,500.

〈1968년 3월 1일 금요일〉
四寸 結婚日 奎錫
三一節

馬山 市內의 國旗 달기가 어는 地方보다 좋은 것을 알엇다.
집〃마다 旗를 안 단 집이 없다.
旅館집에서 신발이 비끼여서[바뀌어서] 진주까지 가서 박꾸어 신고 도라오다.
統一號로 서울로 올라오다.
밤 十一時에 仁川 到着함.

〈1968년 3월 1일 금요일〉[3]
朴奎錫 四寸弟 結婚.
49回 31節.

馬山에서 鎭海까지 合乘으로 約 25分 잘 다듬언진 道路 周邊에는 新節[新築] 工場들의 雄大하게 基礎을 닥고 있다.
꼬불꼬불 산 하나를 넘으니 바로 鎭海市가 한눈에 내다보인다.
六二五 當時 鎭海에서 身病 敎育을 밧든 먼 옛날이 기억에 떠오른다.
날씨는 完全히 봄. 앞으로 보름만 지나면 벗꽃이 滿發한다니 觀光都市이고 軍港인 鎭海는 제철을 만즌[맞은] 셈.
旅館집 신바람[심부름] 아이가 鎭海 市場의 某 洋銀製品 商店에 들여 바뀌었드[바뀌었던] 신발을 다시 찻다.
統一號로 서울로 11時 45分 仁川 着.

〈1968년 3월 2일 토요일〉
아번님과 새말 姑母夫 來訪.

3) 3월 1일의 일기를, 저자는 2월 일기장 지면 여백에 기록한 바 있으나 3월 일기장에도 새로 기록하였다.

아번님과 간말 아저씨하고 새말 姑母夫를 모시고 오셧다.
점심을 마치고 仁川 市內 公園과 海邊을 두로 도라 珉求 아저씨 宅에서 간말 아저씨는 떠러저시고 아버지와 姑母夫는 집으로 오시다.
給料 支給日. 1月分.

〈1968년 3월 3일 일요일 晴〉
午後 二時 三九分 列車로 永登浦 四寸 敬錫 宅을 訪問햇다.
仁川과 서울 거리는 別로 멀지 않으나 四寸과 서로 自己 집을 지니고 살라온 지가 五年니 넘근마는 아즉끗 四寸는 여러 번 仁川에 다여갓근만 나로서는 한 번도 四寸 宅을 가보지 못햇다.
더욱이 이번에 奎錫 四寸弟가 3月 1日 結婚을 해서 村에서 叔父母과 四寸 妹夫들이 모다들 모여 있섯다.
新道林洞 산마루터에 꿰 자그마하고 아담한 自家을 마련하여 놓코 滋味 있는 生活을 하고 있는 印象을 느꼈다. 밤 九時頃에 叔父母任을 모시고 仁川으로 나려왔다.

〈1968년 3월 4일 월요일 晴〉
아버님 生誕日. 63回.

간밤에 봄비가 제법 만니 나렷다. 겨우내 어러붓텃든 下水道가 녹아나리기 始作. 집안 마당에 가득이 고였든 물은 아침에 하수도로 나려가기 위해서 마당을 팟다.
63回을 맞지하는 아번任의 生誕日이라 이침

[아침]부터 四寸 內外分과 에숙이 어머니가 와서 부엌에서 분지런니 먹을 것을 장만햇다. 서울 明珍니 엄마와 奉子도 왓다. 그러나 서울 忠信洞 큰 同生은 오지 않아서 섭〃햇다.

새말 姑母婦[姑母夫]와 작은 아버지 內外分 큰어머니 等을 모시고 간당히 朝飯을 나누엇다.

〈1968년 3월 5일 화요일 晴〉
아버지와 姑母婦 서울 妹氏 宅으로.

出張 報告 件으로 서울 本社 理事會에 參加하라는 工場長 指示을 밧고 아침 一旦 工場에 들려서 生産計劃表 3月分을 들고 一○時頃 本社에 到着햇다. 十二時 直前 理事會가 끗나고 나자 다음 理事會을 工場에서 開催하니 빨니 다시 工場으로 나려가라는 金仁鎬 理事의 指示을 밧고 그데로 工場으로 裵 課長과 나려왓다.

仁川에 到着 裵 課長에게 晝食 接待를 밧엇다.

밤에 庚鉉니 同生의 結婚 問제로 운[온] 家族의 모인 자리에서 一旦 破하기로 合議를 햇다.

理由는 첫제 新婦 側에서 너무도 얏본다는 點.

〈1968년 3월 6일 수요일 晴〉
富平 펌프場 劉勳烈[4] 熔接 出張.

───────────────
4) 앞의 2월 25일 자 일기에서는 劉勳烈로 적었다.

300×350 CMS ⅡS 補修.

아침에 鑄鋼班責 吳鳳守 君니 忠肥[忠州肥料] 500粍 chuc valve 鑄型 未着 理由을 問議 結果 李永喆 係長이 吳鳳守에게 너무 誠意 없는 作業을 햇다고 失責[叱責]을 하지 吳鳳守 그만두겟다고 야단. 一種의 上司에 對한 反撥을 露骨的으로 터러놋코 옷을 가라입고 事務室에 들어와서 오늘 하로 쉬겟다느야 그만두겟다느니 等 一種의 不快한 態度.

참다못해 當身니 하는 테도는 利川電機 鑄物 工場에서는 통하지 않으니 그만둘랴며는 마음데로 하라고 짤라 말햇다. 黃 係長 李 係長 金春道 等을 다려다가 나의 態度를 確實히 햇다. 첫제 吳鳳守 같은 一種의 正當한 理由 없의 上司에 對한 不服종은 여러 사람을 統率키 爲해 容恕할 수 없다고. 萬若 本人니 잘못을 뉘우치며는 再考!

〈1968년 3월 7일 목요일 晴〉
요즘에 家族의 꼭 12名으로 느려낫다.
시골서 아버지가 올라오시고 工場에 다니든 漸美가 그리고 서울 明珍니 어머니와 명진니 동생 합해서 12名의 大家族이다.
요즘 한참 春吉의 同生의 結婚 件으로 結婚 膳物을 찾저온다 또는 한참 밧바서 날띠든 春吉이가 베란간에 婚因[婚姻]을 않하겟다고. 理由는 다름이 아닌 新婦 側에서 너무도 無理한 例로 반지를 할려며는 금 열 돈중에서 四돈중은 新婦가 新郎에게 주는 膳物로 하라는 等이 마음에 걸닌다고.
結局 破婚을 宣言햇다.

〈1968년 3월 8일 금요일 晴〉
아버지 病患으로 基督病院.

서울서 아버지가 病患니 나셔서 나려오셧다.
理由는 너무도 無理하게 시골 姑母婦를 못시
고 서을 求景을 하신 탓.
作業 中에 工場으로 電話가 걸려와서 집에
띠여 오니 얼골 웬편 쪽의 온통 부어서 귀는
둥〃 부은 체 걱情이다.
기독病院에 가서 診斷 結果 確實한 病勢가
나타나질 않어 좀 더 두고 보아야겟다.
저역에 韓醫를 불러서 治療도 밧엇다.

治療費　基督病院　1,620
　　　　韓醫　　　 300

〈1968년 3월 9일 토요일 晴〉
庚鉉니 婚姻 件으로 트라불. 破婚.
아번任이 病勢別差 無함.

工場에서 돌아와 보니 아버지 病患은 오른
側 뺄[볼]까지 붓기 始作햇다.
답〃한 마음을 달렐 길 없어 고온니[공연히]
貞順니 母에게 화푸리를 햇다.
洋藥의 別로 쉬원치 못하면 漢藥을 쓰드라도
좀 더 속히 서두려야 될 텐데 貞順니 어머니
는 別로 마음을 쓰지 않코 있다.
종석니 결혼 破婚 件으로 新婦 側에서 新婦
母가 來仁. 사위 되는 사람 집에서 시비가 벌
어젓다. 알고 보니 사위 되는 사람은 순 쌍사
람이다. 이는 도저히 말로는 통하지 않는 뺄
쌍놈들. 손혜 베상을 운운하니 말로 되질 않
는 이야기다. 내가 직접 介入한 結果 말로서

彼此 間에 연분니 않니니가 그만두자고 손해
배상을 물 수 없다고 잘라 말햇다.
에숙이 어머니 仲介人니 나쁘다. 순쌍놈에게
혼인을 이야기하다니.

〈1968년 3월 10일 일요일〉
永登浦 李炳玉 三次 結婚. 500 扶助.

午前 十二時 正刻 永登浦 延興式場에서 李炳
玉 氏 三女 結婚式이 있었다. 大韓勞總 創設
當時의 永登浦 各 工場의 勞組 代表들이 이
름은 이젓으나 顔面니 익은 사람들이 만니들
參加햇다.
午後 仁川으로 돌라와서 와룡 양조장 貯水池
에 가 보앗다. 午前에는 2, 3곳의 낚시군니 있
으으나 날씨가 찬 탓인지 한 사람도 눈에 띠
지 않엇다.

〈1968년 3월 11일 월요일 晴〉
坂川式 熱風 cupola 着圖 着.
鑄鋼 造型工 吳鳳守 外 田炳九 辭退함.
理由는 李永喆 係長과 트라불.
仁川市 納 350×300 CMS Ⅱ　下胴體 破損으
로 工場으로 搬入 再鑄 準備.

〈1968년 3월 12일 화요일 晴〉
理事會 工場에서 開催.

理事會가 工場에서 午前 八時부터 始作되였
다.
理事會에 出頭 指示을 밧고 約 二時間 待期
後에 馬山 出張 事項을 報告햇다.

報告 內容

炭比 17%의 節減 理由는 工員들의 愛社心에서 우러나는 마음에서 울러나는 物資의 節約心의 昂揚과 老鍊된 技術.

工場長 崔武弼 氏가 理事會에 證言한 第의 發言을 못마땅하게 生覺하는 模樣.

우리는 놀고 있섯다는 말이야고.

〈1968년 3월 13일 수요일 晴〉

金鎭國 四寸 妹弟 工場 就業 件으로 氣分니 相當히 나쁘다.

內容인즉 昨日에 鑄物工場 整正工으로 採用키로 서로 合議가 庶務와 되엿는데 망상[막상] 아침에 鎭國이 나와 보니 좀 더 기다리라는 庶務이 崔東律 庶務係長이 말로 因해 기분니 상할 데로 상햇다.

崔東律 氏 말에 依하면 前에 金鎭國이가 利川電機 在職 中 精神狀態가 異常해서 권고辭退햇다는 事實을 工場長 崔武弼 氏에게 이야기되여 崔武弼 氏가 別로 나하고 사이가 좋치 못한 便. 나여서 묵쌀을 한 셈.

〈1968년 3월 14일 목요일 晴〉

權 次長과 만나서 金鎭國 就業 件에 對해서 나이 소감을 솔직이 말햇다. 즉 朴基錫니의 人格을 너무도 無視한 處事라고 一種의 抗意[抗議]을 하니 權 次長은 全然 金鎭國이가 내가 介在하여 있다는 內容을 몰으고 있어 즉시 工場長에게 이야기하여 來日부터 나오겟끔 할 테니 마음 상하지 말라고 따뜻한 위로이 말씀.

工場長 崔 氏가 나하고 틀니[틀어진] 內容은

무었일가.

鑄工場 人員 問제.

122名을 148名으로 理事會에 報告되여 理事會 席上에서 參加햇든 朴基錫니가 公文 148名에 捺印한 事實案이 없다고 證言하여 崔氏가 自己의 無能으로 망신을 當햇다.

馬山 出張 報告 社愛心의 强하다. 馬山 工場을 表現한 게 아닌.

〈1968년 3월 15일 금요일 흐림〉

朴鐘錫 同生의 遺書 件.

동생 종석니가 自己의 意志보다도 他意에 依해서 重大한 結婚 件을 破하고 요즘 精神的으로 귀로움이 크다. 내 동생이지마는 좀 모지라는 사람이다. 웨야하면 本人니 決定할 問제를 他意에 依해서 結婚니 破斷되엿다고 보는지 約婚式 4日 前에 고만두겟다고 新婦 側에 通告하여 놓코 그리고 망신을 톡〃히 當하고 심지여 메까지 新婦 側 사람들에개 맛고 아니 이 兄까지 창피을 주고 또다시 사내답치 못하게 新婦 언니 되는 사람을 찾어가서 다시 結婚을 하게 해달라고 에원을 햇다니 家門도 창피도 모루는 鐵面皮. 답〃하다. 너무도 어리석다. 그리고 저역에 좀 나무랫드니 나에개 一種의 遺書을 쓰고 집을 나갓다. 도라오니 或是나 藥을 먹지나 않었는지 잠이 오지를 않는다. 다시 동생에게 타이르고 달래 보아도 말 한 마디 하지를 않는다. 現在 時間 12時인데 別로 몸에 異常한 점은 發見치 못하겟다. 몸두짐을 하고 호주머니마다 다 디지여 봇았다. 하여튼 오날 저역은 要.

경게를 해야 되겟다.

정순니 엄마는 近處이 가가운 藥局을 3군데
나 차저다니며 藥의 販買[販賣] 與否을 調査
햇다. 빨니 來日이 닥처와야 할 텐데 現在까
지 服藥 증세는 없음.

〈1968년 3월 16일 토요일〉

生産性 向上에 對한 表彰狀 受與者
朴基錫 8,000 朴宗遠 4,000
黃永淵 6,000 宋又燮 1,000 沈哲元 5,000
李鎭元 1,000 申正植 3,000

黃永淵과 저여[저녁] 9時 30分頃 新浦洞 복
料理店에서 저역을 나누고 崔武弼 工場{長}
宅을 訪問.

崔 工場長 現 位置가 不安하여 딴데로 가개
될지 모른다고 婦人에개는 미리 이야기를 통
해 노았다고.

理由는 自己의 會社에 對한 信望度 히박.

〈1968년 3월 17일 일요일 晴〉

千葉農場 始釣.
結果 20首 程度.

아침 九時 仁川 發 大明里行 Bus로 香洞 到
着 10時 15分. 鐘錫니는 散彈銃을 들고 맑개
개인 봄 하늘에는 종달세가 지제기며 바람은
西風이 若干 불고 있다. 香洞서 나려서 停留
場 앞해서 畫食用 빵을 7個 삿다.

맨 높은 산흐리[산허리]에는 아즉 殘雪의 若
干씩 녹찌 않은 체 지난번에 나린 봄비를 논
에 갓은 알분[얇은] 물살 위에 살얼음의 十二

時 正午까지도 녹지 않은 날씨다.

낙시터에 到着 11時 10分. 겨우내 가뭄이 개
속으로 웃 水路 옆 웅덩이에는 昨年度 가을
철과 水深이 갓다(一尺 程度). 금연 들어 처
음 던지는 낙시데 끝해 당근 지 五分 만에 찌
가 가늘에[가늘게] 움지기{기}에 당겨 보니
틀님없는 붕어. 크기는 세 치 程度. 세칸 두
칸 반 두 칸 三本을 모다 끄내여 담것다.

午後에는 水路 중턱으로 자리를 옴기여 태반
니 여기서 접엇다. 바람이 불기 始作하기는[5]
아침부터 西風으로 점〃 더 强세로 나다.

午後 0時頃부터는 낙시대가 날려서 물 위에
떠러지고 몸에 추위를 느것다.

鐘錫니가 산세 15首와 부엉세 세기 한 마리
를 잡어가지고 낙시터로 찻저왔다. 떨니는
몸을 참아가며 代用食을 마치고 午後 2時 낙
씨데를 거두엇다.

〈1968년 3월 18일 월요일〉

水道工事 業者의 무성이한 工事로 因해서 松
林洞 丘陵地 一帶 八家口가 多節에 水道 파
이프가 얼어붓어서 물이 나오질 않는 지가
벌써 2個月의 지낫다.

施工業者가 한 번 왔다 갓다는 동내 아낙내
들이 말이다. 도데체가 무성니하고 무책임한
業者들.

---

5) 여기까지의 내용이 17일 자 지면에 적힌 내용이고,
이하 내용은 18일 자 지면에 적혀 있다. 저자는 이를
18일 자 내용과 구분하기 위해서인 듯 지면상에서
한 줄을 떼고 다음 내용을 적었다. 일기 내용이 길어
질 경우, 저자는 다음 장에 계속해서 기록하고 있다.
이러한 경우 전날의 일기는 전날의 내용에 이어서
입력하고, 그 날의 내용은 해당 날짜에 배치하였다.

會社에 가서 仁川市 水道課로 連絡을 햇다.

〈1968년 3월 19일 화요일 晴 13℃〉

今年 들이[들어] 일기가 가장 따스한 날씨다.
13℃까지 올라갓다는 간상대의 보도.
이쯤 대며는 낙씨철로서는 가장 좋은 봄철이
다.
工場에서 나와 李永喆 氏하고 八公可애 들여
서 Oriental 낙시대 2間 半짜리 한 게를 2,750
購入햇다.
償金[賞金] 5,000에서
낙시데갑 2,000
李永喆 2,000 } 4,860
萬石精肉店 酒代 860
殘額 5,000은 鑄友會 入金.

〈1968년 3월 20일 수요일 晴〉

날시가 너무 가문다.
昨年 같으며는 郊外에 나가보면 田畓에 물이
가득한데 今年에는 얏튼 水路에 오이려 昨年
가을철 때만도 물이 있다.
이래도[이대로] 가다가는 今年에도 旱害가
탁처오지 않나 極情이다.
벌서 政府 當局에서는 日本서 小型 揚水機
4,000臺을 購入한다고 新聞에 報導[報道]되
엿다.
에當初에는 國內 生産을 目標로 하여 利川電
機에서도 여기에 對한 各種 資料을 本社에
報告한 바 있다. 그러나 製作其間니 너무나
짤바서 어렵다는 데 意見의 一致을 보앗다.

〈1968년 3월 21일 목요일 晴〉

第二의 錫 盜難事故. 約 3.6kg 2個.

PSB을 만드는 데 必要한 錫가 殘量 17.5kg
에서 또다시 2個 3.6kg이 엇어젓다고 金正燁
君니 報告을 밧고 어어[어이]가 없다. 도데체
가 잘 保管하여 두라고 누누히 注意을 주었
는데 또다시 지난 土曜日에 넣어 두운 자레
에 오날 열어 보니 2個가 엇어젓다는 이야기
다.
어트케 生覺하며는 金正燁 君니 前番에 事故
을 음폐하기 爲한 즉 外部에서 들어온 盜難
事故로 전가하는 셈이지.
일제 脫衣場 디짐[뒤짐]을 헤 본 結果 李喆
秀 君 옷장에서 Cu 切端[切斷] 1個와 Ds 3
Chute도 壹個 나왔다.
李 君을 저역에 불러놓코 차근차근니 審問헤
본 結昊[結果] 다음과 갓다.
昨年 十月頃 早出로 喆秀 君니 午後 十一時
30分頃 會社 後面에 到着하여 보니 警備員
"전양체"가 人力車에다 工場에서 物見[物件]
을 실코 工作殿 側으로 갓다. 工場에 들어가
니 너만 알고 있서 謝禮를 할 테니 이리하여
警備員 李杜憲과 전양체 3人니 十二月頃까
지 4~5回 程度 鑄造課에서 BC材에 손을 뎃
다. 자그마치 3TS은 될 것이라는 推算.
警備員니 도족이고 보면 事故는 게속 날 수
박에.

〈1968년 3월 22일 금요일〉

乾燥爐 作業者 金章石 君니 보로 장갑 5켜레
를 어디서 가지고 왔다. 출처는 事務室박에
없는데 李喆秀가 對質 結果 金章石 君은 딱

자바띤다[잡아뗀다]. 證據가 없다.

犯人은 事務室 內 金正燁 外 韓柱東
夜間 作業者들 } ?

〈1968년 3월 23일 토요일〉

金正燁 君니 1/18日 BC 46.5kg 引受.

第一次 {
2/18頃에 材料 保管室에 入庫
3/5 盜難 事實 發見(金正燁 君)
3/13 나에게 報告
3/14 盜難事故 報告
盜難 重量　30kg
時價 kg當 1,700(50,000)
}

第二次 {
3/16日 材料 保管室에 17.5kg 入庫

3/21 3.5kg 2個 盜難
}

金 君니 疑問點
3/5 發見하고 3/13 報告 理由
3/16日 入庫 3/21 二次 事故의 되늦게 發見
理由
第二次 材料은 金庫에 안 넌 理由는 犯人
을 잡기 爲하여 從前 場所에 노아 두엇다면
3/16에서 6日 後 3/21에 發見햇나.

〈1968년 3월 24일 일요일〉

達月水路 第二回 낙씨 結果 不.

郭榮奎 君과 達月水路로 나아갓다.
9時 南仁川 出發.
目的地 到着 10時.
歸路 午後 3時 蘇來[蘇萊]로 해서 뽀쓰로 돌
아옴.

會費 500 中 朴鐘錫 사양[사냥] 200.

〈1968년 3월 25일 월요일 晴〉

5TS cupola 作圖 지연.

요즘 給料 未拂로 一切 殘業을 拒否하여 正
時[定時]에들 모다 退勤을 한다. 오날도 午後
五時 30分 會社를 나와 長安 낙씨가게에 들
여 黃永淵니 낙씨 1組 5,060어치를 外上으로
엇어주엇다.
나는 빅크 一個 250짜리를 外上으로 가지고
왓다.
집에서 병아리 10匹을 600에 삿다고 아랫묵
에 본 箱子에 정성굿 싸나[싸놓아] 놋다.

〈1968년 3월 26일 화요일〉

2月分 給料 未拂로 殘業 拒否.

崔武弼 工場長으로부터 MS班에 作業의 遲延
되여 全體 工程에 支障을 밧고 있다고. 實地
에 있어서는 素材가 늦은 것도 아닌데 適當
히 우물〃해가지고 殘業을 시키라니 어느 때
는 殘業을 하지 말라고 지금 와서는 殘業을
하라니. 特히 鑄造課하고 鍛造係에게만. 이
러한 內容을 指示하니 勞組에서 決定한 事項
(殘業 拒否)을 나를 利用해서 座折[挫折]시
켜 보겟다는 뱃짱이나 막상 殘業은 命令해도
하지는거영[하기는커녕] 오이려 反撥만 날
게다.

〈1968년 3월 27일 수요일 晴〉

요즘 一切 殘業을 하지 않어서 午後 五時 正

刻에는 모다들 집으로 돌아가 現場의 조용하다.

鑄造課 內도 各種 素材 關係로 경장[굉장히] 밧밧던 時期는 지나가고 요즘은 좀 한가한 편도 아닌 보통이다.

李喆秀 君을 警察에 告訴하는 기 좋겟다는 意見니 絶對的으로 많으나 警備 側에서는 이른 反對 理由는 警備員 3名의 同 事件에 關係햇다니 李 君니 警察에 가서 벌 〃 떨며 다 터러놓으며는 警備員니 第一 困難하겟지.

〈1968년 3월 28일 목요일 晴〉

申點得이로부터 BC粉 一個年間 去來 延期로 2,000 테포갑을 밧다.

Cupola 操業日이나 Blower 故障으로 하로를 늦추었다.
Blower Impeller의 Bulansing[balancing]이 맞지를 않어서 一切 BoDEy[body]를 떳어가지고 工務課로 가기고 가서 修理를 햇다.
申點得 來社하여 태포갑 2,000을 내놋고 갓다.
glas lod[glass rod] 2間 1個 2,250.
羅基泰 君 낚시 道具 3,250 外上 購入.

〈1968년 3월 29일 금요일 비〉

2月分 給料 支給　　　　午後 六時頃
　　　　　　　　　　　午後 八時 社員級

기다리든 봄비가 나리기 始作.
제법 下水道口의 뻘물이 흘르는 위세가 크다.

올 덜은 츠음 나리는 해동비 겸 農作物에게는 단비다.

기다리든 2月分 給料도 今日에 준다고. 工員級은 午後 5時부터 8時 사이. 準社員級은 8時부터 준다나.

저역에 退社 길에 비가 나려서 會社 買占에서 雨傘 1個 1,720에 삿다.

〈1968년 3월 30일 토요일 晴〉

退勤 길에 設計 羅基台가 낙씨대를 外商으로 엇어달라기에 長安에까지 갓치 나갓다.

낙씨店 主人니 利川電機는 너머도 長期間을 돈을 잘 않 내기 태문에 앞으로 2個月間에 完納하는 條件니 않니며는 外商을 놀 수 엄다나.

두 사람이 黃永淵 羅基台가 今年 들어 外商 去來를 햇다.

gulas lod (olental[oriental]) 낙씨대 2間 2,250 購入.
申點得이로부터 2,000을 밧음.

〈1968년 3월 31일 일요일〉

永宗島로 낚시를 갓다.

세벽 5時 30分 택시로 朝機[早期] 埠頭에 到着햇다.

벌써 20餘 名의 낙씨人들의 배 앞에서 우을거렷다[우글거렸다]. 約 35名 程度가 發動船 1臺를 傳貫로 하여 江華 岡團 水路로 가기로 되여 있으나 氣候 事情과 船長의 서툰 탓으로 永宗 뒷뻘[뒷 뻘]에다 배를 걸엇다.

우리들 13名은 조고만 뎀마[6]에 봄[몸]을 실고 永宗島까지 第一次로 것너가 다시 배를 하나 보내 주었다.

13名의 1人當 150式 내가지고 뽀쓰를 代切[貸切]하여 낙씨터 4H 貯水池까지 갓다.

結果 不良.

〈1968년 4월 1일 월요일 晴〉

金俊植 副社長의 訓示에 爲[依]하며는 將次 同業體 永登浦의 韓永工業社가 利川電氣의 强 同業 競爭業體로 나타낫다는 이야기.

第一 利川電氣 技術者를 빼아길 念慮가 크다.

第二 政府의 뒷바침의 크다.

第三 美國 Wstone House[Westinghouse]하고 技術 提携를 햇다.

〈1968년 4월 2일 화요일 晴〉

理事會가 工場에서 열리다.

아침 八時 30分頃 張 會場의 現場 순시 中 鑄物工場에서 2名의 工具니 煙草를 물고 있다가 張 會場에게 摘發되여 말생[말썽]이 셍겻다.

理事會 決定에 爲하면 各 2名에 對하여 減俸 處分을 하라는 것.

요즘 잔득이나 일꾼들의 동태가 흔들리는 판국에 담베 좀 물고서 일을 햇다고 해서 當場 解雇을 시키라니 고함을 지르고 아침부터 떠드는 바람에 웬종일 기분만 상해여 生産에

보템은 거영 損害을 보앗다.

〈1968년 4월 3일 수요일 晴〉

大學校 出身者 14名 集團 缺勤.

조기철의 되며는 으레 利川電機의 資金 事情의 惡化되여 給料가 제데로 나오질 않어서 從業員 個″人은 勿論 各 去來處의 商人들도 七 八個月間式이나 밧지 못한 納品價額을 밧지 못하여 苦心을 한다는 이야기가 1960年부터 今年에까지 持續되는 셈이다.

거기다 學工 社員 14名의 待遇 改善을 主張하여 오날 全員니 缺勤을 햇다나.

이레 되고 보면 會社 側에서는 울며서 겨자 먹는 格.

〈1968년 4월 4일 목요일 晴〉

貞花 入學 手續金 11,400 인서여중 納을 貞花가 博文中學校로 二次 試驗에 合格되여 옴기는 바람에 미처 첵갑도 제데로 밧지를 못하고 고시라니 때기 될 판나라 工場 社員 金充河 氏를 통헤서 다문 얼마라도 타기 爲해서 交涉을 附託[付託]햇다.

3月 1日字에 밧어 주겟다는 金充河 氏의 말을 밋고서 꼭 한 달이 기다려서 3月 初에 도장까지 주어서 가보도록 햇으나 좀 더 두고 보자는 金充河 氏의 말에 그데로 밋고 있엇으나 오날 勞組 金 總務 金正吉 氏를 통해서 直接 인성女中에 가본 結果 아버지 도장으로 이미 돈을 찾어간 지가 오레 데였다고.

金充河가 찾저 갓을가.

---

6) てんません(伝馬船)의 준말.

〈1968년 4월 5일 금요일 晴〉
淸明. 植木日.
3月分 給料 半額 支給.

유창한 봄 날씨다.
植木日이라 公務員들은 休務.
利川電機 東口體務 工場 就業?
1.5TS cupola 大補修.
金洛永 金基甲 煉[陳] 左張 徹夜.

〈1968년 4월 6일 토요일 晴〉
理髮을 밤 九時頃에 마첫다.
다시 市內로 나갓다.
八公可에서 낙씨에 必要한 미기[미끼]를 삿
다.
밤거리를 해매다가 某처에서 쉬여 왔다.

〈1968년 4월 7일 일요일 晴〉
千葉農場으로 낙씨 結果 良.

아침 七時 15分頃 東仁川 驛前에서 택시을
데절 천엽농장까지 900에 작정햇다.
낙씨터에 到着하니 벌서 4, 5名의 낙씨를 당
그고들 있다.
씨알이 잘아서 좀 흠이지 나오기내[나오기
는] 제법 나온다.
約 150首 햇다.
同行者 郭榮奎 黃永淵 羅基台 李세호
기로 택시가 故障낫다.

〈1968년 4월 8일 월요일 비〉
봄비가 나린다.

기데렷던 봄비가 나리기 始作햇다. 밤에도
제법 나리드니 오닐도 내속델[계속될] 것만
갓다.
좀 더 줄기차개 내려 주었으면 하는데 봄비
라서 그런지 신통치가 못하다.
이번 비를 이용해서 봄 씨앗을 너어야 될 줄
로 않은데[아는데] 비가 모지란다.
崔 工場長의 理事會 提出 書類 떼문에 餘念
의 없다.
34-4P 計劃品 200~210台 計 400台에 對한
經偉書[經緯書]을 다시 써오라니 미친 친구
미친 소리 하는 격이지. 먼저 써준 書類는 어
데다 갓다 두고 다시 써오라니 말도 안 덴다.

〈1968년 4월 9일 화요일 흐림〉
요즘 各 工場에서 賃金 引上의 시비가 버러
지고 있다. 韓國機械가 100%의 引上을 내걸
고 重工業의 40% 利川電機가 50% 引上을
내걸로[내걸고] 企業主와 맛스고 있다.
今日 本社에서 勞使協議會가 열니는 중이나
內容은 引上 件. 張 會長은 노조 代表와 맛나
지 않겟다고 벗디는[버티는] 모양.
金仁鎬 理事와 車中에서 退勤 길에 맛낫다.
驛前 테포집에서 테포를 나누고 해여젓다.

〈1968년 4월 10일 수요일 晴〉
金充河라는 사람 生覺할사록 궷심하다.
貞花 入學金 返還 件으로 自己 三寸니 仁誠
女中에 敎會를 통해서 役員니라기에 貞花가
博文校에 第二次 試驗에 合格의 되여 旣 納
入햇든 入學金을 返濟하기 爲해 付託을 햇드
니 이 놈 金充河가 벌써 돈을 찾저 갓다고 하

는데 시침이를 떼고 있으니 참으로 나쁜 사람이다.

勞組 金 總務가 今日 本社에 들여서 金充河에게 물어본 結果 4,300 冊값맛 밧엇다고 나에게 이야기하라고. 더우기 나에게는 제발 비밀을 지켜달라고 하드라니 한심하다.

〈1968년 4월 11일 목요일 晴〉

張 會長의 來社하엿다.

第一 理由는 學工 出身者 14名의 待遇 改善을 主張하고 모다들 마음이 들떠 있어서 直接 撫摺[撫摩]시키기 爲함이요.

그 다음으로는 土聯 關係 揚水機 31台에 對한 現場 實務者와의 工程 指示 밋 安協 次.

金仁鎬 氏의 人間的인 박력이 부럽다. 즉 勞使間 爭議에 누구도 이야기할 사람이 없으니 自己가 直接 張 會長을 맛나서 이야기하겟다니 理事로서 뱃장이 있는 사람.

〈1968년 4월 12일 금요일 晴〉

入學金 中에서 4,300 引受(仁誠).

勞使 協議會가 工場에서 열니다.

急增한 土聯 納品 揚水機 31台 7月 末까지 納期를 앞두고 어는 데보다도[어느 때보다도] 바뿐 其間니다.

賃金 引上을 내걸고 있는 勞動組合 側에서도 좀 생기를 찾은 셈이다.

當初에 主張은 定期 昇給이라서 4月부터 無條件 引上을 主張햇으나 會社 資金 事情의 어느 떼보다도 惡化한데다가 受註高[受注高]가 全然 없는 形態라서 무처[무척] 極情들을 하였는데.

作業量의 急極 增加하여 活氣를 찾은 셈.

〈1968년 4월 13일 토요일 晴〉

李永喆 氏가 바보 같은 사람이라고 비웃는 사람도 있을지 모른다.

그러나 그 사람 같이 착실하고 두내[두뇌]가 좋은 사람도 드물다.

大 利川電機에 鑄物 副係長이라는 사람이 일 자무식이라고 해서 흥 될 것은 조금도 없다.

혹시 비웃는 자가 있다면 그 사람들은 다름 이닌[아닌] 大學 出身者들일 개다.

〈1968년 4월 14일 일요일 晴〉

연히동 저수지로 낙씨를 갓다.

아침 六時 30分 東仁川驛에서 郭榮奎 羅基台 等 3名의 연히동까지 400에 택시로 나아갓다.

물이 너무도 맑가서 고기가 노는 게 다 보여서 잘 물지를 않는다.

30首 程度.

〈1968년 4월 15일 월요일 晴〉

崔武弼 工場長이라는 사람은 참으로 나 같히 부족한 사람이다.

生産 打合會가 아침 九時 30分에 始作햇는데 午後 一時 5分까지 무려 4時間을 現場 課長급을 몰아다 놓코 기중한 時間을 허비하니 簡單니 할 수 있는 問題도 으레 1分니면 될 일을 보통 5分은 끈다. 심지어 各 課長들의 속으로는 제발 빨니 끝나면 하는 생각들

뿐. 답〃하다.

〈1968년 4월 16일 화요일 晴〉
어저게 밤에 올라왓다가 술이 취해서 깨여
보니 永登浦 驛前에 旅館집. 1,000에 색씨까
지 한 사람 주기로 約束이 되엿다는 것을 새
벽에 술이 깨서 알엇다.
鄭鳳龍 氏는 直時로 돌아간 模樣이다.
아침 五時에 仁川으로 나려왓다.
집에 잠시 들엿다가 會社로 直接 나아갓다.
朴永達 氏 來訪.
退職金 關係로.

〈1968년 4월 17일 수요일 晴〉
午後 5時 45分 張 會長任니 土聯 會長을 同
伴 下해 來社. 하나하나 自己 손수 說明을 하
며 土聯 會長을 案內하며 나아갓다.
輸入鐵 TS當 19,500 入 金順泰.
黃永淵 無斷 缺勤.

〈1968년 4월 18일 목요일 晴〉
土聯 31台 揚水機 工程 完. 3時까지. 各 部署
別로 當番制를 實施하라는 指示.
順位는 鑄造課에서는
朴基錫
李永喆
申正植
黃永淵

〈1968년 4월 19일 금요일 晴〉
趙石峯 結婚. 1,000 祝金.

午前 十一時 正刻에 서울 鐘路禮式場 本館
一청에서 永登浦 下宿生活 當時 사귀었든 下
宿집 主人 아들의 結婚을 햇다.
朴鐘錫 예비훈련 가다.

〈1968년 4월 20일 토요일 晴〉
3月分 社員急 殘額 支給.

契돈 46,000을 引受.
利子額 9,000.
黃永淵니가 묵근 100,000 契金 5,7000 支給.

〈1968년 4월 21일 일요일 晴〉
午前 六時 正刻 江華 가는 뽀쓰를 利用하여
장능 저수지를 찾저갓다.
피래미가 많어서 別로 滋味를 보지를 못햇으
나 간반데[1칸 반 대]에 떡밥으로 잉어 約 一
尺짜리를 걸어서 갓세가지[물가까지] 다 끄
내다가 그만 낙씨가 떠러저서 놋처버렷다.
羅基台
郭榮奎
조근한(試驗場)

〈1968년 4월 22일 월요일 晴〉
黃永淵니가 오날도 나오지를 않엇다. 권익투
쟁을 하는 모양.
이명우는 모든 것이 다 해켤이 되였다고 黃
을 만나그든 傳해 달라니 도무지 알고도 모
를 일이다.
김순레로부터 5,000 밧음.

〈1968년 4월 23일 화요일 晴〉

裏服[衣服]이 없어서 단벌로 지나는 요즘.
市장에서 잠바 1着 1,900에 購入햇다.

〈1968년 4월 24일 수요일〉
黃永淵니가 요즘에는 좀 마음의 풀렷는지.
도무지 같히 있는 지가 4個年이나 되지마는
마음을 알 수 없다.
假拂 申請을 같히들 햇는데 누구누구는 데고
黃은 않 데서 기분니 상한 탓이겟지마는 그
후로 直時 또 本社에서 決濟가 낫다니 다 댄
샘.
가불   25萬 원 2名
            20萬 원 黃永淵

〈1968년 4월 25일 목요일〉
담베를 끈다.

요즘 몸의 불편하고 가슴이 쓰려서 담베를
끝키로 마음다짐을 한 지가 오날의 꼭 3日제
되는 날.
別로 苦痛스럽지 않케 3日을 차마 왔으나 앞
으로 決心의 疑問?

〈1968년 4월 26일 금요일〉
博文女中高에 다니는 정순 정화 두 아이가
다갗이 今日 松島로 逍風을 간다고 아침부터
들던[들뜬] 기분.

〈1968년 4월 27일 토요일〉
午前 一〇時 30分 工場에서 早退 三山島 魚
留亭 방죽으로 낙시를 갓다.
午前 十二時 30分 교동 가는 베를 탓다. 仁川

에서 모다들 14名. 其中에 約 3名은 初行者이
며 半數는 모다들 갓다 온 사람들.
밤 十二時가 지나서 붕어 1匹일 잡고 4時에
는 견되다 못해 밥집에 들어가서 約 1時間 半
을 잣다.
別로 滋味를 못 봄.

〈1968년 4월 28일 일요일〉
朴明浩 自轉車 1,100 購入.
三山島 魚留亭 낙시. 14名.

午後 2時 교동발 仁川行 船舶으로 돌아왓다.
船室에서 모다들 고단한 탓인지 쓰러저 잠이
들엇다.
約 2時間을 쉬고 나니 몸이 좀 풀린다.
仁川 到着의 六時 15分.
7寸 2首.

〈1968년 4월 29일 월요일〉
當直 차례라서 10時 10分 工場을 나와서 택
시로 집에까지 돌라왓다.
오레간만에 고기집에서 張世瑃과 같이 고기
를 지저서 밥을 먹엇다.
牛肉 1斤
되야지 0.5斤   500
食事 2人

萬石精肉店

〈1968년 4월 30일 화요일 晴〉
金仁鎬 理事로부터 今般 土聯 關係 難工程
運行을 圓滿히 推進하기 爲하여 濁酒 代金

條로 30,000을 밧엇다.

고마운 일이다. 內容은 以上과 같이 推想할 수 있겟지.

집에 食口에게 于先 保管하고 있으라고 이야기를 햇다.

〈1968년 5월 1일 수요일 晴〉

벌서 勳風[薰風]이 감도는 五月 初日이고 보니 今年에도 一四半期을 消日한 셈.

給料 引上 件으로 會社 側과 勞組 側이 서로들 뺏테고 있는 實情.

〈1968년 5월 2일 목요일 晴〉

밤 七時에 와룡 양조장 貯水池로 밤낙씨를 나갓다가 한 마리도 집지를[잡지를] 못하고 十一時에 집으로 돌아왔다.

〈1968년 5월 3일 금요일 晴〉

工場에서 勞使協議會 열니다.

賃金 引上 %

會社 側에서　　　10% 張 會長

　　　　　　　　　15% 李 常務

　　　　　　　　　25% 徐 감사

3人니 모다 달은[다른] 말 하니 最少 20% 線은 可能하다는 結論.

〈1968년 5월 4일 토요일 晴〉

萬和鑄物 朱 社長의 新設 工場 Cupola에 여러 가지 tatin을 提供하여 주었다고 밤에 龍洞에서 술을 삿다.

同席者

曺喜昇

鄭河奎

裵壽德 曹正夫 來社.

닭 一匹 술 壹瓶 持參.

〈1968년 5월 5일 일요일 晴〉

古棧농장 저수지 낙씨행.

別다른 滋味를 보지 못함.

裵壽德 趙正夫 來訪.

〈1968년 5월 6일 월요일 晴〉

밤에 長安驛 劇場에서 林巨正 映畵을 보앗다.

〈1968년 5월 7일 화요일〉

4月分 給料도 늦어지고 있다.

3月에 탄 契돈 中 李奎鎬와 趙福奎 兩人으로부터 9,000니 契金은 아즉 못 밧고 있다.

사람 나름이지마는 일단 工場을 떠나고 보면 데체로 모다들 심이 흐리다. 조복큐[조복규]라는 者는 여러 분[여러 번] 督促을 人便으로 해서야 찻저올 形便.

〈1968년 5월 8일 수요일〉

工場 事務室 內에서 盜難 當한 錫塊 31.9kg에 對한 本社 公文 指示에 依하여 아래와 갓튼 回信.

31.9kg 金額 62,205

鑄造課에서 辨償시킬 것

警備員에게는 조금도 벌을 주지 않었는데 庶務에서 報告을 어터케 하였는지가 窮禁.

〈1968년 5월 9일 목요일〉

1967年度 休暇手當 支給.
BC炭 600卜 kg當/ 93에 서울 申點得에 賣渡.

申點得이가 砲金 溶滓을 kg當 93에 사아가지
고 갓다.
會社에 바치는 金額은 58니고 보니 TS當 勞
組에서 利得은 35,000.
月平均 70,000니 勞組의 收入金.
申點得이로부터 3,000 밧음.
梧鐘路 吉子 母(四寸 누님) 來訪.

⟨1968년 5월 10일 금요일 맑음⟩
午前 10時 前에 서울 永登浦 木型工場에 鄭
氏에게 其間에 未納된 各種 木型을 督促코저
出張을 갓다.
12時가 되여 補身湯 對接을 밧고 永登浦 市
內에서 古鐵 收集 商人 申 氏을 위연니[우연
히] 만나 茶房에 들려서 여러 가지 이야기를
나누엇다. 돌아오는 길에 合乘費로 1,000을
밧앗다.
午後 三時 前에 仁川에 到着. 文化劇場에서
放浪의 劍客을 觀覽하고 長安낙씨에서 크라
스롯트데 1間 半 1個 1.25間 1個 購入.

⟨1968년 5월 11일 토요일⟩
黃永淵 郭榮奎 羅基台 等 4名의 東仁川에서
午後 六時 20分 Carana tax[Corona Taxi]로
物旺里池로 낙씨를 떠낫다.
가뭄 탓으로 물은 만니 빠젓다.
夜間에 10時 30分까지 해보앗으나 도무지 되
질 않는다. 아즉 밤낙씨는 이른 셈이다.
主人 宅 金 氏가 보이질 않키에 물어보았드

니 昨年 3月에 別世햇다는 이야기다. 젊은 婦
人니 혼자 살아가기가 苦生이 돼갯다고 위료
를 해주엇다.
아즉 나이가 38歲의 절은니고[젊은이고] 보
니 견되게 힘든 과부.

⟨1968년 5월 12일 일요일⟩
物旺里 낙씨터에서 午後 七時頃에 집에 돌아
와 보니 貞順 母가 서울에서 돌아오지 않았
다.
밤세 明浩란 놈이 엄마를 기다리다가 고이
잠들어 잣다.
비. 비가 기다려지나. 오날도 이슬비가 나리
다 말고 또다시 비는 멀리 갓다.

⟨1968년 5월 13일 월요일 晴⟩
가뭄이 게속.
비가 몹시 기다려진다.
1962年에 旱災로 많은 被害을 잆은 지가 어
제 아레 갓튼데 今年에도 이런 상태가 지속
될 우려가 다분니 크다.
氣候도 異常하다. 아침에는 九度가지 나려간
기온니 24 까지 올라가니.
貞順 母가 서울서 돌아오지 않아 十二時에
집에 돌아와 보니 에숙이 엄마가(四寸 妹)가
아이들과 晝食을 하고 있다.
午後 三時頃에 貞順 母가 서울서 돌아왓다.

⟨1968년 5월 14일 화요일 晴⟩
家庭 醫方 扁鵲 溫突法器 購入.

오날부터 溫突을 實施함.

〈1968년 5월 15일 수요일〉
4月分 給料 支給함.

勞組와 會社가 서로들 賃金 引上에 打合을
이루지 못하고 勞組에서는 20% 引上을 4月
부터 施行할 경우 會社 側에 양보할 수 있으
나 끝까지 會社 側에서 5月부터 引上 20%를
主張하는 경우 30% 引上을 決意하고 爭議를
通告햇다니 勞組 側의 爭議 內容이 너무도
무개가 없다.

〈1968년 5월 16일 목요일〉
現在 우리들의 壹個月 生活費가 約 45,000式
드러가는 샘이다.
그 內容은
各種 契 入金   17,000
各種 學費(平均)   7,000
食糧費(壹叺 半)   7,000
其他 雜費   10,000

〈1968년 5월 17일 금요일〉
가뭄이 너무도 持續된다.
農家에 못짜리가 말라 타는 가뭄.
40餘 年에 츠음 보는 가뭄이라고.
各 發電所에 물이 없어 發電量 감소로 因하
여 電力의 統制을 밧고 있는 業體가 만타.
우리 工場도(利川電機) 明 18日 쉬고 日曜日
19日에 就業을 하기로 公示를 햇다.

〈1968년 5월 18일 토요일 비〉
古棧 낙씨. (農場 안에서)

세벽 5時 막 出發하려는 古棧行 車를 탓다.
黃永淵(鑄鋼係長)이 나와서 나를 기다리고
있다.
正刻에 車가 떠낫다.
農場 안에 到着해 보니 비가 나리기 始作햇
다.
못처럼의 조용한 낙씨日이다.
日曜日 같으며는 자리를 엇기가 힘들 程度이
나 今日은 도통 낙시 손님의 10餘 名 程度다.
別로 滋味를 보지 못하고 도라왓다.

〈1968년 5월 19일 일요일 맑음〉
金基甲의 父親 回甲宴을 自宅에서 招待를 밧
음.
집에 일직이 도라와서 부자의 配線을 햇다.
담배를 끝은 지가 約 20餘 日이 지낫다. 츠음
에 一〇餘 日은 아주 밥맛이 조왔으나 요즘
은 웬닐인지 다시 밥맛의 종전과 같다.

〈1968년 5월 20일 월요일 晴〉
좋와하든 담배를 끝은 지가 벌써 15日이 지
낫으니 이제는 끝엇다고 自信니 있게 말할
수 있는 처지다.
밥맛이 좀 속단인 줄은 모르나 나전[나아진]
셈.
제법 間食을 하지 않으며는 한 그럿 밥을 먹
개 되였다.
永登浦 粉鐵 回收商人 申 氏가 平壤 精肉店
에서 晝食을 삿다. 內容인즉 回收 契約을 勞
組 밋 相助會와 締結햇다고.

〈1968년 5월 21일 화요일 晴〉

1968年度 月給 引上案의 最終的으로 決定 단
게어[단계에] 다다럿다.

그로 인함인지 昇格 內申 該當者 名單을 提
出하라는 工場長의 指示을 밧엇다.

昇格 對相者[對象者]

朴宗遠 42歲 小型班長

金公熙 32歲 中 〃

裴壽德 34歲 MS

魯順哲 47歲 SC班

崔黃龍 52歲 木型

以上 5名 中에 몃 명이 承諾될지?

〈1968년 5월 22일 수요일 晴〉

釜山서 李正鎬가 自己 母와 來仁.

退勤 길 直時[卽時] TAxi로 기가햇다[귀가했
다].

理由는 釜山서 손님의 와서 待期 中이라고
來電을 營業에 Ms. 洪의 傳햇다.

집에 돌라와 보니 正鎬 君과 서울 妹氏다.

相議之件은 正鎬 君을 다시 會社에 就業을
시켜 달라는 附託[付託]을 거절햇다.

釜山서 正鎬 君니 自己 叔父와 家具店에서
일을 하고 있는데 家具보다는 鐵工 기술을
베우라는 서울의 忠信洞 義父의 부탁이라나.

職業에 기천니[귀천이] 없는 법.

〈1968년 5월 23일 목요일 晴〉

시골서 어머니가 오시다.

봉길이가 어먼님을 모시고 올라왔다.

여비[예비] 군사훈련을 마치고 고향에서 一
泊을 하고 즉시 올라왔다나.

其間 壹個月間의 訓練을 마치고 돌아왔다.

訓練 中 長項 製煉所[製鍊所]의 警備을 보앗
다나.

〈1968년 5월 24일 금요일 晴〉

요즘에 담배를 끈은 탓인지 하로 朝夕으로
밥 한 그릇을 갓가스로 먹게 되엿다.

吳在夏 氏는 煙草을 끈코서 體重의 2kg나 느
럿다나.

〈1968년 5월 25일 토요일 晴〉

五時가 각가워와서 경신호 씨가 來社햇다.

SLEVe 鑄造 方案에 對한 問議之件으로 왔다
나.

모처럼 만에 왔근만 黃 係長과 나는 物旺里
로 밤낙시를 가기로 約束이 되여 있어 退勤
길 즉시로 집으로 달아낫다.

物旺里 낙시터 밥집 主人 matam[madam]의
과부다.

日本에서 자란 아직 나이가 38歲의 마음씨
고운 婦人다.

세벽에 좀 婦人을 위안해 주겟다고 방으로
유인햇으나 실치 않는 모앙[모양] 순 〃이 응
햇으나 막상 線을 넘지는 안엇다[않았다].

〈1968년 5월 26일 일요일 비〉

物旺里 第二回 낙시 不良.

오날도 전 週와 같이 또 비가 나란다.

가뭄이 계속된다고 農家에서는 極情이 데단
한데 日曜日마다 빗방울이 떠러질 程度의 안
다카운 비.

(황영연 氏와 동반)

〈1968년 5월 27일 월요일〉

月給 引上案

20%로 策定

昨年度 15%에 比해 5% 增.

考課表의 作成

物價指數의 70% 認定

缺勤 14日 以上者는 未該當

〈1968년 5월 28일 화요일〉

土聯 納分 五月分 揚水機 마지막 試驗日字.

機械 最後의 徹夜.

金仁鎬 氏로부터 今般 引上 時의 待遇를 줄 사람에 對한 評價 指示를 밧음.

永登浦 韓永工業으로 鑄工 7名의 갈려고 들 먹.

〈1968년 5월 29일 수요일 晴〉

永登浦 韓永工業電機 Co를 視察.

金正培 製作部長의 案內로 機械工場을 訪問 햇으며 機械에서는 가장 바뿐 데가 DRanse Poma[transformer]를 만드는 데였다. Pump S型을 4 □ 2個 試作 中에 있으며 風用 電動機 1,200台가 STOK[stop]되여 있다는 製作部長의 말.

鑄物工場에는 cupola가 完成되여 있으며 鑄工 8名 木工 3名의 부지런니들 일에 몰두하고 있다.

鑄造課長 및 班長 等은 모다 내가 아는 사람들. 馬山 興安工業에서 온 사람들.

午後 4時頃에 韓永 Co를 물러나온 後 高周波에 吳致寬니를 相見. 作業 人員을 보내달라고 付託.

鄭鳳龍 氏 宅에서 맥주 한 병을 마시고 다시 酒店으로 가 맥주 6병을 마셧다.

〈1968년 5월 30일 목요일 晴〉

木型係 內에 昇格 內申者 選定에 對하여 工場으로부터 問議電話. 內容인즉 沈哲元 君과 洪禹吉 2名 中 누구를 시켜주느야가 즉 2名 中에서 한 사람을 決定하라는 말에 어느 떼는 人事 問題를 나에게 물어보고 어느 떼는 全然 自己 멋데로 하느야고 工場長에게 反問 햇드니 좋지 않는 기분을 억제로 참는 모양. 工場長이라도 할 말은 해야지.

〈1968년 5월 31일 금요일 晴〉

金仁鎬 理事로부터 술갑 30,000 補手票[保證手票?]로 밧은 지가 오레 데였다.

土聯 五月分 納期가 完了되는 데로 鑄造課 內에 支拂通告를 하려든 참인데 난데없이 工場長으로부터 술갑을 밧엇느야고 質問을 하기에 밧엇다고 이야기하였드니 木型係에는 한 푼도 안 주엇다고 혼자서 투덜뎃다.

鑄造課는 金正燁이에게

23,000을 保手 20,000
          現札 3,000 } 各 班別

申正植에게

2,000 木型係(花水食堂)

殘額 5,000

管理部 酒代 淸算

〈1968년 6월 1일 토요일〉

退勤 後 萬石 精肉店에서 李永喆 黃永淵 羅基台 等 3名을 同伴.

酒食 750.
요즘 利川電機 낚씨 뻰[팬]들이 낚시道具인 간데라[칸델라] 만들기에 餘念이 없다.
黃永淵 밋 郭永奎 羅基台 等 3名의 아침부터 日課를 放置하고 간데라를 만들고 있어 지나치게 눈에 거슬린다.

〈1968년 6월 2일 일요일 晴〉
梧鐘 水路 낚씨. 結果 15首.
세벽 四時 30分에 텍시가 집 앞에 到着햇다.
約束時間보다 約 20分니 빠른 셈.
허둥지둥 道具를 챙켜가지고 仁川에서 梧鐘 水路까지 Tax{i} marta[meter]가 550 나왔다.
支拂 700.
아직 낚씨군은 우리 둘뿐이지 아무도 없다.
세벽 6時부터 11時까지 15首 程度를 낚엇다.
午後에는 오데부로 올라갓으나 別로 滋味를 못 보고 약레 地區에서 텍시로 素砂로 나갓다.
종석니 서울 섹시 선보로 가는 날.

〈1968년 6월 3일 월요일 晴〉
金奉淵 氏가 入社人事 次 쌍운물집에서 테포를 삿다.
參加者 李永喆 黃永淵 羅基泰 金德永 金永德 金奉淵. 酒代 750.

〈1968년 6월 4일 화요일〉
張 會長과 트라불.
整正場 關係로 너무도 지나치게 張炳贊 會長의 간섭이 크다.
鑄物工場치고 몬지 안 나는 工場 없을 것이

다.
整正을 않에서[안해서](工場 內) 하여 몬지가 나니 品質의 좋치 않타는 內容. 좋은 이야기다. 3TS 以上 되는 大物을 crane 施設도 업이 박에서 할 수는 없다고 反問하지 맛는다고 야단.

〈1968년 6월 5일 수요일〉
萬和鑄物에서 (유가리[7]) 하든 朱 氏가 朱安에다 鑄物工場을 新設 中이다.
멋 번니고 와서 보아달라는 전갈을 밧고 午後에나 나가 보앗다. 제법 倉庫에는 材料가 豊富하고 cupola는 完了되여 있다.

〈1968년 6월 6일 목요일〉
5TS cupola 製作에 對해서 本社로부터 말이 만타.
朴基錫니가 設計까지 하여 놓코 지금에 와서는 自信니 없다고 直接 會長에게 이야기햇드니 노발데발 하드라고.

〈1968년 6월 7일 금요일 맑음[맑음]〉
鐘錫니 結婚 件에 對해서 貞順니 엄마가 直接 開城집 할머니에게 말을 햇다나.
父母내들은 하겟다고 말을 하나.

〈1968년 6월 8일 토요일 晴〉
午後 一時에 집을 떠낫다.
忠淸道에 있는 唐津郡과 禮山郡 界에 가려놓

---

7) ゆかり(緣). 연고, 관계. 그곳에서 일을 했다는 의미로 보인다.

여 있는 禮唐池로 밤낚시를 가기 의해서다.
三和 特急 Bus 便으로 午後 一時 45分 仁川
出發.
午後 六時 45分 目的地 到着.
同行者 黃永淵 羅基台.
會費 1人當 900式.

〈1968년 6월 9일 일요일 비〉
禮當池 밤낚시.

새벽 五時 25分 동이 훤니 트기 始作할 무렵
2間 데에 큰 놈이 걸렷다. 水深이 깊퍼서 붕
어가 힘이 세다. 제범[제법] 닥길[당길] 맛이
낫다. 끄내 보니 約 9寸. 車中에서 計測해 본
結果29糎로 판명. 40餘 名 中 仁川에서는 別
로 滋味를 보지 못한 셈.
29.6糎가 나와서 내가 2等을 햇다. 기로 溫陽
溫川[溫陽溫泉]에서 목욕을 하고 돌라왔다.

〈1968년 6월 10일 월요일〉
강아지 세기 一匹 購入. 600.

가장 고단한 날이 月曜[日]이다.
理由는 日曜日에 낙씨를 하기 위해서 아침
일즉부터 心身니 努力을 消費한 탓이겟다.
特히 즘심을 하고 나며는 아주 졸니여서 참
기가 매우 힘에 지친다.

〈1968년 6월 11일 화요일 晴〉
理事會에서 20% 引上의 配定 方法을 發表.

5%
10%
15% ⎫ 의 順位로 實力 本意[本位]
20%
35%

〈1968년 6월 12일 수요일 晴〉
勞賃이 느저진 지가 오닐로서[오늘로서] 꼭
7日.
每月 五日이 給料日인데 四月分 給料가 오늘
로서 꼭 7日이나 늦엇다.
제발 원제나 給料을 젯떼 탈 수 있을지. 이라
다가는 영 〃 給料을 제날 타보기가 없을 게
다.
내가 알기에도 大東工業부터 벌써 張炳贊 氏
의 企業精神을 充分니 알고 있으니 꼭 10餘
年을 두고 給料 한 번 제데로 못 주니 기다리
는 사람이나 못 주어 未安하게 生覺하는 사
람 中 누가 날은가[나은가].

〈1968년 6월 13일 목요일 晴〉
鎔接 Samena[seminar]

利川電機에서
鑄物 鎔接 Samena
參加者 約 40名
參加金 2,000
日時 6/13 14 15 3日間
4月分 給料 支給
賃金 引上 査定表 提出
18.4% 引上

〈1968년 6월 14일 금요일〉
旱害가 極甚함.

1962年에 가뭄이 심해서 토처[도처]에 물날
리가 낫다. 當局에서는 旱害 對策用 揚水機
를 緊急히 國內에서 一部 製作 나머지는 日
本에서 導入햇다. 그러나 各처에 貯水池가
바닥이 낫고 논밧은 빨갓케 탓다. 올해도 벌
서 六月 中旬니건만 비가 늦엇다.
앞으로 十餘 日만 더 가물게 되며는 農作物
은 큰 被害을 免치 못하리라. 動力 事情은 極
惡이 狀態다.

〈1968년 6월 15일 토요일 晴〉
九里浦 밤낙씨. (盜難事故)

서울 妹氏 宅에서 電話가 글려왓다.
內容을 알어 본즉 면진니 아버지가 一金 九
阡五佰 원 關係로 警察에 立件되리라는 連絡
을 밧엇다.
집에 食口(貞順 母)를 急히 서울로 올려 보내
서 돈을 마련하여 주라고 햇다. 午後 一時 30
分 車로 九里浦에 4時 50分 到着.

밤에	그라스 롯트	3間	3,200
		2.5間	2,800
	tarangast		4,000

食事時間에 盜難.

〈1968년 6월 16일 일요일 晴〉
午後 1時에 現地을 出發.
午後 4時에 仁川에 到着 기로[歸路]
몸의 고단해서 그데로 잠자리에 누엇다.

세수도 하질 않코서 자고 나니 벌서 저역 時
間. 食事을 마치고 다시 그데로 잠이 들엇다.

〈1968년 6월 17일 월요일 晴〉
賃金 最終 引上 決定.
鑄造課 18.4%
最高價人 54.2%
最下   8%
시골서 片紙가 왓다. 어머니가 約束日이 지
나도록 나려오시지 않으니가 궁〃히[궁금
히] 여겨서 安否을 問議.
昇格者 發表
社員   李鐘琴
        李鎭元
        陸驥永
準社員 朴宗遠
  〃   金公熙

〈1968년 6월 18일 화요일 晴〉
沈哲元 42,400 回收.
기다리지는 비.

서울 忠信洞 妹氏가 밤 一○時頃에 나려왓
다. 알고 보니 작은 妹氏가 現在 살고 있는 집
이 홀니게[헐리게] 되여 딴데로 移舍[移徙]
을 하자니 돈니 없어 困窮에 빠저 있으니 傳
貰房 35,000짜리가 忠信洞에 하나 있으니 둘
이서 조곰식 보테서 전세방이나 하나 마련해
주자는 相議에 나는 화을 블끈 냇다. 나이[나
의] 주장은 환 번도 뜨뜻하게 바아주지 못할
묘한 구령에 처하여 事實의 眞相을 몰라서
다.

〈1968년 6월 19일 수요일〉
앞집 李 氏네 집 앞 建築 完了(브룩크집).
기다리지는 비.

妹氏(昌淑)의 件으로 어머니가 몹시[몹씨]
꾸중을 하셨다.
네 놈 妻家 食口들만 데리다 工場에 就職을
시켜주고 불상한 네 동셍 하나를 못 살여 주
느냐는 단순한 판단 하에 어머니에 역정도
理解가 간다.
그러나 昌淑의 男便니 살겟다고 하다못해 구
루마레도 끌고 다닐 용이와 삶에 對한 强한
의욕만 보인다며는 同情이 가나 뻔 ″이 놀며
서 家族 한 사람을 못 먹여 살니는 자에게 同
情의 무순 同情이 가나.

〈1968년 6월 20일 목요일 晴〉
기다리지는 비.

退勤 길에 溶解班 李奎熙 氏 父母 回甲宴에
各 班長들의 招待를 밧고 가는데 나는 사양
을 햇다. 理由는 요즘에 몸의 若干 낳어지는
데[나아지는데] 또다시 酒席에 參加하여 술
을 먹게 될 줄 알으니가 에당초에 피하는 게
좋을 게다.

〈1968년 6월 21일 금요일 晴〉
요즘 鑄造課 內 工程의 제데로 맞저 나아가
지를 못한다. 其 理由로서는 여러 가지 있겠
으나 첫제가 施設 關係다.
張 會長께서 重量品까지도 整正 作業을 박에
서 하라는 特命이고 보니 crane 施設이 없는

無理한 作業을 非能率的으로 하고 있는 셈.
그럿타고 해서 現 工場長께서 崔武弼 氏
鑄物 事情을 아는 것도 아니고 Tan Table
[turn- table] 2個所 設置 件에 關해서는 決議
할 제는 제법 서들더니 이제 와서는 까막케
있고 있다.

〈1968년 6월 22일 토요일〉
古棧池로 밤낙씨.

午後 七時 五○分 車로 古棧驛에 到着하기는
밤 八時 五○分頃. 約 壹 時間을 달리여서 目
的地에 到着햇다. 周이[주위]가 어두워저서
낙씨터에 가서 場所 選擇의 疑問니다.
農場 안 貯水池에는 물이 많니 줄었다. 西側
의 北部에 자리를 잡고 밤을 새워다. 아침 四
時 四○分頃의 되니까 물 위에 떠여 있는 찌
가 보일 程度로 날이 발었다[밝았다]. 밤낙씨
는 아주 低調햇다.

〈1968년 6월 23일 일요일 晴〉
古棧農場 안 貯水池 낙씨.

새벽 六時頃에 배를 빌려 타고 貯水池 中之
島로 갓다. 막 물이 빠저고 나서 더러난[드러
난] 섬은 땅이 논바닥 갓치 삐진다. 벌써 2個
所에서 한 자리가 있다. 제법 나온다.
세우를 쓰면 제법 五寸 程度가 나온다.
午後 十二時 四○分 車로 仁川으로 돌아오
다. 同行者 黃永淵. 水仁驛에 나려서 "조게"
80어치 2뒤[되]를 사가지고 오다.

〈1968년 6월 24일 월요일 晴〉

秋 敎守(鑄造 副係長 死亡) 訃告.

아침 出勤 카-드에 놓여 있는 訃告를 자세히 보니 敎守 氏가 올해 나이 49歲로 제법 살기 좋은 환경을 만들어 놓고 急作스러운 간암으로 허무하게 世上을 떠낫다. 한참 일하고 살 나이에 에석하다.

白南錫이 딸이 工場에까지 찾아와서 急히 집에까지 와달라는 付託을 밧고 退勤 後 집에 들려 보앗드니 아이들 싸움에 화가 나서 경데를 주먹으로 처서 오른손 동멕이 두 깨[개]가 끗으저서 基督病院에서 應急治療으 밧엇다고 한탄을 하고 있다.

〈1968년 6월 25일 화요일 晴〉

六二五 一八周年.

지금부터 18年 前 내 나이가 25歲 때 오날을 回想하여 보자. 大東工業 株式會社 二層에서 나 혼자 낫잠을 잣다. 잠에서 깨여나니 여이도 비행장의 敵機에게 폭격을 밧고 있다.

나는 간단히 짐을 끄려 步道로 始興까지 왓다. 어느 禮拜堂에서 하로밤을 새우고 水原으로 나려가 古鄕으로 直行햇다. 누구보다도 빨리 鄕里로 나려간 셈.

〈1968년 6월 26일 수요일 晴〉

賃金 引上額 20%.

賃金 引上 發表

不俸[本俸]	30,000
職務手當	4,000
技術手當	2,000
通勤手當	30/月
給食 〃	30/月

本俸의 昨年보다	5,500	引上.
白米 叺當	4,700	
牛肉 1斤	300	
닭 一匹	600	
金 一돈	3,200	

〈1968년 6월 27일 목요일 晴〉

비, 비가 기다리진다.

깡마른 여름 하늘에 오날도 구룸 한 즘 없시 무덥기만 하다. 비 〃이 기다려진다.

全國의 모내기 실적을 보면 平均 45% 內外라고 하니 夏至가 지난 오날 이 땅에는 豊年니 와도 굼은 사람이 많은데 하난님도 매정하시지. 1962年에 온통 京仁 地區의 저수지가 깍 말라서 낙씨마저 못할 程度로 바닥이 낫던 시절이 눈에 아른하다.

그러나 앞으로 約 十餘 日까지는 갠잔캣지. 7月 10日까지 하날에서 비가 나리지 않으며는 모다 죽는다.

〈1968년 6월 28일 금요일 晴〉

낙시데 gausloat[glass rod]

三間 -	1個	
2.5間	1個	5,800

勞組 總務에게서 5,000 借用.

좋와하든 담베를 끝은 지도 벌써 二個月이 가까와 온다.

나도 모루게 담베를 끝은 것을 무척 다행으로 생각한다.

요즘에는 식욕의 좀 달라젓고 몸의 健康 상태도 어느 떼보다는 낳은 샘이다. 이러한 몸의 상태를 영원니 간직하고 싶은 心情이 간절하다.

鄭鳳龍 氏와 李永喆 申正植 等 4名의 저역을 市內에서 마치고 松島 조게골로 술을 마시로 나갓다. 約 二時間 놀고 各者[各自]가 돌라왓다.

酒代 2,450.

〈1968년 6월 29일 토요일〉

午後 六時 車便으로 古棧 花郎農場池로 낙시를 갓다. 松島驛에서 어저[어제]에 나아갓든 黃永淵을 서로 스치며 지나가는 車 속에서 맛낫다.

午後 八時頃 農場池 안 中之島에 나린 郭榮奎 氏와 단둘이서 밤세 낙씨를 게속햇으나 고기 한 바리를 求景도 못햇다.

세벽 七時 車로 郭榮奎가 仁川으로 돌아가고 나 혼저 남엇다가 10時 20分 車로 도라왓다.

〈1968년 6월 30일 일요일〉

十二時에 仁川에 到着.

집에서 낮잠을 잣다. 자도 자도 못지라는 게 잠이다.

간밤에 잠을 않 잔 탓도 있지만 날시가 무더워서 몸이 녹은한[노곤한] 탓이겟지.

萬和鑄物工場에서 受託 鑄物業을 하다. 朱洪韓 氏 大昌鑄物 開業日.

〈1968년 7월 1일 월요일〉

비는 이 달에 멋친 날 올 건인지.

서울 地方에는 비가 나렷단다.

仁川에는 若干니 빗방울이 떠러저드니 그데로 하날이 다시 말아진다[맑아진다]. 기다리는 비.

하날만 처다보는 안타카운 農民의 마음.

벌서 7. 1日. 今年도 前番期[前半期]는 갓다. 빠르기만 하고나.

〈1968년 7월 2일 화요일〉

第一回 幹部會議 開催.

時間 午前 八時부터 午後 三時까지
場所 工場 會議室
計議 案內
鑄物의 質 向上과 鑄鋼 再檢
Comand mald의 標準化
合成砂의 標準化
MS 펌프의 産量 問제
鑄物 施設의 直接的 뒷바침
TAHan[Turn] Table 2基
SHot Blast 購入

〈1968년 7월 3일 수요일 흐림〉

丁鐘心 代理 子女 돌잔치.

기다리든 비가 나리기 시작햇다.

기성데[기상대] 예보에 위하면 南部 地方에는 장마철에 집어들엇다는 이야기다.

경리과 丁鐘心 代理의 子女 돌찬치라 해서 초데를 밧엇다.

여러 가지 갑진 料理을 마니 차렷다.

尹弼文 鑄造課長 代理가 요즘 業務의 벅찬 시달님을 밧어 몸살로 오날까지 4日을 집에서 누워 잇다는 이야기를 듯고 밤에 病 問訪.

果實 참위[참외] 180.

〈1968년 7월 4일 목요일 흐림〉

비가 온다.

서울 地區에는 지난 밤에 호우가 나렷다. 仁川 市內도 花平洞 地區는 浸水로 온통 물난리을 격것든 흔적이 아침 통근길에 눈에 띤다.

石油 곤로 노벨 商票[商標] 1個 종석니가 購入. 3,900.

〈1968년 7월 5일 금요일 흐림〉

서울 淸溪내 所在 三榮商會 鑛山器 專門商會에 Sand Rammar[8] 및 Chupin Hammar[Hammer] 關係로 서울에 갓다.

本社에서 金充河를 만나 入學金 舊 收金 未拂金에 對하여 딱끔하게 이야기하다.

入學金을 完納 後 事情에 따라 他校로 再入學하기 되여 一旦 納付햇드 入學金 11,200을 찾저가지고 自己가 다 쓰고 나서(金充河가) 밧지 못햇다는 式.

돈보다도 金充河가 좀 누위치면.

〈1968년 7월 6일 토요일 흐림〉

午後 六時 20分 發 仁川 – 大明里 間 Bus를 탓다. 大明 到着의 午後 八時 20分 조금 지낫다.

Bus에서 나려 보니 水路 上流部에 간데라 불이 겨저[켜져] 있다. 直각적으로[즉각적으로] 黃永淵닌 줄로 알엇다.

別로 滋味을 못 보앗다.

밤 十三時頃에는 中止하고 밥집 마루에서 잠을 잣다.

〈1968년 7월 7일 일요일 비〉

大明里 – 우일사 아랫방죽 釣會.

아침 八時 渡船.

九時 非南池에 到着.

全然 되지 않는다는 尹 氏 案內者의 말.

줄낙으로는 제법 잡은 사람이 잇다.

十一時 기로.

仁川 地區에 비.

〈1968년 7월 8일 월요일 晴〉

賃金 滯拂로 勞組에서 殘業 拒否.

賃金 支給日 每月 5日.

요즘에는 勞組員니 相互 團結되여 命令만 나리며는 한 사람도 離脫者가 않 생긴다.

〈1968년 7월 9일 화요일 晴〉

中旬부터 장마철로 드러스갯다고 여보[예보]한 것이 허이[허위]가 되고 또다시 가뭄의 게속된다.

서울 三榮商會에 들럿다. 用件은 工具 購入 次.

---

8) 주형을 다지는데 사용하는 평평한 봉을 말한다. 샌드래머는 이 작업을 기계화한 도구이다.(『기계공학대사전』)

호섹크商社 職員의 호이[호의]로 仁川서부
터 호섹크商社 찝車로 上京.
서인洞 골목에서 저역 對接을 밧엇다.

〈1968년 7월 10일 수요일 晴〉
仁鎬 氏와 益模 氏가 合席 "에주집"하여 요
즘의 作業 拒否의 초점을 問議함.
즉 給料을 제 날 주어야만 會社가 잘 덴다는
원리는 누구나가 궁통된[공통된] 現解[見解]
다.
金公협이로부터 500. 서을[서울] 여비.

〈1968년 7월 11일 목요일〉
工程係員니 增員으로 作業의 順調로움.

鑄造課 內 T/O　　100名　鑄物
　　　　　　　　　18名　鑄鋼
　　　　　　計　　118名
右記 人員 範圍 內에서 工程員
韓柱東　　270　　Motor
李光義　　380　　Pump
朴秀雄　　170　　TRanse
金正燁　　庶務　　準社員

〈1968년 7월 12일 금요일〉
張 會長 主催 下에 오림포스 호텔의 會食.

市內 Olimpuse[Olympus] Hotel에서 午後
六時 30分부터 張 會長 參加裡에 簡單한 酒
食宴을 배플엇다.
參加 範圍 課長級 以上
張 會長 訓示 內容

現在까지는 自己 혼자의 힘으로 會社을 이끌
고 왓으나 앞으로는 自己 힘만으로서는 不可
하니 여러 분니 힘을 빌리겟다나.

〈1968년 7월 13일 토요일〉
草芝 貯水池 밤釣.

午前 六時 四○分 仁川 發 大明里 行 Bus로
設計 pump 擔當 金종윤과 같이 九時頃에 草
芝에 到着햇다.
又一社 아랫貯水池에는 한 사람도 낚시하는
사람의 없다. 윗저수지에 가보니 仁川에서 3
名의 어저개부터 續게햇다고 別다른 滋味를
보지 못한 체 낚시를 개속하고 잇엇다.
夜間에 別 滋味를 못 봄.
相對便 "다이"에 올라탄 江華邑內 釣者 3名
中 한 사람의 越尺 4首을 불가 一時間 內에
올렷다.

〈1968년 7월 14일 일요일〉
草芝 貯水池 – 大明里.

午前 一○時 大明里로 돌아옴.
大明里 上流 水路에서 若干니 붕어를 잡아가
지고 午後 3時 車로 仁川으로 도라옴.
同行人　羅基台
　　　　金종윤
金종윤 경費 一切을 내가 負擔.

〈1968년 7월 15일 월요일 비〉
"金仁鎬 理事 主席 下에 愛酒집에서 술"
黃永淵 李永喆

人事 問제로 黃永淵과 意見 衝突.

內容인즉 鑄鋼의 誤作 等을 會長의 指摘하고 여기에는 黃永淵 係長의 技術的인 評價을 自然니 밧개 되였다. 여기에 對해 工場長으로서는 어터케든지 今般 昇進에서 黃 係長을 빼놀 수 없게 되여 一斷[一旦] 會長깨서 否決한 黃 係長의 代理로 昇進을 再申하기 爲하여 黃永淵 係長과 내가 主席 下에 金剛의 誤作 根本理由가 黃 係長의 金剛에만 專力을 못해서 이러나는 페단니[폐단이] 큼으로 鑄鋼의 向上을 爲해서 한 사람을 더 쓰갯다고 理事會에서 發言을 하겠다는 工場長의 意思임을 박히자[밝히자] 여기에 對해 나로서는 反對햇다.

理由는 黃 係長의 鑄物 鑄鋼을 총감햇다는 허울 좋은 過大評價.

〈1968년 7월 16일 화요일 비〉

六月分 給料 支給. 밤 九時 30分부터 주겟다고 하드니 約束을 어겻다.

今日 理事會에서 人事 昇進에 對한 鑄造課 黃永淵 代理로 昇格 內[案]니 否決. 理由로서는 좀 더 努力을 하라는 會長의 指示라고.

內定者 內容

朴正森 代理

韓明夫 代理

安定濱 代理

〈1968년 7월 17일 수요일 비〉

장마철로 드러섯다.

黃永淵과 萬石 精肉店에서 태포을 나누다.

其間 黃永淵니가 表現 方法이 납밧든 鑄鋼의 技術的인 向上을 爲해서 學校 出身者 1明을 더 補增해 달라는 말이 잘못데엿다고 謝過을 밧음.

앞으로는 좀 더 잘하갯다는 말.

〈1968년 7월 18일 목요일 비〉

六月分 給料 支給과 spasale ponase[special bonus] 支給.

人事 發令

朴경연 工場課長

靜止器 課長으로 轉任

朴京緒 次長 靜止器 擔當

設計部 機械 專擔

10萬 원 契金 4番제로 受領.

償與金[賞與金] 60,000 受領.

〈1968년 7월 19일 금요일 흐림〉

制限 送電 解除.

其間 가뭄으로 動力 制限을 밧다 오다가 요즘의 나린 비로 各 水力發電所에 水位가 滿水되여 그간에 묵겨 있든 動力을 헤제한다는 반가운 소식이다.

退勤 後 우진상사로부터 自己에 製品에 對한 "감마유"를 바달會社製보다 아주 좋히 않케 評價한 데 對하여 其 根本理由를 데라는 付託을 밧다.

對比表 作成者 工務課長 崔德春니가 바달과 우진니 對比를 바달에 有利하게 햇 모양.

〈1968년 7월 20일 토요일 비〉
動力 事情으로 代休. 20日 休 21日 就業.

桂陽 水路로 낙씨를 갓다.
上流 水門 바로 밋헤다 자리를 잡은 시간니
午前 九時 20分京.
장마로 因해서 물이 흘려서 좋치 않으리라
生覺하였으나 막상 하고 보니 제법 나온다.
제법 滋味를 본 셈.
짤분 데가 좋은 便니다.
서울에 妹氏 明珍 母 來訪.

〈1968년 7월 21일 일요일 晴〉
終業 後 木型 申正植 代理와 永登浦 工型 工
場에 出張을 가다.
仁川에서 永登浦까지 交通費 合乘 300을 新
星 耐大 大東 等 者가 負擔하다.
木型 督促
30 6P 翼型 韓美 Benele Co.
鄭 氏 餘力 不足으로 申 代理가 責任 下에 他
처로 주기로 圖面 返還하다.
80 - 100 汚水 Pump
高麗商社 納分 7/24까지 完納.

〈1968년 7월 22일 월요일 晴〉
60TS에 30TS에 對한 工賃 243,000 支給.
殘量 36TS에 對한 未決 件.

鑄物 廢砂에서 選別해낸 古鐵 總量 66TS.
永登浦 收集人 申氏가 5/9日부터 約 40日間
에 걸쳐 延人員 約 200名의 사람을 利用 收
集함.

當初 勞組에서 10萬 원만 勞組에 入金을 하
고 量위 過多을 不問하고 全量 다 搬出시켜
주겠다는 條件 下에 勞組에다 85,000을 줏다
는 申 氏의 이야기. 그리고 나서 會長의 特命
이라 해서 勞組에서는 完全니 손을 떼고 나
니 問題視됨.

〈1968년 7월 23일 화요일 晴〉
컨방[큰방] 뒷 窓門 補護[保護] 鐵門을 購入.
1M×1M 1個
600×780 1個 價格 800
張 會長 婦人 來社. 同行 女子 3名.
鑄物工場에 到着 時間니 午後 七時頃. 제법
企業主답게 나에게도 握手를 請하여 다황[당
황].
얼골이 이렇케 껌고 마니 늘것습니다. 얼마
나 苦生이 되느야는 위로의 握手다.

〈1968년 7월 24일 수요일〉
朴종석 自轉車 14,000 購入.

退勤 後 勞組 代表 文益模와 金正吉의가 市
場에서 補身湯을 삿다. 參加者 崔武弼 吳在
夏 李喜昇 黃永淵 李永喆 等의 參加.
勞組에서 工場長에개 저역을 사는 理由가 무
었인지.
崔武弼이는 主席에서도 말끝마다 나에 對해
서 히니꾸[9]를 한다.
나도 지〃 않코 비꼬아서 對答.

---

9) ひにく(皮肉). 빈정거림, 비꼼.

〈1968년 7월 25일 목요일 晴〉

朴鐘錫니 Bet 밋 Desk 購入.

古鐵 收集人 永登浦 申 氏로부터 저역食事 對接을 밧음.
花平洞 파출소 옆의 냉면집에서 黃 係長과 3名의 냉면을 먹다.
古鐵 36TS 未決分에 對히서 좀 有利한 證言을 해달라는 눈치.
냉면 한 그럿으로는 너무나 즉다[적다].

〈1968년 7월 26일 금요일〉

요즘에는 계속 무더운 날시가 지속된다. 이번 비로 因해서 모내기는 다 끝을 냇으나 고루지 못하게 湖南 地方에는 旱害로 因해서 食水難니 極甚하다니 고루지도 못하다.
昨年에도 全羅 地方의 旱害로 離農家가 續出하였는데 今年에도 仲伏[中伏]의 末日 모레로 닥처왔는데 全然 모를 심을 可望의 없고 보면 이는 너무나도 심한 天災다.
政府에서는 全羅南道 地區에 揚水機 運轉用 기름값을 보내지고[보내자고] 위친다.

〈1968년 7월 27일 토요일〉

낙시 歷史上 단 한 마리도 못 잡기는 이번니 츠음.
長陵 - 仁川 택시 720. 正式 料金 620.
長陵으로 낙씨(밤).

黃永淵과 같이 午後 七時 仁川驛을 出發 約 30分 後에 金浦 長陵에 到着햇다. 벌써 上流터에는 자리가 없다. 물어 보았드니 모다들 午後 四時頃에 到着헨 사람들이다.
有料 낙씨터라고 해서 料金의 督促이 너무나 甚해서 한 마디 햇다.
즉 낙씨도 펴놓키 전에 벌써 料金을 달라고 덜 졸르니 답〃하다.
밤세 단 한 마리이 붕어를 잡지 못하다.
午前에(六時) 仁川으로 도라가는 말그로[마이크로] 뽀쓰로 장게리에서 下車. 水路에서 잠시 낙씨를 당가 보앗으나 허사.

〈1968년 7월 28일 일요일 晴〉

午前 十時頃에 집으로 도라온 다음 하로 終日 낮잠을 잣다.
날씨가 무더운 탓으로 마루에 누었으나 온몸에서는 땀의 흐르며 답〃증을 참치 못할 程度다.
夜間에 吳良豪 君니 果實을 사가지고 來訪햇다. 理由로서는 今般 本工의 되였다고 人事次 來訪.

〈1968년 7월 29일 월요일 晴〉

沈哲元 君 辭職願 提出.

午後 2時頃에 木型係 工員 全員니 辭退를 主張.
內容
沈哲元니가 너무도 지나치게 上官에 對해서 공갈과 협박을 한다는 理由로 沈哲元니가 辭退하지 않으며는 全員 다 自退하갯다고 示威 (木型係 점은니들[젊은이들] 全員).
昨日 君子로 木型係에서 노리를 갓다가 기로 申正植 代理 宅에 들려서 홍우길과 시비가

버러저서 沈哲元니가 集團 暴行을 當하여 홍
우길 씨의 어께를 물어뜻엇다고. 直[卽] 沈哲
元 君니 드렘마[딜레마]에 빠진 셈.

〈1968년 7월 30일 화요일 晴〉
收集 古鐵 評價
總 66TS 中   40% 15,000
                  30% 8,000
                  30% 2,000

土聯에 納品할 揚水機 最終 作業에 機械課에
서는 餘念이 업다. 特히 揚水機 水壓 試驗은
每日 게속 밤셈을 햇다. 오날까지 4日을 게속
中이며 熔接工[鎔接工] 劉動烈은 鑄 自體 內
作業은 放觀[傍觀]하고 全的으로 揚水機 試
驗場에서 하고 있다.
300粍 3台 C型의 3台 中 1台가 最惡의 狀態
타.
그러나 二回의 부라스틱[플라스틱] 처리로
水壓에 合格햇다.

〈1968년 7월 31일 수요일 晴〉
李源大 君에게 2,500 借付.

沈哲元 木型係員들과 和解.
折衝을 永登浦 木型 鄭鳳龍 氏가 맛텃다.
午後 二時頃 工場에 들려온 沈哲元은 文益模
을 통해서 申正植 木型 責任者와 相面토록
周旋햇음.
沈哲[元]니 主張은 木型係員 全員니 集團的
으로 自己을 排斥하는 理由를 모루며 반드시
이러케 動氣[動機]가 申正植이가 主動햇다

고 기왕 고만 둘 바에는 會社을 爲해서 工場
長에게 不正을 모다 털어 놓캣다고.

〈1968년 8월 1일 목요일 맑음〉
沈哲元 木型係 準社員의 沈 對 申 代理[(]申
正植)과의 알력으로 工場長에게 證言을 하
다.
內容은 沈哲元니가 相互 同僚之間에 別로 좋
은 評을 못 밧고 있음.
그러하나 同僚가 沈哲元을 꼭 내쫓처야 속
의 쉬원하다는 말을 理解가 가지 않음. 沈哲
元니가 말하는 윗사람의 조종을 밧고 있다고
主張하는 理由가 될 수 있다. 웨냐하면 沈哲
元은 웻사람과도 싸우고 아랫사람에게 人心
을 일으 니가 업다. 同僚에게 미움을 밧을 데
는 반드시 웃사람에게 아부하그나 그러치 않
으며 團體行動에서 離脫하는 처사가 있어
야만 할 텐데 그러한 理由는 없다.

〈1968년 8월 2일 금요일 맑음〉
日本 徐 社長 師母任 來社.

利川製鋼 Co. 徐 社長 師母任 外 婦人 4名의
來社 現場을 도라다녔다.
晝食時間에 鑄物工場 正門 앞에 놓아 두었나
BC 丸棒 1個 15kg을 훔처가는 現行犯을 李
鎭元 氏가 체포햇다. 범인은 徐淳龍 氏가 다
리고 있는 三興鐵工所의 종업원. 警備에게
引게된 犯人은 前에도 數次에 걸처서 이런
方法으로 前科을 自白햇다고.
重量 110kg
金額은 約 60,000

〈1968년 8월 3일 토요일 晴〉

밤 八時頃에 서울서 李今烈 君니 來訪햇다.
沈哲元니 就職 件에 對해서 別다른 진첩[진척]이 못 되여 나보고 直接 환영공업[한영공업] 金正培 部長에게 말해 보라는 付託이다.
沈哲元니가 木型係 係員들과 內분니 있어 利川電機을 고만두게 되였다. 그리하여 漢永電機에서 釜山市 納分 400×350 CMS 揚水機를 만들고 있는 現實이라 沈 君을 漢永으로 보내려는 計策.

〈1968년 8월 4일 일요일 晴〉

今年 들어 가장 더운 날이다.
仁川의 各 도서에 서울에서 나려온 피서걕들로 붐빈다.
松島에서는 바다의 女王을 뽑는다나.
그리고 스카이다빈[스카이다이빙]니 있다고.
管理部 젊은 親구들 松島로 노리를 가겟다기에 돈 1,000을 보태쓰라고 일럿다.
파캉스[바캉스] 씨-슨을 맞은 仁川에만 무려 15萬니 人波가 몰려왔다고.
李永喆 羅基台 黃永淵 等과 바다낙씨를 나갓다. 웬일인지 今年에는 近海에 고기가 붓질 않는다.
나는 고기 求景을 못햇다.
船價 日/ 1,500.
松島 入場料 1人當 120.

〈1968년 8월 5일 월요일 晴〉

工程 打合會.
7月分 生産 實跡[實績] 8,300萬 원.

申正植 木型係長과 工場長에게 소환 當하여 沈哲元니 문제를 相議.
沈哲元을 복직시키라는 工場長의 指示.

〈1968년 8월 6일 화요일〉

沈哲元 君과 木型係 全體 人員과의 불화로 因하여 松島 海岸에 있는 "바우집"에서 木型係 洪方植 金東萬 朴容成 趙大成 및 李상호 參加裡에 各者의 意見을 듯다.
沈哲元니 이야기데로 自己 한 사람을 내쫓기 爲한 木型係의 조데성과 김동만 2名의 集團 行動을 조종하고 있음의 뚜렷치 드러남.
홍방식과 이상호 등 仁川 出身니 아닌 者는 보복을 두려워하고 있음.
酒代 3,500 交通費 800.
會談 內容 결열[결렬].

〈1968년 8월 7일 수요일〉

□時.

沈哲元 件 合議함.
같이 從前과 다름없의 좋은 분니기에서 서로가 돕고 親切하게 하겟다고 合議함.
合議된 理由는 强權의 發動으로 不得已 굴복을 한 셈.
즉 木型係 젊은니들 7名의 다 고만 두드라도 좋타는 會社 方針.
申 代理의 고초가 오날로서 풀님[풀림].
쌍운물집에서 木型係員 全體 參加 하에 酒宴.
2,450.

〈1968년 8월 8일 목요일〉

木型材 入庫 時에 試驗 檢査 및 朴基錫 立會 下에 쏙은[썩은] 남우[나무]를 一切 返還하기로 決定함.

其 理由로서는

① 같은 價格에 材當/ 80. 쏙은 나무를 살 必要가 없다.

② 材數ㅁ卽 時에 申正植 代理가 測尺하나 좀 疑心이 맑다[많다]. 現在까지 自己가 마음데로 ㅁㅁ햇스니 앞으로는 좀 嚴重히 立會하여야 되겟다.

〈1968년 8월 9일 금요일〉

木型工場 內紛으로 因해서 가장 疑心을 밧은 게 申正植 代理.

沈哲元니 말에 爲[依]하면 木材 購入에 莫大한 不正ㅁ로 木型 外註[外注] 製作에 % 制度로 會社 돈을 먹었다는 證言.

그리해서 不正을 各者가 다 알기 떼문에 上官니 밋해[밑에] 사람에게 마음데로 일을 시키지 못한다는 點. 보다 理由에 맛은 證言니다.

今般 內紛 떼 申 代理가 木型 內紛을 수숩하지 못한 代表的인 例다.

〈1968년 8월 10일 토요일〉

郭 代理와 둘이서 市內 萬和 朱氏 新築 鑄物工場(太昌鑄物) 및 MaLe Bule 工場 見積 依賴 次 訪問 後 朱氏 工場을 들엿다.

市內 東苑으로 가서 食事 接侍[接待]을 밧음.

도시락 1個 300짜리 2個을 東苑에서 만듬.

그데로 江華 草芝 九里浦 水路로 밤낙씨를

갓다.

午後 三時 大明里 가는 뽀쓰로.

〈1968년 8월 11일 일요일〉

草芝 밤낙씨.

혼자서 草芝에서 밤을 세윗다.

水深의 좀 얏튼 탓인지 別 滋味를 못 보앗다.

놓들이서 풀을 깔고 約 三時間을 작고[자고] 나니 몸이 휠시[훨씬] 가볍다.

넉게는[늦게는] 아렛 개척지에서 一〇侍頃까지 해 보앗다. 떡밥에 제법 나왓다.

〈1968년 8월 12일 월요일〉

요즘 作業 事情의 全般的으로 좀 한가한 셈이다. 養成工 五名을 採用햇다. 모다들 나이 어린 아이들이라 安全 管理에 몹시도 조심이 대며 마음이 놓이지를 않는다.

결국 가려처가며[가르쳐가며] 하나하나 주이하기로[주의하기로] 하였다.

〈1968년 8월 13일 화요일〉

張 會長 아들 張世昌이가 夏期 放學을 利用해서 實習을 마치고 鑄物工場에 對한 各種 隘路를 물어보았다.

첫제 機械工場과 比해서 鑄物工場에 對한 調織[組織]을 다시 하여 달라는 것고[것과]

施設 關係도 좀 더 直極的[積極的]인 뒷바침이 必要하다는 點을.

人員 關係는 T/O보다는 人員 金額 T/O制가 현명.

〈1968년 8월 14일 수요일〉
草芝 밤낚시.

午後 4時 30分 工場 門을 나옴.
5時 10分 Tax[taxi] 便으로 大明까지 감. 택시
費 1,000. matar[meter] 料金 720.
夜間 낙씨 別로 滋味를 못 봄.
郭榮奎 黃永淵 同伴.

〈1968년 8월 15일 목요일〉
午前 一〇時 배로 仁川으로 도라옴. 밤에 잠
을 자지 못하여 배에서 쓰러저 자고 보니 仁
川니다.
草芝 - 仁川 배 69
仁川 - 大明 Bus 80

〈1968년 8월 16일 금요일〉
허리 타침[다침].

午前 六時 30分 세오島로 바다낚시.
朴均義 市場 아저씨와 어저씨의 親舊 吳 氏
同伴함.
세오島에서 물데[물때]가 맞지 않아 하롯밤
을 잣다.
세오島에는 모다 合해서 島民 300餘 名이라
고 한다. 魚村[漁村]니라 몹시도 周위가 들엇
다[더럽다]. 夜間에 仁川에 황도 야간 중학교
에서 野內 生活 마주막[마지막] 날이라고 세
오島 國民校 뜰에서 石油불을 놓코 여러 가
지 滋味 있는 노래와 춤이 있었다.

〈1968년 8월 17일 토요일〉

허리 다침.

長峯 毛島에서 李元任 38歲을 만남. 세오도
에서 아참[아침] 六時 40分 배질을 해서 目
的地에 到着時間니 午後 三時頃. 約 8時間니
걸인 셈이다. 中間에 여당포를 조금 지나서
민어 낙씨터라고 해서 당가 보앗으나 別 滋
味를 못 봄.
모도 앞에다 배를 停泊[碇泊]시키고 밤을 세
기로 햇다. 나는 허리에 담이 와서 도저히 견
데기가 어려워 모도로 올라가서 李元任이라
고 하는 여자 宅에서 하로밤을 세웟다. 留夜
費로 500을 주고 아이들에게 200을 주어 북
어 데가리를 藥으로 쓸라고 사오라고 햇으나
북어 데가리가 없다고 해서 求하지를 못하고
아이들의 菓子를 사주었다. 여인니 案內로
거는방[건넌방]에 들어가니 제법 시골 방치
고는 께끗하다. 藥草를(진달레 뿌리) 女人니
情성끋 다려 왔다. 그리고 방에도 불을 좀 녀
달라고 付託햇다. 藥을 다려가지고 내 방에
들어온 女人은 몹시 沈着한 表情을 하고 있
으나 어딘가 모르게 당황햇다.
男便니 죽은 지가 藥 11個月 前. 아즉 一週忌
가 안 댓다는 아이들이 이야기. 아이들로서
는 14歲 12歲 男 5歲 女 3名.
밤 十二時頃 물을 떠다 달라고 女人을 내 방
으로 불럿다. 그리하여 좀 이로해[위로해] 주
겟다고 가볍게 상체를 옆으로 앉아[안아] 주
엇다. 反응이 없다.

〈1968년 8월 18일 일요일〉
허리 다침.

허리가 아파서 仁川으로 도라옴.
通運號 利用.

〈1968년 8월 19일 월요일 비〉
허리 다침.

李九雄 氏 來訪함.
아침에 김치거리를 가지고 옴.
松島 自宅에서 自轉車로 이러케 멀니까지 가
지고 오니 참으로 고마운 일.
허리에 담이 아즉 풀리지 않어서 會社에 暫
時 出勤하였다가 집에 돌아옴.
治療
제내[지네] 9마리를 복까서 술에 타먹다.
洋藥을 同服.
漢藥을 同服.

〈1968년 8월 20일 화요일 晴〉
오날은 꼼짝 못하겟금 허리가 아푸다.
점〃 더 甚한 증세라 會社에도 나아지[나가
지] 못햇다.
심지어 옆으로 두려늫기도[드러눕기도] 힘
이 든다.
지내 닭을 한 마리 해먹다.
요즘 放學期라서 아이들이 모다 집에서 벅성
데고 있다.

〈1968년 8월 21일 수요일 晴〉
서울 洋靴店에 800 豫約 2,500.

腰部가 若干 差度가 있어 會社에 出勤햇다가
十二時에 집으로 도라옴.

夜間에 京洞서 半額 大賣出 案內를 밧고 갓
다가 別로 쓸만한 게 없서 서울 洋靴店에다
한 켜레 2,500에 마치다.
夜間 朴京遠 來訪. 牛肉 1.5斤.
現金 2,000.

〈1968년 8월 22일 목요일 비〉
요즘에는 每{日가 같히 今週는 全體가 半勤
뿐니라서 꾀병을 하는 것 같은 印象을 주고
있다.
비가 줄기차개 나렷다. 밤세도록 나린 비로
因해서 博文校 側 담이 破壞되여 住民들의
被害가 크다. 新聞記者가 아침부터 被害 現
地을 取採햇으며 洞內 사람들의 들끌고 있
다.
多幸의 人命의 被害가 없다니 多幸이다.

〈1968년 8월 23일 금요일 晴〉
午前 就務을 마치고 黃仁 外科에 X래이(腰
部) 結果 알기 爲하여 들렷으나 오날체[오늘
째] 3日間나나 主治醫가 서을 延世大 病院에
서 돌아오지 않았다고.
허리가 아푼 지가 벌써 一○餘 日이 지낫근
만 아즉 完快치 못햇다.
위리여[오히려] 더 甚하게 痛症을 느끼는 것
만 갓다.
午後에 집에서 쉬다.

〈1968년 8월 24일 토요일 晴〉
요즘 허리가 아파서 마치 꾀병이나 하는 것
같은 인상을 會社에 주고 있다.
아침에 出勤은 해놓코 그데로 슬그머니 집으

로 도라와서 하로 終日 누워서 지나기란 참
으로 갑〃하고만.
明日 鑄造課 內 班長級 以上 船遊 準備을 金
正燁과 李永喆 朴京遠에게 準備시키다.

〈1968년 8월 25일 일요일〉
鑄造課 班長級 以上 16名 船遊.

朝 七時 30分 出船하기로 된 베가 當局 海岸
警備警察의 制止을 밧고 約 1粁 程{度} 떠러
진 下流로 배를 데고 사람이 거기까지 거러
가서 배에 오르다.
永宗 앞바다에서 망동이 잡이를 햇으나 別로
신통치 못햇다.
배에서 망동이회를 첫다. 맛이 좋다.
이번 노리에 朴宗遠 宅에서 여러 모로 많은
手苦를 햇다.

經費	船代 30尺	2,000
	其他	11,000
	計	13,000

〈1968년 8월 26일 월요일〉
貞順 母 시골 가다.

貞順 母가 참으로 오레간만에 시골에 가다.
그것도 夏期 放學期에 꼭 나려오라는 친정
조카의 片紙를 밧고서 나려간 샘이다. 시골
친정 어머니가 病席에 누운 지가 二個年니
넘는다. 其間 여러 차례 걸처서 단 하나박에
읎는 딸 子息을 相面할려고 數次에 걸처 下
鄕 督促을 밧고 나려간 셈,
腰痛으로 永生堂 漢藥房에서 針을 맛다.

針代 100.

〈1968년 8월 27일 화요일 晴〉
요즘에 마음이 헛갈리여 良心에 가책을 밧는
다.
웨나하면 今週을 통해 볼 제 會社에 있는 時
間보다 집에서 쉬는 時間니 더 맛었다[많았
다].
오늘 하로를 定時 5時 退勤時間까지 보내기
가 힘이 들엇다.
허리가 뻣〃하고 마처서 會社 後側 警備 幕
舍 밑에서 約 2時間을 두러누엇다가 이러나
다.

〈1968년 8월 28일 수요일 晴〉
退勤 後 鄭浣珍 밋 許彦乤 兩人니 家庭 事情
上 一旦 辭職 後 約 壹個月間을 쉬다가 今日
부터 다시 就業을 하기 되였다고 平壤 精肉
店에서 술을 삿다. 參加者는 各 班長과 係長
六名 參加.
退職金 鄭浣珍니가 約 21萬 원을 10/7日 字
로 어음으로 탓다.

〈1968년 8월 29일 목요일 晴〉
黃仁醫院에서 治療을 밧음.
몸의 六kg나 벼란간에 늘어나 別로 異常의
有無을 診斷 밧음.
마래부록 工場 朱安 朴 氏 工場에 크랑크 샤
흐트 試作 依賴.
朝 七時 20分 東山中校 앞 醫院에서 針을 맛
다.
針代 100.

〈1968년 8월 30일 금요일〉

腰痛의 느머[너무] 오레 풀리지 않어서 매우 極情스럽다.

從業員 2名의 永登浦 韓永電氣 Co.로 轉出을 햇다.

鑄物係에서 제법 일께나 잘하는 奇鉉教와 林康煥 2名의 試驗에 應한 지가 約 3日 前니라는데 利川電機에서 온 사람은 無條件 밧어주는 라이발 精神니 發이데는[발휘되는] 셈.

〈1968년 8월 31일 토요일 晴〉

大邱 納品.

350×300C 1臺

450×400C 2臺

550×550C 1臺

同上 BC2 BC4 試片 製作 結果 合格 4種을 白ㅁ溝로 現在까지 金屬科 出身니 경信浩 및 黃永淵니가 數次에 걸처 試驗 結果 不合格되여 丸棒을 購入하여 代身 試片으로 보냇다.

〈1968년 9월 1일 일요일 晴〉

정순 엄마 시골서 올라오다.

아버지을 同伴함.

아침에 郭 黃 2名의 同好人니 택시를 몰고 잡[집] 앞 컨길[큰길]에서 기데렷다. 午前 5時 10分頃 아즉 어둠어둠할 무렵이다.

約 2年 만에 安東浦 낙씨터에 와 보았다. 水深은 約 2尺.

물빗은 탁해서 도무지 氣分니 나지를 않는데다가 어느 한 칭구가 自己 婦人을 同伴하고 와서 낚시도 하며 投網질을 해서 속으로 몹

시도 괫심햇다. 낙시을 7年나 해보았으나 낙시을 하며 投網을 던지는 자는 못 보앗다.

〈1968년 9월 2일 월요일 晴〉

昨日 日週日[日曜日]에도 不拘하고 課長級 以上 全員 就業하여 會議를 열겟다는 傳言을 庶務 崔東律 係長으로부터 밧엇으나 낙씨가 가기 밧버서 會社를 나가지 않어 工場長 命을 거역햇다고 좋치 않은 忠告를 밧엇으나 一週日에 단 한 번 쉴 수 있는 休日을 그 누가 감히 방해할 수 엇지 않는가.

工場에 特別난 自己 職務上 잘못이나 있다면 또는 工程의 지연되여 부득히 할 時는 모루데 그러치도 않는데 고연스레[공연스레] 나오라 마라 할 必要는 엾다고 본다.

幹部들 中 朴基錫니 혼자서 命令을 억였다고. 딴 幹部들은 모다 잘 보일라고. 그러나 불평이 만터라. 심지어 밥을 제데로 못 먹고 午後 3時에나 먹었다나.

〈1968년 9월 3일 화요일 晴〉

幹部 連席會議 工場에서 開催.

張 會長 海外 視察을 마치고 歸國 後 첫 會議.

討議 案件

人事 採用의 規定 確立

殘業 止揚의 徹底한 硏究

購入 製品의 滬價[單價] 20% 引下

部長級 人事件

代理 發令者　黃永淵 韓明夫 朴公喜 安定准

次長 昇格者　金東相 尹義炳 朴경연 曺喜昇

　　　　　韓炯植 崔淵

部長 昇格者　吳在夏 權五奎 方 次長 崔 次
　　　長 김 차장

〈1968년 9월 4일 수요일 晴〉

앞으로 人事 처리를 號俸 制定 下에 大學을
나오지 않는 者에 對해서는 月給은 마니 주
고 職責은 別로 않 주겟다는 會社 方針.

〈1968년 9월 5일 목요일 晴〉

오날의 給料日인데 감〃 소식이다.
대근길[퇴근길]에 경리 朴 孃에개 500을 借
用햇다. 그리하여 合乘費과 돌아오는 길에
文化劇場에서 女性의 神秘라는 衛生映畫을
관람햇다.
궤 볼 만한 點이 많이 잇엇다. 主로 女高生들
이 많엇다.

〈1968년 9월 6일 금요일 晴〉

종석니가 約婚 膳物을 마추엇다.

반지	5匁	ⓒ 3,100	15,500
목거리	3.5匁	ⓒ 3,100	11,250
女子用 時計 1			6,000
저고리 一감			2,000
		計	34,750

〈1968년 9월 7일 토요일 晴〉

요즘 九月 달에는 納期을 絶對로 지켜 보겟
다고 納期 嚴守의 달로 제정해 놓코 每日 會
議가 길다.
한 번 會議를 열며[열면] 보통 3時間 以上이
고 보면 現場 課長들은 실지 現場에 돌볼 시
間은 다 빼기는 셈.

午後 五時 30分부터 始作한 生産 打合會가
10時까지 갈 것 갓타서 나는 黃仁 外科에 X
線 撮影 後 診斷을 午後 七時에 約束을 햇기
데문에[때문에] 七時에 會議室에서 나왔다.
鄭博士 腰척주神경 專門醫에게 診斷을 밧고
安心.

〈1968년 9월 8일 일요일 晴〉

鐘錫 동생 約婚式.

午後 一時부터 新婦 兄夫 宅에서 約婚式이
있엇다.
新婦 側에서는

新婦	父母	2名
	兄夫	2名
	親舊	3名

新郎 側에서는

父	아버지
兄	나
兄수	정순 母
四寸 兄	賢錫
四寸 兄	奎錫
四寸 姉	에숙이 엄마
親舊	李光義 게종 李太極 金明求
	서울 妹氏 정호 엄마[10]

〈1968년 9월 9일 월요일 晴〉

張炳贊 社訪.
崔淵 責任設計 次長 歸國. 東南亞 旅行을 마

---

10) 이 내용은 지면 빈 공간에 적은 후 동그라미를 쳐두
　　었다.

치고 첫 出勤.

大邱市 納　　　　350×300C 1臺
　　　　　　　　450×400C 2臺
　　　　　　　　550×550C 1臺

同上 4臺가 모다 性能 未達로 Empella
[impeller] 新作 및 再鑄 結果 別로 다른 點
無.

〈1968년 9월 10일 화요일 晴〉

MaLabal 工場 出張. 郭在根과 同伴 後 午後 4
時 40분頃 나는 집으로 돌라옴.

아버지가 서울 동성 宅으로 올라가시다. 博
覽會 求景을 하시고 土曜[日]에는 나려오시
겟다고.

體重의 57kg에서 60kg로 約 3kg 程度가 왓
다 갓다 할 程度로 差가 甚하다.

〈1968년 9월 11일 수요일〉

崔淵 次長의 東南亞 一帶을 도라온 記念으로
상아뿔로 만단[만든] 도장材 1個를 선물로
나누어 밧엇다.

〈1968년 9월 12일 목요일〉

永登浦 鄭鳳龍 氏로부터 酒代 條로 6,000을
밧엇다.

內容은 日前에 班長級 以上 16名의 바다에
船遊 갓든 費用의 一部로 充當햇다.

鄭碩丙 氏에게도 同調을 要請햇으나 아즉 消
息이 없다.

〈1968년 9월 13일 금요일〉

午前 一○時頃에 서울 永登浦 東洋 製作所

出張.

cupola 外註 製作 關係로 仕樣 協議 次.

永登浦 代理店에서 東洋 製作所로 問議 結果
金仁洙 社長의 江原道로 出張 中이라서 그데
로 도라옴.

낫에 永登浦 鐵길 엽 某 女人 宅에서 約 壹個
月 만에 對人 接촉을 햇다. 500.

〈1968년 9월 14일 토요일〉

경信浩 氏 來訪. 밤 八時頃에 서울 집으로 招
待를 밧어 酒宴을 열었다. 參加者 曹喜昇 郭
在根 李永喆 朴基錫.

酒宴을 가진 理由는 경 氏 工場 變壓器 修理
을 잘 附託한다는 條件 下에 對接을 밧음.

〈1968년 9월 15일 일요일〉

방 修理. 2個.

오레간만에 古棧으로 낙씨를 가기로 郭榮奎
와 約束. 아침에 五時에 이러나 차 시간을 놋
치고 불라불라[부랴부랴] 택시로 5時 15分
에 동인驛으로 달렷으나 이미 時間니 5時 25
分. 松島까지 달려가서 기동차를 탓다.

中間에 예정을 변경해서 達月의 갈데밧으로
갓으나 물을 너마[너무] 심하기 빼서 本 水路
로 나려와 망동이를 約 3卜 잡았다.

〈1968년 9월 16일 월요일〉

방 修理費

큰房　　溫突 修理　　　　　⎫
　　　　　　　　　　　　　　⎬ 3,000
작은房　　　〃　　　　　　　⎭

工賃　　기술지[기술자]　　800

〃	助工	400
세맨드 1袋		320
其他		1,500

〈1968년 9월 17일 화요일〉
날시가 急作스럽게 선 〃해진다.
잠바가 그립다.
바람이 세차게 불어서 제법 선 〃하고 피부에
거칠어지는 비듬이 들기 始作한다.
가을철에는 피부가 제법 상하기 마련니다.

〈1968년 9월 19일 목요일〉
도베지 購入.

15卷	70	1,050
8卷	70	560

〈1968년 9월 20일 금요일〉
서울 東洋 製作所 出張,
東洋 機械로 誤認. 찾느라고 時間을 허비함.
金仁洙 相面 cupola 仕樣 協議. 現圖 着成 時
에 連絡을 取하여 未備한 點의 發見되는 데
로 相互 協議 下에 是正키로.
鐵길의 女人 宅을 訪問 잠시 시엇다 옴.

〈1968년 9월 21일 토요일〉
韓炳植 次長의 昇進酒를 삿다.
펌프 試驗場에 고사를 지냇다.
진주집에서 第二次로 술을 마심.
韓炳植 金東相 徐東基 黃永淵 李永喆 金金
載.
酒代 4,400.

〈1968년 9월 22일 일요일〉
아침 七時 20分 前에 東仁川驛을 出發 택시
로 浦浦里 到着. 택시費 500. 水路에 물을 뽑
아서 낙시를 못하게 되여 古棧 地方으로 方
向을 바꾸엇다.
다시 택시로 古棧에 到着. 午前 9時 20分頃.
택시費 800.
古棧 북은山 海岸 側에 마련한 新池에서 붕
어 約 30餘 首을 잡엇다.
同行者 黃永淵 郭榮奎.

〈1968년 9월 23일 월요일 晴〉
방 도배 完了.

新星煉瓦의 工場長이라는 사람의 來社햇다.
理由는 前에 納品한 □瓦 質의 좋이 못해서
模收[補修]를 해주지 않어 收金에 支障이 있
다고 한 번만 잘 付託한다고 一金 壹萬 원을
내놓고 갓다. 부
五阡 을[원]을 班長들과 船遊費을 떼고 李永
喆 黃永淵 酒代 2,400 淸算.
殘額을 黃永淵 李永喆 金春道 參加裡에 테포
를 마시엇다.

〈1968년 9월 24일 화요일 晴〉
요즘 健康 狀態가 좀 나아것다고 모다들 나
를 보고 하는 말이 얼골이 분 것이 아니야고
들 反問을 한다. 술을 한 잔 두 잔 들기 始作
하여 오날째 5日 속이 좀 이상하다. 역시 나
에게는 술은 禁物이다.

〈1968년 9월 25일 수요일 晴〉

住民登錄 申告 始作.

九月은 納期을 꼭 지킵시다.
工場의 구석구석에다 標語까지 부처놓고 제법 初盤期에는 맞저나아가든 納期다. 後盤期에 들어서고부터는 自然니 맞저나아가지가 않으니 內容을 알 수 없다.
素材 擔當者로서 볼 제 納期에 支障을 준 例는 없다.
그렇타며는 역시 機械에 隘路가 많타.
그리고 다음에는 材料 購入 遲延니 크다.

〈1968년 9월 26일 목요일〉
砲金 鎔滓 商人 서울 龍山 文培洞 大光工業 社長 申點得이가 鎔滓을 引受하고 釜山집에서 술을 삿다. 밤 늣개사 돌아왓다.
鎔滓 代金 TS/當 930,000[11]
會社에 納入金 TS/當 58,000
收益金 勞組에서 引受.

〈1968년 9월 28일 토요일〉
요즘에 鑄造課 內 班長과 係長들 사이에 술 마시기 홰수가 벗석 늘었다.
退勤길에 電氣爐 金春道 班長이 태포를 사겟다고 提意[提議].
경님집에서 밤 十一時 40分까지 술을 마셧다.

〈1968년 9월 29일 일요일〉
古棧 新貯水池 낚시.

11) 93,000을 잘 못 쓴 것으로 보인다.

機械課는 代休 條로 就業.
鑄造課만 休業.

〈1968년 9월 30일 월요일〉
張 會長 來訪.
工場長에게 가혹한 言話.
정순니 母 담.
朴元錫 담으로 黃仁(外)科 入院.
公傷으로.

〈1968년 10월 1일 화요일〉
第二○回 國軍니 날.

벌써 가울철이 대였다.
朝夕으로 제법 선〃한 피푸[피부]를 느낀다.
저역이며는 뀌드라미 우는 소리가 처량하며 小市民니 겨울살이 準備를 한층 더 제촉하기도 하는 季節이다.
웬닐인지 今年에는 工場에 受註量[受注量]이 즉어서 工員들이 殘業을 大幅 制限하기 되여 보기에 딱하다.
그전 같으며는 工員들이 別로 殘業을 하기 실어햇으나 요즘에는 殘業을 않 시켜 주어서 極情들이고 보니 집안 살님에 쪼달니는 게 工員들이며 또한 生活慾이 그만큼 커졋다는 정조[징조]이기도 하지.

〈1968년 10월 2일 수요일〉
鑄工 採用 告示를 한 지도 제법 오레 시일이 지나갓건마는 近 4個月間에 걸처서 한 사람도 技能工이라고는 採用을 못하였다.
각금 래되오를 들어보며는 서울이 직업 소게

소에서 鑄工 採用을 부루짓고 있다.

生覺하면 할수록 좋은 現實이다. 그마큼 사람이 모지라는 現實을 누가 만들었느야. 現政府의 定策애서 온 게다. 우리 工場에 鑄工이 붓어[붙어] 있질 않는 理由가 또 하나 있다. 그것은 두 말 할 것 없이 張炳贊 會長의 賃金 滯拂에서 오는 缺陷이다. 요즘에 사람이 없서 쩔〃메는 판국에 給料를 제데로 안 주는 企業主가 았다니. 그것도 내가 알기에 자그마치 十餘 年間니나 지속이고 보면.

〈1968년 10월 3일 목요일 晴〉

東洋 製作所 y 샤쓰 一枚 膳物 밧음.
開天節. 鑄造課 代勤.

天高馬肥의 佳節이라니 文字 그데로 좋은 게 절이다.
오늘 工場 全體가 休務하는데 우리 鑄造課만은 全員 就業햇다.
秋夕 다음날과 代勤을 햇다.

〈1968년 10월 4일 금요일 晴〉

仁川電機로부터 砂糖 4kg 膳物 밧음.

秋夕을 앞두고 歸鄕하는 사람이 버썩 늘어낫다.
鑄造課 內만 헤도 休暇者가 無려 18名이나 나왓으니 全體 118名에서 볼 데 比率의 크다.
大邱 出身者 許현조 君니 歸鄕 旅費가 없어 市場 아저씨한테서 一金 3,000을 借用햇다.
利川電機 Co가 단돈 3,000니 없서 귀향하는 者의 交通費도 제데로 못 데주니 답〃하다.

〈1968년 10월 5일 토요일 晴〉

三興工業 徐夢龍 y 샤쓰 一枚.

밤 十時 20分 急行車로 歸鄕.
交通費　400 + 500
帽子　　450
넥타이　500
竽袋　　950
三興工業 y샤쓰 一枚 膳物 밧음.

10/6日[12]
밤 三時 永同 到着.
午前 七時 靑山 行 택시料金 1,300.

〈1968년 10월 6일 일요일 晴〉

仲秋節.

約 八年 만에 名節 歸鄕이고 보니 마음이 무척 즐겁다.
各宅에서는 벌써 祭事를 다 지내고 남은 집은 생골 하라버지 祭事가 가장 마즈막이다.
낙씨데를 들고 보안에서 낙씨질 해보았으나 別로 滋味가 없다.

〈1968년 10월 7일 월요일〉

비로 因해서 終日 집에서 잠을 자다.
족보을 디집어 보다.

---

12) 이하 내용은 5일 자 일기 하단에 날짜와 함께 적은 내용으로, 밤차로 고향에 도착하여 새벽에 도착한 사실을 기록하고 있다. 본 출판본에서는 10월 6일 자의 일기가 따로 적혀 있으므로 원문에 기록된 그대로 5일 자에 배치하였다.

〈1968년 10월 8일 화요일〉
青山에서 洪正屼 洪春義 李重根 李益根 等과
술을 나누고 同窓會에 1,000 贊助함.
大田驛前에서 留宿함.

〈1968년 10월 9일 수요일〉
永同서 Bus로 서울에 오다.

午前　　7時 30分 發 天安行 Bus 180
　　　　9時 30分 天安 到着
　　　　11時 20分 水原 着 140
　　　　12時 30分 水原 發 120
　　　　1時 30分 仁川 到着

〈1968년 10월 10일 목요일〉
約束이나 한 듯시 4日을 쉬고 들님없는[틀림
없는] 日字에 職場어 나아가 보니 제법 내가
없는 期間니지마는 滋味나게 일을 해왔다.
요즘에는 웬닐인지 전연 일이 없는 편니고
보니 겨울 준비 김장 준비에 바뿐 工具들이
殘業이 붓적 줄어서 極情이 된다.

〈1968년 10월 11일 금요일〉
崔武弼 氏 長期 休暇. 身病.

朝夕으로 제법 선 〃 하다.
벌서 가울이다. 그리고 멀지앉어서 겨울이
탁처오겟지. 겨울 生覺을 하면 鑄物工場에
就業하는 사람은 몹시도 귀로운 게절을 연상
한다.
손니 트고 목들미나[목덜미가] 갈라지며 마
치 손과 얼골이 갈라저서 피부에서 피가 나

는 쓰라린 季節이기도 하다. 그 리유[이유]는
鑄物砂의 細粉니 피부를 자극함이다.

〈1968년 10월 12일 토요일 晴〉
博文女中高校 運動會.

貞順니와 貞花가 오날은 아침부터 매우 바쁘
게 행동하는 날이다. 보통 나보다 늦게 이러
나는 게 통례이나 오날은 제법 빨니 이러낫
다. 運動會가 열니는 탓이다.
貞順 母와 아이들이 運動會에 가서 응원을
하여 준 모양이다. 저역食事 時間에 運動會
에 關한 이야기가 온통 시끄럽다.
매기시코[멕시코] 오림픽 開幕.

〈1968년 10월 13일 일요일 晴〉
千葉農場 釣行.

黃永淵과 둘이서 東仁川驛에서 七時 大明 가
는 Bus를 타고 目的地에 到着하기는 午前 九
時 체 못 대엿다.
季節的으로 가장 좋은 시즌니다.
루발로 因한 各地의 물난리로 붕어 낙시는
제미를 못 보는 게 今年 낙씨다.

〈1968년 10월 14일 월요일 晴〉
金仁鎬 理事 工場長 代行役.

同鄕의 一年 先輩인 孫載奉 兄을 大和茶房에
서 相逢함.
舊名의 永玉이라기에 옛 記憶을 더듬어서 옛
印象을 살라보다.

孫 氏는 今年 44歲. 나보다 한 살의 위이며 키가 즉고 제법 야무지게 生겻다.

極東運輸 Co의 專務 役을 맛고 있다니 즉은 業體겟지마는 出世한 셈이다.

孫載奉 氏에게서 夕食 待接을 밧고 해여지다.

〈1968년 10월 15일 화요일 晴〉

서울 妹氏로부터 金 200,000 入.

張炳贊 氏 來訪.

金正燁 君을 통해서 鑄友會 金 3,000을 借用한 理由는 靑山國民校 五學年生의 修學旅行 次 午後 3時에 東仁川驛에 到着하리라는 通告를 밧고 즉은 돈니나마 贊助金 條로 寸志의 誠意를 表하기 爲함이였으나 驛에 불라부라 나아가 보니 豫定時間에 오지를 않었다.

孫載奉 父子와 約 1時間을 기다리다 오지 않는 것으로 단정하고 해여지다.

서울 妹氏에게서 꾸원간[꾸어간] 돈 20萬 원 收入金함.

〈1968년 10월 16일 수요일 비〉

靑山國民校 修學旅行 仁川 예정 變更.

昨日에 仁川 到着하겟다든 靑山校 五年生(修學旅行) 別다른 連絡 없이 오지를 않었다.

〈1968년 10월 17일 목요일〉

仁川製鐵 gear pump 水壓 關係 漏水 通告을 밧고 現場에 出張.

日氣가 별안간에 나려가서 감기를 들엇다.

BC 鎔滓 價格

$\qquad$ 93,000

會社 納金 58,000 /TS當

勞組 利益 35,000/TS當

〈1968년 10월 18일 금요일〉

날씨가 나려가서 內衣 上下를 着服하다.

日本 徐社長 弟 來訪함.

서울 申點得 來社. 眞輪廣 購買 契約 取消 殘額 整理.

同上 勞組와의 約束을 取消됨으로 勞組 金正吉로부터 今年 末까지만 보아달라는 要請을 거절.

〈1968년 10월 19일 토요일〉[13]

낙씨철로서는 가장 좋은 가울철이다.

그러나 今年에도 가뭄이 심한 탓으로 도처에 물이 말러서 別다른 滋味를 못 보았다.

來日의 日曜日이라 벌서 職場의 親舊들로부터 來日의 豫定을 알려달라고 電話통이 시끄럽다.

그러나 웬닐인지 나는 氣分니 나질 않으니.

〈1968년 10월 20일 일요일 晴〉

永宗島 낙시行.

雲西里 논바닥에 있는 조그만 貯水池에 물은

---

13) 일기 원본에는 이 날이 18일로 기재되어 있다. 그러나 "來日의 日曜日이라"라는 내용이 적혀 있는 것으로 볼 때 토요일인 19일의 일기가 분명하므로 날짜를 바로잡아 입력하였다. 다음날인 20일 역시 원본에는 19일로 기재되어 있으나 바로잡아 입력하였다.

많으나 고기는 없다.
알고 보니 約 一週日 前에 富平에서 왔다는 몹쓸 친구들의 農藥을 풀어서 몰살을 시켯다니 이레서야 되겟나.

〈1968년 10월 24일 목요일〉
李相弼 氏 三女 結婚 500.

이침[아침]부터 비가 나리는 엄침한[음침한] 날이다.
永登浦 道林 天主教會堂에서 李相弼 氏의 三女가 婚禮를 올리엿다.
教會式의 婚禮라 몹시도 지루햇다. 主禮가 西洋 사람이였다. 몹시 젊은 사람이엿으나 제벌[제법] 우리말을 잘 하는 이뿌장한 모습의 西洋人니다.
鄭鳳龍 氏가 禮式을 마치고 대포를 삿다.

〈1968년 10월 25일 금요일〉
同生 鐘錫니에 결혼니 아마도 新婦 宅 事情으로 因해서 今年에 이루어지기가 어려울 것만 갓다.
新婦 宅에 아버지 回甲宴과 오빠의 婚禮 등.
우리 側에서 너무 욕심만 취하고 今年에 하자고 나서나. 이는 좀 무리한 욕심이다.

〈1968년 10월 26일 토요일〉
가울철을 맞이하여 가장 좋은 季節이다.
몸의 건강 상태도 어느 떼보다 좋은 便니다.
現在 나의 몸의 무게가 63kg. 전에 1965~1967年 52kg.
좋은 季節의 맞니 올려 놓차. 몸의 重量을.

〈1968년 10월 27일 일요일 晴〉
水道工事를 부엌으로 연장.
代金 3,000.

영종도로 망동이 낚시를 갓다.
황영연 代理와 둘이서 갓다.
雲南里에서 뽀쓰를 나럿다.
논길을 뺑〃 돌아가며 반뿐[바쁜] 거름으로 커드란 □田 貯水池에 낙씨를 당근 時間니 午前 一〇時. 그러나 기데햇든 망동이는 나오질 않는다. 우리들 一行은 실망햇다.
낙시를 거두고 前 주에 하든 貯水池로 옴겨 보았으나 別로 滋味를 못 보앗다.
田得文 長女 結婚 1,000 扶助.

〈1968년 10월 28일 월요일〉
鄭鳳龍 永登浦 木型工場 主人니 보내준 알약 50個을 요즘 계속 먹고 있으나 별로 效果을 아즉 모르겟다.
藥內 效果는
食慾의 旺盛해진다든데 오날까지 3日을 복용하나 아즉 모르겟다.

〈1968년 10월 29일 화요일 晴〉
李龍雲 氏 父 死亡. 賻金 500.

李四㐄 氏 死亡.
陸驥永 白南錫 洪禹吉 申正植 沈哲元 崔漢龍.
同上六名을 同伴 弔文함.
鑄造課 內 弔金 6,900.

〈1968년 10월 31일 목요일 晴〉
金奎徹 弟 結婚 扶助 500.

同生 鐘錫니 歸鄕 2日재다.
고향에 나려간 리유는 弊民[14]니 同生의 오즘
같이[요즘같이] 바뿐 農期에 秋耕도 하지 않
코저 家出 3日재를 消息을 모룬다는 奉子의
片紙를 밧고 極情에 못 견디여 나려갓다.
鐘錫 弟 鄕里에 나려감.
昌錫 同生의 家出니 件.
家出 通告를 밧고.

〈1968년 11월 1일 금요일 晴 5~18℃〉
老壯 契員 野遊會 開催 建議.

午後 2時頃에 日本에 게시는 徐相綠 社長의
現場을 두루 도라다녀섯다.
張炳贊 會長의 直接 案內를 하기는 이번니
츠음이다.
두 분 主株[株主]께서 서로들 和睦지 못하
다는 이야기다.
張 會長을 地主의 後孫인데다가 最高 學部을
나왔으며 徐 社長은 한 職工 出身으로 아주
서민적이며 친절한 분이다.
會社 方針에도 徐 社長은 融投資을 願하나
張 會長은 돈니 없어 增資을 정 原[願]치 않
는다나.

〈1968년 11월 2일 토요일 晴 5~17℃〉

짠지 무 접당 300에 購入.
昨年보다 씨다[싸다].

아침에 진한 안게가 仁川 市內에 꽉 끼엿다.
달니는 合乘 Bus가 앞을 잘 보지 못할 程度라
서 조용히 앞을 조심심스럽게 살피며 갓다.
요즘에 씰값의[쌀값이] 6,000(壹叺當) 線에
서 去來되는 實態다.
昨年보다 政府 賣上價格의 80kg入 壹叺에
4,200 線으로 策定의 되엿다.
今年에 김장 價格은 大體로 헐할 것만 갓다
는 現在까지 전망이다.
夜間에 文化劇場에서 산 시바스 映畵을 觀覽
햇다.

〈1968년 11월 3일 일요일 晴〉
老壯 契員 山井湖水로 野遊 가다.

아침 七時 二〇分 仁川驛을 出發 서울 市廳
앞해서 京南觀光 Bus로 山井湖水에 到着한
時間니 午前 十一時頃이다.
山니 흠하다[험하다]. 그리고 떼그[때가] 좀
늦은 탓인지 단풍은 別로 없고 가랑닙만 불
게[붉게] 타고 있다.
湖水 中텍에서 점심을 먹고 午後 四時頃에
다시 서울로 도라왓다.
Bus費 1人當 680
張 氏 扶助金 1,000
正宗 1병 (600)
尹在式 扶助 300
山井湖水 1人當 負擔額 1,000
徐蒙龍 特別 贊助金 10,000

〈1968년 11월 4일 월요일 晴〉
伯母 來仁. 奉子와 同行함.
奉子가 眼疾로 治療을 밧아야 됨.

〈1968년 11월 5일 화요일 晴〉
江原産業 出張.

午前에 崔淵 設計部 次長으로부터 江原産業
에 가게 되였다고 나하고 같이 出張을 가자
고 이야기해 왔다. 別로 바쁜 닐이 없는 탓이
라 可能하면 同行하는 게 좋갯타고 對答햇드
니 同行하게 되었다.
午後 七時 仁川 出發 午後 一〇時 淸涼里 到
着.
淸涼里 一泊 午前 六時 58分 江陵行 列車에
便乘함.

〈1968년 11월 6일 수요일 晴〉
江原道 地方의 汽車 旅行은 처음이다. 漢江
上流를 거실러 오르든 車가 락동江 上流을
지나 수마는[수많은] 턴넬[터널]을 지나서
鐵巖驛에 到着하기까지는 서울서 約 七時間
五〇니 글럿다.
鐵巖驛은 山 溪谷에 자리잡은 조고만 驛이나
온통 四方의 石炭의 산덤이다[산더미다]. 백
운 旅館에 자리를 잡고 裵昌國 氏로부터 저
역 對接을 밧엇다.
旅館費 800. 口館.

〈1968년 11월 7일 목요일 晴〉
江原産業 工場 見學.
cupola　3TS 2基

1TS 4基
迂導爐　3TS 4基
月 生産高 10月分 281TS/ 300名
生産品目
鑄鋼
鑄物
NC
BC 等
1人當 生産高 1TS 未滿

〈1968년 11월 8일 금요일 晴〉
嶋潭驛[15]에 到着한 지가 밤 二時.
各 旅館니 滿員니다. 이 지역에는 夜間 通行
時間니 없어 밤세 술을 마시여도 누구 하나
말니는 사람이 없다.
各 旅館마다 滿員을 이루고 있는 理由는 聖
信化學 새맨트 工場 新築 (年産 100萬TS)으
로 아즉 合宿舍가 完了되지 않어서 旅館마다
超滿員니다.
韓一씨맨트에서 金善興 氏에게 고마운 接待
을 밧엇다.
京春旅館 600.

〈1968년 11월 9일 토요일 零下 7℃〉
하로 終日 낮잠을 잣다.
會社에 나아가고 십흐나 崔연 氏가 오날은
하로 푹 쉬자고 재이[제의]해 와서 끔짝[꼼

15) 충청북도 단양군 매포읍 우덕리에 위치한 중앙선
의 철도역이다. 2008년 12월 1일부터 여객 취급이
중지되고, 주로 시멘트 수송을 위해 활용되고 있다.
이곳에 한일시멘트, 성신양회 등 대규모 시멘트 공
장이 자리하고 있다.

짝] 안코 집에서 쉬엇다.

날씨가 벼란간에 急降下.

김치 무를 삿다.

한 접에 400式 230個.

〈1968년 11월 10일 일요일 晴〉

하로 終日토록 집에서 잠을 잣다.

日氣가 別란간에 나려가서 도무지 밧게[밖에] 나아가기가 실탄 말이야.

鐘錫니가 散彈銃을 가지고 세를 잡어 왓다.

約 20首.

奉子가 眼科 病院에 갓다가 옴.

二 三日 經過를 보고서 手術 可否을 決定지우갯다는 病院 側이 말이라나.

어터케 手術을 않고서 治療가 可能하기를 바랄 뿐.

〈1968년 11월 11일 월요일 晴〉

今日부터 就業時間니 아침 八時에서 八時 20分으로 바끼여젓다.

正門에 到着하니 8時 一五分. 에비[예비] 사이랜니 울렷다.

警備室에서 出勤簿을 모다 것이[걷어] 드려서 그데로 드러왓드니 遲刻이라고 되여 있어.

警備들이 얄밉다.

庶務에 連絡하여 是正햇다.

〈1968년 11월 12일 화요일 晴〉

날씨가 차와저서 現場에 여기저기서 아침에는 나무로 불을 피기 시작햇다. 세월은 빨라 벌서 동절이 탁처오고 보니 가장 힘들고 고

센스러운 곳이 주물공장이다.

800粍 斜流 펌프 方向 變更.

釜山 朴在樹 氏에게

胴體 3組 kg 70

羽根 3個 kg 100

〈1968년 11월 13일 수요일 晴〉

奉子 동생 눈 치료를 밧고 서울로 해서 고향에 가다.

六時 30分 愛酒집에서 金仁鎬 理事 文益模 勞組委員長 參席 下에 酒宴이 배풀어지다.

金仁鎬 氏가 20日頃에 渡日한다고 萑原 펌프 製作所와 技術 協力 關係로 本社 鄭永錫 部長과 같이 떠난다고.

約 一時間 경과 後 工場長 崔武弼 氏와 朴京緖 次長 曺喜昇 次長의 나타낫다. 한 座席에 同席. 話제가 今般 日本에서 나오신 徐相綠 社長과 張炳贊 會長에 對한 比判[批判]니고 보니 모다들 張炳贊니 方法으로는 大成하지 못한다는 게 지배의인 것 갓다.

張炳贊니가 人心을 못 사는 理由는 너무 잘난 척만 하니가.

〈1968년 11월 14일 목요일 晴 1℃~10℃〉

5TS cupola 外註 施工 檢收[檢受] 畢.

午後 3時에 永登浦 揚南洞 所在 東洋 製作所 (社長 金仁洙)에 막겼든 5TS cupola 檢收을 하기 爲하여 工作課 崔德春 次長과 같이 出張길에 올랏다. 豫定보다 約 壹 個月의 늦어전 理由는 別로 바뿌지 않는 게 cupola의 設

置 交替이며 瓦斯[16) 透道管[誘導管]니 仕樣 變更으로 因한 製作 時日 遲延 等을 들 수 있다. 檢收 結果 제법 別다른 遜色 없이 만들어 젓다.

金仁洙 社長과 設計 擔當者 남영 氏가 夕食을 같히 햇다. 中國料理店에서 저역을 하고 서울 小公洞 송원 BAR에 가서 麥酒을 마섯다.

車費 條로 5,000을 밧아 1,000 交通費를 除하고 2,000式 나누엇다.

〈1968년 11월 15일 금요일 晴〉

塊炭 購買 事情 惡化로 Copola 操業 不可.

해마다 격는 鑄造工場의 隘路가 今年에는 너무도 빨니 닥처온 것만 갓다.

coke 아닌 塊炭을 使用해서 溶解 作業을 今日에까지 하고 있는 기 國內 鑄造工場의 實態이다. 우리 工場은 昨年度의 炭 事情을 감안해서 日本서 購入한 coke 500TS니 倉庫에서 잠을 자고 있다.

勿論 coke를 使用하기 되며는 問題는 簡單하지마는 資金의 쪼달니는 利川電機 Co의 實情이라 自己 倉庫에 드러있는 coks[coke]를 通關니 않니 되여 못 쓰고 있으니 답″한 노릇이다. 알고 보니 500TS니 coke는 機械工業 六成資金으로 사드려온 것이라나.

하여튼 오날은 부득이 溶解作業을 못햇다.

〈1968년 11월 16일 토요일 晴〉

徐相綠 社長의 特別指示로 食堂 副食 改良.

---

16) ガス. 가스.

日本서 暫時 故國에 도라온 利川電機 社長 徐相綠 氏가 요즘 혼자서 工場에 나타나 現場을 두루 다니며 事″件件 每事을 冷情의 觀察한 나머지 食堂 副食 問題로 決斷을 내럿다. 즉 現在 二種으로 支給되는 밥을 單一化하여 工具 中心으로 300式 하여 종전 25 좀 더 工具들을 잘 미기라는[먹이라는] 분부이라 一般 從業員에게 大人氣을 주엇다.

종저[종전]에는 15 程度박에 되지 않튼 食事가 社長의 命令으로 반찬만다[반찬마다] 3種에 국도 제법 잘 끄려준다고 조와들 하고 있다. 사람이란 누구나가 단순하다. 즉 社長의 一時的 人氣 전술인지는 모루나 일꾼들을 아끼는 마음의 表示는 充分니 되엿다고 본다. 勿論 社長의 出身 職工니고 보니 당연하다.

〈1968년 11월 17일 일요일 晴 1℃ 10°〉

겨울철이다. 日曜日에 집에서 消日하기란 재법 따분하고 답″만 하다. 웬일인지 아침에 늦게 이러나서 박에 나와 보니 바람이 너무 또 쌀″하다. 마음 한구석에는 낙씨터에 가있근마는 몸의 움지겨 주지를 않는다. 날씨가 제법 쌀″하고 동행자가 정해지질 앟어서 용기가 나지를 안는다. 망서리다 보니 9時가 되엿다. 鐘錫 同生은 下水道를 고치느라고 아침 7時부터 바분[바쁜] 일손을 놀니고 있다. 목욕탕에 下水口[下水溝]을 다시 가라 끼고 마당에 있는 下水口 및 水道 Pipe 工事 後부터 젓든 마당의 뜨륵[뜨락]을 補修햇다.

저역에 무우 부침을 해서 먹엇다.

〈1968년 11월 18일 월요일 晴 1℃~10℃〉

仁川 市内가 온통 안개로 앞을 분간 못할 程度로 길은 안개라서 재법 일즉이 집을 떠낫다. 보통 데[때]는 出勤時間니 8時엿는데 8時 20分으로 늦추워젓다.

집을 나오는 아침 시간은 보통 7時 40分 合乘을 2回 타야 하니 하로에 交通費만도 往復으로 따지며는 60니다.

合乘費

　　　博文校 - 東仁川 15
　　　東仁川 - 花水洞 15

〈1968년 11월 19일 화요일 晴〉

김장하는 날.

工場에서 理事會가 開催된다는 事前 通告을 밧고 各課에서는 제법 초조한 마음으로 기다렷다.

幹部格 大會議라 하여 理事 및 各 主株 參加 下에 各 所屬長은 五分間式 自己의 抱負을 말한다나. 마다들[모두들] 초조햇으나 막상 會議가 업고 보니 맥이 풀린다.

김장갑

　　　배추 5,500 1,500포기

〈1968년 11월 20일 수요일〉

申正植 代理와 酒宴.

3TS cupola 마즈막 溶解작업.
利川電機 就業 直時부터 나의 設計로 完成햇든 3TS cupola가 5TS으로 擴張하는 바람에 오날의 그 마즈막 作業을 하는 셈. 來日부터는 몸채가 切斷되여 古鐵로 使用하게 될 게

다.

驛前 天坪旅館에 遊宿[留宿].

〈1968년 11월 21일 목요일 晴〉

金仁鎬 理事 崔原工場 가다.

3TS cupola 解體作業 始作.

工作課 指導 下에 5TS cupola 設置工事가 始作됨.

5TS cupola 瓦斯 透導管 耐熱鋼으로 造型 着手.

5TS cupola 外註 製作處

永登浦 東洋製作所

金仁洙 社長

製作費　115萬 원

〈1968년 11월 22일 금요일 晴〉

朴在樹 釜山 揚水機 800粍 斜流 3臺 方向 變更으로 再鑄 分에 對한 謝禮金 條로 10,000 밧음.

800粍 斜流 鑄物 價格

胴體 TS當 70,000 TS/

impeller 100,000 TS/

〈1968년 11월 23일 토요일 晴〉

3TS cupola 切斷 撤去 完了.

　800粍 斜流　　　胴體 2臺
　　　　　　　　　　impeller 1個

釜山으로 發送

〈1968년 11월 24일 일요일 晴 14℃〉

바다낙시.

봄날갓치 따시다.

삿쓰를 2個나 입엇드니 잔덩이[등]에서 땀이
나서 벗어 치웟다.

아침 九時 小月尾島 築臺 工事場에 바다낙씨
를 갓다.

한 마리 求景을 못하고 도라오다.

〈1968년 11월 25일 월요일 晴〉

謝禮金 5,000 밧음.

서울 씨린다[실린더] 鑄鋼 1TS 15kg 1個를
完納하고 謝禮金 條로 5,000을 밧음.

李永喆 氏를 同伴하고 松林市場 精肉店에서
牛肉 2斤과 豚肉 1斤을 □肉으로 하여 술을
나누었다. 一次 술을 나눈 나는 다시 第二次
로 女給이 있는 酒店을 찾어갓다. 오레간만
의 主席이라 女給 2名을 제법 골려주기도 햇
으나 나와 李永喆 氏는 벌서 年齡의 너무도
들었다. 지금으로부터 九年 前 永登浦에서 츠
음 仁川으로 나려와 제법 자주 다니든 이 酒
店이 主人도 벌서 두 번이나 바뀌엇다나.

時間니 지나서 酒店을 취한 기분으로 거러 나
올 제 아가시들의 치마자락에 휘감기는 기분
을 제법 勇氣 있게 그데로 집으로 도라오다.

〈1968년 11월 26일 화요일 晴〉

平年보다 氣候가 높아서 김장을 맞친 家庭에
서는 김장의 쉿가바[쉴까봐] 걱정이다. 오날
의 水銀柱가 14℃라는 平年과 比해 平均 九
度가 높다는 氣象臺의 發表가 있자 新聞報道
에 依하며는 湖南驛頭에서는 野菜가 輸送 關
係 지연으로 무참히 썩어간다는 消息이고 보

며는 旱害地區 野菜를 優先的으로 輪送해 주
라는 政府方針은 말로만 그치고 마는 샘….

伯母께서 故鄕에 나려가시지을 앟고 집으로
오섯다. 勿論 親子息들의 집이 있근마는 우
리 집을 택해서 오셨 理由는 만으시다. 아들
과 딸들의 모다 自己 집이 없니 貰房사리에
다 別로 情답게 對해지지 않는 데 섭〃한 마
음은 어찌할 수 없는 心情일 게다.

〈1968년 11월 27일 수요일 晴〉

光興電氣 鑄鋼品 □擡 1個當 1,460 kg로 木
型 □量을 □□.

張 會長의 來社햇다. 各者 좀 더 全力을 다해
서 會長의 現場을 돌 데[때] 꾸지람을 듣지
않토록 하라는 工場長의 電話 指示가 있자
[있다].

鑄造工場에 낫타난 張 會長 하는 말이 뜻을
알송달송.

요즘에 徐 社長의 와 개시셔 하시는 이야긴
지는 모루나 張 會長이 할 일은 다하고도 욕
은 욕데로 먹는다는 어국하다는[억울하다
는] 뜻의 表明이 있자.

나보고 하는 말의 課長으로서 金炳烈 前 工
場長과 똑같은 方式으로 평게[핑계]만 하고
있다고. 그러나 金炳烈보다는 誠實性이 있
고. 도무지 무슨 소리인지 알고도 모루겟다.

〈1968년 11월 28일 목요일 晴〉

東洋製作所 金仁洙 社長 來社.

鑄鋼 밋 鑄物 製品 依賴 밧음.

木型 代金 25,000 申正植 代理가 맡음.

萬石 精肉店에서 酒宴을 가짐.

黃永淵 代理 家庭에서 盜難事故 發生 衣類
一切 時價   100,000.

〈1968년 11월 29일 금요일 晴〉

T샤쓰 2,500 1枚 購入 맛춤品

   〃 1,800 1枚 購入 旣成品

東洋製作所 金仁洙로부터

T샤쓰   A級 13枚 記載 數字 12枚

       B級 13枚

2個月 月拂 條件으로 引受함.

B급	L	1,400
	M	1,300
A級	L	1,700
	M	1,600

〈1968년 11월 30일 토요일 晴〉

김장 手當 支給日

鄭周永 氏 妻 甲回에 祝金.

李永喆 李鳳榮 崔玟凡 陸驥永 等 5名의
1,500 立替함.

李永喆 氏와 영선관에서 酒宴 途中 李永喆
氏가 뺑소니를 처다.

김장 手當 支給 內容

次長	7,000
課長	6,500
代理	6,000
係長	5,500

〈1968년 12월 1일 일요일 晴〉

郭榮奎 黃永淵 2名의 아침에 九時頃 택시를
타고 집에까지 나타낫타.

散彈銃을 가지고 物旺里 方面으로 세 사양을
갓다.

택시費 仁川 ~ 방죽머리 700

食事代 300 택시가 中間에서 追越햇다고 벌
금 1,000을 물엇다나.

〈1968년 12월 2일 월요일 晴〉

黃永淵 代理 辭意 表明.

夜間에 郭榮奎와 우리 집에서 술을 마시다.
酒代 1,900.

intenasonal[international]에서 麥酒 6병.

通行時間니 없서서 여인숙에서 宿泊을 하다.

새벽 해성관에서 해장을 함.

여인숙에서 郭은 아래목에 혼자서 자고 나는
웃목[윗목]에서 婦人을 同伴햇다. 1,000.

〈1968년 12월 3일 화요일 晴〉

朴庚鉁 女동생 結婚 祝金 500

정순 母 서울 乙支路 禮式場에 가다.

〈1968년 12월 4일 수요일〉

李永喆 氏와 松林屋에서 술을 마시다.

방 술을 마시고 아가시들을 제미있게 놀려내다.
酒代 1,200.

〈1968년 12월 5일 목요일〉

黃永淵 辭退.

〈1968년 12월 6일 금요일〉

李永喆 氏가 妻家宅에 가서 오날까지 4日을

休務.
黃永淵니는 本社 나가서 人事까지 마치고 京城鑄物로 出勤을 한다고.

〈1968년 12월 7일 토요일〉
鄭鳳龍 永登浦 木型工場 主人으로부터 1金 10,000 受領.
木型 申正植에게는 5,000을 주었다고 자랑.
謝禮金 條로 15,000을 내노은 理由는 釜山 朴風樹 氏가 鑄造해가는 800粍 斜流 펌프 木型代金 190,000 中 임페라와 gidevanve[guide valve] 羽根 1個만 각가 주고 全額을 밧엇으니 100,000을 대포갑으로 내놓아도 밋저지[밑지지] 않는다는 計算.

〈1968년 12월 8일 일요일〉
文鶴池로 낙시를 갓다.
붕어 4首를 잡다.
午後 망동이 낚시로 박꾸어서 6首를 잡다.
12月에 붕어 낚시란 놀랄 日氣.

〈1968년 12월 9일 월요일〉
호세크 商社 鑄 敎育映畵 上映
夕食 接待 무궁花 4,420.

今日 本社에서 主株總會가 開催.
會議 決定 內容
徐相綠 社長의 內務를 專擔
張炳贊 會長의 外務   〃
鄭永錫 氏가 理事로 昇格
金仁鎬 鄭永錫 日本 崔原 pump 工場 視察을 마치고 도라오다. 空港에 마중을 갓다.

李永喆과 外泊. 松林市場 內 연안집에서.

〈1968년 12월 10일 화요일〉
張 會長의 會社 運營의 主權을 徐相綠 社長에게로 빼앗기였다는 工場長 崔武弼 氏의 幹部會議에서 報告를 햇다.
政權니 바끼는 바람에 감투가 떠러지고 또는 反面에 큼직한 감투를 엇는 것의 社會 風로인 것과 마찬가지로 工場長 崔武弼 氏가 한숨을 쉬게 됏다.

〈1968년 12월 11일 수요일 비, 晴〉
黃永淵 첵상 回收 當함.
新入社員니 맞어서 冊上[冊床]이 모지란다고.
徐 社長 工場 來訪.
떼 아닌 비가 부슬지게 나릿다.

〈1968년 12월 12일 목요일〉
金仁鎬가 정말로 人間性의 있든 사람인지 알고도 무룰[모를] 일이지. 自己가 困難하다고 남에게 傳言을 함부로 하다니.
자기 낫내기 爲해서 張炳贊 宅에까지 찾어가서 이러큿저렇큿 해 놓고 困難해지니가 나보고 責任을 지라고.

〈1968년 12월 14일 토요일〉
黃永淵 送別酒을 다리 건너 집에서 約 20名 參席 下에 열엇다.
京城鑄物로 轉職한 黃永淵.

〈1968년 12월 15일 일요일〉
工場에서 고사를 지냇다.

재법 떡을 2시루식이나 하고 도야지 대가리 한 게에다 제법 고사床에 飮食이 거덕이[가득히] 노이자 제일 먼저 工場長 崔武弼 氏가 절을 햇다.

그리고 차레차레 모다들 절을 햇다. 代理級 以上의 모다 參席햇다.

徐興錫 氏가 部長이 되엿다고 에주집에서 술을 삿다.

〈1968년 12월 16일 월요일〉
張炳贊 氏가 第二線으로 물러서고 徐相綠 氏가 第一線으로.

〈1968년 12월 17일 화요일〉
지금으로부터 約 七年 前에 다니든 酒店 開豊屋에 들니여 酒宴을 베풀엇다.
同席者 李永喆 金春道.
酒代 1,400.

〈1968년 12월 18일 수요일〉
李永喆 氏와 對酒.
경남집에서 1,200.
요즘에 每日 술을 마신다.
몸이 健康 상태가 極情이다.

〈1968년 12월 19일 목요일〉
李永喆 金春道 3名의 술을 마시엿다.
第一次로 萬石 精肉店에서 木型工 李圭完니 待接을 밧음.
第二次로 경신옥에서 金春道 班長의 술을 사고 第三次로 경남집에서 李永哲 氏가 삿다.
밤 十二時 正刻에 집에 도라왔다.

〈1968년 12월 20일 금요일〉
申正植 代理와 酒遊.
第一次 萬石 精肉店
　　　　牛肉 一斤에 소주 四合
第二次 연안집
　　　　술 三升 안주 2個
第3次 경남집
主人 마담과 申 代理 치고밧고 시비가 버러저서 파출소까지 연행. 세벽 1時에 집에 도라가다.

〈1968년 12월 21일 토요일〉
세벽에 申正植 木型係長의 일지금치 찾어왔다.
今日의 子息 生日이라나 해서 떡을 좀 싸가지고 왔다.
나는 자리에서 이러나자 세수도 않코 그데로 집을 디처나와[뛰쳐나와] 申正植 氏와 같이 會社 앞 花水食堂에서 해장국을 마셨다.

〈1968년 12월 22일 일요일 눈〉
간밤에 아무도 모르는 사이에 눈니 나렷다.
아주 제법 자옥 눈니 앞마당에 가득하다.
정순니 정화 그리고 꼬마들의 모두모두 눈처기[눈 치우기]에 한참이다. 나는 아즉 자리에서 누어 있는데 郭榮奎가 散彈銃을 들고 ㅜ숙 집으로 드러왔다. 나하고 같이 사양을 가자는 이야기다. 나는 할 수 없이 사양 동무가 되여 주엇다.
금단 사거리 側으로 乘用車를 타고 가아갓다[나아갔다]. 料金을 600 주고 나렷다. 호〃벌판에 눈니 나리여서 새들이 미처 나타나지를 못햇다.

〈1968년 12월 23일 월요일 晴〉

날씨가 제법 쌀″하다. 제데로 겨울 기분니
나는데 감기가 나가지를 않는다.
每日 게속 마시든 술을 오날은 좀 뭄치기로
[멈추기로] 햇다.
煙草갑이 오른다는 전메청이 소식.
신탄진 1匣 現 料金 50
　　　　引上 60

〈1968년 12월 24일 화요일 晴〉

課內 送年會 7,400

課內 課 社員 以上 18名 參席 下에 쌍웃물집
에서 送年酒를 마시다.
第二次로 인터내쇼날 크롭[클럽]에 들엿으
나 자리가 없다.
다시 우리 집에서 술을 나누고 나는 松林市
場 內 酒店에 들여 外泊을 햇다.

〈1968년 12월 25일 수요일 晴〉

아침 4時 20分에 旅館을 나온 나는 간밤에
술이 다 께고 허무하고 쑥스러운 마음을 어
찌할 바를 몰라 목욕탕으로 달려갓다.
다 떠러진 수건 한 게를 빌니여서 목욕을 마
치고 體重을 달아보니 62kg.
집으로 도라온 나는 온 終日 낫잠을 잣다.
午後 四時 45分 工場에 잠시 들럿다가 밤에
仁映劇場에서 內侍를 관람함.

〈1968년 12월 26일 목요일 晴〉

요즘에 좀 지나치게 술을 마섯으며 또는 남
이 보기에 바람이나 피운다는 위심을 밧겟금
되엿{을} 근만 갓다.
이라다가는 좀 후해할 떼가 올지도 모를 일
이다.
제법 술을 마시도 몸에 別로 부담을 주지 않
으니 몸은 確實이 달라젓 것만는 부인할 수
없이 좋와것다.
그러나 反面 貞順 母는 몹시도 몸이 약하다.
웬만하면 補藥을 좀 먹어야겟는데 餘裕가 없
다.

〈1968년 12월 27일 금요일〉

崔武弼 工場長의 公式席上에서 나에 對한 非
難을 햇다.
즉 張炳贊 現 會長과 徐相綠 社長 사이에 對
한 徐 社長의 實權을 장악한 데 對한 崔武弼
氏가 表現을 하기를 社長의 앞으로 工場 運
營을 越等의 잘하리라는 말을 公式席上에서
하여 이를 金仁鎬 理事가 張 會長에게 이야
기를 하여 張 會長에게서 꾸지람을 밧은 工
場長의 나에게 그 보복을 할려고 든 셈.
내가 崔武弼 氏에게 當身니 會長과 20年 親
分을 生覺해서 그리할 수 없다고 反問햇다.

〈1968년 12월 28일 토요일 晴〉

그리스마스 前날에 松林市場 市가지에서 元
南에 산다는 女人과 接交한 후한니 今日에
나타낫다.
直[卽] 淋性[임질]으로 나타낫다. 氣分니 상
할 데로 상한 나는 당장 쫏차가서 따귀라도
따리고 십은 心情이나 會社 앞 三和病院에서

注射를 맛엇다.
注射代金 500
投藥代 480

〈1968년 12월 29일 일요일 晴〉
今日도 웬 終日 마음이 울적하다.
其 理由는 몸에 淋性이 發生한 탓.
어터카다 보니가 40代에 이러한 봉변을 當하
는지 안食口 보기에도 未安하다. 오날도 投
藥代 480.

1969. 1. 1. -12℃ [17]
午前 10時 李永哲 到着
明茶房에서 밀크 2介 1000
12. 45 Bus로 永登浦行
鄭 部長 宅에서 섯다노리. 金仁鎬 李봉영 李
相弼 張世春 李永喆 朴鐘相 參加.
10年 親舊 合席

交通費	鄭 部長	500	
	朴鐘相	500	仁川 大壯房 夕食
	鄭鳳龍	500	8,000

〈1968년 12월 30일 월요일 晴〉
各課別로 送年會費 條로 1人當 150式 支給
밧음.
鑄造課 107名 ×150   16,050
오날도 몸이 께운치 않타.

李永喆 氏가 술 대접을 하겟다고 나스는 것
을 몸의 불편하여 사양하다.

〈1968년 12월 31일 화요일 晴 零下 12℃〉
今年도 오날로서 마즈막이다.
도리켜 보며는 1968年에 나로서는 別로 한
것이라고는 없다. 나이만 한 살 더 먹개 되여
마음 섭〃할 뿐니다. 오날은 給料를 午前 10
時 30分에 서울서 가지고 왔다. 近年에 보기
힘든 給料 支給 狀態다. 每年 밤중에 주거나
그러치 못하면 假拂 程度에 그첫근만 하여뜬
잘 된 일이다.
李圭昇에게 鑄鋼品代 260,000 收金 李明
午에게 傳達. 領收證 300,000 밧음. 公金
중 10,000 現場에 가불. 李 氏로부터 謝禮
金 10,000 鎔接費 6,500 호세크 商社로부터
5,000 謝禮金.

〈가족 메모〉[18]

父母	父	2月 6日
	母	6月 22日
	貞惠	7月 17日
	明浩	6月 11日
	貞花	5月 18日
	貞任	6月 1日
	貞順	7月 3日
	妻	12月 4日
	나	10月 14日

---

17) 이 내용은 1969년 1월 1일의 일을 정리한 것으로 보
이는데, 저자는 이것을 1968년 일기장 12월 29일자
일기의 하단에 적었다. 해가 바뀔 때마다 일기장이 바
뀌는 것을 감안하여, 1968년 일기장에 기록된 이 내
용을 12월 29일자 일기 아래에 그대로 입력하였다.

18) 일기장 뒤에 있는 〈가족 메모〉에 적혀 있는 가족의
생일 기록이다.

1969년

〈내지〉

朴基錫

(서명) 43歲

仁川市 松林洞 57

〈1969년 1월 1일 수요일 晴 零下 12℃〉

永登浦 鄭永錫 理事 宅에서 酒宴.

1969年니 세 아침. 날씨가 쌀〃하다.

午前 一○時頃에 李永喆 係長의 約束時間보다 빠르게 찾어왓다. 茶 한 잔式을 나누고 明茶房에서 午後 13時 20分 前까지 기다리다가 水原行 急行 Bus를 利用 午後 14時 正刻에 鄭 理事 宅에 到着햇다. 鄭 氏 宅은 別로 달라전 點의 업다. 그만큼 生活에 餘裕 있는 무엇이 보이질 않는다. 방 內 여러 가지 장식품도 別로 눈에 뛰울 만한 것이 없다.

鄭永錫 氏가 招待한 理由는 利川電機 在職 10年 만에 理事로 昇格햇다고 人事 次 옛 大東工業 時期의 人事들을 招待한 것 갓다. 招待者 李永哲 李忠信 李鳳榮 張世琦 (朴昌植) 金仁鎬 鄭鳳龍 (朱國林) (桂鳳儀). (   ) 內 不參者.

〈1969년 1월 2일 목요일 晴 -13℃〉

서울 幹部 宅 新年人事 次 訪問.

서울의 仁川보다 날씨가 차다.

三和 Bus에서 나린 우리들 一行 7名은 厚巖洞까지 택시로 直行 金俊植 副社長 宅에서 晝食까지 마첫다. 14時頃 明倫洞 張 會長 宅 訪問. 例年보다 좀 쓸〃한 氣色의 엿보엿다. 張 會長 宅에서 別로 飮食 장말[장만]을 하지 않코 徐孝均 監事 宅에서 많은 準備를 한 것 갓다.

徐 監事 宅은 마치 궁골[궁궐] 같이 으리으리한 文化住宅이다. 술도 一切 洋酒판니다.

섯다노리를 해서 3,500의 본전을 갓가스로

찾엇다.

〈1969년 1월 3일 금요일 晴〉
아침에 仁映茶房에서 現場 代理들과 約束한 時間에 만낫다.
내가 제일 늦게 나아가서 벌금 條로 茶代를 치루었다.
엇저역에 술을 좀 마시엿다는 탓으로 나보고 마치 外泊이나 한 것처럼 滋味를 많니 보앗나느니 또는 많니들 잘 놀게 젊어서 마리야[젊어서 말이야] 等 ″ 모다들 농을 걸어 온다. 나는 어기[어이]가 없시 그럿타고 해명도 하지를 않엇다.
工場長에 케-크 500짜리를 사가지고 訪問햇다. 서울서 아즉 仁川으로 나려오지 않엇다나.
朴京緖 次長 宅에서 섯다노리와 酒 接待를 밧다.

〈1969년 1월 4일 토요일 晴〉
서울 仁川 交通費

三和 560	仁川 - 서울
택시 1100	서울 - 仁川

始務式이 8時 20分에 食堂에서 있엇다.
너무 工場長 이야기가 길어서 종업원들이 불평이 크다.
무순 이야긴지 전여 들니지도 않는다.
10個 條의 訓示가 무려 1時間이나 끌엇다.
金仁鎬 宅 訪問.
李永哲 申正植 서동기 이강수 박성일 김종순 外 1名.

洋酒 2병을 工場에서 가지고 가다.
金仁鎬 生活 程度가 높다.

〈1969년 1월 5일 일요일 晴〉
舊正과 代勤.

新年 第一回 幹部會議 開催.
決定 事項 會社 標語
1. 責任完遂
2. 生産비약
3. 作業改善

〈1969년 1월 6일 월요일 晴〉
張 會長 來社.
徐相綠 社長과의 알록의[알력이] 甚한 模樣이니 나보고 좀 잘딜[잘들] 포습[포섭]을 하라고 당부를 할 程度이고 보니.
金 副社長과 文益模를 매수햇다고.
金正燁 昨夜 술의 취해서 公金 80,000餘 원을 분실.
裴喜德과 酒宴 기가길[귀가길]에서.

〈1969년 1월 7일 화요일 晴〉
木型係 洪勝植 君에게 양춤[서양 춤]을 工場 事務室에서 每日 30分式 배우기로 햇다.
日氣가 개속하여 추워서 감기 들기에 마땅한 날씨다.

〈1969년 1월 8일 수요일 晴〉
新年度 作業 改善 밋 施設 擴張 建議.

李永哲 係長 生日 招待를 밧음. 洋酒 一병을

3人니 마시고 第二次로 申正植 氏와 市場 內
水原집에서 600어치 술을 마셧다.
松林市場 酒店에서 500을 내고 놀앗다.
徐相綠 社長 日本에서 돌아옴.

〈1969년 1월 9일 목요일 晴〉
韓一金屬 工場長 李圭昇 氏로부터 프래서 加
工代金을 適切히 절충되였다고 謝禮金 條로
30,000을 내노앗다.
機械에서 10,000을 주고 加工者에게 10,000.
그리고 나머지 10,000을 나에게.
東洋製作所 鑄鋼品 發送.
木型代金 10,000 申正植에게 傳達.

〈1969년 1월 10일 금요일 晴〉
徐相綠 社長 { 鄭永錫
金윤하 理事 就任式

十二時 20分 工場 內 全員니 庭球場에 集合
햇다. 오날은 利川電機의 社長 되는 徐相綠
氏가 十餘 年 동안 工場 運營을 會長 張炳贊
氏에게 마껴 두었다가 점차로 發展을 거러온
今日에 와서 社長이 自己가 接直[直接] 좀 더
잘 運營을 하겟다고 나서는 바람에 張 會長
은 第二線으로 물러나는 샘이 되였다. 徐 社
長이라는 사람의 幹部會議에서 方針을 밝킨
[밝힌] 바에 爲[依]하면 모든 것은 民主主義
方針을 따르겟다고 여러분 幹部들은 조금도
社長이라고 해서 "엔조이" 하지를 말고 自己
소신데로 틀렸으며는[틀렸으면] 나쁘다고
말을 하라고. 말도 매우 서터러운[서투른] 表
現니 듯기에 아주 庶民的인 기분을 풍기여

준다. 저역에 工場長 以下 幹部들이 에주집
에서 酒席을 마련햇다.
朴경연니가 生産관리課長의 듸엿다.

〈1969년 1월 11일 토요일 晴〉
住民登錄 發給 通知書가 나옴.

날시가 또 추워젓다. 바람이 제법 차다.
五時 終業 後 木型係 洪勝植 君 指導 下에 社
交춤을 배우기가 오날의 꼭 六日제이다. 每
日 鑄工場 事務室에서 約 一時間式 배우기로
合意햇다.
목이 아푸기 始作한 지가 約 六 個月이 經過
햇다. 別로 불편은 느끼지는 않으나 제법 아
풀 떼는 걱情이 된다.
花洞病院에서 第三神經통이라는 病名 下에
藥을 쓰기로 햇다.
오날에 第二日 治療日.
藥代 50.

〈1969년 1월 12일 일요일 晴〉
택시料金   仁川 禁斷[黔丹] 600
              태포 90

禁斷[黔丹] 地區로 산양[사냥]을 나갓다.
날씨가 좀 풀니드니 오날 아침은 또다시 기
후가 갑자기 나려가 쌀〃한 날씨다. 九時가
조금 지나서 朝飯니 끝낫다. 會社에 郭榮圭
工作課 班長이 親友 한 사람을 동반하고 어
께에는 散彈銃을 매고 집으로 들어왔다.
불랴불랴 彈皮에다가 세총알을 담어가지고
집을 떠난 시간은 一〇時 20分 前. 白石里까

지 500에 택시로 나아갓다.

禁斷里를 조금 지나 金浦地區로 들려갓다.

別로 昨年보다는 세가 눈네 띄우지를 않는
다.

禁斷里에서 軍警에게 制止를 當함.

作戰地區로서 禁斷 以上은 들어가지 못함.

〈1969년 1월 13일 월요일〉

朴昌錫 弟 上仁.

住民登錄의 兵籍 確認證.

午後 2時 會社 門을 나온 나는 즉시로 松林
三洞會 事務室로 달려갓다.

조고만한 簡易 洞事務室 안에는 洞內 아낙내
들과 老人니 혹은 절으니들[젊은이들]이 一
○餘 名式 모여서 住民登錄 發給을 서두르고
들 있엇다.

나는 鐘錫니 同生이 미리 와서 接手를 시켜
놓코 기다리다가 나이[나의] 차례가 돌아와
서 擔當者와 맛낫다. 申告한 內容과 本籍地
와의 對照가 틀린다는 理由로 發給을 保留
當헷다.

生年月日의 1925年니 만는데[맞는데] 元來
3年니나 늦게[늦게] 申告를 해서 1928年 11
月 2日生으로 되여 있어서 兵籍 確認證을 띠
여 와야만 덴다고.

〈1969년 1월 14일 화요일〉

張 會長 玆堂[慈堂] 別世. 性病의 再發.

張炳贊 利川電機 Co 代表理事의 玆堂깨서
別世(12日 午前 2時).

工場 現場幹部 全員니 問喪을 갓다.

新生活 改善을 위함인지 喪主가 3名인데 모
다들 平服에 넘 〃하다.

단지 눈에 띠이는 것은 正門 玄關에서부터
花環니 가장 이 집의 尺度를 말해주고 있다.
民議員과 各 企業體의 代表者들로부터 많은
花環을 밧고 있다. 3兄弟 中에서 張炳贊 氏가
망내[막내]로서 가장 兄弟들 中에서 優位를
차지하고 있는 것 갓다.

問喪 交通費 條로 會社에서 500式 借用.

〈1969년 1월 15일 수요일〉

徐 社長의 9個 指示事項의 傳達.

① 所屬長은 會社 運營에 1人니 되여 會社 發
   展에 全心全力을 다할 것

2. 所屬長은 맛튼 바 職務를 權利와 義務로
   서 所信끗 과감히 遂行할 것

3. 所屬長은 組織을 通하여 任務 遂行에 萬全
   을 期할 것

4. 萬事에 公平 嚴正한 處理를 할 것

5. 所屬長은 率先垂範할 것

整理整頓 淸掃하는 習慣을 기루도록 하고 整
理整頓한 後 作業에 臨할 것

6. 所屬長은 幹部 〃下[部下]를 主軸으로 하
   여 部下 全員과 같치 生産性 向上을 爲하
   여 時間 短縮과 工數 節約에 全力을 다할
   것

7. 不誠實한 사람과 誠實한 사람을 恒時 作業
   을 通해서 區別 把握하여 成績을 記入하
   고 誠實한 사람은 賞을 주고 不誠實한 사
   람은 誠實한 사람으로 指導 改善하는 데

努力하여 改善치 못하는 사람은 罰과 解
雇을 嚴格히 할 것

8. 不幸한 일이 있는 時는 愛情과 同志愛로서
걱정하고 도와줄 것

⑨ 正當한 部下의 不平을 언제나 잘 들어 是
正하고 解決하는 데 과감할 것[1]

〈1969년 1월 16일 목요일〉

工場 內에서 木型係 洪勝植 指導를 밧고서
땐쓰를 배운 지가 오날로서 一〇 日째다. 나
이 40臺[代]가 넘은 탓인지 도무지가 마음뿐
이지 마음데로 몸이 말을 듯지 않는다. 더우
기 鑄物工場 事務室에서 音樂도 없시 배우는
탓으로 進度가 느리다.

申正植 木型係長과 둘이서 배운다.

〈1969년 1월 17일 금요일〉

한증[2]. 第一回.

大田市에 게시는 朴洞錫 兄任께서 來訪.

性病의 倂發 및 목이[목의] 痛症을 治療키 爲
해서 生覺다 못해 工場의 芯取場에 工具 許
彦乭 氏를 同伴 下에 仁峴洞에 있는(味林劇
場 앞) 한증막에 門을 드러섯다. 츠음 하는
한증이라서 許 氏의 案內를 밧엇다. 한증막
이란 마치 거지들의 누워있는 모습과 조곰도
다름이 없다는 기분니 든다. 옷을 벗고 푸데
3枚를 들고 溫室에 들어갓다. 마치 圓型 乾燥

爐로 構築된 室內에 들어스니 벌거벗은 나체
가 제멋데로들 두러누었다. 約 一〇分니 못
되여 온몸에 땀이 비 오듯 한다.

새탕을 하고 나니 힘이 빠젓다.

入場料金 120 설농탕 110 쌍화탕 30.

집에 돌아와 보니가 洞錫 兄과 珉求 아저씨
가 술상을 놓고 기다리고 있다.

洞錫니 兄한탄[한테서] 丸藥 1匣 4,000.

敬善 母가 服用.

〈1969년 1월 18일 토요일〉

洞錫 兄으로부터 丸藥 40日分 4,000에 購入.

敬善 母가 먹음.

大元製紙 納品分 電動機 12臺에 附屬品
TermeNal Bax[terminal box] 仕樣 變更. 旣
存 完了品보다 擴大하여 新作되는 바람에 鑄
小型班 18名의 子正이 지나도록 作業을 햇
다.

工程課의 指示가 19日 日曜日 날 機械課 工
作課 靜止器課 等 3個 處가 臨出하여 加工키
로 約束의 되여 鑄 素材擔當 責任者로서 責
任의 컷다.

子正의 지나서 12時 45分 工場門을 나온 後
캄〃한 밤거리리[밤거리]를 걸어 三個 處에
서 檢問을 當하고 二時頃의나 되여서 집으로
도라오다.

〈1969년 1월 19일 일요일〉

新郎 洋服代金 條로 15,000 보내다.

昌錫니 同生의 시골로 나려가다.

---

1) 원본에서는 이 항목이 지면 상단의 여백에 기록되어
   있다. 지면이 부족하여 이와 같이 기록한 것으로 보
   고 순서에 따라 배치하였다.

2) 원본에는 이 단어에 동그라미가 쳐져 있다.

목이 아푼 지가 벌서 六 個月 이상이 기일이 흘러갓다. 행여나 낫갯지 좀더 기다려 보자 이런 式으로 기다린 지 벌서 六 個月이 지낫근마는 목은 낫지를 않코 마음만 괘롭다.

오날은 날씨가 아주 따뜻하다. 마치 봄날 갓튼 기분니 든다. 마당에 어러붓덧든 땅이 녹아서 물기가 흐르고 목욕통 내에 水道가 녹아서 물이 나온다.

〈1969년 1월 20일 월요일〉
데명藥局代 900. 性病.

社長 訓示.
徐相綠 社長의 人品은 溫和하고 勤勉해 보이는 人情 마는 庶民 出身니 財産家이다.
앞으로 利川電機를 좀더 훌륭하게 發展을 가저오겟금 努力하겟다고 호언장담을 하셧다.
첫제 내가 一○餘 年을 여러분과 같은 職工 生活을 하여왓고 그리고 一○餘 年을 工場 運營에 全力을 다햇다고. 그러지[그러니] 털님없이 잘 덴다는 장담.
一人 三役을 해야 되고 20餘 年 前니 施設과 케 ″묵은 두내[두뇌]로서는 않덴다는 이야기다.

〈1969년 1월 21일 화요일〉
①3)
춤을 배우기 始作. 教舞所에 가아감[나아감].

---

3) 춤 선생으로부터 춤을 배우기 시작한 날로부터 일수를 헤아리기 위해 붙인 번호이다. 1월 29일 자 일기에는 기재한 숫자 앞에 춤이라고 적어 놓아 이를 보다 분명히 알 수 있게 되어 있다.

六時 一五分 會社 門을 나온 勞組 金正吉 氏의 引導로 木型 申正植 氏와 3名의 花平洞山 側에 位置하여 있는 조금안 집으로 案內를 밧엇다. 방문을 열고 다려가[들어가] 보니 안에는 四○歲가 조금 넘은 여자 한 사람과 나이가 50歲 또 한 사람은 35歲 가량이[가량의] 男子 2名의 눈에 띠엿다. 보고 나니 女子가 춤을 가러치는 先生이고 男子 2名은 춤을 배우는 弟子라는 것을 아럿다.
房에 더러가지가 좀 어색하였으나 낵켄[내친] 김에 그데로 들어갓다. 그리해서 서로 人事를 햇다. 朴이라고 합니다. 간단햇다. 이로서 난생 츠음으로 女子와 춤을 추게 대엿다. 즉 춤을 배우기 始作햇다.
女子가 하는 말인즉 꿰 속도가 빨리 마스드[마스터]할 것 갓다는 칭찬.

〈1969년 1월 22일 수요일〉
②
날씨가 확 풀럿다.
이제 겨울도 다 간 모양이다.
예연[예년]보다 절후가 빠른 편니다.
日本 利川製鋼 社長 徐相綠이 나보고 日本 鑄物工場 見學을 하고 오라는 指示.
첫제 見聞을 널피라는 뜻?

〈1969년 1월 23일 목요일〉
③
요즘에 호주머니 잔돈푼니 하나도 없다.
理由로서는 性病 再發로 因한 약값이 무려 5,000니 더러가고 보니 용돈을 다 쓴 셈.
오날도 會社 裵載德이에게서 老장 契金을 利

子 960을 밧어서 악값[약값]으로 다 썻다.
춤을 베우기 3日.

〈1969년 1월 24일 금요일〉
Sand Rammar 購入 件으로 온통 工場 內가
시끄럽다.
內容인즉 徐相綠 社長의 日本에서만 게시다
가 韓國에 와 보니 20餘 年 前과 다름없는 施
設로 作業을 하고 있으니가 能率이 오르지
않는 것은 當然한 일이다.
鑄物工場에 molding hammar가 업어서야 되
겟느야 直時[卽時] 사도록 하라는 社長 指示.
서울 三榮商會 出張.

〈1969년 1월 25일 토요일〉
④
日本 鑄物工場 見學者 推薦.
小型班長 朴京遠 42歲.
萬和鑄物工場에서 分立 大昌鑄物工場을 設
立한 朱홍린 氏를 찾엇다.
扗扰片 1500枚을 依賴.
價格 kg 60. TS 當에 60,000.

〈1969년 1월 26일 일요일〉
午前 一〇時頃 工場에 나이갓다.
午後 一時 頃에 萬石 精肉店에서 食事를 하
고 文化劇場의 SOS 117 映畵 觀覽을 함.
鑄造課 臨時 出業 15名.
木型係 全員 13名.

〈1969년 1월 27일 월요일〉
⑤

서울에 永珍 母 來仁.

춤을 배우기 始作한 지가 오날로서 5日째다.
처음에는 자신니 업는 動作이였으나 차츰 좀
몸이 움지기[움직이기] 始作햇다. 말로서는
敎士[敎師]가 좀 빠른 속도로 배울 수 있다는
칭찬을 하나 사실은 아즉 더 두고 보아야지.
배우는 時間은 午後 六時 15分에 六時 30分
사이}에 敎導所에 나아간다. 마치는 時間니
大略 八時 30分頃이다.
敎習費는 完了까지 4,000.

〈1969년 1월 28일 화요일〉
⑥
故 李四乬 氏 長男 李龍雲 君니 結婚式. 永登
浦禮式場에서.
午前 十二時 貞順 母가 參席함.
시굴[시골]서 消息이 있을 건데 아무런 연락
이 없다.
朴美玉 結婚 2/5日.

〈1969년 1월 29일 수요일〉
춤⑦
本社 工場 對 幹部會議 開催.
鑄造課의 發言 內容.
計劃 Meter　580/臺 1968年 平月均[月平
　　　　　均?]
　　　　　1300臺/日 1969年 예산
을 爲한 人員을 14名에서 24名으로 10名 +.
全閉型과 半閉型을 區分해 달라는 附託.
全閉 25%에 半閉 75% 比率로.
1900粁에 對한 銑鐵 購入 件.

100TS 安靜.

〈1969년 1월 30일 목요일〉
日本 各 鑄工場 見學 件.
朴京遠 小型 班長 1名을 同伴키로 決定.
서울 李圭昇 氏로부터 壓縮機 加工代金 中
60,000을 受領함.
曹 次長 5,000
韓 次長 5,000
金鐘光 5,000
桂 班長 5,000   支給

〈1969년 2월 1일 토요일〉
下衣 3,500에 注文함.
先金 2,500 支給.

〈1969년 2월 2일 일요일〉
郭榮奎 班長과 금단 地方으로 산양 감.
午後 2時에 집으로 도라옴.
한증을 감. 第3回.
珉求 아재 宅에서 夕食.

〈1969년 2월 3일 월요일〉
춤집 매담을 招待 夕食 接待. 1,800.
노조 金正吉 木型 申正植 그리고 나.
男子는 3名에 女子 2名의 花平洞 골목길로
더러가서 飮食店이 있는데 안방이 제법 께끗
했다.
춤을 비운[배운] 지가 今日로서 꼭 13日째
다. 가려켜 주는 先生의 朴 女史이고 助敎는
이름을 데지 않어서 모르지마는 나의 35歲
程度의 건강한 女子다. 간다히[간단히] 불백

을 들고 술도 한 잔 나누었다.

〈1969년 2월 4일 화요일〉
시골로 出發.
2等 交通費 980(1,300).
세-다[스웨터] 1枚 3,000 購入.
韓 次長으로부터 5,000 밧음.

金山 妹氏가		
스폰지 이블 1個		8,000
서울 妹氏가		
스폰지 이불 1個		2,800
報恩 고모가		1,000
梧鐘 누님	부주[부조]	2,000
龍山 고모		3,000
靑山 正洙		500

〈1969년 2월 5일 수요일 12℃〉
奉子 結婚日(永同禮式場)
세벽 2時頃 13列車는 永同驛에 到着햇다. 눈
길을 지나 待合室에 나오니 奉子가 마중을
나왔다.
아버지와 둘이서 4日 날 永同으로 나왔다는
이야기. 六寸 妹인 준옥이 동생 덱에서 묵고
있다고. 밤중에 訪問. 客의라 未安하기도 하
고 몹시 不便햇다. 아이들을 주라고 菓子 500
어치를 사가지고 갓다.
禮式을 마친 時間니 午後 2時 조금 못 데서
신랑 측의 손님의 신부 측보다는 좀 세련데
[세련된] 衣服을 하고 있음의 눈에 띠었다.
五寸 아저씨들의 大部分 나오셨다.
禮式費 2,000(4,000원 中)
食事代 4,000

萬年筆 600
丸衣代 1,000(白色)
交通費 택시 1,500
    〃   〃   1,000
    〃   〃   1,500

⟨1969년 2월 6일 목요일⟩

하로 終日토록 집에서 화투노리를 하고 消日
햇다. 釜山 妹氏 內外와 이러케 한자리에 모
이기는 이번니 約 3個年 만니다.
날씨가 立春니 지낫근만 몹씨도 차다.
시골에도 만은 눈니 나렷다.
鐘錫 동셍의 散彈銃으로 세를 만니 잡었다.
結婚式 總 경비 55,000
木型係

申正植	1,000	
崔漢龍	300	扶助
洪右吉	300	
沈哲元	300	

⟨1969년 2월 7일 금요일⟩

세신랑 金기열과 奉子가 午前에 재행길이라
고 왔다.
金 君은 제법 수줍은 모습이며 당장에 도라
가고 십픈 신청[심정]이다.
2 3日 쉬여가라고 만류햇으나 기어코 떠나고
말었다.
나돈[나도] 떠나왔다.
靑山 永同 택시 200
永同 - 서울 統一號 700
仁川 到着 12. 10分 밤.

⟨1969년 2월 8일 토요일⟩

5TS cupola 試驗 操業 結果 良好.

말 만튼 5TS cupola의 試驗 操業을 良好한
成績으로 끝마쳤다.
cupola 人員 花水食堂에서 酒 待接.
李永喆 主催로.
申正植 代理로부터 扶助金 밧음(奉子 結婚).

⟨1969년 2월 9일 일요일⟩

申正植 代理가 來訪.
午後 2時 30分 市內 花平洞 山에 있는 朴 氏
宅에서 아루바이도[아르바이트] 함.
會費 500으로 酒을 마시다.
츠음으로 낙원장에서 춤을 춤.

⟨1969년 2월 10일 월요일⟩

5TS cupola 操業 報告.
總 溶解量 29,000TS
溶解 速度 4,300kg/h
裝入 實比 9.3%

⟨1969년 2월 11일 화요일⟩

張 會長의 5TS cupola 操業 成工[成功]을 기
뻐함.
徐 社長과 金俊植 副社長께서는 않 덴다고
하든 5TS cupola가 相當히 잘 됏다.
郭在根 춤 入學.

⟨1969년 2월 12일 수요일⟩

鍛造係長 尹弼文을 춤으로 招待함. 이레서
四名의 한 구럽[그룹]이 됫다.

朴基錫 ｝ 郭在根
申正植 ｜ 尹弼文

〈1969년 2월 13일 목요일〉
해막셀 注射을 맞음.
李圭昇 氏가 來訪. 謝禮金 10,000 傳達 밧음.

〈1969년 2월 14일 금요일〉
韓國 호섹크商社에서 사람이 다여갓다.
호섹크商社란 英國의 호섹크 本店을 가지고
있는 世界的인 鑄物 補助 材料 販賣商이다.
우리 會社에서도 下記 物品을 必需材로서 使
用하게 되였다.
D.S. Tube 4, 3 非鐵 脫瓦斯
큐프릿드 4, 3 〃 鎔제
스렉스   口取
호섹크에서 餠代 條로 5,000.

〈1969년 2월 15일 토요일〉
償與金 支給日. 150%.

1968年度 보나스 支給日.
平均 150%   加減率 事故 1日에 1%
                精勤者에 10% 增
課長級 170%
次長 〃 180%
係長 〃 160%
Bonase 66,000
稅金 10,000

〈1969년 2월 16일 일요일〉
陰曆 正月 금음날이다.

집에서는 떡을 하고 부침을 부치여 명절음식
을 만드느라고 분주하다.
申正植 代理와 教習所에서 2時頃에 만낫다.
郭在根 代理도 조곰 후에 왓다.
대포를 한잔식 하고 홀 명성에 나아가 求景
만 햇다.

〈1969년 2월 17일 월요일〉
舊正 休務.

음역 설날이다.
아침에 서울에 있는 창숙이 누이 내왜와 朝
飯을 같이 햇다.
정순니 어머니하고 서울에 忠信洞 妹氏 집으
로 해서 點女 누이 宅을 거처 姨母任 宅을 訪
問 阿峴洞 四寸 동서 宅까지 들여서 仁川으
로 도라옴.
경비

仁川 - 서울	택시	500
忠信洞 妹氏	正宗	480
點女 妹氏	菓子	150
姨母 宅	鷄卵 5줄	550
四寸 동서	豚肉 3斤	600
서울 - 仁川	韓진쁘스	160

〈1969년 2월 18일 화요일〉
舊正 休日.
뉴-인천 홀에 가아감. 600.

집에서 하로를 보냄.
訪問客

金公熙	菓子 1

朴宗遠		사과 1箱子 牛肉 3斤
朴甲誠		계란 100個
金德律		正宗 1
金正燁	內外	正宗
李泰梧	〃	사고[사과] 1箱子
李鳳榮		牛肉 3斤
韓桂東		
沈哲元		菓子 1
朴秀雄		계란 20個

〈1969년 2월 19일 수요일〉
申正植 氏와 뉴-仁川에 나감.

〈1969년 2월 20일 목요일〉
張世春 金在弼 兩人니 석방되여 나옴.
作業 中 2名의 死亡하여 18日間니 유치 生活
을 마치[마침].
罰金刑 100,000.

〈1969년 2월 21일 금요일〉
富平 鑄物工場長 金奉商 氏 相面.
鑄工 10名 採用을 依賴.

〈1969년 2월 22일 토요일〉
張世春 金在弼 朴期潤 韓明天 郭在根 5名에
對한 황영[환영] 酒宴이 香花村에서 배풀어
짐.
intnalonal에서 麥酒 파-디[파티].
朴경연의 主催.

〈1969년 2월 23일 일요일〉
木型係員 洪勝植 君 案內로 花水 부두 附近

에 所在한 家庭 宅에서 춤을 배웟다.
家庭主婦가 3名 來伴 下에 申正植 氏와 3人
니 敎習을 햇으나 室內가 협소한데다가 音樂
의 쉬언치[시원치] 못해서 別로 흥미를 느끼
지 못함.

〈1969년 2월 24일 월요일〉
敎習場에 不意의 不審檢問을 당하여 中國女
人 宅에서 約 1時間 동안 敎習을 밧음.
鑄工 採用 公示을 햇건마는 別로 應試者가
없다.

〈1969년 2월 25일 화요일〉
鑄鐵의 一般 市中에서 독[동]이 나서 作業에
적지 않는 지장을 주고 있다. 購買係 鄭河奎
代理을 同伴하고 서을 地方으로 鑄鐵 購入
밋 材料의 展望을 보기 爲해 出張.
朴鐘相 晝食 接待 밧음.
서울 製鋼에서 ingut case 購入 約束.
ingata case TS 當/19,000.

〈1969년 2월 26일 수요일〉
電氣爐 稼動 中止 通告.

鑄鋼 營業의 不振으로 因하여 宋文煥니라는
사람에게 TS 當 8萬 원이라는 價格으로 鑄鋼
營業을 마거[맡겨] 約 壹個年을 해 본 結果
別 收支가 맛지 않어서 理事會에서 鑄鋼 作
業을 中止하기로 決定.
一般 鑄鋼 價格
보동[보통] 鋼 TS 100,000 - 120,000
SCMnH2   140,000

SCA23   140,000

SCH1   350,000

〈1969년 2월 27일 목요일〉

作業 人員 採用에 關한 賃金 査定 件으로 庶務係와 意見의 衝突됨.

요즘 市中에 속칭 마찌工場4)에서도 鑄工이 모지라서 사람 하나 求하기가 어려운 실정인데 利川電機에서는 너무나 無關心한 상테다.

즉 市中에 賃金의 利川電機 Co보다 월등이 높기 때문에 利川電機로서는 賃金 배-스[베이스]를 조종하기가 어렵다는 것이다.

2.5個年 有경험 鑄工의

利川電機 250 程度

市中 350

〈1969년 2월 28일 금요일〉

피부병의 再發(3回)하여 市內 吳醫院에서 每日 六 七百 원을 주고 治療를 밧기로 햇다.

2. 25日부터 治療를 밧기 始作햇으니가 每日 1回의 注射로서 600.

注射 藥名

데라마이싱[테라마이신] 280 m/m

血管 注入

〈1969년 3월 1일 토요일〉

50回 三一節

뉴-인천 CaBals[cabaret] 申正植 氏와 같히 나가다.

---

4) まちこうば(町工場). 소규모 영세 공장

入場料 100

Dansar[dancer] 500

〈1969년 3월 2일 일요일〉

連休로 昨年 같으며는 낙씨에 가장 좋은[좋은] 씨즌니나 今年마는 날씨가 차서 아마도 3月 中旬니 넘어야 낙씨를 하개 될 것 갓다.

〈1969년 3월 3일 월요일〉

張 會長 아들 張世昌 君니 現場 實習 次 鑄物 工場에 왔다.

아침에 일측이 나왔다.

約 一週日間 鑄物에서 實習을 한다고.

〈1969년 3월 4일 화요일〉

양춤을 배우는데 會社 친구들이 붓적 늘어낫다.

경리課長 成昌模 }

제어기課 代理 郭在根 } 日時 教習

鑄造係 代理 尹弼文 }

〈1969년 3월 5일 수요일〉

朴貞惠(貞惠) 망내딸의 國民校에 就學 첫 登校.

戶籍上으로 年齡의 한 살 낫자어[낮아서] 就學시키는 데 힘이 들엇다.

〈1969년 3월 6일 목요일〉

안식구가 거릇契[그릇계]를 햇다고 사기거릇 68包을 타가지고 왔다.

〈1969년 3월 7일 금요일〉

郭在根 申正植 尹弼文 3名을 同伴 명서[명성] 캬바레에서 춤을 추다.

〈1969년 3월 8일 토요일〉
利川電機 老壯契 15名 俱樂部 會員 13名 參席 下에 충술집에서 定期總會 開催. 午後 六時 30分부터. 會費 1人當 1,000式 支出.
韓國車輪 見學. 張世珪 工作係長 同伴.
뇨도염[요도염]으로 9回 注射. 1回 600.

〈1969년 3월 9일 일요일〉
오날은 춤 先生 朴 매담과 같이 caBala[cabaret]에 가기로 햇 날이다.
午後 3時頃에 朴 마담 집에 들엿드니(朴 마담 住所) {()花平洞 山) 男子분 3名과 女子분 4名의 화투노리를 하고 있다.
벌써 배운 지가 約 壹個月의 넘엇근마는 도무지 춤의 늘지를 않코 자구만 어려워만 간다.
즉 現在까지는 先生에게 "리-드" 當햇으나 지금부터는 最小限 쉬운 스댑은 男子가 이끄러야 될 테인데 도무지 되지를 않는다.
特히 "지리박"이라는 춤은 나와는 인연니 엽다. 되지를 않는다.
고만 둘 생각이 든다.

〈1969년 3월 10일 월요일〉
망내딸 朴정혜를 대리고 서림 國民校을 갓다. 約 1,400名이나 된다는 어린 아기들이 運動場 한쪽을 곱에[곱게] 수놋코 있다. 父兄들의 半數 以上을 차지했다.
학교에 와서 느낀 점은 애비로서 3아이가 벌써[벌써] 高校까지 갓건마는 한 번도 학교에 나가지 못햇다는 점의 부끄럽다.
무엇보다 子息에게 남에게 미찌치 않캐 이불이고 또는 納付金 等을 밋저서는 않 데겟다. 그 리유는 先生의 子息에 對한 父兄을 통한 努力의 좀 달러지게 때문에.

〈1969년 3월 11일 화요일〉
鑄友會費 5,000 借用.

춤 敎習所를 朴 매담 집에서 美林劇場 앞으로 옴겻다.
現在까지 女子에게서 배우든 스댑을 男子에게서 베우기 되니가 基本 스댑을 完全니 理解할 수 있게 說明을 해주고 現在까지 배운 九 種類 中 도롯토, 지리박을 再敎習을 밧기로 햇다. 期間을 10日間. 도롯트를 3日間 지리박을 7日間으로 決定햇다.
敎習에는 月에 4,000 10日에 1,300으로 約束햇다.

〈1969년 3월 14일 금요일〉
日本 西島 펌프 製作所 社長 來社.

日本 西島 揚水機 工場 社長 原田誌平 氏 鑄造課長 松山錄 來訪.

〈1969년 3월 15일 토요일〉
同生 朴鐘錫니 結婚日이 하로하로 닥가온다.
請牒狀 140枚를 引受.

〈1969년 3월 16일 일요일〉

同好人의 한 분니 自己 男便 回甲이라고 해서 춤추는 同好人 14名의 招待를 밧고 갓다.
午後 六時頃에 朱安을 떠나 富平 캬바레에 到着 時間니 約 7時.
同行한 1行 14名의 모다 춤을 추엇다.

〈1969년 3월 17일 월요일〉
춤을 배운 지도 約 40日이 지낫다.
오날 밤 처음으로 某 女人의 招待로 明星 캬바레에 혼자서 나아갓다.
나이 約 40歲 程度로 보이는 어느 婦人에게 請을 햇다.
주저하다가 잡어 주었다.
비로소 츰음으로 끝까지 추엇다.
물론 女子의 指導를 많니 밧엇다.
古鐵 納品者 韓日成이라는 者와 시비를 햇다. 內容은 信義를 베반한 탓.

〈1969년 3월 18일 화요일 晴〉
몸에 性病의 잠복한 지가 벌서 3個月이 지낫것마는 도무지 약을 만니 쓴 건마는 낮지를 않는다.
血管 注射 시그마마이신을 15日間이나 계속 맞고나도 別로 差가 없다.
그리고 高單位 投性濟를 줄곳 使用하근마는 別差가 없다.
요즘에는 뇨도에 揷入하는 "고노사프"라는 藥을 服用하근마는 낫지를 않는다.
시그마마이신 1本代 500
고노사피 3本入 400

〈1969년 3월 19일 수요일〉

봄날치고는 제법 쌀〃한 날씨가 지속된다.
例年 같으며는 제법 마음데로 始釣을 할 수 있는 時期이근마는 零下 3, 4℃가 지속되니 날씨가 춥다.

〈1969년 3월 20일 목요일〉
요즘에 工場長 代身에 崔武弼 工場長의(休暇. 病으로 因해서) 金仁鎬 理事가 代行하고 있다.
理事會에서 鑄物에 係長 1名을 採用키로 햇다는 金 理事의 當付.

〈1969년 3월 21일 금요일〉
시골서 어머니와 아버지가 同生 결혼 준비차 올라오셨다.
도야지 藥 60斤자리를 잡아왔다.

〈1969년 3월 22일 토요일〉
동생 결혼 件으로 하오에는 일즉 집에 돌아왔다.
請牒狀 140枚에서 不足하여 50枚를 追加함.
請牒狀 代金 100枚 250.
性病 檢査 結果 完治.

〈1969년 3월 23일 일요일〉
동생 종석니 結婚日.

아침 一○時 30分 式 場所에 到着하엿다. 今日에 무려 10쌍이 넘는 결혼니 있는 모양이다. 맨 츠음에가 종석니 차레다.
날씨가 今年 들어 제일 유창한 봄날이다.
扶助金

11萬餘 원
朴敬錫 1,500
李相憲 1,000
순덕 1,000
점미 2,000
서울 金鉉 5,000

〈1969년 3월 24일 월요일〉
유창한 봄 날씨다. 아침애 工場에 들였다가
休暇届를 提出하고 집에 到着해 보니 서울에
서 온 손님 멋 ″ 분을 除하고는 모다 돌아갓
다.
아버지 어머니 자근 아버지 記念사진을 博文
校 앞 極東사진관에서 촬영함.
사진데 2,700.

〈1969년 3월 25일 화요일〉
金仁鎬 同生 결혼에 祝金 500을 보내오다.
請牒에 내 이름의 명백치 못해서 事後에 알
고 500을 보내오다.

〈1969년 3월 26일 수요일〉
永登浦 代理店 朴鐘相이로부터 同生 結婚 祝
金 1,000을 人便으로 傳혜오다.

〈1969년 3월 27일 목요일〉
서울 李圭昇 氏가 油壓 __레스 加工代金
105,000을 내고 鑄鋼 附屬 1,750kg를 가저
감.
加工代金 中 15,000 引受.

〈1969년 3월 28일 금요일〉

富平 鑄物工場 金奉商 氏로부터 鑄物砂 염창
砂 50TS 購入 決定.
TS 當 3,000.

〈1969년 3월 29일 토요일〉
電力 事情으로 午後 3時 退勤.
貞順 어머니 반지 三돈 1個 購入함.

〈1969년 3월 30일 일요일〉
午後 二時頃에 美林劇場 앞 아리바이트 홀에
들였다.
한 간 반 程度의 房에 다섯 쌍이 춤을 추고 있
었다.
나이로 보아 모다들 젊은 사람들뿐니다. 四
○歲가 넘은 사람이라고는 나 혼자뿐니가 십
다.
마음의 초 ″ 하고[초조하고] 주저해서 約 一
○分 가량 있다가 되처나왔다.
다시 화도고게 近처에 있는 강 매담 宅을 찾
었다. 姜 매담 혼자서 쓸 ″ 히 마지하여 주었
다. 敎習셍이니 널리 량해를 求햇다. 단둘이
서 두서는[두서너] 곡을 추었다.

〈1969년 3월 31일 월요일〉
무좀을 惡化해서 工場에서 一○時頃 退勤햇
다. 花東病院에서 公傷이라고 해놓고 治療을
밧엇다.
午後에는 집에서 終日토록 누워 있엇다.

〈1969년 4월 1일 화요일 晴〉
花東病院 무좀 治療.

벌서 올해도 3個月이 경과햇다.

오날이 4月 초하로 날이다.

昨年보다 기후가 좀 늦은 탓이갯지마는 웬닐인지 낙시 셍각이 나지를 않는다.

츰에다 추미를 무친 탓일지도 모룬다. 아마도 추미를 달니한 탓이겟지.

〈1969년 4월 2일 수요일〉

朴 마담 댁에서 교습을 밧은 지가 2個月이 넘었다. 교습생들이 너무 많어서 先任자인 나와 申正植 氏가 오늘 간단니 卒業을 햇다.

先生과 助敎 및 동내 婦人들을 招請 저역을 갖치 햇다.

會費 2,420.

〈1969년 4월 3일 목요일〉

발에 무좀이 셍켜서 도무지 거름 것기가 불편하다.

부득히 花東病院에서 治療을 밧기가 벌서 3日제다.

오날은 會社에 가아가서 벌로 기동을 하지 않코서 첵상에만 기대여 하로를 보냇다.

발이 아파서였다.

〈1969년 4월 4일 금요일〉

밤 7時頃에 뉴仁川 카바래에 나갓다. 뗀사 [댄서] 2번을 불럿다.

갓치 잡고 두서너 곡을 치고 나니가 실증을 느껴진다. 이다지도 춤이 어려울 바에야 中止하고 말으리라 生覺햇다.

그러나 이왕 始作햇으니가 다시 한 번 勇氣을 내라는 부탁을 밧고 계속하기로 햇다. 來日부터 鄭 先生에게 再교습을 밧도록 뗀사가 소개해 주엇다.

〈1969년 4월 5일 토요일〉

給料 支給日.

昨日에 約束한 敎習(뗀스) 場所에 到着한 지가 7時頃.

基本 스텝인 "도롯트"부터 始作 30分間니 敎習을 밧엇다.

15日間 敎習費 條로 2,000 支拂.

〈1969년 4월 6일 일요일〉

始釣. 古棧水路 上流. 15首.

午前 九時發 水原行 기동차에 갓가스로 발을 드려놋코 보니 봄철에다 오날은 寒食날이라 車中은 超滿員니다. 其中에 特히 눈에 띠이는 乘客은 喪服을 한 男子와 女子가 유난니도 눈에 띠인다. 祖上의 무덤을 찾은 省墓客들. 하얏케 上下를 소복 한 두 女人니 아름답기만 보였다.

낙시客은 別로 많니 탄 편은 아니다. 그러나 막상 古棧驛에 到着하여 보니 봄을 낙는 同好人들의 水路 兩側을 온통 매우고 있다.

〈1969년 4월 7일 월요일〉

張 會長 來社. 渡日 人事 次 香花村에서 代理級 以上 酒宴 開催.

韓炯植 次長 同伴 下에 敎習所를 訪問 女人 2名의 敎習 中 같이 춤을 추어 보다.

〈1969년 4월 8일 화요일〉

渡日 手續 關係로 納稅證明書을 하루 속히 제출해 달라는 本社 指示다.

한데[한때]는 당장 來日이라도 갓다가 오라고 하드니 요즘에 와서는 꽁 꼬먹은[꿩 구어 먹은] 소식이다.

日本의 利川製鋼 Co를 爲主로 해서 各 有名한 鑄物工場主 視學하기 爲한 渡日.

〈1969년 4월 9일 수요일〉

춤의 교습을 다시 始作햇다.

東仁川 稅務署 後側의 家庭집에서 鄭 先生이라는 나의[나이] 約 37歲의 男子에게 배우기 始作햇다.

교습生들의 꽤 많은 便니다. 나는 저역 七時 頃부터 배우는데 나와 같이 始作한 사람의 大略 工場에서 老壯측의 10餘 名의 된다.

그 중에 내가 가장 댐포가 느린 편니 아닌데 지리박이라는 스탭이 가장 어렵다.

〈1969년 4월 10일 목요일〉

집 修理. 庭園을 콩크리-트化.

李圭昇 氏로부터 謝禮金 條로 一金 貳萬 원을 밧음.

집을 修理하기 始作한 지 오날로서 2日제다.

材料費

새맨트 13袋 300	3,900
雜石 壹車	2,400
브르크 4町 100枚 16	1,600
벽돌 20 3	60
漢江砂 1車(8M)	4,500
모리[모래] 運搬費	1,100
工賃 木工 5工 1,000	5,000
〃 助工 5工 500	2,500

晝食 밋 夕食 接待 外 酒 接待.

〈1969년 4월 11일 금요일〉

鑄鋼 營業을 收支 打算니 맛지 않어 中止하기로 決定된 지가 블가 一週日이 지나자 또다시 朴基錫 責任 下에 大型 鑄物 作業에 支障을 주지 않는 範圍 內에서 또다시 始作하라는 本社 指示을 밧음.

〈1969년 4월 12일 토요일〉

金會載 課長(本社 技術部 勤務) 妻家 機械 事業 關係로 退社.

送別宴會가 (에주집에서 開催).

〈1969년 4월 13일 일요일〉

봄비가 나린다. 모초롬의 낚시 스케줄이 산산조각이 낫다. 세벽 六時 東仁川驛에서 만나 大明 方面으로 고로나[코로나] 택시를 利用 봄낚씨를 가기로 단단니들 約束을 햇으나 허사가 되였다. 비가 오는 까달[까닭]에.

午前 十一時께 마음의 조급해서 박을 내다보았으나 窓門 사이로 이슬비가 스며든다. 하는 수 없의 낚씨는 完全니 抱棄[抛棄]햇다.

午後 2時頃에 美林驛前 後方에 있는 아리바이드 홀에 나아갓다.

男子가 4名에 女子가 2名뿐니다.

웬닐인지 흥이 나지를 않는다. 기분으로서는 좀 더 유케한 분니기를 조성하고 싶어서 朴 매담에게로 갓다. 五層 建物 參층에 제법 넙

직한 教習소를 마련해 놓고 제데로 잘 데가
는 모양이다.
손님들도 男子가 4名에 女子가 5名이나 된
다.

〈1969년 4월 14일 월요일〉
요즘에 崔武弼 工場長의 身病으로 因해서 金
仁鎬가 工場長 代理役을 하고 있다.
前보다 달라젓다며는 金仁鎬 氏가 崔武弼 氏
와 比해서 좀 더 간단명료하게 事務를 처리
하는 데 큰 메력이 있다.
會議時間도 경강히 短縮시켯다.
즉 指示事項의 간단한 탓이다.

〈1969년 4월 15일 화요일〉
勞組에서 爭議에 突入햇다.
現 月給의 50% 引上과 退職金 累進制의 改
善 等의 條件을 내걸고 있다.
工場 各 部署別로 別다른 支障을 주지 않는
內容의 標語가 크드랏케 붓터 있다.
勞組員 各者는 腕章 대신에 웬측 어께 밋테
다가 힌 천으로 만든 (젱취하지[쟁취하자]
생활급)이라는 글을 세켜 달고 있다.

〈1969년 4월 16일 수요일〉
金仁鎬 工場長 代理로부터 할 이야기가 있으
니 슬을 한잔 하자는 권고를 밧고 木型 申正
植 代理와 같이 釜山집에를 갓다.
別다른 內容의 이야기는 업다. 단지 이번 爭
議 件에 對한 自己의 取할 태도와 수습 方案
을 널리 아려볼라는[알아보려는] 속셈이다.
酒代가 2,900에 두 사람 목의 別途金 2,000을

밧어가지고 申 代理와 뉴仁川의 갸바레에 갓
다. 花代 1,000에 夕食代 450 交通費 200.

〈1969년 4월 17일 목요일〉
新星 耐火煉瓦 工場을 訪問햇다.
5TS cupola의 耐火材의 技術的인 問議를 爲
해서다. 社長과 工場長 그리고 本(社) 事務室
에 金 氏 等과 金浦空港 入口의 食堂에서 晝
食 接待를 밧고 서을 韓震[韓進] Bus 停留場
까지 택시로 歡送을 밧음.
Bus 停留場에서 教習生 國民校 女 教士[教
師]를 만낫다.

〈1969년 4월 18일 금요일〉
밤 九時다. 집으로 곳장 돌아갈가 망서리다
가 택시를 탓다. 方向은 명성 캬바레다. 컴〃
한 홀에 들어서니 음악소리만 우렁차다.
한족[한쪽] 자석[좌석]에 안저 있다가 勇氣
를 냇다.
증연[중년] 婦人에게 請을 햇다.
망서리다가 이러선 이 부인에게 교습셍이니
잘 부탁함니다 人事를 햇다.
고마운 부인니다. 끝까지 잡어 주었다.

〈1969년 4월 19일 토요일〉
에숙이 아버지 煙突에 올라가다.

尹弼文 代理와 驛前에서 데포를 햇다.
그리고 나서 金谷洞에 있는 댄스 교습소에
나아갓다.
그리고 나 혼자서 뉴仁川에 갓다.
댄사[댄서] 2번과 約 一時間 동안 주엇다[추

었다].

〈1969년 4월 20일 일요일〉
四月의 第三 日曜日. 오날도 아침부터 날씨
가 찌부리고 있다.
오날마는 꼭 낙시를 갈려고 빌렷는대[벼렸는
데] 아침 九時가 지나도록 이불 속에서 밧갓
날씨만 무러보앗다. 비가 온다고.
午後 2時頃에 朴 매담에게 付託해서 松島 카
바레에 나아갓다.
낮제[낮에] 춤을 추워 보기는 처음이다.
조고마한 홀[홀]에 빽〃히 들어서서 모다 신
나게들 춤을 추고 있다.

〈1969년 4월 21일 월요일〉
金鎭國 四寸 妹弟로 因한 여러 가지의 立場
의 난처하다.
土曜日날에 精神착란으로 因해서 45M나 되
는 煙突 꼭데기애 올라가서 太陽을 向해서
正座[正坐]하고 있으니 東仁川 消防署長을
비롯해서 警察 기동隊까지 動員되엇다.
미친 사람의 精神분렬로 因해서 煙突에 올라
가서 사라남은 前例가 없다는 警察 統計라면
서 모다들 斷念햇엇다. 그러나 多幸이 다시
나려왓스니.

〈1969년 4월 22일 화요일〉
金鎭國이 내 집에서 굿을 한다고.
工場에서 20,000의 藥갑 條로 거더 주엇다.

〈1969년 4월 23일 수요일〉
今年부터는 趣味가 좀 달라젓다.

昨年만 하드라도 봄철 낙씨를 하로도 빼놓치
않고서 日曜日에는 갓었는데 今年에는 웬닐
인지 썩 마음에 가고 싶은 마음이 들지를 않
는다.

〈1969년 4월 24일 목요일〉
봄비가 너무 심하다. 降雨量의 100m/m가 넘
엇다니. 그리고 各처에서 떼 아닌 호우 피해
가 發生햇다.
금연에는 節侯가 每日[每年]과 比하여 約 20
日 程度 늦은 모양이다. 昌慶園[昌慶苑] 벗꽃
이 요즘에야 피기 시작한다니.
家族들은 오날 하로를 우울히 보냇다. 비가
너무 심해서.

〈1969년 4월 25일 금요일〉
金鎭國이 대문에[때문에] 極情과 부꺼러움
을 어찌할 수 없게 되었다.
精神異常을 이르킨는지는 모루나 休職願까
지 내여 놓코 每日 出勤時間에 會社 正門에
나타나서 警備員들과 會社에 들어가겟다 악
을 쓰는 金 君과 시비를 하다 보면 나에게로
電話가 걸려온다.
제발 나와서 金鎭國이 좀 집으로 도라가겟금
해달라고.

〈1969년 4월 26일 토요일〉
勞組에서 爭議 可否 投票을 4月 28日에 하겟
다고 서두르는 바람에 會社 側에서는 잔득
이나 會長이 않 게시는 탓으로 金仁鎬 工場
長 代理을 비롯해서 徐 副社長 밋 金俊植 副
社長 等의 당황하고 난 나머지 仲介를 依賴

해 왔다. 나를 主로 해서 現場에 老壯들의 全
員 合勢하여 勞組 文益模 氏에게 事情을 해
서 投票日을 張 會長의 4/29日 돌아오니니까
[돌아오니까](外國에서) 5/1日字 投票하기
로 4日間을 延期햇다.
其 대가로 釜山집에서 老壯會員 參席 下에
酒席이 이루어짓다.

〈1969년 4월 27일 일요일〉
오늘이야말로 유창한 봄 날씨다.
아침에 구룸이 끼엿다가 깨끗히 게이기 시작
햇다.
鑄造課長 代理 尹彌文 氏 宅을 찾아갓다. 아
침 十一時頃이다. 막 들어가니가 尹 代理는
便所에 들어있다. 會社에 잠간 다여왓다고.
나두리옷을 完全히 벗고 있엇다.
明茶房에 約束時間에 갓으나 두 사람 다 오
지을 않엇다.
하는 수 업이 순두부 집에를 찾아갓다.
約束을 못 치컨[지킨] 탓인지 경장히[굉장
히] 미안한 감정이다. 日曜日인 탓인지 主人
매담하고 마침 새수를 하고 있다 술상을 간
단니 마련하고 尹彌文 氏와 같이 대낫부터
술을 마시엿다.

〈1969년 4월 28일 월요일〉
午後 2時頃에 和信면옥에서 간단니 晝食을
마치엿다.
李 孃니 느깨나마 나와 주었다.
松島까지 탁시로 갓다. 카바레에 到着하여
보니 場內는 超滿員니다. 잔득이나 尹彌文
氏는 내성적인 성격인 탓인지 도무지 나하고

서로 마음이 맞지를 않는다.
부득히 李 孃하고 같이 춤을 추라고 권햇스
나 몬 이기는 체 하고 멋 곡을 치고 나서는 또
다시 나에게만 미룬다.
午後 六時頃에 市內로 도라옴.

〈1969년 4월 29일 화요일〉
발바닥이 아푸기 始作햇다.
실은 土曜日부터 오른쪽 발바닥이 아파서 좀
거북한 것을 오날까지 참어왔는데 참다가 못
히[못해] 花洞病院에 갓다.

〈1969년 4월 30일 수요일〉
新任 鑄造係長 朴生圭가 人事 次 來社. 明日
부터 正式 就任한다고.

〈1969년 5월 1일 목요일〉
新任 鑄物係長 朴生圭 氏를 各 班長에게 招
介[紹介]를 햇다.
花洞病院에서 발바닥을 쩨엣다.
몹시도 아팟으나 꾹 참었다.

〈1969년 5월 2일 금요일〉
발바닥이 아파서 會社를 쉬엇다.
花洞病院서 工場에다 電話로 連絡을 取햇다.
고름이 줄〃 흘러나온다.
도무지 거름을 걸어갈 수가 없다.
工場長께서는 會社 이무室[의무실]에서 간
단한 치료를 밧으라고만 햇다.
正式으로 工場을 쉬기가 未安햇다.

〈1969년 5월 3일 토요일〉

午後에 비가 나렷다.

午後 늦개 비가 나렷다.
밤 七時. 아즉도 어둡지는 앓타.
건넌방 부인니 별안간에 안방으로 차저와서
아저씨 마당에 물이 빠저지를 앓내요 야단낫
음니다.
흐등지등 일어나서 나아가 보니 비는 좀 뭄
처었으나[멈추었으나] 마당은 한강수다.
정순 어머니가 우비를 입고 바갯대[바깥에]
하수구를 뜰고[뚫고] 있다.
나는 발이 아파서 꼼작을 못햇다.

〈1969년 5월 4일 일요일 비〉
花洞病院 발 치료(4日間 休務).

봄비가 너무 많니 쏟아진다.
엇저역부터 나리기 시작힌[시작한] 봄비가
제법 여름철에 쏟아지는 소나기나 다름없다.
저역 RADEO[radio] 뉴-스에는 서울 市內에
築臺가 무너지고 下水口[下水溝]가 막켜서
물난리를 격고 있다고.
오날줌[오늘쯤]은 좀 낫이라고[나으리라고]
生覺햇던 발바닥은 여전니 아푸기만 하다.
오른발 발끝 中間에 옴폭 나온 자리에 무좀
이 생겨서 염증이 대여 마치[마취]를 하고 約
15M/M 程度을 切開햇다.
제법 濃[膿]이 나오리라고 밋엇는데 웬일인
지 농은 조곰도 나오지 않고 피만 쏟아젓다.
오날은 가-제로 심을 박았는데 가-제 기리
가 約 30m/m는 덜어갓다. 발등은 여전니 붓
기만 한다.

〈1969년 5월 5일 월요일〉
4月分 給料 支給日.
給料 支給 內譯.

本俸	35,000
職務手當	4,000
技術手當	2,000
通勤手當 25日	750
夕食手當 7	560
中食 〃 24	720
計	43,030
稅金	7,711
殘額	35,319

〈1969년 5월 15일 목요일〉
勞組에서 50% 引上 要求에 會社 側에서는
20%를 고집.
金充河 理事(徐 社長 사의[사위])가 노조에
게 50% 要求는 現 시點에서 大韓民國을 부
인하는 것이라고 위협을 햇다.

〈1969년 5월 16일 금요일〉
오날부터 10餘 日間 교습을 밧기로 함.
서울 매티칼쎈타 中央醫院에서 海外 旅行者
免疫注射를 맞음. 工作課 崔德春 課長과 같
히 감.

〈1969년 5월 17일 토요일〉
太昌鑄物 朱弘麟 氏로부터 請牒을(工場 職場
아들 結婚) 밧고 가지 못함.
理由는 請牒狀을 19日에 밧음.

〈1969년 5월 18일 일요일 흐림〉

午前 九時頃에 貞花와 明浩을 다리고 "게건너" 연히동[연희동] 저수지로 낙씨를 갓다.
날씨가 좋치 못해서 바람이 强하다.
택시를 낙씨터까지 350을 주엇다.
택시에서 나릴 제 우산을 그데로 두고 나렷다.

〈1969년 5월 19일 월요일〉
仁川電機 金宰무로부터 5,000 贊助 밧음.
忠州 土組 350CE 揚水機 2臺 素材 謝禮 條.
성창모 경리課長의 부탁으로 춤 교습소를 紹介해 주었다.
좀 거리가 먼 창영洞 東仁川 세무서 後面에 있는 조용하고 퍽 쓸〃한 교습소다.
교습을 마치고 뉴인천 캬바레에 나아갓다.
경품 추천니[추첨이] 있었다. 사람의 초만원을 이룬 가운데 九時부터 대리비[텔레비전] 추첨이 約 20分 게속됫다.

〈1969년 5월 20일 화요일〉
勞使 間에 爭議 件에 對한 判決 內容.
平均 賃金의 25% 支給할 事.

〈1969년 5월 23일 금요일〉
勞組의 爭議 判決에 對한 會社 幹部會議에서 各者 所屬長들은 닥아오는 5/26日 12時을 期해서 極限 鬪爭을 決議한 勞組 計劃에 對해서 善意로 說得 工作을 展開하기로 合意.
勞組와의 中結[仲裁]을 내가 맛터 하기로 햇다.

〈1969년 5월 24일 토요일〉

洪勝植(木型係 工具) 紹介로 땐사 相對女을 新興카바레서 相面함.
契約도 없어 해여짐이란 無意味하기만 햇다.
相對女는 나이가 約 四〇에 가까운 과부라고 한다.
츰[처음] 만나는 "파드나[파트너]"근마는 別다른 마음의 충격을 받지 못함.

〈1969년 5월 25일 일요일〉
申正植과 같히 松島카바레에 나아갓다.
勞組 金正吉도 同伴햇다.
會費 1人當 入場料 150.

〈1969년 5월 26일 월요일〉
勞組에서 1969年度 月給 引上에 對한 極限鬪爭을 부르짓는 時限日이다.
午前 十二時까지 會社에서 25% 線을 수락치 않으려는 實力行事[實力行使]를 하겟다고 호언장담을 한다.
各 所屬長들의 動員되여 사테 수습에 全力을 다함.
午後 會社에서 勞組案을 受락함.

〈1969년 5월 27일 화요일〉
工場에서 1,000 借用햇다.
밤에 新興카바레에서 朱安에 居住하는 婦人을 만낫다. 지난 土曜日에 카바레에서 만나[만난] 婦人에게 敎習을 依賴햇다. 거절하는 줄로만 알었드니 意外로 나의 請을 밧아들여 再會이 기쁨을 나누었다.
夜食을 接待하고 支道費[指導費] 條로 500을 송[손]에 쥐어 주었다.

〈1969년 5월 28일 수요일〉
韓美羅紗에서 日本 旅行에 입고 갈 洋服을
마치다.
價格 14,000
下衣 1着 2,000으로 下衣을 한 벌 더 마치다.
賃金 査定 平均 25%.

〈1969년 6월 1일 일요일 晴〉
古棧水路 낙시行.

아침 五時 正刻 南仁川을 出發한 水原行 기
동차는 正刻에 目的地원 古棧驛에 到着햇다.
水路에서 約 二時[間] 程度를 낙시를 당가 보
았으나 別로 입질이 없어 農場 안 貯水池로
가 보았으나 別로 滋味를 보지 못햇다. 午後
0時 30分 車로 집으로 도라오다.

〈1969년 6월 2일 월요일 晴〉
新興카바레에 八時 一〇分 音樂이 웅장하기
들려오고 있다. 기다리든 사람이 왔다. 다른
사람이 아니라 朱安에 있는 女人니다. 두서
는 曲을 치고 나니 別로 豊富한 스탭을 쓰지
못하여 실증이 난다.

〈1969년 6월 3일 화요일 晴〉
요즘에는 호주머니에 용돈니 떠러젓다. 춤을
추기 되니 용돈니 호주머니에서 머무를 사이
가 없다.
그레선 今年에는 좋와하는 낙씨는 別로 하지
를 않햇다.
모다들 낙씨를 않 가는 理由가 춤을 추기 때
문니라나. 오른 말이다.

〈1969년 6월 4일 수요일 晴〉
여름철을 맞아 食慾이 줄어들고 몸무게가 차
〃 줄어드니 極情이다.
어터케 하든 現 體重 62kg는 유지해야 돼갯
는데 자신니 없다.
徐 社長이 나에게 뭇기를 徐 社長 自己를 어
터게 生覺하느야 좋으야 나뿌야 從業員들이
어터케 알고 있나 솔직히 본 데로 들은 데로
이야기하라고 물어어 당황햇다.
그리고 金俊植 副社長이 어떠야고 물엇다.
두 분니 다 좋타고 對答을 햇다.

〈1969년 6월 5일 목요일〉
給料日.

요즘에 와서는 今年 들어부터 給料日에는 틀
님없이 돈니 나왔다. 오날도 五時 正刻에 各
其들 月給을 탓다.
退勤길에 崔德春 工作次長을 만나 韓美羅紗
까지 같이 나갓다. 日本 旅行을 앞두고 會社
에서 마처주는 洋服을 찾기 爲해서다.
假逢[假縫]을 두 번式이나 햇다는대도 崔 氏
옷은 잘 맛지가 않었다.
洋服店 主人니 하는 말이란 걸작이다. 열 번
을 다시 하드레도 이런 程度로 日本까지 입
고 갈 수 없다는 말을 한다.
밤 뉴仁川에서 申正植 氏와 만낫다. 땐사 2名
을 다리고 나와 노랑 태포집에서 술을 마섯
다.

〈1969년 6월 6일 금요일 晴〉
현충일.

노조 文 委員長 金正吉 等과 郭在根 尹弼文 崔東洙와 나 六名의 釜山집에서 술을 마셨다.

第14回 顯忠日이라서 歌舞를 禁한 탓으로 酒席의 좀 쓸〃했다.

마즈막 판에는 술상을 한쪽으로 모으고 춤을 추었다.

간단한 도롯드 스탭뿐니라서 別 滋味가 없다. 酒席에 드러온 아가씨들 중에 제법 춤들을 추는 애가 있다.

〈1969년 6월 8일 일요일 晴〉[5]
松島 野遊會.

아침 九時 20分 松島行 合乘 Bus場에 막 到着하자 새련하고 날씬한 30臺[代] 부인니 서로가 마주치면서 웃음을 나누었다. 당항하[당황한] 나는 기억을 더듬엇다. 아모리 生覺해도 떼오르지를 않는다.

부연히나 보고서 고개를 수기고 미소를 지우며서 서처갓다[스쳐갔다]. 바로 생각이 낫다. 벌 거 아닌 술집 가오매담[얼굴마담]이다. 松島에 一○時 正刻에 到着하니 準社員級 以上 約 二○名의 나를 기다리고 있엇다. 合乘에서 나린 나는 여러분과 같이 노리터을 행햇다[향했다].

노리터에 到着한 우리 利川電機 鑄造課 準

社員 以上 19名은 간단히 술을 먼저 들고 그리고 또 노래가 始햇다. 그리고 술 따르는 여자를 2사람 1人當 500式에 다려왔다[데려왔다]. 一二時가 지나고 나니 모다들 술이 근아하게[거나하게] 취햇다. 노래가 들리기 시작 젓가락 장단니 들리기 시작햇다. 그러자 흥겨운 우리 韓國 古有[固有]의 장고 소리가 들리기 시작 나도 흥에 취하기 시작햇다. 주변에 노리터가 約 二○餘 군데나 대는데 모다들 꽉 찻다. 우리 노리터 바로 바른쪽에 三段으로 부인내들의 10, 12, 14名 크럽으로 놀고 있다. 술이 취한 男女들은 모다들 自己들의 同伴者로서는 좀 부족한 듯 나도 그럿커니와 女子들도 맛장가지다. 午後 2時부터 흥에 취한 여자들이 우리 노리터로 찾어들기 始作햇다. 永登浦 大方洞 五名크럽 阿峴洞 크럽 모다들 밉지 않는 30代 부인니다. 마음굿 끄리않코[끌어안고] 마음끗 추었다. 심지어 仁川에 있는 세련하고 美人 타입인 부인니 마즈막 판에 나 품에서 춤을 추엇다. 즐거운 하로엿다. 그러나 새상이 너무나 女子들 판니다. 男子들도 못한데[못하는데] 게집년니 男子 노리터에 찾어들어 스스로 男子에 품어[품에] 앟키다니[안기다니].

〈1969년 6월 9일 월요일〉
몰민 注射를 맞즘. 250 m/m. 550.

朱安에 金 女人 約束을 지키다.
10時 25分 마즈막 曲을 마치고 홀 박으로 나온 우리 두 사람은 은〃한 밤거리를 것기 시작햇다.

---

5) 이 날의 일기는 6월 7일 자와 8일 자로 기록된 지면 양쪽에 기록되어 있다. 때문에 정확히 어느 일자의 일기인지는 확실치 않은데, 그 시작이 8일 자에서 거꾸로 7일 자 지면으로 이어지고 있는 점을 고려, 8일 자 일기로 간주하기로 한다.

수인驛 附近 노타리에서 택시를 잡앗다. 으레 갈 길은 내가 택시로 □通하기로 되여 있다. 오늘 저역에는 食事 接待는 하지 않엇다.
鐘錫니가 黃醫院에 入院햇다. 오른쪽 발금치를 삐엇다.
工場에서 蹴球노리를 하다가 晝食時間에 다첫다.

〈1969년 6월 10일 화요일 晴〉
저역을 마치고 明浩 君을 다리고 黃外科 鐘錫니 入院室을 찾엇다.
오른발은 온통 붕대로 감고 固定시키기 爲해서 콩크리를 햇다.
會社 親友들의 2, 3名 눈에 띠엿다.
明浩을 다리고 가서 病院에 띠여 놓코 나는 나데로 볼 닐을 보라고 햇으나 明浩 놈의 말을 듯지 않어 다시 집에까지 돌아왓다.
明星카바레에 8時 15分에 入場햇다. 約束한 사람은 얼골을 알어낼 수가 없다. 필시 오지 않는 모양이다.
한 女人을 잡앗다. 끝가지 같치 추엇다. 마즈막 판에 松島 女人을 만나 다음 金曜日에 新興에서 만나기로 約束.

〈1969년 6월 14일 토요일〉
期待햇든 女人을 相面햇다. 그러나 別로 興味를 못 느꼇다.
相對가 너무도 初步者이기 떼문니다. 女人치고는 너무나 몸집이 크다.

〈1969년 6월 15일 일요일〉
아침 五時 正刻에 仁川을 出發 大明水路로

向헤 달린 택시는 길이 좋치 못한 탓으로 뽀쓰보다 若干 빠른 速度로서 約 壹時間 20分이나 걸려서 目的地에 到着햇다. 一行 3名. 代金 800. 매-타 料金이 나왓다.
大明에서 別로 滋味를 못 보고 오다가 향동에서 좀 해보앗으나 미꾸라지박개는 물리지을 않는다.

〈1969년 6월 16일 월요일〉
朱安 女人니 뉴人[뉴仁川]에 8. 30分에 나타낫다. 姓을 金 氏라고 햇고 나의는 36歲라고 말햇다.
아무튼 고맙개만 生覺이 든다.
서울 三富精工에서 Sand Bland가 1臺에 160,000에 見積을 밧엇다.
永登浦 代理店 朴鐘相이로부터 晝食 接待를 밧엇다.

〈1969년 6월 17일 화요일〉
朴 매담 집에서 밤 九時까지 춤을 배웟다. 約 壹個月 만에 맛난 朴 先生은 如前햇다.
崔東洙 尹弼文을 同伴햇다.
申正植을 九時에 낙원장 앞에서 만나 뉴仁川으로 갓다.

〈1969년 6월 18일 수요일〉
今年度 月給 引上案에 關해서 別로 흥미를 느끼지 못하게 되엇다. 그 리유는 徐 社長은 것으로는[겉으로는] 많니 올려 주어야갯다고 호언장담하는 反面에 張 會長은 現實에 맞는 月給 政策이랍치고 깍까나리는[깎아내리는] 술첵을 쓴다니 흥미를 느낄 수 없다.

〈1969년 6월 19일 목요일〉
永登浦 中部 代理店으로부터 課內 野遊會 贊助金 條로 30,000을 주게다고 約束한 後 約 壹個月 後인 今日 그것도 내가 즉접 찾어가서 밧어오다.

〈1969년 6월 20일 금요일〉
여름철을 맞은 요즘 體格의 점차적으로 수약해진다.
도데체가 밥을 먹지를 못하겟다. 안타가울 따름이다.
간다든 日本은 원제 갈지 모르겟다.
도데체 三月부터 서들든 日本 工場 見學은 어이 될 건지 旅券 나온 지가 壹個月의 지낫다.
日本 大使館에서 비지[비자]가 않 나온 탓이라나.

〈1969년 6월 21일 토요일〉
20,000 李明午로부터.

金鎭國 四寸 妹弟가 精神異常으로 會社에서 쫓겨낫다.
每日 아침 會社 正門에 와서 出勤時間에 여러분들 앞에서 추데[추태]를 부려서 네[내] 立場의 아주 난처하다.
金仁鎬 氏와 같이 永登浦 地區 鑄物工場 見學.
京城鑄物工場 見學.
朴鐘相 晝食 接待 밧음.

〈1969년 6월 22일 일요일 晴〉

梧鐘水路 낙씨. 今年 最初. 成績 不良.
一○時 歸家.
午後 二時 朴 先生 宅 訪問.
밤에 뉴-仁川 CaBala[cabaret] 가다.
今年 들어 츠음으로 게장국을 사먹다.
국밥 200
고기 一皿[6] 300
반도 먹지 못햇다.

〈1969년 6월 23일 월요일 晴〉
本格的인 여름 날시다.
피부가 거머케 탓다.
食慾의 全然 업다. 하로 2個式 것든니 먹든 나면[라면]을 한 개 먹기가 갑푸다.
몸은 점차로 수약헤진다.

〈1969년 6월 24일 화요일 晴〉
朴京遠 小型 班長을 同伴하고 素砂에 있는 韓國車輪 鑄物工場을 求景햇다.
造型機 作動 實況을 그데로 볼 수가 있엇다.
特히 型技에 1TS 要하[要한] 바이브레-다가 特有[特異]하기 느꺼저서 바이브레타에 對한 靑寫眞 1枚을 엇어왔다.
밤 六時 四○分頃부터 機械課 韓炯植 次長 母親 死亡으로 因한 喪門을 햇다.
밤샘을 아래사람과 같이 햇다.
文益模 劉動喆 朴경연 曹喜昇 尹弼文 朴基錫.

〈1969년 6월 25일 수요일 晴〉

---

6) 사라. 접시.

張載□ 妻 姨從□ 身元保證.
韓炯植 母親 葬禮日.

새벽 六時. 세상 모루게 코을 골며 잠이 들은
나는 마루에서 꼽박 밤을 새운 노름군들의
말타틈[말다툼]에 눈을 떳다. 喪家宅 안방에
여기저기 이리저리 쓰러저서 녹아 떠러진 間
喪客들의 하나들 이러나기 始作햇다.
날씨는 무더운 여름 날씨다.
文益模와 나는 그데로 눈을 비벼가며 집으로
도라왓다. 새벽에 들어오는 나를 안식구로서
몹시 몬마땅해 여기는 기색이다. 그러나 나
도 別로 말을 하지 않었다.
오즘[요즘]에 每日 춤바람에 몰리기 때문에
안식구에게 초상집에서 밤샘을 햇다고 한들
믿어주지 않을 것만 같어서 마리다.
八時 30分 발인식에 參加하고 午後에는 金忠
雄과 같이 富平 鑄物工場에 集金을 갓다 집
으로 도라옴.

〈1969년 6월 26일 목요일 晴 32℃〉
무더운 여름 날씨다. 例年보다는 約 5℃가 높
다는 觀象臺의 알님[알림]이다.
여름철이 되며는 으레 生覺하는 것은 주물공
들이 고통이다. 自己 肉體를 놀려서 버러먹
는 직업 中에 가장 힘드는 作業이 바로 주물
이다. 勿論 이보다 더한 何鍰工도 있으나 熱
間 作業치고는 힘든 일이다.
鑄造 作業을 하는 鑄物工들의 온몸은 땀방울
로 젓어 있다.
作業을 마치고 목욕을 마치고 나서 退勤길에
쉬연한 막걸니로 목을 추기고는 그 날의 피

로을 있는다. 그리고 또 끝침 없는 來日에 作
業을 기다린다.

〈1969년 7월 1일 화요일 晴〉
昌信屋 代金 1,900.
李永喆 李鎭元 李봉영 金春道.
工場長과 總務部長 두 사람을 相對로 시비를
햇다. 內容은 人事 昇格에 對해서 鑄造課에
서 班長 六名 中 三名을 社員으로 昇格을 시
켜주기로 事前에 約束을 해 놓코서 副社長으
로부터 鑄造課에 무순 놈의 社員 班長니야고
棄却햇다는 이야기다.
화가 머리끝까지 난 나는 그데로 홍분된 기
분을 억제하지 못하여 鑄物工場의 必要하느
야 그럿치 않으며는 必要치 않느야를 正式行
動으로 나타내서 信念을 뭇겟노라고 抗意[抗
議]을 햇다.
그러자 3名 程度를 해보겟노라고 直極[積極]
힘을 쓰겟다고.

〈1969년 7월 2일 수요일 晴〉
賃金 引上 發表에 따르는 各其 不平이 쏫아
저 나온다.
李鎭元 班長은 日給 740에 격분해서 오날 3
日째 會社에 나오지 않는다.

李鐘琴	820	日給
李鎭元	740	〃
金春道	760	〃
陸驥永	800	〃
李봉영	740	〃
朴宗遠	820	〃

工員 27% 引上.

〈1969년 7월 10일 목요일 晴〉
李永喆 申正植과 우리집에서 酒宴. 2,800.
수원집에서 1,000
旅館費 1,500
아가시 代金 條로 2,500
同上 金은 木型 償金에서 申正植 氏가
10,000을 준 돈에서 썼다.

〈1969년 7월 11일 금요일 晴〉
監督者 敎育을 施行.
各 班長 33名을 相對로 함.
敎授 朴生圭 鑄造係長

〈1969년 7월 12일 토요일 밤에 비〉
徐 社長 아들 結婚 祝賀宴을 工場 食堂에서
배풀엇다.
이명호로부터 鑄鋼 謝禮金 條로 50,000을 밧
음.
李鐘琴 陸驥永 朴京遠 3名 班長의 昇格酒을
냇다.
場所 우리집에서.
崔貞淑을 다리고 명성 여인숙에서 놀다.
酒代 8,000
麥酒代 2,500
朱安 女子와 約束을 어기다.

〈1969년 7월 17일 목요일 晴〉
도시바 20吋[인치] TV 購入.
價格 設置費 合해서 95,000.
殘金 5,000은 後佛.

〈1969년 7월 23일 수요일 비〉

무더운 여름 날씨다.
저역에 집에서 TV을 보다.
人間니 달을 征服하다.

〈1969년 7월 24일 목요일 晴 및 비〉
눈다라치가 낫다.
몹시 거북하다.
美國의 蘇聯보다 먼저 달을 정복했다.
밤에 아풀로 11號의 달로부터 돌아오는 관경
을 TV을 통해서 보앗다.

〈1969년 7월 25일 금요일 비〉
오날 아침 2時 51分 아풀로 11號가 着手함.

〈1969년 8월 12일 화요일 晴〉
밤에 金이라는 젊은 女性과 같이 公園에 올
라갓다.
그 女子는 시댁이 沃川에 사는 黃氏 宅 미우
리라고 한다.
부부간에 情이 없어 離別을 한 지가 6個年니
나 된다고 하니 女子로서는 혼자 지나기가
무척 힘이 들 판니다.
밤 12時 통행시간니 다 되여 公園 되[뒤]에
서 이야기를 하다 나려왔다.

〈1969년 8월 13일 수요일 晴〉
SparSal[special] 80,000.

償與金[賞與金] 80,000 受領.
每年 幹部에게 支給하는 夏期 特別 Bonase
[bonus]도 殘業手當 條로 支給한다.
昨年보다 多少 만타.

우리집   1,750 酒代에서 花代 500 支給
              殘額 1,350.
申正植 李永喆 同伴 新東工業 林相萬 氏 來
社.

〈1969년 8월 14일 목요일 晴〉

장마가 개이고 맑은 날씨가 시작되였다. 어
제가 末伏으로 더위도 이제는 다한 샘인데
늦더위가 사람을 못 견되게 한다.
태근[퇴근] 後에 金仁鎬 氏와 同行 愛酒집에
서 대포을 나누었다.
八時 30分頃에 뉴仁川 카바레에서 市內 某處
에 산다는 女子을 만낫다. 그 女子가 춤을 배
운 지가 불가 4個月 程度라니 나하고 同期 修
業生이라고 할가.
밤 公園에 드라이브를 햇다.

〈1969년 8월 15일 금요일〉

오늘부터 延 3日을 休日로 定햇다. 工場 全體
가 쉬기로 햇다. 바강스 時期가 좀 늦엇지마
는 집에 食口에게 來日 16日에 가가운 海邊
에로 나갈 수 있는 準備을 해 놓으라고 당부
햇다.
밤에 八時頃에 뉴仁川에 나아갓다.
申正植 代理가 나와 있다.

〈1969년 8월 16일 토요일 晴〉

家族 同伴 松島 海水浴.
家族을 同伴하여 松島 유원지에 갓다.
따겁에[따갑게] 나리쪼이는 햇빗을 쪼이며
男女들의 肉體를 자랑이나 하듯이 서성된다.
마침 仁川 警察署에서 마련한 노레잔치가 흥

을 돋아주고 있다.
野遊會費 約 12,000
택시 2臺 왕봉[왕복] 1,000
海水浴 借用 1,000
우기[7] 300
小우기 250
아버니[아버지] 來仁. 貞順 貞花 來家.

〈1969년 8월 17일 일요일 晴〉

무더운 날씨다. 바람 한 점 없다. 여기는 朱安
에 位置한 某 旅人宿所. 어제밤에 玉彬니
권고로 이름 모를 하숙방을 찾저왔다. 玉은
매우 영리하고 까다로운 女子이다. 모든 것
을 다 나누다시피 한 나는 彬니에게 물어보
앗다. 후해를 하지 않으냐고. 그러나 그는 역
시 내가 生覺한 그데로 무척 만족하고 幸福
하다는 表情이다. 순진하고 가엽은 玉이다.
더위를 못 이겨 목욕하고 다시 時間을 기다
렷다. 十二時가 되여서 仁川으로 方向을 잡
었으나 다시 밤까지 단[딴] 집으로 옴기였다.

〈1969년 8월 18일 월요일 晴〉

오늘은 每事을 있고 일지금치 집으로 돌아왔
다.
서울서 妹氏가 訪問햇다.
金春道 班長 父 葬禮日.

〈1969년 8월 21일 목요일 晴〉

工作課에 不正事件니 發生햇다는 석덕공론

---

7) うき(浮子 · 浮標). 낚시찌 또는 부표를 이르는 말이
다.

[쑥덕공론]니 각처에서 들려왔다.

內容을 알아본즉 工作課 자체 내에서 이러나는 相互間의 不和 問제로 工具니 係長과 트라불이 있다나.

夜間에 文益模 尹彌文 申인수를 同伴 水原집에서 1,000 술을 마시다.

〈1969년 8월 22일 금요일 晴〉

監督者 敎育時間에 敎育映畵을 감상했다. 필림의 1961年度의 묵은 것을 가지고 時間에 7,000이라는 세를 주고 빌려왔다나.

映畵을 마치고 花水食堂에서 730 태포를 마셨다. 同席者 서흥석 곽제근 윤필문 정홍근 이영철.

〈1969년 8월 23일 토요일 晴〉

뉴-인천 캬바래에서 金正彬니라는 女子를 마낫다.

차분니 침칙한[침착한] 점이 엿보이나 좀 찬 맛이 나는 女子다.

未亡人으로서 12歲짜리 딸을 다리고 샛방사리를 근근니 해나가는 女子다. 계속해서 만나달라는 要請에 네가 自信을 일키 십다.

공원을 거처 바람을 쏘이고 十時에 해여것다.

〈1969년 8월 24일 일요일〉

富平 劇場 求景을 하고 HoTel에서 休息을 취함.

밤 10時에 집에 도라옴.

金春道 子 死亡.

〈1969년 8월 25일 월요일 晴〉

會社에서 10,000 借用.

金春道 子 死亡 葬禮費 條.

崔東洙 母 葬禮 參席.

葬地 방죽머리.

〈1969년 9월 5일 금요일 晴〉

永登浦 木型 工場 代表 鄭鳳龍에게 金 40,000을 月 4分利로 대부헤 줌.

〈1969년 9월 9일 화요일 晴〉

낙원장에서 玉彬을 만남.

富平 三富製鋼에서 200粍 揚水機 impeller 鑄造해 오다.

夜間에 玉 君과 맛낫타.

⊕

〈1969년 9월 10일 수요일〉

劉俊煥 朴永春 韓益豊 等 3名의 渡日함.

徐 社長 日本으로 도라감.

三富精鋼 Co에서 200粍 impeller 2臺 溶解代金 15,000을 주고 찾저옴.

〈1969년 9월 11일 목요일 晴〉

張 會長 土聯 會長 同伴 下에 來社. 1,900粍 揚水機의 年內 製作件. 4臺.

永登浦 沈제연 氏 來社.

신주片 商人 同席 下에 우리집에서 술을 마심. 2,100 酒代 外上.

金 女人을 同伴 명성에서 춤을 춤.

仁川市長의 來社 下에 超滿員을 모아놓은 자리에서 模範노동者을 表彰함.

崔汶凡 李在九 等 表창 밧음.

〈1969년 9월 12일 금요일 晴〉

作業量의 늘어나서 鑄造課 現 人員 128名 가지고는 도저히 納期 內 鑄 素材 適期 供給이 不可能햇다. A級 日給 700 程度의 技능공을 求하기 爲해 서울 地方으로 사람을 求하려 出張을 갓다.

漢永産業 Co에서 李今烈 및 裵孝德 林榮煥 申鈴敎 等을 맛낫다.

馬山 出身 鑄工들과 李今烈을 主動으로 한 서울 出身者들 사이에 猛烈안 主權 장握을 爲한 暗鬪가 있다는 漢永 鑄物工場의 內幕이다.

東一鑄作 工場長 奉信鑄作 工場長을 맛낫다.

밤 朴鐘相 永登浦 代理店 代表와 서울 藥元洞[樂園洞]에 있는 123 카바래에 가서 춤을 추엇다.

밤 十一時 仁川으로 도라옴.

〈1969년 9월 13일 토요일 晴〉

金鎭國 君 精神病院에서 24日 만에 完治 退院함.

金 君의 入院 手續 等에 對한 物心兩面의 積極的인 支援을 해여준 現 勞組 文益模와 金正吉 池明植 外 産業傳導會[産業傳道會][8] 等의 幹部에게 참으로 감사하다.

㊉

---

8) 산업전도회는 1957년 예장 통합교단에서 선교 70주년 기념사업으로 산업전도를 결의하면서 출범하였다. 1964년경부터 노동문제에 관심을 가지기 시작하였으며, 1969년 신용조합을 설립하여 활동하였다. 1970-80년대 도시산업선교회의 모태가 되었다.

〈1969년 9월 14일 일요일 비〉

改憲案 通過. 122票로.

藥原壯에서 申 君을 기다렷다.

約束이 어긋낫다.

내가 어리석었는지도 모른다. 밋지 못할 것은 女心이다.

기분니 나빳다.

땐사를 700에 삿다. 유게히[유쾌히] 추엇다.

그러나 마음언 좀 인짠앗다[언짢았다].

〈1969년 9월 15일 월요일〉

本社에 어느 사람의 工場에 技술陣을 人間的으로 모욕햇다.

工場에 Enginear[engineer]는 反撥을 햇다.

도대체 本社에 어느 누가 감히 工場에 技술陣을 욕할 수 있느야. 목인[묵인]할 수 없는 重大事다.

金俊植 副社長께서 本社 營業에 某人(崔연)이 도대체 모-타나 변압기를 만드는 데 기술이 必要함니까 하고 金 社長에게 데들엇다.

金 副社長의 工場 幹部에게 이러한 사실을 쏫아노았다.

〈1969년 9월 16일 화요일〉

本社 發言이 問題化.

現場 幹部會議.

金俊植 副社長의 주책없이 本社 營業部 幹部會議에서 工場 기술자을 모욕햇다고 工場 幹部會議서 일러바치여 工場 幹部 全員니 격분.

當사자에게 公開사과를 要求.

〈1969년 9월 17일 수요일 晴〉
朱 社長과 酒宴.
식락원에서 大昌鑄物 朱 社長과 술을 나누었
다.
砲金제 鑄友會에서 취급 30,000 入金.
TS當 工場에 入金 58,000
現 販賣 價格 85,000
利益은 勞組로 入金

〈1969년 9월 18일 금요일 晴〉
金俊植 副社長의 立場을 살리기 爲해서 本社
營業部와의 對立의 一旦 賜和[私和]된 셈.
즉 金 副社長을 爲해서 더 强하게 못 나아가
겟다는 이야기.

〈1969년 9월 19일 토요일 晴〉
BuRace 商人 3,000.

本社 李明午 崔연 方윤植 等 參席 下에 工場
會議室에서 말성이 되였는 技術陣 모독에 對
한 公開解明이 있었다.
李 常務는 營業部 總責任者로서 物議을 이르
겨 未安하다고 謝過말을 表示.
崔연 總務部長은 거만하고도 오민[오만]한
태도.
처수장에서 酒宴. 술 취한 기분에 욕을 좀 퍼
부었다.

〈1969년 9월 20일 일요일 晴〉
9/27日과 代體[代休].

仲秋節을 멧칠 앞두고 工場에서는 오날 日曜
日닌데도 不拘하고 就業.
추석 名節에 하로 더 놀기 爲한 代勤이다.
밤에 玉彬 君을 만낫다. 서로서로들 情交을
했다.
여인숙 200.
三富精鋼 Co에 出張. 特殊 鑄鐵 外註[外注]
件으로.

〈1969년 9월 22일 월요일〉
三富製鋼 Co에서 耐酸鑄鐵 外註 作[業].
金春道 李奉柱 趙明得 出張.
操業費 0.5HP 23,000.
玉彬에게 大地에서 3,000.

〈1969년 9월 23일 화요일〉
秋分.

오날부터 밤과 낫시 기리가 꼭 같다.
벌써 가울철이고 보니 어딘가 마음의 우울하
다. 겨울 살님이 준비도 해야 돼갯지마는 10
月에 渡日한다는 예정이 항상 마음에 걸닌
다.
日本에 같은[갔던] 徐 社長이 빨니도 도라왔
다. 아마도 요즘에 工場 內 분의기가 썩 좋이
못한 탓이겟지.
金春道 娉丈 死亡 10,000 借用.
鄭鳳龍 氏로부터 酒代 殘額 10,000 受領. 우
리집에다 支拂함.

〈1969년 9월 24일 수요일 흐림〉
利川電機 Co의 兩 主株[株主] 張炳贊 對 徐
相綠 氏 間에 本格的인 對立의 持續되다가

드디어 오날로서 爆發햇다는 崔武弼 工場長
의 나에게만 傳言니다.
內容인즉 徐 社長의 張 會長에게 其間 每事
件 〃 張 會長의 잘못으로 會社 發展에 莫甚
한 支障을 밧고 있으니 當身은 一旦 물러서
라는 式의 强硬한 態度로 나온다는 이야기며
심지어 도장을 내노라고 해서 印監[印鑑]까
지 나여노았다니 恨스럽다.
밤에 金仁鎬 崔淵 文益模 等 3人니 식도원에
서 酒宴을 배풀다.
뉴仁川에 들려 보니 玉彬니가 나와서 난슨
[낯선] 사람과 熱中이다. 나는 땐사[댄서]를
同伴하여 뻐젓이 玉이에게 뻔데[본때]를 보
여주지[보여주자] 玉은 오리여[오히려] 화를
내니 뻔뻔스럽다.

〈1969년 9월 25일 목요일 晴〉
鄭鳳龍 고기 4斤
朴宗遠 사과 1箱子 설탕 20kg
朴生圭 〃 1箱子 仁川電機 인원 7名

仲秋節이 來日로 닥아왔다.
工場에서는 떡갑이라는 명칭 하에
次長 7,000
課長 6,000
代理 5,500
社員 3,800
工員 2,500
꼴로 支給.
萬和에 있는 朱 社長의 一金 5,000을 떡갑 條
로 주었다.
鑄工場 內 膳物 配分

班長 牛肉 2斤
準社員 洋말 1枚
係長 牛肉 四斤 洋말 2枚

〈1969년 9월 26일 금요일 晴〉
仲秋節.

하로 終日 집에서 TV을 視청.
밤에 뉴仁川 카바래에 나아갓다.
사람이 많니 왔다. 그 중에 내가 아는 女子 玉
이라는 사람도 왔다.
나는 땐사 77을 파드나로 定햇다.
玉이가 딴 男子와 놀다가 나에게 시비를 걸
었다. 보기보다는 敎양이 전연 없는 女子다.
시비를 햇다. 들[둘]이서 피치[피차] 깨끗이
끈짜고.
다시 相對할 女子가 못 된다.

〈1969년 9월 27일 토요일〉
千葉水路 낙씨行.

〈1969년 9월 28일 일요일〉
達月 아레 水路 낙시행.

〈1969년 9월 29일 월요일〉
同生 鐘錫니 內外가 秋夕을 지골[시골]서 지
나고 밤에 仁川에 到着햇다.
시골도 모다들 무고하시다는 傳言니다.
가지고 온 여러 가지 시골 物品을 貞順 母가
서로들 나누어 가지지를 않고 우물우물함으
로 내가 화가 좀 나서 말을 좀 햇드니 反發을
피우는 故로 一大 시비가 버러젓다.

近來가 보기 힘든 內外間니 트리불[트러블]
이다.

〈1969년 9월 30일 화요일 晴〉
날씨가 갑자기 추워저서 마치 가울 날씨을
연상케 햇다.
갑지가[갑자기] 氣溫니 나려가니 겨울사리
準備가 生각이 난다.
工場 안에서는 불이 있는 곳시 종타[좋다].
幹部社員 人事 關係에 對한 敎育을 밧음.

〈1969년 10월 1일 수요일 晴〉
工場長 宅에서 밤 七時 正刻에 文益模 尹弼
文 申麟秀 郭在根 朴基錫 等 同席 下에 現下
工場의 諸般 複雜한 問題을 協議함.
張炳贊 利川電機 會長과 徐相綠 利川電機 社
長과의 不和가 最惡의 險惡한 고비에 처해서
심상치 않는 절정에 이루었다는 工場長의 說
明과 우리들의 態度을 明白히 햇다. 즉 張炳
贊니를 돕겟다고.
밤 十一時 30分에 해여지다.

〈1969년 10월 2일 화요일 晴〉
洋靴 찾음. 白馬 洋靴店에서.
砂 業者(李命九 膳物品).

異常氣候가 지속된다. 어제 오날의 기온니
例年보다 4, 5℃가 낫다는 報導[報道]다. 런
링샤쓰 바람에 지나든 어제 오날 벼란간에
세-타가 등장할 程度로 기후가 나려갓다.
退勤 後 六時에 會社 앞 正門에서 大興鑄物
에 있든 吳錫根 氏가 기다리고 있섯다.

吳 氏의 招待로 花仙莊에서 夕食 接待를 밧
앗다.
其間에 吳 氏가 約 5個月 前부터 自宅 뜰에서
非鐵 製品을 네고 있섯으나 資金이 모자라서
失敗하고 다시 會社 生活을 願한다고.

〈1969년 10월 12일 일요일〉
工場 大運動會.

工場 廣場에서 午前 九時부터 大運動會을 開
催.
19日 國民投票을 앞두고 各 機關에서 同席
함.

〈1969년 10월 17일 금요일〉
國民投票日.
臨時 公休日로 選擇 19日 野外 親睦會을 앞
두고 仁川 地區 去來業主들에게 贊助을 밧기
爲해 申正植 尹弼文을 同伴 下에 돌아다님.
太昌鑄物 朱 社長 10,000 贊助.

〈1969년 10월 18일 토요일 晴〉
午前 十一時까지 水原 道廳에까지 택시로 急
行.
會社 職員 親睦을 爲한 野會 會費 뽀스를 웃
기[얻기] 爲해 道廳까지 감.
經費
往復 택시費 3,200
交涉費 1,000
晝食代 밋 雜 1,000

〈1969년 10월 27일 월요일 晴〉

日渡[渡日]. 170,000円.

午前 一○時 本社 到着.

金윤하 理事로부터 日本 出發을 保留하라는 指示 밧음.

張 會長 特別指示로 午後 五時 55分 金浦空港을 CPA 便으로 出發.

7時 35 羽田空港 到着.

美國에서 도라오는 崔德春 東芝 見習社員 劉俊煥 韓益豊 空港에서 相逢.

川崎 日空 Hotel 留宿.

Hotel費 5,000.

〈별기(別記)〉[9]

午後 5. 55分 金浦發

CPA機 便

7. 35 [日]本 羽田 着

崔德春 次長

劉俊煥 係長

韓益豊 社員

日光 Hotel 留宿

Hotel 費 4,350円

外 サビス料 10% 加

〈1969년 10월 28일 화요일 晴〉

現金 殘 128,500.

東京 銀座거리 散策.

---

9) 이 내용은 7월 일기가 끝나고 8월 일기로 넘어가기 전의 빈 지면에 기록되어 있는 것으로, 견학을 위해 일본에 도착한 날 간단히 메모 형식으로 적어 두었다. 같은 날의 정식 일기는 같은 일자로 다시 기록하였는데, 이 출판본에서는 이 메모를 별기를 순차적으로 배치되어 있는 원래의 일기에 별기로서 첨부하기로 한다.

日光 Hotel에서 韓國人 經營하는 やしま Hotel로 移宿.

河在彦 婦人 自家用으로 Hotel까지 來訪.

日貨 93,600 交換.

美化 100$ 36,000 交換.

夜間에 崔德春 劉俊煥 3名의 銀座거리 散策.

購入品

Canan[canon] 37,000

Hotel 2名 2,500

朝飯 日光 Hotel 1,000

夜食 3名 750

東京 地圖 200

〈1969년 10월 29일 수요일 晴 夕〉

川崎 やしま Hotel 2,000

大阪 - 名高屋 汽車 こたま 1,660

車內 食事 300

東京市 車費 1,000

劉俊煥 係長 歸國. 羽田空港까지 歡送 次 濱松町 - 羽田 間 모노래-루[모노레일] 利用.

東京에서 11時 10分 こたま로 名古屋로 떠남. 車內가 깨끗하고 11號 車 指定席에는 손님이 없다.

車中 富士山의 모습을 사진 찍다.

日本의 農村에 秋收期을 맛저 여기저기서 打作들을 하고 있다.

機械로서 打作을 하고 있는 日本 農民들의 부럽다.

利川工業 밋 利川製鋼 見學.

(香取) 旅館 半 和式에 留宿.

利川工業 三浦 部長와 夕食함.

現殘 123,000.

〈1969년 10월 30일 목요일 晴 名古屋〉
利川工業.
香取 Hotel.

名古屋 驛前 香取 國際觀光 Hotel에서 留宿.
우아한 半 日本式의 다다미房.
利川工業의 徐相俊 副社長 紹介로 鑄造 담당
三浦 部長의 案內를 밧음.
午前 九時 30分 利川工業에서 徐相綠 社長을
引見 約 2時間 동안 張炳贊니에 對한 慾을 터
러 놈.
徐 社長의 것트로는 "육구리[10]" 마음 놓코
쉬였다가 가라고들 하지마는 本心을 알 수
없다.
太田さん으로부터 여러 가지 工場 內의 說明
을 들음.
떠날 데부터 若干 發病키 시작한 便秘의 탓
으로 晝食과 夕食을 먹지 않음.

〈1969년 10월 31일 금요일 晴〉
三重工場 到着. すし淸　留宿.
午前 11時 三重 到着.
工場 全體를 求景함.
밤에 口比 課長으로부터 すし淸에서 술 待接
을 밧음.

〈1969년 11월 1일 토요일 晴〉
三重工場 休務.

———————————————
10) ゆっくり. 천천히, 느긋하게.

三重工場の 鑄物工場 見學.

永谷 主任으로부터 工場을 求景함.
竹中로부터 鑄 方案圖을 었음[얻음].

〈1969년 11월 2일 일요일 晴〉
三重工場 休務.
名古屋 市內 觀光.

東山 動物園을 朴英春 崔德春 等 3名의 求景
햇다. 連休의 탓으로 東山 動物園 內는 봄철
의 昌慶園을 연상할 程度로 人波의 물결이
나부낀다.
動物園 內에서 서로들 해여저서 나는 나데로
名古屋城과 데래비[텔레비전] 塔을 求景하
고 돌아왓다.

〈1969년 11월 3일 월요일 晴〉
三重工場 連休.
名古屋 市內 劇場 猫の舌(春畵).

崔德春 朴英春 3名의 名古屋에서 생전 처음
으로 春畵을 觀람.
日本에서는 이 程度의 春畵는 보통으로 上
映.
좀 노출의 甚한 부분의 性器만 나타나지 않
치 全體가 完全니 노출.
흥분상태의 숨소리가 들닌 程度다.

〈1969년 11월 4일 화요일 晴〉
三重工場 第2日 見學.

鑄物工場의 全般的 問제에 對한 日人으로부터 說明을 밧음.

5TS cupola의 檢討 結果表

CO_2 砂의 成分

合成砂의　〃

Cupola의 配合 例

品質管理

木型 方案

原價 構成

〈1969년 11월 5일 수요일 晴〉

三重工場 第三日 見學.

午前 重에는 大體로 現場을 나 혼자서 돌아다니며 爲先 좀 疑問니 나는 點을 日人들에개 問議햇다.

午後에는 木型工場을 爲始하여 鑄物工場 全體를 두루 도라다니며 寫眞을 찍었다.

그려나 내가 사건에 자신니 서지 않기 때문에 궁금하다.

밤에 すし淸 旅館에서 日女 享子가 나의 침실에 술 취한 몸을 억제하며 찾아왔다. 그러나 웬일인지 別로의 충격을 밧지 않고 돌여보낸다.

〈1969년 11월 6일 목요일 晴〉

名古屋 驛前 國際觀光 Hotel 宿泊.

香取.

日工鑄物 見學. 新東工業 豊矯工場 見學.

すし淸의 旅館費 13,000.

鑄物工場을 韓國人 金弘注 氏을 通해서 日本

鑄鋼을 求景함.

金弘注 氏로부터 晝食 接待를 밧고 桑後驛까지 乘用車로 歡送을 밧음.

午後 2時 名古屋에 到着 新東工業에 連絡 柿木라는 젊은니를 앞세우고 豊矯工場을 求景. 工場 正門 國旗 揭揚臺에 太極旗가 나부낀다. 日本人의 商術에는 손을 들엇다. 놀랄 程度의 鑄機로서는. 一時間 120枠/H를 日에 1,000枠를 만드는 鑄機가 있다.

鑄物砂 白硬濟를 使用.

〈1969년 11월 7일 금요일 雲〉

香取 Hotel 宿泊.

新大阪 富田市 西島 펌프 工場 見學.

午前 九時 22分 新幹線 こたま 乘車 1時間 30分 後 新大阪 到着(1,400). 國鐵 利用 富田驛 到着(60). 午前 11時 25分 西島펌프 松山 課長에 電話로 連絡 晝食 接待를 밧고 옛날 約 25年 前에 내가 勤務하든 鑄物工場을 觀람함.

參考 impeller 方案 7號 砂の調砂

大型 SEmant[cement] mold의 拔取 새로간 紙[셀로판지] 또는 블紙[볼지,골판지] 利用 大型 펌프의 芯取現 外型 利用에 홀 몰트板의 活用.

施設　　3,500∮ 發電機

　　　　4000m/mの 펌프 試驗場 新設

　　　　耐酸 펌프の stanlas[stainless] 材質

　　　　200m/m까지 機械込

　　　　鑄物工場 70名 130TS/H

午後 六時 名古屋로 歸 新東工業 柿木さんの

로부터 夕食 接待 밧음.

新東工業 最新 jodulale 1卷 밧음.

〈1969년 11월 8일 토요일 晴〉

やしま.

東京으로.

利川工業 徐相綠 社長으로부터 一金 壹萬 円
式 밧음.

午後 2時 30分 韓國에서 渡日한 조 社長{()利
川物産{)}과 內ㅁ星 利川製鋼 常무 및 徐 社
長 婦人과 相面.

〈1969년 11월 9일 일요일〉

やしま.

崔德春 次長과 東京 銀座 및 秋葉原 等을 散
策.

崔 次長의 기국[귀국] 膳物 사는 데 同行.

河 社長으로부터 金 貳萬 円 借用.

〈1969년 11월 10일 월요일〉

やしま 東京電機 見學.

東芝 本社 人事.

薛井 部長 海外 事業部 技술 담당

巖本 課長 韓國 담당

鈴木　　　 〃

晝食 接待 밧음.

東京電機 午後 3時 東芝 本社

택시 提供 3時 ~ 4時 見學

〈1969년 11월 11일 화요일〉

入舟工場 見學. 崔德春 歸國.

午前 8時 40分 JAL 便으로 崔 次長 歸國.

午後 一時 入舟工場 見學

菊田 次長

長谷川 浦鐵 담당

川崎市內 映畵 觀覽함.

河在燮 氏 來訪.

〈별기 1〉[11]

日本 感想 11/11日

혼자서 日本國 川崎 やしま HoTEL에서.

밤 二時 대래비에서 現在까지 放送을 하고
있다. 오날 崔德春 氏도 羽田航空을 아침 八
時 四〇分 JAL機 便으로 도라가셨다. 元來가
便紙 쓰기를 실어하는 나의 性格이나 金仁鎬
部長에게 便紙을 간단히 몇 자 적엇다.

오날은 東芝鶴見工場의 材料部.

入舟工場을 아침 8時 40分에 崔 次長을 韓
國으로 歡送하기 爲하여 六時에 Bet[bed]
에서 이러낫다. (冊上[冊床] 엽에 있는 日
本 데레비(TV)가 막 끝낫다.) 나 혼자서
W.Bet[double bed]을 使用하게 되엿으니 좀
더 餘裕가 있으며는 좋은 期會[機會]다. 그러
나 나에게는 使命이 있다. 利川電機에서 즉
은 出張費로서 많은 기술을 習得하라는 指示

---

11) 이 내용은 10월 일기의 첫 면에 수록되어 있는 '要
記' 란에 적혀 있는 내용으로, 일본 견학 당시의 소
감을 기록하고 있다. 일본 견학을 가 비어 있는 지
면이 많은 이 해의 일기에는 이와 같이 빈 지면을
찾아 어지럽게 적은 기록들이 종종 눈에 띈다.

는 없으나 빈약한 한국의 기술자로서 경비를 절약하고 식사를 八〇으 一食으로 하드라도 좀 더 日本의 기술을 배워야 되겠다. 나의 기국[귀국] 日程은 이미 끝낫타. 張 會長의 約 二週日間 끝내고 도라오라는 지시였으나 元來는 나이 思考方式도 누구에게 지고 싶지는 않었으나 1959年 大東工業에 再復職하여 350m/m Turben[turbine] pump molding 作業 時 枠般ロ中 Hand Bell機 使用 中 頭部에 打撲傷을 입어 不幸이도 腦神經의 支障을 招來하여 메사에 권만증[건망증]이 생겻다. 生覺하면 나의 運命일지도 모른다. 좀 더 希望은 있었으나 좀 더 남과 같이 배우지 못한 "나" 每事을 自抛自棄[自暴自棄]한지도 모른다. 아니다. 나는 지금 "자포자기"의 綴字도 제데로 못 썼다.

내 나의 18歲 時節에 日本國 大阪에서 鑄物 工夫를 햿다. 그러나 現在의 감정은 조금도 後悔하지는 않는다. 今日 入舟工場의 芮田 次長(東芝 材料部 담당)의 이야기로서는 現在 日本에서 鑄物工場의 從業員은 드럽고 힘이 들어 배우은 사람이 즉어서 큰 困難을 當하고 있다는 이야기다. 그러나 나는 天職으로 生覺한다.

다음은 8月 19日 空欄에 쓴다.

〈별기 2〉[12]
今日 鶴見工場의 芮田 次長의 昭介[紹介]로

大略의 工場을 見學햿다.

日本은 現在 사람의 모지라니가 차라리 韓國 사람의 日本國에 와서 見學을 할 바에는 日本國에서 모든 宿食은 提供하고 給料까지도 日本 基準되로 支給할 테니 사람을 보내달라는 부탁과 韓國에서 鑄物 製品을 日本으로 輸出해 달라는 要請을 밧엇다. 芮田 次長은 日本人으로서는 二次 大戰 當時 韓國人에 對한 멸시감은 업는 사람이다. 自己의 自家用 車에 나를 태워서 案內가지 햿으니가.

다음 PEgE[page].[13]

술의 취한다. 日本에 와서 나의 健康 狀態는 매우 나쁘다.

體重의 4kg나 줄었다. 그 理由는 飮食의 몸에 맞이 않는 탓이다. 그러나 좀 더 견디여 보자.

밤 二時 20分 市外電車의 소리가 요란하다. 아니다. 추럭[트럭]의 高速 질주이[질주의] 소리다.

술의 취한다. 나 혼자서 위로히[외로이] やしま호텔에서 日本 ウィスキー 1크라스 1合을 마셧다.

來日의 見學을 爲해서 그만 자자.

나의 宿所는 韓人 경영이 やしまホテル. 그러나 日本의 韓人은 좀 冷情하다.

밤 2時 20分 11/11日.

---

12) 앞서 기록되어 있는 〈별기 1〉에서 예고한 바와 같이 일기장의 8월 18일 자 일기 다음의 빈 지면에 아래 내용을 기록하였다.

13) 지면이 부족하여 다음 장에 이어 적고 있음을 표시한 말이다.

1970년

<New年所感>

내 나의가 올해 꼭 45歲이다.

40歲가 넘으니 더욱 더 새월이 빠르기만 하다.

今年에 해야 할 일들을 생각하니 너무도 벅차고 만타.

家運이라고 할가. 昨年度에는 한 푼 두 푼 절약해니 모은 돈은 70餘萬 원니나 남에게 뛰었다[떼였다].

올헤는 좀 더 침착하고 노력과 절약 그리고 근면으로 살아가자.

안식구도 좀 더 反省을 할 개다.

金錢 關係로 因해서 안식구이 건강 상테는 극히 수약하다[쇠약하다].

每事를 다 있고[잊고] 새출발을 하라고 안헤에게 일려주자.

<1970년 1월 1일 목요일>

⒨順 休日.

아침 十一時頃에 집을 나왔다. 工場 食堂에서 新年 酒宴을 간소히 배푼다는 말을 듯고 十二時가 되여 工場에 到着햇다.

參加 人員은 準社員 以上 張 會長 副社長 2名이 모다 參加햇다. 나는 기침이 甚하게 나서 조금도 酒을 마시지 못햇다.

午後 鄭永錫 理事 宅에서 招待를 밧고 가 보았다. 本社 젊은 親舊 멋 〃 명을 除하고는 工場에서는 나 혼자뿐니다. 慶信浩 氏가 同席햇다.

午後 四時 大學病院 앞 茶菓店에서 金 某 女人을 맛낫다. 約束되로 나와 주었다. 金 女人도 매우 즐거운 模양이다. 둘이서 市內를 걸어서 樂元洞[樂園洞]에 있는 123카바래가지 왔다.

入場料가 同件니 1,500니나 밧는다.

一○時까지 춤을 즐기다 仁川으로 도라오다.

Bus 內에서 다음에 四時에 約束을 햇다.

즐거운 날이였다.

〈1970년 1월 2일 금요일 晴〉
⟨貞順⟩ 休日.

아침 一〇時 大地 茶房에서 貞善을 맛낫다.
約束되로 時間은 나보다 착실히 지켜 주었
다.
三和Bus을 타고 서울 淸게川에 洋商會 앞에
있는 劇場에서 港口無情을 관람햇다.
三榮商社에서 5,000니 謝禮金을 밧었다.
三榮商社란 鑄工具 Sand Rammer 販賣店이
다.
午後 四時 30分 仁川에 到着. 貞善니는 고이
돌아갓다.
貞善니에게 (謝禮金 條로 3,000을 傳햇다.
金東相 次長 宅에 到着時間니 5時 좀 지나서
다.
吳 部長을 비롯해서 여러 幹部들이 나와서
섯다 노리를 했다.
金東相 次長도 집들이 겸 한잔 내는 格이다.

〈1970년 1월 3일 토요일〉
⟨貞順⟩ 休日.

서울에 昌淑이 妹가 金 30,000을 借用키 爲
해서 아침부터 좀 실은 소리를 나에게 들니
여 주었다. 內容인즉 家屋 280,000짜리를 購
入하는데 30,000을 보아 달라는 附託[付託]
을 밧고 정순니 母가 直接 現場을 目擊하고
돌아왔다. 정순니 母이 이야기는 집을 산다
는 게 도무지 밋저지지 않는다는 이야기다.
그레서 同生 鐘錫니보고 直接 갓다오라고 일
러두었다.

밤에 申正植 代理와 新興카바레에 나아갓다.
엇저역에 뉴仁川에서 나하고 約束헷든 부인
니 다시 新興에서 만내고 보니 서로들 未安
하다.
工場長 宅에서 酒宴니 있다고 집어까지 사람
이 傳갈이 왔다는 안식구 傳言니다.

〈1970년 1월 4일 晴 0.4℃〉
⟨貞順⟩ 休日.

아침 一〇時頃에나 이러낫다.
明浩 君니 감기로 몸을 알코 있다.
나도 감기가 든 지가 꼭 20餘 日이 지낫근마
는 아즉도 낫지를 않는다. 도무지 "기침"이
야속할 정도로 낫지를 안아 나이가 더할수록
極情이 된다.
昨年度만 하드라도 別로 기침을 하지 않었는
데 今年에는 웬닐인지 모를 일이다.
日本 旅行 壹個月이 나에 건강을 致命的으로
害치게 햇다. 體重의 約 7kg가 줄엇으니 現在
體重 잘 되야 66kg 程度다.
金貞順 女史와 午前 十一時 相面 서울 하리
우트[허리우드] 劇場에 갓다. "사랑이 기적".
仁川에 7時 40分 到着헷다가 다시 富平으로
갓다. 밤 9時 40分頃에 집 앞에서 나렷다.
경비 2,400.
앞으로 金 女史와는 다시 안 만나는 게 좋캣
다.
피치[피차]의 家庭을 爲해서.

〈1970년 1월 5일 월요일 晴 0.17℃〉
酷寒. 첫 就業.

陸驥永 氏로부터 50,000 受領.
鄭鳳龍 氏로부터 16,000 ″. 利子金.
날씨가 몹시 찹다. 서울地區에는 0.20℃라니
29年 만에 닥처운 寒波라나. 새해를 맛지하
여 第一 就業日인데 鑄物砂가 凍結되어 제데
로 作業의 되지을 않는다.
大韓重機에다 古鐵 賣却. 13,500/TS當.
Engene[engine] Bluete 破碎 作業 完了.
朴生圭 自宅에서 簡素한 酒宴 開催.
朴基錫 申完淳 申正植 李充珠 李永喆 金東相
參加.
성양[성냥] 및 洋초代 340 支給.

〈1970년 1월 6일 화요일 晴〉
(서명)[1] 김 東亞.
작은宅에 慶事. 生女. 午前 五時에 (첫딸).

午後 五時頃에 沈在運 氏가 來社했다. 밤 六
時 30分 七星茶房에서 沈 氏을 다시 만나 一
金 10,000 謝禮金을 밧엇다. 七時 正刻에 金
貞順 女史을 仁映劇場에서 만낫다. 오날 저
역에는 金 女史로부터 正式 招待를 밧엇다.
우리들은 二층 앞줄에서 서로 같이 옆자리에
앉저서 映畵를 보았다. 나는 무이식 中에 金
女人의 손을 가만니 잡었다. 金 女人도 나의
손을 조용히 잡어 주었다. 午後 九時 30分頃
에 劇場을 나온 우리들은 서로 해여젓다. 九
時 30分 "우리집" 酒店에 外商캅을 支拂키 爲
하여 찾저갓다. 主人 매담 林 女史의 반가운

─────────────
1) 저자는 특정한 인물의 성과 장소를 적으면서 그 앞
에 자신의 서명을 남기고 있다.

表情과 에교에는 실치 않다. 酒代 20,000을
支拂하고 主人 마담으로부터 감기藥의 膳物
을 밧엇다. 거넌방에서 林 主人과 其外 接待
婦들의 자리을 뜨며 나보고 金貞善니을 잠시
만나보고 가라는 이야기다. 눈치 빠른 매담
의 능난한 접데方式이다. 나는 실치 않어 잠
시 방에서 기다리니 땅[딴] 방에서 술을 따르
다 말고 내 방으로 들어온 金 女人과 서로 많
낫다. 金은 나에게 매우 親切햇다. 오날밤을
제발 自己에게 時間을 달라는 付託이다. 거
절치 못해 十一時 30分에 七星茶房에서 만나
서로가 하로밤을 지냇다. 金은 몹시 술이 취
햇다. 그러나 매우 親切하다.

〈1970년 1월 7일 수요일〉
새벽 八時 正刻에 東亞旅館에서 되처나왔다
[뛰처나왔다]. 金 女人은 몸의 귀롭다고 말햇
다. 會社 出勤길을 막을 수 없다고 斷念한 탓
인지 혼자서 조용히 자고 가갯다는 말투다.
나는 金에게 未安해서 旅館집 게집아이에게
까스明水와 그론산[구론산]을 사다 아씨에
게 주라고 付託을 햇다. 工場에 들니니 아즉
時間은 만타.
朝飯을 못한 탓으로 속이 쓰리다. 대체로 오
날의 作業 指示을 하고는 다시 金의 가엽게
生覺이 되여 一○時 正刻에 다시 金에게로
찾저갓다. 金은 혼자서 지지[자지] 않고 깨여
있엇다. 매우 반가운 表情이다. 날 보고 다시
한숨 자고 가라는 表情이다. 나는 外套를 벗
고 나서 金과 마주섯다. 金은 나에게 무처[무
척] 多情하고 좋아하는 태도와 愛情의 表示
을 마음끝 해왔다. 自己의 主張은 今年 四月

頃까지만 現 職業을 계속하겟다고.

十二時가 되서 中央食堂에서 복 매운탕은 맛 있게 먹고 서로가 各〃 해여젓다. 다시 工場에 들어가서 하로 일을 마치고 집에서 電話가 왔나 달려가 보니 정순니 엄마가 감기몸살에 걸려서 알고 누어있다. 그토록 건강하든 정순니 엄마가 매우 수약해젓다. 양약방에 가서 약을 사다 매기고 다시 하로을 기다리기로 햇다.

〈1970년 1월 8일 목요일 晴〉

珉求 아재를 통해서 契 500,000 第1回 入金 20,000.

정순니 엄마가 몸살감기로 알아 누어있다.
그토록 건강햇든 안식구가 알아 누어있으니 極情이 만타.
工場에서 直時[卽時] 집으로 돌라와 보니 안식구는 아즉도 알아 누어만 있다.
몸이 너무나 허탈한 것인지 잠을 이루지 못한다고 極情이 대단하다.
洋약의 單位가 너무 높아서 神經에 刺극을 준 탓일 게다.
雪糖 5kg入 金寧元 東子洞 代理店長으로부터 膳物受領함.

〈1970년 1월 9일 금요일〉

시골에서 鐘晩 妻姪이 밤에 올라왔다.
안식구가 알이[앓아] 누어있으니 每事가 불편히다.
꿰 열이 나는 모양인지 매우 신음을 한다. 그토록 건강햇든 정순 엄마가 이다지도 弱化해

지다니 나도 놀랄 程度다.
나는 감기가 좀 나아진 건 갓다.
申正植 代理가 지어다 준 감기약을 먹고.

〈1970년 1월 10일 토요일〉

貞順

貞順 母 基督病院 521號室 入院.

午前 十一時 45分 市內 珉求 아저씨 宅에서 잠시 나왔다 가라는 電話 연락을 밧고 띄처 나온 나는 놀랏다. 貞順 母의 건강狀態가 惡化되여 入院 加療을 밧아야 된다는 病院 當局의 診斷니다.
病 內容은 신장이 부엇다는 것과 腸질부사라는 이야기.
그다치 튼〃하든 안식구가 入院을 햇으니 極情이다.
夜間에 六時 30分 約束時間을 지켜주다.
마음은 매우 불안햇다.
차라리 約束을 하지 말 것을.
基督病院 뒷길[뒷길]에서 해여지고 나는 病院으로 갓다.

〈1970년 1월 11일 일요일 晴〉

貞順니 엄마가 몹시 귀로워하는 表情에 나는 매우 極情이 된다. 病名은 "腸질부사"로 判明의 낫근마는 醫士[醫師]가 정순니 엄마에게 한 말이 나빳다. 설사 비징[비장]이 붓고 신장에 異常의 발생햇다 치드라도 사실데로 患者에게 이야기한다는 것은 醫士로서의 실수다.
정순니 엄마는 메우 極情을 하고 있어 마음

적으로 무어라고 타일러야 될지 알 수 엽다. 醫士의 당부로는 아무것도 먹지 못하게 한다.
午後 2時頃에 地下道에서 郭 代理을 맛낫다. 七星{茶}房에서 茶을 나누고 우리집에 가서 낫술을 마시엿다.
밤 七時頃에 20世紀 빠-에서 郭 代理와 갈히 술을 마셧다. 三次로 Hay Hay에서 麥酒 2병에 5,200니라는 엄청나게 빗싼 술을 마셧다.
20日 만에 마신 술이라 꿰 취햇다.
病院에 돌아오니 鐘錫니 동생이 11時가 넘엇근마는 기다리고 있엇다.

〈1970년 1월 12일 월요일 晴〉
도무지 일이 손에 걸리지가 안는다.
정순니 엄마의 病이 하로 속이 完治되야 될텐데.
오날부터는 若干 飮食을 먹어도 궨찬타는 의사의 허락을 밧었다.
간밤에 도무지 잠을 이루지 못한 탓으로 몸이 몹시 무겁다.
보건소에서 집에 소독을 햇다.
온통 집에서 약 냄세가 난다.
明浩가 재법 혼자서 엄마 겻은 떠나서도 말엽이 잘 논다.

〈1970년 1월 13일 화요일 晴 -18℃〉
妻의 病名의 "腸질부사"로 判明됨에 따라 매우 氣分은 좋치 못하나 어쩔 수 엽는 立場이다. 洞內 아낙내들의 가게어서 物見[物件]을 팔지 않캣다는 말이 나오니 참으로 한심스럽다.
會社 親知들에게도 別로 알니지 않엇다. 現在 내가 알기에는 來訪者가 申正植 李永喆 內外 李光義 金正燁 朴生圭 朴秀雄 陸驥永 郭永圭 李炳夏.
李命九 權明云 두 분니 招待로 "우리집" 酒店에서 술을 마시다.
金貞善니와 茶房에서 長時間 이야기하다.
尹弼文 郭在根 鄭河圭 同席.

〈1970년 1월 14일 수요일 晴〉
(서명) Kim 山장.

낫 12時 正刻에 約束되로 金이 나와 주었다.
生覺보다는 제법 으리가 있다.
"산장"이란 市內에서 좀 떠러진 조용한 休息처다.
우리들은 서로가 마음것 즐기다가 밤 六時頃애나 市內로 돌아왓다.

〈1970년 1월 15일 목요일 晴〉
償與金[賞與金] 支給日. 96,300.
상여금의 밤 8시나 데서 나왔다.
朴경연 氏와 同伴 下에 月尾조탕[2] 터기湯[터키탕]에 츠음 가보았다.

---

2) 月尾潮湯. 1923년 7월 10일에 개장한 해수 목욕탕으로, 남만주철도주식회사가 삼십만 원을 투자하여 설비하였다고 전해진다. 해방 후에도 월미도의 조탕시설과 부속건물이 미 주둔군에 의해 일시 사용되었고, 이후 관광시설로 활용되었다. 그러나 한국전쟁 당시 시설 대부분이 파괴되었고, 이후 점차 기능을 상실하면서 사라졌다. 따라서 일기에서 언급된 월미조탕은 같은 이름의 다른 목욕탕을 가리키는 것으로 보인다.

入場費 500 팁 1,000.

〈1970년 1월 16일 금요일 晴〉
貞順

김 여인과 富平에 갓다.
-12C[℃] 추운 날이건만 그는 나와서 있다.
若干니 스템[스텝(step)]을 밥다가 九時에
仁川으로 돌아왔다.
入場費 男子 500.

〈1970년 1월 17일 토요일 晴〉
貞順니 卒業式.

정순니 卒業式이다.
엄마가 不參이라 내가 直接 貞花을 다리고
나아갓다.
式後 아이들 五名을 다리고 市內로 나와 인
산 통탁집[통닭집]에서 닭고기를 먹었다.
食代 1,650. 5名.
내가 베가 아푸기 시작해서 웬닐인지 겁이
난다.
정순 엄마의 病의 傳染되였는지 궁금하다[궁
금하다].
140,000 入金. 國民銀行.

〈1970년 1월 18일 일요일 晴〉
Kim 君. 劇場.

午前 一〇時 30分에 仁映茶房에서 金과 相面
을 約束하고 11時頃에 나아갓다. 마침에 金
은 혼자서 기데리고 있다.

世界劇場에서 神劍魔劍의 劍客映畫을 관람
中 宋金洪 氏로부터 땅공[땅콩] 膳物을 밧엇
다.
金과 同伴 下에 月尾조탕에 갓으나 滿員.
朱安까지 갓으나 施設 未備로 冷湯.
市內 第一湯에 午後 3時 15分 入浴.
室內가 保溫니 잘 되여 있어 무엇보다 만족
햇다. 먼저 내가 入浴하고 金은 "맨쓰" 關係
로 간단니 머리만 씻엇다.
夜間에 金貞順니라는 婦人과 그것도 病院에
서 나오다 만낫다. 그리하여 國民銀行 옆에
있는 茶房에서 茶 데접을 밧엇다.

〈1970년 1월 19일 월요일 晴〉
京善니 엄마 退院.
入院費 10日間에 52,010
　　　　　支拂　30,000
　　　　　殘　20,010

午後 五時 京善 엄마가 退院햇다.
林內科 課長에게 와이샤쓰 票 一枚을 膳物로
주고 作別햇다.
안식구에 건강상테는 에제부터다[이제부터
다].
엄식[음식]을 먹고 消化만 시키며는 문제는
다르나 도무지 소화을 못 시켜 極情이다.

〈1970년 1월 20일 화요일 晴〉
勞組 改編의 2月中에 있다는 말에 尹彌文 郭
在根 等의 提이[提議]로 釜山집에서 酒宴을
開催. 文益模 金正吉 申인수 郭在根 尹彌文
朴基錫 同席. 金貞順과 仁映劇場 求景.

申인수가 第二次로 테포를 사다. 800.

〈1970년 1월 21일 수요일 晴〉

※ 金

1,900粍 揚水機 鑄造 完了. 自體경비 條로
98,905 引受 後 吳在夏 曺喜昇 成昌模 丁鐘
心 文益模 金基正 同席 우리집에서 酒宴. 內
容은 經理에서 現金으로 一時 支拂을 햇다는
代價로 술을 사라는 바람에 한잔 삿다.
金 君을 相逢하고 同席 下에 이야기를 나누
엇다.
場所는 第一 HoTal[hotel]다.

〈1970년 1월 22일 목요일 晴〉

金 君과 相面 後 집으로 도라오다.
夜間에 尹弼文 同伴 富平에 가다.
茶房에서 尹弼文 君과 4名의 同席 이야기를
나누다.
同乘 下에 仁川으로 도라오다.

〈1970년 1월 23일 금요일 晴〉

終業 後 崔東洙 尹弼文 郭在根 同伴 下에 洪
貞子 집에서 술을 나누다.
尹弼文과 茶를 나누고 金貞順과 茶房에서 만
낫다.
尹弼文에 對한 評이 좋타.

〈1970년 1월 24일 토요일 晴〉

市內 용동 水井酒店에서 文益模 金正吉 宋영
순 金東相 崔德春 郭在根 尹弼文 申完淳 朴
基錫 同席 下에 現 崔武弼 工場長의 理事職

解任 우려 問제에 對해서 意見을 交換하다.
1時{間} 동안에 간단니 할 이야기를 끝마치고
술 마시기를 시작 밤늦도록 마시고 놀다.

〈1970년 1월 25일 일요일 晴〉

(서명) 金

尹弼文과 十二時 正刻 三和Bus로 서울에 갓
다.
約束時間데로 一二三茶房에서 約束한 사람
과 相逢햇다.
스카이웨이까지 TAXE[taxi] 2臺로 올라갓다
가 나려와 安巖洞 절간에서 晝食 接待를 밧
고 밤 9時 南山에을 갓다. 十時頃에 三和Bus
로 仁川에 오다.

〈1970년 1월 26일 월요일 晴〉

※ 金 君

밤 九時頃 金 氏와 相面.
해여지는 뜻에서 술을 마셧다.
金 君는 몹시 술이 취해서 내가 보는 앞에서
슬푸게 울엇다.
술을 나눈 後에 金 氏의 권고로 "지향"이라는
酒店까지 가서 第二次을 햇다.
金 君니 술갑을 치루엇다.
밤 十二時라 집으로 도라갈 時間니 없다. 天
地에서 유숙햇다.

〈1970년 1월 27일 화요일 晴〉

아침 正刻에 出勤햇다.
몸의 몹시도 피곤하다. 鄭 販賣課長에게 耐

酸鑄鐵의 代金 關係을 督促햇다. 三富製鋼 Co kg當 sus27 500kg當.

丁海謹과 흙[흙] 茶房에서 瓦斯 解責 煖爐 件에 關해서 張 氏라는 사람과 相面.

十二時 正刻에 天地여{관}에서 金 氏와 다시 相逢. 金 氏는 몹시 몸의 피곤한 기색이다. 가슴의 아푸며 朝飯은 물론 晝食까지도 全페하고 조용히 누어있다.

한편으로는 무한니 가엽지마는 한편으로는 한없이 순진해 보이는 악여[악녀]와 갓다.

七時 30分頃에 각〃 해여지고 나는 七星茶房에서 田得文 氏와 韓國機械 硏究室長 申덕호을 맛낫다.

利川物産 Co 新設 鑄工場에 申 氏을 紹介햇다.

〈1970년 1월 28일 수요일 晴〉

金韓職 ③ 9490

勞組 件으로 工場長室에서 會議.
文益모 金正吉 尹弼文 郭在根 申인수 朴基錫 崔 工場長 同席.
宋영순 班長 노조委員長에 出馬 宣言.
金 君 지향집으로 就業.

〈1970년 1월 29일 목요일 晴〉

朴生圭 申完淳 두 사람을 통해서 靜止器 鄭德祥을 포습[포섭]하기 爲해서 지항집[지향집]에서 4,800 酒代.
夜間에 弼文과 同伴 지항집에서 2,500.

〈1970년 1월 30일 금요일 晴〉

尹弼文은 王홍植을 포습기 爲해서 먼저 지향집에서 酒席을 같이 함.
내 중에 이상수와 김용규을 다리고 王홍식과 同席함.
酒代 5,900
花代 1,200

〈1970년 1월 31일 토요일 晴〉

밤에 낙원장에 나아감.
入場料 600.
金外科에서 內科 治療.
市民 X線科에서 胃장 촬영 4,500.

〈1970년 2월 1일 일요일 晴〉

金⊗ 貞順 (서명)

金정선 君과 서울 아카데미劇場을 관람. 映畵名 死刑囚[3].
밤에 金貞順 女史와 夕食을 나누고 朱安까지 드라이브함.
情을 나누다.

〈1970년 2월 2일 월요일 晴〉

金內科에서 治로[치료]을 밧음. 胃腸病으로 요즘에는 몹시도 신음하다.
술과 女子을 멀니 하며는 곧칠 수 있는 自信은 있으나 마음되로 되지 않는다.
貞順 母가 간장병으로 極情의 된다.

---

3) 1970년에 개봉된 강민호 감독의 영화 〈돌아온 사형수〉를 가리키는 것으로 보인다. 강동휘, 허장강, 김지미 등이 주연 배역을 맡았다.

하로 속히 完治되기을 最大의 努 요함.

〈1970년 2월 3일 화요일 晴〉
金⊗

밤 七時 A 茶房에서 이작島 砂 納品業者 鄭明
山을 만나 A 카바레에서 麥酒 4병을 나누고
하이웨이 카바레에서 二次로 麥酒을 나누다.
하이웨이 카바래는 仁川서는 빠지지 않는 酒
店이다. 1人當 5,000 程度을 써야만 놀 수 있
는 酒店이다.
十一時 40分 善니와 天地에서 相逢함.
술의 취한 善은 말다툼이 만타. 세벽에 술에
못 켯되여[못 견디어] 몹시 귀로운[괴로운]
表情이다.
나는 세벽 七時에 집으로 도라가다.

〈1970년 2월 4일 수요일 晴〉
鑄造課 內 代議員 候補者 10名을 選定. 朴生
圭 係長을 통해서 酒店 지향집에서 술 待接
을 하라고 指示하다.
永登浦 沈在連 氏가 驛前 알파茶房에서 六時
一五分 相面 一金 10,000을 밧음.
六時 35分 스마트茶房에서 金貞順 女史와 相
逢 한일관에서 夕食을 나눔.
金 女史로부터 타이 핀 1介을 선물로 밧음.
나는 마풀라[머플러]을 答禮로 주다.

〈1970년 2월 5일 목요일 晴〉
朴鐘錫 횡패[행패]

밤 八時頃에 地鄕 酒店에서 尹弼文과 술을

나누다.
現在까지의 勞組委員長 選擧운동에 쓰여진
酒代 32,500을 支拂하다.
金貞善니을 통해서 趙 Matam[madam]의 와
이샤쓰 1枚을 선물로 주었다.
金貞善니에게 아기들의 膳物로 菓子 1箱子
을 사주다.
밤 九時부터 자정이 지나도록 동생 종석니가
술주정을 했다.
집안에 유리창의 12枚 깨여지고
난로 1個 破壞
時計 1個 破 〃
朴정순 허리 다침
동내 사람에게 창피를 당하다.

〈1970년 2월 6일 금요일 晴〉
舊正

간밤에 鐘錫니에 황페로 지칠 데로 지친 정
순 엄마와 나는 九時 30分頃에 朝반을 하고
10時에 會社에 나아갓다. 마침 오날의 日直
當番니라서 12時까지 會社에서 지나다.
밤 七時 40分頃 酒店 地鄕집에 가서 文益模
와 술을 마시다. 金貞善 君과 시비를 했다.
화가 난 나는 金貞善니에 따기를 보기 좋케
갈기고 지향집 앞에 있는 釜山집에서 第二次
술을 마싯다. 다시 12時에 地鄕집에 第三次
酒宴을 배풀고 밤 2時 15分 집으로 돌아가다.

〈1970년 2월 7일 토요일 晴〉
金⊗

自宅에서 班長級 以上을 招待 酒宴을 베풀다.

同生 朴鐘錫에게 絶交을 宣言함.

理由는 나에 家庭에 家具을 破損 형편없는 술주정을 한 닷[탓].

3時 30分에 명茶房에서 金貞善과 尹弼文 3名의 相逢.

金 君과의 오해를 풀고 낙원장에서 춤을 추다.

월미호텔에서 金 女와 同宿하다.

〈1970년 2월 8일 일요일 晴〉

午後 四時 반 24時間 만에 金 女와 해여지다.

工場長의 아침 8時頃에 나에 自宅까지 나를 찾아왔다가 도라갓다는 四寸니 전달.

밤 일즉이 집에서 쉬다.

〈1970년 2월 9일 월요일 晴〉

貞 (서명)

밤 八時 富平 카바레에서 金貞順과 相逢함.

택시갑의 없어 金 女人에게 1,000 借用.

工場 事務室에다 지갑을 놓고 나옴.

〈1970년 2월 10일 화요일 晴〉

勞組 代議員 選出

今年度 노조 代議員 선거는 어느 때보다도 심각한 선거운동이 전게됫다.

宋賢淳니가 徐 社長을 두둔해서 立候補하고 文益模가 張 會長을 업고 나왔다.

各 所屬長들의 치열한 文益模 當選을 爲한

壓力을 加햇다.

즉 文益模는 조금도 運動을 하지 않고 代議員 50名 中 29名을 차지햇다.

宋은 11名을 차지하고 남어지 10名은 中立이다.

오날부터 배에 뜸질을 하기 始作.

〈1970년 2월 11일 수요일 晴〉

李圭昇이 鑄鋼製品 195kg을 찾으로 왔다가 100,000 未拂로 다시 오기로.

나에게 謝禮金 條로 2,000 줌.

밤 지향집에서 文益模 崔德春 尹弼文 申完淳 申인수 朴基錫 6名의 代議員 선거 후 祝賀 酒席을 가짐.

酒代 8,300 花代 1,000 支拂.

밤 12時 文益模가 黃 女人을 天地까지 다리고 나왔으나 宗敎人으로 참아 外道는 할 수 없다는 意思 表示로 金과 黃을 돌니보내다.

웨리여[도리어] 나오라고 한 내가 未安하기만 하다.

〈1970년 2월 12일 목요일 晴〉

노조 代議員들을 說得히기 始作.

李永喆은 金春道 金泰克

朴生圭는 金圭鎭 金京周 金泰克을

朴基錫은 金正燁과 直接 對談.

지향집에서 밤 12時가 넘드록 說得햇으나 金正燁이에 義理에 내가 지다.

〈1970년 2월 13일 금요일 晴〉

文益模을 支持하는 代議員 31名의 금호정에서 集合 酒食을 나눔.

第2次로 水井집 밋 釜山집에서 계속 滯留시
켜 술을 마심.

〈1970년 2월 14일 토요일 晴〉
朴昌錫 同生 來訪

利川電機 노조 改編
文益模 35票
宋賢淳 15票
지향에서 工場長을 爲始해서 14名의 祝賀宴
을 열다.
酒代 34,400.

〈1970년 2월 15일 일요일〉
金※

金 君과 월미에서 낫 10時 40分 相逢 午後 六
時에 해여짐.
鐘錫가 謝過 條로 來訪.

〈1970년 2월 16일 월요일 晴〉
明倫洞 張 會長 宅에서 酒宴.
崔武弼　金東相　崔德春　朴基錫
申正植　吳義根　郭在根　金正吉
李 代理　尹弼文　申完淳　吳在夏
金仁鎬　文益模
徐 社長에 對한 一大 反擊 태세을 取함.

〈1970년 2월 17일 화요일 晴〉
金貞 (서명)

밤 富平에서 金貞과 相面함.

相對 측에서 交通費을 무일푼으로 나타남.
전에는 내가 돈 없이 신세을 짓서니가[졌으
니까] 이번에는 내가 쓰야지.
朴昌錫 同生이 서울로 올라감.

〈1970년 2월 18일 수요일〉
全羅道 鄕友會가 말썽이 남.
서도열이라는 者가 18名을 相對로 술을 나누
고 그 座席에서 徐 社長의 位置을 强化하기
爲해서 工場長을 除去해야 된다는 發言을 햇
다고.

〈1970년 2월 19일 목요일〉
崔 工場長이 그 어는 떼보다 强硬한 態度에
놀람.
張 徐 兩 株主 싸움에 張을 爲해서 과감하게
나가는 工場(長)의 意見을 全的으로 幹部들
이 밀어주기로 決定.

〈1970년 2월 20일 금요일〉
午前 九時 三〇分 서울 本社 出張.
機工業聯合會 南 專무을 기다리다 午後 六時
相面. 長子炭에 對한 別다른 內容을 웃지[듣
지] 못하고 仁川으로 돌아옴.

〈1970년 2월 21일 토요일〉
金※

午前 一〇時 三和 Bus로 金 氏을 同伴 서울
에 到着.
機工業協會에 宋 課長에게 電話로 連絡 長子
炭에 對한 京仁 地區 使用 工場이 없음을 確

認.

市民會館에서 70年度 스타이 밤[스타의 밤]을 求景.

3時 30分 三和 Bus 附近에서 休息 約 2時間을 取하고 밤 七時 仁川으로 도라옴.

金 君니 코-트 1着 750.

〈1970년 2월 22일 일요일〉

金貞 (서명)

金貞순 氏와 아침 十一時 Bus로 永登浦 到着.

다시 택시로 新林洞 金 氏 妹氏 宅을 訪問 金氏가 妹氏에게 金錢 傳達.

택시로 세운禮式場에 直行.

午後 三時頃 牛耳洞의 山장에 到着 食事을 나누고 밤 九時 鐘路 홍진Bus 停留場 附近 銀성 HOTAL에 休息을 取하고 홍진Bus로 도라옴.

仁川 着 10時 25分.

昌錫 同生 歸鄕.

〈1970년 2월 23일 월요일 晴〉

仁川호탤에서 幹部會議

本社 鄭永錫 營業部長과 工場 金仁鎬 設計部長 同席 下에 龍洞 지향집에서 酒宴을 배풀다.

鄭 理事에 對한 工場 實情을 어는 데[어느 때]보다도 兩 株主 싸움을 젊은[젊은] 工場 幹部들이 실어한다는 말을 하고 朴경연 次長의 호남 同志會을 通해서 工場長에게 모독적인 人事를 햇다는 데 對한 朴 次長이 거처 문

제化됨을 알렷다.

仁川호탤서

崔武弼 文益模 崔德春

金東相 吳義根 郭在根

崔淵 朴基錫 同席.

討議 內容.

朴경연에 對한 全南 鄕友會의 發言 內容에 對한 규탄 可否.

〈1970년 2월 24일 화요일 晴〉

요즘 내 마음을 내가 마음데로 못하는 가련한 신세가 되엿다. 兩 金을 어더케 하며는 좋을지 내 가슴을 설레개 하는 작은 金과 내에 마음을 유혹하는 또 한 金 有夫을 멀니 해야만 데는 줄로 아는데.

웬닐인지 내 마음 내가 마음데로 못하니 딱한 事情이로다. 花柳春夢이라는 말과 같이 結局은 허무할 데가 必然고 오고 말 게다. 그러나 現在 네[내] 기분으로서는 더 작으만[자꾸만] 깊어만 가는 게 나에 心情이고 보니 金 君니 마음도 나와 같을 게다. 金의 따뜻한 마음은 나로 하여금 自由을 拘束할 마큼 心情을 울닌다.

每日과 같히 2日이 지나며는 電話가 걸려오니 남이 보기에는 매우 女子 關係가 복잡하도록 認定을 밧게 되엿다.

〈1970년 2월 25일 수요일〉

設計部 次長 尹義炳을 說得하기 爲해서 郭在根과 尹弼文 그리고 나 3名의 共同전선을 첫다.

地鄕 酒店에서 술을 나누다가 張 徐 兩새 싸

음에 對해서 張파니 그러치 않으며는 徐파야 둘 중에 어느 쪽이야고 뭇자 徐파라는 학고한 對答을 햇다. 結局 우리들의 生覺한 대로다.

尹義炳은 역시 徐 社長파다.

十一時頃에 金貞善을 자지[자기] 집가지 다려다 주고 다시 집을 나온 나는 월미 방에서 金과 만낫다.

金과의 友情은 말할 수 없이 투터워것다[두터워졌다]. 自己도 나를 親友로서 무척 따르기 되엿다. 나로서도 金 君을 좋아하기 되엿다.

〈1970년 2월 26일 목요일〉

金⊗ 5日

새벽 八時가 되엿다. 金 君은 날보고 速히 이러나서 會社에 들어가라고 독촉을 햇다. 그러나 나는 웬일인지 이러나 기기가[가기가] 실타. 방은 제법 따스하다. 金 君도 내가 돌아가는 것을 그리 좋아하지는 않는 눈치다. 간단니 工場에다 서을 出張을 간다고 그진말을 하고 金과 같히 다시 자리에 눕다. 金은 나이가 34歲요 나보다 꼭 11歲 어리다. 마음 제법 까다라운 사람이나 요즘에는 나에게 무척 잘해준다. 우리들은 3時頃이 되여서 냉면으로 저역 겸 晝食을 마치고 다시 들어누엇다. 午後 七時頃이나 되여 비로서 해여젓다. 밤 八時 집에 돌아오다.

〈1970년 2월 27일 금요일 晴〉

金 (서명)

서울 東洋機械 金仁洙 社長 相面 molding M/C 設置에 關한 設計 仕樣 協議.

金 社長의 自家用으로 鐘路 2街까지 歡送을 밧고 三和Bus로 仁川으로 돌아오다.

金 社長으로부터 旅費 3,000 밧음.

仁川에서 金貞順 氏을 中國料理店 公園 側에 있는 데서 夕食을 나눔.

〈1970년 2월 28일 토요일 晴〉

金仁鎬와 (朱 社長 大昌 社長)과 朴基錫 3名의 龍洞 지향에서 술을 마시다.

金仁鎬 氏가 若干 醉한 기분으로 밤 一〇時에 서을로 도라가다.

〈1970년 3월 1일 일요일 晴〉

第五一回 三一節 記念.

오날은 1919年 3月 1日. 우리내 조상들의 日帝에 抗拒하여 民族 正義의 主權을 主張하다가 殘忍無道하고 暴惡한 倭警에게 마은[많은] 韓國人니 학살 當한 第51回 記念日이다.

午前 10時 30分 王宮茶房에서 金貞善 君을 불러냇다.

나에 主張하는 데로 每事를 잘 들어주는 金 君니라 第一호텔로 가지고[가자고] 提案햇다. 선듯 들어주엇다.

午後 七時가 되여 우리들은 서로 해여젓다.

〈1970년 3월 2일 월요일 晴〉

金 (서명)

尹弼文과 退勤길이 같은 時間에 合乘에 탓다.

나는 金貞順나라는 女子와 約束이 있어 朱安까지 가기로 햇다. 中間 車中에서 尹弼文 代理에게 섹다른 말을 끄냇다. 실은 오늘 저역에 金 女子가 當身과 나를 숭이동 모처에서 招待하니 갓치 가지고[가자고] 提案햇드니 尹은 선득 승락햇다.

七時 三〇分 正刻이 조금 지나 노타리에 나타난 두 女子가 있다. 金 女子는 自己 親舊가 經營하는 진흥 旅館房으로 우리을 案內햇다. 저역 待接을 밧고 別로 할 말도 없이 해여젓다.

〈1970년 3월 3일 화요일 晴〉

尹義炳과 郭在根과 尹弼文 3名의 花水食堂에서 술을 마시고 龍洞에 있는 지향집에서 第2次로 麥酒를 마시다.

밤 十二時가 넘어 尹義炳 夜間 通行時間 違反으로 松峴洞 派出所에 同行 밤세 귀로움을 當하고 세벽 2시 40分 집으로 돌아감.

〈1970년 3월 4일 수요일 晴〉

서울 永登浦 代理店 朴鐘相에게 晝食 接待를 밧고 潘相勳에게 茶 對接[待接]을 밧음.

午後 3時 35分 빠고다 앙캐-트[파고다 아케이드] 옆 茶房에서 金貞順 女史를 맛낫다.

둘이서 某 호텔로 갓다. 午後 4時 ~ 9時.

밤 11時 仁川에 到着햇다.

세벽에 松峴 派出所에 가서 住民登錄證을 찾저 옴. 尹義炳과 朴基錫 것을 순경에게 金 1,000 支拂함.

〈1970년 3월 5일 목요일 晴〉

朴明浩 國校 入學 手續.

제건주물 辛 社長과 酒席.

金仁鎬 理事 金俊植 副社長을 同伴 大昌鑄物 工場을 비롯하여 再建工業社 2個 工場을 視察함.

鑄外註 工場 選定 次.

〈1970년 3월 6일 금요일 晴〉

정순 엄마이 病이 차도가 있는지 없는지 도무지 알 수 없다. 血色은 종전보다는 좀 히전[희어진] 것 갓트나 몸은 형편없이 弱히다.

〈1970년 3월 7일 토요일 晴〉

食欲촉진제 투라부린 注射 600/1本 맛음.

몸의 쉬약해서 極情이다.

日本에서 돌아온 이후 두루두루 注意를 하나 日本에서 일은 體重 7kg을 찾지 못하겟다.

〈1970년 3월 8일 일요일 晴〉

金⊗

午前에 全員 代勤을 햇다.

正月 初三日과 代休햇다는 條件 下에 가웨[가외] 就業을 햇다.

나는 午後 十二時 30分에 第一湯에 到着 金을 電話로 불러냇다.

夜間에 五層집 朴 매담한태 갓다가 (춤추는 敎習所) 金으로부터 電話가 걸려와서 약간에 시비를 햇다.

金貞順에게 저역을 사주다. 五層집에서.

〈1970년 3월 9일 월요일〉

金 (서명)

永登浦 東洋機械 出張.
黃永淵이 부탁으로 金仁洙에게 3TS cupola 製作을 依賴키 爲함.
金仁洙 社長은 出他 中 相面치 못하고 生産 課長을 만남.
尹弼文 同伴 鄭鳳龍 氏가 태포를 삿다.
仁川으로 기로[귀로]. 나는 富平에서 下車 富平 카바레에서 金貞順을 만남.

〈1970년 3월 10일 화요일 晴〉

아침 10時에 김을 自己 동생집에서 만낫다.
숭이동 側을 것기 始作햇다.
結局 월미여관으로 발을 돌니서 午後 五時에 해여지다.
밤 안식구와 에관극장[애관극장]에서 독 짓는 늘근니를 求景함.

〈1970년 3월 11일 수요일 晴〉

金貞선에게 金 10,000을 貸付.
동생 남편니 親舊가 釜山서 돈 밧으로 올라온 지가 3日이 되엿다고 오놀은 나려보내야 되는데 부득키 할 수 없서 나에게 付託을 한다나.
三富製鋼에서 20,000 收金.
大昌鑄物工場과 再建工業社 2個 社을 協力工場으로 推薦.
大昌 kg 70.
再건 kg 75　　　評價.
두라부린 注射. 2回.

〈1970년 3월 12일 목요일 晴〉

歸鄕. 午後 4時 靑山 着.

〈1970년 3월 13일 금요일〉

아버지 生誕日　　　　　(서명) 金

靑山에서 생선회를 먹고
禮谷 - 大田 택시 1,500
밤 一〇時 仁川 着.
東南에서 金 同席 1,500.
準社員 以上 祝金 條로 5,000

朴生圭	1,000	
李永喆	1,000	
金正燁	500	
朴宗遠	500	} 생진[생신] 祝金
李鐘珍	500	
陸驥永	500	
李봉영	500	
金春道	500	

〈1970년 3월 14일 토요일〉

(서명) 金

同南에서 金과 同席 下에 쉼.

〈1970년 3월 15일 일요일〉

(서명) 金

同南에서 金과 午後 五時 仁川市로 들어옴.
王宮에서 金에게서 10,000 返濟.

〈1970년 3월 16일 월요일〉

鑄 外註 工場 선전[선정].
大昌鑄物　 70　 kg當
再建工業社 75　 kg當

〈1970년 3월 17일 화요일〉
黃永淵과　金仁洙（東洋機械　社長）面談.
cupola 製作 件으로.
지향에서 黃이 3,700어치 술을 사다.

〈1970년 3월 18일 수요일〉
봄 날씨치고는 너무도 춥다.
예연[예년]에 比해서 平均 4~5℃가 얏은[얕은] 날시로 因해서. 더우기 오날은 만은 눈니 나렷다.
午後 3時에 金貞順이로부터 電話가 걸려왔다. 밤 六時 30分頃에 相面을 要請해왓기에 가볍게 應햇다. 저역을 中國料亭에서 마치고 朱安에 있는 某처에서 約 2時間을 스러가[서로가] 즐겁에 지내다.

〈1970년 3월 19일 목요일〉
밤에 金을 만나 같히서 걸어 집에로 向함.
途中에서 집에 到着을 午前 一時로 定하고 某 여인숙에 투숙 새벽에 돌아감.
金의 不快한 態度에 不滿.

〈1970년 3월 20일 금요일〉
金에게 手票로 10,000 傳

沈在運과 지향[지향] 酒店에서 술을 마시다.
서로가 취해서 제법 나도 춤도 추고 할 질 모루는 노래도 한 구절식 시능을 냇다.

밤언 기려가고[밤은 깊어가고] 벌서 밤 十二時가 다 되엿다. 金貞善나라는 女子을 알기는 六個月 前 會社에서 노리를 갈 데 전등寺에서 만난 술집 親구다.
오날따라 매우 우울한 表情이다.
송림동 노타리에 近처에서 서로 해여질 데 金을 부르는 車가 무물었다[머물렀다].
잠바차림에 男子다. 金은 化洋女다.
갯심한 사람이다.
나에게 무어라 表現을 할지.

〈1970년 3월 21일 토요일 晴〉
朴 班長과 大韓重機 Co CO2 法 見學.
別로 놀라운 作業 方法이 없다.
金과 해여짐. 나를 베신햇다.
吳在夏 部長 歸國 歡迎會.

〈1970년 3월 22일 일요일 晴〉
酒店 지향에서 김과 눈물로 해여짐.
한 번만 용서를 빌고 있으나?
밤세 술을 마시고 세벽에 보니 金과 같은 房에 있다.

〈1970년 3월 23일 월요일 晴〉
金의 書信을 李가 즉접 工場에 尹에게 傳達되여 나에게까지 到達됨.
內容은 진〃한 萬里長城. 즉 自己 金으로서는 本心마는 나에게 주엇다고.

〈1970년 3월 24일 화요일 晴〉
승이동[숭의동] 某처에서 밤 12時부터 세벽 七時까지 金이 하소연을 듯고 나니 나로서도

너무나 金이 마음을 울려주었다는 가책감을
느끼고 앞으로 좀 더 마음을 안정시킬 수 있
는 時間的 餘裕을 달라고 提意[提議]햇다.
金의 眞心은 나에게 自己의 과실을 용서 못
밧는다며는 仁川을 떠나니 "성창"니에 對해
지향집에서 밧을 돈 80,000을 責任지고 밧어
서 傳해 달라는 付託.

〈1970년 3월 25일 수요일〉

김으로부터 電話가 걸려왔다.
自己가 나에가 마음의 膳物을 하나 삿다고.
봄 內衣 1벌. 갑싼 物見니나 마음이 가륵히다
[갸륵하다].
貞順 氏로부터 三和Bus에서 午後 六時 相面
서울行.
저역食事을 韓一관에서 對接 밧고 和信 카바
레에서 춤을 춤.
여관에서 一泊하고 나는 나데로 仁川으로.

〈1970년 3월 26일 목요일〉

金 移舍[移徙].
단락한 하로밤을 新婚 기분으로 지내다. 電
氣불이 없어서 촛불로 하로을 지냄.
仁川市 美林劇場 앞 李 先生 宅.[4]

〈1970년 3월 27일 금요일〉

세벽에 金이 나에게 對한 성이[성의]는 참다
운 家庭에서에 느끼는 참다은 진심.
아침 데접을 밧고 12時에 會社에 出勤함.

〈1970년 3월 28일 토요일〉

호세고[5] 兪와 姜의 來仁.
지향에서 술을 마심. 酒代 18,500.
김과 同宿. 김이 즐거운 表情.

〈1970년 3월 29일 일요일〉

한게동 結婚日.
東花禮式場에서 午後 2時.
가매라[카메라] 후랫슈[플래시] 2,500 修理.
12時 30分 金과 밥을 나누고 해여짐.

〈1970년 3월 30일 월요일〉

봄철이다. 몸의 매우 피곤히다.
지난 일요일에는 仁川 각 낙씨店에서 만은
낙씨 펜들이 봄을 낙기 爲해 나드리를 갓다
고.
그러나 나는 아즉 낙씨보다는 어는[어느] 여
인이 더 좋다.

〈1970년 3월 31일 화요일 晴〉

富平 카바레에서 金 女史와 만남.
尹弼文 李在喆 同伴.

〈1970년 4월 1일 수요일〉

서울 永登浦 木型 出張.
午後 六時부터 밤 10時 30分까지.

---

4) 이 문장은 파란색으로 기록되어 있다.

5) 한국호세코라는 이름의 회사로 보인다. 한국호세코
(주)의 정식 설립년도는 1971년으로 되어 있으나,
1969년 10월 3일 자 동아일보에 수록된 수재민 구호
금품 기탁자 명부에서 '한국호세코상사'라는 명칭을
찾아볼 수 있다. 같은 회사가 1971년에 정식으로 인
가를 받아 주식회사 형태의 기업으로 설립된 것으로
추정된다.

晝間에 金과 同席햇다.

〈1970년 4월 2일 목요일〉
켄추리 싸롱에서 崔武弼 金東相 吳在夏 申完敦[6] 崔德春 崔淵 尹弼文 郭在根 朴基錫 同席 下에 工場의 兩 主株들의 트라블 문제를 協議.
金 女史로부터 藥 알미늄 하이드릭 美製 1,800을 하[한] 번 求해 밧다.
밤 十一時 40分 순니와 같히 松林洞으로 돌아오다.
순니가 해여지기가 무척 귀로운 表情이다.
沈在運으로부터 10,000 受領.

〈1970년 4월 3일 금요일〉
今年 들어 아즉끋[아직껏] 낙시를 한 번 가지 못함. 작년에는 四月 前에 始釣을 햇는데 今年에는 순니와 만나는 時間니 더 情다운 탓이겟지.

〈1970년 4월 4일 토요일〉
초저역에 金貞順 女史와 中央茶房에서 잠시 만낫다. 同 女人의 要請으로 도원劇場을 갓다.
밤 一○時 지향 酒店에서 尹 郭 兩人니 酒席에 同席 11時頃에 金과 같히 金이 宿所로 갓다.
밤중에 연탄불을 다시 피우고 하로밤을 지샛다.
給料 支給日.

6) 申完淳을 잘못 표기한 것으로 보인다.

우리집 林 매담이 저역을 사다.

〈1970년 4월 5일 일요일〉
12時가 되자 中國집에서 우동을 시켜서 먹엇다.
순니도 무척 몸의 쉬약하다.
午後 七時에 驛前 월미정에서 저역을 나누고 해여짐.

〈1970년 4월 6일 월요일 晴〉
終業이 끝나고 율묵동[율목동] 김 여인에게 電話로 저입니다 오늘 테근니 좀 빨라서 電話로 連絡을 함니다 時間니 있으시며는 좀 만납시다. 그러나 지금 夕食 中이라며 너무 지나치게 자주 만나지 말고 재발 일즉이 宅으로 돌아가라는 付託이다.
집으로 돌아온 나는 오레간만에 안식구와 같히 愛館劇場에서 "범띠 가시내"을 구경햇다.

〈1970년 4월 7일 화요일 晴〉
晝食時間에 순니를 불러내여 만석 精肉店에서 食事를 갓치 함.
밤 七時에 金 女史와 인산 통닭집 二層에서 夕食을 같히 함.
金 女史에게 여러 가지로 신세를 많니 지는 샘.

外製 $\left\{\begin{array}{ll} 藥 \text{알미늄 할도릭} & 1병 \\ \text{ホルモン齊[호르몬제]} & 30錠 \\ \text{〃 〃} & 61錠 \end{array}\right.$

以上을 無料로 밧음.

〈1970년 4월 8일 수요일 晴〉

張 會長 崔 工場長 崔德春 金東相 崔淵 申完淳 朴基錫 同席 下에 켄추리 HOTAL에서 밤 9時 40分까지 張 會長이 가저온 洋酒을 마시가며 徐 社長 對 張 會長의 트라불 問제을 協議함.

張 會長의 四大 要項

1. 工場을 1/2로 나눈[나눌] 것
2. 現 時價로 評 한 사람이 引受할 것
3. 日本 東芝 資本의 投入 1/3%로
4. 모-든 것을 自己 張에게 마낄 것

金 女史와 約束 件으로 富平가 갓다 옴.

〈1970년 4월 9일 목요일 晴〉

퇴근 후 시간은 五時 40分. 아즉도 봄 해가 재법 만니 서산에 걸처 있다.

윤필문 대리가 0.07[007] 타방[다방]에서 鄭海謹 대리가 郭在根 대리 둘이서 기다린다는 전갈을 밧고 0.07에 나아갓다.

벌로[별로] 할 이야기도 없이 茶을 마시고 나서 우리들 四人은 지향집에 가서 술을 마섯다.

7時 20分부터 8時 20分까지 正刻 1시간을 마신 샘이다. 酒上에 저역밥도 갓치 햇다.

鄭海謹과 같이 낙원장 캬바래에 나아갓다.

〈1970년 4월 10일 금요일 晴〉

金 孃 飮毒. 金 누나 金指環 3分 膳物 나에게 주다.

金순니에게 對한 愛情을 끈기 爲하여 朝 8時頃 지향집 趙 女史에게 電話을 걸어 金의 간

밤에 外泊함을 確認하고 아침 十一時頃에 또 다시 金으로부터 걸러온 電話을 통해서 신란히[신랄히] 가옥할[가혹할] 程度로 야무지게 絶交을 宣言햇다. 自己의 마음은 變함 없으나 行動에 있어서는 잘못히 있으니 한 번만 용서할 수 없느냐고 나에게 要請보다 빌며 호소데하[호소해] 왓다. 그러나 나는 게 같은 게집이라고 신란하게 욕설을 퍼부었다. 다시 만나지 않음을 서로가 학인햇다. 우울감을 禁치 못하여 율무洞[율목동]에 金 누나에게 電話을 걸엇다. 서울서 서로가 食事을 나눈다는 約束 下에 0時 半頃에 仁川을 出發 新林洞 金 누나 동생 宅을 잠시 들럿다가 서을 市內 韓一館에서 夕食을 마치고 大和호텔에서 沐浴과 膳物을 交換햇다. 金 女史로부터 金指環 3푼을 밧고 나는 부롯치 1個 1,300을 주고. 和信[7]에서 金 누나가 直接 購入햇다.

밤 十〇時 지향집에 가보니가 金 孃의 自宅에서 나로 因한 悲哀을 슬퍼하여 飮毒햇다는 急報을 밧고 夜間에 李 孃을 同伴하고 택시를 通行증 交付 下에 市內 病院을 두저서 갓가스로 基督病院에서 金 孃을 찾엇다. 午前 2時 30分 김 孃을 맨발로 基督病院서 自宅으로 나와 같이 同伴햇다.

〈1970년 4월 11일 토요일 晴〉

工場 休務

金 孃과 나게[나의] 보금자리로 꾸며놓은 房에 서로가 마음의 상처를 어루만지며 十一時

---

7) 화신백화점을 가리키는 것으로 보인다.

가 될 데까지 이불 속에서 머물러 있자니 趙 매담과 李 孃의 과일을 찾저가지고 訪問햇다. 나도 金 孃도 朝飯 前니고 보니 趙 매담에게 未安하기만 하다.

金 孃은 아즉 飮毒한 藥氣가 몸에 가시지 않어 술 취한 사람 같다. 한 없이 가엽고 未安하기만 하다. 十一時에 나애 自宅에 돌아와 보니 貞順니가 집안닐을 熱心히 하고 있다. 안식구년 基督病院에 治療을 밧으로 갓다는 정순니의 전갈이다.

明浩는 學校도 가지 않고 있다.

이래서는 내가 않데겟다. 每事을 깨끗히 있고 다시 原狀으로 돌아가자. 그리고 家庭으로 돌아오자.

〈1970년 4월 12일 일요일 晴〉

나로 인해서 어느 여성이 음독자살을 기도햇다며는 그것도 別 特殊한 사정이 있는 것 갓지도 느껴지지 않는 사정에 나로서는 대수럽지 않게 전화로 욕을 좀 퍼부워 준 것이 화근니 데다니 사람의 마음을 알고도 모를 일이다.

음독자살을 기도한 사람은 바로 今年에 나이가 34歲의 술집에 있는 女性이다. 나와 알기에는 別로 사정이 없이 둘이서 約 六個月 前부터이다.

金天順나라 부르는 女子는 本籍地가 高興이며 本男便과는 生離別해서 子息이 2名이나 되는 어머니다.

마음이 무척 쌀″하고 거만한 女子라고나 할까.

그러나 나에게는 若干 愛情을 느끼는지?

〈1970년 4월 13일 월요일 晴〉

피곤한 몸을 달레며 직장에 나아가 보니 아침 서무 김기정 개장께서 주조과에 사고가 발생햇다는 보고를 밧고 놀랏다. 沐浴室 內 보이러가 폭팔해서 다행이 人命被害는 없으나 一時 騷亂을 피워 殘業者에게 支障을 주엇다고.

午後에 金天順에게 病 問安을 마치고 집에 돌아와서 잠을 잣다.

요즘 金 孃이 飮毒으로 3日제나 잠을 못 잣다.

〈1970년 4월 14일 화요일 晴〉

金 孃의 음독으로 因해서 徐 孃을 通해서 過去 看護員 生活 경력[경력]을 가지고 있는 關係로 해서 모루민 3병을 오날도 게속 中이다. 호주머니 돈니 모자라서 工場에서 藥 傳票 2枚을 띠여다 李 孃에다 傳햇다. 李 孃은 金天順과 多情한 親舊로서 이번 事件에 가장 手苦가 만타.

노장契金 50,000 借用.

〈1970년 4월 15일 수요일 晴〉

노사協議會에서 勞使 間에 70年 引上額을 28%로 決定을 햇다고.

지향집에서 酒代金 20,000을 支給.

7,300 金仁鎬 件

12,700 尹弼文 件

金 孃의 過去을 깨끗히 淸算하기 爲해서 좀 더 진지하게 보름[보람]을 느낄 程度의 새로운 삶을 爲해 오날 저역부터 主人宅을 따라서 敎會에 나간다고 決心의 몃칠이나 持續될

는지 두고 보아야 할 일. 아무튼 現狀되로만 持續할 수 있는 자신을 가진다며는 매우 행복을 느낄 수 있으리라 자부해도 무방할 개다.

재발 變치 말고 참다운 사람이 되기를.

〈要記〉[8]

韓桂東 500.

〈1970년 4월 16일 목요일〉[9]

妻 死亡 賻儀金 名單

〈1970년 4월 20일 월요일 晴〉[10]

午後 12時 15分 妻 金占禮 基督病院 359號室 死亡

---

8) 4월 15일 자와 16일 자 일기 사이에 수록되어 있는 〈要記〉란에 적힌 내용이다.

9) 본처 김점례의 사망일은 4월 20일이다. 따라서 이 날짜 아래 기록되어 있는 부의금 명단은 사후 이미 날짜를 기입해놓은 일기장의 빈 지면에 옮겨 적은 것으로 보인다. 명단은 16일부터 19일까지의 지면에 걸쳐 기록되어 있고, 지면 여백에는 빈소에서 부의금을 받은 사람이 따로 작성한 명단 별지와 장례 기간 동안 소요된 경비를 적은 작은 수첩이 풀칠로 부착되어 있다. 부의금 명단과 부의 금액, 소요 경비 등을 적은 내역은 본 출판본에서는 입력하지 않았다.

10) 아래의 일기 내용은 4월 20일로 일기장 상단에 미리 기재해둔 날짜로부터 시작하여 23일까지의 지면에 걸쳐 기록되어 있다. 본처가 병원에 입원하여 사망, 병원에서 상을 치르기까지의 과정이 연속적으로 기록되어 있으므로 본 출판본에서는 날짜와 상관없이 처음 기록이 시작된 20일 자 내용에 모두 이어 입력하였다. 이후 21일과 22일에 기록된 내용은 해당 날짜에 이루어진 일을 저자가 일별로 나중에 기재한 것으로 보고 따로 입력하였다.

어제 밤 外泊을 햇다 아침 宅에 暫時 들엿드니 시골에서 어머니가 고초장用 미주[메주]를 가지고 올라오셧다. 慶仙니 엄마가 몹시 몸의 불편한 表情이기에 어디가 아푸야고 통망스럽게 무러보았다. 배가 아프다는 데답이다. 어딘가 모르게 간밤에 外泊을 마음속으로 미워하는 表情을 나타내서 나는 매우 昧安[未安]하게 여겨젓다. 朝飯을 들지 않은 체 나는 職場으로 나아갓다.

午前 一○時頃에 基督病院에서 電話가 왓다는 전갈을 밧고 나는 直感的으로 妻가 病院에서 무순 別다른 事情의 생겻으리라 生覺하고 會社 일로 約 二○分 後에 病院으로 나아갓다.

第一內科란 病室에서 妻을 보았다. 매우 아픈 表情이다. 나를 보고 하는 말이 "여보 나 암매도 죽겟어." 나는 無表情한 應答으로 {"}죽으려면 벌서 죽엇지." 통망스러운 對答을 햇다.

조곰 지나고 나서 入院手續을 마치고 午前 十一時頃에 다시 돌아온 나는 아내가 매우 危急하다는 狀態를 느겻다. 林 課長에게 患者가 좀 異常치 않느야고 反問하자 肝 硬化症이니 잘못하며는 혼수상태가 이러나기 쉬우니 注意를 要한다는 이야기다.

12時頃 庶務係員과 "당가"에다 患者을 실꼬 三層(359號室 獨室)에 옴겨진 妻는 완강히 注射를 거부하는 형태다. 看護員니 暫時 있다가 注射를 놓캣다고 나아갓다. 約 10分 後에 다시 看護員니 들려왔다. 血壓을 제여 보니 血壓計에 反應이 없다. 다황한 나는 순간的으로 危氣[危機]라는 것을 깨달았다.

酸素呼吸이 始作되고 마스크로 呼吸을 强調했다. 다황한 看護員은 內科醫을 소리 높히 불럿다. 그러나 12時 晝食時間 탓인지 한 사람도 나타나지를 않는다. 안해이 몸은 暫〃 식어만 간다. 約 二 三分 後에 外科 課長이 나타나낫다. 벌서 別世햇다는 消息이다. 나는 덤〃하고 울음도 나오질 않는다. 꿈꿈과 갓다. 內科室에 쫒치 나려갓다. 內科 門니 닺저 있고 사람이 없다. 看護員에게 林 課長을 찾어달려고 웨친다. 看護員니 웨 찾는야는 덤〃한 反問에 나는 화를 냇다. 몰라서 묻는야 般今[方今] 나아간 患者가 죽었다. 그제서야 看護員니 反應이 있는 表情이다.

病室로 돌아온 나는 어이할 줄을 몰랏다.

안해에 야윈 얼골의 가엽기만 하고 고이 잠든 無言니 表情은 마치 나에게 無言니 反抗이나 하는 에처러운 창백한 얼골. 若干 별려진 입을 모아주고 힌 까운을 덥헛다. 約 一時間니 지나서 會社에다 電話를 햇다. 庶務 崔東律에게 내가 基督病院 359室에서 喪妻을 當햇으니 鑄造課에 알려달라고. 約 20分 後에 工場長을 爲始하여 郭在根 尹弼文 吳在夏 金東相 曹喜昇 柳鎬昌 工場 幹部들이 病院으로 달려왔다.

모다들 院長室로 달려가서 死因을 究明햇다. 主原因은 肝 硬化에서 온 急作스려운 쇽크死로 認定을 햇다. 工場長 以下 各 幹部들이 나에게 對해 正式으로 病院에 民事訴訟을 提訟[提訴]할 意思가 있으야고 뭇기에 每事가 나에 運命이니 더 以上 나에게 뭇지 말아달라고 잘아 말햇다.

理由로는 나에게 財力도 없그니와 權力도 없으니 病院 側과 맛서서 長期間 싸울 만한 意思도 없그니와 죽은 나의 안해가 다시 돌아오지 않는 以上 다시 解부를 할 思意가 없다고.

故人을 359號室에서 服裝을 내 손으로 가라 입히고 午後 3時頃에 死體室로 運搬햇다.

死體室에 달려있는 約 20坪 程度의 待機室에는 簡單한 빈소가 마련됫다. 喪主라고는 나이 어린 六歲박에 않 데는 朴明浩. 죽엄이 무었인지도 모루는 철모르는 꼬마 外 四名의 女息들.

이제부터 슬픔이 닥처오기 始作 눈물이 앞흘 가려서 말문니 막힌다. 21日 午後 五時頃에 "염"을 始作햇다. 死體室에서 염臺로 옴겨진 妻의 몸은 어름짱 같히 싸늘하고 若干 피부가 푸루죽〃하다. 얼골을 쌀 데[때] 家族이 다 들어갓다. 에통한 울음소리가 限없이 限없이 터저나왔다. 망내딸 "경에가" 엄마에 죽음을 마음 깊이 슬펴한다.

明浩는 내가 喪服을 하고 있는 表情이 무서워서 어찔 줄을 몰라서 매우 무서워하는 놀란 表情으로 울기에 할 수 없이 나는 喪服마저 벗어버렷다.

울부짓는 아이들을 달레가며서 각가스로 집으로 돌려보냇다.

〈1970년 4월 21일 화요일 晴〉
病院에서 問喪客을 밧음.

〈1970년 4월 22일 수요일 晴〉
午前 五時 四〇分 仁川 出發
午後 三時 三〇分 禮谷 到着

〈1970년 4월 24일 금요일〉
靑山 午後 2時發 石山里 午後 五時 30分發.
大田 午後 8時發 서울 到着 밤 11時.

4/22 午前 5時 40分 基督病院 앞길에서 簡
單한 발인제가 끝낫다. 工場 親舊들의 12名
家族들의 15名 內外로 人員니 約 27名. 葬禮
Bus는 快速으로 仁川을 지나 始興에 이루었
다. Engene[engine] 狀態가 좋치 못해서 成
觀 近處에서 一旦 Engene의 停止되엿다. 金
東相 次長과 黃永淵(京電産業 鑄造課長) 두
분니 大田까지 나려가서 忠南 장이사[장의
사] 所屬의 Bus를 沃川까지 19,000에 契約하
여 불러왔다.
靑山面 禮谷里에 到着時間니 無려 4時間니
나 遲延된 午後 3時 30分이다. 部落에서 待
期하고 있든 사람들의 時間니 늦어짐에 따라
술만 마신 탓으로 샹여를 매는 자세가 몹시
도 불안하다.
山에 到着時間니 午後 5時 30分. 8時가 가까
와서 大略 일을 마첫다.
4/24日 三우날 六寸 弟들을 招待해서 미처
하지 못햇든 띠[잔디]를 다시 앞히고[입히
고] 午後에 靑山을 떠낫다.

〈1970년 4월 25일 토요일 晴〉
會社에서 沈哲元과 李永熙 2名이 와서 簡素
한 喪청을 만들었다.
내가 기거하는 큰방에다 할려고 햇으나 어머
니가 극구 反對하시여 아래방 딸레들이 자는
房을 택햇다.
貞惠니가 몹시도 가엽다. 明浩도 불쌍하기

{는} 하지마는 아즉 나이가 어려서 죽엄이란
뜻을 몰라 多幸의다. 그러나 貞惠니는 말엽
이 自己 엄마 사진을 뿔에다 비〃이면 흐느
겨 우는 모습 나에 간장을 다 오려내는 것만
갓다.

〈1970년 4월 26일 일요일 晴〉
아이들과 松島 遊園地 逍風.
어머니를 대신해서 어린아이들 3名을 同伴
하고 松島 유원지에 나아가 보앗다.
포근한 봄 날씨에 유창한 봄 하날을 바라보
며 海변을 散策할 제 무었인가 나에 가음[가
슴]을 찌른다.
다름 아닌 앓해[아내]에 對한 自責감과 나의
將來을 生覺함이겟지.
어린아이들을 同伴한 家族이 만니 눈에 띤
다. 그러나 나와 같히 홀아비가 아이들을 이
끌고 다니는 사람은 없다.

〈1970년 4월 27일 월요일〉
꼬박 一週日 만에 職場에 나이갓다[나갔다].
各처를 돌아다니며 人事을 하고.
午後에 張 會長의 日本에서 歸國. 簡單니 基
間[其間]에 會社 實情을 들었다.
賃金 引上率 鑄造課
25%
3%는 他로 轉廻.

〈1970년 5월 1일 금요일〉
벌써 5月. 비가 않 나려서 온 農民니 무처[무
척] 목마르게 기데린다.
쌀값이 變動하기 시작햇다.

비만 내리지 않아도 穀價에 變動을 가주오는
[가져오는] 韓國의 農地을 하로 속히 全天候
農土로 開發이 디기를[되기를].

〈1970년 5월 2일 토요일〉
天순니가 무척이나 良心에 가책을 밧음인지
안니면 人間으로서 진〃한 삼에 보람을 느껴
보기 위해서 生活方法을 완언니 달니함인지
알 수가 없다.
每日 세벽기도를 나아가고 종〃 저역으로나
敎會에 나아간다니.

〈1970년 5월 3일 일요일〉
例年니며는 日曜日이며는 나데로 낙씨를 나
가는 게 나의 日課엿다. 그러나 今年부터는
더우기 안해를 먼저 보낸 이후부터는 애비
가 엄마에 폭[몫]까지 자식에게 애정을 쏳아
주어야 하는 탓인지는 모르데 하여튼 日曜日
만은 아이들을 同伴하고 노리터로 가기로 햇
다.
午後 貞花 貞任 貞惠 明浩. 변〃히[번번이]
큰딸 慶仙니는 빠진다. 집을 지키는 탓이라
서 어찔 수 없이 미안하다.
"약사암." 洞內에서 불과 (5km 程度이 거리)
멀지 않는 절간으로 갓다.
화창한 초여름이라 노리객[놀이객]이 만타.
나 혼자서 한심 자고 나니 아이들이 놀다가
돌아왔다.

〈1970년 5월 4일 월요일〉
밤에 큰딸 貞順니를 다리고 市場에 나아갓
다. 꼬마들도 貞花을 除外하고는 모도들 따

라 나선다.
來日 어린이날을 마지해서 소풍을 간다기에
에미 없는 이린[어린] 자식들에게 옷이라도
좀 깨끝하게 입히고 싶은 것이 에비에 心情
이라서.
明浩는 철없이 좋와만 하고 貞惠니는 한편으
론 좋으나 역시 엄마가 없어 쓸〃한 表情이
다.

〈1970년 5월 5일 화요일〉
어린니날 하며는 누구보다 반갑고 즐거운 것
이 바로 어린이들이다.
그러나 올해에 우리 집 어린이들은 무언지
모르게 어두운 表情을 감추지 못하고 있으니
에비 된 나의 가음[가슴]이 더욱 아푸고 먼저
간 안해가 원망스럽고도 가엽기 限量없다.
明浩 貞惠 貞任 세 國民校生이 오을[오늘] 同
時에 逍風을 간다나.
나 어린 明浩 6歲 貞惠 8歲은 할머니 손을 잡
고 仁川橋을 건너서 "개건너"로 貞任 12歲은
松島로 각〃 가는 곳이 다르다.
明浩는 무작정 좋은 表情이나 실인즉 너무
어린 탓으로 엄마에 對한 슬픔을 느끼지 못
하고 있다. 죽엄이 무언지 모르니 차라리 나
의 心情이 편한 편니다.

〈1970년 5월 6일 수요일〉
저역으로 잠자리가 불편함은 물논니다. 그려
나 明浩와 貞惠니가 내 옆해 나하고 나란니
둘어누어 자니 한편 불편함과 적〃함을 이즐
수 있다가도 에미 없이 고이 잠든 어린 것들이
불상히 여기여서 밤잠을 이루지 못하캣다.

〈1970년 5월 7일 목요일〉

貞花는 에비에 對한 無言니 抗拒을 지속하고 있다.

中三 15歲이라 理解하고도 남는다.

理由는 엄에[어매] 죽엄에 對한 아버지에 責任이라고 할가.

즉 엄마가 죽기 前에 나에게는 아는 女性이 한 사람 있엇다.

〈1970년 5월 8일 금요일〉

夜間에 어머니를 모시고 仁映劇場에 가다.

明浩 貞惠 貞任니을 同件햇다.

〈1970년 5월 9일 토요일 晴〉

午前 10時 15分 仁川을 出發 世進觀光 Bus로 全北 茂州[茂朱] 九村洞[九天洞]에 가다.

〈1970년 5월 10일 일요일 비〉

여기는 무주 구천동 호텔 2층 206號.

나 혼자서 먼지[먼저] 가신 안해를 한없이 그리개 하는 비가 나린다.

눈물이 흘려 흘려 앞 빰을 적시며 목 밋으로 흘려 나려온다.

참지 못해 나 혼자서 호텔을 디처나와 택시로 永洞으로 띠처나왓다.

〈1970년 5월 11일 월요일 晴〉

工場 兩 主株 紛叫[紛糾]에 對해 建議書가 理事會로 提出된 지 4日 만에 金充河 理事 社長 代理가 工場에 急거 來社 代表을 召集 會議을 開催하다.

代表　崔淵

崔德春

金東相

尹義炳

韓炯植

朴基錫

〈1970년 5월 12일 화요일 晴〉

가뭄이 지속되여 쌀갑이 오르기 시작한다.

10日 날인[내린] 비는 南部 地方에는 어느 程度 解갈을 免햇으나 中部 以上 地減[地域]은 아즉도 모지란다.

退勤 後 六時頃에 金 女 宅에 들렸다. 장사에서 돌아와 고단함인지 혼자서 낮잠을 자고 있는 金에 모습의 몹시도 가련하기만 하다.

金을 알게 된 지가 約 8個月 程度박게 되지는 않나 其間에 情으 서로가 느끼게 되엿다. 요즘 그여는 自己의 過去을 淸算키 爲해서 教會에 나아가고 있다. 그리고 좀 더 착하게 살겟다는 一念 下에 구든 決心을 한 表情이 엿보이기도 한다. 요즘 나에 對한 태도는 나를 爲하는 뜻에서 自己가 먼지[먼저] "시집"을 가갯노라고. 나도 찬동햇다. 自己와 내가 結合할 수 없는 理由을 열거해 가며 눈물을 흘려 빰을 적시는 에처러운 그 表情 나에 가슴을 더 에달프캐 만든다.

"약사암에서 찍은 사진을 찾저옴."

〈1970년 5월 13일 수요일 晴〉

退勤時間이 지나 錢洞에 있는 中和料理店에서 金 婦人을 相面햇다. 무주 九泉洞[九天洞] 觀光 紀念 사진은 방바닥에다 피여 농코 各者 앞으로 골라 보았다. 金 婦人으로부터 明

浩에 對한 옷 한 벌을 膳物로 보내고 싶은데 나에 意思가 었뜨야고 問議해 왔다. 남이 엄마이며 남의 않해로서 나의 立場과 환경을 이마큼이나 理解하는 女子는 없다. 마음속으로 깊히 감사하나 表面으로는 拒絶햇다.

8時에 집에 돌라와 보니 明浩가 몸이 아프다. 全身니 마치 불덩어리처럼 열이 난다. 어머니 말씀에 依하며는 明浩가 課外工夫 關係로 [("]변도[도시락]"을 가지고 가서 물을 마시지 않코 겸심[점심]을 먹은 탓으로 취햇을[체했을] 것이라는 견해를 말하셧다. 나이 불과 六歲박에 안 데는 꼬마에게 課外工夫라는 生覺 자체가 무리하다. 藥局에서 "판도"와 까스命水을 사다가 마셧다. 病院에까지 갓으나 時間니 늦어서 밧어주지 않었다.

밤 세며는 좀 낫겟지. "혼역[홍역]인지."

〈1970년 5월 14일 목요일 晴〉
明浩가 六歲에 혼역을 始作하다.
간밤에 갑작이 熱이 나드니 今日 病院에 가 診斷을 하고 보니 "혼역"이 시초라고.
할머니가 매우 極情스러운 表情이다.
온몸의 불덩이 같히 뜨거워 올려올 데는 마음의 極情이 크타.
저역에 나보고 明浩 하는 말이 "아버지 일즉 드러오새요." 이 한 마디가 나에게는 가장 마음에 부담을 주는 말이다.
테근 後 韓 次長과 尹 代理와 申인수 4名의 簡單히 酒宴을 같이 함.

〈1970년 5월 15일 금요일 晴〉
朴生圭 鑄造係長 東仁病院 32號室에서 치질

手術을 밧음.
經理 成昌模 課長에게 貯金通帳 500,000을 마깻다[맡겼다].
219,900 約束어음 4%로 按換[交換]하기 爲함.

〈1970년 5월 16일 토요일 晴〉
밤 一〇時가 되여 天順니에게로 갓다.
좀 더 빨리 갈려고 햇으나 집안에 어린 明浩가 "홍역"으로 아버지에 外出을 재한다.
"아버지 나아가지 마라." 이것이 明浩이 부탁이다.
그러나 나로서는 이 나 어린 明浩의 요청을 밧어되릴[받아들일] 수가 없다.
暫時 바람을 쏘이고 오갯다고 아이들에게 이야기를 한즉 貞花는 直接 간습[간섭]을 햇다.
12時 前에 돌라올려고 햇으나 天順니에 彼此間의 幸福을 爲해 앞으로는 서로가 만나지 말자는 提意을 밧고 억제로라도 4時까지 자고 天順니는 敎會로 나는 집으로 돌아옴.

〈1970년 5월 17일 일요일 晴〉
明浩의 紅역. 熱의 甚함.
午前 一〇時 東山病院에 감.
東仁病院 朴生圭 係長 病 問病.
終日 明浩와 같이 지냄.
午前 十一時頃 永登浦 李今烈 來訪.
日曜日에 外出을 않하기는 이번니 처음.

〈1970년 5월 18일 월요일 晴〉
正時[定時]에 집으로 도라온 나는 아이들과 대통 시비를 햇다. 理由는 父子間에 不信에서 온 誤解와 감정이 폭팔이다.

明浩가 紅역으로 알코 있어 貞順니가 病院에 가기로 되여 막 방을 나아가다가 되처 들어오며 하는 말이 아버지 帳簿을 어찌 햇으냐고 따지다.

즉 貯金通帳을 아버지가 좋와하는 女子에개 혹시 갓다주지나 않었는가 하는 疑心에서 하는 말이다.

통帳을 經理 成 課長에게 約束어음과 交換키 爲해 막꺼 놓안는데 도무지가 에비로서는 無限니 섭〃하다.

밤에 金天順을 찾어갓다. 무척이나 天順니도 날을[나를] 좋와햇다. 서로 幸福을 爲해서 다시 만나지 않키로. 나를 爲해 金天順니가 再婚을 한다고. 理由는 나하고는 結合 不可能함으로 차라리 自己가 먼저 태도을 定햇다고. 眞意인직.

〈1970년 5월 19일 화요일 晴〉
명호 홍역이 절정日이다.
온몸에 꼿히[꽃이] 나서 몸 전체가 마치 불을 연상케 한다.
밤에 10時나 되여 집에 돌아옴.
金貞順 女人과 人영[仁映]에서 영화를 보았다. 金 女人은 有夫女로서 나에게 무척이나 親切하다.

〈1970년 5월 20일 수요일 晴〉
退勤 後 일즉이 집으로 돌아간다는 게 요즘은 점차적으로 좀 넝저지는[늦어지는] 버릇이 셍킷다. 술을 좋와하는 편은 아니나 退勤하고 보며는 自然니 태포 자리가 마련데가

[마련되기] 십다.
나의 健康狀態도 極惡이 狀況이다.

〈1970년 5월 21일 목요일〉
貞任니가 神經痛인지 兩 다리가 이푸다고[아프다고]. 매우 極情이다.
病院에 가 보야야겟다.

〈1970년 5월 22일 금요일 晴〉
古鐵 回收 商人 全 氏와 金 氏 2名을 同伴 지향에서 酒宴.
오레간만에 地鄕에 나타나니 매담의 무척이나 반가워하다.

〈1970년 5월 23일 토요일 晴〉
古鐵 收集 商人 全 氏로부터 工場 內 粉鐵 回收 契約 締切[締結] 謝禮金 條로 一金 三萬원을 受領함.
勞組에게 契約金 條로 150,000을 積立.
金貞順 女史와 밤 8時 서울 빠코타 앙케-트[파고다 아케이드] 옆 茶房에서 相逢.
웨로운 요즘의 심중을 풀다.

〈1970년 5월 24일 일요일〉
午前 九時頃에 빠고다 앙개-트 택시 停留場 食堂에서 朝飯을 나누고 仁川으로 나려오다.
工場 鑄造課 全員 代勤.
夜間에 金天順과 松島 유원지를 순해[순회]함.
金 君 宅에서 夕食을 같히 함.

〈1970년 5월 25일 월요일 비〉

새벽부터 기다리고 고대하든 단비가 나리기
시작햇다[시작했다]. 가장 좋와하는 사람이
바로 하늘만 처다보고 한숨짓든 農民들일 게
다. 一年의 運命을 하늘에다 걸다시피 한 요
즘의 農家의 에타는 農夫의 마음. 그러나 비
는 흡즙할 만치는 않 올 개라는 觀象臺 日氣
예보이고 보니 마음의 섭〃.
욕심 같아서는 장마가 한 번 저야 할 텐데.
夜間에 朱 社長(大昌鑄物)을 同伴하고 地鄕
집에서 酒宴.
田元坤 尹彌文 郭在根 申寬順 朴基錫 同席.

⟨1970년 5월 26일 화요일 晴⟩
崔東洙 郭在根 尹彌文 朴基錫 同席 下에 萬
興 精肉店에서 鹽燒 안주로 소주를 마셧다.
1,630.
尹彌文 郭在根 兩人니 不幸이도 今般 昇進에
서 漏落되여 不平이 대단하다.
그러나 工場長 立場으로 보아서는 郭在
根 本俸 34,000에서 무려 50%가 넘는
52,000(18,000 引上)이라는 高額을 策定하
개 된 理由는?
朴貞任 3女을 다리고 午前 中에 道立病院 神
經外科에서 診斷을 밧음. 主治醫에 말로서는
아무 異常이 없고. 貞任니가 요즘 양쪽 다
리가 아푸다고 거름거리가 약간 잘숙그린다
[절뚝거린다].
畫間에 金天順 宅을 訪問. 11時 ~ 17時까지.

⟨1970년 5월 27일 수요일 晴⟩
退勤을 서두르고 約束한 6時 30分에 金 女史
와 만낫다. 金 女史가 저역을 삿다. 別로 갈

곳이 없어 뉴仁川 카바레로 가기로 햇다.
約 50日 만에 와 본 캬바레다.
別로 맞치 않은 손님에다 벤드가 졸니웁다.
10時가 되여 各기 집으로 돌라옴.
明浩가 몸의 건강을 하로 속히 회복하여야갯
는데 홍역을 마친 후부터 어리강이 무척 늘
었다.

⟨1970년 5월 28일 목요일 晴⟩
午前 10時頃에 利川物産 Co의 田得文 氏가
來社햇다. 自己내 利川物産 Co에서 新設 中
인 1,800坪의 鑄工場에 對한 鑄物砂 및 作業
人員니 採用을 依賴해 왓다.
鑄物砂 取扱 商人 李命九를 同伴 下에 工場
을 求景햇다.
黃永淵도 同伴햇다.
退勤 後 沈哲元니가 來訪 부서진 문살을 修
理함.
夜間에 金 女史의 入場券을 利用 人映劇場을
觀覽함. (南大門 出身 용팔이)

⟨1970년 5월 29일 금요일⟩
요즘에 좀 더 빨리 집에 돌라가야지 하며서
도 恒常 기가[귀가] 時間니 늦어서 딸들에게
몹시 미안스럽다.
술도 해서는 좋치 않다는 나의 건강상태지마
는 웬일인지 全然 禁酒 禁煙의 불가능하다.
職場 同志들의 나를 위료하겟다는 酒席이고
보면 매우 거북하다.

⟨1970년 5월 30일 토요일 晴⟩
金仁鎬 崔德春 郭在根 尹彌文 申完淳 申正植

朴基錫 同席 下에 地鄕집에서 酒席을 같이
함.

동기는 金仁鎬 理事에게 좀 더 積極的인 自
己 태도를 밝키라는 권고.

즉 徐社長 對 張會長의 工場 內 大株主이 집
안싸움에 對한 올바른 自己 主張을 理事會에
서 積極 發言해 달라는 要請을 함.

웨로워 밤에 金女人을 찾음.

從業員 給料 引上 通知.

〈1970년 5월 31일 일요일 비〉

오전 9時 막 잠에 깨여날 무렵 工場 곽제근
代理가 느닷없이 찾아왓다. 어서 옷을 입어
나하고 요 앞에 잠간 갓다와야 되겟어. 천만
뜻박에 무슨 이유인지조차 전연 몰랐다.

집을 나와서 동명여자학교에 42歲 난 처여가
있으니 선을 보라는 것. 전연 예측지 안는 일
에 나로서는 불라불야[부랴부랴] 머리에 고
데질을 하고 現代劇場 앞 茶房에서 10時 20
分頃에 白南植 郭在根 相對方에서 女人 一名
男子 一名 新婦 될 사람 林 女史 六名이 마주
처서 彼此 自己紹介를 했다.

林 女人은 東明學校에서 20年間을 敎員 生活
로 보내다가 婚期를 놓처 보냇다는 것. 初老
가 始作하는 四〇대 女人. 보기에는 溫順하
고 多情스럽다.

〈1970년 6월 1일 월요일 晴〉

오날은 仁川市에 경사.

여섯 번째 맞이하는 제물포제 기름행사[기념
행사]가 公設운동장을 비롯하여 各處에서 제
미나는 행사가 만타.

제물포제를 2, 3日 앞두고 市에서는 5/29日
부터 市內 도체에 등불용 종이등을 아름답게
장식햇으나 감음[가뭄]에 굶주린 농민들이
마음을 덜어주기 위함인지 단비가 내려서 온
통 종이등이 처참하게 전멸을 당햇다.

저역에 五時 조금 지나 태근 즉시로 집으로
즉행 오레간만에 저역을 같이 오손도손 아이
들과 마첫다.

안해와 悲命의 死別 後 되도록이며는 빨리
집으로 돌라올려고 노력을 하나 마음과 뜻데
로 되지 않는 게 요즘 기가시간이엿다.

〈1970년 6월 2일 화요일〉

벌서 오날이 6月 2日이고 보니 금년도 이 달
로서 반나잘이 간 샘.

내가 그다지도 좋와하든 낙씨질을 웬일인지
금년 들어서는 단 한 번을 못 나아갓다. 이유
야 만치마는 단 한 가지 第一 重大한 원인은
十年 줄낙시에 別로 큰 취미를 일엇다는 것
과 休日에 아이들과 同伴하는 時間을 가지기
위함이다. 실은 요즘 休日에 別로 아이들과
같이 時間을 보낸 일도 없고 보니 네 마음이
부끄럽다.

나이 건강상태는 매우 불안하다.

胃病은 지속한 지가 拾年니 넘는다. 그러나
앟해와 死別 後 다시 담베를 피우기 시작한
탓으로 몹시 胃통을 느낀다.

來日부터라도 禁煙은 지키자!

〈1970년 6월 3일 수요일〉

木社[本社]에서 方部長이 나려오셧다.

金仁鎬 理事가 하는 말이 方部長을 통해서

日本 東志 谷野 專務에게 들은 이야기를 具體的으로 들어보자는 말에 地鄕에서 崔武弼 工場長 金仁鎬 理事 方允根 部長 崔德春 金東相 郭在根 尹弼文 同席 下에 이야기를 나눔.

內容인즉 技術者들은 張 會長을 中心으로 뭉치라는 要旨.

〈1970년 6월 4일 목요일〉

8時에서 8時 30分 사이에 明에서 相逢키로 한 林 女가 나오지 않음.

무슨 事情이 달라전는지 그러치 않으며는 郭在根니가 나에게 傳갈을 잘 못하였는지.

明에서 鄭河奎와 朱홍린 氏을 만나 장미홀에서 麥酒을 마시다.

金 女人과 뉴-仁川에서 9時 半에 만나기로 約束을 하고 10時 25分에 뉴仁川으로 달려갓으나 벌써 가버리고 없다.

츠음으로 金 女人과 約束을 어기다.

〈1970년 6월 5일 금요일〉

宋과 投宿

花水食堂에서 文益模 權五圭 郭在根 尹弼文 朴基錫 等의 同席 酒宴을 배풀다. 給料가 늦어서 七時頃에나 支給되리라고 함.

기다리는 時間에 술을 마시고 宋이라는 에와 춤을 추다.

宋이 나를 誘惑하다.

밤 十一時에 平和茶房에서 만나 世富호텔 206號에서 하로밤을 지셈.

宋의 本名은 金미정이라나. 나이가 20歲에

무척 센지하나 에가 무척 해푸다.

職場으로 그데로 出勤함.

〈1970년 6월 6일 토요일〉

현충일

金 女 宅에서 오레간만에 긴 밤을 지내다.

나하고 알기는 벌써 8個月이 지낫다.

술집여자지마는 過去가 많코 무척 쎈찌하[센티한] 에다. 나이는 34歲. 二男의 있다. 前夫와 生이별하고 술집에 나온 지가 一個年니 됫다.

約 四個月 前에 술집을 그만 두고 착실한 信者가 되겟다고 요즘에는 敎會에 나아가고 있다. 敎會에 나아간 지 3個月이 됫다.

나와의 깊은 關係는 理解하나 永遠한 나의 앞해[아내]가 되겟다고는 本人도 過去가 험악하여 斷念을 하고 있다.

내 스스로도 에정을 느끼나 家庭主婦로서 마지하기에는 너무도 거리가 있다.

〈1970년 6월 7일 일요일〉

九時 三〇分 집 앞에서 택시를 利用 貞花 貞任 貞惠 明浩 四 子女을 同伴하고 今年 들어 떼는 늦엇지마는 每年 그다지도 좋아하든 낙씨를 素砂에서 좀 떠러진 桂水里 貯水池로 가다.

감음시[가뭄이] 개속한 탓인지 貯水池에 水位가 줄어들엇다. 낙씨客의 約 30餘 名. 모다들 熱心히 찌만 바라다보고 있다. 낙씨데가 停止되어 있는 실정이고 보니 입질이 別로 신통치 앉다.

池에서 조금 떠러저 있는 李奎鎬 君 宅에 貞
花가 찾어갓다. 조금 지나 李 君니 나타낫다.
구리빗 나는 튼〃한 얼골에 農事일에 餘念이
없는 李 君니 모습의 미듬직히다.
晝食은 李 君 母親니 차려와서 맛있게 對接
을 밧음.

〈1970년 6월 8일 월요일 비〉
밤 六時 三〇分頃에 新浦洞 五층집 料(理)店
에서 金貞順과 相面하다.
金 女는 나보다 나이가 한 살 위다.
自己 집 家庭 事情으로는 율목洞에 三層 洋
屋을 가진 夫君의 建築業을 하고 있는 中流
家庭의 有夫女다.
사귀운 지가 今年 一月 一日부터이니가 六
個月이 가까워온다. 나에게는 무척 親切하고
敎養도 있는 家庭主婦다.
相逢 時마다 요즘은 接待을 밧엇다.
七時 三〇分 서로가 해여저서 집으로 돌아오
다가 나는 나데로 第2의 金 女한테로 갓다.
十一時가 지나서 집으로 돌아감.

〈1970년 6월 9일 화요일 비〉
理事會 流會됨(賃金 引上案)

鑄砂 商人 李命九 氏와 三星鐵工場 副社長
李日成 氏가 來社 晝食을 平壤 精肉店에서
나누다.
李命九라는 사람은 過去에 警察 出身니라서
그런지는 모르지마는 어된가 모루가[모르
게] 사람이 좀 지나치게 銳利한 척 하지마는
밉쌍스럽다. 오날만 하드라도 다 같은 나에

게 찾어온 손님인데 自己가 무엇인데 李 社
長(日成 氏을 가르침) 오늘 當番 좀 하실까
요. 즉 남을 시켜서 自己는 겸심을 엇어먹갯
다는 심사가 웬닐인지 나로서는 못마땅하다.
食事 後에도 나에게 하는 말이 自己가 食代
을 支拂하기에 나는 양보햇다나.
밤 六時에 朴경연 工程次長내 喪家을 問喪
함.
金 女에게 가서 저역을 먹다.
밤 九時 三〇分에 집으로 돌아옴.

〈1970년 6월 10일 수요일 晴〉
張炳贊 利川電機 會長 生誕日.
工場에서 崔武弼 工場長 金東相 崔德春 文益
模 郭在根 尹弼文 申完淳 朴基錫 等과 本社
에서 李秀仁 徐興錫 李采元 方允根 朴京緒
等의 參席. 어너 때보다도 조촐하고 간소하
게 張 會長 自宅에서 저역을 나누었다.
나는 仁川에 到着 밤 11時 30分 金에게로 갓
다.

〈1970년 6월 11일 목요일 晴〉
韓炯植 機械課 次長의 父親 大喪日이라서 나
는 一旦 退勤하고 집에 좀 들럿다가 朴明浩
을 대리고 大喪 宅에 갓다.
工場 幹部들이 아래방에서 술상을 벌리고 있
다. 나는 朴明浩을 잠시 박에서 기다리라고
일려 놓고 밤에 들어갓다.
明浩가 마음에 걸려서 뛰처나와 보니 담 옆
해 처량하게 서 있는 明浩이 모습이 처량
하다.
朴明浩을 다리고 집으로 一旦 도라왔다가 다

시 喪家집에로 나이감[나아감].
李(三進 社長)과 成昌模 課長과 3名의 뉴仁川 카바레에 감.

〈1970년 6월 12일 금요일 晴〉
저역을 마치고 정순 명호 2名을 다리고 市場에 나아갓다.
金星製 선풍기 16,900에 壹臺 購入.
정순니와 明浩는 먼저 집으로 돌아오고 나 혼자 金과 잠시 만나고 돌아옴.

〈1970년 6월 13일 토요일〉
떼 아닌 여름철에 감기에 걸렷다.
엇저역에 金에 宅에서 선풍기를 털어 놓고 몸을 너무 급작스럽게 식킨 탓일 게다.
콧물이 나오고 골치가 쑤시다.
午後 六時 四〇分 金浦空港에 到着한 金俊植 利川電機 副社長을 歡迎하기 爲해서 工場 幹部들이 (金東相 韓炯植 崔德春) 朴基錫 尹弼文 申正植 郭在根 申完淳 歡迎을 마치고 富平에 들려서 郭在根과 尹弼文 朴基錫 3名의 카바레에 들엇다.
工場 經理課 成昌模 課長의 와서 있다. 나머진 會社 女職員과 同伴한 모양[모양]이다.
金貞順 女와 尹弼文 그리고 尹니 親女와 저역을 갇이 함.
尹弼文니와 아는 女子가 저역을 삿다.

〈1970년 6월 14일 일요일〉
課內 準社員級 以上18名 松島 절간 앞으로 놀이를 감.
놀이 基金　　　李命九　　　3,000

호세고商　　　10,000
京仁木型 1,200CV1/4 代金 40,000.
40,000 中에서 個人 使用金 10,000.

〈1970년 6월 15일 월요일 바람〉
아침부터 강한 바람이 불기 시작.
눈을 제데로 뜨지 못할 지경이다.
가믐의 개속되는 요즘 버리[보리] 농사에 치명적인 損害를 끼치게 될 바람이다.
金仁鎬로부터 約束어음 50,000을 金仁鎬 氏 新築 家屋 보이라 代金의 一部로 밧음.
大昌鑄物 朱 社長에게 좀 半額만 주고 사달라는 付託.

〈1970년 6월 16일 화요일 晴〉
日給 社員級 以上 發表 督促을 爲한 幹部會議 開催함.

〈1970년 6월 17일 수요일 晴〉
저역에 時間니 좀 늦게 돌아와 보니 명호가 머척[무척] 기다리는 눈치다.
來日부터는 좀 일즉이 집으로 돌아와야 되겟는데.

〈1970년 6월 18일 목요일 晴〉
어머니가 시골로 나려가시고 요즘에는 정순니가 너무도 수고가 만타. 저의 엄나가 죽고 나서부터 家庭을 도맛터 보는 정순니가 무척이나 불상하다.

〈1970년 6월 19일 금요일〉
金天順에게 가서 저역을 먹고 기다리든 次

에 지항집으로부터 電話 연락이 왓다. 나를
工場長이 찾는다는 內容이다. 지항집에 가서
工場長을 爲始해서 工場 幹部 7名의 술을 마
시다.

〈1970년 6월 20일 토요일〉
金貞順 女史가 相面을 要請해 오다. 만나든
場所에서 尹弼文 代理을 同伴하고 六時 45分
에 나아갓다. 두 女人니 와서 기데리고 있다.
金 女史에게 노-타이 남방 아리랑票 製品을
一着 膳物로 밧음.
幹部 擴大會議 開催.
"尹義炳 發言 규탄"

〈1970년 6월 21일 일요일 흐림〉
古棧 아랫水路 終點으로 붕어 낚시를 갓다.
午前 4時 55分 南仁川發 水原行 기동차를 利
用함.
午後 2時頃 仁川으로 돌아옴.
別로 滋味를 보지 못함.

〈1970년 6월 22일 월요일 晴〉
時局이 어수선. 동작동 國軍墓地에 共匪 나
타남

李圭昇 鑄鋼代金 加工金 條로 40,000 引受.
金貞順 女史로부터 胃腸藥 암포제 美製品 2
병을 밧음. 나의 病을 고처 조겟다는 金 女史
의 마음의 무척 고맙다.
價格으로 따지며는 1병에 1,800 相當함.

〈1970년 6월 23일 화요일 晴〉

곤로 三和製	3,200
망호병[まほう瓶(보온병)]	1,000

} 購入

아침 一○時頃에 金貞順에게 電話을 햇다.
내가 素砂地區에 公用으로 出張을 가게 되니
時間니 있으며는 同件을 要請햇다. 相對方의
태도가 매우 좋왓다. 기다리기나 햇다는 듯
의 우리들은 3時에 素砂 驛前 茶房에서 相逢
햇다. 엇저역에 만낫근마는 무척 오랜 만에
相面하는 기분니다.
남에 눈을 피해가며 만나는 탓이라서 茶房에
서 나온 우리들은 素砂 市內을 山쪽으로 한
바키 돌고 나서 素砂劇場 옆해 있는 素砂여
관으로 들어갓다. 南쪽으로 열려 있는 二層
門을 열어 놓코 밧갓을 내다보니 쉬연한 바
람이 상케하다.
浴湯에 물이 알맞게 담겨지자 내가 먼저 몸
을 풀기 爲해 들어갓다. 金 女史도 주저하다
가 내게로 갓치 따라 들어왔다. 간단히 목욕
을 마친 우리들은 잠시 몸을 쇠고[쉬고] 六時
頃에서야 仁川으로 出發햇다.
夜間에 貞順니와 市場에 갓다. 곤로 1介 購
入.

〈1970년 6월 24일 수요일 晴〉
태근 즉시로 집으로 돌아왔다. 近來에 보기
드문 태근니다. 집에 와 보니 明浩가 매우 기
쁜 表情을 한다. 明浩는 今年 7月 19日에야
滿 六歲가 되는 아이다. 말을 제데로 못해서
어딘가 모르게 어섹하다. 아버지에게 오-도
바이 장난감을 사달라고 조른다. 또 두 발 자
전차를 사달라고 나에게 조른다.

給料을 타그든 사주겟다고 約束을 했다.

〈1970년 6월 26일 금요일〉

오늘 기여코 말하겟다고 비르든[벼르던] 이
야기를 내가 좋아햇든 아니 지금도 좋아하는
女人에 말을 햇다. 相對는 過去가 있는 金天
順니라는 今年 34歲의 女人니다. 金女의 샛
방은 松林洞 美林劇場 마즌편에 있는 자그
만한 한옥에 건넌방이다. 室內는 別다른 아
크세사리[액세서리]라고는 엷으나 鐵製 장
농과 電蓄 및 선풍기가지 가추어 있는 아담
한 신방 갓다. 恒常 내가 가며는 그다지도 좋
와하는 金 女人에게 참아 나의 事情으로 말
미암아서 더 以上 彼此가 交際을 지속한다
는 게 無理한 길이라고 말을 햇다. 其女는 한
엷이 눈물을 흘리우고 말엷이 自己의 신세을
한탄하는 데는 나애 가슴이 아펏다.

金女와 交際을 한 지는 昨年 10月 20日頃부
터다. 현등寺 노리에서 出發時間부터 돌와오
는 時間까지 줄곳 하로 해를 나하고 갓치 지
냇다. 其後 彼此間에 情交는 단 한 번으로서
나는 나데로 일본에 갓다.

〈1970년 6월 27일 토요일〉[11]

日本을 다여오고 나서 우리들의 愛情이라고
할가 親密감을 더욱 더 過速度[加速度]을 거
처서 今年 四月 20日 나의 不幸한 喪妻을 격
고부터는 金 女는 나이 마음을 慰料[慰勞]한

다는 뜻에서 나에게 무척 고맙게 데해 주엇
다. 나는 나데로 적〃한 心情을 순간나나마
달랠 수 있는 期會[機會]가 실치는 않엇다.
그러다가 情의 깊어짐에 따라 現 心情으로서
는 참아 金 女人니 불상해서 끝까가[끊기가]
힘든다.

金 女人은 其間 過去을 淸算하고 今年 2月부
터[12] 敎會에 나아가고 있으며 하로사리가 되
드라도 떳〃히 살아보겟다고 버티고 살아가
는 불상한 女人니다.

金 女人하고는 愛人은 될지라도 永遠한 內主
로서는 좀 不可能할 것인지.

〈1970년 6월 28일 일요일〉

새벽 5時에 간단히 낙씨道具를 챙겨가지고
松島驛을 目的으로 택시를 督促햇다. 블랴블
랴 松島驛에 나려 보니 아갑게[아깝게] 댓다.
1分 前에 水原行 車가 通過햇다. 세벽 4時 55
分에 仁川을 出發하는 水原행 기동차를 두
정거장 지나가서 追越해서 탈려고 햇으나 失
敗. 다시 生覺한 끝해 그 택시로 大明里로 달
렷다. 大明里는 江華島가 보이는 終點. 나룻
배로 草芝에 到着한 後 "황산도" 貯水池에다
낙시를 던젓다. 時間은 午前 九時 20分. 午前
中에 約 20首이 붕어를 낙구엇다. 午後 2時
大明里로 돌아옴.

택시費　仁川 松島 200

　　　　松島 − 大明 1,000

---

11) 일기장에 날짜와 요일이 적혀 있기는 하나 기록된
　　내용은 전날 일기에서 이어지고 있다. 같은 날의 일
　　기를 장별로 미리 날짜와 요일을 기재해 놓은 일기
　　장에 이어 적은 것으로 보인다.

12) 4월 15일 자 일기에는 이 여인은 당일 저녁부터 교
　　회에 나가기로 했다고 기록되어 있다. 저자의 착오
　　로 보인다.

〈1970년 6월 29일 월요일 비〉
어머니가 시골서 올라오시다.

工場이 되숭″한 지가 벌서 2個月이 지낫다.
昇給 昇進 決定에 對해서 兩大株主가 서로들
意見니 相反되여 長期戰을 하는 탓으로 참따
못해 工場 技術社員 全員이 會議 끝해
7月 4日 給料日까지
昇進 昇給을 支給 發(表)하라.
現在 昇給된 給料와 未定으로 4月부터 3個月
間 滯拂된 셈.
萬若 7月 4日까지 決定이 않 나며는 7/6日부
터 技術社員 全員니 本社에 가서 대모를 하
기로.
第2回
(李 女人 알파茶房에서 相見)

〈1970년 6월 30일 화요일 흐림〉
退勤 즉시로 집에 돌아와 보니 정순니가 몸
살이 난는지 둘어너서[드러누워] 알코 있다.
其間 에미를 일고 朝夕으로 食事를 비롯해여
家計를 꾸려가는 長女 정순니가 아푸다니가
極情과 가엽은 생각이 든다. 할머니가 올라
오셔서 其間에 "긴장감"이 풀린 탓으로 몸살
이 난는지.
할머니가 부억케서 저역食事 준비에 바뿌시
다. 貞花는 마루를 치우고 양말을 빨고 있다.
每事가 나에게는 非正常的인 처사다.
에미가 살아 있다며는 저이들이 할 일은 아
닐 탠대.

〈1970년 7월 1일 수요일〉
張 會長 來社. 利川電機 就任 12個 周年 酒席
을 代理級 以上 參加裡에 香花村에서 열다.
成昌模 經理課長과 藥元 바에서 춤을 춤.

〈1970년 7월 2일 목요일〉
崔東洙가 不正을 저지릇다는 소문.
張 會長이 아침부터 直接 來社해서 問議를
밧고 있다는 事實을 뒤늣게들 알다.
鐵板 不正 事件.

〈1970년 7월 3일 금요일〉
崔東洙 鐵板 擔當 代理가 鐵板 切端[切斷] 不
正 事件으로 致命的인 立場에 노엿다.
下部 30名 中 21名의 署名捺印 下에 上部에
다 陳情書를 提出햇다니 밋해 사람이 나뿐지
아니며는 上司로서 자격이 없다는 결론이다.

〈1970년 7월 4일 토요일〉
金女 집에서 하로밤을 새우다.
多情스럽고 고마운 金女다. 나를 爲해서 좀
더 올바른 사람의 되여 보겟다고 요즘에는
착실한 敎會 사람의 되엿으며 家庭主婦로서
나무랄 데가 없다.
그러나 우리들은 해여저야만 햇기에 솔직한
나에 心情을 그데로 金女 너는 우리 집에 가
서 살 수는 없다고 말햇다.
金女는 限없이 울며블며[울며불며] 비치[비
취] 반지를 입으로 씹어서 못 쓰개 만들엇다.

〈1970년 7월 5일 일요일〉
古棧水路에서 낙시를 햇다.
제법 3치 ~ 4치짜리 붕어가 낙끼엿다.

水路 물이 흙텅물로 變해서 쉬연치 않을 것이
라 판단한 낙씨人들은 모다들 農場 안 貯水
池로 올라갓 것과는 나의 판단니 맞언 샘.
農場에서는 별 제미를 못 보고 나마니 水路
에서 約 40首 햇으니.

〈1970년 7월 6일 월요일〉
장마가 개속하다.
全國的으로 水害가 甚하다는 新聞紙上의 報
道다.
가물며는 물 한 방울을 求景 못하는 農地가
비가 좀 나렷다며는 洪水 사태고 보니 헐벗
은 國土가 원제는 綠化될는지.

〈1970년 7월 7일 화요일〉
金春道 李永喆과 3名의 花水식당에서 酒席
을 같이 함.
8時頃 金貞順니를 相面 저역을 나누고 朱安
地方의 조용한 방에서 마음을 나누다.

〈1970년 7월 8일 수요일 맑음〉
흐느끼는 金天順니와 서로가 離別을 아십게
여기다.

朴生圭 係長에게 4,000
李永喆 〃 3,000
朴基錫 4,000
殘額 酒代 3,900

同上 金額 15,000 호세크의 贊助.
밤 九時頃 三湖茶房에서 金天順니를 만나 아
니 내가 불러냇다. 서로가 離別을 이야기하다.

나는 나데로히 金女와는 同居 즉 正式 안해
로는 맞지하기가 힘든다는 理由를 說明햇다.
떠러지기 실어하는 金女는 울며서 自己의 뜨
거운 사랑을 나에게 호소해 왔다.
밤 十一時 30分 公園에서 나려오다.

〈1970년 7월 9일 목요일〉
現 會社 資金 事情의 極惡 狀態에다 受註量
[受注量]마저 줄어들어 課 內에 作業量의 大
幅 減少되여 部工職員들의 作業에 對한 열성
이 회이되기[해이해지기] 십다.
이를 防止키 爲해 所屬長은 아침 始業時間
30分 前에 就業을 점금토록[점검토록].
今日부터 早出.

〈1970년 7월 10일 금요일 晴〉
工場 化粧室 內 不穩落書 事件

鑄物工場 南側에서 2番 側 便所 內 門짝에다
누구의 作亂인지 혹은 진잔[진짜] 不穩思想
을 가진 자이 所行인지 김日成을 贊揚[讚揚]
하는 落書가 發見되었다. 午後 3時頃에는 管
轉 派出所에서 2名의 순경의 直時 現場에 到
着 調査에 着手햇다.
班長級 以上의 職員들의 會議室에 仰留[抑
留] 當해 9時 40分頃에야 집으로 돌아감.
한 바리[마리]의 나뿐 물고기게[물고기가]
온통 전 운물[우물]을 흐려 놓는다는 格이다.

〈1970년 7월 11일 토요일 晴〉
오날도 落書 事件으로 因한 東仁川 情報課에
서 數 名의 刑事가 來社하여 여러 가지로 수

사를 계속하고 있다. 하로 속히 眞犯의 잡히기를 바라마지 않는다.

밤에 金女 宅을 訪問햇다.

金女의 決心도 大端하다. 어자피 서로가 結合이 않 될 바에야 해여지는 게 현명하다고 彼此가 主張해 왔다. 요즘 서로가 해여지는 方向으로 서로서로 마음을 가다듬든 中 뜻박에도 金女로부터 永遠한 愛人으로 나를 밋고서 살아가겟다니 正式 婦人의 되여 나에 집에 못 드르가리라는 마음은 벌서부터 가젓다는 이야기다.

우리는 서로가 다름없는 愛人으로 지나기로 合意를 함. 임신 2個月 落胎 수슬費 條로 5,000을 주다.

〈1970년 7월 12일 일요일〉

古棧 農場 안 貯水池에서 낙시를 햇다. 別다른 滋味를 못 봄.

夜間에 뉴-仁川 카바레에 나아감.

여전니 사람은 大滿員니다.

능숙하지 못한 솜씨로 두서는[두서너] 曲을 추고 집으로 돌아옴.

정순니가 할머니와 明浩을 同伴하고 永登浦 四寸 宅에 다여오다.

〈1970년 7월 13일 월요일 晴〉

金天順니가 病院에 감(流産 次)

午後 七時 三〇分頃 알파茶房에서 李 女人을 만났다. 今日이 새 번째 만나는 날이다. 李 女는 忠州 胎生으로 나이는 32歲에 昨年에 夫君을 死別한 과宅.

工場 朴宗遠 班長 紹介로 알게 됨.

其間 9個年間 結婚生活을 햇으나 딸린 아들이라고는 한 명도 없다고 한다. 現在 서울 이문동에 있는 동생 宅에서 그날그날을 지난다고.

보기에 純眞性은 였보이는 시골 女性답다.

바람을 쏘일 겸 松島로 나아갓다. 海邊 낭樓에 자리를 잡고 골라[콜라] 두 병을 마시가며 서로가 再結婚觀에 對해 이야기를 나누고 밤 九時頃에 市內로 돌아옴.

李女는 한진뽀스로 서울로 도라감.

〈1970년 7월 14일 화요일 晴〉

明浩 生日날

아침에 가족기뢰[가족끼리] 오손도손 명호이 生日을 祝하함. 生日날이레야 고기 한 斤 사지 않코 단지 수수팟떡이 食卓에 올려 있을 程度에 미역국이 別食이다.

明浩가 滿 六歲가 되는 날이다.

요즘 어미를 일은 明浩가 그다지 벅채는[보채는] 편은 아니나 각금 가다가 엄마를 찾을 程度이다.

밤에 金女에게 들려 왔다. 金女는 나에게 愛人으로서 永久이 살아가지고[살아가자고] 提意해 왔다.

〈1970년 7월 15일 수요일〉

工場 落書 事件니 아즉끝 解決을 못 보고 있다. 어느 한 사람의 잘못으로 會社가 다 苦痛을 밧는다. 하로 속이 當局의 努力으로 眞犯을 잡어 주기를 빌어마지 않는다.

용이지[용의자]로 30餘 名을 뽑아 노은 模樣
이나 이 중에 틀님 없의 같은 筆跡이 있다며
는 犯人 잡기는 時間 問제일 게다.
하여튼 일이 돼지를 않는다.

〈1970년 7월 16일 목요일〉
장마철로 잡아든 全國의 날씨가 비 洪水 被
害가 新聞에 報導[報道]되다.
朴明浩 무름[무릎] 의[위]에 보드라치[뾰루
지]가 낫다. 아이들이라 아푼지도 모르고 띠
여 노는 모습이 가엽기만 하다. 이다끔 놀다
가도 엄마가 보고 십다고 나에게 티집[트집]
을 한다.
잘 데는 나의 팔을 배고 손은 으레 나이 젓가
슴에다 대고야만 잠이 든다.

〈1970년 7월 17일 금요일〉
밤 八時가 조금 지나서 長安 낙씨店에 들엿
다. 오레간만에 낙씨 뉴-스를 들을 겸 낙시대
도 하나 삿다. 1間 18,000(로얄 그라스 롯드).
八時 30分頃에 天順니 집에 들렷다. 天順니
와 화투노리를 해서 果實을 사다 먹고 十一
時가 지나서 就침햇다.
天順니는 今年 나이가 34歲 나는 獨身女다.
前職의 花柳界 女性. 지금을[지금은] 재법 人
間답게 살아 보갯다고 몸부름치는 敎會人니
다.
오늘 自己 宅에서 敎人들끼리 모여서 한턱
햇다니 재법 마음의 안정된 모양이다. 喪妻
前에는 別다른 愛情을 못 느끼다가 지금은
재법 直極的[積極的]으로 나오는 나의 愛人
니라고나 할가.

며칠 전에 서로가 해여지자고 제의햇드니 어
자피[어차피] 맺지 못할 인연이라는 것을 아
니가 차라리 잘은[짧은] 期日이라도 게속 더
交際을 하지고[하자고] 主張해 왓다.
해여지는 것은 事實이나 좀 더 時間을 가지
지고[가지자고].

〈1970년 7월 18일 토요일 비〉
休무

工作課 郭榮奎 班長을 同伴 下에 永宗島 낙
시行을 時間 關係로 中止하고 萬石洞 나루터
에서 택시로 浦里 水路로 갓다.
浦里 水路가 장마 後에는 第一 좋타는 전통
이 있는 水路이나 원체 장마가 甚한 탓으로
물을 모두 뽑아서 別 滋味을 못 봄.
萬石洞에서 浦里 第三 水路까지 택시料金
매-타 560. 支給 600.
午後 七時 文益模 母親 大喪가 감.

〈1970년 7월 19일 일요일 흐린 후 막음[맑음]〉
아침 八時 배로 永宗島로 붕어 낙씨를 갓다.
萬石洞 배터에서 永宗 나루터까지 約 25分
걸려서 동강기 가는 合乘車을 탓다. 一行 7名
과 낙시터에 나린 時間니 꼭 九時 正刻이라
想像보다는 빠르게 온 샘이다. 장마철이라
못 물섹이 흐리다. 잔 붕어 개수로는 제법 百
餘 首을 잡었다.
밤에 七時 40分頃에 沐浴을 갓다. 沐(浴)室
內 떼 미는 아이에게 빠른 時間 內에 떼를 미
러 달라고 督促을 해서 8時 30分頃에 沐室을
나왓다.

그름[걸음]을 뉴-仁川 카바레로 돌니다.

沐代	60
떼 미는 料	60
카바레 入場料	300

〈1970년 7월 20일 월요일 晴〉
피곤한 몸을 억제로 달레가며 會社에 出勤하고 보니 마음의 들뜬다. 晝食時間에 萬興 精肉店에서 "지향집" 黃 매담과 食事을 같{이}하고 그 길로 金女에게로 달려갓다. 金도 몹시 반가워하드라.
落胎手술을 밧고 나서 7/13日 結果가 좋치를 못해서 下血이 계속된다는 귀뜸을 해왔다.
저역에 통닭집에서 食事을 나누고 나는 나데로 집으로 돌아옴.

〈1970년 7월 21일 화요일 晴〉
무더운 날시다. 장마 후 처음 느껴 보는 酷暑다. 氣溫니 30℃ 以上이고 보니 땀이 줄〃 흐른다.
夜間에 丁海謹 購賣課長[購買課長]가 저역을 같히 하자는 請을 밧고 밤 七時 明茶房에서 朴 氏와 丁 代理를 相逢 "하이웨이" 카바레 가서 麥酒을 마시고 오레간만에 춤도 추었다.
다시 朴 氏의 好意로 市內에 있는 大東여관에서 强制로 外泊을 햇다.
金鐘順니에게 李圭昇 鑄鋼品 加工代 策定 關係로 5,000을 傳함.

〈1970년 7월 22일 수요일 비〉
金天順과 若干니 트라불의 發生.
理由는 昨夜 金이 外泊을 햇다는 確實한 實情을 얻은 데서부터 나의 不滿 表示.
이에 準한 金이 억울하다는 변명.
鄭이라는 親友 宅에서 잣노라고 주장.

〈1970년 7월 24일 금요일〉
정수가 仁川의 韓國電力에 實習을 나오기 되여 우리 집에 묵기 시작.
마침 건넌방을 않이 쓰고 있으니가 自己가 使用케 되엿다.

〈1970년 7월 25일 토요일〉
天順니와 시비를 마치고 낫 4時頃에 沐浴을 갓다.
疑心을 가진다는 게 좋은 일은 아니나 疑心을 갓겟금 相對가 行動을 한다는 게 疑心니 씨앗.
하기야 生活費 한 푼 보테주지 않코서 혼자서 살아가게 햇으니 自己 말다나 돈니라고는 한 푼도 엾는 實情이고 보니 契돈을 부어야 되는 立場에 若干니 아리바이트을 햇는지 알고도 모를 일이다.

〈1970년 7월 26일 일요일〉
永宗島 낙씨.
밤새 滋味를 못 보고 새벽에 일어나서 ㅁㅁ場에 가 좀 滋味을 보앗다.
저역에 돌아와서 天順니와 文化劇場 求景을 갓다.
다시 天順니 宅에서 쇠엿다.

〈1970년 7월 27일 월요일〉

허리가 아파서 天順니를 다리고 花平洞 派出
所 앞에 있는 李 鍼술원에 가서 허리에 침을
맞엇다.
의술{인}이 盲人니다. 앞으로 10餘 日을 다녀
보라는 盲人니 말이다. 針을 1回에 200式.

〈1970년 7월 28일 화요일〉
針을 第2回 맞음.
貞順니와 夜間에 朴 매담 宅에서 相逢 춤을
추다.

〈1970년 7월 29일 수요일〉
約束의 女人 李 氏가 約束時間 正刻에 알파
茶房에 나와서 기대리고 있다. 古鄕[故鄕]인
鎭川까지 나려갓다가 約束을 지키기 爲해 불
랴불랴 올라왓다는 이야기을 나에게 들려주
었다.
松島 유원지로 나아가서 저역을 같이 하고
東仁川에서 해여지다.
조캐탕 1人當에 400式.

〈1970년 7월 30일 목요일〉
밤 九時頃에 金 집에 갓다.
外出이나 한 줄로 알었근만 조용히 집에서
待期하고 있다.
허리가 아파서 요즘에 침을 맞는 탓으로 서
로가 조용히 이야기만 하고 돌아감.
金이 빤쓰을 갈랴입힘. 새 빤스를 사주었다.

〈1970년 7월 31일 금요일〉
金正燁 君니 購賣課[購買課]로 榮轉 祝賀
파-티을 花水食堂에서 열다.

班長級 以上 13名 同席.
會費 13,900.

〈1970년 8월 1일 토요일〉[13]
午後 一時 四分發 永宗 나루배을 타고 雲西
里 金鑛 구댕이로 낙씨를 갓다. 밤샘을 햇으
나 밤낙씨는 別 滋味를 못 보앗다.
設計部 羅基台와 같이 同伴.

〈1970년 8월 2일 일요일〉
새벽역[새벽녘]에 제법 滋味 있개 낙씨질을
햇다.
午前 九時 10分 Bus을 놓치고 마침에 10時頃
에 들어온 전세 뽀쓰을 타고 午後 一時에 仁
川에 돌아옴.

〈1970년 8월 3일 월요일〉
좀 無理할 程度의 活動 탓인지 허리가 아프
다. 벌써 約 40日 前부터 若干씩 아뿐 허리을
그데로 참어 오다가 어제부터 花平洞 派出所
앞 "장님"한테서 침을 맞기 시작.
침 한 데에 200.

〈1970년 8월 4일 화요일〉
무더운 여름 날씨가 게속되다.
올 들어 처음으로 날씨가 35度라니 더워서
도무지 견데기가 힘든다.

〈1970년 8월 5일 수요일〉

---

13) 이 날의 일기는 입력된 부분 이하 지면이 찢겨 나가
   이 이상의 내용은 알 수 없다.

鎭川에 산다는 李 氏 女人을 알파茶房에서 四 번째 相面.

素砂地區로 복송아을 먹어로 갓다.

서로가 뜻을 갓치 하여 마음 約束 전 모든 것을 交換햇다.

10時가 지나자 서을까지 택시로 運賃 1,000에 마셔다 줌. 서을驛에서 500을 주고 自宅까지 돌아가라고 줌.

〈1970년 8월 6일 목요일〉

女難니 甚하다.

金天順니가 飮毒을 햇다.

理由는 나와이 離別을 悲觀한 탓.

밤 十二時가 지나서 道立病院 85號室에 入院 加療 中. 나 혼자서 밤세 간호를 햇다.

女難니다.

〈1970년 8월 7일 금요일〉

세벽 1時 道立病院行

道立病院 85號室 金女는 12時間 만에 간신니 意識을 回腹[回復]햇다.

우리집의 林 女史와 李貞淑이가 달려왓다.

林은 이식[의식]을 해복한 金女에게 한읍이 同情을 햇다.

"이것아 사내 한 사람을 잇지 못헤 그러한 짓을 하다니 죽기가 그리 쉬운 일은 아니란다."

이 말 한 마디를 던지고 눈물을 흘닌다.

옆에서 네가 보기에도 무척이나 에처럽다.

〈1970년 8월 8일 토요일 晴〉

金女가 道立病院에서 退院을 함.

아침에 李貞淑이를 찾엇다. 退院 關係로 좀 나와 달라고 電話로 連絡을 햇다. 金女는 마침내 反省이 눈물인지 슬품을 禁치 못함인지 한읍이 울고만 있다. 生覺하면 金女가 무척이나 에처럽다. 花柳界 出身으로 나를 알게 되여 좀 더 참다운 生活을 하기 爲해서 샛방을 하나 었어 敎會에 나아가며서 나만을 밋고 살어가는 女性이고 보면 나와 해여질 바에는 죽엄을 택하겟다는 비장한 마음을 알만도 하다.

入院費 8,300을 내가 負擔함.

서울 金仁鎬 新築 家屋 집들이.

〈1970년 8월 9일 일요일 晴〉

온 終日 집에서 아이들과 하로를 지냇다.

무더운 날씨에 오레간만에 집에서 하로 종일 時間을 보내기란 近來에 읍든 일.

〈1970년 8월 10일 월요일 晴〉

밤에 金女 집을 찾어갓다.

맥 빠진 허약한 몸으로 나를 對하는 金女가 限읍이 가엽다.

죽기[죽게] 그만 놓아두지 무엇 대문에 救出햇느야고 抗意[抗議]하는 金女이 소박한 얼골이 몹시도 처량하게만 보엿다.

金女가 나에 對한 付託은 제발 將次 서로가 해여지는 것은 旣定事實이고 自己로서는 나에 正式 안해 될 자격이 너무도 부족한 사람이니 내가 再婚하는 날까지라도 自己를 마음의 벗으로 마지해 달라는 에소[애소].

그러치 못하며는 金女가 本意 아닌 어떠한 충격으로 탈선을 하기 십다는 이야기를 나에게 에소했다.

〈1970년 8월 11일 화요일〉
日本 利川製鋼에 徐相綠 社長 歐羅波[歐羅
巴] 旅行을 마치고 來社.
幹部를 모아 놓코 歐羅波 旅行 所감을 말씀
하시다.
例年에 보기 드문 酷暑. 35℃.

〈1970년 8월 12일 수요일 晴〉
工場長 婦人 病門患. 世富蘭西病院[세브란스
병원] 321號

저역을 먹고 한엇이 웨로워서 金女를 찾어갓
다. 마침 敎會에 나아갓다가 돌아오질 안었
다.
九時 15分頃 敎會에서 돌아오는 金女를 만나
果實을 200어치 사아가지고 집으로 들어감.
金女 宅에서 留宿.
崔德春 韓炯植 尹弼文 申正植 朴基錫
旅費 2,000 택시
果實 1,000

〈1970년 8월 13일 목요일 晴〉
(慶南地區에 고레라[콜레라] 發生)

朴生圭 係長 夏期 休暇.
夏期 休暇를 德積 西浦里 方面으로 決定.
낙시道具 1,500 購入.
李永喆 係長에게 夏期 休暇 準備 資金 條로
10,000을 주다.

保手　　70,000
　　　　260,000　｝入金 付託
　　　　81,952

〈1970년 8월 14일 금요일〉
午前 中 會社 일를 보고 午後부터는 夏期 休
暇를 즐기기 爲하여 德積島에 西浦里 海水浴
場으로 떠낫다
下仁川 客船 부두에는 무더운 太陽 아레 "바
캉스"을 떠나는 피서客들로 발 디려 놓을 틈
도 없이 一大 修羅場이다. 우리들 一行 12名
은 船票을 8枚박에 사지 못하여 몹시 念慮햇
으나 午後 2時 發 西浦里行 觀光號가 三時나
되여서 到着하고 나니 먼저 배에 오르는 사
람이 第一이다. 즉 船票가 있든 없든 問題가
아니다.
복잡한 船上에서 約 3時間 우리들 一行 中 五
名은 섯다 노름을 햇다.
午後 五時 四○分頃에 目的地에 到着 밤 一
時까지 모레 砂場[沙場]에서 滋味 있는 노리
를 즐겻다.
郭在根과 나하고 씨름을 하다가 나이[나의]
엽가음[옆 가슴]을 다첫다. 몹시 거북하다.

〈1970년 8월 15일 토요일 晴〉
西浦里에서 機械船으로 約 一時間 程度 가는
距離에서 바다낙씨를 즐겻다.
낙씨 一行員 朴基錫 尹弼文 郭在根 金春道
李永喆 朴基潤 羅基台 外 아이들이 2名. 물빗
이 맑고 기분에는 많은 고기를 낙끌 수 있으
리라 生覺되나 別로 滋味를 못 보고 李永喆
父子 郭在根 等이 뱃머리[뱃멀미]를 해서 來

日 아침까지 約束한 전세 배를 3時에 다시 西
浦里로 돌라옴.
船代 6,000

〈1970년 8월 16일 일요일 晴〉

여관에서 새벽 3時에 이러난 우리들 一行은
다시 仁川으로 돌아오기 爲해서 세벽 四時
배을 타고 선창으로 나갓다. 마침 밋물[밀물]
떼라서 波濤가 若干 있다.

仁川으로 돌아가는 사람이 별로 많치 않으리
라고 예상햇으나 意外에다 부두가 혼잡하다.
四時가 되어 乘船을 기다렷으나 觀光號와 忠
南號가 모다 仁川으로 出船햇다는 이야기가
나돌지[나돌자] 賣票所에는 一大 혼란이 이
려낫다. 無責任한 乘船會社의 처사에 觀中
[觀衆]들은 분을 참지 못하여 아우성.

結局 午前 11時 배를 타고 仁川으로 돌아옴.
엽가슴에 응혈이 되여 몹시도 귀롭다. 숨을
쉬기가 固難[困難]할 程度로 거북하다.

〈1970년 8월 17일 월요일 晴〉

會社에 午前 中 勤무하고 午後에 집에 돌아
옴. 배다시[배다리] 市場 內 漢(藥)房에서 지
내를 사가지고 私藥을 服用키 爲해 정순니을
시켜서 市場에 나아가서 "개자[겨자]"와 "쇠
쓸게"을 사오라고. 貞花도 같이 同行햇다.

〈1970년 8월 18일 화요일 晴〉

夏期 休暇을 爲해서 德積島 西浦里까지 갓다
가 허리를 다처서(담) 몸이 몹시 불편하다.
아침에 會社에 나아갈려고 움지겨 보았으나
엽구리가 결려서 집에서 하로 終日 두러눕다.

〈1970년 8월 19일 수요일 晴〉

무더운 여름 날씨에 오늘도 아푼 허리를 어
루만지며 會社에서 돌라오니 내 마음이 몹시
도 귀롭다. 전에는 미처 느껴보지 못할 만큼
고독과 웨로음이 가슴에 파고든다.
몸이 아품을 당할수록 안해가 그립다.

〈1970년 8월 20일 목요일 晴〉

貞花 俗離山 旅行에서 돌아오다.

서울에 살고 있는 동생이 요즘에 집에 와서
밥을 해주고 있다.
어먼님의 늘그신 몸으로 朝夕으로 手苦를 하
시는 모습의 메우 마음 아프고 子息으로서
미안하기만 햇든 요즘 차라리 同生(昌淑)이
가 와서 있으니 핸결 마음이 가볍다.

〈1970년 8월 21일 금요일 晴〉

몸이 아품을 마음의 위로음을 달레는 기분으
로 내가 마음의 親舊로서 위로음을 풀어주
는 女子 親舊로서 아니 좀 더 親近한 女性의
벗으로서 사랑하는 天順니를 찾어갓다. 天順
니는 나에게 무척 多情多感한 요즘 같아서는
없어서는 않니 될 친구라기보다 내 가족이
다.

〈1970년 8월 22일 토요일〉

會社에서 退勤길에 天順 宅을 찾엇다.
집으로 곳장 方向을 돌리려고 무척 노력도
해보고 내 마음의 흔들님을 다짐도 해보앗근
마는 天順니가 그립다.
아마도 人間니 異性을 그리워하는 本性이라

기보다 몸이 아푸니가 나에게 적실히 必要하고 바라는 게 "안해"다. 天順니는 나에게 저역으로 갈국수[칼국수]를 손수 만들어 주었다. 그리고 아푼 허리를 어루만저 주었으며 신 〃파스을 스프래-애[스프레이] 헤 주었다. 天順 宅에 留宿하다.

⟨1970년 8월 23일 일요일 비⟩
天順 宅에서 낮 四時까지 지내다가 집으로 돌아옴.
오날은 낙씨 計劃을 어기면서까지 天順니에게 부잡혓엇다.
그러나 天順니와 나는 서로가 結合할 수 없음을 잘 알고 있다.
天順니 말데로 우리 家庭에 들어와서 살 만한 자격이 없다.

⟨1970년 8월 24일 월요일 비⟩
간밤에부터 나리든 비가 줄기치게 계속 나리고 있다. 아침 출근시간에 作業服 차림으로 會社에 나아갓다. 웬지 모르게 내 모습이 처량하기만 하다. 作業服 下衣가 비에 젓저서 추리하기만 하다.

⟨1970년 8월 25일 화요일 晴⟩
夜間에 工場 經理課長 成昌模 氏 病問患을 감. 成 課長이 집에서 몸을 씻다가 궁둥이를 다첫다나.
항아리가 깨여저서 무려 30餘 바늘을 꾸맷다니 불행한 일이다.

⟨1970년 8월 26일 수요일⟩

終業 後 直接 집으로 돌아옴.
明浩가 몹시 복체고 있다. 즉 아버지에게 어머니이 사랑을 대산 할 기분니겟지.
貞惠니는 천연스럽게 잘도 논다.

⟨1970년 8월 27일 목요일⟩
요즘 시골에서 아번님이 上仁하서서 게시다.

⟨1970년 8월 28일 금요일⟩
몸을 다친 지가 10餘 日이 지낫근마는 아즉도 엿구리가 결려서 꼼작을 못하겟다.
과로한 몸을 안정치 않는 탓이갯지.

⟨1970년 8월 29일 토요일⟩
金天順 君에게서 留宿함.

⟨1970년 8월 30일 일요일⟩
午前 一○時頃에 文鶴池로 낙씨를 갓다. 別로 滋味를 못 보고 돌와옴.
交通費 700.

⟨1970년 8월 31일 월요일⟩
엽구리가 더 심하게 아푸다.
하로 속히 담이 풀려서 正常化 되여야 하겟는데. 누구 하나 藥을 해주는 니 없고 極情하는 사람 없다.

⟨1970년 9월 1일 화요일⟩
벌서 9월이다. 빠른 것은 세월이다.
秋夕도 보름박에 남질 않엇다.
今年度에는 秋夕節에 아이들을 다리고 古鄕에를 가야 할 텐데.

안해에 무덤을 찾어서 가야 한다.
子息들을 同伴하고.

〈1970년 9월 2일 수요일〉
權五奎 總務部長과 文益模 郭在根 尹弼文 申
正植 等 同席 下에 "우리집"에서 酒宴을 배풀
다.
酒代 13,350
金 君 宅에 들님.

〈1970년 9월 3일 목요일 비〉
張炳贊 會長과 캔추리 三層에서 會社의 將來
問제에 對한 協議會를 했다.
崔武弼 權五奎 朴基錫 韓炯植 郭在根 尹弼文
文益模 同席함.

〈1970년 9월 4일 금요일 비〉
늦닷없이 비가 나린다. 아푼 몸을 어르만지
며 午後 1時가 못 되어 金天順 宅을 訪問햇
다. 金은 와서 있엇다.
私藥을(火藥) 술에 타서 먹고 취한을 햇다.
여름철에 이블을 되집어 쓰고 땀을 흘럿다.

〈1970년 9월 12일 토요일 晴〉
스페샤류 포나스[스페셜 보너스]　95,000
秋夕 手當　　　　　　　　　　8,000
밤 六時 서울 義文洞[里門洞] 李京子 宅 訪
問.

〈1970년 9월 13일 일요일 晴〉
9月 14日과 全員 代休 就業.
秋夕節에 시골로 나려감.

貞花 明浩 同伴.

〈1970년 9월 14일 월요일〉
永同邑에서 留宿함.
貞花 明浩 同伴.
午前 十時 30分 靑山 到着. 텍시 1,000.

〈1970년 9월 15일 화요일 비〉
秋夕節

아침 茶禮를 지나고 나니 午前 十一時 30分
니 되었다.
明浩을 다리고 안해에 무둠을 찾어갓다. 山
草가 우거진 山길을 해치고 山所에 到着하고
보니 잔디가 잘 살지를 못하여 초라하다.
貞花가 눈물을 보였으나 明浩는 철모르는 에
기다.

〈1970년 9월 16일 수요일 비〉
禮谷 國民校 運動會 날이다.
洞內 뒤 예실골 貯水池에서 붕어 낚씨를 햇
다. 제법 입길[입질]을 하여 四 五寸 程度이
붕어가 제법 나끼였다.
"가을장마"

〈1970년 9월 17일 목요일 晴〉
靑山서 大田까지 2,500 텍시費.
洞錫니 兄任의 우리와 同伴 大田까지 같히
감.
大田서 四時 發 高速Bus로 上仁. 美玉이가
同伴.
奉子의 집을 訪問.

듯 식구가 제법 알뜰이들 雜貨商店을 벌니고
있다.
大田 ② 1861

〈1970년 9월 18일 금요일〉
밤에 한증을 하고 몸을 푸럿으나 옆구리에
담은 낫지 않는다.
지내 300匹   5,100 購入
                2,500 支給
永生堂 漢藥房   2,600 殘

〈1970년 9월 19일 토요일 晴〉
金天順 宅에서 留宿함.

〈1970년 9월 20일 일요일〉
밤 六時頃에나 되여서 天順 宅에서 집으로
돌아옴.
아들 보기에 未安하다.

〈1970년 9월 21일 월요일 晴〉
工場長 母親 病患 危篤으로 서울 聖母病院에
入院 加療.
金東相 崔德春 申完淳 田元坤 等 同伴 病門
患.

〈1970년 9월 22일 화요일 晴〉
天順니로부터 私藥을 服飮 밧음.
담에 必要한 (매주가루 七年 먹은).

〈1970년 9월 23일 수요일〉
國立工業研究所에서 鑄物 기술 講習회 參加.

〈1970년 9월 24일 목요일〉
工業研究所 새미나 參加 後 理門洞 108-20
10統 9班
李伊石 氏 房 李京子 宅 遊宿[留宿].

〈1970년 9월 25일 금요일〉
任[姓] 可能 [14]

鑄物 세미나 3日 마지막 날.
몸이 귀롭다. 기침이 甚히다.
四柱를 보다. 料金 500.
夜間 張 會長이 만나지고[만나자고]. 七時에.
場所는 未定.
仁川호텔에서 權五奎 文益模 韓炯植 朴基錫
郭在根 尹弼文 申完淳 參席.
張 會長으로부터 넥타이 1介式 膳物로 밧음.
金天順에게서 자다.

〈1970년 9월 26일 토요일 晴〉
今週는 工場 職務를 너무도 소홀히 햇다.
三日間의 鑄物기술 "새미나"를 빼며는 오날
이 마즈막 날이건마는 몸이 불편한 나머지
午後에는 집으로 돌아와서 漢藥을 다려먹꼬
쉬다.
기침이 심히 나고 옆구리가 결린다.
이 상태이 건강으로는 겨울이 무섭다.

〈1970년 9월 27일 일요일 晴〉
任 可能

---

14) 글자 밖의 테두리는 일기 원본에 있는 그대로이다.
저자가 교제 중인 여인의 가임기간을 표시한 것이다.

九時 汽東車로 古棧 水路에 갓다. 낚시 時間으로는 매우 늦으나 一里 地區에 가가운 水路에는 이미 낙씨꾼들로 꽉 차 있다.

제법 히망을 걸고 기데려 보았으나 별 신통치 못하다. 자지찬[자디잔] 새끼 붕어 約 五○餘 首을 잡았다. 햇볏이 제법 따갑다. 별판에는 벼가 黃金色으로 익어간다. 午後 五時 기동車로 仁川으로 돌아옴.

기침이 "고질병". 심히 나는데도 불구하고 낚씨를 나간다는 게 좀 비위생적이다. 놓는 날 집에서 하로 해를 지내느니 몸이 불편하드라도 바람을 쏘이는 게 나에 마음을 훨신 위로기[위로가] 댄다.

밤에 김 여를 찾어갓다. 막 敎會에서 돌아완 노라고 김은 나에게 기침藥을 권햇다. 그리고 나서 이불을 깔고 취한을 시켜 주었다. 時間니 거반 十一時가 대여 집으로 돌아갈려고 하나 김은 놓와주지를 안는다.

〈1970년 9월 28일 월요일 晴〉

피곤한 몸을 억제하면서 工場에 出勤햇다.

아침밤[아침밥]은 집에서 먹었다.

기침이 심히 나고 몸이 귀롭다. 그려나 직장을 쉴 수 없어 하로 終日 꾸준니 참었다.

나이 45歲에 이토록 몸이 수약하여 고련을 격다니 생각할사록 귀롭기만 하다.

아즉 가을철인데 별서부터 기침이 이다지 심히 나서야 겨울철 嚴冬에 어트케 지낼지 마음이 귀롭다.

淸約[請約] 電話을 申請햇드니 審査 結果 未該當된다고 通告을 밧음.

〈1970년 9월 29일 화요일 晴〉

하로 해가 이다지도 길고 이다지도 귀로우리.

五時 退勤 時間니 되서야 金貞順 女史와 面會時間을 깨닷고 急히 約束場所까지 갓다. 金 女史는 나보다 나이가 한 살 위의 家庭婦人으로서 別로 生活에는 極情을 안 하는 有閑 매담이라고나 할까. 男便니 土建業者로서 自家用까지 가지고 있는 事業家. 長男이 大學에 다니며 長女는 出嫁. 仁川 율목洞에 三層 文化住宅에 살고 있는 婦人니다.

나하고 알게 된 것은 今年 正月부터다.

婦人 未安하게 生覺하는 것은 自己하고 社交後에 亡婦를 햇고 現在 너무도 내가 고독한 生活을 하고 있으니가 마음이 벗이 되겟다는 뜻에서 나하고 자주 만나자는 뜻이다.

婦人에게 未安하기 限量없다. 으레 몸이 아푸며는 藥은 다 婦人니 데주었으며 여러 가지 악세사리도 膳物로 밧엇다. 그려나 오날 婦人으로부터 좀 異常한 質問을 밧엇다?

〈1970년 9월 30일 수요일 비 떼″으 개임〉

아침에 이러나서 몸이 피곤하고 기침이 심해서 하로 終日 이불 속에서 하로 해를 보냄.

시골에서 김종민 모친니 올라왓다. "처남댁"

〈1970년 10월 1일 목요일〉

任신 可

귀로운 몸을 억제로 고느고 工場에 나아갓다.

기침이 심하게 나서 도무지 부끄럽다. 여러

분들이 모이여 있는 자리에 가고 십지 않타.

네가 알기에 기침이 나기 시작하기는 今年에는 仲秋節에 歸鄕 時 시골에서 찬 방에서 잔 탓으로 감기가 드럿다가 미처 고치지 못하여 기침이 나기 始作햇으나 겨울철도 아니고 초가을에 벌서부터 기침이 이러케 심하게 나서야 겨울이 무섭다. 기침은 나에게 고치지 못할 고질病인지도 모른다. 벌{써} 30餘 {年} 前부터 기침을 햇으니가.

내가 기침을 하는 게 보다 못한 金天順니가 自己 宅에다 성이긋[성의껏] 藥을 다려 놓코 나를 간호해 주엇스니 감사히 여길 다름이다.

밤을 같히 세고 나서 계속 3日間을 집에 와서 藥을 服用해 달라는 付託을 밧음.

〈1970년 10월 2일 금요일〉

아침 八時 正刻에 三和Bus 便으로 서울 聖母病院에 가다.

崔 工場長 昭介[紹介]로 金學中 先生에게 診斷을 밧음. 金學中 博士는 영친王 主治醫엿다.

治療費 3,540.

崔 工場長과 會社 車로 仁川으로 돌아옴.

나는 自宅에서 쉬다.

〈1970년 10월 3일 토요일〉

오날 비로소 하로 終日 工場에서 日程을 마첫다.

몸이 수약해서 몰민 代身 세로 나온 注射 1,000를 맛엇다. 價格 1,100.

〈1970년 10월 4일 일요일〉

세벽 4時 50分에 낙씨를 가다.

古棧 地方으로 場所을 定하고 南仁川驛에 택시로 到着하니 5時 正刻. 水原行 기동차가 벌서 준석驛을 向햇다.

지나가는 택시를 急히 잡어 타고 준석驛가지 追적해서 갓가스로 水原행 車를 타다.

古棧 農場 地方에서 滋味 못 봄.

水路에서 잔 붕어 30餘 首.

〈1970년 10월 5일 월요일〉

午前 中 서을 聖母病院에 감.

結果가 "만성 기관지염"

主治의이 말에 爲[依]하며는 경장이[굉장히] 조심하여야 된다고.

오날 藥代 1,930.

〈1970년 10월 6일 화요일〉

金任

저역밥을 먹고서 金을 찾어갓다. 참으로 오레간만에 만나는 기분니다. 김도 그러한 기분으로 나를 반겨 주었다. 나는 요즘 몸이 불편하여 매사에 짜증만 난다. 金도 오날은 우리들의 將來에 對해서 메우 궁금한 表情이다.

金이 태도는 自己가 나의 妻가 되리라는 生覺은 이미 抛棄[抛棄]한 지가 오레 되엿다는 말을 들려주었으나 自己도 사람닌 이상 감정은 사라 있으니 앞으로 自己도 남 못지않게 再嫁해서 잘 살어 볼 기분니 간절히다. 나이 마음에 따라서 自己로서는 永遠니 있지 못할

愛人으로서 섬기겟다는 테도다.

나도 태도을 분명히 멀지 않어 本妻을 代身한 세로운 앞해을 마지하겟노라 똑〃히 속임 수 없이 말햇다. 우리들은 당분간 침묵의 흘르다 밤세 서로가 아쉬워하다.

〈1970년 10월 7일 수요일〉

아침에 正時 出勤을 하고 나니 오레간만에 職場에 나오는 기분니다. 요즘 몸이 아파서 제데로 勤務를 못한 탓이다.

退勤 後 金天順니가 저역을 지여 놓코 기다리는 바람에 잠시 쉬엇다 도라옴.

金은 정성긋 반찬을 장만햇으며 나에게 마음으로서 식사를 권햇다.

金은 앞으로 自己의 經濟的인 여건을 改善키 爲해서 現在 하고 있는 化粧品 장사를 그만 두고 自己의 本職인 美粧院을 經營하겟다고. 花平洞 파출소 앞에 있는 "리라" 美粧院을 250,000에 契約을 締結햇노라고 나에게 알려 주엇다.

〈1970년 10월 8일 목요일 晴〉

工場에서 退勤길에 우리집 酒代 13,350을 갑고 茶 對接을 밧고 나니 約束時間니 넘엇다. 허등지등 도원茶房에 나아가 보니 金 女史가 나와 있다.

金 女史 紹介로 구름다리 조금 지나서 病院으로 案內을 밧고 보니 病院 主人아주머니하고 金 女史하고 金 女史하고 잘 아는 親舊之間이라서 診斷 結果 補藥을 服用하라는 醫士[醫師]의 지시를 밧고 둘이서 해여짐.

補藥 한 제에 價格의 46,000.

〈1970년 10월 9일 금요일〉

漢 補藥 10첩에 20,000에 購入하다. 원가격을 21,500인데 1,500을 金 女史가 부담해 주다.

〈1970년 10월 10일 토요일〉

몸이 극도로 쇠약하다. 補藥을 달려 먹어야 하겠는데 약을 다려 줄 사람이 없으니 걱정이다.

〈1970년 10월 11일 일요일〉

俗離山 법주寺 觀光行

會社에 社員級 以上 幹部가 Bus 2臺에 分乘하여 忠北 報恩에 있는 名勝地 俗離山으로 觀光을 가다.

午前 8時 仁川 出發 서울 本社 小公洞에서 本社 친구들 11名을 테우고 午後 2時에 目的地에 到着. 예정時間 十二時보다 2時間 반나나 늦은 원인은 Bus가 날가서 事故가 자주 나서였다.

午後 10時 40分 仁川에 到着.

會社에서 1,000을 負担하고 1,000을 個人니 부담.

〈1970년 10월 12일 월요일 晴〉

수주는 좀 着實히 會社 職務에 忠實해야지. 요즘 웬닐인지 마음이 안정을 가지지 못해 職務에 태만하다.

〈1970년 10월 13일 화요일 晴〉

밤에 金天順 宅을 찾아갓다.

金은 나에게 一金 貳拾萬 원을 借用해 달라
고. 理由는 美粧院을 250,000에 購得[求得]
하여 自己 本職을 되찾겟다는 이야기다.

〈1970년 10월 14일 수요일 晴〉
金天順니에게 金 貳拾萬 원을 貸付함. 月
利 四分로. 于先 拾萬 원은 自己 집 전세
130,000니 빠지는 대로 돌려주겟다기에 拾
萬 원에 對해서만 月利를 適用키로 햇다.

〈1970년 10월 15일 목요일 晴〉
退勤 後 花平洞 파술소[파출소] 앞에 있는 二
層 約 七坪 程度 되는 리라 美粧院에 들려 보
앗다. 美粧院은 아담하고 오날 開業을 햇다
는 데도 別로 다른 것이 없다.
月에 約 九萬 원을 올려야만 收支打算니 맛
는다는 이야기다.
고무나무 1本 1,300 보내 줌.
中央食堂에서 夕食 條로 2,100.
우리집에 변 氏 婦夫[夫婦] 同席.

〈1970년 10월 16일 금요일 晴〉
서울 李京子 來仁. 알파茶房에서 나온 우리
들은 나란니 걸어서 驛前 菓子店에서 李京子
가 菓子를 사들고 집으로 오다.
明浩가 매우 기뿐 얼골로 세엄마를 마저 주
엇다.

〈1970년 10월 17일 토요일〉
李京子가 明浩을 同伴하고 自己 집 서울 東
大門區 義文洞을 갓다.
明浩가 李京子를 새엄마라고 제빔[제법] 따

르니 마음이 핸결 가볍다.

〈1970년 10월 18일 일요일 晴〉
郭榮奎 夫子[父子]와 貞花을 同伴하고 金浦
地區에 고양里 水路로 낚씨를 갓다.
貞花를 同伴하고 낚시를 가보기는 이번니 처
음.
그데로 滋味를 보다.
택시料金 仁川 고양里 2,000
매-타 1,250
어머니가 시골에 가시다.

〈1970년 10월 19일 월요일 晴〉
明浩가 서울 義文洞 새엄마 李京子 댁에 갓
다가 無事히 돌아오다. 서울에 가서 明浩가
別로 말썽 없이 2日을 無事히 지낫다고 (李
京子 새엄마)가 仁川으로 다리고 왓다. 明浩
가 나의[나이] 七歲로서 엄마가 도라가시고
나서 무척이나 엄마가 그리윗든 模樣이다.
金天順에게 페인드[페인트] "지겟토[시게
토]"15)을 끄어 줌.
邊重根(우리집 林 女史의 조카)가 칠을 담〃
[담당]하다.

〈1970년 10월 20일 화요일 晴〉
감기가 다시 들엇다. 겁이 난 나는 즉시 감기
藥을 服用햇다. 콘물감기가 始作되며는 기침
이 심하게 나는 게 例年니 例다. 每年 겨울철

---

15) しけいと(卦糸). 질이 낮은 명주실 또는 부스러기
   실이라는 뜻. 여기에서는 しけいとおり(卦糸織),
   즉 시게토로 만든 천을 말하는 것으로 보인다.

이 닥처오며는 몸이 弱한 나로서는 매우 겨울이 겁이 난다. 聖母病院 金學鎭 博士의 診斷 結果 기관지炎이라고. 一種의 기관지 천식이다. 今年에 겨울을 어터케 지낼지 매우 걱정이 된다. 退勤길에 金天順 宅에 들럿다. 金天順니가 목기리[목걸이] 金製 五돈을 분실햇다고 매우 우울한 表情이다.

〈1970년 10월 21일 수요일〉

妻가 死別 後 벌서 滿 6個月이 지나갓다. 그간 나의 마음은 허공에 떠있는 샘이다. 집에 돌아와 보며는 恒常 아이들이 敎育 문제가 極情이다.

오날도 天順니에 招請으로 가게에까지 나아 갓다. 간단히 저역을 對接 밧고 집으로 돌아 왔다. 順니와 오날이 꼭 一周年[一週年] 記念日이기다.

相對 몹시나 나를 尊敬하는 사람이다.

〈1970년 10월 22일 목요일〉

會社 경리과장 성창모 씨와 같이 約 三個月만에 "뉴仁川 카바레"에 춤을 추려 갓다. 성 課長에게는 네가 여려므로 신세를 지고 있다. 今年 四月 二〇日 妻와 死別 後 안식구가 늘려오든 金額 約 500,000을 成 課長에게 依託 月利 4%로 기르고 있다. 진작 성 課長에게 저역食事라도 대접할려고 햇으나 時間니 여유가 엾섯다. 花水食堂에서 麥酒 한잔식을 나누고 1,150.

저역을 하지 안은 탓인지 멋 곡 추고 나니가 배가 고푸다. 밤 一〇時頃에 집에 돌아와 보니 서울에서 珍洙가 나려와 있다. 珍洙는 今

年 나이 32歲이 마음 착한 再婚 相對다. 시골에서 自己 아버지가 上京하여 나를 꼭 相面하겟다는 전갈이다.

〈1970년 10월 23일 금요일〉

李京子와 서울에 가다.

시골에서 李京子 父親니 올라오셔서 나를 조[좀] 相見하겟다는 분부다.

서울 성동구 제기동 珍洙의 叔父 宅에서 珍洙의 父와 자근아버지 內外分과 相面햇다.

서울 市內라기보다는 아주 시골을 상등하는 흐름한 洋服店을 경영하는 珍洙의 叔父 宅은 어딘가 모르개 사는 게 궁색하며 초라해 보엿다.

午後 一時頃 仁川으로 나려오다.

〈1970년 10월 24일 토요일 비〉

떼 이닌[아닌] 가을비가 하로 종일 나린다.

이 비가 긋치며는 날씨는 급격히 추워지겟지.

요즘 집에는 어머니께서 시골에 農事 秋收을 돕기 爲해 나려가시고 나서는 아이들마니 職場에서 돌아오는 나를 무칙[무척] 기다린다.

오날도 빨니 돌아올려고 노력햇으나 八時에 집으로 돌와오고 보니 아이들만 처량히 나를 기다리고 있다.

〈1970년 10월 25일 일요일 비〉

任 가능 日字

따뜻한 가을 날씨가 개속되다가 어제부터 나리든 가을비가 긋칠 줄을 모른다. 朝飯을 먹고 나서 함에나[행여나] 비가 그치기를 고대 햇으나 하로 終日 비는 멈추지 않는다. 실은 오늘 금연[금년]에 마지막 낚시를 갈려고 만반에 준비를 하고 기다리든 차엿다. 午後에 비가 좀 개인다는 日氣예보를 듯고 가갓운 곳으로나마 낚씨을 갈려고 마음먹었다 온종일 방에서 대래비를 보고 消日햇다. 정순니와 선자 정혜니 새[세] 사람은 에관극장에 보냇다.

밤에 한증을 하고 나서 김 집에서 잠시 놀다가 十時頃에 집으로 돌아오다.

〈1970년 10월 26일 월요일 晴〉

이틀 동안 계속 나린 가을비가 뭄추고 오날 아침 기후는 초겨울을 상〃캐 햇다.

웃샤쓰를 하나 더 끼여 입고 직장에 나아갓으나 하로 종일 취의[추위]를 참느라고 귀로 윗다.

요즘에 다시 담배를 피우기 시작한 지가 3日간을 계속하고 나니 가슴이 쓰리고 소화가 재대로 않 됀다. 담베가 몸에 나뿌다는 사실을 알며서도 나이 마음의 弱한 탓으로 너무나도 허망하고 공상의 만은 탓인지 내 마음을 내가 못 가라않치갯다.

내일부터라도 담배를 끝자.

〈1970년 10월 27일 화요일 晴〉[16]

밤 十一時 一〇分 괘중時計의 마늘[바늘] 소리가 오날은 유난니도 크게 들닌다. 안방에 어린 子息들이 조용히들 잠들고 정막과 고요한 공간니 흐르고 있다. 明浩 今年 나이 滿六歲. 내 나의 四五歲에 長男으로서는 너무나 늦은 감이 든다. 벽에 걸닌 家族 사진은 원제 보아도 無表情한 안해이 모습이 그 옆에 어린 子息들이 얼골만은 좀 밝은 表情이다.

明浩는 오늘 발을 다첫다고 밤 十一時에 집에 돌아온 아버지에게 "아버지 나 발 다첫서요."하고 반가이 마지하는 表情이다. 벌써 초저역에 한숨 자고 난 表情이라 원제 잠이 들지 모르나 잠자리에서 엄마을 일은 탓으로 恒常 나에게 보챈다. 어느 떼는 좀 구차할 生覺이 들 程度로 아버지의 가슴에 손을 가지고 온다.

생각하면 가엽기만 하고 철 모루는 어린 子息이라서 多幸이라고 生覺하며 보채다가 잠이 든 어린 子息들의 순진한 얼골을 바라보며 더 한증 마음을 굿게 가저보기도 한다. 그러나 역시 위로웁고 허전한 마음을 어찌할 바를 몰라 담베를 빼여 물기도 한다.

큰 子息 貞順니가 第一 불상하다. 高卒 같 나온 나이에 悲命에 먼저 간 제 엄마을 대신하여 온 살림을 도맛터 가지고 손색없이 꾸려 나가는 데는 나이로 보아 재법이다. 自己 親舊들은 모두덜 직장을 가지고 日曜日에 더러들 놀려와서 정순니하고 其間에 지난 여러

_____

16) 일기를 쓰지 않은 날은 날짜와 요일만을 적어 둔 지면을 그대로 비워 둔 것으로 보아 저자는 한 페이지마다 미리 날짜와 요일을 적어 두고 일기를 기록한 것으로 보인다. 이 날의 일기는 28일, 29일30일이라고 날짜를 적어 놓은 지면에까지 이어 기록되어 있는데, 그 중 28일 자 지면 상단에는 지인의 부친상 관련 부의 내용을 간단히 기입해 두었다. 먼저 27일 자 일기를 쓰고 난 후, 해당 일자에 이 내용만 부기한 것으로 보인다.

가지 이야기를 나눌 적에 정순니 마음도 얼마나 自由로운 職場 生活을 그리워할지.

요즘 아침 나의 出勤時間니 午前 八時고 보니 새벽 六時에 이러나서 추사[취사]를 담당하여야 하니 十一月의 아침 六時에는 이즉[아직] 東이 트기 시작할 時間니며 요즘은 例年보다 氣候가 쌀″해서 朝夕으로는 추위를 느낀다. 제 엄마가 살아 개시며는 아즉 어리광을 할 것이 生覺하며 할사록 정순니가 가엽다.

貞花는 아즉 철이 없다. 언니가 每事를 다 잘하니가 그렇캣지마는 엄마가 있을 대와 다름없는 生活態度 갓다. 그러나 表情은 누구보다도 엄마를 그리워하는 心情일 게다.

貞任니는 덤″하고 참착한 表情으로 지내나 어딘가 모르가 애가 좀 풀이 없다. 엄마를 일은 탓이겟지.

明浩 못지않케 가엽은 에가 貞惠니다. 올해 나이는 九살이나 아즉 몸이 약하여 八歲 程度로바개 보이질 않는다. 國民校 二學年 엄마가 그리운 마음 이루 말할 수 없겟지? 마음씨가 까다롭고 自己 고집을 가지고 있다.

五兄弟의 家長으로 責任이 크다. 먼저 간 안해을 爲해서도 남부럽지 않케 子息들 敎育에 개울리 해서여 되겟나.

그러나 子息들이 다 글 제주가 없다. 머리는 아주 나뿐 편은 아닌데 工夫에 別다른 힘을 쓰질 않는다. 貞花는 中三이라 明年에 高等校 進學을 앞에 두고도 별로 걱정을 하지 않는다.

곳 자정이다. 明浩가 조용히 잠들엇다.

나는 또 긴 밤을 공상으로 지나야 하지?

〈1970년 10월 28일 수요일 비〉

洪淳國 父親 死亡. 1,000 購助[扶助].

〈1970년 10월 31일 토요일〉

李京子 來仁

오늘은 회사 태근 즉시 집으로 왔다.

서울에서 李京子가 約束되로 自宅으로 와 있으리라고 밋었기에. 집에 到着하고 보니 예측한 그데로 와서 부엌일을 거들고 있다. 거문색[검은색] 환복[한복]에 빨간 무니가 든 저고리에 아레는 힌 치마가 유난니 눈에 띠여 이섹적이다. 이번니 집으로 즉접 찾어온지 꼭 세 번! 準備된 막옷이 없어 아레 치마를 벗어 놓코 속밧침 치마 바람에 마루를 치운다. 큰딸 정순니가 저역 밥상을 李京子와 겸상을 해서 안방으로 가지고 들어왔다. 明浩와 세 사람이 한 상에서 저역을 나누었다. 셋이서 저역을 나누고 아이들과 뽀가[포커] 노리를 햇다. 정순니와 李 女가 한 페가 되고 정화와 내가 한 쌍이 되여 300 나기를 햇다. 가-드[카드]가 끝나고 내가 저서 300을 내고 정순니 측에서 150을 내여 菓子를 나누어 먹고 時間을 보냇다.

〈1970년 11월 1일 일요일 晴〉

珍洙 女에게는 味安[未安]하기 限니 없으나 昨 土曜日 約束한 그데로 세벽 七時 正刻에 郭榮圭 班長이 택시를 몰고 집으로 찾어왓다.

大門에서 "朴 課長任 準備가 늦었읍니다." 마침 朝飯도 들지 않고 낙씨道具을 참겨 놓고

낙씨服을 갈러입는 瞬間니라 내가 時間을 못
지켜서 未安하기만 햇다.
낚시터에서 돌아와 보니 明浩가 自己 새엄마
를 쫏차서 서울에 가고 잇다.
生覺하면 나도 李 女에게 너무나 未安하다.
세식구로서 우리 집에 발을 드려놓기가 무척
미안하기 여기는 李 女를 두고 낚시를 떠낫
으니!
낙시 行先 金浦 地方 고양里 水路.
붕어 八寸 一首 外 良好.
同行 尹弼文 郭榮奎.
交通費 택시 往腹[往復] 3,500
片道 매다料 1,150

〈1970년 11월 2일 월요일 晴〉
勞組에서 兩大株主 불화분규 調査 發表

아침 一○時 勞組 사무실에 韓炯植 次長 申
完淳 代理(勞組 調査部長) 나 朴基錫 勞組 池
明植 等의 모여서 兩大株主 불화분규 調査
內容을 발표하는 公示文을 作成하느라고 여
염이 없다. 時間니 없어 十二時 晝食時間까
지 食堂에 公示하기로 되여 잇어 분쥬히 草
案을 검토햇다.
公示文 內容은 徐相綠 側(社長)이 염체없는
반역행이라고 규탄.
張炳贊 會長에 申請金
Crane 車   3,500,000元 購入金
복리 利子   144,000,000 67年 購入은
63年 購入이라고 4年 追加.
金充河 理事이 社長 代行을 배격한다는.
水井집에서 酒席 21,500.

文益模 金正吉 韓炯植 郭在根 申正植 尹弼文
申完순 徐東기 朴基錫 同席.

〈1970년 11월 3일 화요일 비〉
退勤길에 金天順니에게 들님. 夕食을 마치고
自宅에 가서 잠시 쉬다가 10時 30分 집으로
돌아옴.
어머니가 시골에서 너무 늦게까지 오시지 않
는다. 秋收가 끝나는 直時 上仁하시겟다고
하섯는데.
金은 나에 對한 愛情을 完全무결하게 굿치고
잇다. 나도 마찬가지로!
성 課長에게 利子로 준 金額 200,000니 花洞
病院에게 주었다가 "부도"가 낫다고. 今年에
는 運니 나뿌다.
回服[回復] 불가능이 될지!

〈1970년 11월 4일 수요일〉
노휴대책으로 市場에다 商街 아빠-트 一棟
을 購入키 爲해 金正燁을 同伴 現代商가 아
파-트 건립 Co을 訪問 見體[見本]的으로 內
容을 알아보다.
建坪 六坪 二層에 價格
        1,850,000
        1,650,000
        1,450,000 3種

〈1970년 11월 5일 목요일〉
工場長 崔武弼 氏 母親 別世로 午後 二時 30
分頃 서울 特別市 노랑진 地區 黑石洞에 잇
는 崔 氏 宅을 찾어감.
工場에서 여러 분들이 맘샘[밤샘]을 햇다.

賻儀金 條로 3,000.
어머니 시골서 올려오시다.

〈1970년 11월 6일 금요일〉
간밤에 잠을 못 이룬 탓으로 몹시도 졸니웁
다. 自宅에 들려 보니 시골에서 어머니가 上
仁하셧다.
明浩도 서울 새엄마 宅에서 돌아왔다.
午前 中 집에서 잠시 눈을 부치고 午後에 職
場에 나아갓다.

〈1970년 11월 7일 토요일〉
補藥 服用 開始

崔武弼 氏 母親 葬禮式에 參加 次 工場에서
文益模 郭在根 朴基錫 3人니 택시로 노랑진
까지 가다.
午前 一〇時 30分 발인한 지 約 2時 15分 만
에 京기도 고앙군[고양군] 소제[소재] 모란
모지[묘지]에 到着.
崔 工場長 父親 모습이 흡시[흡사] 李承晩 氏
갓다. 崔 웅[옹]은 안해를 일은 슬품에 잠겨
있다.
今年 四月 내 모습의 생각난다.
밤에 金天順니에게 들엿다가 쉬여 오다.

〈1970년 11월 8일 일요일 晴〉
간밤에 고달푼 몸을 달레가며 午後 四時가
될 무렵 서울 東大門 박에 있는 이문동 李京
子 집을 찾엇다.
珍洙는 집에 있다. 무척 반가운 表情이다. 나
도 반가웟다.

저역을 나누고 즉시 仁川으로 同行했다.
아버지에게 人事를 드리엿다.
세 며누리의 印象이 어떠한지 아버지 表情은
별말씀이 않 게시다.

〈1970년 11월 9일 월요일 晴〉
밤에 비가 많니 나렷다.
珍洙와 나는 거넌방에서 明浩와 같이 잣다.
내가 補藥을 服用 中이라서 珍洙에게 매우
미않햇다.
鄭鳳龍이로부터 利子 28,000 受領.

〈1970년 11월 10일 화요일 晴〉
서울 明珍니 엄마 來仁.
몸이 무척이나 수약해 보인다.
임신 중인 모양이다. 自己의 운명이고 보니
빈곤하고 고달푼 生活을 해개[해가] 바뀔수
록 지속을 하는 明珍 엄마가 무척이나 가련
하기만 하다.
그저 女子는 男便을 잘 만나야지.
明珍니 엄마도 처여 시절에 제멋데로 노라나
다가 그만 現在와 같은 신세가 되엿다.

〈1970년 11월 11일 수요일〉

珍洙 반지	18,000	
정순니 목거리	8,500	3.4×2.5= 兄弟社에서 찾즘
정화 반지	3,500	

서울에서 李京子(再婚女)가 밤 九時頃에 나
려왔다. 까만 치마저고리에 분홍섹 코트을
글치고 나더리옷을 한 벌 가지고 왔다.
우연한 일에 정순니가 反抗하기 始作햇다.

內容인즉 갑자기 도라가신 自己 엄마에 생각이 나서 울기를 시작했다. 貞花도 역사[역시] 마찬가지로 불평이 大端하다.

아버지에 대한 저주와 원망을 한거번에 터러 놓았다.

거넌방에 있든 李京子는 슬피 울기 시작햇다.

거넌방에서 정순니가 하는 말을 다 듯고 보니 나하고이 再혼을 約束한 게 후해가 이만저만니 아닌 모양이다.

생각하니 앞이 암단하다[암담하다]. 자식에게 배신당하고 살 용기조차 상실된다.

앞으로 이내 心情과 닥처올 不運을 어더캐 감당할지.

혼자서 지내고저 決心도 해본다.

〈1970년 11월 12일 목요일〉

契金 491,350 受領. 國民銀行 入金.

45回 生誕日이다.

아침에 家族끼리 간단히 식사를 나누고 會社에 들렷다가 九時에 나왓다. 金天順니에게로 달려갓다. 나의 에인니고 보니 역시 고맙기만 하다.

金도 美粧院을 경영한 지가 아즉 1個月의 못 되근마는 職場에도 나가지 않고 나하고 時間을 보냇다.

밤에 班長들의 찻저왔다.

아무런 준비가 없는데 경장히 다황햇다.

정순니가 보이 후랜드가 있다고 나에게 실토하다. 나이가 20歲면 있는 것도 當然하다.

〈1970년 11월 13일 금요일 비〉

職場에 나아갓드니 소문니 異常하개들 낫다.

내가 作 12日날 再婚을 햇다고 親舊들이 온통 야단니다. 심지어 工場長에게까지 傳言니 되여 오날밤에 나에 집을 찾아오겟다나.

하기야 昨日 나에 再婚 相對女가 우리 집에 가치 왓다가 갓으니 그 程度이 이야기가 나올 만도 한 일이다.

〈1970년 11월 14일 토요일 晴〉

電話 申請 關係上 仁川 電話局애까지 잠시 다여오는 길에 金 女에게 들렸다. 午後 一時 頃이라서 손님이 한두 분 머리를 하고 있다.

밤에 金에게서 一金 拾萬 원 1個月 前에 貸付해 준 金額을 受領하다.

날씨가 차기 시작햇다. 쌀″한 초겨울철 기분니 날 程度로 寒氣을 느낀다.

服藥 1週日이 되엿다. 別로 補약이 되는지 疑問니다.

하기야 禁욕 生活을 4日 만에 破棄햇으니 나에게 根本的인 過失이 있다.

〈1970년 11월 15일 일요일 晴 -4℃〉

제법 싸늘한 겨울철이 되였다. 간밤에 영下 4℃로는 急冷한 날씨를 보여 주엇다.

아침 一○時頃에 집을 나와 서울로 달렷다.

서울 위문洞[이문동]에 있는 再혼자 李京子를 만나기 爲함이다. 十二時 15分 前에 義文洞에 到着해 보니 李 女는 同生과 같이 집에 있다.

점심을 對接 밧고 市內로 나와 "호리우트[허리우드]" 劇場에서 映畵 "수잔나"을 觀覽햇다. 映畵 內容의 너무나도 悲運에 處한 어린 수잔나의 짤분 생애가 가엽고 불상해서 자구만 눈물이 나왔다. 옆헤서 보는 李 女도 무척이나 悲哀에 우는 場面의 가읍은[가엾은] 모양인지 손수건으로 눈물을 닥고 있다. 人生이란 한 번 태여낫다가 가는 것이 全部인대 映畵의 主人公의 運命과 먼저 간 나의 妻의 運命을 結고[결국] 40歲 죽느야 20歲에 죽느야 20年間을 더 살다는[산다는] 뜻 外는 結고 마친가지다.

저역을 나누고 해여짐.

〈1970년 11월 16일 월요일 晴〉
시골에서 淑父[叔父]과 當叔父[堂叔父]가 來仁하셧다.
貞順니와 明浩가 同伴 下에 淑父를 모시고 工場으로 찾어왔다. 시골 아버지내들이라서 工場 求景을 시켜 대렷드니 무척이나 신기하개 生覺하신다. 貞順니가 工場을 求景한 것은 이번니 츠음이다. 明浩는 여러 번 求景시켯으나.
저역에 鎭洙내가 內外가 찾어왔다. 鎭洙내도 今年에 집을 한 체 삿다. 안식구가 제법 알뜨리 살님을 한 탓이겟지.
담베를 오날로 꼭 2日間 참는 샘이다. 앞으로 게속 이겨 나아갈지가 疑問니다. 내 몸을 生覺하며는 응당 禁煙을 하여야 될 탠데.
當叔父 "생교 아저씨"

〈1970년 11월 17일 화요일 晴〉
요즘 會社의 張 會長 對 徐 社長 間니 不和에 對한 간심이 全 從業員에까지 비화 勞組에서

金充河 理事 徐 社長 사위을 규탄함.
社友會에서도 同助[同調]하여 규탄文을 보냄.

〈1970년 11월 18일 수요일〉
오날로서 補藥 一〇첩을 마지막으로 긋치는 날이다.
나머지 一첩을 明浩에게 服用시킴.

〈1970년 11월 19일 목요일〉
花水食堂에서 木型係 洪祐吉 準社員니 班長 發令을 밧고 酒宴을 배풀다. 李永喆 申正植 朴基錫 洪祐吉 同席.
夜間에 金 宅을 訪問 明日 二〇日에는 定期 休日이라서 美粧院 店鋪에서 留宿하다.

〈1970년 11월 20일 금요일〉
終日토록 店鋪에서 金과 둘이서 同席함. 會社는 休暇을 냄.

〈1970년 11월 21일 토요일 晴〉
工場에서 競연大會 決勝 表彰.
本社 對 工場과 蹴球試合. 張 會長 接直[直接] 選手로 出戰. 2對 1로 工場 勝.
밤에 금호정에서 副係長 以上 同席 宴會 開催.
밤에 서울서 李京子 來仁.

〈1970년 11월 22일 일요일 晴〉
서울에서 李京子가 나려와서 土曜日 밤을 같히 지나고 오날 午後 二時에 市内에 나아가서 나에 洋服을 一着 마추었다. 結婚 膳物로

반지에 對한 보답이다.

정순니를 同伴하여 나는 韓服 一着을 6,500
끓어[끊어] 주었다.

선미洋服店에서 黑色 가라 족기[줄무늬 조
끼] 付 17,000

韓服 一着 6,500

〈1970년 11월 23일 월요일 晴〉

담베가 몸에 해로와서 끝으려고 모든 노력
을 하고 있으나 決心한 지 三日이 못 되여 다
시 피우게 된다. 이 모든 게 나의 마음이 弱한
탓이겟지. 그러치 않으며는 혼자서 저역으로
너무나 웨로워서겟지.

그러나 담배만은 꼭 끝어야 되겟는데.

다시 한 번 노력해 보자.

어머니게서 김장이 늦어진다고 걱정이시다.

〈1970년 11월 24일 화요일 晴〉

서울 本社 總務課長 代理 李秀仁 氏 母親 回
甲에 招待를 밧고도 올라가지 못함.

會社 自家用 一臺을 利用한 탓으로 자리가
없어 못 갔다.

電話 申請을 이번에 세 번제로 햇는데 配定
의 될른지가 窮禁하다.

밤에 美粧院에 主人 金天順을 찾엇다.

가겟다고 事前에 電話 連絡을 하여 놓은 탓
으로 이미 저역 準備가 되여 있다. 其間 金과
交際한 지가 꼭 一年 二個月이 되였다. 金 女
는 酒店에 接待業을 今年 三月 二六日 付로
淸算하고 올바르게 살어가겟다고 松峴洞 美
林劇場 앞에다가 조그만 全貰房[傳貰房]을
엇어 놓고 나를 밋고서 오늘까지 고맙게 對

해 주엇다. 今年 나이 34歲에 明浩와 同甲의
사내아이를 되리고 살어가고 있다.

美粧院을 차린 지는 約 2個月이 되였다. 現在
自己가 들어있는 全貰房갑[傳貰房값]을 빼
고 나머지는 自己[17] 貯蓄金과 모자라는 一部
金額을 내가 貸付해 주었다. 其間 나는 本妻
와 死別 後 웨로운 신세가 되여 週에 一回 ~
2回는 꼭 金을 찾어갔다.

원제나 나와 단둘이 조용히 하로를 즐기는
게 金의 나에 對한 愛情의 表示다. 約 一個月
前부터 내가 머지않어 세 안해를 맞이한다
고 미리 이야기를 할 적마다 金이 무척 고민
햇다. 나에 將來을 爲해서 어차피 金과 못 살
바에는 마땅히 自己가 눈물을 머끔고 물러서
겟다고 햇으나 오늘 막상 最後로 離別이 슬
품을 이야기하고 보니 너무나도 金이 에처럽
다. 하로 終日 金을 달레보고 위료햇으나 눈
물이 한없이 쏫아지는 金이 모습이 너무도
에처럽다. 내가 金에가 너무도 罰을 쥐운 거
만 갓다.

將次 누구를 기다리며 살겟느야고 한없이 울
어데는 김에 모습을 보다 못해 나도 갓치 울
었다. 나는 나데로 남이 남편니 되여가고 金
은 金데로 홀로 남어서 몸부림치는 에처럽고
가엾는 表情이 자구만 떠오른다.

金의 幸福을 마음으로 빈다.

11/28日부터는 第二의 人生 出發이다.

〈1970년 11월 25일 수요일 비〉

---

17) 여기까지가 24일 자 지면에 기록된 내용이고, 다음
   에 이어지는 내용은 25일 자 지면에 기록되어 있다.

會社을 쉬다.

金天順과 最終 面接.

〈1970년 11월 26일 목요일〉

요즘 김장철이라서 利川電機(내가 다니는 工場)에서도 김장값을 주기로 決定을 지었으나 資金 事情上 執行을 못하고 있다.

김장 手當이 全額 3,000,000 程度라나.

나도 집에서 김장을 못하고 있다.

可能한 限 새사람이 들어와서 하기로 되여 있다.

〈1970년 11월 27일 금요일〉

明浩 君니 발뒷굼치에 刺傷을 잆어 매우 고통을 격고 있다.

아기들이라서 좀 나아가는 기미가 보이며는 신발을 신고 마구 돌아다니니 그데로 다시 벗어저서 피가 난다.

明浩가 살결이 좋치는 못한 탓인지 몸에 상처만 생기며는 제법 오레토록 苦生을 한다.

〈1970년 11월 28일 토요일〉

再婚日

午後에 職場에서 나와서 서울 義文洞으로 새 안해를 마즈로 가다.

즉 나이 45歲에 新婦를 마지로 가는 날이다.

날씨가 제법 쌀″해지다. 바람에 제법 차고 제법 겨울 날씨가 탁처오는 기분니다.

밤 六時頃 義文洞을 出發 仁川으로 세로운 家庭을 爲해서 李京子가 同伴하다.

서울驛 韓進Bus 附近에서 택시로 仁川에 9時 20分頃 到着.

〈1970년 11월 29일 일요일〉

하로 終日 집에서 낮잠을 자다.

새 食口가 들어온 탓인지 기분니 좀 덤″하다. 日曜日치고 外出을 한[안] 하기는 오날이 츠음이다.

午後에 세사람[새사람]이 市場에 가서 김장을 하기 爲해 여러 가지 野菜를 사오다.

배추 100게   10,000

무 1접 半   2,000

〈1970년 11월 30일 월요일〉

날씨가 메우 차다. 工場 內 鑄物砂가 동결되여 作業에 지장이 막심하다. 겨울철이 되며는 제일 고통스러운 곳이 주물공장이다.

工具들은 作業服에 內衣을 두둑히 입어야 되며 손을 터서 보기하[보기가] 흉하다.

저역에 잠시 金에개 들였다가 즉시 집으로 돌아오다.

〈1970년 12월 1일 화요일〉

천눈 나리다.

김장하는 날.

今年도 이 달이 마지막.

어찌다 보니가 올해는 김장이 12月 달에 들어서 하개 되니 남 보기 부끄럽다.

새 안해가 들어와서 세 김장을 햇다.

간밤에 천눈니 나리다.

仁川에   500m/m 程度.

〈1970년 12월 2일 수요일〉

세로 맞이한 안해가 여러 가지로 手苦가 만타. 其間 첫 안해를 일코 고동[고통]과 번민으로 하로하로를 소일하다가 세로운 家庭婦를 맞이하엿으나 서로가 살아가며는 情도 붓고 위로움을 있게 되기를 바라는 심정이다. 무엇보다도 다행한 일이란 明浩가 제법 새엄마를 좋아한다는 개 마음속으로 다행하며 반가운 일이다.

〈1970년 12월 3일 목요일 晴〉

요즘 몸이 무척 피로하다. 몸에 害롭다는 담베를 끝으며는 食慾이 생기는 사실은 잘 알고 있으나 이다지도 담베를 끝기가 힘들 줄이야. 44歲 초에 담베를 끝은 것이 지금 생각하며는 기적적이라고나 生覺할가? 담배를 피우며는 위장이 쓰리고 위에 壓迫感을 느끼고도 담베를 입에 가가이 하니 내가 이다지도 마음에 결단력이 부족하며 절도 있는 生活을 못하는 理由가 어되 있을가. 요즘 또 한 가지 나에게 좋치 못한 습관니 하나 늘어낫다. 하숨[한숨]을 길게 길게 내심으로 옆에서 들은 사람에게까지 나의 가슴에 맺친 限을 호소나 하는 듯 남에게 조심을 밧고도 역시 고처지지 않는 한숨이다.

〈1970년 12월 4일 금요일 晴〉

工場에서 再혼에 必要하다는 理由를 달아 長期 假拂願을 提出햇으나 불행이도 本社 決裁가 나지를 않어 아즉 못 밧고 있다. 理由는 兩大株主 間에 분규로 因한 從業員들 間에까지 二大 山脈을 나타내여 其中 한편側에서 나는 反對 主株에 속하는 사람이라는 關係로 徐 社長 게열에서 "홀딘[홀딩]"하고 있다는 消息이고 보니 같이 假拂을 申請한 또 한 사람 朴基潤 課長 申請 金額 200,000은 徐 側 사람이라 決議를 햇으나 張 會長 側에서 最終 決議를 保留하고 있다니 내가 申請한 金額 500,000은 徐 社長 사위 金充河가 承認하며는 다 데는 샘.

〈1970년 12월 5일 토요일 晴〉

再婚 被露宴[披露宴]

自宅에서 工場長 外 50餘 名을 招待 下에 간단한 피로연을 가젓으나 집 事情으로 一時에 來客이 몰려와서 一大 혼잡을 가저왔다. 나도 술이 좀 취햇는지 來客들 앞에서 눈물을 나도 모르게 흘럿다. 눈물이 나는 理由가 먼저 간 사람에게 對한 그리움일가 그럿치 않으며는 술에 취한 탓일가. 來客들 중에 나에게 노레를 권하는 사람이 있다. 나는 노레 데신 안방에 모든 게 變한 것이 없다고 아즉 먼너 간 안해에 사진니 벽에 걸여 있지 않느야고 反問해서 來客을 한대[한때] 침묵으로 이끌엇다.

노장契　14,000
社友　　　8,000
鑄班長　　8,000
鑄工員　　7,000
其他　　　4,000
工場長 牛肉 5斤
時計 1介 현광등 1介

〈1970년 12월 6일 일요일 晴〉

동내 아주머니들을 招待 간단히 새식구와 人事를 나누고 宴會을 가지다.

나는 其間 沐浴湯에 가서 約 3時間을 쉬고 돌아옴.

李京子는 제법 착하다. 마음이 變치 않고 永遠한 그 마음으로 持久力 있게 나도 잘 해야지.

〈1970년 12월 7일 월요일 晴〉

張 會長 來社 나에 對한 再혼을 祝賀한다고 한 번 놀려오라는 부탁을 밧음.

中央情報部에서 여비군[예비군] 감사가 있엇다. 中央情보部에서 對民사찰을 한다고.

아무리 大韓民國의 情報政治을 爲主로 한다고 하나 너무 지나친 어느 한 사람에 즉 金充河 게열이 부픽[부탁]에 기인한 것이겟지.

〈1970년 12월 8일 화요일 晴〉

氣候가 갑자기 나려가서 鑄物工場에 從業員들이 가장 견데기 힘든 季節이 돌아왔다.

우리 韓國에서 가장 되떠러진 부분니 機械工業인데 이 중에서도 第一 되떠러진 部分니 金屬 分野이며 特히 鑄物工業일 게다.

現 政府에서도 機械工業의 育成을 大大的으로 들고 나와 其 뒷바침을 제데로 할려고 경장히 努力을 계주하고 있다. 特히 69年 初부터는 機械工業의 根元[根源]이 되는 鑄物工業의 育成을 부르짓게 되여 제법 고무적으로 鑄物工業을 돕고 있다.

日本만 하드라도 사람 손니 모지라서 힘들고 기저분한 鑄物工業에 就業을 실어해여 鑄物工 求得이 極히 힘든 現況이라나.

後進性을 띠고 있는 우리나라는 아즉 鑄物工業의 發展을 期待할 수 있다.

〈1970년 12월 9일 수요일 晴〉

本社에서 金充河 社長 代行 理事가 來社하여 나를 社長室로 불러서 現在 會社가 취해저[처해져] 있는 兩大主株 間에 분규 問제에 對한 나에 對한 意見을 물어왔다. 노조에서 自己에게 指適[指摘]한 酒池肉林 속에 會社 돈을 축냇따는 條文에 對헤 金充河로서는 一年間에 100餘 萬 円 程度 빅게는[밖에는] 會社 돈을 接待費로 쓰지 않었다고.

내가 申請한 假拂金 五拾萬 원에 對해서 假拂은 求願[救援]하는 게지 權利로 主張할 수 없다나.

其 程度는 나도 알 만한 유치한 이야기다.

〈1970년 12월 10일 목요일 晴〉

恩珠내 김장하는 날

세 안해가 서울 시가[친가]에 갓다. 저역에 會社에서 돌아오니 웬일인지 마음이 허전하고 정막한 마음을 감추지 못하겟다.

그간 八個月間을 每日 같이 오날 밤과 같은 쓸〃하고 고독한 환경에서 지내왔근마는 오날은 웬인인지 세 식구가 來日 돌아온다 정순니 말을 듯고부터는 마음의 허전하고 쓸〃하기만 하다.

정순니가 새 코-트를 한 별 마칫다고 찾어왓다. 빨가[빨간] 색갈의 우아한 가라다. 價格이 14,000에 先金 6,500을 支拂헷다고.

"작근집에 김장하다."

〈1970년 12월 11일 금요일〉
勞組에서 再婚 祝金 條로 15,000 受領

退勤길에 花水食堂에서 勞組 幹部 同席 下에
簡素한 主宴[酒宴]을 배풀다.
同席 人員 文益模 金正吉 池明植 郭在根 尹
弼文 朴基錫.
酒代 7,700.
午前 十一時 外出. 市內 李 教授 宅을 禮訪.
貞善 氏를 相見. 連絡을 事前에 않 한 탓으로
宅內 暖房이 未備함.

〈1970년 12월 12일 토요일 비〉
金仁鎬 內外가 來訪한다는 連絡을 밧고 自宅
에서 簡單한 食事 準備까지 하여 놓았는데
約束의 어근나서 집에 사람에게 未安하기만
하다.
저역에 할머니 外 貞花 貞任 貞惠 4人니 沐浴
을 갓다 옴.
人生 再生의 苦難니 始作.

〈1970년 12월 13일 일요일 晴 -3℃〉
貞順니가 外家에 기다[가다].

貞花가 午前에 저 엄마와 市場에 가서 스케-
트 2,500을 購入하다.
貞順니가 시골 外家에 가다.
旅費 條로
　　　祝華金[祝賀金] 3,000
　　　雜費 5,200

하로 終日 宅에서 消日하다.

〈1970년 12월 14일 월요일 晴 -10℃〉
電話 架設費 條 25,000 納入.
어머니가 病患니 나섯다.

酷寒니 닥처왔다. 아침 氣溫니 零下 10度를
오르나리는 취이다. 職場에 들어가니 재법
겨울 맛이 난다. 鑄物工場 內가 온통 煙氣로
덥혀 있어 눈 뜨기가 곤란하다. 어제 日曜日
에 工場 內 煖爐가 오늘 아침에야 불을 부치
는 關係로. 工場(利川電機)에는 約 850名의
從業員니 있으며 其中 機械課 回轉機課 同棟
과 靜止器課 一棟 制御器係 半棟 곤댄샤 1/4
棟 等에는 보이라 該澤[惠澤]을 밧고 있으나
鍛造 밋 鑄造課는 아즉 該澤을 못 밧어 煉炭
煖爐를 使用하고 있다.
鑄造課 人員 114名 煖爐가 12個所(도람罐 뚜
가리를 띤 것[18])에 하로에 消費되는 粉炭니
約 1.5TS 程度를 使用한다.
집에서는 자부동[방석] 깔판을 만든다고 온
통 새 안해와 아이들이 각기 깔판 천을 가지
고들 수을 놋코 있다.

〈1970년 12월 15일 화요일 晴〉
南榮號 沈沒 事故 發生. 乘客 308名 失踪.[19]

---

18) 뚜껑을 떼어낸 드럼통으로 만든 난로라는 뜻이다.
19) 저자가 남영호의 침몰 사실을 알게 된 것은 16일 조
간 보도를 통해서이다. 따라서 사고가 난 당일인 15
일에 기록된 이 내용은 다음날 기입해 넣은 것일 가
능성이 크다.

요즘 退勤 後 歸家時間니 빠르다.
理由로서는 새 안해를 맞이한 탓이라고나 할
가. 집에 돌아오며는 別로 하는 일도 없이 TV
을 視청하다가 잠자리에 드는 게 日課처럼
된다. 새로 맞은 안해에게서 점차적으로 美
德을 발견해 가는 거만 같은 기분니 짖어저
서[짙어져서] 좋은 일이다.
貞順니가 시골 外家로 나려가고 보니 집안니
조용하고 너무도 정막한 기분니다.
無事히 古鄕에 到着하였는지 빨리 仁川으로
돌아와야만 에비 마음이 놓일 게다.

〈1970년 12월 16일 수요일 晴〉
제주도에서 釜山으로 오는 客船 南榮號가 12
月 15日 午前 一時頃에 沈沒되여 船客 300餘
名의 失踪되엿다는 오날 아침 朝刊에 特報로
報道되였다. 1970年도 앞으로 며칠 남지 안
엇는데 不幸이도 大 海上事故가 發生하고 보
니 이 모두가 今年에 격거야 할 엑運닌가 보
다.
무엇보다도 日本 魚船[漁船]에게 救助 當헷
다는 점은 좋으나 日本 海岸청에서 韓國 客
船니 沈沒 當헷다고 報道하고 나서 韓國 側
에서 불랴사랴 事故 現場으로 달려가는 꼴이
야 창피도 이만저만니 아니다.
韓國 側에서는 定期船니 到着치 않아도 無神
經的으로 無事泰平하고 있다니 關係者들은
마땅히 嚴罰을 밧어야 當然하다.
電話 架設費 25,000 交替金 返濟.

〈1970년 12월 17일 목요일〉
工場長으로부터 큰딸 정순니 就職에 對해서

말씀이 게셨다.
仁川製鐵 朴 감사에게 자리가 나는 데로 한
사람 付託을 하셨다고.

〈1970년 12월 18일 금요일〉
機械 購入 關係로
鄭永錫 理事
金仁鎬 理事
崔武弼 工場長 等 3名이 치열한 자리다툼이
시작되다. 內容인즉
鄭과 金은 品質보다는 自己내 利權마는 늘어
놓은 얌체들. 여기에 맛서는 崔武弼 工場長
과 內분니 불타듯 이러낫다.
그려나 正을[正은] 邪을 물리친다고 金仁鎬
와 鄭永錫 主張이 꺼끼고 崔武弼 主張의 관
철되였다는 消息이다.
機械 各 단노 보-링機.

〈1970년 12월 19일 토요일〉
電話 架設 ② 5146

金仁鎬 理事 外 設計 徐東紀 李康秀 鑄物에
朴生圭 等 六名의 우리집에서 酒宴을 가지
다.
仁荷工大 同門生들로부터 金仁鎬에 對한 冷
情한 自我批判니 있었다.
午後 十一時頃에 各者가 술에 취해 집으로
돌아감.
酒代 10,000.

〈1970년 12월 20일 일요일〉
온종일 집에서 소일하다 午後 二時에 鑄物

工 鄭浣珍 長女 結婚式에 參加(祝金 1,000 扶助) 後 우리집에서 昨夜에 술 마시다 놓고 온 雜誌 少年中央을 찾아오다.
밤에 안식구와 貞惠니 밋 明浩을 다리고 沐浴을 갓다 옴.

〈1970년 12월 21일 월요일〉
겨울날치고는 따스하고 溫和한 날씨다. 아침에 會社에 나아가기가 무척이나 실었다. 간밤에 잠을 이루지 못한 탓으로 무척 귀로운 몸을 억지로 일려켜서 조반도 못 먹고 직장에 나이가다.
온종일 몸이 노곤하고 全身니 솜과 같이 피곤하기만 하다.

〈1970년 12월 22일 화요일〉冬至
冬至

테근 後 잠시 貞善 君과 美林劇場 앞 茶房에서 만낫다. 貞善 君니 부탁한 就職 件에 對해서 두 번나나 付託을 밧는 故로 若干니 엄승[언성]을 높혔으나 종말에 가서는 순"히 付託을 밧어드리지 못함을 理解시키고 나데로 집으로 돌아옴.
貞善 君니 단점이라며는 過去 生活方式을 그데로 탑사할려고[답습하려고] 自己 학데를 예사로 하는 점에 對해서는 理解를 뭇한다[못한다].
집에 오니 안혜가 冬至 팟죽을 따스하개 끄려 노았다.
또 나이를 한 살 더 먹는구나.

〈1970년 12월 23일 수요일 ⊕10〉
(서명)[20]에서 夕食을 나누고. 몸의 찌부둥하다.

〈1970년 12월 24일 목요일〉
煙草를 끈끼로 決心햇다.

〈1970년 12월 25일 금요일〉
재법 겨울 날씨 맛이 난다.
몸의 弱해지는 게 가장 極情스럽다.
體重니 준다.

〈1970년 12월 26일 토요일 ++[21]〉
(서명) 會費는 1,000式.

利川電機 社友會 全員니 亡年會[忘年會]을 開催함.
場所 금호정에서 六時부터.

〈1970년 12월 27일 일요일〉
새 앞해를 맞기하고 부터는 休日에 外出을 모른다. 날도 춥거지와[춥거니와] 外出할 必要가 없다.
하로 終日 집에서 아른목에 누워서 지냇다.

〈1970년 12월 28일 월요일〉

---

20) 1970년 1월부터 저자는 특정한 인물 만날 때 자신의 서명을 하고 '金'이라고 적었다. 여기에서 특정한 장소 대신에 서명을 하였는데, 이는 동일 인물을 만난 장소를 의미하는 것으로 보인다.
21) 날짜 및 요일 표기 옆에 이런 표기를 해 두었으나, 그 의미는 알 수 없다.

崔武弼 工場長 五男 현호 君니 漢江에서 스
케-트를 타다가 익사햇다는 悲報를 밧고 金
仁鎬 吳在夏 金東相 崔淵 等 五名의 弔問을
갓다(노량진 自宅).
밤 九時 10分頃에 仁川에 돌아옴.

〈1970년 12월 29일 화요일〉
안식구를 통해서 서울 성동驛 앞해 사는 妹
氏 金藥山에게 回甲 扶助金 條로 2,000을 傳
함.

〈1970년 12월 30일 수요일〉
工場長 五男 현호 君 漢江에서 溺死. 스케-트
타다가.
金浦 高麗墓地에 埋葬. 工場에서 文益模 金
東相 劉鎬昌 等 山에까지 가다.

〈1970년 12월 31일 목요일〉
(서명) 給料 支給을 밧음.

밤 八時頃에 朱 社長과 七星 茶房에서 相逢.
新年 膳物로　　가랜다 1枚
　　　　　　　 大型 다올[타올] 1枚
　　　　　　　 金 30,000

밤 九時부터 木型 申正植 代理와 뉴 Cabala
[cabaret]에서 酒을 마시고 춤을 춤. 밤 十二
時 집에 돌아옴.

〈家族메모〉[22]
1. 세해 幹部들의 食堂에 集合 酒宴.
2. 서울 金 副社長 캐-크 1,700.
　 〃 張 會長 宅술 1,500.
　 서울 金 理事 宅술 1,440.
　 저역 5時 30分 서울金品에서 美豊 2號 引
　 受함. 貞花 장유리 破損.
3. 눈. 낮에 黃永淵 來訪. 李命九와 모레 장사
　 를 한다고 付託. 夜間 申正植 代理와 new
　 仁川 감.
4. 酷寒니 닥처옴. 始무式 지각. 아침에 車가
　 없다.
　 택시를 잡지 못함. (徐大源 氏로부터 美豊
　 2號)
6. 小寒 추이[추위]. 午後 三時 30分 外出. 永
　 登浦에 간다고.
　 張 會長 來社. 冷室에서 金貞善 君을 相面.
7. 시골에서 昌錫 父子와 貞順니 來仁.
　 鄭鳳龍 利子 2個月 58,000 入.

---

22) 이하 내용은 일기장의 부록으로 인쇄되어 있는 〈家
　 族메모〉란에 기록되어 있는 내용으로, 새 일기장
　 을 구입하기 전 이듬해 일주일 동안의 사건을 간략
　 히 기록해 둔 것으로 보인다.

1973년[1]

〈1972년 12월 31일 일요일〉[1]

반지	3돈	12,000	6個月 前 契約金
비녀	5돈	20,000	條로 5,000 支給
목거리	5〃	14,500	分
수저		2,500	

〈1973년 1월 1일 월요일〉

石長里 娉丈[聘丈] 回甲日

氣溫 0.4℃. 日氣가 흐리고 눈니 나림.

〈1973년 1월 2일 화요일〉

德山 ~ 淸州 택시 1,500.

淸州 ㅡ 서울 高速Bus 1,200.

1) 1973년 일기는 일본 나고야에 소재한 SINTOKOGIO, LTD.(新東工業株式會社)에서 발행한 업무일지에 기록되어 있다. 내지 두 번째 장에 사진 두 장이 붙어 있고, 그 다음 장 상단에 빨간색으로 "1978 秋 水原市外 紀念品 有渡村"이라고 적혀 있다. 두 장의 사진은 같은 날에 찍은 사진으로 보이고, 사진 하단에는 78. 3.이라고 촬영일자가 인쇄되어 있다.

午後 四時 前 仁川 着. 기鄕[귀향].

〈1973년 1월 14일 일요일〉

73年度 始釣. 말로만 듯든 어름낚시를 江華 九里浦 水里에서 함. 釣況 朴基錫 21首 郭在根 2首 孫 係長 6首 郭榮圭 7首. 大魚 郭榮圭 8寸.

交通費 仁川 ㅡ 大明 택시 1,700.

나루배 1人當 40. 仁川 ㅡ 大明 Bus 1人當 130.

〈1973년 1월 18일 목요일〉

機械工業協會 事務室.

午前 10時 15分 張 會長 文益模 金在洙 同席.

〈1973년 1월 20일 토요일〉

AM 11.15 會議室.

鄭 理事 主催 73年度 工程 打合.

變壓器 담당 朴경식

電動機 〃 徐홍석
〃 計劃品 權五圭
張 氏로부터 150,000 入.
平和閣에서 28名 同席.
文益模 氏에게 150,000 傳達.

〈1973년 1월 21일 일요일〉
第二回 낚씨 四○首.
73年 第2回 어름낚시. 江華 九里浦 上流 大魚
9寸. 孫 係長과 姜 係長 郭 代理. 午前 八時 仁
川 出發 大明 9時 着. 택시費 1,450.
午後 4時 낚시터 出發 Bus로 仁川에 밤 7時
도착.
겨울 날씨치고는 異常氣溫.
零下 0時에서 零上 7℃.
九里浦 上流 氷原 130~100m/m.
草芝 下水路에서 대낚 3名. 約 20首.

〈1973년 1월 22일 월요일〉
異常氣溫 連續.
鑄鋼 代金 150,000 入.
金仁鎬로부터 利子 1,200 入.

〈1973년 1월 23일 화요일〉
五女 이름 朴貞珉으로 決定.
시골에서 白米 壹叺 送達해 옴.
金天順 面會.
成昌模에게 手票 110,000 保.
李圭昇 鑄鋼品 加工料 見積.
249,000 機械課 策定.

〈1973년 1월 24일 수요일〉

간밤부터 계속 비.
{ 朴貞珉 五女 出生申告 } 青山面으로 送
李京子 結婚申告 付함.
同居日字 1970年 11. 28日
結婚申告 出生申告 手受料[手數料] 600.
上記 書類 餞送[傳送] 料金 280.
서울 會談에서 午後 退勤後 李 常務 出席. 約
30名 同席.[2]
朴生圭 得 三女.

〈1973년 1월 25일 목요일〉
73年度 勞組 代議員 遞減 確定. 鑄造課에 5
遞工 決定.
韓明夫 機械課長에게 35,000 謝禮金(加工).

〈1973년 1월 27일 토요일〉
노조 73年 代議員 選出.
宋현순 4席.
文益模 31席.
밤 에정집[애정집]에서 文益模 側 代議員 밋
活動員 約 70名 同席 祝賀 파-티.

〈1973년 1월 28일 일요일〉
第三回 九里浦 어름낚씨.
택시費 仁川 大明 間 16,00[1,600].
郭 孫 姜 朴 4名.
氷板니 취약하다. 終日토록 낚시 함. 釣況 約
60首.

〈1973년 1월 29일 월요일〉

---

2) 이 내용은 붉은색으로 기록되어 있다.

文益模 側 代議員 40餘 名 市內 共和春에서 30日 大會에 對備 最終 點檢.

朴生圭에게 50,000 貸付.

成昌模로부터 50,000 借用.

〈1973년 1월 30일 화요일〉

노조 73 定期大會 開催.

〈1973년 1월 31일 수요일〉

朴生圭 外 10名 愛情에서 酒宴. 11,120.

文益模 選擧公約 違返[違反].

〈1973년 2월 1일 목요일〉

崔武弼 常務와 12~4時까지 面談.

文에 對한 배신 內容 진술.

申仁秀 文益模 協商 酒代 2個所 約 6,000.

李圭昇 鑄鋼代 100,000 入.

〈1973년 2월 2일 금요일〉

文益模와 選거公約 協議 次 朴生圭 尹弼文 2名 選出.

〈1973년 2월 3일 토요일〉

舊正 休무.

〈1973년 2월 4일 일요일〉

舊正 休日.

九里浦 氷板낚시 解氷으로 不可.

郭在根 郭榮圭 同伴.

〈1973년 2월 5일 월요일〉

尹弼文 文益模 選擧公約 充實 施行을 確約.

條件 金貞吉 高漢成 2名을 說得 依賴.

〈1973년 2월 6일 화요일〉

勞組 常執委員 12名 發表.

〈1973년 2월 7일 수요일〉

氣溫 急降下. 零下 9℃.

金春道 病門患. 金 1,000 金寬道에 傳達함.

李圭昇 鑄鋼代 100,000 入.

成昌模에 保管.

〈1973년 2월 8일 목요일〉

1200 AF-V 2臺 서울市 納分 納期 嚴守.

納期 3/5.

〈1973년 2월 10일 토요일〉

妻男 李光洙 長女 돌잔치.

膳物 금반지 반 돈 2,100.

집 식구는 하로밤 쇠고 오기로.

韓으로부터 鑄友會費 2,000 借用.

〈1973년 2월 11일 일요일〉[3]

第五回 九里浦 어름낚시行.

서울에서 Bus 2臺 낚시 參加.

물이 늘어서 釣況 不良. 午前에 仁川으로 돌아옴. 中間에 千葉水路 經由.

成昌模 郭在根 姜周殷 4名.

會費 1,200.

---

3) 이 날의 날짜 11에는 동그라미가 둘러쳐져 있으나 그 뜻은 알 수 없다.

〈1973년 2월 12일 월요일〉
契員 16名 同席 酒宴.
文益模 金貞吉 高漢成 參加.
國産 코크스 取扱人 馬氏 同伴.
市內 鑄工場 순廻.
會費 15,300.

〈1973년 2월 13일 화요일〉
張 會長 來社.
趙正夫 長男 連 1日 富平에서 찾음.
契員 會費 172,150 經費 申請.

〈1973년 2월 14일 수요일〉[4]
株主總會 國際 Hotal.[5]

〈1973년 2월 15일 목요일〉
滿俺銅 製造.

	Cu. 20kg	Mn 75% 5kg	
	# 30	코-크스 火床	
12時	Mn	5kg 入	
13時 10分	石灰	0.3k 入	
〃	Cu.	10k 入	送風
13時 40分	Cu	10k 入	
〃	石灰	0.3 入	
14. 30	出湯		

鎔解 所要時間 80分
ingot 重量 21.5kg
損失量 3.5kg

〈1973년 2월 17일 토요일〉[6]
三和沐浴湯 後便 酒店에서 金東相 朴경연 2
名.
酒宴 工場 幹部 12名 參加.
오림프스 호텔에서 留宿.

〈1973년 2월 18일 일요일〉[7]
金天順 宅에서 留宿.
午前까지 雜談.
숭이동[숭의동] 크라운도 옆 旅館까지 暫時
들림. 2,000.

〈1973년 2월 19일 월요일〉
태니스 크-트[코트]場 設置 作業 代金
20,000.
鑄作業人 7名 着手.

〈1973년 2월 20일 화요일〉
金春道에게 도야지 새기 一匹 代金 7,000 支
拂.

〈1973년 2월 21일 수요일〉[8]
滿俺靑銅 製造.
시골에서 娉母[聘母] 來仁.

---

4) 날짜에 동그라미 표시가 되어 있다.
5) 이 내용은 14일 자 지면에 기록되어 있으나 일기장
   원본에는 이 사건이 15일에 이루어진 일이라는 점을
   의미하는 듯 15일 자에서 화살표가 길게 그려져 해
   당 내용을 가리키고 있다. 본 출판본에서는 원본에
   적혀 있는 순서를 그대로 따라 14일 자에 해당 내용
   을 입력하였다.

---

6) 날짜에 동그라미 표시가 되어 있다.
7) 날짜에 동그라미 표시가 되어 있다.
8) 날짜에 동그라미 표시가 되어 있다.

어미니[어머니] 來仁.

Fe-Mn 0.4kg

Cu 12.6

FE 36# 0.3

Pb 0.3

Sn 0.3

Al 10%

Al-Ca 0.4

Zn 7.2

〈1973년 2월 22일 목요일〉[9]

午前 8時 40分 外出.

金 君 宅 訪問.

晝食 接待 밧음.

〈1973년 2월 23일 금요일〉

貞珉니 百日 記念日.

서울 妹氏 來仁.

朴生圭 外 金指環 1돈.

〈1973년 2월 24일 토요일〉[10]

서울 行. 金 文 申 朴.

交通費   610

          290

          510

未拂 殘金 172,150 引受

中 200,000 文에게 30,000.

〈1973년 2월 25일 일요일〉零下 7度

朴晩義 二女 結婚 工支 禮式場 2,000 祝金.

朴尙鉁 病門患金 1,000.

1500 f imp 再作 新設計.

木型 完了. 材質 sus 27個 ㅁ 12介.

母親 歸家.

〈1973년 2월 27일 화요일〉[11]

休日

第九代 國會議員 選擧日.

〈1973년 2월 28일 수요일〉

株主總會.

〈1973년 3월 1일 목요일〉[12]

休日

三一節.

〈1973년 3월 2일 금요일〉

도란스 1KW 1臺 유준환니에게서 中古 購入

備置함.

價格 2,500. 外上.

〈1973년 3월 4일 일요일〉[13]

李鎭元 長男 結婚 祝金 2,000.

〈1973년 3월 5일 월요일〉

Al 靑銅 試作.

---

9) 날짜에 동그라미 표시가 되어 있다.
10) 날짜에 붉은색으로 동그라미 표시가 되어 있다.

11) 날짜에 붉은색으로 동그라미 표시가 되어 있고, 내용 역시 붉은색으로 기록하였다. '休日'이라는 내용만 우측에 검정색으로 기록되어 있다.
12) 날짜에 동그라미 표시가 되어 있다.
13) 날짜에 동그라미 표시가 되어 있다.

目標 成分　　Cu 88.5%

　　　　　　　Al 9.0%

　　　　　　　Fe 2.5%

結果 Al 9.1 Fe 3.5

引張强度 51kg/mm^2 [14]

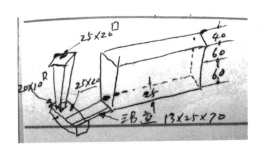

製品 重量 23.5kg　21kg = 1.5kg[2.5kg]

減量 1.5kg

㉂ 黃金色　⬚ □込가 ■

〈1973년 3월 6일 화요일〉

材料 配合

銅屑　　　19kg

Fe　　　　0.57 〃　　# 鐵線 36

Al Cu　　3.05 〃　　Al 67% Cu 33% 母合金

〈1973년 3월 9일 금요일〉

서울 出張.

午後 一時 Bus로 歸鄕.

〈1973년 3월 7일 수요일〉[15]

裝入 順位 #30 黑鉛坩堝 燃料 코크스. 鎔解時間 1時 2 ■[16]

〈1973년 3월 10일 토요일〉

父親 生日.

鐵絲	570g	#36 針絲
石灰石	150g	
큐프랙스	1/2介	
銅屑	19kg	

左記 物 熔□ 後 □□砂 2袋 2■ Al-Cu(Al 67%) 3.05kg를 □■ 充分니 □□ 後 試片　鑄込 [鑄 入]함.

〈1973년 3월 11일 일요일〉

鄕里에서 出發.[17]

〈1973년 3월 12일 월요일〉[18]

休暇.

〈1973년 3월 8일 목요일〉

〈1973년 3월 13일 화요일〉

電氣爐 賣渡 處分 件.

3/31까지 江原産業 Co

浦項工場에 施設 終了

---

14) 원본에서는 사각 테두리가 붉은색으로 표시되어 있다.

15) 4일부터 17일까지를 기록할 수 있게 지면이 분할된 일기장의 가장자리가 세로로 길게 잘려 나갈 7일부터 16일(17일 자 기록 없음)까지의 일기 일부 내용을 알 수 없게 되었다. 부득이 본 출판본에서는 보이는 부분만을 입력하였다.

16) 3월 4일부터 17일까지의 날짜가 인쇄되어 있는 일기장의 바깥 부분이 잘려나가 있어 몇몇 날짜의 기록에서는 원래 기록되어 있던 내용을 확인할 수가 없다. 이렇게 잘려나가 내용을 확인할 수 없는 부분은 '■' 기호로 해당 공간을 표시하였다.

---

17) 일기 내용이 파란색으로 기록되어 있다.

18) 날짜에 내용을 적은 것과 같은 파란색으로 동그라미 표시가 되어 있다.

〈1973년 3월 15일 목요일〉
李圭昇이로부터 鑄鋼(■ 래스) 代金 240,000
引受.
契約金 條로 22,000.
營業에 曹 次長 20,000.

〈1973년 3월 16일 금요일〉
午前에 三信鑄鋼工場 出張. stanlas[stainless]
impeller 外註[外注] 件.

〈1973년 3월 18일 일요일〉
終日토록 金天順 氏 宅에서 雜談. 午後 4試頃
에 歸家함.
古鐵 市價 43,000. 鑄鐵.
3個月 前 28,000.

〈1973년 3월 19일 월요일〉
本社 鄭永錫 理事 外 二 部長 來社.
工程打合會議 開催. 午後 5時 30分.
仁一工作所 度衡器 鑄附屬 各 10組 鑄作 件.
仁川工作 저울 附屬 鑄作.

〈1973년 3월 20일 화요일〉
滿俺靑銅 製造.
#50 燃料 크코스[코크스] 配合例
銅 30kg 鐵絲 36,750g
Fe Mn 750g Sn 750 Pb 750g
(Al Cu 1kg Al 70%) Zn 16+2.5kg
製品 1200 Valve Busing 3車 試片 3個
工具 給料 支給日.

〈1973년 3월 22일 목요일〉

요즘 體重이 늘어난다.
나의 現 體重 73kg
身長 172cm

〈1973년 3월 24일 토요일〉
서울 東花禮式場에서 李好根 結婚. 祝金
3,000.
大昌鑄物 Co 朱弘麟 社長과 同時 下仁. 夕食
을 갓치 함.
李好根 祝結{婚}金 3,000.

〈1973년 3월 25일 일요일〉
8時 15分 仁川 ─ 大明 Bus 料金 130.
大明 ─ 草芝 40. 10時 10分.
淘水里에서 2{時} 45分 Bus로 仁川으로 돌아
옴.
九里浦 上流 釣況 不.

〈1973년 3월 26일 월요일〉
吳錫根 大興鑄物 工場長으로 轉職함.

〈1973년 3월 27일 화요일〉[19]
文益模로부터 20,000 引受.
金鐘潤 係長 10,000 金선명 4,000 支給.
吳錫根 娉母[聘母] 喪日.

〈1973년 3월 28일 수요일〉
시골어서[시골에서] 감말 아저씨 來仁.
益喆 君 就職 釜山 奉吉이가 되였다고 通告.
林학빈 君 辭退.

---

19) 날짜에 동그라미 표시가 되어 있다.

〈1973년 3월 29일 목요일〉
同生 美玉이 結婚 見相[相見].
午後 3時 現代禮式場 地下 茶房.
新郎 父親 母親.

〈1973년 3월 30일 금요일〉
金天順 君 腹部 大手術.
金外科에 入院.
成昌模로부터 30,000 借用.
2TS 電기로 江原産業 浦項 工場으로 賣却 運
搬.

〈1973년 3월 31일 토요일〉
李永喆 氏 次女 結婚式.
東花禮式場 四層 午後 2時.

〈1973년 4월 1일 일요일〉
九里浦 上流 낚시行. 郭在根 郭榮圭 姜周殷
孫實경 文益模.
交通費 仁川 江華 間 165
市内 ─ 택시 2回 170 90
江華 ─ 淘水里 70
釣況 不良.

〈1973년 4월 2일 월요일〉
會社 財政 査定 極度로 惡化. 産銀 負債 清算
督促.
赤色警報 發令.
材料 全般的으로 入庫 不可.
① BC 材料 一切
海砂 3日 前 品切
油類 一切 未入

〈1973년 4월 3일 화요일〉
會社 不渡 一步 前.

〈1973년 4월 4일 수요일〉
課内 養돗[養豚] 二匹 中 一匹 殺害 當함.
1匹當 12,000.

〈1973년 4월 5일 목요일〉
金 君 入院費 立贊 條로 成昌模 氏로부터
50,000 借用.

〈1973년 4월 6일 금요일〉
金 君 退院費   20,000
                     46,000
金外科.

〈1973년 4월 8일 일요일〉[20]
美玉 妹 結婚式.
自宅에서 午後 2時 ~ 4時.
新郎 側 來客 24名.
新婦 側 父, 母, 姑母 内外 六寸 妹夫 内外 連
玉, 昌淑, 元錫, 四寸 弟수, 當叔母[堂叔母].
結婚 費用
新郎   時計   24,000
      白金 2돈   20,000
      飲食代   20,000
      아버지 두루마기   5,600
      장판   7,400

---

20) 이 날의 일기는 9일 자 지면에까지 이어 기록되어
있다.

新婦　白金 3돈　　　반지 2個
　　　黃金 3돈　　　반지 2個
　　　黃金 5돈　　　목거리　1個
　　　반지　　　　　　　　1個
　　　時計　　　　　　　　1個

〈1973년 4월 10일 화요일〉[21]
長期間 繼續하든 兩大 株主 間 張炳贊 對 徐
相錄 利權 紛爭이 드디여 分割하기로 되였다
는 工場 內 所聞.

뜻이 맞지 않으며는 에당초 갈라설 것이지
지금에 와서 國家 定策[政策]에 부끄럽지도
않은지.

〈1973년 4월 14일 토요일〉
吳錫根 鑄工 大興鑄工場으로 轉職.
送別會 쌍우물집 7時.

〈1973년 4월 15일 일요일〉
雨天으로 낙씨 休日.

〈1973년 4월 16일 월요일〉
愛妻 金叔子 三周忌[二週忌] 祭.
忌祭費 條로 5,000.
金으로부터　洋초 2匣
　　　　　　香 1箱子
　　　　　　豚肉 3斤

〈1973년 4월 17일 화요일〉
72年度 償與金[賞與金] 支給.
償與金 受領額 164,000. 202%.
稅金 32,000 假拂 控除 82,000 手取[受取]
50,500.

〈1973년 4월 18일 수요일〉
李用男으로부터 貸與金 10,000 受領.

〈1973년 4월 19일 목요일〉
午前에 金 宅 訪問.
12時 35分 出勤.
李永喆 大昌鑄物工場 技術 指導 次 出張.

〈1973년 4월 20일 금요일〉
16次 民防空 訓練日.
利川電機가 企業體 中에 示範 選定.

〈1973년 4월 21일 토요일〉
沐浴 件 500.

〈1973년 4월 22일 일요일〉
우일사 初낙씨.
郭在根 郭榮圭 姜周殷 孫實경.
交通費 우일사 ─ 仁川 往復 6,000.
택시料金 仁川 ─ 전등사 2,600.

〈1973년 4월 24일 화요일〉
美玉 男便 張 君 結婚 禮服
洋服 26,000
신발　4,500
타이　800

---

21) 이 날의 일기는 12일 자 지면에까지 이어 기록되어
있다.

⟨1973년 4월 28일 토요일⟩

食堂 韓鎬景 女史 長女 結婚.

안식구가 參席.

新東工業 林相萬 氏 長男 結婚.

YWCA 4층 午後 2時, 鄭丙圭에 傳金.

韓 女史 長女 祝金 2,000.

林相萬 氏 長男 2,000.

⟨1973년 4월 29일 일요일⟩

우일사 낙씨 單身行.

釣況 不良. 尹氏 宅 民宿.

吳在夏 次男 結婚 1,000.

⟨1973년 4월 30일 월요일⟩

鑄鐵 原價   72年 78 kg
            73年 98

⟨1973년 5월 1일 화요일⟩[22]

朴鐘相 利子 25,000 入金.

鑄物 原價 計算 73. 3 ~10.

① 材料費	72年度 金額	昇率	73年 金額
용선제	34,652,000	150%	51,978,000
	借考 : 선철, 코크스, 기타		
조사제	4,516,000	120%	5,419,000
	借考 : 해사, 흑연, 밴드매드, 세멘트, 기타		
조형제	1,264,000	120%	1,516,000
	借考 : 게랭 철사, 못, 기타		
정정제	1,475,000	120%	1,777,000
	借考 : 배-대, 그라인다, 용접봉, 기타		

현장 소모제	220,000	110%	242,000
	借考 : 전구, 장갑, 기타		
시설 보수제	28,000	110%	30,000
	借考 : 파이프라인 보스비		
② 인건비 工賃	33,942,000	110%	37,336,000
	借考 : 상여금, 태직금, 제반수당 포함		
③ 動力費 電力 水道料	2,316,000		2,316,000
	借考 : 電力, 수도, 압축공기		
④ 감가 상각비	3,004,000		3,004,000
	借考 : 72年分		
其他			10,361,000
	借考 : 세금 간접비로 10% 加算		
合計金			113,972,0002[23]

72年度 生産 t 數 1,156t으로 除하면 98,600/TS[24]

平均 原價 98,600 × 價格 係數(經驗值임)

6/5 = 118,000.

118,000 × 1.1 = 129,800

Pump 價 98,000[25]

Motor C 118,000

Motor F 129,800

⟨1973년 5월 6일 일요일⟩

物旺里 有料낙씨行.

釣況 不良.

택시 仁川 ~ 現場 1,210

入場券 200

22) 이 날의 일기 내용은 5일 자 지면까지 이어 기록
되어 있다.

23) 붉은색으로 기록되어 있다.

24) '98,600/TS'는 붉은색으로 기록되어 있다.

25) 펌프와 모터 가격은 붉은색으로 기록되어 있다.

座臺料 200
晝食 200
煙草代 200

〈1973년 5월 7일 월요일〉
朴美玉 妹 請牒狀 250枚 發行 2,750.
e 11.
金用男 10,000 成 課長保

〈1973년 5월 13일 일요일〉
망내동셍 朴美玉 結婚日.

東花禮式場 正午 12時.
答禮品 e. 140. 비누 약 250介.[26]

〈1973년 5월 19일 토요일〉
全州 方面 운남[운암]으로 낚시行.
郭在根 同伴.

〈1973년 5월 20일 일요일〉
우남[운암] 호수 낚시.
여비 부족으로 2,500 借用.
竿 5,500자리 단보[담보].

---

26) 이하 내용은 14일 자 지면에 기록되어 있으나 13일
자 일기를 이어 적은 것으로 보인다.

필 자

이정덕
전북대학교 인문대학 고고문화인류학과 교수

소순열
전북대학교 생명과학대학 농경제유통학부 교수

남춘호
전북대학교 사회과학대학 사회학과 교수

임경택
전북대학교 인문대학 일본학과 교수

문만용
전북대학교 한국과학문명학연구소 교수

진명숙
전북대학교 고고문화인류학과 BK21+사업단 연구원

정승현
서강대학교 사회과학연구소 연구교수

이성호
전북대학교 SSK개인기록과 압축근대 연구단 전임연구원

손현주
전북대학교 SSK개인기록과 압축근대 연구단 전임연구원

김희숙
부산외국어대학교 동남아지역원 HK연구교수

유승환
전북대학교 대학원 사회학 석사

인천일기 2 전북대 개인기록 총서 16

초판 인쇄 | 2017년 6월 23일
초판 발행 | 2017년 6월 23일

(편)저자 이정덕 · 소순열 · 남춘호 · 임경택 · 문만용 · 진명숙 · 정승현 · 이성호
　　　　　손현주 · 김희숙 · 유승환

책임편집 윤수경

발 행 처 도서출판 지식과교양
등록번호 제 2010-19호
주　　소 서울시 도봉구 쌍문1동 423-43 백상 102호
전　　화 (02) 900-4520 (대표) / 편집부 (02) 996-0041
팩　　스 (02) 996-0043
전자우편 kncbook@hanmail.net

ISBN 978-89-6764-086-6　93810　　　　　　　　　　　　　정가 27,000원